CHARLES LE TÉMÉRAIRE

UN TEMPS DE CHIEN

Yves Beauchemin

Charles le Téméraire

*Un temps de chien

ROMAN

L'auteur tient à remercier pour leur aide généreuse et leurs précieux
conseils Antoine Del Busso, Georges Aubin, Lucille Beauchemin, Jean Dorion,
Monique Lagacé, Isabelle Longpré, Diane Martin, Fernand Matteau,
Viviane St-Onge, Denis René, Michel Therrien, ainsi que l'infatigable Michel Gay.

L'auteur tient à remercier pour son aide financière la
Société de développement des arts et de la culture de Longueuil.

S O D A C
SOCIÉTÉ DE DÉVELOPPEMENT
DES ARTS ET DE LA CULTURE DE
L O N G U E U I L

www.quebecloisirs.com

UNE ÉDITION DU CLUB QUÉBEC LOISIRS INC.
Avec l'autorisation des Éditions Fides
© Yves Beauchemin et les Éditions Fides, 2004
Dépôt légal – Bibliothèque national du Québec, 2005
ISBN 2-89430-697-0
(publié précédemment sous ISBN 2-7621-2626-6)

Imprimé au Canada par Friesens

À Viviane

1

Après s'être longuement fait prier, Charles montra enfin son crâne visqueux entre les cuisses de sa mère tordue de douleur. Une méchante petite pluie barbouillait de gris les rues de Montréal, où filaient des autobus bondés de passagers mouillés et mal réveillés. À deux pas de là, rue Ontario, des serveuses aux souliers éculés allaient et venaient, distribuant rôties, café, œufs et bacon, et répondant avec gentillesse aux plaisanteries non moins éculées de leurs clients. Au rez-de-chaussée de la maison d'en face, un quincaillier prenait sa douche, savonnant avec vigueur son ventre épanoui tout en essayant de retrouver dans sa tête une liasse de factures égarée. Comme d'habitude, la manufacture de cigarettes Macdonald embaumait sournoisement le quartier. Vingt mètres plus bas, dans les sombres entrailles de l'île de Montréal, une rame de métro flambant neuve fonçait dans le tunnel qui sentait encore le béton frais; son chauffeur, grave et solennel, se tenait assis bien droit entre deux messieurs cravatés qui prenaient des notes en prévision de l'inauguration officielle qui aurait lieu trois jours plus tard. La journée du 11 octobre 1966 venait de commencer.

— Poussez, madame, poussez! C'est presque fini! lança l'ambulancier arrivé quinze minutes plus tôt pour cet accouchement qui avait mal commencé.

C'était un gros blond un peu lymphatique, grand amateur de saucisses et de bière, qui n'aimait pas qu'on le bouscule mais savait se montrer, quand il le fallait, expéditif et débrouillard.

Après un sourire crispé à son compagnon debout de l'autre côté du lit en désordre, il saisit la tête de Charles (on avait choisi son nom depuis longtemps) et se mit à tirer délicatement. Le visage du bébé apparut, puis ses épaules, et l'ambulancier arrondit les yeux de surprise.

Au cours de ses douze ans de carrière, il avait procédé à une bonne vingtaine d'accouchements, parfois dans des circonstances incroyables. Or les nouveau-nés présentaient toujours le même visage cramoisi et renfrogné, comme s'ils étaient furieux de quitter la bulle tiède et obscure où ils se balançaient depuis des mois. Eh bien, celui-ci n'était pas comme les autres : la peau rose et lisse, les traits détendus, apparemment insensible aux violents efforts qu'on avait déployés pour son expulsion, il semblait encore plongé dans un délicieux sommeil. « Il est mort », pensa l'ambulancier avec un frisson.

Il se hâta de retirer le corps des entrailles de la mère, coupa le cordon ombilical, saisit le poupon par les pieds et lui donna la claque aux fesses réglementaire. Charles se mit à hurler, un peu de mucus coula de sa bouche, puis il s'apaisa aussitôt et, tandis qu'on lui faisait une rapide toilette avant de le remettre dans les bras de sa mère qui le contemplait, ravie, avec des yeux soûls de fatigue, il s'endormit de nouveau, une ombre de sourire aux lèvres. « Il a peut-être le cerveau détraqué », pensa alors l'ambulancier. Il se tourna vers son compagnon, occupé à éponger le visage de l'accouchée, et lui montra la porte de la chambre d'un mouvement de menton interrogatif.

Assis dans la cuisine devant un verre de bière et deux bouteilles vides, Wilfrid Thibodeau contemplait la fenêtre ruisselante en se tortillant les pieds. Près de son coude, un cendrier rose en forme de petit cochon contenait déjà neuf mégots, et un dixième restait suspendu encore entre ses lèvres. Pour couvrir un peu les gémissements de sa femme, il faisait jouer la radio en sourdine ; un annonceur, frémissant d'enthousiasme, décrivait la vente mirifique d'appareils électroménagers lancée par les magasins Brault & Martineau, mais pas une syllabe de son dithyrambe n'atteignait le menuisier, dont les pensées grises et maussades comme la pluie qui détrempait la ville tournoyaient autour de son avant-midi bousillé par cet accouchement inattendu. Soudain, il aperçut dans l'embrasure de la porte un des ambulanciers, souriant, qui lui faisait signe de venir :

— C'est fait, monsieur Thibodeau. Un beau garçon joufflu et bien tranquille.

Son compagnon apparut à ses côtés, s'approcha et serra la main du nouveau père.

À la vue de son mari, Alice oublia aussitôt les contractions qui lui ravageaient le bas-ventre et un sourire tendre et inquiet effaça les crispations de son visage :

— Viens le voir, souffla-t-elle d'une voix épuisée. Il est si joli... un vrai petit prince... Es-tu content? Ça t'a dérangé, hein? As-tu pu joindre ton patron?

— Oui, oui, ça va, ça va, répondit-il, agacé et un peu honteux de l'être. Repose-toi, ajouta-t-il en essayant de mettre dans sa recommandation une chaleur qu'il ne trouvait pas en lui.

Il posa un regard curieux et quelque peu effrayé sur cet être minuscule qui dormait dans une serviette-éponge au creux des bras de sa femme. Voilà. C'était fait. Elle l'avait enfin, son bébé si ardemment désiré. Tout faible et vulnérable qu'il fût, c'était lui désormais qui accaparerait toute son attention et dirigerait la maisonnée. La vie le voulait ainsi! Wilfrid Thibodeau était l'aîné d'une famille de six enfants et se rappelait fort bien le chambardement qu'amenait l'apparition d'un nouveau bébé. Il se sentait désemparé, étourdi et vaguement irrité, et sur tous ces sentiments flottait comme une vapeur d'attendrissement dont il ne savait que faire.

Alice posa la main sur son bras :

— Excuse-moi de t'avoir fait cette mauvaise surprise, mon pauvre Wilfrid... Si j'avais su que c'était pour aller si vite, je t'aurais demandé de m'amener tout de suite à l'hôpital...

Il lui répondit par une caresse distraite. L'accoucheur apparut dans la porte :

11

— J'ai appelé un médecin pour qu'il vous examine, au cas où... On n'est jamais trop prudent dans ce genre d'affaire. Il devrait arriver d'ici une demi-heure.

Il se mit à fixer de nouveau le bébé. Quelle binette, mais quelle binette, ma foi du bon Dieu! Il ne sommeillait pas dans la serviette, *il s'y prélassait*! À peine âgé de dix minutes, et déjà il semblait prendre plaisir à la vie! «Ah! si Jocelyne pouvait me donner un enfant comme celui-là, se dit-il, je lui lécherais les pieds!... Allons, allons! se blâma-t-il aussitôt, tu t'excites pour rien, niaiseux, tout se passe dans ta tête.»

◆

Mais l'ambulancier ne s'était pas trompé. Charles Thibodeau était né avec un naturel heureux. Une semaine après sa naissance, il faisait déjà ses nuits, ne pleurait presque jamais et tétait avec énergie mais sans précipitation, comme s'il avait senti qu'il fallait ménager sa mère. La nature lui épargna presque entièrement les coliques, indigestions et rougeurs aux fesses. À l'apparition de ses dents de lait, ses gencives enflées ne semblèrent pas le faire trop souffrir; il se contenta de mordre avec entrain le bout de ses doigts, l'anneau de caoutchouc que sa mère lui avait donné et, en général, tous les objets qui lui tombaient sous la main, et son humeur paisible et joyeuse en fut peu altérée. Quand il dormait, on aurait pu démolir la maison sans le réveiller. Dès l'âge de deux mois, il se mit à sourire, puis à rire aux éclats, pour tout et pour rien. Les sourires fleurissaient sur ses lèvres comme les pissenlits sur le gazon.

— Il est toujours content, ce bébé! s'exclamait sa grand-mère maternelle, une petite veuve de soixante-cinq ans déjà toute cassée par l'âge, qui vivait en Gaspésie et venait voir sa fille une fois par année. Ce sera un bon garçon. Il va rendre sa femme heureuse et son patron sera content de lui.

D'où tenait-il ces heureuses dispositions? Sûrement pas de sa mère, jolie mais timide, pâlotte et un peu chétive, toujours en train de lutter contre la fatigue (son travail à la manufacture de vêtements l'épuisait) et qui n'avait pas poussé dix plaisanteries de toute sa vie, car une douce mélancolie l'habitait depuis toujours, si discrète et si familière qu'Alice la confondait avec la vie elle-même. Il les tenait encore moins de son père, petit homme taciturne et colérique, qui ne voyait dans l'existence qu'une suite de corvées dont on ne pouvait venir à bout que grâce à la bière, aux émissions de hockey et aux plaisirs du lit.

Sa bonne nature, Charles la devait peut-être à un lointain ancêtre peu enclin aux idées noires et à la rancune, et qui, au terme d'une longue vie, s'était paisiblement éteint avec le sentiment consolateur d'avoir connu le meilleur sort possible. Ou, alors, peut-être qu'au moment de sa conception une explosion fabuleuse avait éclaté quelque part dans la galaxie, dont il avait reçu la bienfaisante influence...

Toujours est-il qu'à l'âge d'un an Charles était un beau bébé joufflu, débordant de santé, content de lui-même et de la vie, qui inspirait à son pédiatre un certain sentiment d'inutilité. Ces qualités s'accompagnaient d'une redoutable énergie et d'une curiosité vorace. L'appartement de la rue Dufresne devint bientôt pour lui un champ d'exploration qui occupait chacune de ses minutes. Aucun recoin, malgré les barrières et les portes, n'échappait à son impétueuse envie d'apprendre. Marcher dans la cuisine exigeait de son père et de sa mère une certaine adresse et beaucoup d'attention, car le plancher était généralement jonché de chaudrons, de casseroles, de plats, d'assiettes, d'ustensiles et d'objets de toutes sortes (il savait maintenant ouvrir les tiroirs et s'en était même fait tomber quelques-uns sur la margoulette). Quand il entrait dans la chambre à coucher de ses parents, c'était pour vider les tiroirs des tables de chevet et de la commode, ramper sous le lit ou tirer les draps et les couvertures, dans lesquels il aimait s'emmitoufler. Les serviettes de la salle de bains tenaient lieu de tapis, la toilette se remplissait de pots, de flacons et de pains de savon, et Wilfrid Thibodeau un bon matin faillit se retrouver dans la baignoire en posant le talon sur une flaque de shampoing que Charles, avec force grimaces, avait commencé à goûter.

Deux ou trois fois, ses initiatives manquèrent de tourner à la tragédie. Un après-midi d'octobre, ses parents l'avaient amené à l'Expo 67, qui brillait alors de ses derniers feux. Bondissant des bras d'Alice, il faillit se précipiter du haut du monorail en essayant d'attraper un bouquet de ballons qui s'agitait devant lui. Sa mère l'avait retenu par un pied et il était resté suspendu quelques secondes dans le vide en hurlant de peur.

— Mais on n'en viendra jamais à bout! tempêtait le père, découragé. Qu'est-ce que ce sera à quinze ans?

Le jour de son deuxième anniversaire, Alice fit un gâteau à la vanille, le glaça de chocolat, y planta deux chandelles et invita des voisins et leurs trois enfants à venir en manger un morceau à la fin du souper. À l'heure convenue, la visite arriva et Wilfrid la fit passer au salon. Alice, occupée à préparer le café, eut un moment de distraction. Un bruit spongieux suivi d'une sorte de soupir la fit se retourner. Charles venait de tirer la nappe et avait reçu le gâteau et son assiette sur la tête, une tête devenue méconnaissable, où l'on ne distinguait plus que le bout d'un nez pointant au milieu d'un mélange de pâte et de chocolat.

— Seigneur Dieu! qu'est-ce que tu as fait là?

Wilfrid apparut dans la cuisine et poussa un cri de rage. Il réussit un moment à se contenir pendant que sa femme, toute piteuse, débarbouillait son fils, aidée de la voisine, mais aussitôt qu'elle eut terminé, il empoigna Charles par le milieu du corps et se mit à le frapper du plat de la main comme s'il s'agissait d'une timbale. L'enfant serra les lèvres, fronça les sourcils, laissa échapper un petit gémissement, mais ne pleura pas. Quand on l'eut changé et mis sur ses pieds, il se réfugia dans un coin, s'assit contre le mur et dirigea sur son père un regard qu'Alice n'oublierait jamais. Deux minutes plus tard, il avait retrouvé son sourire et empilait paisiblement des blocs dans sa chambre.

— Je vais le prendre en main, moi, vous allez voir, déclara Wilfrid à son voisin, tandis que les deux femmes, accroupies devant la table, essayaient de récupérer un peu de gâteau pour l'offrir aux enfants qui pleurnichaient. On n'est pas pour attendre qu'il jette tous les meubles par la fenêtre pour lui rentrer un peu d'éducation dans le ciboulot !

Deux jours plus tard, Charles plongeait sa mère dans l'effroi. En revenant de son travail, Alice était allée le chercher à la garderie et se préparait à le monter dans sa poussette jusqu'à leur logement (ils habitaient au premier) lorsqu'elle se rappela qu'elle avait une course à faire à l'épicerie ; mais elle manquait d'argent.

— Attends-moi une seconde, mon chou, maman revient tout de suite.

Et elle s'élança dans l'escalier pour réapparaître quinze secondes plus tard à l'extérieur. Un cri strident lui échappa. Charles, penché en avant, les bras dressés, avait la tête engagée (ou du moins c'est l'impression qu'elle eut) dans la gueule d'un énorme chien policier. Son cri fit peur à l'animal, qui s'enfuit.

— Seigneur ! est-ce qu'il t'a fait mal, mon bébé ?

Charles n'avait rien. Au contraire, sa joue luisante de bave montrait que la bête l'avait pris en affection et il semblait que ce fût réciproque, car l'enfant grimaçait et agitait les mains, affligé par le départ du chien.

Charles attirait les caresses et les sourires des voisins, et même des étrangers, mais il attirait aussi les chiens. Il les attirait en quantités incroyables. Son apparition dans la rue semblait aspirer toutes les bêtes du voisinage. Comme les humains, les chiens semblaient raffoler de sa bonne petite bouille aux yeux vifs et réjouis, de ses éclats de rire en cascades et même de ses caresses quelque peu maladroites, dont certaines laissaient parfois des touffes de poils entre ses doigts. Les promenades devinrent compliquées et un peu lassantes pour Alice, que cette affluence canine ennuyait. Est-ce que le chien policier – qu'on n'avait jamais revu – avait passé le mot à tous ses collègues ? Est-ce que ces derniers possédaient un système de télécommunications qui leur permettait de se rassembler instantanément ? Personne dans le quartier n'avait jamais rien observé de semblable.

Le quincaillier Fafard, qui habitait en face, traversait parfois la rue pour observer le « petit roi des chiens » au milieu de sa cour ; il lui caressait les cheveux, lui tapotait les joues, lui chatouillait le bout du menton, bref, lui prodiguait toutes les marques d'affection que les étrangers témoignent aux enfants qui ont conquis leur cœur. C'était un homme au milieu de la trentaine, grand et massif, à la bouche large, à la voix forte, aux traits lourds et un peu empâtés, avec une expression ouverte et franche, un ventre rebondi et une calvitie déjà prononcée.

— Sont gentils, les toutous, hein, mon 'tit gars ? Sont gentils parce que t'as le tour avec eux autres.

Puis, se tournant vers Alice qui l'écoutait avec un sourire intimidé :

— Un tigre passerait en dessous d'une porte pour lui faire plaisir, madame. C'est un don qu'il a, votre garçon. Un don rare ! Faudrait le cultiver.

Situation étrange et plutôt réjouissante, mais qui présentait un fâcheux inconvénient : quand on forçait Charles à quitter ses admirateurs à quatre pattes, on devait subir chaque fois vingt minutes d'une mauvaise humeur franchement exécrable, longues comme l'extraction d'une molaire.

— Et si on lui achetait un chien ? proposa un soir Alice à son mari.

— Qu'est-ce qu'on va en faire ? Tu travailles, je travaille : un chien va s'ennuyer comme un fou à passer toutes ses journées seul à la maison. Et les chiens qui s'ennuient se vengent ! On va revenir le soir pour s'apercevoir qu'il a chié sur le tapis ou grugé la patte de la table. Jamais. Pas de chien ici.

Et le petit homme sec aux joues marquées de deux plis verticaux qui lui donnaient une expression austère et farouche roula des yeux sombres en agitant ses gros doigts meurtris par le travail.

2

Charles venait d'avoir trois ans lorsque sa mère tomba de nouveau enceinte. Il était toujours aussi remuant et avait un sens de la réplique étonnant pour son âge, une grande capacité à se faire des amis, mais une capacité tout aussi grande à les perdre quand il avait le sentiment qu'on avait été injuste à son égard.

Les jours de semaine, avant de partir pour son travail, Alice le menait chez une voisine, rue Lalonde, qui avait aménagé son sous-sol en garderie et accueillait une douzaine d'enfants, assistée d'une jeune fille. Charles adorait ce nouveau milieu et avait rapidement fait la conquête de Catherine et de sa monitrice Mélanie, qui le trouvaient aussi adorable qu'exaspérant. L'enthousiasme et l'imagination qu'il mettait dans les jeux pouvaient faire place tout à coup à des colères terribles quand les choses n'allaient pas à son goût; embrassades et coups de poing sur le nez se succédaient parfois à une cadence ahurissante. Dans un élan de générosité, il pouvait donner à un copain la moitié de sa collation. Mais gare à celui ou à celle qui lui aurait chipé un bâtonnet de carotte ou une poignée de raisins secs!

Ce caractère instable l'avait obligé à développer l'art de se faire pardonner. Instinctivement, il avait compris qu'on y arrivait d'abord et avant tout par le charme.

— Mélanie, murmurait-il tendrement à sa monitrice, l'œil baissé, après une bagarre particulièrement réussie, es-tu encore fâchée contre moi? C'est fini, je vais être gentil, maintenant...

Et, la mine savamment désolée, il s'approchait d'elle et lui enserrait une jambe.

— Charlot, répondait Mélanie en souriant malgré elle, ce serait tellement agréable si tu te contrôlais un peu plus...

Mais devant son regard éploré (et subtilement retors) elle éclatait de rire et, lui pinçant les deux joues, l'embrassait sur le bout du nez:

17

— Manipulateur, va! Tu n'es qu'un petit manipulateur! Ah! je plains les femmes qui vont t'aimer, gripette!

◆

Charles avait également fini par développer une grande capacité de persuasion. Alice l'amenait chaque matin à la garderie vers sept heures. Ils n'avaient que deux coins de rue à marcher et, chaque fois, le trajet se faisait en compagnie d'une délégation canine qui attendait l'enfant à sa porte dès les premières lueurs de l'aube. La délégation pouvait compter jusqu'à douze ou même quinze représentants, tous remplis de la joie exubérante de revoir leur ami et pourvoyeur dont ils avaient été séparés par une interminable nuit. À l'occasion d'une pluie battante, d'un froid intense ou d'une tempête de neige, ce nombre pouvait diminuer, mais jamais en deçà de cinq. Tout en marchant, Charles s'amusait à nourrir ses compagnons de croûtes de pain et de restes de table qu'il avait déposés la veille dans un sac de plastique, pendant que sa mère se défendait tant bien que mal contre les plus turbulents qui faisaient parfois des mailles dans ses bas. Aussi lui avait-elle demandé plusieurs fois de cesser de nourrir les chiens; mais Charles avait fini par la réduire au silence à l'aide d'une argumentation aussi puissante que simple qui se déployait en trois points:

1. Puisqu'on lui défendait d'avoir un chien à la maison, il fallait bien lui permettre de s'amuser avec les chiens de la rue.

2. Les croûtes de pain et restes de table iraient à la poubelle, qui n'avait pas faim; aussi bien en faire profiter de pauvres bêtes affamées.

3. Si Alice avait été elle-même un chien (ou plutôt une chienne), elle aurait été bien contente qu'il la régale.

◆

Un matin de novembre, Alice et son garçon se dirigeaient péniblement vers la garderie, assaillis par des tourbillons d'une neige lourde et fondante; les gros flocons mitraillaient leurs yeux, s'insinuaient traîtreusement le long de leurs poignets et dans leur cou pour se répandre en suintements glacials. La tempête avait recouvert la ville d'une pâte épaisse et fondante qui émettait sous la semelle d'écœurants bruits de viscères. Malgré tout, Charles s'occupait à régaler les courageux amis qui avaient décidé de l'accompagner en bravant ce sale début d'hiver, lorsqu'il s'aperçut tout à coup qu'un étranger s'était joint au groupe. C'était un petit chien maigre et jaunasse avec d'énormes yeux à fleur de tête qui boitillait misérablement parmi la meute, bousculé par l'un, menacé par l'autre, essayant en vain de happer un morceau et s'obstinant quand même, tout transi qu'il fût.

Charles s'arrêta et, repoussant quelques bêtes, s'accroupit devant le chien jaune et lui présenta le sac grand ouvert. Ce dernier avait à peine eu le temps de happer un morceau qu'Alice empoignait son fils par l'épaule et l'entraînait vivement vers la garderie.

— Maman! se mit à pleurer Charles. Il va mourir si je lui donne pas à manger! Regarde ce qu'il a l'air!

— Ce n'est pas un temps pour nourrir des chiens! Et plus vite que ça! Un plan pour attraper une pneumonie! Non mais m'as-tu compris, espèce? Tu n'en apporteras plus, de restants, si tu ne sais pas te montrer raisonnable!

Charles, le visage ruisselant de larmes et de neige fondante, avançait par saccades, tiré par sa mère, se retournant de temps à autre pour jeter un coup d'œil vers le chien jaune qui faisait de son mieux pour le suivre, en gigotant de l'arrière-train, mais qui perdait peu à peu du terrain.

Avant de pénétrer dans la garderie, Charles eut le temps de voir son misérable protégé surgir par la barrière entrouverte et pénétrer dans la petite cour.

— Ce que tu peux me faire damner, toi, des fois, soupira Alice en lui enlevant son manteau humide et alourdi dans le tohu-bohu de l'arrivée des enfants.

Elle l'embrassa et partit en toute hâte, car la manufacture ne tolérait aucun retard.

Charles alla aussitôt chercher une chaise, la traîna près d'une fenêtre, grimpa dessus et regarda à l'extérieur. Les chiens allaient et venaient dans la cour, reniflant le sol et jetant des regards pleins d'envie sur Charles bien au chaud à l'intérieur. Le petit chien jaune, assis à l'écart près d'une balançoire, le fixait tristement, secoué de temps à autre par un long frisson, son pelage blanchi par la neige. Ses compagnons faisaient semblant de ne plus le voir, comme s'ils avaient pressenti le sort terrible qui l'attendait.

— Pauvre petit, pensa Charles, il va mourir, c'est sûr.

— Qu'est-ce que tu fais, Charles? demanda Mélanie, la monitrice, prise dans un emmêlement de bras, de jambes, de bottes et de manteaux.

— Je regarde mon chien, répondit l'enfant d'une voix affligée.

— Ton chien? Quel chien? Il n'y en a qu'un, ce matin?

— Non, il y en a plusieurs.

— Et alors? Quel chien regardes-tu?

— Je regarde mon chien jaune, fit-il de plus en plus sombre.

— Et qu'est-ce qu'il a, ton chien jaune?

— Il va mourir.

— Qui va mourir? demanda un petit garçon hirsute, une botte au pied gauche et le pied droit nu.

Il accourut et essaya de grimper sur la chaise, mais Charles le repoussa.

— Attention, attention, les enfants! fit Mélanie en s'approchant. Gentils, gentils, vous deux, là!

Elle se pencha vers la fenêtre:

— En effet, il n'a pas l'air d'en mener large, le pauvre.

Charles la regarda droit dans les yeux:

— Faut le faire entrer, Mélanie. Quand il aura chaud, il ira mieux.

— Oui, déclara Marcel qui avait réussi à trouver une place sur la chaise, il ira beaucoup mieux, c'est sûr. Là, il gèle trop.

Et, hochant la tête avec un grand air d'approbation, il posa la main sur l'épaule de Charles en signe d'appui moral.

— Mais on ne peut pas, les amis, c'est défendu par le règlement.

— C'est quoi, le règlement? demanda Marcel.

— C'est ce qu'il faut faire ou ne pas faire à la garderie.

— Le règlement dit qu'il ne faut pas aider un chien malade qui est en train de mourir de froid dehors? demanda Charles.

— Non. Le règlement dit qu'il ne faut pas faire entrer d'animaux dans la garderie parce qu'ils peuvent apporter des maladies aux enfants.

— Pfa! j'ai caressé des chiens souvent, souvent et souvent, et j'ai jamais été malade! Le règlement est fou!

— Peut-être, répondit Mélanie, embarrassée, mais il faut y obéir.

Deux taches écarlates, de fort mauvais augure, apparurent alors sur les joues de Charles, ses yeux se plissèrent, sa bouche se durcit et un léger balancement s'empara de ses bras:

— Je veux que le chien jaune vienne se réchauffer, Mélanie, murmura-t-il d'une voix tremblante. Si tu ne le fais pas entrer, je ne bouge pas d'ici.

Et, l'air buté, il s'agrippa au dossier de la chaise.

— Voyons, Charles, sois raisonnable, plaida Mélanie d'une voix qui trahissait sa mauvaise conscience.

— Si tu ne le fais pas entrer, je ne bouge pas d'ici, répéta Charles, les dents serrées.

— Moi aussi, lança Marcel, mais avec beaucoup moins de conviction.

Mélanie dut s'éloigner, car d'autres enfants étaient arrivés et une bousculade venait d'éclater dans le fond de la pièce.

Charles continuait de fixer la cour par la fenêtre. La bande de chiens avait disparu, mais le chien jaune continuait de grelotter près de la balançoire; son corps légèrement affaissé se confondait presque avec la neige à présent.

Soudain Charles sauta de la chaise, fila dans le vestibule et s'élança dans la cour. Quelques secondes plus tard, il revenait en tenant dans ses bras la bête amorphe qui penchait lourdement la tête, l'œil à demi fermé, les pattes molles, secouée de temps à autre d'un grand frisson.

Par la porte entrouverte, de lourds flocons de neige pénétraient en un lent tourbillon pour se poser sur le plancher où ils fondaient aussitôt.

Mélanie se dressa devant Charles, une botte dans chaque main; la colère avait légèrement creusé ses joues et de sa bouche entrouverte, aux lèvres frémissantes, allait sortir cette voix sèche et aiguë qu'on n'entendait presque jamais et que les enfants redoutaient d'autant plus; alors Charles éclata en sanglots:

— Mélanie! hoqueta-t-il dans un ruissellement de larmes, s'il te plaît, laisse-le entrer! Sans ça, il va mourir!

Quatre petites filles se tenaient à présent aux côtés de Charles; elles poussèrent en même temps un soupir éploré.

Mélanie, interdite, fixa le chien une seconde; elle allait fléchir lorsqu'un violent spasme secoua la bête qui ouvrit alors la gueule; un long filet de liquide verdâtre en gicla et s'étala sur le plancher.

— Il n'en est pas question! lança-t-elle en s'emparant de l'animal. Ce chien est malade et va rester dehors!

Elle ouvrit la porte et le déposa sur le seuil.

Alors Charles remonta posément sur sa chaise, s'entortilla autour des barreaux et des montants comme une pieuvre, et ferma les yeux, résolu à n'en pas bouger tant qu'on n'aurait pas secouru son protégé.

Mélanie quitta la pièce, revint avec un rouleau d'essuie-tout et se mit à éponger le plancher; les enfants observèrent Charles un moment, puis des sourires moqueurs apparurent sur leurs lèvres et ils se mirent à tourner lentement autour de la chaise en le chatouillant et le pinçant, mais ce dernier, à leur grande surprise, ne réagit pas.

— Allons, venez-vous-en, ordonna Mélanie en saisissant deux mains. On va laisser monsieur bouder en paix.

Quelques minutes plus tard, elle revenait jeter un coup d'œil discret. Les mains crispées aux montants, Charles ne bougeait pas, mais il avait ouvert les yeux et fixait la fenêtre d'un œil farouche.

Une demi-heure passa. Alors Catherine apparut. C'était une femme dans la trentaine, aux bras potelés et aux cuisses imposantes qui tendaient le tissu de son pantalon noir, avec un visage bon à l'expression énergique. Elle se planta devant Charles; un léger frémissement le parcourut et ses yeux cillèrent, mais il continua de fixer la fenêtre en silence.

— Qu'est-ce qui se passe, Charles? Mélanie vient de me dire que tu boudes?

— Je ne boude pas.

— Alors, qu'est-ce que tu fais?

— J'ai de la peine.

— Pourquoi?

— Parce que je veux aider un chien malade et que Mélanie ne veut pas.

— Et où est-il, ce chien?

— Dehors. Il est en train de mourir de froid.

Catherine s'approcha de la fenêtre, jeta un coup d'œil dehors et une légère grimace plissa ses lèvres.

— Je n'ai pas le droit de le faire entrer, mon pauvre Charlot. Les règlements me le défendent. Il pourrait nous apporter des maladies.

— Le monsieur qui a fait ce règlement est un fou, murmura Charles, implacable. Il n'a jamais eu de chien, lui, ou bien il les déteste. Quand quelqu'un est malade, on ne le laisse pas geler dehors. Même quand c'est un chien.

Il regarda Catherine et vit que le coup avait porté. Alors, s'agenouillant sur la chaise, l'œil humide et suppliant, la bouche frémissante, il joignit les mains:

— S'il te plaît, Catherine, laisse-le entrer... Mets-le dans une boîte de carton et garde-le dans ton bureau, qu'il se réchauffe un peu. Il est tellement malade qu'il ne bougera pas, j'en suis sûr. Personne n'ira le voir et je n'en parlerai à personne, je te le promets. Tu veux, Catherine? Tu veux, hein?

Catherine posa les mains sur ses cuisses et dodelina lentement de la tête, cherchant un moyen de s'en sortir.

— On n'a pas de boîte, Charles...

— Oh oui! vous en avez! J'en ai vu hier dans la dépense de la cuisine.

Catherine, de plus en plus ennuyée, enfonça les ongles dans le tissu de son pantalon et on entendit un léger crissement.

— Bon, ça va, tu as gagné, tête de mule. Va demander une boîte à Mélanie, je vais aller chercher des guenilles pour la garnir. Mais pas un mot à personne, hein?

Charles, radieux, revint en courant avec la boîte et Catherine disposa les guenilles au fond. Il voulut s'élancer dehors, mais elle l'attrapa par un bras :

— Pas question. C'est moi qui m'occupe du chien.

Elle ouvrit la porte et les flocons de neige zigzaguèrent de nouveau jusqu'au milieu de la pièce. Recroquevillé sur le perron, la tête enfoncée dans les épaules, le museau serré entre les pattes, le petit chien jaune essayait désespérément de retenir en lui le peu de chaleur qu'il lui restait. Catherine saisit l'animal et revint à l'intérieur, refermant la porte d'un coup de talon.

Charles, muet de joie, sautait sur place en battant des mains.

Durant les quelques secondes où il demeura suspendu dans les airs entre les mains de Catherine, le petit chien jaune vécut une expérience terrible. Son regard brouillé par la neige fondante s'éclaircit tout à coup et se porta machinalement sur une petite fissure dans une plinthe à quelques pieds de lui. La fissure se mit soudain à grossir et bondit sur lui sauvagement, l'enveloppant d'un noir impénétrable, puis elle reprit aussitôt sa taille et retourna à sa place, comme si de rien n'était; le chien avait compris dans son âme de chien qu'il allait bientôt mourir et que rien ne lui permettrait d'échapper à son sort. Alors une douleur terrible le saisit au ventre, comme si on venait de le transpercer avec une longue aiguille; il poussa un gémissement affolé et se débattit. Charles s'élança vers lui, l'arracha à Catherine et le pressa contre son ventre, où l'animal se pelotonna, tout tremblant.

— N'aie pas peur, mon pitou, on va s'occuper de toi.

Il l'éloigna un peu de lui et, le regardant droit dans les yeux :

— On va s'occuper de toi, je te dis... Arrête de trembler, O. K. ?

Le chien poussa un second gémissement, mais déjà on le déposait dans la boîte de carton sur l'amoncellement de guenilles, puis quelqu'un soulevait la boîte et la transportait dans un endroit où ne parvenait plus qu'une faible rumeur de voix d'enfants. Il allongea les pattes et se mit à renifler les guenilles. Peu à peu, son poil sécha et une pesante torpeur commença à diluer les frissons épuisants qui le tuaient.

Il mourut vers midi. Charles, fidèle à sa promesse et malgré l'envie terrible qui le rongeait d'aller prendre de ses nouvelles, ne s'était pas présenté une seule fois au bureau de Catherine. Quand celle-ci vint lui annoncer la mort du chien jaune, il demanda à le voir une dernière fois. Roulé en boule sur le côté, les pattes de devant toutes droites et raidies, il fixait le plafond d'un œil hagard, la gueule légèrement entrouverte. Un petit enfant se mit à gémir dans la pièce à côté, et Charles eut l'impression horrible que c'était le chien qui gémissait, lui reprochant de ne pas l'avoir sauvé.

Il se mit à sangloter :

— Je voulais l'aider, mais j'ai pris trop de temps... Il est resté trop longtemps dehors... J'ai manqué mon coup... Maintenant, il ne pourra plus jamais être mon ami ! Jamais ! *Jamais !*

Catherine lui caressa les cheveux un moment puis, pour adoucir sa peine, proposa qu'on l'enterre au fond de la cour devant le vieux merisier, et ainsi, d'une certaine façon, il resterait avec Charles. Ce dernier approuva l'idée. Pendant la sieste, il aida Catherine à creuser un trou dans la terre encore meuble. Mais, quand la boîte de carton fut déposée au fond de la petite fosse, il s'éloigna à grandes enjambées, car il n'aurait pu supporter la vue des pelletées de terre qui allaient s'abattre sur son pauvre ami.

Les jours passèrent et il retrouva bientôt son entrain. Mais, de temps à autre, pendant les récréations, il quittait ses compagnons de jeux et se rendait au pied du vieux merisier. Et durant quelques instants, les mains derrière le dos, il contemplait le sol, songeur.

3

Le 4 juin 1970, Alice Thibodeau donna naissance à une petite fille qu'on nomma Madeleine. Charles la trouva très rouge et très laide, avec une voix terrible qui faisait vibrer les verres dans l'armoire de la cuisine ; elle souffrait d'une maladie au nom très compliqué. Sa voix poursuivait Charles partout et lui enfonçait comme de longues aiguilles dans les oreilles. Il avait beau fermer les portes et monter le volume de la télé, la voix finissait toujours par l'emporter ; elle remplissait l'appartement comme une main remplit une mitaine. Il n'y avait que dans les toilettes – situées loin de la chambre du bébé et pleines des rumeurs de la rue grâce à une petite fenêtre entrouverte – que Charles arrivait à l'endurer et parfois même à l'oublier. Mais c'était une pièce minuscule, où l'on pouvait à peine étendre les bras ; au bout de cinq minutes, Charles s'y ennuyait à mourir.

Alors il prit l'habitude, en revenant de la garderie, d'attendre l'heure du souper dans la petite cour pavée à l'arrière de l'immeuble où ils logeaient et occupée la plupart du temps par un énorme camion. Elle était séparée de la cour du voisin par une haute clôture grillagée de l'autre côté de laquelle on apercevait deux poubelles de plastique vert – énormes elles aussi – d'où provenaient parfois des odeurs de viande pourrie qui l'obligeaient à s'en tenir loin.

Souvent, trois ou quatre chiens, la queue frétillante, attendaient dans la ruelle que Charles les fasse entrer par une petite barrière très difficile à ouvrir (la première fois, il y avait mis plus de dix minutes). Ses poches étaient toujours pleines de croûtes de pain pour leur collation. Il s'amusait à leur montrer des tours, il grimpait à cheval sur les plus gros, il se laissait pourchasser par eux jusque sous le camion. Parfois, Alvaro, le petit Portugais qui habitait de l'autre côté de la ruelle, venait jouer avec lui. Il fallait alors expulser les chiens, parce qu'Alvaro ne les aimait pas trop et s'amusait même parfois à les rudoyer; un jour, une espèce de colley à poil long et sale, pourtant très doux, l'avait mordu à la joue; heureusement, la blessure n'était pas profonde, mais, à partir de ce moment, il avait exigé que les chiens quittent la cour avant qu'il n'y entre.

Quand Charles et Alvaro se trouvaient ensemble, leurs têtes débordaient d'idées. Le camion devenait un paquebot, une locomotive, un engin spatial, une montagne qu'il fallait escalader ou alors, tout simplement, une jeep traversant des pays dangereux. On pouvait se suspendre aux tiges des rétroviseurs, grimper dans le fourgon et, quand on était sûr que personne ne regardait par les fenêtres, marcher avec précaution sur le toit de la cabine et sur le capot. Malheureusement, les portières étaient toujours verrouillées. Parfois, ils perdaient pied et dégringolaient sur l'asphalte; heureusement, ils ne s'étaient jamais fait mal.

Alvaro était la plupart du temps gentil et plein d'entrain, mais, à l'occasion, en plein milieu d'un jeu, il s'arrêtait brusquement, la mine longue; son visage au teint jaune paraissait alors presque brun; l'ennui venait de lui tomber dessus, il n'avait plus goût à rien et retournait chez lui sans dire un mot.

De toute façon, tôt ou tard, Charles devait rentrer lui aussi; la porte du premier étage s'ouvrait et son père – ou plus rarement Alice – l'appelait pour le souper. Il devait alors affronter de nouveau la petite sœur, qui ne semblait pas avoir trouvé d'autres façons de vivre qu'en hurlant. Le repas se déroulait sans un mot, triste et morne. C'était souvent Wilfrid qui devait le préparer, car sa femme se remettait mal de ses couches et passait les journées au lit avec son bébé. On devait se contenter alors d'une soupe avec des sandwichs ou des hot-dogs, ou d'une tourtière achetée à l'épicerie et servie avec des légumes en boîte.

Alice, serrée dans son éternelle robe de chambre, la petite Madeleine pressée contre elle, chipotait dans son assiette en soupirant. Courbé sur la sienne, Wilfrid Thibodeau, l'air maussade et accablé, mangeait avec bruit, le geste brusque, en passant à tous moments une de ses mains entre ses cuisses. Ce tic, que Charles avait remarqué depuis peu chez son père, l'intriguait beaucoup, mais il n'osait pas poser de questions. Sa mère aussi l'intriguait. Pourquoi était-elle toujours si fatiguée? Son visage avait changé depuis l'accouchement: il avait maigri et pâli, la peau semblait avoir durci et luisait d'une façon bizarre, désagréable; de petites veines bleues étaient apparues sur ses joues, sur sa gorge et jusque sur ses mains. Est-ce que tous les bébés rendaient leur maman aussi malade? Mieux valait ne pas en avoir alors. Mais peut-être les mamans n'avaient-elles pas le choix? Peut-être fallait-il avoir des enfants pour devenir tout à fait une grande personne? Peut-être que la police nous obligeait à en avoir?

Un soir, vers huit heures, Charles venait de se mettre au lit en compagnie de Simon, son fidèle ours blanc; Alice était allée le border et lui avait même raconté une petite histoire, comme auparavant. Pour une fois, le bébé ne hurlait pas. La paix régnait dans l'appartement depuis près de deux heures; on entendait le ronronnement du réfrigérateur, le plancher qui craquait et, de l'autre côté du mur, la voix de la voisine en train de téléphoner à sa belle-sœur, comme elle le faisait à longueur de journée.

Charles ferma les yeux, allongea les jambes sous les couvertures et pressa Simon contre lui. C'était délicieux. Il se mit à penser au petit chien jaune, mais sans tristesse, cette fois, comme si le chien vivait toujours et qu'il allait le retrouver le lendemain à la garderie. Puis sa pensée se divisa en deux et il se mit à songer aussi à un avion. Alors il se retrouva dans le ciel en train de voler avec le chien jaune qui fixait les maisons sous eux en jappant très fort.

Et, soudain, il rouvrit les yeux et comprit qu'il ne s'agissait pas de jappements mais de cris. Le bébé s'était réveillé et hurlait de nouveau.

— À l'urgence encore une fois ? s'exclama son père au fond de l'appartement. J'en ai plein les bottes, moi, tabarnac ! Ça fait déjà deux fois cette semaine ! J'arrête pas de payer !

Une voix indistincte lui répondit.

Alors Charles, furieux de s'être fait réveiller, sauta du lit et se dirigea pieds nus vers la chambre de ses parents, sans trop savoir pourquoi. Au moment où il passait le seuil, le bébé s'arrêta net de hurler. Comme un hypocrite ! Sa mère, étendue dans le lit avec la petite dans les bras, puis son père, appuyé contre le rebord de la fenêtre, le regardèrent d'un œil interrogateur. Charles fixait le bébé, son visage rouge et tout plissé, ses bras maigres terminés par des doigts qui ressemblaient à de petits vers roses ; un mouvement de haine s'éleva en lui et il s'y abandonna, même s'il savait que c'était là quelque chose de très laid :

— Maman, fit-il en s'approchant avec un sourire mielleux, le regard toujours fixé sur sa sœur, est-ce que je pourrais lui faire mal, juste un petit peu ?

Son père eut un mouvement de surprise et lui sourit. Cela étonna Charles au plus haut point. Il ne se rappelait pas que son père lui ait jamais souri.

◆

Le lendemain, on transporta la petite Madeleine à l'hôpital Sainte-Justine, où elle mourut une semaine plus tard. Le jour des funérailles, Charles resta à la garderie et ne se sentit pas particulièrement triste. Après tout, se disait-il, tant qu'à hurler comme ça jour et nuit, mieux valait mourir.

C'est ainsi qu'il expliqua la chose aux chiens en se rendant le matin à la garderie (depuis quelques mois, il s'y rendait seul), et ceux-ci, bien qu'étant visiblement plus préoccupés par les croûtes de pain et les morceaux de viande, semblèrent l'approuver ; cela le réconforta un peu.

Quand il revint à la maison à la fin de la journée, le lit à barreaux, la table à langer, le mobile aux étoiles multicolores, que

Charles admirait tant, et tout ce qui pouvait rappeler sa petite sœur avaient disparu, laissant la chambre vide.

Ce soir-là, il soupa seul avec son père, car Alice n'avait pas faim et resta couchée. Wilfrid avait commandé une pizza toute garnie (Charles adorait la pizza) et se montra attentif et même, par moments, affectueux envers son fils, ce qui l'intimida un peu. Il ne l'accusa pas de s'empiffrer quand Charles demanda une troisième pointe et ne fit aucune remarque quand le gamin laissa échapper par inadvertance un énorme rot après avoir ingurgité une cannette de Pepsi.

La maison, calme et silencieuse, semblait à présent trop grande et comme froide, et Charles se demanda s'il n'aurait pas fini par aimer sa petite sœur malgré ses hurlements.

— As-tu de la peine ? demanda Wilfrid Thibodeau après avoir lentement essuyé ses doigts sur la nappe.

— Oui, j'en ai, répondit Charles.

Puis il ajouta courageusement, par souci d'honnêteté :

— Mais bien moins que maman, ça c'est sûr !

Une semaine plus tard, ses amis de la garderie, son escorte de chiens et les jeux dans la cour asphaltée avec Alvaro (il jouait souvent avec lui à présent) avaient repris presque toute leur place dans l'esprit de Charles, et sa bonne humeur était revenue. La seule chose qui lui rappelait de temps à autre qu'il avait eu une petite sœur malade, c'était l'état de sa mère. Alice n'était pas retournée à la manufacture de la rue Saint-Laurent, mais continuait de passer toutes ses journées à la maison en robe de chambre, comme si elle devait s'occuper du bébé. Quand elle quittait la maison, c'était pour se rendre chez le médecin. Elle y allait au moins une fois par semaine.

Charles comprit un soir en écoutant ses parents durant le souper que sa mère souffrait de la même maladie qui avait emporté Madeleine. Mais il ne s'en inquiéta pas outre mesure. Car Alice allait bientôt recevoir sa carte de plastique.

Quelques jours plus tôt, elle lui avait annoncé, en effet, que le gouvernement se préparait à distribuer à tout le monde une carte merveilleuse qui permettrait d'aller voir le médecin aussi souvent qu'on le voudrait, et sans que cela coûte un sou!

Alors, s'était dit Charles, sa mère choisirait sûrement le meilleur médecin et finirait par guérir, car elle était une grande personne et les grandes personnes sont beaucoup plus fortes que les bébés.

Son père ne réagissait pas comme lui. Il paraissait de plus en plus maussade et accablé, et ne supportait plus que Charles fasse le moindre bruit dans la maison, ce qui l'obligeait à se planter devant la télévision ou à jouer dehors, même quand il n'en avait pas envie. Sinon, c'était les claques derrière la tête, et elles arrivaient de plus en plus souvent! Mais il avait appris maintenant à retenir ses larmes et même à penser aussitôt à autre chose après en avoir reçu une. Et ainsi il avait l'impression que cela faisait un peu moins mal.

À présent son père buvait de la bière non seulement avant le souper mais aussi *après*, et parfois trois ou quatre bouteilles, et même davantage. Il s'endormait souvent devant la télévision dès le début de la soirée. Charles pouvait alors faire tout ce qui lui plaisait, car sa mère, épuisée par sa journée, se retirait dans sa chambre aussitôt la vaisselle faite; il s'efforçait toutefois, autant que possible, d'être sage pour ne pas peiner Alice.

Puis, un soir, Wilfrid Thibodeau, sans avoir prévenu, ne vint pas souper. Il arriva tard dans la soirée, fit beaucoup de bruit, réveilla Charles. Alice pleura. Au bout d'une dizaine de minutes, le calme régna de nouveau dans l'appartement. Le lendemain matin, personne ne fit allusion à la scène et Charles se garda bien de poser des questions. Il sentait que quelque chose venait de changer dans sa vie, sans parvenir à deviner de quoi il s'agissait.

Quelques jours plus tard, Wilfrid sauta de nouveau le souper. Cette fois, il arriva au milieu de la nuit, sobre, apparemment, mais hargneux, cherchant querelle. La porte de la chambre à coucher fut claquée avec fracas. Simon l'ours blanc pressé contre lui, Charles, les jambes raidies, les pieds glacés, écoutait les hurlements de son père; il avait l'impression que son cœur avait doublé de volume et cherchait à écraser ses poumons. Des éclats de voix lui parvenaient : «... toujours malade!... c'est pas une vie!... j'en ai plein les bottes!... fiche-moi la paix!... j'ai pas de comptes à te rendre!... »

Cette nuit-là, il fit un cauchemar. Un petit garçon qu'il ne connaissait pas s'était fait couper une main près du camion dans la cour. Une hache gisait à ses pieds, ensanglantée, près de la main encore frémissante. Qui avait pu commettre une chose aussi affreuse? Le garçon secouait en hurlant son horrible moignon, d'où le sang giclait. Charles se réveilla au petit matin en pleurant. Alice se tenait assise à ses côtés, lui caressant le dos. Une lueur gris-bleu filtrait du store tiré, allégeant la pénombre de la chambre.

Il pensa à son cauchemar tout l'avant-midi. Il n'arrivait pas à se l'expliquer. À son retour chez lui à la fin de la journée, il refusa d'aller jouer dans la cour près du camion, malgré les appels répétés d'Alvaro. À quelques reprises dans la soirée, il alla jeter un coup d'œil suspicieux sur son lit. Se pouvait-il que les cauchemars se cachent dans les matelas ou les couvertures?

À présent, Wilfrid Thibodeau sautait deux ou trois soupers par semaine et n'apparaissait parfois qu'au matin pour prendre sa douche et changer de vêtements. Mais il n'y avait plus de querelles. Alice serrait les lèvres, évitait son regard et gardait le silence. Elle continuait de dépérir et ses gestes étaient devenus tremblotants, incertains. Un soir, en entrant dans le salon, Charles l'aperçut qui regardait la télévision. Elle était assise de biais et la lueur blanche de l'écran éclairait vivement son visage, qui avait pris une apparence osseuse et farouche, comme ces masques d'halloween, qui sont censés effrayer et amuser à la fois; il en fut tout saisi, s'approcha d'elle et lui prit les mains, ce qu'il ne faisait jamais :

— Tu devrais aller voir d'autres médecins, maman. Ceux que tu vois n'ont pas l'air d'être bien bons.

Elle se mit à lui caresser la nuque; il n'aimait pas le contact de ses longs doigts glacés.

— Mon pauvre Charlot, ils font tout ce qu'ils peuvent, je t'assure. Personne ne peut faire mieux.

— Alors, dans ce cas-là, tu vas guérir, maman. C'est juste que ça prend plus de temps qu'on pensait, non?

Il souriait, mais en même temps il avait envie de pleurer.

Ce soir-là, il lui fallut beaucoup de temps pour s'endormir. Simon l'ours blanc posé sur son ventre, il réfléchissait en bougeant ses orteils. Quelle maladie pouvait bien avoir sa mère? Quand il le lui demandait, elle secouait la tête avec un drôle de sourire, celui que les adultes adressent aux enfants quand ils ne veulent pas répondre à leurs questions. Puis elle disait: « C'est de la fatigue, mon chou. Seulement une très grande fatigue. »

Elle mentait, bien sûr. Il se rappelait fort bien cette conversation à table où il avait appris qu'elle souffrait de la même maladie que Madeleine. Comment un bébé pouvait-il mourir de fatigue? Les bébés sont tout neufs! Ah! si son père se montrait plus gentil avec elle et passait, comme avant, toutes ses soirées à la maison, peut-être guérirait-elle plus vite?

Il s'empara de son ours et lui glissa à l'oreille:

— Simon, Simon... dis-moi comment la guérir, s'il te plaît...

Une fois à la garderie, Charles ne pensait presque jamais à sa mère. À le voir rire, courir et crier, inventer des jeux, puis en changer subitement les règles, réclamer d'une voix perçante une portion supplémentaire de collation, taquiner cruellement un camarade, puis enlacer fougueusement Mélanie afin de se faire pardonner, personne n'aurait pu deviner que sa mère allait mourir. Charles, comme toutes les natures fortes, avait établi en lui-même des cloisons étanches afin de pouvoir amasser des forces et survivre. Jamais il ne faisait allusion au drame qui se déroulait chez lui parce que, aussitôt le pied dans la rue, il en vidait son esprit. C'était sans doute l'instinct de survie qui le poussait à une telle attitude et cet instinct, loin de le détacher de sa mère, l'en rapprochait en quelque sorte, lui inspirant le comportement qu'Alice aurait souhaité elle-même qu'il adopte. À Mélanie qui s'étonnait un jour de ne plus jamais voir sa mère l'accompagner à la garderie, il se contenta de répondre en détournant la tête qu'elle « était très occupée »; mais la tristesse de sa voix le trahit et fit comprendre à la monitrice qu'un malheur se préparait chez les Thibodeau. Elle n'osa cependant pas le questionner davantage. Quelques jours plus tard, Catherine demanda à un parent voisin de Charles de l'accompagner le soir jusque chez lui, car Wilfrid ne venait jamais le chercher.

◆

Un jour, en rentrant à la maison, Charles eut la surprise d'entendre une voix étrangère dans la cuisine; mais cette impression ne dura qu'une seconde et il devina aussitôt qu'il s'agissait d'une voisine.

— Ah! v'là notre p'tit bonhomme! s'écria Lucie Fafard, la femme du quincaillier. Comment vas-tu, toi? Tu as de belles joues rouges, dis donc! Je gage que tu vas dévorer mon pâté au poulet tout à l'heure.

Son entrain sonnait faux et déplut à Charles. Sans un mot, il s'approcha de sa mère, assise à table dans son éternelle robe de chambre, et se pressa contre elle.

— Ah! bien sûr, il ne me connaît pas beaucoup, poursuivit la femme en s'emparant d'un couteau pour peler des pommes de terre, on ne s'est pas parlé trois fois, je pense. Mais on se croise souvent dans la rue, hein, Charles?

— Il est un peu timide, émit faiblement Alice Thibodeau avec un sourire, mais ça ne durera pas, vous verrez, car il aime le monde.

— Eh bien! moi aussi, figure-toi donc. Je suis sûre qu'on va bien s'entendre. Tiens, mon garçon, va me porter ce sac de patates dans la dépense, veux-tu?

Charles comprit, aux paroles qu'échangèrent les deux femmes, que madame Fafard avait rencontré sa mère dans la rue au cours de l'avant-midi et lui avait proposé de venir préparer chaque soir le souper afin de l'aider à se rétablir plus vite. Mais à son attitude un peu trop joviale, un peu trop attentionnée, l'enfant devina que ce rétablissement ne se produirait jamais et que sa maman partirait un jour pour l'hôpital, comme Madeleine, qui était morte.

L'air lui manqua tout à coup et il serra si fortement le bras de sa mère que celle-ci poussa un léger cri :

— Qu'est-ce qui te prend, mon chou ? Tu me fais mal !

Alors il courut à sa chambre et s'y enferma. Simon l'ours blanc, étendu sur un oreiller, plissa les yeux en l'apercevant, lui indiquant ainsi qu'il était temps qu'on s'occupe de lui.

— Simon ! lança-t-il joyeusement.

Il se jeta sur le lit et sa peur s'envola aussitôt. Puis, ayant pris son ourson entre ses bras, il poussa une chaise vers la fenêtre et grimpa dessus ; monsieur Victoire, leur propriétaire, la tête plongée sous le capot de son taxi, s'occupait encore une fois à le réparer. Monsieur Victoire avait la peau très noire et lui disait toujours quand il l'apercevait : « Bonjour ! mon p'tit gars ! », puis se mettait à rire ; de tous les hommes que Charles connaissait, c'était lui qui avait la plus belle voix.

Charles ne voyait que ses jambes et le bas de son dos, immobiles, comme s'il s'était endormi ou avait cessé de vivre ; mais un grand bruit clair et métallique retentit soudain et, au grand soulagement de Charles, monsieur Victoire s'écria :

— Merde de gibouille de canasson !

Et sa tête apparut, surmontée d'une casquette bleue tachée d'huile, tout de travers.

Charles éclata de rire, sauta de la chaise, posa Simon sur le plancher à ses côtés et se mit à construire une grande tour avec des blocs. Il était sur le point de la terminer lorsqu'on frappa doucement à sa porte.

— Ton assiette est servie, Charles, fit Lucie Fafard.

Charles grimaça en entendant la voix, puis détourna la tête quand la porte s'ouvrit.

— Tu dois avoir faim, mon pauvre enfant! Il est presque six heures et demie.

— Non, répondit-il en lui jetant un regard sans amitié.

Mais il se leva et la suivit. Une bonne odeur de pâté embaumait toute la maison. Comme si elle avait senti que sa présence lui déplaisait, madame Fafard partit dès qu'il se mit à table. Il mangea avec appétit, tandis qu'Alice toucha à peine à son assiette et l'interrogea sur sa journée à la garderie. Puis elle lui servit une deuxième portion de pâté et alla se coucher; il termina son repas en regardant une émission à la petite télévision noir et blanc posée sur le vaisselier, que son père défendait qu'on allume durant les repas parce que cela l'énervait.

Un samedi après-midi, alors qu'il coloriait dans un album au salon avec Alvaro, deux hommes apparurent dans la maison avec une civière pour emporter Alice qui avait passé une très mauvaise nuit. Avant de partir, elle l'appela dans sa chambre et le serra longuement dans ses bras en pleurant, l'embrassa plusieurs fois sur les joues et sur le front, lui faisant promettre d'être sage, de prendre son bain chaque soir et de toujours bien manger. Il inclinait la tête sans dire un mot, sentant un grand vide à l'intérieur de lui-même. Debout près du lit, le visage défait, ses yeux rouges et gonflés clignotant de fatigue, Wilfrid Thibodeau les observait en passant la main sur sa bouche. Il partit avec sa femme et les deux ambulanciers, et ce fut Lucie Fafard qui vint garder Charles jusqu'au retour de son père.

Charles retourna au salon, où l'attendait Alvaro, et se remit à colorier comme si de rien n'était, mais les drôleries de son ami, qui s'amusait à ajouter aux personnages de l'album des cornes, des bras et des antennes aux endroits les plus bizarres, ne le faisaient plus rire à présent; il essayait de faire apparaître dans sa tête le visage de sa mère, mais celui-ci s'était comme évaporé, ne laissant qu'une sorte de poussière grise et froide, et une épouvantable tristesse.

◆

À partir de ce moment, la vie de Charles changea du tout au tout. À la fin de chaque journée, au lieu de retourner à la maison en quittant la garderie, il devait attendre son père au restaurant Chez Robert, rue Ontario, à deux pas de chez lui. L'enseigne annonçait qu'on y servait de la « cuisine canadienne », avec « spéciaux du jour » et « mets pour emporter », le tout agrémenté d'une « licence complète ». Robert lui-même s'était envolé depuis longtemps au bras d'une ostéopathe anglaise légèrement boiteuse mais très jolie, laissant à sa femme le commerce et des dettes qui le valaient trois fois. Rosalie Guindon avait tenu le coup ; elle s'était accotée avec le cuisinier de l'établissement qui, hasard étrange, se prénommait Roberto et valait trois fois son ex-mari. Ils avaient travaillé très fort pendant cinq ans, avaient réussi à éponger les dettes et à remettre à flot le restaurant, qui s'avérait maintenant une bonne affaire. Wilfrid Thibodeau connaissait bien la propriétaire et, depuis quelques mois, connaissait encore mieux Sylvie Langlois, une des serveuses, beau brin de femme de trente-huit ans assez portée sur la bière.

Charles se présentait habituellement au restaurant vers cinq heures et demie, prenait place sur une banquette devant un verre de lait (gracieuseté de Rosalie), regardait sagement la télévision ou écoutait les conversations des clients, qui pouvaient parfois se montrer fort divertissantes. Monsieur Morin, un vieil habitué, célibataire et retraité, apparaissait immanquablement à six heures moins quart pour commander sa soupe du jour, son demi-*club sandwich* (sans frites) et son pouding-chômeur (le soir, il mangeait toujours légèrement) ; puis il faisait sa partie de patience en taquinant Rosalie sur son embonpoint, trouvant chaque jour une façon amusante de le souligner, Rosalie, de son côté, trouvant chaque jour une nouvelle façon de lui clouer le bec, tout aussi amusante. Monsieur Victoire entrait assez souvent pour prendre sa « bière de fin de journée », saluait Charles d'un grand sourire et parfois même lui caressait les cheveux, puis se mettait à faire une cour torride et bouffonne aux serveuses, particulièrement à la rougissante Liette dont les dix-huit ans s'effarouchaient facilement, pour la plus grande joie des clients. Charles ne saisissait pas toutes les allusions, mais riait de bon cœur avec tout le monde, surtout à cause de la mimique de monsieur Victoire. Mais d'autres soirs il demeurait amorphe, comme retiré en lui-même, affalé sur sa banquette, l'air triste et vaguement dégoûté.

Lorsque l'affluence n'était pas trop grande, Rosalie venait le trouver et le prenait sur ses genoux quelques instants :

— Tu penses à ta mère, hein, mon pauvre 'tit gars? C'est pas drôle à ton âge de vivre une histoire pareille... Allez, tout va finir par s'arranger, tu vas voir. Y a rien qui s'arrange pas, d'une façon ou d'une autre.

Sylvie s'approchait parfois elle aussi, mais ne le prenait jamais sur ses genoux, se contentant de lui sourire quelques secondes en clignant des yeux dans la fumée de sa cigarette.

Quand Wilfrid Thibodeau tardait à se présenter, il avait été entendu entre Rosalie et lui que son fils souperait au restaurant. Charles avait rapidement compris que, pour qu'on accepte sa présence Chez Robert, il devait se montrer non seulement sage mais agréable et utile; aussi ne ménageait-il pas les compliments sur les mets qu'on lui servait. Puis, son repas avalé, il faisait le tour des tables inoccupées pour ramasser les cendriers et les vider dans la poubelle. Rosalie, amusée et ravie, l'appelait son « petit serveur Tom Pouce ».

Un soir, Wilfrid Thibodeau téléphona au restaurant pour annoncer qu'un travail urgent le retiendrait jusque vers dix heures et demanda à Sylvie d'accompagner son fils à l'appartement (le matin même, il avait remis une clé à Charles) pour lui faire sa toilette et le coucher. Rosalie, fort mécontente, s'y opposa et discuta de l'affaire avec Roberto dans la cuisine. Charles connaissait peu Roberto, car celui-ci était toujours aux chaudrons ou en train de prendre le frais sur le seuil de la porte arrière, mais, sans le savoir, l'enfant avait également conquis le cœur du cuisinier. Après une longue délibération, il fut décidé que Charles dormirait au restaurant jusqu'à l'arrivée de son père; mais, comme on craignait de nuire à l'image de l'établissement en lui improvisant un lit sur une banquette, Roberto eut l'idée de l'installer sous le comptoir; il suffisait de déplacer quelques caisses de boissons gazeuses et trois gros pots de moutarde; Rosalie alla chez elle chercher un édredon, qui servirait de matelas, une couverture et un oreiller; Charles se glissa sous le comptoir non loin de la caisse enregistreuse et se mit à contempler le va-et-vient des jambes gainées de nylon, heureux comme un phoque au milieu d'un banc de poissons.

La semaine suivante, Charles dut passer ainsi deux fois le début de sa nuit sous le comptoir. Rosalie commença à bougonner intérieurement, car ces deux fois coïncidaient avec les soirs de congé de Sylvie.

— Il nous prend pour des *cocombres*, se plaignit-elle à son compagnon. Et la Sylvie aussi!

— Peut-être, Lili, mais il nous paie bien, répondit le pragmatique Roberto. La semaine passée, cinq dollars pour trois repas d'enfant : comment se plaindre?

— Eh bien, moi, je me plains. À cause des principes. On traite pas un enfant comme ça. J'étais à la caisse tout à l'heure quand j'ai entendu un reniflement à mes pieds. Je me penche : il pleurait. Oh! pas fort! Il fait son gros possible pour pas nous déranger, le pauvre p'tit gars. Tu devines comme moi à qui il pensait. Personne le lui a dit, mais il a compris comme tout le monde que sa mère s'en va vers la tombe. Plus de mère et pas de père... Tout un avenir!

Roberto secoua sa main huileuse (il venait de pétrir de la pâte à pizza) :

— *Tou* exagères, Lili.

— En quoi, je te demande? Wilfrid a autant besoin de cet enfant que d'une crampe au mollet. C'est pas un mauvais homme, bien sûr, mais s'il pouvait le vendre ou le donner sans que ça paraisse mal, pfuit! bon débarras! Au bout d'une demi-heure, il y penserait même plus. Il a pas une âme de père, je te dis. Depuis le temps, je commence à connaître les hommes, Roberto... Tout le monde a pas ton cœur de sucre, mon gros Toto. En connais-tu beaucoup qui se laisseraient plumer par leur fille comme tu l'as fait?

— On s'était pourtant entendus pour *plou* parler de ça.

— Excuse-moi.

Les yeux de Roberto pétillèrent de colère, puis s'adoucirent aussitôt:

— La vie est pas simple pour lui, Lili: une femme mourante, un petit de quatre ans, ses propres parents qui lui font la gueule, la belle-mère trop loin pour être *outile*, et avec tout ça il doit gagner sa vie comme tout le monde!

— Tu oublies sa Sylvie, qu'il plante pendant que sa femme agonise, ricana Rosalie en retournant au comptoir.

Roberto poussa un soupir excédé et se remit à sa pâte. Ah! ces créatures! Quand on voulait s'assurer d'être compris de travers, on n'avait qu'à leur jaser! Ce pauvre Wilfrid, il n'aurait pas voulu être dans ses culottes... Comme si d'avoir une femme malade depuis des mois transformait un homme en ange! Le corps a ses besoins, tabarnouche! Les critiques de Rosalie avaient exacerbé son sentiment de solidarité masculine.

Cependant, deux heures plus tard, un léger dégoût s'insinua en lui lorsque, assis au comptoir et alors que le restaurant était presque vide, il se mit à penser au menuisier en sirotant tranquillement une bière. Soudain, une main se posa sur son épaule:

— Et alors? fit Thibodeau avec cet air rajeuni et triomphant que donnent pendant une heure ou deux les plaisirs du lit à un homme, même fatigué. Comment s'est passée la soirée? Mon garçon vous a pas trop achalés, j'espère? Tiens, ajouta-t-il aussitôt en glissant dans la poche du cuisinier un billet de dix dollars. Pour vos bons soins depuis deux semaines.

— Mais non! mais non! c'est *bienne* trop! s'exclama Roberto, aux anges, son estime de nouveau tout acquise au menuisier.

— Ça le vaut, et bien *plusse*, répondit Thibodeau en se penchant sous le comptoir.

Charles dormait si profondément que son père dut le porter dans ses bras jusque chez lui. Il se contenta de lui enlever ses souliers et le glissa tout habillé dans son lit sans que l'enfant se réveille.

En fin d'après-midi, il était allé voir Alice à l'hôpital. Le regard qu'elle avait posé sur lui au moment de son départ était resté planté au milieu de son front. Aussi, l'idée de passer la soirée seul à la maison avec son fils l'avait encore une fois rempli de désespoir. Alors il avait appelé Sylvie. Elle l'avait invité chez elle. Ils avaient bu quelques bières. Et cela avait fini comme d'habitude. Et pendant ce temps le regard d'Alice continuait de le torturer. Il avait fait de son mieux pour simuler l'entrain et une passion de jeune homme, mais la serveuse ne s'y était pas trompée:

— C'est pas avec moi que t'étais ce soir, hein, mon grand? T'aurais peut-être dû organiser ta soirée autrement.

Il n'avait su que répondre.

« Mon Dieu! se demanda-t-il en regardant son fils plongé dans le mol abandon du sommeil, un bras allongé hors du lit, la main entrouverte, qu'est-ce que je vais faire de lui, à présent? »

Et, pendant un long moment, assis dans la chaise berçante devant le réfrigérateur qui ronronnait imperturbablement, il fuma cigarette sur cigarette, cherchant une solution qui n'apparaissait pas.

4

Les bras étendus, Charles zigzaguait dans la cour, à la poursuite de son ami Freddy, en imitant un avion à réaction qui aurait pris en chasse un ennemi, lorsque Mélanie vint le trouver :

— Ton papa est ici ; il voudrait te parler.

L'enfant s'en vint à contrecœur, traînant ses pieds dans les feuilles mortes qui commençaient à joncher le sol. Pourquoi le dérangeait-on toujours ainsi, chaque fois qu'il s'amusait ? Il avait tellement de mal à s'amuser, à présent.

Wilfrid Thibodeau attendait près de l'entrée. Charles le regarda, étonné. Depuis le matin, son père semblait avoir incroyablement vieilli ! Comment pouvait-on vieillir si vite ? Son front avait plissé, ses joues pendaient, sa peau avait pris la couleur de ces morceaux de carton qui traînent dans la rue et ses yeux, ses yeux... on les voyait à peine ! Ils se cachaient, à demi éteints, sous des paupières rouges et enflées.

— Maman voudrait te voir, se contenta de dire l'homme à voix basse, et, tournant le dos, il lui fit signe de le suivre.

L'auto filait très vite dans la rue presque déserte. Charles, assis près de son père à la place d'Alice, trouvait le grondement du moteur vaguement menaçant. Quelques minutes passèrent. Wilfrid Thibodeau regardait droit devant lui, silencieux, impassible. Ils tournèrent un coin et se retrouvèrent dans une rue très passante qui les obligea à ralentir. Un gros camion-citerne blanc et rouge, qui livrait du mazout, leur bloquait maintenant la vue et s'arrêtait à tout moment en poussant d'énormes soupirs, ce qui obligeait Wilfrid Thibodeau à donner des coups de freins.

— Maman ne va pas bien du tout, Charles, annonça-t-il soudain d'une voix molle et haut perchée que son fils ne lui reconnaissait pas.

Cette voix lui déplut. Allongeant le bras, il pressa le bouton de la radio pour meubler le silence et enlever à son père le goût de parler davantage.

De la musique se mit à jouer, interrompue soudain par un bulletin spécial. Un homme annonça d'une voix grave et solennelle que des terroristes qui se réclamaient du Front de libération du Québec venaient de kidnapper un diplomate britannique quelque part à Montréal. La police faisait enquête. Le premier ministre du Canada et celui du Québec feraient des déclarations plus tard dans la journée.

— C'est quoi, un diplomate, papa?

— Euh... c'est un homme qui travaille pour un pays dans un autre pays.

— Et britannique, c'est quoi?

— Les Anglais... Pas les Anglais d'ici, les Anglais d'Angleterre.

Charles s'adossa à son siège, satisfait. Il imaginait trois cowboys masqués avec des mouchoirs rouges à pois, armés d'énormes pistolets, en train de bousculer un homme à grosses lunettes et à cravate rouge, qui gardait un visage imperturbable, les yeux pleins de larmes.

— Des bandits, grommela son père, les dents serrées. J'espère qu'ils vont les écrabouiller, les hosties...

La musique avait repris et Charles poursuivait sa rêverie. Un des bandits s'était mis à tirer le diplomate par sa cravate, mais l'homme résistait, le visage maintenant rouge comme une bouteille de ketchup. Soudain l'auto s'arrêta dans un terrain de stationnement. Charles sortit et suivit son père. Ils remontèrent une rue en pente jusqu'à une autre beaucoup plus large, bordée par un immense parc aux arbres à demi dénudés. À leur droite s'élevait l'hôpital Notre-Dame, où l'on soignait sa mère.

À son arrivée dans le hall d'entrée, un violent remue-ménage se produisit dans la tête de Charles. Les bandits et le diplomate s'envolèrent, comme emportés par une tempête, et l'image d'Alice les remplaça : Alice, maigre et blafarde, immobile dans son lit, les yeux clos et respirant avec peine. Charles se sentit de nouveau envahi par le chagrin et la peur. Il devait faire un effort pour suivre son père qui se dirigeait rapidement vers les ascenseurs. S'il n'en avait tenu qu'à lui, il l'aurait attendu bien sagement dans le hall, blotti contre un mur.

Wilfrid Thibodeau poussa doucement la porte entrebâillée et, tenant son fils par la main, avança dans la chambre remplie d'une pénombre bleuâtre. Dans le premier lit, une vieille dame respirait avec un curieux claquement de dents, la bouche entrouverte, un tube fixé dans le nez. Charles passa devant elle sans la regarder et s'arrêta en face du second lit.

Une femme très maigre y dormait, les bras allongés le long du corps. Wilfrid Thibodeau glissa un fauteuil près du lit, saisit son fils par les aisselles et le déposa dessus afin qu'il puisse mieux voir la femme. Charles reconnaissait vaguement les cheveux d'Alice, mais tout le reste avait changé. Est-ce qu'il s'agissait bien de sa mère? Peut-être qu'ils s'étaient trompés de chambre et qu'Alice, souriante, les attendait ailleurs? Il observait, hébété, ce visage creusé, ce nez mince et luisant aux narines allongées, ce menton osseux et pointu, presque menaçant, et ne savait que faire ni que penser. Il tourna la tête vers son père.

— On va attendre qu'elle se réveille, murmura ce dernier avec un sourire accablé.

Alors une impression étrange s'empara de Charles. L'impression que la pénombre bleuâtre qui emplissait la chambre comme une fumée émanait du visage de sa mère endormie, que la pénombre allait envahir peu à peu l'hôpital, puis la ville et enfin la terre entière, et chasser à tout jamais la lumière de leur vie.

Ses yeux se remplirent de larmes et il se mit à trembler :

— Maman, murmura-t-il, réveille-toi...

Alice ouvrit brusquement les yeux et l'aperçut. Un sourire alangui et tout ensommeillé apparut sur ses lèvres, et elle souleva lentement un bras. Charles avait quitté le fauteuil. Agenouillé sur le lit, il se tenait courbé au-dessus de sa mère, la serrant par le cou.

— Voyons, tu vas l'étouffer, s'exclama Wilfrid Thibodeau, et il voulut l'éloigner.

— Laisse-le, répondit Alice avec une vigueur étonnante. Il y a si longtemps que je ne l'ai pas vu! Mon petit pitou, murmura-t-elle tendrement à son oreille, tandis que l'enfant reniflait et soufflait contre son visage comme un jeune animal qui serait revenu transi et effrayé d'une longue aventure solitaire. Ils se tenaient enlacés dans un échange de soupirs et de monosyllabes incompréhensibles tandis que le menuisier, la main suspendue, les fixait avec un air d'étonnement intimidé. Cela dura quelques minutes, puis, soudain, le corps de la jeune femme se relâcha et ses bras retombèrent sur le lit, sans force. Charles sentit qu'il gênait sa respiration et se releva à demi. Son père le prit douce-ment entre ses bras et le plaça de nouveau dans le fauteuil. Alice avait fermé les yeux et une expression apaisée atténuait à présent l'effrayante maigreur de son visage.

— Tu vas guérir, maman, déclara Charles avec une assurance joyeuse. Mais il faut que tu manges *plusse* : t'es beaucoup trop maigre !

Alice hocha faiblement la tête en souriant, les paupières tou-jours closes. Elle avait enfin revu son fils. La vie, qui venait de satisfaire son dernier désir, ne pouvait lui offrir davantage ; toutes ses forces travaillaient à présent à creuser en elle le vide bien-heureux qui abolirait sa souffrance.

Le service funèbre d'Alice Thibodeau eut lieu le 20 octobre 1970 à l'église Saint-Eusèbe-de-Verceil, rue Fullum. Une maigre assis-tance s'était dispersée dans la nef caverneuse et un peu défraîchie, où flottait une faible odeur d'encens, de poussière et de moisi : des parents, quelques compagnes de la manufacture de vêtements et une demi-douzaine de voisins, dont le quincaillier Fafard et sa femme Lucie. Debout devant la balustrade, un peu à gauche de l'autel ultramoderne qu'on avait planté devant l'ancien autel aux sculptures dorées, oublié désormais au fond du chœur, le curé prononçait l'oraison funèbre sous le regard étonné de Charles, assis à quelques mètres de lui entre son père et sa grand-mère. C'était un homme trapu, à la figure grave et au geste lent ; un sang riche nourrissait son ventre arrondi et quelque chose de ce ventre se retrouvait dans sa voix onctueuse et sonore.

— Alice, lança-t-il d'une voix empreinte de la tristesse solennelle que réclamaient les circonstances, Alice, cette servante de Dieu, cette fidèle épouse, cette mère aimante, cette travailleuse infatigable qui servait de modèle à ses compagnes de travail, Alice vient de nous quitter. Alice, mes chers frères, mes chères sœurs, est allée préparer au ciel une place pour son mari, pour son fils et pour tous ceux qu'elle aime... Dieu, dans son infinie bonté, vient de la recevoir parmi les élus.

Charles, étonné, se tourna vers son père, puis vers sa grand-mère, et son regard disait : « Pourquoi il l'appelle Alice ? Il ne la connaissait même pas. »

Ses pensées revinrent alors aux convois de soldats qu'il avait vus quelques jours plus tôt dans les rues de la ville.

Le lendemain de la mort d'Alice, Wilfrid était resté à la maison pour s'occuper des funérailles. Après avoir consulté les *Pages jaunes*, il avait téléphoné à plusieurs entrepreneurs de pompes funèbres, cherchant le meilleur prix, horrifié chaque fois par celui qu'on demandait. Finalement, quelqu'un lui présenta des conditions qui lui parurent un peu moins cruelles. De toute façon, il ne pouvait y échapper : un mari se devait d'enterrer convenablement sa femme décédée. Charles, assis devant lui, l'écoutait sans trop comprendre, devinant toutefois qu'il s'agissait d'affaires infiniment tristes et coûteuses.

— Viens-t'en, lui ordonna son père.

Wilfrid le fit asseoir dans l'auto et voulut se diriger vers la rue Darling, où l'attendait l'entrepreneur pour la signature du contrat et la discussion des derniers détails de la cérémonie. Il s'engagea dans la rue Ontario vers l'est, mais dut bientôt s'arrêter. Un barrage bloquait la rue. Des soldats, l'arme en bandoulière, demandaient leurs pièces d'identité aux automobilistes.

Une file de camions aux bâches kaki s'allongeait sur la chaussée, moteurs en marche, répandant une âcre odeur de diesel. On voyait des soldats partout; ils circulaient d'un pas un peu balourd, entrechoquant leurs armes, pénétrant dans les commerces et les logis, grimpant et descendant les escaliers, jetant des regards incisifs aux piétons, échangeant des plaisanteries entre eux avec de gros rires. Une rumeur sourde et continue emplissait le ciel; à tout moment, des hélicoptères apparaissaient au-dessus des toits, se balançant quelques secondes comme de gigantesques insectes dans un vacarme assourdissant, puis disparaissaient d'un mouvement brusque pour aller se donner en spectacle ailleurs.

Montréal était investie par l'armée canadienne.

Charles, à genoux sur son siège, tournait la tête de tous côtés, l'œil écarquillé.

— Qu'est-ce qu'ils font, les soldats, papa?

— Ils cherchent les bandits.

— Quels bandits?

— Les bandits.

Puis le menuisier ajouta:

— T'es trop jeune pour comprendre.

À son retour à la maison, Wilfrid Thibodeau alluma la radio et s'assit dans la cuisine, pensif, pour écouter les bulletins spéciaux, qui déferlaient, interrompant à tout moment les émissions. De temps à autre, Charles quittait sa chambre, où il essayait de s'amuser, et apparaissait dans la porte, silencieux, attentif, n'osant pas poser de questions.

Le soir venu, comme le menuisier n'avait pas la tête à la popote, ils allèrent souper Chez Robert. Une atmosphère étrange régnait dans le restaurant. L'œil braqué sur la télévision, les clients parlaient à voix basse avec un air important, comme s'ils avaient eu un rôle dans les événements qui se déroulaient. Rosalie avait la mine recueillie et vaguement bougonne qu'elle affichait les rares fois où elle assistait à la messe.

Elle vint s'asseoir près de Charles et lui caressa les cheveux.

— Pauvre monsieur Laporte, soupira-t-elle. J'espère qu'ils ne lui feront pas mal... C'est déjà tellement dur d'être un ministre !

— Tu parles si c'est dur ! ricana un jeune homme en blouson noir, qui demeurait à quelques rues et s'était gagné un certain prestige depuis qu'il fréquentait l'université. On a du fric plein les poches, on se promène en limousine, on joue au golf avec les grosses légumes... Pfa !... Laporte, c'est un profiteur. Il paraît qu'il fréquente la pègre.

Les regards qui s'abattirent sur lui exprimaient une telle réprobation qu'il plongea la tête dans son assiette et n'ajouta plus un mot.

Quand Wilfrid revint chez lui au milieu de la soirée, il envoya son fils au lit et se retira dans sa chambre à coucher. Pendant un moment, il regarda, pensif, les vêtements d'Alice suspendus dans la garde-robe, ouvrit un tiroir, examina quelques photos, puis, haussant les épaules, alla chercher une bière à la cuisine et s'installa au salon devant la télé ; on avait annoncé dans la soirée que le premier ministre Pierre Elliott Trudeau allait s'adresser à la population.

Pelotonné sous ses couvertures, Charles essayait de dormir, mais les scènes de la journée se bousculaient dans sa tête et le remplissaient de frissons ; il chantonna un moment, Simon l'ours blanc assis sur son ventre, puis quitta son lit et se dirigea sans bruit vers le salon, où le murmure de la télévision l'attirait irrésistiblement.

On apercevait au petit écran un homme à demi chauve avec un visage mince aux pommettes saillantes, assis derrière une table, des feuilles devant lui. L'œil glacé, le teint blanchâtre comme si on l'avait trop maquillé, il ressemblait à un cadavre surgi de sa tombe. D'une voix nasillarde et posée, il justifiait les mesures extrêmes que le gouvernement venait de prendre :

— ... Demain, la victime aurait été un gérant de caisse populaire, un fermier, un enfant. Ç'aurait été, dans tous les cas, un membre de votre famille...

Wilfrid se retourna et aperçut son fils, immobile, qui écoutait. La gravité des événements avait transformé le menuisier. Au lieu de lancer un « Qu'est-ce tu fais là, toi ? *Envoye* dans le lit, et plus vite que ça ! », il se contenta de dire :

— T'arrives pas à dormir ?

Puis il ajouta :

— C'est le premier ministre... le chef du Canada.

Charles resta quelques minutes dans l'embrasure, puis disparut. Wilfrid but deux autres bières, marmonnant de temps à autre de vagues imprécations contre le Front de libération du Québec, puis le sommeil le gagna. Mais avant de se coucher, il s'assura que les deux portes de l'appartement étaient bien verrouillées et inspecta chaque fenêtre. Son fils tendait l'oreille, inquiet de ce va-et-vient inhabituel.

Au milieu de la nuit, Charles se réveilla en sursaut ; un battement sourd au-dessus de la maison, d'une extraordinaire puissance, faisait tinter les vitres de sa fenêtre. Des hélicoptères ! Est-ce que les bandits venaient enlever un enfant ? Est-ce que cet enfant, c'était lui ? Le bruit s'éloigna rapidement, mais il ne put se rendormir, rempli d'une sorte d'exaltation terrifiée qui lui faisait à la fois souhaiter et redouter leur retour.

Ces événements extraordinaires avaient eu un curieux effet chez lui ; la mort d'Alice en avait perdu toute substance dans son esprit. Il savait qu'il ne reverrait plus sa mère, qu'elle était allée rejoindre quelque part et pour toujours sa petite sœur à la voix terrible, mais la sombre effervescence qui régnait dans la ville, l'air grave et tendu des adultes, ces discussions chuchotées, ce bombardement de bulletins spéciaux à la radio et à la télé, que tout le monde écoutait avidement malgré les répétitions incessantes, avaient en quelque sorte gelé son chagrin d'enfant.

Le curé retourna derrière l'autel ; il leva les mains au-dessus de sa tête, prononça une formule et tous les assistants s'agenouillèrent. Charles, lui, préféra rester debout, car il voyait mieux ainsi. L'ennui commençait à le gagner ; il se dandina un moment, se gratta une fesse, saisit un petit livre à couverture noire posé sur une tablette devant son ventre, l'ouvrit et le referma aussitôt. Derrière lui, Lucie Fafard l'observait; elle se pencha à l'oreille de son mari :

— Pauvre enfant... Je me demande bien ce qui va lui arriver, à présent... J'ai l'impression que son père s'en occupe autant que d'une vieille galoche.

Le quincaillier crut deviner dans l'intonation de ses paroles une obscure prière; il secoua brusquement l'épaule droite, comme si un taon l'avait piqué : c'était chez lui signe de mécontentement. Sa femme le remarqua et lui jeta un regard étonné. « Je te vois venir, toi, lui répondit intérieurement son mari. Tu voudrais le prendre chez nous, je gage? Y en est pas question! Avec deux enfants et un commerce à faire marcher, j'en ai plein les bras, et toi aussi. Déjà que tu cherches à régler tous les problèmes à dix milles à la ronde!... »

La cérémonie finissait. Le curé, goupillon en main, s'avança dans l'allée centrale et aspergea d'eau bénite le cercueil, puis les porteurs le roulèrent lentement vers la sortie, suivis par les parents et amis qui toussaient, échangeaient des regards de circonstance, ajustaient leur cravate, rectifiaient les plis de leur robe; les portes s'ouvrirent toutes grandes et c'est alors que se produisit un événement qui impressionna Charles au plus haut point.

Le petit groupe s'avançait sur le parvis lorsqu'un immense grondement s'éleva à droite dans la rue Fullum; les gens se regardèrent, interdits, et le murmure des conversations s'arrêta brusquement. Le grondement ne cessait de s'amplifier, ponctué à présent de pétarades et de coups de klaxon. Et soudain une longue file de camions bondés de soldats apparut au coin de la rue; un bras se tendit à l'extérieur de la cabine du camion de tête, on entendit des grésillements de walkies-talkies et des fragments de voix, et la file s'arrêta dans une suite de grincements; les soldats sautèrent des camions, armes à la main, et s'amassèrent sur le trottoir. Un homme à casquette noire, les épaules galonnées de rouge, fit quelques pas vers les marches du parvis, en haut duquel tous observaient la scène, figés de stupeur, puis, leur tournant le dos, il cria un ordre en anglais et les soldats se rangèrent deux par deux en face de l'église, armes à l'épaule, et claquèrent des talons ; le manque d'ensemble de leurs mouvements produisit comme un roulement sourd. Les camions s'étaient tus. Toutes les fenêtres de la rue s'étaient garnies de têtes silencieuses, des portes s'ouvraient, livrant passage à des curieux, d'autres curieux s'avançaient sur les balcons. Au tapage qui avait empli jusque-là le quartier avait succédé le silence de la ville, cette rumeur faible et confuse où perçaient de temps à autre un bruit aigu et lointain, un choc sourd, un restant de voix effilochée.

Alignés en deux longues rangées, les soldats demeuraient immobiles, dans l'attente d'un commandement de leur capitaine, qui se contentait de les fixer, les mains derrière le dos.

— Qu'est-ce qu'ils nous veulent ? demanda à voix basse une femme derrière Charles. Est-ce qu'ils sont venus arrêter quelqu'un ?

Charles se tourna vers son père. Ce dernier, le regard tendu droit devant, s'éclaircit la gorge et posa la main sur l'épaule de son fils. Loin de rassurer Charles, ce geste le couvrit de sueur et ses mollets se mirent à picoter.

Soudain, une légère bousculade se produisit à leur gauche, un bruit de protestations étouffées s'éleva et Fernand Fafard surgit, écarlate, puis se mit à descendre les marches de pierre en se dirigeant vers l'officier :

— Fichez-moi le camp d'ici ! cria-t-il d'une voix étranglée de colère. Laissez-nous enterrer nos morts en paix !

Une sorte de frémissement courut parmi les soldats, tandis que le petit groupe du parvis s'agitait.

— Fernand ! Reviens ici ! lança une voix de femme.

— Y est viré fou, ma parole !

— Monsieur Fafard ! Ils vont vous arrêter ! Revenez ici !

Le quincaillier, qui devait regretter son geste à présent, mais que l'orgueil forçait d'avancer, hésita une seconde, puis continua vers l'officier ; celui-ci s'était retourné et le fixait avec une moue méprisante qui semblait étirer sa fine moustache noire.

— Allez-vous-en, poursuivit Fafard avec un peu moins d'assurance Vous dérangez tout le monde ici! On n'a rien fait, nous!

Tournant légèrement la tête vers ses hommes, l'officier lança un ordre bref et Charles, les mains sur la bouche, vit deux soldats se détacher du groupe et s'emparer du quincaillier, qu'ils forcèrent à monter dans un camion sous les protestations des témoins qui descendaient les marches en désordre.

◆

On libéra Fernand Fafard le surlendemain. Des personnages haut placés avaient jugé maladroit et de mauvais goût cet étalement de force militaire en pleines funérailles et firent réprimander l'officier; il cuva sa disgrâce à l'hôtel Four Seasons avec une pute et une bouteille de dry gin; sa cuite lui ébouriffa tellement les idées qu'il se cogna la tête contre le coin d'une table, puis vomit avec énergie pendant deux heures; cela lui vaudrait six mois plus tard une hernie abdominale et une fort incommodante fistule à l'anus.

Une double réputation s'abattit sur le quincaillier; certains le considérèrent comme un héros, d'autres comme un fou. Ces derniers, toutefois, devinrent peu à peu minoritaires. Le *Montréal-Matin* publia sur lui un article avec photo dans lequel on vantait « ce commerçant qui n'avait pas froid aux yeux et savait imposer le respect dû aux rites funéraires ». Dans les semaines qui suivirent, le chiffre d'affaires du quincaillier augmenta d'environ quinze pour cent, puis la hausse se stabilisa autour de six pour cent, ce qui permit au principal intéressé de déclarer à sa femme, à ses enfants, aux voisins et à qui voulait bien l'entendre qu'« un homme qui se tient debout y trouve toujours son profit et que le diable emporte les pissous! ».

Mais la scène de l'église fit un trou dans la mémoire de Charles, qui n'arriva jamais à se rappeler l'inhumation de sa mère. En s'enfonçant dans la terre, le cercueil d'Alice sombra dans l'oubli;

la peine de l'enfant, étouffée, se perdit sournoisement en lui, creusant de fines galeries qui causeraient plus tard un douloureux effondrement.

Il faut dire que son attention et son énergie étaient désormais monopolisées par l'adaptation à sa nouvelle vie.

Wilfrid Thibodeau s'était mis à brasser les choses avec beaucoup de vigueur. Par mesure d'économie, il décida tout d'abord que Charles ne fréquenterait plus la garderie que les lundis et vendredis. Le reste du temps, il devait jouer non loin du restaurant sous la surveillance intermittente de Sylvie. Deux ou trois fois par jour, elle jetait un coup d'œil par la vitrine ou par la porte arrière afin de vérifier si le petit garçon se trouvait toujours dans les parages et en bon état. L'absence de l'enfant, même prolongée, ne lui faisait aucunement perdre son calme et sa concentration au travail, contrairement à Rosalie et même à Roberto, qui n'étaient pas longs à s'inquiéter et à mettre le nez dehors pour s'assurer que Charles n'avait pas été écrabouillé par un camion, enlevé par un pédéraste ou entraîné par sa horde de chiens dans le petit parc de la rue Coupal, endroit propice à toutes les bêtises, à moins qu'il ne fût en train de faire brûler de vieux papiers dans une poubelle. La plupart du temps, toutefois, il se trouvait dans la cour des Fafard, rue Dufresne, jouant avec le petit Henri avec qui il s'était lié d'amitié depuis le déménagement subit d'Alvaro.

5

Est-ce que la solitude (toute relative) du veuvage était devenue insupportable à Wilfrid? Est-ce que la douleur d'avoir perdu sa femme s'était miséricordieusement résorbée? Toujours est-il que, trois mois à peine après la mort d'Alice, Sylvie Langlois s'installait avec ses pénates dans l'appartement du menuisier. Le régime alimentaire de Charles n'en fut pas changé pour autant, car, la serveuse travaillant quatre soirs par semaine Chez Robert, l'enfant continua d'y souper la plupart du temps.

Mais sa vie à la maison connut un profond bouleversement. Sylvie, qui, sans se montrer méchante à son égard, ne semblait pas éprouver pour lui d'affection particulière, décida de réquisitionner sa chambre afin de la transformer en *salle de télévision*; elle l'installa dans l'ancienne chambre de sa sœur Madeleine, beaucoup plus petite et qui n'inspirait pas de très bons souvenirs à Charles. De plus, comme elle « aimait profiter de ses soirées de congé à la maison », elle convainquit Wilfrid Thibodeau d'envoyer l'enfant au lit aussitôt sa dernière bouchée avalée. Charles, dérangé dans ses habitudes, rechigna un peu au début, mais finit par se plier à cette nouvelle exigence, même si le sommeil mettait parfois bien du temps à venir. Pelotonné contre Simon l'ours blanc, les yeux au plafond, il écoutait les cris des enfants dans la rue, reconstruisait dans sa tête l'émission de télé qui jouait chez la voisine et que le mur mitoyen lui transmettait avec une bienveillante indiscrétion; parfois son attention se portait sur les soupirs et les gémissements étranges, entrecoupés de rires et de cris, qui lui parvenaient de la chambre à coucher de son père (il n'arrivait pas à nommer cette pièce autrement).

Sylvie décida également qu'il ne changerait plus désormais de bas et de sous-vêtements qu'aux deux jours, car elle avait « autre chose à faire dans la vie que de tourner autour d'une machine à laver ».

Par contre, elle se levait chaque matin pour lui préparer à manger (Wilfrid, quittant la maison très tôt, ne pouvait s'en occuper), car c'était chez elle un principe de saine alimentation qu'une journée ne pouvait commencer sans un estomac bien rempli et elle aurait considéré comme une honte que Charles prenne son déjeuner au restaurant, alors que cela lui paraissait tout naturel quand il s'agissait des autres repas.

Parfois, elle pouvait faire preuve d'une générosité surprenante. Un après-midi, mademoiselle Galipeau, couturière de son métier, s'était présentée au restaurant la mine défaite et, prenant place au comptoir, avait commandé d'une voix tremblante une tasse de chocolat chaud; à la troisième gorgée, la bonde avait lâché, son cœur s'était vidé et tout le restaurant avait appris le désastre: Mitaine, sa chatte bien-aimée, qui allait entamer avec elle une quatorzième année de vie commune, était morte deux jours plus tôt dans d'atroces souffrances après avoir avalé un fil de nylon qui lui avait scié les intestins. Maudit soit le vétérinaire qui n'avait trouvé la cause du mal qu'après le décès! Monsieur Victoire, le propriétaire du logement où habitaient les Thibodeau, avait lâché une innocente plaisanterie, qu'il avait aussitôt regrettée. Mademoiselle Galipeau s'était mise à sangloter comme une petite fille, le visage dans les mains; la mort d'un enfant ne l'aurait pas fait souffrir davantage. Sylvie, debout derrière le comptoir, l'observa un moment, interloquée, puis, se penchant au-dessus d'elle, se mit à lui caresser les épaules.

— Ramène-la donc chez elle, fit Rosalie, les yeux humides, en tordant nerveusement le coin de son tablier.

— Mais je n'ai pas payé mon chocolat! s'exclama la couturière en se dirigeant vers la sortie, accompagnée par la serveuse.

— Je m'en occupe, mademoiselle Galipeau, répondit Sylvie, ce n'est rien du tout, n'y pensez plus.

Arrivée à son appartement, la vieille femme voulut absolument lui servir une tasse de thé, puis se mit à lui vanter les mérites infinis de Mitaine, qui n'avaient pu être appréciés que dans la plus stricte intimité, car c'était une chatte timide et très particulière. Sylvie l'écoutait en souriant, hochant la tête et lui tapotant les mains. Deux jours plus tard, après quelques recherches, elle trouva une seconde chatte, « douce, tranquille et opérée », pour mademoiselle Galipeau, mais il lui fallut une semaine pour convaincre la couturière de prendre l'animal chez elle, car cette dernière avait l'impression de trahir la mémoire de sa pauvre Mitaine.

— Il ne faut pas laisser de trous dans sa vie, lui disait Sylvie. Le malheur entre par les trous. Regardez-moi ce pauvre animal, regardez les yeux qu'il vous fait: il demande votre amour!

Au bout de quelques jours, cependant, quand elle vit la couturière à peu près consolée, l'intérêt et l'affection qu'elle lui avait manifestés jusque-là semblèrent s'envoler. Elle répondait à peine à ses salutations dans la rue, prise par d'autres pensées ; la page était tournée, Sylvie était déjà ailleurs.

C'était une femme secrète et renfermée, travailleuse mais peu liante, généreuse par à-coups et rarement avec les mêmes personnes, comme si sa bonté, qui s'essoufflait facilement, avait besoin du stimulant de la nouveauté pour s'exercer. Elle ne paraissait trouver le parfait bonheur que devant une bonne émission de télévision, un verre de bière à la main – et peut-être aussi entre les bras de ce menuisier grincheux qui devenait au lit un si charmant garçon.

Charles n'avait bénéficié que de quelques jours de grâce à ses yeux, puis il était devenu un enfant comme tous les autres, c'est-à-dire un peu assommant, accompagnement obligé de l'homme qui lui faisait l'amour tous les soirs et lui permettait d'appréciables économies en le logeant chez lui.

Une curieuse relation s'était établie entre la femme et l'enfant, qui ne ressentaient aucune attirance l'un pour l'autre et n'en éprouvaient d'ailleurs aucun regret. D'un commun accord et sans en avoir jamais parlé, ils avaient décidé de limiter leurs rapports à l'essentiel et d'éviter soigneusement tout accrochage ; d'instinct, ils avaient tous deux compris que l'indifférence mutuelle et une neutralité polie constituaient la seule façon de rendre la vie commune supportable, sinon plaisante. Wilfrid Thibodeau se surprenait parfois de l'attitude si particulière de Charles pour sa compagne :

— C'est de la graine de diplomate, ce p'tit gars-là. As-tu vu comme il prend soin de jamais se trouver dans tes jambes ? Quand tu lui demandes quelque chose, il le fait toujours, et sans rechigner. Mais il s'arrange pour que tu lui en demandes le moins possible ! C'est pas fou, ça !

— À sa place, je ferais la même chose, répondait Sylvie, imperturbable, en soufflant devant elle un long nuage de fumée.

Deux ans passèrent ainsi. Au début de l'hiver de 1972, Wilfrid Thibodeau fut mis au chômage. L'oisiveté, en général, ne lui réussissait pas. Il alla voir monsieur Victoire et obtint la permission d'installer un petit atelier de menuiserie dans la cave. Puis, la semaine d'après, il distribua dans le quartier une circulaire où il annonçait sa disponibilité pour des réparations et travaux divers; mais, comme les clients se faisaient rares, il prit bientôt l'habitude de passer la plupart de ses après-midi au bar Les Amis du Sport, établi un peu au sud, rue d'Iberville. Attablé avec quelques spécialistes des loisirs permanents, il s'amusait à élever de petites pyramides de verres préalablement vidés sous l'œil résigné du patron de l'établissement, puis revenait à la maison au début de la soirée, le regard instable et puant la cigarette.

Pendant ce temps, Charles, quand il ne se trouvait pas à la maternelle, jouait chez des amis ou dans la rue avec sa remuante brigade de chiens, ou alors il faisait des courses pour Rosalie, qui le payait en friandises et en frites et lui permettait en outre de discrètes incursions dans la cuisine pour récolter les restes à l'intention de ses amis à longue langue.

Un malheureux incident faillit un jour priver les pauvres bêtes de leurs délices gastronomiques. Charles s'était fait ouvrir la porte de la cuisine pour remplir son sac de plastique de bons gros morceaux de viande juteux et odorants, lorsqu'une sorte d'épagneul blond cendré aux oreilles inégales lui fila entre les jambes, traversa la pièce comme un météore, puis, frôlant une serveuse qui arrivait avec un plateau chargé de vaisselle, pénétra dans la salle à manger; promenant alors son regard intrépide sur les clients, il se rua sur monsieur Bissonnette – un commis voyageur toujours tiré à quatre épingles – et lui chipa une côtelette de porc, non sans lui laisser la sauce et les pommes de terre sur le pantalon.

Les dégâts réparés tant bien que mal, Roberto s'était planté devant Charles en pointant sur son nez un index monumental :

— T'es chanceux que j'aie bon caractère, mon 'tit gars. Disons que ça passe pour cette fois-ci. Mais *oune* autre histoire de même, et tes chiens se contenteront de manger des bancs de neige ou de la garnotte. T'as bien compris, hein?

— Oui, oui, Roberto, avait répondu Charles avec une expression contrite qui aurait ému une enclume.

◆

Comme son anniversaire tombait en octobre, Charles ne pouvait commencer l'école que l'année suivante et s'en trouvait grandement offensé, d'ailleurs, car cette injustice le forçait à se contenter comme compagnons de jeux des *petits*, avec qui il avait le sentiment de gaspiller sa prodigieuse maturité. Les mystères de l'école le faisaient rêver; des bribes de conversations entendues dans la rue entre ces privilégiés qui étaient nés avant octobre 1966, leur dédain silencieux quand d'aventure ils le toisaient, lui permettaient d'entrevoir une vie nouvelle, presque aussi exaltante que celle des adultes, mais un peu angoissante aussi, car on devait s'y livrer, semblait-il, à des occupations bien compliquées et subir des concurrences redoutables.

Cet hiver-là, un changement se produisit dans son comportement. Une sorte de gravité apparut par moments chez lui. Il restait un enfant actif et joyeux, de caractère plutôt facile, mais on le vit s'isoler de temps à autre dans un coin, silencieux, l'esprit ailleurs, ou quitter ses compagnons pour s'enfermer dans sa chambre; il demeurait parfois affalé durant des heures devant la télévision, l'œil dans le vague, la poitrine pleine de soupirs, à mille lieues de ce qui se passait sur le petit écran, et grognant qu'on le laisse en paix si Wilfrid ou Sylvie l'incitait à aller se secouer les membres dehors. Un soir, la serveuse le trouva étendu tout habillé sur son lit, la tête enfouie dans les bras. Croyant qu'il dormait, elle le toucha à l'épaule pour le réveiller, car c'était l'heure de souper; son corps se raidit, il se mit à respirer avec bruit et refusa de bouger. Il fallut finalement que son père intervienne et l'amène de force à table, où il tripatouilla ses aliments et se montra maussade durant tout le repas. Ces étranges moments d'humeur se multipliant, Sylvie s'en plaignit un jour devant sa patronne.

— Mais c'est la mort de sa mère qui vient de le rattraper, ma pauvre fille, dit Rosalie.

— Allons donc! il avait quatre ans quand elle est partie!

— Et alors? À quatre ans, on a tout son cœur si on n'a pas encore toute sa raison. J'avais trois ans et demi, moi, quand j'ai perdu mon grand-père, qui vivait avec nous à la maison, car la grippe espagnole avait emporté sa femme. Eh bien! ma mère disait que j'en avais fait des cauchemars pendant trois mois. Et pourquoi? Parce que je l'aimais, mon pépère, il m'emmenait partout avec lui, il me gâtait à me pourrir, toujours en train de m'acheter des suçons et de la crème glacée – et c'était un béco-teux, ma fille, comme je n'en ai plus jamais vu – bien plus affectueux que mon père et ma mère, avec qui je me suis toujours bien entendue, remarque. Même si j'avais trois ans quand il est mort, j'ai encore des images de pépère Odilon dans ma tête, Sylvie; je me revois sur ses genoux pendant qu'il me raconte une histoire en fumant sa pipe ou qu'il s'amuse à me taquiner, ou assise devant lui sur le comptoir d'une crémerie tandis qu'il me commande un cornet, j'entends même sa voix... Alors Charles, tu comprends...

La serveuse secouait la tête, incrédule:

— Il y a *deux ans* qu'Alice est morte. N'importe qui...

— Je te le répète: il souffre d'un *chagrin à retardement.*

Elle se pencha à son oreille après avoir promené son regard dans le restaurant pour dépister un auditeur indiscret:

— Si tu veux mon avis, poursuivit-elle à voix basse, la crise d'Octobre a *dérangé* le chagrin de cet enfant-là. Des camions de soldats en pleines funérailles... Y penses-tu? Et monsieur Fafard qui se fait arrêter sous ses yeux! Sans compter l'atmosphère qui régnait à l'époque! Tu t'en souviens? Tout le monde – y compris toi-même – avait les nerfs en boule, un rien nous mettait en sueur, les idées nous allaient à gauche et à droite en même temps. Je me rappelle, moi, avoir fermé un soir le restaurant à neuf heures parce que les genoux me cognaient de peur. Ne cherche pas plus loin : cet enfant est en train de *traverser son deuil*.

— Alors j'espère qu'il a bon pied et bonne jambe, se contenta de répondre la serveuse en détournant le regard.

Et elle se rendit à l'appel d'un client.

Cet après-midi-là, Wilfrid Thibodeau et ses copains avaient construit une pyramide si imposante sur la table qui leur était réservée devant le téléviseur que le silence avait rempli tout à coup la salle ; ils s'étaient alors adonnés à une longue contemplation. Puis, sous l'effet de l'enthousiasme (et sans doute aussi de l'alcool), Pierrot avait bondi de sa chaise pour crier au patron de venir admirer le chef-d'œuvre, mais son genou avait heurté le bord de la table et un fracas de verre brisé à faire fuir un éléphant sourd avait retenti dans le bar, amenant ledit patron, furieux, et une facture de 37,85 $ payable sur-le-champ.

Et pourtant c'est d'une humeur joyeuse que le menuisier avait pris le chemin du retour vers six heures ; le souffle court, l'esprit quelque peu embrouillé, les joues agréablement chaudes malgré le petit vent sec qui figeait les flaques d'eau dans la rue, il humait déjà dans sa tête les arômes du souper que Sylvie avait dû mijoter (elle finissait à quatre heures ce jour-là et lui avait promis un poulet farci) et se disait que la vie, somme toute, ne se montrait pas trop dure pour lui : le travail reprendrait au printemps, son compte en banque avait encore de jolies rondeurs, il s'était fait de bons copains aux Amis du Sport, sa santé était bonne et Sylvie lui convenait tout à fait.

Il pénétra dans l'immeuble et se mit à gravir l'escalier qui menait à son logement ; les murs ondulaient légèrement, mais il avait le mollet encore solide. Soudain, il s'arrêta et fronça les sourcils : on criait chez lui. Des injures volaient, rendues inintelligibles par la colère. Il reconnut la voix de Sylvie, puis une voix encore plus aiguë, qui ne pouvait être que celle de son fils.

— Bon, bon, bon! grommela-t-il. Qu'est-ce qui se passe?

Il reprit sa montée, voulut hâter le pas, buta contre une marche, faillit piquer du nez et se fit mal à la main en s'agrippant à la rampe. Un sombre mécontentement venait de remplacer sa bonne humeur.

Il ouvrit la porte et la voix de Charles, stridente, insupportable, jaillit comme une poignée d'aiguilles :

— Va-t'en! T'es pas ma mère! J'veux plus te voir! Je t'*haïs*!

Une porte claqua et le silence se fit.

Wilfrid Thibodeau s'avança dans le corridor, s'appuyant de temps à autre contre le mur, et pénétra dans la cuisine.

— Ah! t'arrives, toi, enfin! lança Sylvie, hargneuse.

Assise sur une chaise, le visage écarlate et bouffi (pour la première fois, il la trouva laide), les cheveux en désordre, elle appuyait un linge à vaisselle contre son tibia; une traînée de sang maculait son bas de nylon.

— Qu'est-ce qui se passe? répéta-t-il de nouveau, menaçant.

— Il se passe, répliqua-t-elle en levant la tête, que t'as pas montré à vivre à ton garçon! Il m'appelle, j'entre dans sa chambre et puis, comme ça, sans avertir, il me lance un camion de métal sur la jambe. Ah! je pense qu'il me l'a cassée, le petit trou de cul!

— Menteuse! cria Charles en apparaissant, le visage ruisselant de larmes, hors de lui. Je t'ai lancé le camion parce que t'avais déchiré la carte de bonne fête qu'Alice m'avait donnée! La seule qui me restait!

— Est-ce que je le savais, moi, que tu y tenais? Elle traînait sur le plancher!

— Oui! tu le savais! poursuivit l'enfant d'une voix hachée de sanglots. Et puis elle traînait pas sur le plancher: je la gardais dans mon tiroir, menteuse!

Sylvie tourna vers le menuisier un regard qui disait : « Tu vois comment il me traite? Choisis: c'est lui ou moi. »

Wilfrid Thibodeau sentit comme un jaillissement de flamme en lui-même; la pointe de la flamme lui brûlait l'intérieur de la tête et cherchait en vain à s'échapper de son corps, qui se mit à trembler. Il bondit sur Charles, le saisit par l'épaule et le projeta contre un mur. Puis, l'agrippant de nouveau, il se mit à le frapper dans le dos et sur la tête avec une telle violence que Sylvie poussa soudain un cri et s'élança vers lui :

— Mais tu vas le tuer! Es-tu devenu fou?

Ne parvenant pas à l'arrêter, elle se mit à lui tirer sauvagement les cheveux; il perdit alors l'équilibre et s'écroula sur le plancher. Charles gisait à ses pieds, l'œil entrouvert, et ne bougeait plus.

Le menuisier se releva lentement, laissa échapper un rot, passa la main sur son visage, puis, après avoir jeté autour de lui un regard incrédule, murmura :

— Va le mettre au lit.

Il se rendit alors à la salle de bains, où on l'entendit vomir.

◆

Charles resta alité deux jours, sans manger, buvant à peine, parlant encore moins, ne se plaignant d'aucune douleur, enfermé dans un silence dont on ne savait s'il exprimait la rage ou le désespoir. En le déshabillant, Sylvie avait découvert de grands bleus dans son dos et une tuméfaction rougeâtre sur le côté gauche. Pendant la nuit, elle avait songé un moment à quitter la maison afin de ne pas être mêlée à cette affaire sale et dangereuse. Le soleil, en se levant, avait dissipé son angoisse, comme il allège celle de bien des gens.

Wilfrid Thibodeau ne retourna pas aux Amis du Sport pendant une semaine. Tout le temps que Charles fut alité, il resta à l'appartement, rongé par la peur et le remords, arpentant les pièces, les mains dans les poches, les lèvres tordues de grimaces, tandis qu'il se suçait les dents à petits mouvements convulsifs, incapable de s'arrêter, la bouche sèche comme du carton. De temps à autre, il descendait à la cave pour tenter de se changer les idées en bricolant, mais remontait aussitôt pour jeter un coup d'œil en catimini dans la chambre de son garçon, qui dormait ou feignait de dormir. Il n'osait appeler le médecin ou emmener l'enfant à l'hôpital, craignant les questions, craignant aussi une dénonciation de Charles, car il le sentait capable de dire la vérité.

Le troisième jour, Charles se leva de bon matin, s'habilla et se dirigea sans bruit vers la cuisine. Dans la chambre à coucher de son père, deux séries de ronflements se croisaient avec une régularité que le silence de la maison rendait cocasses, ceux de Sylvie, légers, plaintifs et chantonnants, et ceux de Wilfrid, farouches et caverneux, comme issus des profondeurs de la terre. Charles se versa un grand bol de céréales, arrosées de lait et saupoudrées de cassonade, qu'il avala avec appétit, puis enfila son manteau et sortit. La rue Dufresne, déserte, dormait encore, baignée dans une lumière ondoyante et fragile, mélange de bleu et de mauve qui cherchait timidement à dissoudre les ténèbres de la nuit. Il avait beaucoup neigé depuis deux jours et le temps s'était radouci; on avait déblayé rues et trottoirs, mais la souffleuse n'était pas encore venue dévorer les amoncellements qui s'allongeaient de chaque côté de la chaussée. Charles aperçut devant lui un léger enfoncement dans la neige, d'une mollesse invitante. Il s'y laissa tomber sur les fesses et se retrouva assis dans une sorte de fauteuil qui l'enveloppait tendrement; il poussa un long soupir et une douce tristesse se répandit en lui.

Son dos ne le faisait presque plus souffrir à présent et, depuis la veille, à force de voir par ses yeux à demi fermés le visage torturé de son père, il avait fini par sentir sa peur le quitter.

La peur, en fait, avait changé de camp. C'était sa revanche à lui, la seule qu'il pût se permettre pour le moment, et il en aurait éprouvé sans doute une sorte de satisfaction si la lassitude n'avait pas éteint en lui tous les sentiments. Il n'avait même pas la force de haïr. Juste celle de respirer lentement l'air frais de la rue dans la tiédeur de ses vêtements et de savourer le plaisir d'être seul. Il ferma les yeux. Une auto passa derrière lui, le roulement de ses pneus assourdi par la neige, puis la porte de Chez Robert s'ouvrit au coin de la rue et il entendit pendant un instant quelques accords de guitare.

Alors il se rappela la première fois qu'il avait vu quelqu'un jouer de cet instrument. Il y avait longtemps de cela; il devait avoir trois ans. Alice, à ce moment-là, n'était pas encore malade. Un après-midi d'été, ils avançaient d'un pas rapide dans la rue Ontario; le soleil cuisait la ville. Sa mère le tenait par la main et il avait l'impression que sa main à elle, brûlante et toute moite, lui envoyait le long du bras des vagues de chaleur qui se répandaient dans tout son corps et ruisselaient en sueur sur son front. Il aurait voulu la lâcher, pour se rafraîchir un peu, mais il n'en avait pas le droit. La consigne, quand il se trouvait avec elle dans la rue, était de lui tenir la main, à cause des autos et des voleurs d'enfants...

Ils étaient alors passés devant une vitrine pleine d'instruments de musique qui brillaient au soleil; la porte de la boutique était grande ouverte et un homme à l'intérieur, appuyé à un comptoir, jouait de la guitare. La musique était si belle que Charles avait demandé à sa mère d'entrer pour l'écouter un moment. Alice, pourtant pressée, avait accepté et ils étaient restés debout devant le guitariste sans dire un mot. L'homme leur avait souri en inclinant la tête et ils étaient repartis, toujours du même pas rapide, la main d'Alice toujours aussi brûlante et lui envoyant cette chaleur insupportable dans le bras, mais ils n'avaient pas marché longtemps, car sa mère avait décidé tout à coup qu'il était vraiment temps de se rafraîchir. Ils s'étaient arrêtés à une crémerie; près du petit bâtiment, on avait disposé des tables de pique-nique en bois, dont la peinture s'écaillait, surmontées d'un large parasol. Ils y avaient pris place, avaient bu un grand verre d'eau, puis avaient dégusté un cornet de crème glacée au chocolat. Il prenait de grandes bouchées, car, sous l'effet de la chaleur, la crème glacée dégoulinait sur sa main, et tout en mangeant il entendait dans sa tête le monsieur qui jouait de la guitare, et c'était très agréable. Il l'avait dit à sa mère, qui s'était mise à rire et lui avait caressé la joue.

C'était un des plus beaux souvenirs de sa vie.

La porte de Chez Robert s'ouvrit de nouveau, laissant encore s'échapper des notes de guitare, et il s'amusait à les répéter dans sa tête lorsqu'un violent choc sur la poitrine fit voler sa rêverie en éclats : l'épagneul blond aux oreilles inégales venait de sauter sur lui et léchait son visage avec frénésie. Il le repoussa doucement et s'essuya les joues, puis, se dressant soudain debout, se jeta sur l'animal et le serra dans ses bras en pleurant :

— Tu te souviens d'Alice, hein, toi, mon gros chien ? Tu te souviens quand tu venais me reconduire avec elle à la garderie ? Elle était fine, ma mère, hein ? Je l'aimais beaucoup... Eh bien ! elle est morte, mon gros chien... Je ne la reverrai plus jamais... Jamais...

La bête, sentant la gravité du moment, attendait patiemment que Charles la relâche, mais sans parvenir à suspendre tout à fait les frétillements de sa queue.

6

Charles demanda ce jour-là de retourner à la maternelle. L'enfant partit sans dire un mot. Pendant un long moment, Wilfrid Thibodeau resta dans la cuisine à siroter une bière, son œil anxieux fixé sur le téléphone, car il craignait un appel embarrassant ou – sait-on jamais ? – l'annonce de la visite d'un travailleur social ou celle de la police. Mais la journée se déroula sans incident.

Son fils revint à la maison vers quatre heures ; il semblait calme et même assez joyeux ; il s'assit devant la télé, comme il le faisait habituellement au retour de la garderie, puis se retira dans sa chambre, où il resta jusqu'au souper. Il mangea avec appétit, répondit brièvement aux questions qu'on lui posa sur sa journée, mais ne parla pas de lui-même, évitant le plus possible de regarder son père. « Les affaires se raccommodent, se disait ce dernier, mais il va falloir y mettre le temps – et, surtout, il faut que j'apprenne à me contrôler ; je pourrais me ramasser en prison, moi, avec des folies pareilles ! Te vois-tu en prison, espèce d'épais ? T'essaieras ensuite de te trouver de l'ouvrage ! »

La peur l'emportait sur les remords et sur le désir d'une réconciliation avec son fils. Il ne croyait d'ailleurs pas celle-ci vraiment possible. Comment se réconcilier, en effet, quand, au fond, on n'a jamais éprouvé de réel attachement l'un pour l'autre ? L'habitude n'expliquait pourtant pas tout à fait les vagues sentiments qu'il ressentait pour Charles ; une sorte d'amour paternel sommaire et fruste, qui n'avait jamais trouvé les aliments pour s'épanouir, cherchait péniblement à s'exprimer, sans pouvoir y arriver.

— Tu devrais le gâter un peu, lui conseilla un jour Sylvie, ça t'éviterait bien des problèmes. Gâtés pourris, les enfants deviennent insupportables, mais gâtés juste un peu, ils sont plus d'adon. Après tout, t'en as au moins pour une dizaine d'années avant qu'il quitte la maison. Aussi bien t'arranger pour le mieux...

Wilfrid Thibodeau s'efforça pendant un temps d'amadouer son fils ; le soir, en rentrant à la maison, il lui apportait parfois une tablette de chocolat. Un après-midi, il l'emmena au cinéma voir *Le grand blond avec une chaussure noire*. Mais ses efforts obtenaient bien peu de succès. Charles le remerciait poliment, mais demeurait froid et réservé, ne lui parlant presque jamais et s'efforçant de passer le plus de temps possible en dehors de la maison.

Et puis, un soir, le menuisier eut une inspiration. L'hiver tirait à sa fin ; la semaine d'avant, un entrepreneur l'avait engagé pour la réfection d'une salle de quilles ; les journées de travail s'étiraient de l'aube jusque tard dans la soirée, car la réouverture de la salle pressait ; mais, ce jour-là, il s'était arrêté de travailler à seize heures à cause d'un bris de machine ; il venait de sortir de la station de métro Frontenac et s'en revenait tranquillement à la maison, enchanté par la perspective d'une soirée de télé copieusement arrosée de bière lorsqu'il aperçut devant lui son fils qui gambadait sur le trottoir en compagnie d'un ami au milieu d'une demi-douzaine de chiens. Son visage s'illumina, il se donna une grande tape sur la cuisse et accéléra le pas, sourire aux lèvres.

— Salut, mon gars! lança-t-il quand il fut à une dizaine de mètres.

— Salut, p'pa, répondit Charles, surpris par sa cordialité.

Son visage jusqu'ici rieur et animé prit une expression contrainte, presque maussade, et il continua de jouer, mais l'entrain n'y était plus.

Thibodeau restait debout devant les enfants, qui se figèrent bientôt, intimidés, tandis qu'un petit chien noir à poil ras se glissait entre les jambes du menuisier et qu'une sorte de bouledogue reniflait sa boîte à lunch.

— D'où ils viennent, tous ces chiens? demanda Thibodeau en repoussant l'animal. Je connais personne autour d'ici qui en a.

— Je sais pas, répondit Charles, les yeux baissés, et il tira le bouledogue par le cou pour l'éloigner de son père.

— Celui-ci, déclara Henri en désignant le chien noir, il reste dans la rue Poupart, et le gros qui est en train de lui mordre la patte, dans la rue Coupal. Mais les autres, on sait pas.

— Vous le savez pas?

— Non, pas du tout, répondit l'enfant, flatté par l'attention du menuisier. Peut-être qu'ils se sont perdus ou qu'on les a abandonnés. C'est possible... Lui, en tout cas, ajouta-t-il en montrant l'épagneul blond cendré aux oreilles inégales qui, assis devant eux, semblait suivre la conversation, on est sûrs qu'il a pas de maison : ça fait longtemps qu'il passe ses nuits dans un vieux garage abandonné près de chez nous; le mois dernier, mon père est allé lui porter un morceau d'isolant pour qu'il puisse dormir dessus au chaud.

— C'est surprenant que la fourrière l'ait pas encore ramassé, s'étonna le menuisier. Vous le faites jamais entrer chez vous?

— Pas souvent. Quand il entre, ma mère éternue et ses yeux se mettent à piquer.

Charles avait laissé le bouledogue, occupé maintenant à renifler une cannette sur la chaussée, et s'était assis tout bonnement à califourchon sur l'épagneul, qui tournait de temps à autre la tête et lui léchait une main.

— Aimerais-tu ça, l'avoir? demanda Thibodeau à son fils.

L'enfant écarquilla les yeux et faillit s'étouffer avec sa salive. Avait-il bien compris? Son père, qui avait déclaré cent fois qu'un chien ne valait même pas la pitance qu'on lui donnait et qui fronçait les sourcils chaque fois qu'il le voyait entouré de sa bande à quatre pattes, venait-il vraiment de lui proposer de prendre l'épagneul à la maison?

Le menuisier éclata de rire devant la stupéfaction de son fils :

— Eh ben quoi! viens-tu d'avaler une mouche? Je t'ai posé une question.

— Veux-tu dire... veux-tu dire que je pourrais le garder chez nous?

— C'est ça.

Alors un immense sourire s'épanouit dans le visage de Charles et ses yeux prirent un tel éclat qu'on aurait cru qu'ils se remplissaient de larmes.

— Oh oui! j'aimerais beaucoup ça, p'pa... Ça serait le plus beau cadeau de toute ma vie!

— Eh bien! emmène-le, répondit l'autre, et, sous le regard éberlué d'Henri, qui connaissait lui aussi l'aversion du menuisier pour la race canine, il poursuivit son chemin vers la maison, tandis que Charles, accroupi devant l'épagneul, lui annonçait à voix basse le changement spectaculaire qui venait de survenir dans sa vie.

En apprenant la nouvelle, Sylvie poussa un soupir à faire reculer un mur, mais le menuisier lui déclara d'un ton sec qu'il mettait tout simplement en pratique les conseils qu'elle lui avait donnés :

— Tu voulais que je le gâte? Eh bien! je le gâte. Connais-tu quelque chose qui lui ferait *plusse* plaisir?

— Non. Par contre, je sais que tu ne pourras pas endurer un chien à la maison. Dans une semaine, tu vas avoir envie de le clouer au mur.

— Un jour à la fois, ma belle, se contenta de répondre Wilfrid Thibodeau avec un calme philosophique.

Charles arriva une dizaine de minutes plus tard, à la remorque de son épagneul; incertain de ce qui lui arrivait et désireux de prendre le plus de renseignements possible sur son nouveau gîte, l'animal avait longuement reniflé chaque marche de l'escalier qui menait à l'appartement, puis avait soumis le paillasson du vestibule à une analyse encore plus poussée et il s'avançait à présent dans le corridor, le nez toujours au plancher.

— Vous voilà enfin, lança le menuisier. Je me demandais ce que vous faisiez.

— Il explore sa nouvelle maison, p'pa, répondit Charles dans un état de ravissement qui donnait aux traits de son visage une expression angélique.

Ils pénétrèrent dans la cuisine. L'épagneul, comme s'il réalisait que sa passion olfactive pouvait tomber sur les nerfs, décida de remettre l'étude du plancher à plus tard et alla se coucher sagement dans un coin.

Sylvie, attablée devant une bière, le regarda un moment puis, écrasant un mégot dans un cendrier:

— Ouais... c'est bien jeune, ça... Chien ou chienne?

— Chien, répondit Charles sans hésiter. Un bon chien.

Elle se leva et s'approcha de la bête:

— C'est curieux: il a une oreille plus courte que l'autre. Il a dû en perdre un bout dans une bataille.

Puis, se penchant un peu au-dessus de lui:

— Il pue.

— On va le laver, répondit Wilfrid Thibodeau. L'eau courante sert à ça.

Charles leva vers son père un regard plein de gratitude.

— Est-ce qu'il a un nom? demanda Sylvie.

— Je l'appelais l'épagneul, fit Charles, comme ça, juste en attendant...

Le menuisier, désireux d'amadouer un peu sa compagne, lui mit la main sur le bras:

— As-tu une suggestion?

— Bof! répondit-elle en haussant les épaules, et elle se retourna pour prendre son verre de bière.

— Bof! s'écria Charles, ravi. C'est un très beau nom, ça! Il va s'appeler Bof.

Et, s'élançant vers le chien, il le noya sous un raz de marée de caresses qui amena un sourire jusque dans le visage dédaigneux et blasé de Sylvie:

— À partir d'aujourd'hui, t'es mon Bof, as-tu compris? le seul Bof de toute la terre, le plus beau chien de tous les chiens. Je vais m'occuper de toi tout le temps, t'auras plus jamais froid ni faim, t'auras une maison à toi tout seul, ici, avec nous, au 1970 de la rue Dufresne, rappelle-toi bien l'adresse, mais il faudra que tu sois gentil, hein, et ne jamais rien briser ni déchirer et ne pas japper pour rien ni déranger personne, sinon tu vas te faire chicaner, ça, je te le promets!

Bof battait poliment de la queue, démêlant ce qu'il pouvait de ce petit discours d'accueil; il allongea finalement deux ou trois coups de langue sur le visage de Charles pour lui indiquer que, somme toute, les conditions semblaient lui convenir.

— Bon, c'est bien beau, tout ça, intervint Sylvie, mais il continue de puer, ton Bof.

On emmena la bête à la salle de bains et, malgré ses réticences marquées, elle dut subir un lavage en règle dans la baignoire avec brosse, savon, shampoing et même lotion après-rasage (une idée de Charles pour tuer plus sûrement les odeurs désagréables); au premier lavage, l'eau prit une coloration presque noire, au deuxième elle devint brunâtre et enfin blonde comme du jus de pomme, et la baignoire se boucha en se vidant; Wilfrid Thibodeau, armé d'une ventouse, dut dépenser l'énergie calorique d'au moins deux bières pour la débloquer, tandis que le chien, soumis par Charles à un essuyage qui menaçait de lui arracher tous les poils du corps, décida plutôt de se secouer, rafraîchissant ainsi murs, plancher et occupants de la pièce.

Pendant toute la durée du souper, l'animal se tint sagement assis devant le réfrigérateur malgré l'intérêt qu'il portait au steak haché dans les assiettes de ses hôtes, que trahissait le frémissement de ses narines; il devinait sans doute qu'une phase cruciale de sa vie de chien venait de commencer et que son comportement dans les heures à venir allait déterminer son sort.

— Il va dormir dans la cuisine, décida Wilfrid Thibodeau vers la fin de la soirée et il déposa une vieille couverture pliée en quatre contre un mur près du réfrigérateur. Allez, couche!

Bof obéit, posa son museau entre ses pattes, poussa un léger soupir et leva les yeux vers le menuisier avec l'air de dire: « Est-il possible de faire mieux? »

Mais lorsque Wilfrid Thibodeau se leva durant la nuit pour soulager sa vessie, il constata que le chien avait déserté la couverture; Bof était allé retrouver Charles dans son lit et dormait à ses pieds.

— Allez! dans la cuisine, toi! grommela Thibodeau en saisissant l'animal par la peau du cou.

Le chien, piteux, fila vers sa couverture. Mais au matin on le retrouva de nouveau dans le lit de l'enfant.

— Tête de cochon! lança le menuisier, furieux. Crisse le camp d'ici!

Sylvie apparut dans la porte en bâillant:

— Qu'est-ce que ça peut bien te faire qu'il dorme avec ton p'tit gars? Beaucoup de chiens font ça et personne n'en meurt.

— C'est *moi*, son maître, et il va faire ce que je lui dis. Je veux qu'il couche dans la cuisine et c'est dans la cuisine qu'il va coucher.

— Ce n'est pas toi, son maître, c'est lui, fit la serveuse en désignant Charles qui, assis sur le bord de son lit, les jambes pendantes, observait craintivement son père. Qui le nourrissait depuis des années?

— Il ne me dérange pas du tout, p'pa, se risqua l'enfant. Je ne me suis même pas aperçu qu'il dormait avec moi. Et puis il est propre, maintenant qu'on lui a donné son bain, il est aussi propre que nous autres.

Suivit une courte discussion ; le menuisier dut battre en retraite. Mais il le fit de mauvaise grâce, et avec un secret désir de revanche.

◆

Comme Wilfrid Thibodeau l'avait espéré, l'arrivée de Bof allégea un peu l'atmosphère et Charles retrouva une partie de son entrain. Son attitude envers Sylvie changea également. Depuis leur grosse querelle, il ne lui parlait presque plus, non pas tant par bouderie que par crainte, car le souvenir terrible qu'il gardait de cette histoire lui faisait redouter qu'elle ne se répète ; en limitant ses contacts avec la serveuse, il diminuait les risques.

Toutefois, dans les jours qui suivirent, une conversation qu'il surprit entre son père et Sylvie lui fit comprendre que c'était elle qui avait poussé Wilfrid Thibodeau à se rapprocher de lui ; c'était à elle, au fond, qu'il devait Bof, c'était elle qui avait pris la défense du chien le lendemain de son arrivée à la maison ; Charles pouvait donc trouver parfois en elle une alliée, même si c'était une alliée inconstante et peu fiable ; aussi les timides marques d'amitié qu'il se mit peu à peu à lui témoigner s'accompagnaient-elles de beaucoup de prudence. Quant à son père, il avait maintenant appris une fois pour toutes que, joyeux ou maussade, sévère ou bienveillant, c'était un homme dont il fallait se méfier, surtout s'il avait bu.

Bof avait dû, à sa façon, faire le même genre de raisonnement. Il se montrait correct et docile à l'égard des deux adultes, et parfois même amical, mais c'était à Charles qu'allait tout son amour. Il le suivait comme si son jeune maître tenait entre ses mains le principe même de sa vie ; quand Charles le laissait seul pour aller jouer avec ses compagnons, il allait dormir sur son lit en l'attendant ou se terrait dans la cour sous la galerie, la mine abattue, ayant répudié à tout jamais, semblait-il, ses années de vagabondage.

Les mois passèrent et, sans qu'il le sache, une grande épreuve attendait Bof.

7

En septembre 1973, Charles fit, en effet, son entrée à l'école Saint-Anselme, rue de Rouen, en compagnie d'Henri Fafard et de plusieurs gamins et gamines des alentours, tous rongés par la peur et la curiosité, empêtrés dans leur sac d'école à bandoulière et tiraillés entre le désir d'imiter *les grands* et celui de redevenir des bébés dans les bras de leur maman.

Une fois la frousse passée (ce qui prit quand même quelques jours), Charles réalisa que sa maîtresse, une grande femme maigre aux énormes lunettes de corne brun foncé, n'était pas aussi terrible qu'elle lui était d'abord apparue et – seconde constatation, tout aussi agréable – qu'apprendre à former des *a*, des *b*, des *i* et des *o* ne lui demandait pas d'efforts particuliers et se révélait même plutôt amusant. Il lui fallut un peu plus de temps pour apprécier un autre avantage de l'école : celle-ci, contrairement à la maison, lui apportait une parfaite sécurité.

Ginette Laramée avait sans doute le verbe un peu haut et des manières qui ne convenaient pas à toutes les âmes sensibles, mais ses vingt-cinq ans de navigation dans les eaux houleuses de l'enseignement primaire n'avaient pas sérieusement entamé les trésors d'affection de sa maternité refoulée ; c'était une vieille fille qui aurait voulu avoir des enfants et se consolait assez bien par son métier de ses rêves tronqués et de sa vie solitaire. Elle aimait les enfants à la fois par instinct et par profession, un peu comme un éleveur de chevaux passionné par l'élevage ; son amour, pour se sentir comblé, devait être productif. Un enfant qui apprenait mal lui restait sur le cœur, et la vue d'un joli minois, pour lui faire vraiment plaisir, devait s'accompagner de bons résultats scolaires. Chaque enfant, à son anniversaire, recevait de sa main un petit cadeau ; elle avait de ces caresses imprévues, vives et anguleuses, qui, malgré une certaine rudesse, faisaient toujours naître un sourire ; elle suivait le cours de la moindre maladie avec une attention inquiète, toute maternelle, et les bègues, les bigles,

73

les enfants à taches de vin et autres disgraciés de la nature étaient toujours assurés, en sa présence, d'échapper aux moqueries de leurs cruels camarades.

On avait pris l'habitude de lui confier les cas difficiles; elle s'y cassait parfois les dents – et alors, gare à son humeur! Mais souvent les cancres, les perturbés ou les petits piranhas qui semaient le désespoir dans leur sillage finissaient par se normaliser d'une façon très satisfaisante, car elle menait sa classe avec une fougue précise et sèche qui stimulait l'attention et tenait en échec l'indiscipline. Cela lui avait valu la réputation d'une sorte de magicienne pédagogique. Pour bien fonctionner toutefois, il lui fallait:

1. ses dix tasses de thé quotidiennes (une théière sur un réchaud était installée en permanence dans un coin de la classe et il n'était pas recommandé de s'en approcher);

2. chaque midi, une promenade d'une demi-heure au grand air, beau temps mauvais temps.

Ginette Laramée remarqua aussitôt les dispositions de Charles et se prit pour lui d'une affection particulière et exigeante, un peu lourde à supporter. Sous ses encouragements énergiques, Charles se mit à faire beaucoup de progrès. Quand ses camarades peinaient encore sur *ba, be, bi, bo, bu*, il en était à *bac, bec, bic, coco, cacao* et même *balle* et *babiole*. Quand, les doigts crispés sur leur crayon, ils essayaient de tracer des 5 et des 8 qui ne ressemblaient pas trop à de petits morceaux de métal tordu, il s'attaquait déjà à l'addition.

— Le bon Dieu t'a mis une bonne tête sur les épaules, lui disait mademoiselle Laramée à voix basse, penchée au-dessus de son pupitre. Dis-lui merci et travaille à bien la remplir.

Deux ou trois autres écoliers lui faisaient une certaine concurrence, mais c'était lui, généralement, qui réussissait le mieux. Henri avait beau s'échiner, il avait toujours sur son ami quelques jours de retard.

Cette situation aurait pu susciter de la jalousie; il n'en fut rien. Ginette Laramée, en pédagogue futée, prenait bien soin de distribuer le plus uniformément possible les félicitations et les encouragements, de façon à ce que chacun se sente satisfait des efforts qu'il avait déployés dans la journée. Et puis il était presque impossible de jalouser Charles.

Après quelques semaines d'école, son âme avait pris une délicieuse expansion. Loin de l'atmosphère étouffante et chargée de vagues menaces qui régnait chez lui, il redevenait pour quelques heures le petit garçon joyeux et plein d'entrain du temps d'Alice. Ses succès le remplissaient d'une satisfaction aussi nouvelle qu'enivrante, mais il avait vite compris que pour les faire accepter il devait se montrer modeste – les vantardises n'attiraient que persiflage et coups de poing –, et non seulement modeste mais gentil et serviable, et parfois même complimenteur. Il fallait éviter cependant de passer pour une « fillette » ; une certaine rudesse dans les manières faisait très bon effet et attirait l'estime. Il fallait également conserver à tout prix une saine distance avec la maîtresse d'école – en prenant garde toutefois de se la mettre à dos – sous peine de devenir son chouchou, déshonneur dont personne, semblait-il, ne pouvait se relever.

Ce fut un peu dans ce but – mais aussi pour exprimer le bonheur extraordinaire qu'il ressentait d'être à l'école – qu'il se mit de temps à autre à faire le drôle et, là aussi, avec pas mal de succès : grimaces et contorsions quand mademoiselle Laramée avait le dos tourné, imitation de cris d'animaux, simulation d'idiotie ou de surdité totale, etc. Ses pitreries demandaient cependant beaucoup d'adresse, car Ginette Laramée avait l'œil vif et ne tolérait pas beaucoup d'écarts à la discipline ; mais, parfois, il parvenait à la faire rire elle-même, ce qui doublait son triomphe.

Un jour, cependant, il dépassa les bornes et la maîtresse, furieuse, le secoua par l'oreille jusqu'à ce qu'il devienne écarlate et que les larmes lui montent aux yeux.

— Tu resteras ici à la fin de la classe, lui ordonna-t-elle. J'ai à te parler.

Il réussit, pour sauver la face, à se composer un petit sourire de défi, mais des frissons se mirent à le parcourir, l'empêchant de se concentrer jusqu'à la fin de la leçon.

— Si tu continues à te montrer aussi tannant, le prévint-elle quand le dernier élève eut quitté la salle, je vais avertir ta mère.

— Je n'ai pas de mère, mademoiselle.

— Ah non?

— Elle est morte il y a trois ans.

— Pauvre toi, murmura-t-elle.

Il leva le regard vers elle, surpris par son ton. De la pitié mais aussi une sorte de dédain se lisaient dans son regard (ou du moins le vit-il ainsi), comme si elle venait de s'apercevoir qu'il boitait ou faisait encore pipi dans sa culotte.

Elle le chapitra un peu sur sa conduite, mais mollement, sans conviction, comme si la pire punition qu'il eût pu recevoir lui avait déjà été infligée, et le laissa partir aussitôt.

Il quitta l'école la tête basse et en traînant les pieds, accablé de tristes pensées. La mort d'Alice l'avait envahi de nouveau. Pourquoi l'avait-elle planté là, se demanda-t-il avec colère, le laissant fin seul entre un père qui ne l'aimait pas et une femme qui se fichait de lui? Il n'était qu'un orphelin, c'est-à-dire une sorte de naufragé, qui n'arriverait jamais à rien dans la vie parce que personne ne l'aurait aidé.

En rentrant chez lui, il trouva la maison vide : Sylvie était au restaurant, où il la rejoindrait pour le souper, et son père n'apparaîtrait que tard dans la soirée. Mais des jappements joyeux et frénétiques venus de la cour arrière lui indiquèrent que Bof l'avait entendu.

Il courut le détacher et Bof se jeta sur lui, armé de dix-huit pattes et de vingt-huit langues, sous l'effet encore une fois du plus grand bonheur de toute sa vie. La solitude aux ailes sinistres, qui tournoyait au-dessus de sa tête depuis des heures, lui avait de nouveau fait désespérer de jamais revoir son maître chéri. Charles, malgré la faim qui lui creusait l'estomac, n'alla pas au restaurant, où Rosalie lui réservait pourtant un grand verre de lait et deux petits gâteaux Vachon; il n'avait envie de voir personne, surtout pas Sylvie. Alors il se prépara un sandwich au beurre d'arachide, en donna une partie au chien et enfila le corridor :

— Viens-t'en, Bof, on va aller faire un tour dehors.

Il n'y avait aucun enfant dans la rue ; Henri devait être en train de se débarrasser de ses devoirs pour avoir sa soirée à lui, mais, de toute façon, Charles n'avait pas le goût de le voir lui non plus. Alors il se mit à flâner dans le quartier, Bof sur les talons occupé à renifler mille choses passionnantes, et se retrouva tout à coup devant son ancienne garderie. La cour était déserte, mais on entendait des cris d'enfants à l'intérieur. L'idée lui passa par la tête d'entrer pour aller dire bonjour à Mélanie, mais il n'en fit rien : son ancienne monitrice aurait sans doute trouvé sa visite bizarre et d'ailleurs il n'avait rien à lui dire.

Alors il poussa doucement la barrière et, rasant le mur, se dirigea vers la cour, dont la plus grande partie s'étendait à l'arrière du bâtiment. Et, soudain, il comprit pourquoi ses pas l'avaient porté jusque-là :

— Viens, Bof, murmura-t-il en se tournant vers le chien, viens, je vais te montrer quelque chose.

Jetant des regards autour de lui pour s'assurer que personne ne le voyait, il se dirigea rapidement vers le vieux merisier. Un cabanon, où l'on rangeait différents accessoires, le mit bientôt à l'abri des regards. Il s'accroupit sous l'œil attentif du chien et se mit à caresser doucement le sol entre deux grosses racines qui s'allongeaient à la surface :

— Te rappelles-tu, Bof, le petit chien jaune que j'avais voulu sauver il y a bien longtemps un jour qu'il neigeait ? Il était malade et fatigué, et il n'arrêtait pas de trembler à cause de la neige mouillée. C'était la première fois que je le voyais. Il faisait tellement pitié ! Il est mort un peu après. J'avais beaucoup de peine et j'ai demandé qu'on l'enterre ici, juste sous ma main. Et il est là, tout près de nous. On va rester un peu avec lui, veux-tu ?

Charles s'assit entre les racines, les jambes croisées ; Bof s'avança vivement et lui lécha une joue, puis se coucha à ses côtés et sa queue battait doucement le sol, à coups réguliers.

Alors Charles sentit tout à coup une présence étrange près de lui, et un délicieux sentiment de paix l'envahit. Il avait beau

77

tourner ses regards de tous côtés, il ne voyait rien de particulier. Mais il *savait* que quelqu'un lui tenait compagnie, un ami invisible qui attendait sa visite depuis longtemps, et il comprit qu'il s'agissait du petit chien jaune; pourtant, il l'avait à peine connu et à peine l'avait-il arraché au froid que la mort était venue lui raidir les pattes à tout jamais. Mais elle n'avait pas tout à fait réussi à les séparer, voilà ce qu'il constatait avec une joie très douce, et il demeurait assis, l'œil à demi fermé, le flanc tiède de Bof contre sa cuisse, Bof en train de somnoler, le museau sur le sol, le souffle de ses narines faisant palpiter quelques brins d'herbe à moitié séchés.

— Mon petit chien jaune, murmura Charles au bout d'un moment, je vais revenir te voir, ça, je te le promets. Peut-être sais-tu où se trouve maman?

◈

Charles n'était pas le seul à subir des accès de tristesse. Bof en éprouvait aussi. À sa façon de chien, il avait même des soucis. En l'abandonnant, ses maîtres insoucieux et cruels l'avaient livré au froid, à la faim, à la solitude et à tous les dangers d'une vie errante et sans protection; mais, à leur insu, ils lui avaient fait du même coup un magnifique cadeau: celui de la liberté. Pendant un an, il avait vécu de peine et de misère, sale, efflanqué, obsédé par sa pitance, à l'affût des coups de dents et des coups de pied, des autos surgies à l'improviste et des idiots bien intentionnés prêts à le livrer à la fourrière municipale (kidnappé une fois, il s'en était tiré par miracle), mais il avait vécu libre. Les règles de la prudence observées, il allait où il voulait et faisait ce qui lui plaisait. À présent, c'était tout autre chose.

Rien n'aurait pu l'inciter à quitter Charles, l'amour de sa vie, dont il jouissait à présent en toute exclusivité. Bonne moulée et gîte assurés étaient également choses fort appréciables, sans compter cette médaille au cou qui semblait avoir changé le comportement des étrangers à son égard. Mais vivre en appartement et dans une petite cour clôturée quand on a connu les grands espaces rend les journées bien longues! D'autant plus qu'une nouvelle frustration venait de s'ajouter aux autres : depuis quelques semaines, Charles l'abandonnait durant des heures pour cette fameuse école, où il n'avait pas le droit de l'accompagner! Un matin, il avait quand même tenté de le suivre en filant derrière lui par la porte entrouverte. Cela lui avait valu les réprimandes de son jeune maître et une solide taloche derrière la tête de la part de Sylvie, furieuse d'avoir à le poursuivre dans la rue en pantoufles et robe de chambre sous le regard des voisins. En l'attrapant, elle avait failli buter contre monsieur Morin, un vieil habitué de Chez Robert, qui s'était reculé de deux pas, les mains sur les hanches, et l'avait fixée, le nez en l'air, les yeux arrondis, les lèvres plissées de dédain, avec l'air de dire : « Qu'est-ce qui se passe, ma fille? Tu travailles dans la rue, à présent? »

— Tu vas me le payer, toi, avait lancé Sylvie en tirant Bof par son collier dans l'escalier.

Arrivée sur le palier, elle lui avait asséné une taloche, si vive et si forte qu'il s'en était mordu la langue, puis l'avait enfermé dans la cuisine; cinq minutes plus tard, sa toilette terminée, elle partait pour le restaurant.

Bof fit le tour de la pièce, de fort méchante humeur. Il aperçut alors un pain oublié dans son enveloppe sur la table. Il grimpa sur une chaise, le fit tomber sur le plancher, le tira de son emballage et le mangea en entier. Une certaine lourdeur se mit alors à l'incommoder. Il alla se coucher sur sa couverture près du réfrigérateur et dormit un bon somme. Quand il se réveilla, il se sentait tout ragaillardi, mais les élancements de son honneur outragé le faisaient toujours souffrir. Promenant son regard autour de lui, il chercha une nouvelle vengeance.

Une laveuse et une sécheuse se dressaient dans le fond de la cuisine près de la porte arrière. La gueule de la sécheuse, grande ouverte, laissait voir un monceau de vêtements. Bof se leva, glissa la tête dans l'ouverture et en sortit trois caleçons, sept bas, deux débarbouillettes et une serviette, qu'il déchira soigneusement; il épargna cependant un chandail qui appartenait à Charles.

Tout ce travail l'avait assoiffé. Il but un peu d'eau dans son écuelle, puis avisa un magazine sur le comptoir. D'un coup de patte, il le fit tomber et le mâchonna longuement, le réduisant en une sorte de bouillie; le goût du papier glacé lui avait plu et il regretta de ne pas trouver d'autres magazines; puis il songea à faire un nouveau somme. Mais la colère que lui causait son emprisonnement continuait de lui agacer les mâchoires. Quand Sylvie, profitant du répit de l'après-dîner, fit un saut à l'appartement pour changer sa blouse tachée, il s'était attaqué au bas de la porte qui donnait sur la cour et l'avait considérablement aminci.

Malgré les craintes de Charles, Wilfrid Thibodeau ne chassa pas le chien de la maison et ne parla pas non plus de le faire abattre; compte tenu des circonstances, il prit même les choses assez bien: il se contenta, en effet, de saisir la bête par les deux oreilles et de la fixer dans les yeux en lui grommelant des menaces.

S'il avait retenu ainsi sa colère, c'était surtout par orgueil (n'était-ce pas lui qui avait permis l'arrivée du chien?) et pour faire mentir les prédictions pessimistes de sa compagne. Charles, beaucoup plus tard, aima penser que c'était aussi un peu par amour pour lui, car son père avait dû sentir qu'il ne se serait jamais consolé de la perte du chien.

Mais, à partir de ce jour, quand personne ne se trouvait à l'appartement, Bof restait confiné dans la petite cour arrière, attaché à une chaîne, elle-même fixée à la corde à linge. Le quincaillier Fafard avait très gentiment offert une vieille niche qui s'empoussiérait dans le fond de son garage. Ce fut Charles qu'on chargea d'aller enchaîner le chien la première fois. Il le fit asseoir devant la niche, fixa la chaîne au collier, puis lui expliqua longuement qu'il ne fallait pas japper, sinon c'en serait fini de leur vie à deux.

Bof l'écoutait en battant doucement de la queue, puis secoua vivement la tête et éternua à deux reprises, ce que son maître interpréta comme un signe d'assentiment.

Après avoir quand même jappé un moment (honneur oblige), Bof décida plutôt de gruger un coin de sa niche, mais s'arrêta presque aussitôt, songeant sans doute que sa destruction totale ne ferait que jouer contre lui. Quelques jours plus tard, il finit par accepter son sort avec philosophie. D'ailleurs, la rumeur de sa nouvelle situation s'était répandue bien vite parmi les chiens du quartier. Comme le fond de la cour était fermé par une palissade branlante et pleine de trous, il fut facile aux plus petits d'entre eux de passer sous une planche à demi déclouée pour lui faire de petites visites, que Bof appréciait beaucoup; mais ces marques d'amitié ne pouvaient évidemment pas remplacer la présence de son jeune maître. Les retours d'école de Charles et les fins de semaine devinrent alors pour lui des moments de bonheur fou.

Sans que Charles s'en rende compte sur le coup, l'épisode de la cuisine avait déclenché entre Bof et Wilfrid une longue et sourde bataille, qui aurait dans la vie de l'enfant des conséquences mémorables.

Charles mordait dans sa vie d'écolier comme s'il s'agissait d'une tablette de chocolat. Un matin de novembre, mademoiselle Laramée, une tasse de thé à la main, un biscuit dans l'autre, déclara à ses collègues dans la salle des professeurs qu'il était le meilleur élève de sa classe et même le meilleur élève qu'elle ait eu depuis longtemps, et qu'avec un peu de chance et beaucoup d'aide il « pourrait finir par aller loin ».

— Son seul problème, ajouta-t-elle d'un air un peu soucieux, c'est que la classe n'avance pas assez vite pour lui. Il risque de prendre l'école en dégoût. Mais j'essaie de le tenir occupé.

À partir de ce jour, Charles eut droit, lorsqu'il circulait dans les corridors, aux sourires bienveillants de plusieurs professeurs et même à des petites tapes affectueuses sur la tête et les épaules. Il en ressentit beaucoup d'estime pour lui-même et commença même à se considérer comme quelqu'un d'assez important. Il prenait bien soin de le cacher, toutefois, car, malgré ses efforts pour se montrer accommodant et de bonne compagnie avec ses camarades, il voyait parfois dans leurs yeux la lueur glauque de la jalousie.

Un après-midi où, après l'école, il était allé observer avec Henri l'immense chantier de construction des Tours d'habitation Frontenac, rue Bercy, le gros Dubé, célèbre dans la classe pour sa capacité d'émettre des pets à volonté comme pour sa nullité totale dans toutes les matières, s'approcha de lui en ricanant après avoir échangé un regard complice avec deux de ses amis.

— Dis donc, Thibodeau, combien que t'as eu ce matin pour la dictée?

— Neuf sur dix, répondit Charles.

Puis il ajouta imprudemment:

— C'est moi le premier.

— *Wow!* félicitorchon! se moquèrent les deux compagnons de Dubé.

Henri donna discrètement un coup de coude à son ami pour lui faire signe de partir, car il trouvait que le vent s'était mis à sentir mauvais. Mais le gros Dubé se planta devant Charles:

— Savez-vous pourquoi y est si bon? C'est parce qu'y est fif, déclara-t-il en fixant Charles droit dans les yeux avec un sourire sardonique. Les fifs sont toujours bons en classe. Pas vrai, Thibodeau?

Charles, qui n'avait qu'une idée fort vague de la signification de l'épithète qu'on venait de lui lancer, n'en sentit pas moins le caractère outrageant et son visage se crispa de colère:

— Qu'est-ce que je t'ai fait, toi, gros plein de marde? Va donc voir ta mère pour qu'elle change tes culottes!

Le gros Dubé se jeta sur Charles qui roula sur le trottoir tandis que ses deux compagnons s'attaquaient à Henri; l'un d'eux s'éloigna presque aussitôt en se tenant le ventre à deux mains (Henri avait le coup de pied redoutable); l'autre, intimidé, battit en retraite, mais, apercevant un bout de branche sur le sol, s'en empara et revint à la charge.

— Ah! comme ça, tu veux vraiment la guerre? s'écria Henri qui adorait se battre.

Il se précipita sur lui en poussant un cri sauvage; la branche s'abattit sur son épaule, mais, faisant fi de la douleur, il décocha un coup de poing dans l'œil de son assaillant qui laissa tomber son arme, éprouvant soudain un pressant besoin d'aller voir ce qui se passait ailleurs.

Pendant ce temps, Charles haletait et suait sous son ventripotent adversaire qui se contentait de le maintenir aplati sur le sol en lui criant des injures, les pouces enfoncés dans ses yeux. Au moment où Charles, réussissant à se libérer un bras, entreprenait vaillamment de lui arracher une oreille, Henri revint avec la branche, qu'il introduisit entre le sac d'école et le dos de Dubé, et s'en servit comme d'un levier, ce qui mit aussitôt fin à la bataille.

En apercevant Charles par la vitrine du restaurant, Rosalie se précipita dans la rue:

— Mais qu'est-ce qui t'est arrivé, mon pauvre enfant? On dirait que t'es passé dans une souffleuse! Tu t'es battu, hein?

— C'est pas moi qui ai commencé, répondit Charles avec des larmes dans la voix.

Elle l'entraîna à l'intérieur, l'amena aux toilettes, le débarbouilla et pansa son coude.

— Seigneur du bon Dieu! moi qui pensais que t'étais un petit garçon tranquille... Si tu te voyais l'air!

— Je *suis* un petit garçon tranquille, pleurnicha l'enfant. C'est le gros Dubé qui m'a attaqué. Je lui avais rien fait, moi.

Sylvie, occupée à servir un client, s'était contentée de froncer les sourcils sans interrompre son travail.

— Va changer de linge à la maison, lui dit-elle à voix basse quand il revint dans la salle. Regarde ton chandail déchiré. Il est fini. Tu me fais honte. J'ai bien hâte de voir ce que ton père va dire en voyant ça.

Depuis que Charles allait à l'école, l'affection que Rosalie lui portait s'était doublée d'une profonde admiration. Le garçon venait immanquablement prendre sa collation au restaurant après la classe et souvent il s'installait à une table libre pour expédier ses devoirs et parfois même ses leçons. Rosalie s'était toujours affligée de « ne pas savoir mieux écrire » et accusait ses parents d'avoir négligé de la faire travailler « au temps où ça comptait ». Au début, elle avait cru qu'il bâclait ses travaux afin de se retrouver plus vite dans la rue avec Bof et Henri. Mais, un soir, elle s'était assise près de lui pour l'observer ; la beauté de son écriture, la facilité avec laquelle il lisait et effectuait additions et soustractions (choses qui, même à son âge, requéraient encore toute sa concentration) l'avaient plongée dans un émerveillement sans fond.

— C'est un génie, ce p'tit gars, avait-elle déclaré un soir à Sylvie. C'est deux têtes dans une !

Sylvie avait souri, comme flattée, mais n'avait pu s'empêcher de répondre :

— On voit que vous ne vivez pas avec... Vous chanteriez une autre chanson. Hier, j'ai quasiment dû me battre avec lui pour qu'il se couche.

◆

L'épisode du gros Dubé avait inspiré à Charles quelques réflexions ; il décida de tuer dans l'œuf le début de cette réputation de fif dont il avait appris avec horreur la signification précise et, suivant l'exemple d'Henri, prit l'habitude de se tirailler à tout propos avec les camarades de sa classe et même de les provoquer gratuitement, comme les usages semblaient le commander. Cela l'amena à quelques reprises dans le bureau du directeur. Il réussit même, usant de vitesse, à pocher deux fois l'œil de Dubé dans la cour de l'école, ce qui sema la crainte autour de lui et incita le péteur virtuose à se trouver un autre souffre-douleur.

Surtout, il s'appliqua à minimiser devant les autres ses succès scolaires et à feindre une indifférence totale pour l'étude, alors qu'il en raffolait. Mademoiselle Laramée, qui voyait bien dans son jeu, soupirait en son for intérieur, mais se gardait de réagir, se contentant de l'encourager sans qu'il y paraisse trop.

La rencontre qu'elle eut à la fin du semestre avec Wilfrid Thibodeau ne lui laissa pas une bonne impression du menuisier; elle trouva l'homme bourru, mal dégrossi – et sentant la bière (ce qui représentait pour elle la débauche à l'état pur). Thibodeau considérait manifestement cette rencontre comme une corvée et regarda plutôt distraitement le bulletin de son fils qu'elle avait ouvert devant lui pour fournir quelques explications, mais, lorsqu'elle lui déclara que Charles se tirait très bien d'affaire et semblait même posséder des dons exceptionnels, son visage s'éclaira un instant:

— On a toujours eu la bosse des chiffres dans notre famille... C'est un vrai Thibodeau.

— J'espère que vous en prenez soin. Un enfant comme ça, c'est un cadeau du bon Dieu, vous savez.

— Ouais, ouais... on fait tout ce qu'on peut pour lui, craignez pas.

Son regard, redevenu terne, venait de se poser sur sa montre.

Les craintes de mademoiselle Laramée se confirmèrent: vers la fin de l'année scolaire, Charles commença à s'ennuyer en classe. Il se mit à bâiller durant les explications parfois interminables qu'elle devait donner à l'intention des cancres et qu'il avait comprises dès le début, il devint plus agité ou alors sombra dans la rêverie, le regard tourné vers la fenêtre, parti, semblait-il, vers des mondes lointains. Un jour, elle le surprit, un canif à la main, en train de graver des lettres sur le couvercle de son pupitre: BOF.

Sa main s'abattit sur la nuque de l'enfant et elle le secoua avec une vigueur toute militaire:

— Qu'est-ce que c'est que ça, Charles?

— C'est le nom de mon chien, mademoiselle, répondit-il avec un sourire angélique.

La classe pouffa de rire.

— Très drôle. Si tu continues à te conduire ainsi, tu risques de finir dans une niche, toi aussi.

Et, pour la première fois, elle le fit mettre debout dans un coin, la tête tournée vers le mur.

En désespoir de cause, ne sachant plus comment susciter son intérêt, elle décida de fonder le *Journal de la classe de la fin de l'année* et le nomma rédacteur en chef; il eut la permission de vaquer à ses occupations professionnelles durant les cours, à la condition d'avoir terminé ses travaux. Cela le mena sans trop d'encombre jusqu'au mois de juin. Le jour de la remise des bulletins – qui coïncidait avec le début des vacances d'été –, Charles arriva malgré tout bon premier, et loin devant les autres.

Dans l'après-midi, mademoiselle Laramée distribua de petits cadeaux à ses élèves, puis organisa des tirages. Henri se retrouva avec une balle vert fluo, Charles avec un petit camion de plastique. Vers trois heures, les élèves de toute l'école reçurent la permission de partir. Une rumeur de piétinements et de cris se déversa dans les cages d'escaliers. Il y avait un bouchon devant la porte de la classe. Charles essayait de s'y frayer un chemin lorsque l'institutrice l'appela.

— Tiens, dit-elle, les traits étrangement tirés, j'ai un cadeau spécial pour toi.

Charles poussa un cri de joie et arracha vivement l'emballage qui recouvrait un livre :

— *Alice... au pa...*

— *... pays*, corrigea la maîtresse.

— *... des... mer...veilles.*

Il leva vers elle un visage souriant mais plein de gravité :

— Alice... c'était le nom de ma mère.

— Je sais.

Les traits de l'institutrice se crispaient de plus en plus et un léger tremblement agitait maintenant le coin de ses lèvres.

— Merci beaucoup, mademoiselle... C'est un très beau livre. Je vais commencer à le lire ce soir ou peut-être demain, mais pas plus tard.

— Je pense que tu vas l'aimer. Je t'ai acheté une édition pour enfants, bien sûr. S'il y a des mots qui t'embêtent, demande qu'on t'aide. Mais il n'y en aura pas trop, je crois.

— Oui, mademoiselle.

La classe était vide. Henri l'attendait discrètement dans le corridor.

— Bonnes vacances! Amuse-toi bien. Et reviens-nous en bonne santé.

Sur ces mots, le visage de mademoiselle Laramée se fondit de tendresse et elle l'embrassa.

Charles, interloqué, recula d'un pas, salua gauchement et partit en courant.

8

Sa deuxième année à l'école Saint-Anselme fut quasiment catastrophique. Il s'était naïvement attendu à se retrouver dans la classe de mademoiselle Laramée. Mais ce fut Séverine Cotruche qui le reçut.

Madame Cotruche était de taille moyenne et un peu boulotte, elle avait le mollet variqueux, les cheveux gris laine d'acier ramenés en toque, les coudes toujours en mouvement (il fallait s'en méfier!) et de magnifiques yeux bleus conçus pour exprimer l'amour le plus suave mais qui ne reflétaient la plupart du temps qu'une gravité sévère et bornée; elle était mariée, mère de trois enfants, et son instinct maternel pouvait se comparer à celui d'un poteau de téléphone. Institutrice depuis vingt ans à l'école Saint-

Anselme, elle considérait que c'étaient vingt années de gâchées dans sa vie, ce en quoi la majorité de ses élèves lui auraient donné raison, si on le leur avait demandé. Comme la plupart des autres professeurs, elle avait entendu les éloges de Ginette Laramée à propos de Charles, mais la même source lui avait appris également qu'il pouvait se montrer assez turbulent et futé pour transformer une classe en foire si on n'usait pas avec lui d'une poigne à la fois souple et ferme et de beaucoup d'imagination.

« Je vais lui rabattre le caquet, moi, s'il essaie de faire son finfin », se promit-elle le jour de la rentrée en observant Charles qui venait de s'asseoir derrière son pupitre et échangeait des plaisanteries avec un voisin ; et elle trouva vaguement sournois le premier regard qu'il jeta sur elle en toute innocence.

Les premiers jours d'une année scolaire sont, en général, assez paisibles ; professeurs et élèves les utilisent généralement pour se jauger, établir des alliances, détecter des faiblesses secrètes. Mais, en deuxième année, la frousse de l'inconnu qui a fait haleter tant de jeunes poitrines l'année d'avant, asséché les gosiers comme du carton et rendu parfois les yeux humides est oubliée depuis longtemps. Un élève de sept ou huit ans se considère déjà comme un vétéran et jette des regards dédaigneux sur les petits effarouchés qui entreprennent leur vie scolaire. Et puis madame Cotruche avait été précédée par sa réputation, qui était fort mauvaise. Sans la connaître, plusieurs la détestaient déjà. Aussi le dégel se fit-il très vite et, dès le jeudi, la voix criarde et exaspérée de l'institutrice résonnait comme d'habitude dans la salle de classe.

Charles la détesta comme les autres et résolut de lui exprimer sa haine. Dès le vendredi, il faisait de la retenue. Le lundi, il passait chez le directeur et, le jour suivant, il devait recopier cinquante fois : « Je suis un idiot qui rit à tout propos. » Trois mois plus tard, son bulletin s'annonçait lamentable.

Une trêve eut lieu, organisée en sous-main par mademoiselle Laramée qui fit venir Charles dans sa classe à la fin d'un après-midi et essaya de lui faire prendre son mal en patience (« Écoute, mon Charles, en troisième année madame Dupuis et mademoiselle Deneault sont gentilles comme tout. Elles ont autant hâte l'une que l'autre de t'enseigner. Force-toi un peu, mon gars. Dix mois, c'est vite passé.»). Le lendemain, mine de rien, elle décrivit à madame Cotruche la pénible situation familiale de Charles – ce dernier lui avait fait des confidences – et réussit à l'amadouer un peu, ajoutant à ses propos quelques flatteries sur «son expérience et son sens pédagogique».

En décembre, Charles avait réussi à bloquer sa glissade vers la queue de la classe et termina le semestre avec des résultats estimables. Mais le 6 janvier 1975, tout se gâcha.

La semaine avait mal commencé. Une vague de froid intense venait de s'abattre sur la ville et on annonçait qu'elle durerait plusieurs jours et battrait des records. Charles, qui retrouvait chaque fin d'après-midi son chien à demi congelé dans sa niche, harcelait son père pour qu'on le laisse passer les journées froides à l'intérieur de l'appartement. Mais Wilfrid Thibodeau se butait :

— Pour qu'il nous fasse d'autres dégâts? Un chien, c'est un chien, c'est fait pour la misère. Ça fait des années qu'il vit dehors et y en est pas mort. Achale-moi plus avec ça !

Finalement, à la suggestion du quincaillier Fafard, que son fils Henri avait mis au courant des angoisses de Charles, Wilfrid Thibodeau accepta d'installer dans la niche une ampoule électrique de cent watts sous un faux plancher, ce qui permettrait d'y maintenir une certaine tiédeur. Avec sa coutumière obligeance, Fafard fournit même une rallonge électrique et Bof cessa de grelotter, gardant toutefois un œil plein d'envie rivé sur les fenêtres de l'appartement.

Le lendemain de l'installation, en se rendant avec son jeune maître chez les Fafard, le chien découvrit dans une poubelle un paquet de viande avariée, qu'il avala en deux coups de dents. Deux heures plus tard, il était saisi d'une diarrhée qui semblait devoir le vider de lui-même. Défense lui fut faite de pénétrer dans la maison tant qu'il ne serait pas guéri. Charles, par la fenêtre de la cuisine, le contemplait affalé dans sa niche au milieu de la cour enneigée, parmi un réseau de taches jaunâtres qui illustraient avec éloquence les déboires intestinaux du pauvre épagneul. Or il n'était pas question d'aller consulter un vétérinaire, car Wilfrid Thibodeau les trouvait trop chers.

— S'il crève, je t'en trouverai un autre. C'est pas les chiens perdus qui manquent à Montréal.

Aussi Charles arriva-t-il ce matin-là à l'école dans un état de frustration et d'inquiétude qui l'empêchait de rester silencieux et immobile plus de deux minutes d'affilée. Pour tenter de chasser l'angoisse qui le rongeait, il avait décidé de devenir le garçon de huit ans le plus drôle du monde. Cela donna des résultats variables pendant quelque temps, mais à neuf heures quarante-cinq, profitant de ce que madame Cotruche avait le dos tourné, il lui lança un bout de craie qui atteignit une de ses vertèbres cervicales et déclencha une crise d'éternuements de dix minutes.

Ce fut dans la classe un moment de jubilation incomparable. Mais une demi-heure plus tard, Sylvie recevait un coup de téléphone du directeur de l'école qui lui annonçait que le comportement de Charles lui donnait de plus en plus de soucis.

— Je désirerais vous rencontrer à son sujet, ajouta-t-il.

— C'est pas mon garçon. Voyez son père. J'ai déjà assez de l'endurer.

Quand Wilfrid Thibodeau arriva à la maison vers cinq heures, Sylvie lui raconta aussitôt l'incident. Charles, tout tremblant, s'était enfermé dans sa chambre. Le visage du menuisier s'empourpra, mais il conserva son calme.

— Va le chercher, ordonna-t-il à sa compagne.

Charles se présenta devant lui le souffle court, les entrailles pleines de nœuds, mais un léger sourire de défi aux lèvres.

— Je m'étais promis de ne plus te toucher, lui dit son père d'une voix pesante et comme pleine de lassitude, mais tu me laisses pas le choix. Approche-toi. Approche-toi, que je te dis.

Et il lui appliqua une gifle qui fit reculer Charles de trois pas.

Celui-ci se mordit les lèvres et alla s'appuyer contre un mur, son visage écarlate crispé de douleur. Soudain, il éclata en sanglots et partit en courant vers sa chambre.

Wilfrid Thibodeau s'était attablé dans la cuisine et fixait le comptoir avec une expression étrange. Sylvie vint le rejoindre, s'assit en face de lui et alluma une cigarette.

— T'as la main un peu lourde, mon vieux, dit-elle enfin. Tu vas finir par te le mettre à dos pour de bon.

— C'est déjà fait.

— T'aurais pu le punir d'une autre façon. Après tout, y a seulement huit ans.

— Je connais pas d'autre façon de remettre à sa place une tête de cochon. T'as vu la face qu'il me faisait quand il est arrivé devant moi ? Il me narguait ! Tu me l'as dit toi-même : ça fait trois fois en un mois qu'il se retrouve devant le directeur. À son âge, mes parents m'auraient coupé en morceaux pour le quart de ce qu'il a fait. Aussi, je filais doux, moi, à l'école. Les professeurs s'occupaient quasiment pas de moi : je travaillais, j'apprenais et je me mêlais de mes affaires.

Sylvie, ébranlée, eut un léger hochement de tête, puis se leva, se rappelant qu'il fallait préparer le souper.

Charles apparut alors dans la porte de la cuisine dans un état de fureur larmoyante qui les saisit tous les deux ; sa joue rouge et enflée lui déformait légèrement le visage :

— Je soupe pas avec vous autres ! Je m'en vas d'ici ! Je veux plus vous voir ! Avez-vous compris ? Je veux plus vous voir !

Et il se dirigea à grands pas vers le vestibule. Wilfrid Thibodeau allait bondir de sa chaise, mais Sylvie le retint :

— Laisse-le faire, lui dit-elle à voix basse. Il a assez écopé comme ça. Le froid finira bien par le faire rentrer.

Charles, pleurant de plus belle, enfila son manteau et ses bottes et descendit lentement l'escalier en courbe aux marches bosselées par la glace. Un vent glacial l'enveloppa cruellement et son corps déjà tendu se crispa davantage, mais sous l'effet du froid la brûlure de sa joue diminua; un violent hoquet le secoua tout à coup, et cela le détendit un peu.

En posant le pied sur le trottoir, il se dirigea vers la rue Ontario, passa, la tête droite, devant le restaurant et tourna à gauche dans la ruelle qui s'allongeait derrière chez lui. Il se retrouva bientôt devant la palissade qui bordait le fond de sa cour; de l'autre côté se trouvait Bof, peut-être mourant. Soulevant une large planche, Charles pénétra dans la cour et courut à la niche. En l'apercevant, le chien leva la tête et battit faiblement de la queue, mais n'eut pas la force de se lever.

Accroupi devant lui, Charles se mit à le caresser en pleurant et, soudain, sa décision fut prise. Il détacha le collier du chien, glissa les mains sous son ventre et le souleva péniblement, puis quitta la cour et se retrouva bientôt, transi, devant la maison des Fafard. Il grimpa pesamment les marches du perron et, libérant tant bien que mal un de ses bras, voulut actionner le bouton de la sonnette.

Mais la porte s'ouvrit et la frimousse de Céline apparut. Il connaissait à peine la sœur d'Henri, ne lui ayant pas adressé la parole trois fois, sous l'effet de la souveraine indifférence que ressentent certains petits garçons pour les filles de leur âge.

— Qu'est-ce que tu veux? demanda-t-elle. Tu nous apportes ton chien? Vite! entre, on gèle!

Il s'avança, son audace soudain émoussée; la chaleur réveilla les élancements de sa joue. Un bruit de voix et de rires résonnait dans la cuisine.

— Qu'est-ce qu'il a, Bof? demanda Céline, plantée devant lui.

— Il est malade.

Elle se mit à renifler et recula de deux pas:

— Pouah! il pue!

Bof poussa une légère plainte et s'agita dans les bras de Charles. Ce dernier le déposa sur le tapis:

— Je voudrais voir Henri.

Céline considéra un instant le chien, affalé sur le plancher, le regard morne, puis partit en courant. Mais ce fut Fernand Fafard qui apparut dans le corridor, un tablier serré autour de la taille:

— Tiens! de la grande visite! Comment vas-tu, mon Charles?

— Bien, fit l'autre en souriant avec effort. Mais Bof a la diarrhée. Il est très malade.

Alors, surmontant sa timidité:

— Est-ce que vous pourriez le garder chez vous un petit bout de temps, monsieur Fafard, en attendant qu'il prenne du mieux? Mon père ne veut pas le laisser entrer dans la maison. Mais il est si faible qu'il va mourir de froid!

Le quincaillier s'accroupit devant le chien, mais son regard s'arrêta sur le visage de Charles:

— Tornade de clous! qu'est-ce qui t'est arrivé à la joue?

Charles détourna le regard:

— Je suis tombé.

Fafard continuait de le fixer:

— Drôle de chute, ne put-il s'empêcher de remarquer.

Mais, voyant le malaise de l'enfant, il décida de ne pas insister.

— Hum... il n'a pas l'air fort, fort, ton Bof... Qu'est-ce qui lui est arrivé?

— Il a mangé de la viande pourrie dans une poubelle.

— Oh là là!... Il faudrait peut-être l'amener chez un vétérinaire.

— J'ai pas d'argent, répondit Charles avec des larmes dans la voix.

— Bon, bon, bon! C'est pas la peine de pleurer, ça fait rire le diable, comme disait mon père. Tout peut s'arranger. On va d'abord l'installer dans la cave, près de la fournaise, il va être aussi bien qu'à l'hôtel, ton Bof. Ensuite, je vais donner un petit coup de fil.

Lucie Fafard, attirée par la conversation, apparut à son tour dans le corridor. À la vue de Charles, elle s'arrêta pile et porta les mains à sa bouche; d'un signe discret, son mari lui fit comprendre qu'il valait mieux pour l'instant ne rien dire.

Bof, revigoré sans doute par la chaleur de la maison, avait réussi tant bien que mal à se remettre sur ses pattes et reniflait à présent le tapis.

— Hé! s'écria Henri en apparaissant tout à coup derrière sa mère, suivi de Céline, qu'est-ce qui t'est arrivé, Charles? On dirait que t'as...

— Ça va, ça va, coupa le quincaillier. Pour l'instant, on s'occupe de Bof. Il n'a pas l'air d'en mener large, le pauvre!

Et l'ayant pris dans ses bras, non sans une légère grimace de dégoût, il se dirigea vers la cave, tandis que ses deux enfants, déconcertés, observaient Charles en silence; ce dernier, marchant derrière le quincaillier, luttait de nouveau contre les larmes.

Dès qu'il fut installé sur une couverture, Bof s'endormit, le museau sur les pattes; pendant ce temps, Fernand Fafard téléphonait à la clinique vétérinaire Maisonneuve dont le patron était un de ses vieux clients. La conversation fut rapide et cordiale, les deux hommes ayant en commun une humeur joyeuse, le culte de l'efficacité et l'horreur du blablabla.

— Est-ce qu'il a vomi, ton Bof? demanda le quincaillier en raccrochant. Non? Parfait. On va lui donner tout de suite à boire, car il doit avoir les entrailles comme du biscuit soda. Lucie, va donc voir dans la pharmacie si on a du Kaopectate. Ça va lui tapisser les muqueuses de l'intestin. Et puis de l'Imodium aussi, pour lui bloquer le trou de pet.

Si le mal se prolongeait plus de vingt-quatre heures, le vétérinaire Gendron suggérait un soluté, ce qui nécessiterait l'hospitalisation.

Quelques minutes plus tard, Bof ingurgitait deux cuillerées à soupe d'un liquide gris qu'il apprécia médiocrement; une écuelle de Seven-Up le lui fit aussitôt oublier. Pendant ce temps, Henri se rendait à toute vitesse à la pharmacie du coin chercher de l'Imodium.

Charles, un peu rasséréné, s'était assis dans une chaise berçante et regardait madame Fafard en train de terminer les préparatifs du souper. De temps à autre, quand elle avait le dos tourné, il portait la main à sa joue gauche, effleurant la peau endolorie.

Lucie Fafard, bouleversée par l'aspect de l'enfant comme par la tristesse sans fond qui se lisait dans son regard, lissait une purée de pommes de terre à la spatule tout en essayant de dénicher dans le tourbillon d'idées contradictoires qui s'était levé dans sa tête celle qui lui permettrait de solutionner au moins temporairement les problèmes de ce petit garçon attachant, en proie, semblait-il, à plus d'épreuves qu'il n'en pouvait supporter.

— Dis donc, Charles, fit-elle en se retournant, aurais-tu le goût de souper avec nous? Je sais que tu aimes beaucoup le pâté chinois.

Un sourire gourmand arqua les lèvres de l'enfant, faisant oublier un instant sa joue déformée, mais il disparut aussitôt :

— Il faudrait que je demande la permission à Sylvie ou à mon père. Mais je suis sûr qu'ils vont me dire non.

— Veux-tu que je leur téléphone?

Il hocha vivement la tête.

— Un instant, s'il vous plaît, répondit sèchement Sylvie à sa voisine, je vais en parler à Wilfrid.

Et elle posa la main sur le récepteur.

Lucie Fafard essaya en vain de percer le murmure de leur conversation, son regard posé sur Charles, qui la fixait d'un œil inquiet.

— Ça va, il peut rester, reprit la voix de Sylvie, mais à condition qu'il revienne à sept heures tapant pour faire ses devoirs.

Et elle raccrocha.

— Je gage qu'il vient de tout raconter aux Fafard, poursuivit-elle en se tournant vers Wilfrid Thibodeau qui venait de constater par la fenêtre la disparition de Bof. Ça va nous en faire, une belle réputation! Tu devrais contrôler tes battoirs, toi, des fois!

Deux jours plus tard, Bof, complètement rétabli, pouvait retourner à sa niche. Une trêve s'établit encore une fois entre Charles et son père. Madame Cotruche s'étonna pendant une semaine du comportement quasi exemplaire de son élève. Bof sauvé, Charles retrouva pour un temps son calme et même un peu de son goût pour l'école, mais l'épisode de la gifle et du sauvetage de son chien, en le rapprochant des Fafard, opéra un nouveau changement dans sa vie.

Il se mit à souper de plus en plus fréquemment chez eux et prit même l'habitude, une ou deux fois par semaine, de faire ses devoirs et d'apprendre ses leçons en compagnie d'Henri, sous la surveillance discrète mais efficace de Lucie Fafard. Après quelques réticences, Sylvie et Wilfrid Thibodeau finirent par s'accommoder de la nouvelle situation, car, dans un sens, elle les débarrassait d'un poids.

Fernand et Lucie voyaient bien que Charles était malheureux chez lui et peut-être en butte à bien plus de mauvais traitements qu'on n'aurait pu le penser. Mais l'enfant, étonnamment secret et futé pour son âge, éludait leurs questions détournées ; faute de preuves, ils hésitaient à porter plainte.

Les semaines passèrent. Charles traversait tant bien que mal le purgatoire qu'était la classe de madame Cotruche. Claques derrière la tête et expulsions dans le corridor alternaient avec remontrances et retenues, le tout baignant dans la voix criarde et courroucée, éternellement insatisfaite, de l'institutrice qui, vivant son métier comme un châtiment, avait décidé d'en faire un châtiment aussi pour ses élèves. Parfois se produisait une miraculeuse accalmie : pendant une heure ou deux, l'acide fumant qui semblait circuler dans les veines de madame Cotruche se transformait en sang humain normal, sa voix et ses manières s'adoucissaient, elle devenait patiente et attentive et même... presque drôle !

C'est ainsi que, un vendredi matin du mois de mars, elle apporta dans la classe un énorme livre à couverture rigide muni d'anneaux chromés et que les élèves apprirent avec stupéfaction que leur institutrice avait la passion des timbres. « Je suis philatéliste, leur annonça-t-elle fièrement, c'est-à-dire que je collectionne les timbres, tous les timbres que je peux trouver et qui m'intéressent. »

La veille, le concierge de l'école, à la fin de la classe, était venu déposer sur son bureau une grosse boîte de carton qui en avait intrigué plusieurs. Elle en sortit un projecteur, demanda à un élève de le brancher, tira les stores des deux fenêtres (la pénombre qui en résulta n'enlevait rien à l'acuité de son regard, et tous le savaient) et elle entraîna la classe tout entière dans un voyage autour du monde et à travers l'histoire qui tint les enfants immobiles jusqu'à la récréation. Charles la bombarda de questions tout au long de son exposé et elle sembla en apprécier quelques-unes. Il s'approcha de son bureau.

— Moi aussi, madame, quand je serai grand, je vais collectionner les timbres.

— Eh bien! tant mieux. Si tu pouvais arriver à t'intéresser à quelque chose d'intelligent, Charles, tu finirais peut-être par nous surprendre.

— Mais je m'intéresse à quelque chose d'intelligent, répondit-il, froissé.

— Ah oui? Et à quoi?

Il hésita un instant, se demandant si ce haut-parleur-machine-à-claques méritait ses confidences; quelqu'un l'appela alors à tue-tête, il tourna les talons et partit en courant sans daigner répondre.

Ce jour-là, quand il quitta l'école vers la fin de la journée en compagnie d'Henri, une telle joie l'envahit à la pensée de la fin de semaine qui l'attendait qu'il invita son ami à venir prendre sa collation Chez Robert:

— C'est moi qui paye.

Son compagnon posa sur lui un regard incrédule:

— T'as de l'argent?

— Seulement vingt sous, mais tu vas voir, je vais m'arranger.

Passant devant son ami, il poussa la porte et entra dans la place avec cet air de fierté nonchalante que prennent les enfants qui se sont gagné les libéralités de certains adultes. Au fond de la salle, deux femmes dans la quarantaine, penchées l'une vers l'autre, jacassaient d'une voix basse et mystérieuse. Près de la vitrine, son veston posé à côté de lui, un vieux monsieur à cravate, cigarette au bec, une grosse verrue sur la joue droite, faisait une partie de patience devant une tasse de café. Assis au comptoir, monsieur Victoire taquinait Liette en poussant de grands éclats de rire tandis qu'elle lavait la vaisselle, toute rouge de plaisir. Sylvie, l'air rêveur, passait un torchon sur le comptoir avec de grands mouvements circulaires, comme entraînée dans une sorte de danse. Charles passa devant elle sans paraître la voir, se dirigea vers la caisse, où Rosalie vérifiait une liasse de factures, et eut une courte conversation avec elle.

Ses yeux s'arrondirent de surprise, puis elle se mit à rire :

— Ah bon. La même chose que toi ?

Il fit signe que oui de la tête.

— Qu'est-ce qu'il veut ? demanda Sylvie en se tournant vers la patronne.

— Ça va, ça va, répondit Rosalie, on s'est arrangés.

Et, quelques minutes plus tard, elle apportait aux deux petits garçons qui avaient pris place sur des banquettes, l'un en face de l'autre, une tasse de chocolat chaud et des biscuits à la farine d'avoine.

— Et puis, tiens, un petit quelque chose encore, ajouta-t-elle en échangeant avec Charles un regard entendu.

Elle fouilla dans la poche de son tablier et en sortit deux tablettes de chocolat Mars :

— Vous irez les manger dehors, leur enjoignit-elle à voix basse, sinon Sylvie va me chicaner en disant que je suis en train de gâcher votre souper. Après ta collation, mon Charles, irais-tu me chercher un gallon de vinaigre à l'épicerie... et cinq boîtes de cure-dents ? Et j'aurai peut-être une pizza à te faire livrer au coin chez monsieur Saint-Amour.

— Tu vois ? fit Charles en se tournant vers son ami quand elle se fut éloignée, je lui fais des commissions, elle me donne des collations.

Henri en avait été tellement ébloui qu'en sortant du restaurant il invita Charles à venir souper chez lui – et même à y passer la nuit, s'il le voulait –, l'invitation s'adressant également à Bof.

Il fallait, bien sûr, obtenir la permission des parents. Mais, avant de la demander, les deux garçons se rendirent d'abord à l'épicerie chercher le vinaigre et les cure-dents, puis allèrent livrer la pizza. Charles courait dans la rue en tenant à bout de bras la grande boîte plate qui laissait échapper des odeurs succulentes, soucieux que la pizza arrive la plus chaude possible chez monsieur Saint-Amour, car ce dernier donnait de généreux pourboires. Le vieil homme ouvrit la porte avant même qu'on ait frappé. C'était un coiffeur à la retraite qui habitait un minuscule deux-pièces dans un immeuble un peu délabré au coin des rues Ontario et Frontenac; trois ou quatre fois par semaine, il soupait d'une pizza aux anchois que Roberto préparait selon ses directives particulières.

— Eh ben! dis donc! s'écria-t-il d'une curieuse voix éteinte, vous êtes *deux* maintenant pour faire les livraisons?

Henri rougit:

— Non, monsieur, je fais juste l'accompagner.

— C'est bien, c'est bien, répondit-il en les fixant tour à tour avec une expression de profond contentement. Entrez, les gars, mon portefeuille est resté sur ma commode.

Charles déposa la pizza sur une table tandis que l'ancien coiffeur se frayait un chemin vers la commode. Henri promena un regard étonné dans la pièce, qui était extraordinairement encombrée de boîtes, de meubles et d'accessoires de toutes sortes. Perché sur un énorme vaisselier, un coq de plastique rouge, l'œil furieux, semblait vouloir se jeter sur un appareil de télévision, tout aussi imposant dans son meuble d'acajou.

— Voilà, fit le vieil homme en tendant un billet de cinq dollars à Charles, ça, c'est pour la pizza. Et ceci, c'est pour toi, et pour toi, ajouta-t-il en donnant à chacun des enfants une pièce de vingt-cinq sous.

— Merci, monsieur! lancèrent-ils ensemble, ébahis par tant de générosité.

Saint-Amour, son petit œil gris toujours posé sur les enfants, eut un large sourire:

— Ça me fait plaisir, les gars. À la prochaine.

Et il caressa furtivement les fesses de Charles à travers son habit de neige.

Henri obtint facilement la permission d'inviter Charles à souper et de lui offrir l'hospitalité pour la nuit.

— Mais je ne suis pas la seule à décider, prévint Lucie Fafard.

À sa grande joie, Charles n'eut aucune difficulté à obtenir celle de Sylvie. C'était la première fois de sa vie qu'il découchait. Une allégresse fébrile s'empara de lui, comme s'il venait de se lancer dans une merveilleuse aventure. La maison des Fafard, avec ses hauts plafonds, ses larges boiseries vernies et ses pièces spacieuses, bien plus belle que l'appartement qu'il habitait, l'avait toujours impressionné. Il se précipita chez lui pour ramasser ses effets. Quelques minutes plus tard, le visage radieux, il se présentait chez les Fafard avec son chien et un sac à ordures en guise de baluchon.

— Allez! vite! vite! à table! lança le quincaillier d'une voix éclatante. Je mangerais un cheval avec sa charrette, moi, ce soir. Charles, descends ton Bof à la cave, il va nous achaler pendant tout le repas.

Et, ses avant-bras velus posés sur la nappe, Fernand Fafard fixait d'un œil avide un rôti de bœuf au jus entouré d'une couronne de carottes et de cubes de navet, et flanqué d'un grand plat de purée de pommes de terre qui embaumait la muscade et le beurre fondu.

Tout le monde s'attabla et un cliquetis d'ustensiles s'éleva dans la cuisine. Fernand Fafard avalait d'épaisses tranches de bœuf avec un grand bruit de mâchoires, le verbe haut, l'humeur espiègle, dirigeant le cours du repas avec une autorité bienveillante et patriarcale, un peu bruyante, qui amenait parfois un sourire indulgent sur les lèvres de sa femme.

— Regardez-moi donc ça comme il a de l'appétit, ce p'tit gars, s'esclaffa-t-il en voyant Charles vider son assiette. Il fait honneur à ma femme, qui me fait honneur depuis douze ans. Allez, Céline, redonne-lui des patates, il a l'air d'aimer ça en pas pour rire! Et toi, Henri, va nous chercher du lait, la pinte est presque vide.

Céline se dressa vivement sur ses petites jambes et, souriant tendrement à Charles, déposa dans son assiette une onctueuse cuillerée de pommes de terre.

— Et qu'est-ce que tu nous as préparé comme dessert, Lucie? demanda le quincaillier au bout d'un moment en s'adossant à sa chaise, la main sur sa bouche pour étouffer un rot qui passa aussi inaperçu qu'un coup de clairon.

— Un gâteau au chocolat.

— J'y goûterais bien.

— À ta place, j'attendrais. Tu vas éclater. Laisse passer une heure ou deux. Il sera meilleur.

— Bon, comme tu veux, soupira-t-il. C'est toi qui portes les pantalons ici. Tu les as juste un peu raccourcis pour qu'ils ne dépassent pas de ta robe.

— Maman porte des pantalons sous sa robe? s'étonna Céline.

— Il-fait-des-farces, articula lentement Henri en la toisant avec condescendance.

Charles avala une dernière bouchée de gâteau, poussa un long soupir, puis se tournant vers Lucie:

— Merci beaucoup, madame. C'était très bon. C'est le meilleur souper que j'ai mangé de ma vie.

Tout le monde éclata de rire.

— Voyez-moi donc ça comme il connaît les bonnes manières, ce petit gars! s'exclama Fafard. On dirait qu'il a été élevé dans les grandes maisons!

— Tu pourras venir manger aussi souvent que tu voudras, mon Charles, fit-elle en lui ébouriffant les cheveux. Il y aura toujours une place ici pour toi.

En quittant la table avec Henri pour se rendre à la chambre de son ami, il était dans un tel état de félicité qu'il en avait oublié Bof dans la cave; couché près de la fournaise, l'oreille dressée, le chien suivait chacun de ses déplacements au rez-de-chaussée, torturé par l'envie de japper mais n'osant le faire, car il se trouvait en territoire étranger.

Le quincaillier avait installé un lit de camp pour Charles près de celui de son fils. Charles s'y étendit de tout son long et ferma les yeux.

— Je vais très bien dormir, conclut-il au bout d'un moment. Je me sens mieux que dans mon lit.

Il se releva brusquement et glissa la main dans son baluchon. Son visage avait pris une expression solennelle :

— J'ai apporté quelque chose de spécial.

Il sortit l'exemplaire d'*Alice au pays des merveilles* que mademoiselle Laramée lui avait offert l'année précédente. C'était une édition abrégée du livre de Lewis Carroll ; les illustrations en couleurs prenaient la plus grande place, mais il y avait une dizaine de pages plein texte. L'histoire d'Alice faisait depuis longtemps partie de son monde intérieur. Charles avait feuilleté le livre d'innombrables fois, s'absorbant dans la contemplation des images, peintes avec un mélange de fantaisie et de minutieux réalisme. Puis, peu à peu, il s'était mis à déchiffrer le texte, avançant ligne par ligne. Les pages pleines l'avaient d'abord découragé, mais il avait fini par les conquérir l'une après l'autre, consultant parfois Sylvie, rarement son père, lorsqu'il butait sur un mot. Les pages illustrées, qui ne comportaient que cinq lignes, étaient pour lui comme des oasis de couleur qui le récompensaient de ses efforts. La logique délirante de l'histoire le ravissait, sans qu'il comprenne trop pourquoi.

Charles prenait plaisir à penser qu'Alice, c'était sa mère petite fille, malgré qu'il eût toutes les peines du monde à l'imaginer ainsi. Il enviait la jeune héroïne d'avoir connu des aventures aussi extraordinaires et espérait secrètement rencontrer un jour au coin d'une rue un lièvre en gilet avec une montre à chaîne qui l'entraînerait dans son terrier vers le centre de la terre. Quelques pages l'avaient beaucoup frappé et il y revenait souvent : la lente chute d'Alice dans le puits aux parois ornées de tablettes, la noyade qu'elle avait failli connaître dans ses propres larmes, l'épisode du chat qui s'évanouissait dans l'air en laissant derrière lui son sourire et sa rencontre avec le Chapelier et le Lièvre fou.

Le chat, en particulier, le fascinait. Il était persuadé que Bof, si vif et perspicace, pourrait sourire lui aussi – avec un peu d'entraînement. Plusieurs fois, il s'était assis devant lui et s'était mis à grimacer, à se contorsionner et à pousser les sons les plus saugrenus dans l'espoir que cela se produise. Un jour, il s'était même déchaussé, avait mis ses bas dans sa bouche et s'était promené à quatre pattes. Le chien l'observait, les yeux débordant de tendresse, mais se contentait de battre de la queue. « Souris pas de la queue, Bof, souris de la gueule, comme ça. » Et il écartait largement les commissures de ses lèvres. Mais Bof, malgré le plaisir manifeste qu'il prenait aux pitreries de Charles, ne souriait pas.

— Si tu veux, fit Charles en ouvrant le livre, je peux t'en lire un bout.

Après une courte hésitation, Henri acquiesça de la tête, sentant que l'invitation de son ami contenait un ordre.

Vingt minutes plus tard, Lucie, intriguée par le calme qui régnait dans la chambre de son fils, s'approcha doucement de la porte.

« Mais il lit comme une grande personne ! s'étonna-t-elle après avoir écouté un moment. Il lit bien mieux que mon garçon. Avec un peu de chance, cet enfant ira loin ou je suis un épi de blé d'Inde. »

Henri, les yeux fixés sur Charles, semblait captivé par les aventures d'Alice, qu'il connaissait déjà par les dessins animés. De temps à autre, Charles lui montrait une illustration et poursuivait sa lecture. Ils étaient arrivés à l'épisode de la partie de croquet lorsque des jappements venus de la cave rappelèrent soudain à toute la maison que la patience des chiens, même les plus conciliants, avait des limites. En allant le chercher, Fernand s'aperçut qu'il avait complètement grugé une des pattes de la chaise haute dans laquelle Lucie, bébé, avait appris à utiliser une cuillère et qui avait servi ensuite à ses deux enfants.

— Si tu m'en fais une autre pareille, toi, tonna le quincaillier en saisissant le chien par les oreilles, je te trempe la queue dans la térébenthine et j'y mets le feu !

La deuxième année de Charles continua de se dérouler cahin-caha sous la férule de madame Cotruche et il la termina avec des résultats médiocres. Mais il avait développé une remarquable capacité de continuer de sourire en recevant des taloches derrière la tête ou en se faisant pincer l'oreille et savait parfois, d'un seul mot, faire fondre instantanément la sévérité de la criarde institutrice.

— Qu'est-ce que Jacques Cartier a découvert en 1534 ? demanda-t-elle par un après-midi pluvieux de juin en promenant un index menaçant au-dessus de la classe.

— Le pont, répondit Charles.

— T'as le tour, toi, Thibodeau ! s'exclama le gros Dubé en s'approchant de Charles durant la récréation. J'ai toujours pensé qu'elle avait la gueule barrée et tu l'as fait rire aux éclats !

— Oh ! c'est juste parce que j'ai eu de la chance, répondit Charles, modeste.

C'est la chance en tout cas, sans nul doute possible, qui cligna de l'œil à Charles lorsqu'il entreprit sa troisième année (il allait avoir neuf ans) : mademoiselle Laramée, quittant les bébés de première, venait d'être nommée titulaire de sa classe.

Quelques semaines après la rentrée, Charles lui causa une grande joie. Un après-midi, au moment où la sonnerie de la cloche annonçait la fin de la classe, il s'approcha de son bureau avec un grand sourire et sortit un livre de son sac d'école. C'était *De l'autre côté du miroir*, la suite des aventures d'Alice, qu'il venait de recevoir de Sylvie et de Wilfrid en cadeau d'anniversaire.

— Je l'ai lu deux fois déjà, annonça-t-il avec fierté, mais le livre que vous m'avez donné est bien plus beau. C'est le plus beau livre que j'ai jamais lu !

— Ah ! toi, toi, s'écria-t-elle dans un singulier élan de lyrisme maternel, si j'avais eu un petit garçon, c'est toi que j'aurais voulu avoir, personne d'autre !

Et, toute rouge de plaisir, elle lui fourragea les cheveux ; mais ses préoccupations pédagogiques reprirent aussitôt le dessus :

— Tu lis autre chose aussi, j'espère ?

— Euh... oui. Des bandes dessinées, surtout.

— Pas d'autres livres ?

— Oui, un peu... Mais c'est *Alice* que je préfère.

— Oui, oui, c'est bien, voilà un bon livre, je suis tout à fait d'accord, puisque je te l'ai donné. Mais il y en a beaucoup d'autres qui sont aussi intéressants... et même *plus* ! Si tu veux, un de ces jours, on ira à la bibliothèque ensemble.

Charles hocha poliment la tête. Pour l'instant, *Alice*, Henri, Bof et la télé lui suffisaient amplement.

Aussi, l'événement marquant de sa vie cette année-là ne concerna pas la lecture : ce fut plutôt la résurrection diabolique de Bof.

9

L'affaire se produisit un soir d'avril 1976. Wilfrid Thibodeau était arrivé vers six heures à la maison avec cet air fatigué et hargneux que donnent les mauvaises journées. Dans l'après-midi, son contremaître, après l'avoir injurié devant ses compagnons de travail, l'avait obligé à reprendre un escalier sur lequel il peinait depuis des heures. Et, pour la première fois dans sa carrière de menuisier, une menace de congédiement planait au-dessus de sa tête, confia-t-il à Sylvie qu'il avait choisie pour assister au dégorgement de sa rage. Sa réputation risquait d'être massacrée. Et tout ça pourquoi ? Parce que les plans de ce blanc-bec d'architecte qui n'avait jamais tenu un marteau dans sa main et connaissait autant la construction que le cul d'une baleine étaient mal foutus, au point qu'il fallait l'appeler dix fois par jour pour obtenir des explications.

Charles l'écoutait de sa chambre, étendu sur son lit près de Bof qui dormait, et comprit que la soirée serait délicate à traverser. Il faudrait filer doux, et peut-être même filer tout court.

— Apporte-moi une bière, lança Thibodeau à sa compagne.

— Mange donc un peu avant, répondit l'autre qui voyait venir les choses. J'ai gardé ton souper au four.

— J'ai pas faim.

On entendit un sifflement de décapsulage dans la cuisine et Wilfrid Thibodeau se lança dans la bière. Une heure plus tard, au lieu de lui apporter l'engourdissement bienheureux qui lui empâtait peu à peu l'esprit et finissait par le plonger dans le sommeil, l'alcool avait exacerbé sa mauvaise humeur – de même que sa soif! Sylvie essaya de le convaincre d'aller se coucher, mais le menuisier, deux billets de vingt dollars fripés dans le creux de la main, s'était levé, la face rouge, la lèvre mauvaise, et cherchait son manteau pour aller chez le dépanneur refaire sa provision. C'est alors que Bof apparut dans la cuisine et se dirigea tranquillement vers son écuelle. Après avoir lapé un peu d'eau, il aperçut le manteau de Wilfrid Thibodeau tombé sur le plancher près de la sécheuse et décida d'aller se coucher dessus pour en éprouver le confort.

Le ton montait entre Thibodeau et sa compagne, qui venait de lui faire remarquer, avec une franchise plutôt crue, que ses nombreux lendemains de veille n'avaient sûrement pas fait plus de bien à sa réputation que les critiques des contremaîtres.

— Si tu lâchais un peu la bière et dormais plus, tu te tromperais peut-être un peu moins en construisant tes escaliers.

Il se figea sous la remarque et ses joues se creusèrent, donnant tout à coup à ses pommettes un relief menaçant.

— C'est pas une femme de rien du tout comme toi qui va me dire comment mener ma vie! Si je t'avais pas ramassée dans ton restaurant, où est-ce que tu en serais maintenant?

Un éclat de rire moqueur lui répondit.

— Bon! où est-ce qu'il est, ce maudit manteau? lança le menuisier en tournant lourdement sur lui-même.

Son regard tomba sur Bof.

— Qu'est-ce que tu fais là, toi, chien sale ? Ote-toi de sur mon linge !

Et le bout de sa bottine s'enfonça dans les côtes de Bof, qui poussa un hurlement et s'enfuit. Dans son élan, Thibodeau avait perdu l'équilibre et il tomba à la renverse, sa tête frappant le coin de la table.

Charles, debout dans l'embrasure de la porte, observait la scène, horrifié.

Son père, un peu étourdi par le choc, fixait le plafond en marmonnant. Une flaque de sang grandissait rapidement derrière son épaule droite.

— Grand niaiseux ! s'écria Sylvie en l'aidant à se relever, regarde où ça te mène, tes colères ! Tu t'es fendu le crâne ! Suis-moi, que je te fasse un pansement. Il va peut-être falloir aller à l'hôpital, espèce de soûlon !

Et ils se dirigèrent vers la salle de bains, sans voir l'enfant. Celui-ci contempla un moment la flaque de sang au milieu de la cuisine, puis la traînée de gouttes qui menait à la salle de bains, et se mit à la recherche de Bof. Il le retrouva terré dans le salon derrière un fauteuil ; le chien le fixait avec des yeux immenses et craintifs. Quand Charles voulut le toucher, il se mit à grogner, puis alla se blottir dans un coin. Désemparé, Charles retourna dans sa chambre, s'assit sur le lit et prêta l'oreille à la conversation qui se déroulait dans la salle de bains.

— *Ayoye !* tu me brûles avec ton peroxyde !

— Souffre, cochon ! Le feu de l'enfer te brûlera jamais assez à mon goût, espèce de trou sans fond ! Et dire que c'est père de famille ! Un bel exemple que tu donnes là à ton garçon !

— Sacre-moi patience avec tes sermons... *ayoye !*... et dépêche-toi de mettre ce maudit pansement, les jambes vont me lâcher tellement tu me fais mal !

— Ça finira peut-être par te donner une leçon ! J'aimerais ça te voir à ton chantier demain... Tu vas bâtir tes escaliers à l'envers !

Quand ils revinrent dans la cuisine, le premier geste de Wilfrid Thibodeau fut d'enfiler son manteau.

— Ah! mais non! s'écria la serveuse, indignée, les mains sur les hanches. T'es quand même pas pour continuer à boire après tout ça!

Il se dirigea vers elle:

— Ferme-la. Tu m'as assez bourrassé comme ça pour ce soir.

Son regard n'invitait pas à la réplique. Elle poussa un soupir, s'approcha d'un placard et s'empara d'un seau et d'un torchon pour nettoyer le plancher.

— Où est mon argent? demanda tout à coup Thibodeau après avoir soulevé les journaux qui traînaient sur la table.

Il tournait sur lui-même, inquiet, de plus en plus irrité.

— Je l'avais mis là tout à l'heure. Il est peut-être tombé par terre.

Sylvie, accroupie à ses pieds, le torchon à la main, gardait le silence, ayant décidé de bouder.

Wilfrid Thibodeau se mit à aller et venir dans la cuisine, l'œil au plancher, déplaçant les chaises, soulevant la poubelle, fouillant les recoins, examinant même l'intérieur des armoires.

D'argent, il n'y avait plus.

Alors, furieux, il arpenta le corridor, où pourtant il n'était pas allé. En tournant la tête, il aperçut Bof en train de mâchonner quelque chose au milieu du salon.

— Qu'est-ce que tu es en train de faire là, toi? s'écria le menuisier, pénétré tout à coup d'un horrible pressentiment.

Il n'avait pas franchi le seuil que l'épagneul lui filait entre les jambes. Pour son malheur, Bof laissait derrière lui un fragment de papier, preuve irréfutable de sa vengeance. Sur ce fragment, on pouvait distinguer une partie de la chevelure de la reine Élisabeth II et son œil gauche, devenu quelque peu hagard depuis qu'il avait quitté le visage de la souveraine.

Le menuisier, ahuri, tenait le morceau de billet de banque entre le pouce et l'index, l'approchant et l'éloignant de ses yeux comme s'il craignait d'être l'objet d'une hallucination.

— Y a... y a... y a mangé mes deux vingt piastres! émit-il enfin, étouffé de rage, d'une voix curieusement haut perchée. Sylvie! viens ici! viens voir! Ah! la maudite bête!

Sylvie apparut dans la porte et examina le lambeau de papier qu'il lui planta sous le nez.

— Eh ben... eh ben! fit-elle en se retenant avec peine de rire. Il a de la suite dans les idées, ce chien-là... Œil pour œil, dent pour dent, comme on dit.

Le menuisier la fixait, le visage livide, les pommettes écarlates, et sa mâchoire se mit à trembler:

— C'est tout l'effet que ça te fait? balbutia-t-il enfin. Quarante piastres chez le diable... On voit bien que c'est pas toi qui les as gagnées! Je vais lui en faire un œil et une dent, moi... Charles! hurla-t-il à pleins poumons. Amène ton chien ici!

Charles, toujours assis sur son lit, avait tout entendu. Son corps moite s'était couvert de picotements et ses intestins gargouillaient. Le souffle coupé, il fixait avec une angoisse indicible Bof assis devant lui qui semblait venu demander humblement sa protection. Mais, contre la fureur de son père, il n'y avait pas de protection possible.

— Charles! hurla de nouveau le menuisier d'une voix démente. Je t'ai dit d'amener ton chien!

Des pas se dirigèrent lourdement vers sa chambre et Wilfrid Thibodeau surgit dans l'embrasure:

— Es-tu sourd? tonna-t-il en s'appuyant au chambranle.

— Il... il veut pas venir, répondit l'enfant d'une voix mourante.

— Il veut pas venir?

— Non.

Le père et le fils s'observèrent un moment. Thibodeau clignait des yeux en soufflant bruyamment par les narines.

— Qu'est-ce que tu veux faire avec lui? demanda Charles dans un souffle.

— M'en débarrasser, tabarnac! Il vient de me manger quarante belles piastres! Je veux plus le voir icitte. Je vais aller le faire piquer chez le vétérinaire... et tout de suite, à part ça! Ça lui apprendra.

À ces mots, Charles éclata en sanglots et se jeta sur l'épagneul qu'il couvrit de son corps, le serrant convulsivement dans ses bras :

— Non ! non ! papa ! s'il te plaît ! fais-le pas tuer ! Je vais te rembourser !

— Me rembourser ! ricana le menuisier. Et avec quel argent, 'tit gars ?

— Tu ne penses pas qu'il serait peut-être temps de venir te coucher, Wilfrid ? fit doucement Sylvie en posant la main sur son épaule.

— Laisse-moi m'occuper de mes affaires, toi ! rétorqua-t-il en la repoussant. Y a pas un chien qui va me manger quarante piastres et s'en tirer comme ça !

Et il s'avança. Bof souleva les babines et se mit à grogner. Le menuisier voulut le saisir au collet. La bête bondit sur sa main et la mordit. Thibodeau poussa un cri et recula vivement, puis s'apprêta à riposter par un coup de pied, mais Bof s'était glissé sous le lit.

Le menuisier regardait sa main ensanglantée où les crocs avaient fait une large entaille. Pendant quelques secondes, on n'entendit que le ploc ! ploc ! des gouttes de sang sur le plancher.

— Eh ben ! s'écria Sylvie, moqueuse, c'est la soirée des pansements ! Amène-toi, mon pitou. On va aller à la salle de bains encore une fois.

— Laisse-le pas sortir de la chambre, ordonna Thibodeau à son fils avec un calme effrayant.

Et il partit en refermant la porte derrière lui. Charles, le visage ruisselant de larmes, restait affalé sur le plancher. Soudain, il se redressa et glissant sa tête sous le lit :

— Bof, fit-il à voix basse, viens ici. On s'en va.

L'épagneul, méfiant, ne bougeait pas. Alors, allongeant le bras, l'enfant le tira de toutes ses forces par son collier. Maintenant la bête près de lui de sa petite main froide et crispée, il ouvrit doucement la porte, écouta, puis enfila le corridor.

L'instant d'après, il dévalait l'escalier et traversait la rue en direction de la maison des Fafard, frissonnant dans le vent humide qui enveloppait le quartier de l'arôme épicé de la Macdonald Tobacco. Il s'était remis à sangloter, comme pour donner au plaidoyer qu'il se préparait à faire la plus grande force de persuasion possible.

◆

Assis dans son fauteuil inclinable, pantoufles aux pieds, un beigne à la main, Fernand Fafard regardait une partie de hockey à la télévision en étouffant de temps à autre un bâillement; il avait fermé la porte afin de ne pas déranger Henri occupé à faire ses devoirs dans la salle à manger.

Ce fut ce dernier qui vint le trouver avec une expression effrayée :

— Papa, Charles veut te voir. Il est avec son chien et il pleure.

— Ben, voyons donc! s'exclama le quincaillier en bondissant sur ses pieds. Qu'est-ce qui se passe?

Charles, debout dans le vestibule, le chien à ses pieds, la voix hoquetante, raconta de son mieux les événements de la soirée, prenant soin de préciser que Bof n'avait fait que répliquer aux coups et que jamais auparavant il n'avait manifesté le moindre goût pour les billets de banque ni mordu personne.

Fernand Fafard l'écoutait, partagé entre l'apitoiement et l'envie de rire, tandis que son fils, figé contre le mur, suivait le récit de son ami avec de grands yeux...

— Et maintenant, monsieur... Fafard, poursuivit Charles, secoué de nouveau par les sanglots, mon père... veut l'emporter... chez le vété... rinaire pour le faire tuer! Il faut... que vous m'aidiez, monsieur Fa... fard, je veux pas... que... Bof... meure!

Le quincaillier aperçut tout à coup par la vitre de la porte d'entrée Wilfrid Thibodeau de l'autre côté de la rue en train de descendre l'escalier en s'agrippant à la rampe. «Hum... se dit-il intérieurement, il a l'air d'avoir pris tout un coup, le bonhomme... Il ne sera pas facile à raisonner... Et, d'ailleurs, qu'est-ce que je pourrais bien lui dire?»

— Ton père s'en vient, Charles. Je ne pense pas qu'il soit de très bonne humeur. Henri, descends Bof à la cave... Tu retourneras ensuite dans la salle à manger continuer tes devoirs.

Charles avait cessé net de pleurer et regardait son père traverser la rue. Il se recula instinctivement et saisit la main du quincaillier. Celui-ci, surpris et troublé par son geste, lui jeta un rapide coup d'œil, puis se racla la gorge, de plus en plus embarrassé.

Des pas sourds ébranlèrent le perron et Wilfrid Thibodeau surgit devant eux, en bras de chemise, la jambe molle, avec une étrange expression de contentement dans les yeux. Fernand Fafard lui ouvrit la porte. Le menuisier, sans lui jeter un regard, se planta devant son fils :

— Ah! je savais bien que tu serais ici! Amène-toi avec ton chien, et plus vite que ça!

— Salut, Wilfrid! s'écria le quincaillier avec une cordialité débordante. Ma foi du bon Dieu! qu'est-ce que tu t'es fait? On dirait que t'arrives de la guerre!

— Si on veut, répondit sèchement l'autre.

— Ton gars vient de me raconter ce qui est arrivé. Je...

— J'ai rien à te dire, toi. C'est entre lui et moi.

Il saisit Charles par le bras :

— Appelle ton chien et viens-t'en à la maison.

— Hé! mon Wilfrid, attends une minute! reprit le quincaillier en posant sa large main sur son épaule. On va essayer de discuter de ça calmement, tous les deux...

Le grand corps massif de Fafard et sa tonnante voix de basse donnaient par comparaison au menuisier, plus petit et beaucoup plus mince, une allure chétive et presque misérable. Mais le regard noir et perçant de Thibodeau et sa bouche crispée en un pli mauvais ne laissaient pas d'intimider, amenant à l'esprit des images d'insectes venimeux.

— J'ai rien à discuter avec toi, que je te dis.

— Bien sûr, Wilfrid, t'as tout à fait raison, tes affaires, c'est tes affaires et je serais le dernier à vouloir m'en mêler, mais, tout de même... je n'ai jamais entendu dire qu'un chien pouvait manger de l'argent!

— Eh bien! lui l'a fait. Il m'a mangé quarante piastres! *Envoye*, Charles, va le chercher. Ça fait trop longtemps qu'on est ici.

— Bon. Disons qu'il l'a mangé, poursuivit le quincaillier avec un entrain où perçait une note de désespoir. Eh bien, voilà! je te donne deux autres billets de vingt et l'affaire est réglée, non?

Il mit la main dans sa poche et ouvrit son portefeuille.

— J'ai pas besoin de ton argent, répondit l'autre avec dédain en le repoussant. Je vis par moi-même et je me débrouille très bien tout seul.

Charles, portant son regard de l'un à l'autre, suivait la discussion avec une indicible expression d'angoisse. Derrière eux apparut tout à coup la petite tête effarée d'Henri.

— Ça, je n'en doute pas une seconde, reprit Fafard, de plus en plus décontenancé, et jamais l'idée ne me serait passée par la tête de... vouloir te faire la charité, voyons!... Dis donc, s'interrompit-il, pris d'une inspiration subite, que dirais-tu si on jasait de tout ça devant une bière?

Thibodeau hésita une seconde, mais à l'expression de son visage, qui venait brusquement de s'adoucir, le quincaillier vit qu'il venait de trouver le défaut de l'armure.

— Je dirais pas non, répondit l'autre enfin.

— Parfait! On va aller s'installer dans la cuisine. Ma femme est partie voir une de ses sœurs, il n'y aura personne pour nous déranger. Vous autres, les gars, allez donc regarder la télé.

Charles jeta un regard implorant à Fafard qui, d'un geste impérieux, lui fit signe de décamper. Mais après avoir échangé quelques paroles à voix basse dans le salon avec Henri, il quitta la pièce, rongé d'inquiétude, et s'approcha sans bruit de la cuisine pour épier les deux hommes. Une grosse armoire de pin dans laquelle Lucie Fafard rangeait la literie et les serviettes se dressait contre le mur du large corridor près de la porte. En se blottissant contre le meuble, Charles put apercevoir de biais son père et le quincaillier, assis face à face. Il venait à peine d'arriver qu'une phrase de Fernand Fafard lui transperça le cœur comme un glaçon :

— Écoute, Wilfrid, pourquoi dépenser vingt dollars chez le vétérinaire pour faire piquer ton chien quand la SPCA pourrait t'en débarrasser gratuitement ?

Wilfrid Thibodeau déposa sa bouteille de bière, déjà presque vide, et d'une voix légèrement pâteuse :

— C'est vrai... J'y avais pas pensé... Il m'en a déjà coûté quarante, le câlisse. Ça suffit comme ça. Où est-ce qu'ils sont, eux ?

— Rue Jean-Talon, dans l'ouest.

— Eh bien ! j'y vais, fit-il en se levant. As-tu l'adresse exacte ?

— Pourquoi te presser ? Ils sont ouverts jour et nuit. De toute façon, mon vieux, sans vouloir t'insulter, dans l'état où tu es ce soir, moi, à ta place, je resterais bien tranquille à la maison. Si tu te fais pincer par la police ou que t'as un accident, ton fameux chien risque de te coûter la peau des fesses et les deux oreilles en plus ! Je vais aller te le porter, moi. Entre voisins, il faut bien se rendre des services, non ?

Thibodeau le fixa un instant et un sourire méfiant apparut sur son visage légèrement boursouflé :

— Toi, mon vieux, je pense que tu cherches à me crosser...

— Pourquoi tu me dis ça, Wilfrid ? répliqua Fafard en jouant l'indignation. J'essaie seulement de te rendre service, tornade de clous ! Tu veux te débarrasser de ton chien ? Parfait ! Débarrasse-toi-z-en ! Mais comme ce soir je vois que tu n'es pas trop en état de le faire, eh bien, je t'offre de le faire à ta place, c'est tout ! Où est la crosse ?... Tiens, je vois que ta bouteille est vide. Allonge ton bras et prends-en une autre dans le frigidaire.

Le menuisier, de plus en plus soûl, ne se fit pas prier et, l'instant d'après, une goulée de bière glacée dévalait de nouveau dans sa gorge qui, ce soir-là, semblait brûlante comme les sables du Sahara.

— Tu vas m'en débarrasser pour de vrai ? demanda-t-il d'une voix légèrement haletante après s'être essuyé les lèvres sur son pansement.

— Tu ne le reverras plus, ça, je te le promets.

— Tu vas leur demander de le piquer, là, devant toi?

— Je vais le leur demander. Je ne sais pas ce qu'ils vont me répondre, mais je vais le leur demander.

— S'il faut les payer, je te rembourserai.

— Parfait, tu me rembourseras.

Thibodeau, se penchant lourdement au-dessus de la table, tendit sa main pansée vers le quincaillier, qui la serra du bout des doigts avec une légère grimace de dégoût :

— Merci bien. Je te revaudrai ça.

Un cri de désespoir s'éleva dans le corridor. Charles, en larmes, se précipita dans la cuisine, vociférant des insultes et des menaces aux deux hommes, particulièrement au quincaillier qui venait de le tromper d'une si odieuse façon; puis il se roula en boule sur le plancher et continua de sangloter.

— Un écornifleur, se contenta de remarquer Thibodeau avec un sourire placide. Où est le chien?

— Dans la cave.

— Si je m'écoutais, je descendrais et je lui réglerais son cas avec une planche.

— Écoute-*moi* plutôt, Wilfrid, et va te coucher. Tu tiens à peine sur tes jambes.

— Haha... haha... C'est ce que tu dis... C'est ce que tu dis...

Fafard, bouleversé par la réaction de Charles et le cachant mal, jetait de temps à autre un coup d'œil sur l'enfant, impatient de voir décamper son père, dont l'ivresse tournait peu à peu à l'abrutissement.

— Je vais amener ton garçon faire ses adieux à son chien, annonça-t-il en se levant. Non, non, non! pas un mot, Wilfrid... Accorde-lui au moins ça, bonyeu de bonyeu! T'as quand même un peu de cœur, non?

— Du cœur, du cœur, bien sûr que j'en ai, mais s'il fallait que... Ah! et puis je m'en sacre... Fais ce que tu veux. Où sont les toilettes?

Fafard tendit le doigt vers une porte. Le menuisier se leva avec la lenteur solennelle des ivrognes et traversa la cuisine en s'efforçant de marcher droit; à un moment, il dut s'appuyer contre un mur. Charles, toujours couché sur le plancher, continuait de sangloter. Fafard aurait voulu lui parler, mais il craignait que Thibodeau ne l'entende. Le gargouillis de l'urine dans la cuvette jetait une note grotesque sur la scène. Le menuisier reparut, remontant sa braguette d'une main hésitante. Fafard le reconduisit à la porte, s'assura qu'il rentrait bien chez lui, puis retourna à la cuisine – pour s'apercevoir que l'enfant avait disparu. Il le retrouva dans la cave avec Bof et Henri.

— Un beau traître! lança ce dernier à son père.

Charles, la tête pressée contre son chien, reniflait par saccades, le postérieur dressé en l'air comme en signe de mépris pour son allié si peu fiable. Bof, qui se sentait confusément responsable de tout cet embrouillamini, gémissait doucement, son regard inquiet posé sur le quincaillier.

— Charles, j'espère que tu ne pensais pas sérieusement que je voulais aller porter ton chien à la SPCA, débuta Fafard sans prendre la peine de relever l'insulte de son fils. J'essayais tout simplement de gagner du temps. Mais je ne pouvais quand même pas te le dire devant ton père, tabarouette!

Charles se releva brusquement:

— C'est vrai? lança-t-il dans un cri de joie.

— Mais pour qui me prends-tu, tornade de clous! Un visage à deux faces? Quand je donne ma parole, je donne ma parole, moi! Je n'ai jamais agi autrement. Demande à ma femme. Mais cessons de jacasser, la soirée avance et il faut caser ton chien quelque part, le temps de trouver une solution.

— Garde-le ici, p'pa.

— Tu sais comme moi que ta mère est allergique aux chiens. Et puis, surtout, elle ne les aime pas trop. Je ne veux pas lui imposer ce grugeur de pattes de chaises qui, en plus, mange des billets de vingt!

Ces qualificatifs sonnaient dans sa bouche comme des compliments affectueux; Bof le sentit et se mit à battre de la queue.

Les mains dans les poches, l'air pensif, Fernand Fafard allait et venait dans la cave en produisant des bruits bizarres avec ses lèvres. Les deux garçons l'observaient en silence, n'osant interrompre sa réflexion. Après avoir consulté sa montre, il monta au rez-de-chaussée et téléphona à sa femme pour lui demander de s'amener au plus vite, car il avait à sortir :

— C'est à cause de Charles, se contenta-t-il de répondre. Je t'expliquerai.

En arrivant à la maison, Lucie trouva son mari et l'enfant dans le vestibule, manteau sur le dos (Charles avait emprunté celui de son ami); couché à leurs pieds, Bof déchiquetait sagement un journal.

— Henri va tout te raconter, je reviens dans vingt minutes, fit le quincaillier en se dirigeant vers son auto, suivi du garçon et de son chien.

Mais ce fut un Charles gagné de nouveau par l'inquiétude qui vint s'asseoir à ses côtés après avoir fait monter Bof sur la banquette arrière.

— Écoute-moi bien, mon ami, fit le quincaillier, en proie à un début d'impatience, je n'amène pas ton chien chez le vétérinaire pour le faire *piquer* mais pour le *mettre en pension*, le temps de lui trouver une place où tu pourras le voir le plus souvent possible. J'espère que le Saint-Esprit va m'envoyer une bonne idée, car j'ai beau me creuser la caboche, c'est comme si je grattais une casserole.

— C'est de valeur que votre femme soit allergique, monsieur Fafard, soupira Charles. Bof aurait été heureux chez vous et je l'aurais vu tous les jours.

— Eh! que veux-tu, mon garçon? Si les vaches chiaient du caramel, tout le monde aurait des bonbons.

La clinique vétérinaire Maisonneuve, située tout près, rue Ontario, logeait dans un vieil immeuble de deux étages entre un fleuriste et un marchand de voitures d'occasion; l'établissement, fondé vingt ans plus tôt, venait de s'agrandir et occupait depuis peu le sous-sol en plus du rez-de-chaussée où se trouvaient la réception et les salles de soins. La semaine d'avant, on avait recouvert la belle corniche de bois ouvragé qui ornait la façade de tôle d'aluminium dans le plus pur style *pas d'entretien* à la mode un peu partout.

— Hep! hep! cria Fafard avec de grands gestes en apercevant la réceptionniste qui, de l'intérieur, s'apprêtait à verrouiller la porte.

La femme eut un léger froncement de sourcils (un jeune homme, assis dans la salle, manifestement son petit ami, en eut un bien plus prononcé), mais elle reçut le quincaillier avec beaucoup d'égards, car ce dernier comptait parmi les amis du patron.

Bof, à qui la clinique n'inspirait que peu de bons souvenirs, manifesta tout à coup une inquiétude fébrile, et une foule d'affaires pressantes semblèrent l'appeler à l'extérieur, où il tenta d'entraîner Charles qui le retenait avec beaucoup de peine par son collier. L'enfant lui fit ses adieux au sous-sol, où se trouvait le nouveau chenil, dans une cacophonie d'aboiements, de grattements et autres manifestations de mécontentement chronique.

— Je vais revenir, Bof, ne crains rien, fit Charles, les larmes aux yeux, après avoir caressé une énième fois le museau de son chien à travers les barreaux de la cage en inox.

— Il faut partir, mon gars. Mademoiselle a autre chose à faire ce soir, je pense, fit le quincaillier avec un grand sourire à l'intention de la réceptionniste qui eut une petite moue gênée.

Charles remonta dans l'auto, accablé, et garda le silence pendant tout le trajet.

— Merci beaucoup, monsieur Fafard, fit-il avec un sourire courageux en quittant le quincaillier. Je n'oublierai jamais ce que vous avez fait pour Bof et pour moi.

— Eh bien! moi non plus, figure-toi donc! s'esclaffa l'autre. Quelle soirée, hein? On va s'en souvenir longtemps! Bonne nuit. Dors bien. Ne t'inquiète pas, je m'occupe de tout. Ton Bof n'a pas fini de nous lécher le museau, crois-moi. «Oui, mais comment le tirer de là? poursuivit intérieurement le quincaillier en regardant l'enfant grimper à toute vitesse l'escalier qui menait à l'appartement de Thibodeau. Lucie ne voudra jamais que je prenne cette bête-là avec nous.»

10

La soirée avait été mouvementée. La nuit ne le fut pas moins. Charles, fourbu, se glissa dans son lit en grelottant et pendant plusieurs minutes les gigantesques ronflements de son père, qui lui parvenaient de la chambre à coucher, l'empêchèrent de s'endormir; ils lui faisaient penser au bruit d'une scie géante en train de couper la maison en deux. Soudain, ses yeux se fermèrent et un sommeil lourd et boueux s'empara de lui.

Il se réveilla brusquement vers trois heures; la bouche sèche, la gorge serrée, les membres crispés, il promena son regard plein d'effroi dans la chambre obscure, qui lui parut étrange et vaguement menaçante. Une lueur s'alluma sur le bouton de la porte et cette lueur lui rappela le pelage blond et soyeux de Bof. Il l'imaginait couché dans sa cage, les yeux grands ouverts, plongé dans une attente anxieuse, ne comprenant rien à ce qui lui arrivait. Soudain, des questions terribles affluèrent à l'esprit de Charles. Et si Fernand Fafard l'avait trompé? S'il était de mèche avec son père plutôt qu'avec lui-même? Ou, pire encore, si le vétérinaire, par erreur, piquait Bof à la place d'un autre chien? Et puis qu'arriverait-il de Bof si on ne parvenait pas à lui trouver un nouveau foyer dans le voisinage? Devrait-on le donner à n'importe qui?

Il se dressa sur son séant et, allongeant les bras sous les couvertures, glissa ses doigts entre ses orteils moites et glacés, et se mit à tirer très fort, comme pour tenter d'expulser l'angoisse qui le tenaillait. Le sommeil, il le savait maintenant, ne reviendrait plus.

Se penchant un peu de côté, il souleva le store et regarda dans la rue. Des plaques de glace luisaient doucement sur le trottoir opposé, entourées d'une frange noire qui indiquait qu'elles fondaient.

Alors, il fut pris d'une envie irrésistible de voir Bof. Au chenil, quelques heures plus tôt, il avait remarqué un large soupirail en face des rangées de cages superposées où on l'avait enfermé. Voir Bof: rien d'autre ne pourrait le calmer.

Haletant de peur et d'excitation, il s'habilla à tâtons dans l'obscurité, enfila silencieusement le corridor et, pour la deuxième fois en vingt-quatre heures, s'esquiva de chez lui. Dans vingt minutes il serait de retour et personne n'aurait remarqué son absence.

En descendant l'élégant escalier en courbe, il leva la tête et s'arrêta net, saisi d'une sorte d'extase. Un ciel merveilleux se déployait au-dessus de la ville, où scintillaient paisiblement des centaines d'étoiles ; elles avaient transformé la noirceur effrayante de l'espace en un bleu calme et apaisant qui faisait de la nuit une amie et une complice.

Il descendit rapidement les marches et partit en courant, puis s'arrêta de nouveau : le silence des rues désertes, parcourues par un vent presque tiède, faisait éclater ses pas comme des pétards. « Chut ! lui disaient les étoiles, il faut que tu te rendes jusqu'à Bof doucement, doucement... »

En atteignant la rue Ontario, il aperçut au loin les phares d'une auto qui se dirigeait vers lui. La pensée lui vint qu'il s'agissait peut-être d'une voiture de police. Si on le surprenait en train de circuler à une heure pareille dans la ville, on l'arrêterait immédiatement pour le reconduire chez lui. Et alors, quelle volée il attraperait !

Il revint sur ses pas et enfila la rue Coupal, cette étrange petite rue en S bordée de maisons à un étage qui longeait la rue Ontario et qui était sûrement déserte à cette heure ; elle le mènerait à l'arrière de la clinique vétérinaire. Il atteignit ainsi le coin de la rue Fullum. Au-delà, la rue Coupal filait en ligne droite jusqu'à Parthenais pour se terminer au parc de stationnement du marchand de voitures d'occasion, voisin du vétérinaire. Il traversa le parc presque vide et s'arrêta devant une haute clôture de treillis métallique qui séparait le terrain de celui de la clinique ; ce fut un jeu pour lui de l'escalader ; il atterrit à quatre pattes de l'autre côté, s'éraflant la paume des mains sur un monticule de neige granuleuse.

L'instant d'après, il était accroupi devant le soupirail. Dans l'éclairage tamisé de la salle, il aperçut Bof qui dormait, couché sur le flanc. La cage voisine renfermait une sorte de caniche, étendu à plat ventre, les pattes allongées, et qui présentait son arrière-train parcouru de frissons.

De voir Bof si tranquille déçut Charles un peu. Il était donc le seul à se tourmenter? Mais peut-être Bof s'était-il endormi d'épuisement, en proie au désespoir? Savoir que son maître était venu jusqu'à lui en pleine nuit pour s'assurer de son état lui ferait sûrement le plus grand bien. Mais, pour cela, il fallait le réveiller.

Charles aperçut à ses pieds un gros fragment de brique, légèrement engagé dans la glace. Il le détacha facilement et le tourna dans sa main, l'œil toujours fixé sur Bof. Après une longue hésitation, il frappa deux coups dans la vitre.

L'effet fut instantané. Une immense clameur de jappements, de cris et de gémissements se mit à rouler dans la salle, si intense que Charles regarda vers la rue Ontario, craignant que le bruit n'attire l'attention malgré les murs épais et les fenêtres fermées. Bof, debout, jappait de toutes ses forces, mais ne semblait pas avoir vu Charles. Alors celui-ci agita doucement la main et le chien l'aperçut. Il se jeta frénétiquement contre les barreaux de sa cage, reculant pour reprendre son élan et s'y précipiter de nouveau avec une telle force que Charles craignit qu'il se blesse, regrettant de l'avoir réveillé. Il lui semblait entendre les jappements de son chien parmi tout ce vacarme; le regard de Bof exprimait un tel désespoir que Charles détourna la tête, puis recula. Mais la clameur continuait de plus belle. Alors il se dressa debout et un sanglot le secoua. Que devait-il faire? S'en aller? Rester sur place jusqu'à ce que le calme revienne?

Il s'accroupit de nouveau devant le soupirail. Bof, assis dans sa cage, hurlait à la mort. Alors un déclic se fit en Charles et, sans qu'il lui en eût donné l'ordre, sa main, toujours armée du morceau de brique, s'abattit violemment contre la vitre et celle-ci vola en éclats. Il se rejeta en arrière, terrifié par son geste. À présent, la clameur s'entendait sûrement de la rue et finirait par attirer l'attention; la police ne pouvait manquer d'arriver. Mais, entraîné et comme aspiré par la folie de son coup de tête, plutôt que de s'enfuir il arracha fébrilement les morceaux de vitre restés fixés au châssis, se glissa par l'ouverture et atterrit sur les cages qui se trouvaient juste sous le soupirail. Le plancher ne se trouvait qu'à deux mètres. Il sauta en fermant les yeux, assourdi par le tapage qui venait d'atteindre un nouveau sommet, et arriva juste devant Bof; le chien dansait de joie, les pattes emmêlées, trébuchant et se relevant, léchant les barreaux, gémissant d'amour. La porte s'ouvrit facilement, l'animal bondit dehors, puis s'assit au milieu de la pièce, attendant les ordres de son maître. Un sang-froid de vieux capitaine régnait à présent dans l'âme de Charles. Il aperçut une petite table dans un coin, la débarrassa de ses pots de plastique et la tira vis-à-vis du soupirail éventré. Puis, saisissant Bof, il le monta dessus et grimpa à son tour. Hisser le chien au sommet des cages s'avéra beaucoup plus difficile, mais, après quelques tentatives, l'épagneul se retrouva devant le soupirail et disparut dehors. Charles le rejoignit bientôt.

Comme il était impensable de franchir à nouveau la clôture de treillis, l'enfant, précédé de son chien, se dirigea au pas de course vers la rue Ontario, qui se trouvait à quelques mètres.

Un calme profond régnait dans la rue déserte, comme s'il ne s'était rien passé. Inutile, énigmatique, un feu de circulation passa du vert au jaune, puis tourna au rouge. Charles courait toujours, l'œil braqué sur le coin de rue. En prenant à droite, il rejoindrait la rue Coupal, qui lui assurerait noirceur et protection; Bof s'arrêtait tous les dix pas pour bien s'assurer qu'il le suivait. L'instant d'après, ils atteignaient la rue; Charles fit une pause, hors d'haleine. Ce ne fut qu'à ce moment qu'il sentit une douleur à la main. Il l'approcha de ses yeux et vit qu'elle saignait, marquée d'une entaille assez profonde qu'il avait dû se faire en s'échappant par le soupirail. Il la glissa dans la poche de son coupe-vent et se mit à marcher, le mollet dur et douloureux tout à coup, le souffle court, les épaules pesantes. Bof faisait de grands cercles autour de lui, reniflant le sol, poussant de temps à autre un petit gémissement pour attirer son attention. Craignant qu'il ne se mette à japper, Charles s'accroupit pour le caresser; l'épagneul se jeta sur lui, les pattes sur ses épaules, et se mit à lui lécher frénétiquement le visage.

— Qu'est-ce que je vais faire de toi, Bof? Pourquoi as-tu mangé les vingt dollars? Tu ne peux plus revenir chez nous à présent, mon père va te tuer.

Bof continuait de le lécher, insouciant de tout puisqu'il avait retrouvé son maître.

— Arrête, Bof, ça suffit, tu m'énerves, à la fin. C'est monsieur Fafard qui ne sera pas content, fit-il en reprenant ses réflexions. Le vétérinaire va l'engueuler; il va sûrement appeler la police. Et la police, elle, va venir chez nous. Seigneur! que c'est compliqué!... Je n'aurais pas dû aller te chercher, Bof, mais je n'ai pas pu m'en empêcher, vois-tu, parce que je t'aime trop, vieux polisson stupide!

La fatigue lui brûlait les yeux; une telle lourdeur venait de s'emparer de lui qu'il aurait pu s'étendre sur le sol et dormir.

— Il faut que j'avertisse monsieur Fafard, murmura-t-il en reprenant sa marche. Il va sûrement pouvoir arranger les choses.

Sa main blessée toucha un bout de crayon dans le fond de sa poche et, aussitôt, tout se clarifia dans son esprit. En arrivant à la rue Dufresne, il aperçut un morceau de carton près d'une auto. Il en déchira un bout, le glissa sous son coupe-vent et, longeant la maison du quincaillier, parvint à la cour occupée au fond par un garage. La porte n'en était habituellement pas verrouillée. Il actionna la clenche et poussa un soupir de soulagement.

Alors, pendant que Bof inspectait la cour en jetant à tout moment un regard sur lui, Charles, appuyé contre un mur, écrivit un mot à Fernand Fafard:

> *Excusez-moi, monsieur Fafard, j'étais trop inquiet, je suis allé chercher Bof chez le vétérinaire. Ne faites pas appeler la police, je paierai la vitre. Mais occupez-vous de Bof, s'il vous plaît. Je l'ai enfermé dans le garage, je ne crois pas qu'il va avoir froid.*
>
> *Merci beaucoup.*
>
> *Charles*

À son grand déplaisir, Bof fut de nouveau emprisonné après avoir reçu la consigne très stricte de demeurer silencieux; Charles se rendit à la porte du quincaillier, glissa le bout de carton dans la fente aux lettres, puis retourna discrètement chez lui; les ronflements énergiques de Wilfrid Thibodeau lui apprirent que son escapade était passée inaperçue. Quelques minutes plus tard, il s'endormait tout habillé sur son lit.

◆

Vers six heures trente ce matin-là, Wilfrid Thibodeau, le cerveau en compote, la jambe molle et parcourue de tremblements, l'estomac comme rempli de vase, était attablé seul dans la cuisine, son œil lugubre posé sur une tasse de café instantané triple dose issue directement du robinet d'eau chaude, se demandant s'il aurait la force d'en prendre une seule gorgée. La perspective de la journée de travail qui l'attendait lui faisait peur; sa brosse de la veille le remplissait de dégoût et ce sentiment le lancinait d'autant plus qu'il savait que dans cinq ou dix jours – deux semaines tout au plus – il allait commettre de nouveau les mêmes excès et se faire de nouveau les mêmes reproches, et ce, tant qu'il pourrait acheter de la bière et en boire. Les menaces à peine voilées du contremaître lui revinrent à l'esprit. C'était un homme dur, qui ne ménageait personne, même les meilleurs ouvriers. Il ne fallait pas toujours prendre ses critiques au pied de la lettre, car la colère lui faisait souvent dire n'importe quoi. Pourtant, la veille, le bonhomme avait eu raison. Ce fameux escalier, c'était un gâchis complet. Il s'était fourvoyé comme un imbécile. Depuis quelque temps, il avait parfois l'impression de perdre la main, d'avoir l'œil moins sûr, la jugeote moins claire. Est-ce que la boisson le maganait à ce point-là? Il faudrait y voir.

Surmontant la vague nausée qui lui remplissait la bouche de salive, il prit une gorgée de café et grimaça, puis regarda sa montre. Il fallait bientôt partir.

Soudain, un timide rayon traversa les idées sombres et boueuses qui lui remplissaient la tête. La veille, il avait quand même fait un bon coup. Ce maudit chien avait eu sa leçon. Manger quarante piastres! C'était presque une journée de travail! Eh bien! il était en train de les digérer sous terre, ses piastres!

Il sourit, mais, presque aussitôt, sentit un léger pincement dans le creux de son ventre. Son fils lui en voudrait longtemps. Il ne se rappelait pas l'avoir vu autant pleurer. Et puis après? La vie, c'est la vie. On ne peut pas la passer le cul sur les nuages, il faut voir à ses affaires. Si Charles avait pris la peine de le dresser, eh bien, ce matin, son chien serait encore en train de dormir dans son lit.

Wilfrid Thibodeau prit une deuxième gorgée de café. Elle passa mieux. Soudain, il entendit un léger bruit sur la galerie arrière, suivi d'un grattement. Il tourna la tête, poussa un cri et la moitié de sa tasse se renversa sur ses genoux.

Un chien le regardait à travers la vitre de la porte, la gueule légèrement entrouverte. Il portait un collier de cuir brun foncé. C'était un épagneul. Et cet épagneul, ce ne pouvait être que Bof!

La bête et le menuisier se fixaient, immobiles. Thibodeau, d'une main tremblante, déposa sa tasse et se frotta les yeux. Avait-il la berlue? Est-ce que ses excès de la veille le faisaient délirer? Ou alors, est-ce que Fernand Fafard s'était moqué de lui?

Il se leva et bondit vers la porte, mais son pied s'accrocha dans une patte de la chaise et il faillit s'étaler sur le plancher.

Un long soupir s'éleva dans la chambre à coucher.

— Qu'est-ce qui se passe? marmonna Sylvie d'une voix ensommeillée.

Le nez collé à la fenêtre, Wilfrid Thibodeau regardait Bof dévaler l'escalier. L'épagneul traversa la cour et disparut sous la palissade. La rage étouffait Thibodeau. Il en avait des battements dans la tête. Sa gorge et sa nuque brûlaient. Ses doigts s'écartèrent, puis se refermèrent lentement. Il tourna sur lui-même en soufflant par saccades et aperçut Sylvie, debout au milieu de la pièce, qui l'observait, les yeux encore tout alourdis.

— Qu'est-ce que t'as? demanda-t-elle, effrayée. Tu te sens mal?

— Le chien... il est pas mort, articula-t-il péniblement.

— Bof?

Il secoua la tête, les yeux étrangement fixes.

— Il était en train de me regarder par la porte. Quand je me suis levé, il s'est sauvé. Fafard s'est payé ma gueule. Et Charles aussi.

Elle eut une moue d'incrédulité, puis ramena frileusement contre elle les pans de sa robe de chambre, comme pour se protéger de quelque chose.

— Puisque je te dis que je l'ai vu! tonna-t-il. Me prends-tu pour un fou?

— Ça va, ça va, je n'ai rien dit, rétorqua-t-elle, hargneuse, mais elle recula vitement pour le laisser passer.

Wilfrid Thibodeau entra avec fracas dans la chambre de Charles:

— Lève-toi! cria-t-il.

L'enfant ouvrit les yeux, fixa son père une seconde, puis s'assit dans son lit.

— Alors, comme ça, reprit le menuisier les bras croisés, on s'amuse à me mentir en pleine face?

Charles le regardait, silencieux, interdit.

— Réponds! Qu'est-ce qui est arrivé avec Bof?

— Je... je ne sais pas, balbutia Charles, saisi d'un immense tremblement intérieur.

— Tu sais pas? Tu sais pas, me dis-tu? Eh bien, je vais t'apprendre une petite nouvelle, moi: figure-toi donc que ton Bof, qui devait être mort depuis hier soir, est venu me narguer sur la galerie d'en arrière il y a deux minutes. Qu'est-ce que tu penses de ça?

— Je... je ne sais pas, répéta l'enfant.

Le menuisier fit un pas vers lui, puis, consultant de nouveau sa montre, se ravisa et recula lentement jusqu'au seuil de la porte:

— Il faut que j'aille travailler, je vais être en retard. Mais tu perds rien pour attendre, je t'en passe un papier. Ce soir, on va se parler dans le blanc des yeux.

L'instant d'après, il dévalait lourdement l'escalier extérieur.

Fernand Fafard, ruisselant de mousse, chantonnait sa version très personnelle de *O sole mio* sous la douche, tout en élaborant dans sa tête la recette de l'omelette jambon-cheddar-sirop-d'érable-petits-pois-verts qu'il allait se préparer dans quelques minutes. Après avoir savonné son crâne, dont la surface lisse et rose l'attristait depuis de nombreuses années, lui attirant jour après jour les mêmes lassantes plaisanteries, il appliqua ses soins à une partie plus intime et plus réjouissante de son anatomie, et les dimensions de son appareil génital lui amenèrent comme à l'accoutumée un sourire de satisfaction et de fierté, le consolant encore une fois de l'ignoble trahison pilaire que la nature avait perpétrée contre lui. Il s'abandonnait à de petits souvenirs coquins lorsque des coups retentirent à la porte de la salle de bains.

— Oui! lança-t-il. Qu'est-ce qui se passe?

Il reconnut la voix de Lucie; son débit saccadé annonçait une mauvaise nouvelle, sans qu'il puisse distinguer de quoi il s'agissait au juste.

— J'arrive!

Vingt secondes plus tard, enveloppé d'une serviette, il se dirigeait à grands pas ruisselants vers la cuisine où régnait ce matin-là une animation inhabituelle.

Henri, pieds nus, un manteau jeté sur son pyjama, enfilait fébrilement ses bottes tandis que Lucie farfouillait dans le réfrigérateur en grommelant et que Céline, debout sur le radiateur, poussait des cris de joie et faisait de grands signes par la fenêtre à quelqu'un dans la cour.

— Vite! maman! implora Henri, il va s'en aller!

— Bof! Bof! lança Céline, surexcitée. Viens, mon chien! Monte sur le perron! On va te donner à manger!

— Bof? s'exclama Fafard.

— Oui, Bof, répondit Lucie en tendant un plat à Henri, qui se précipita dans la cour.

Elle se tourna à demi, attrapa un morceau de carton sur la table et le tendit à son mari :

— Je viens de trouver ça dans le vestibule, cher.

— Ah! le petit morveux! fit le quincaillier après avoir lu le mot de Charles. Qu'est-ce qui lui a pris? Il vient de me mettre dans le caca jusqu'au cou, lui, tornade de clous!

— Henri! lança Lucie en entrouvrant la porte, rentre dans la maison tout de suite, tu vas attraper ton coup de mort! On n'est pas en été!

— Il a déjà vidé son plat! s'exclama Céline. Il mourait de faim, le pauvre Bof...

Au même instant, le téléphone sonna. Lucie décrocha, émit un faible «hum, hum», les yeux légèrement arrondis, puis fit signe à son mari de prendre le combiné. C'était le docteur Roberge, propriétaire de la clinique vétérinaire Maisonneuve, et il avait déjà été de meilleure humeur.

— Écoute, Paul, je n'en reviens pas moi-même; c'est le petit garçon de mon voisin Thibodeau qui a fait le coup... Je ne sais pas ce qui lui est passé par la tête, mais il va me le raconter en long et en large pas plus tard que tout de suite. Je t'envoie un homme réparer ta fenêtre et c'est moi qui paye tout, bien sûr. Pas d'autres dégâts? Parfait. Surtout, n'appelle pas la police, veux-tu? Ça ne ferait qu'empirer les choses. C'est un bon petit gars, je t'assure : je le connais depuis qu'il est haut comme ça, mais il en arrache chez lui, surtout avec son père... Merci, mon vieux, je te revaudrai ça. Merci.

Son projet d'omelette envolé, de même que l'humeur enjouée qui l'accompagnait, il observa un instant Henri, grelottant, qui enlevait ses bottes devant la porte :

— Es-tu au courant de quelque chose, toi? demanda-t-il à son fils en pointant vers lui un index patriarcal.

Ce dernier haussa les épaules avec une expression d'ignorance si limpide que l'index s'inclina aussitôt et alla rejoindre humblement les autres doigts de la main.

— Il s'en va! s'écria Céline en sautant du radiateur.

— Tu n'ouvres pas la porte, toi! ordonna Lucie en bloquant sa course. Va finir tes céréales et, ensuite, habille-toi! Ah! quel début de journée! Saints du ciel! il y a de quoi devenir fou!

Pendant ce temps, Fernand Fafard obtenait de son fils le numéro de téléphone de Charles, mais il n'avait pas eu le temps de le composer qu'on sonnait à la porte. Henri courut ouvrir et, quelques secondes plus tard, ce fut un Charles rougissant, craintif et penaud qui faisait son entrée dans la cuisine. En le voyant, Lucie, malgré elle, ouvrit les bras et il s'y jeta en pleurant, balbutiant des excuses, essayant d'expliquer son geste et s'accusant d'avoir mis monsieur Fafard dans l'embarras; puis, du même souffle, il annonça qu'une demi-heure plus tôt Bof avait eu la mauvaise idée d'aller se pointer chez lui, que son père l'avait aperçu par la porte de la cuisine, qu'il était furieux et lui avait promis une correction à tout casser.

Lucie et Fernand échangèrent un regard.

— Je vais lui parler, à ton père, promit Fernand. Mais, soit dit entre nous, mon pauvre garçon, tu t'es conduit comme une vraie tête de linotte! Si ce n'avait pas été de moi, la clinique mettait la police à tes trousses! Eh oui!... Tu n'as pas plus confiance en moi que ça? Quand je promets quelque chose, trou de suce, je le fais! Si t'étais resté bien sagement dans ton lit la nuit passée, tout serait en train de s'arranger, alors que maintenant... Maintenant le petit Jésus en perdrait ses culottes! Enfin, je vais voir ce que je peux faire.

Il le saisit brusquement par les épaules:

— Sais-tu que t'as tout un caractère, mon Charles! Je n'ai pas hâte de te voir à vingt ans! Tabarnouche! tu vas traverser des murs de béton!

Charles, au bord des larmes, se confondit de nouveau en excuses, promettant de suivre désormais à la lettre – si jamais l'occasion se représentait – les conseils et les directives de son protecteur, et il le remercia vivement d'avoir intercédé pour lui auprès du vétérinaire. Il parlait avec une émotion si vive et si charmante que Fernand et Lucie l'écoutaient en silence, conquis, le quincaillier regrettant presque de l'avoir chapitré.

— Mais Bof! s'interrompit Charles tout à coup, où est mon Bof? Est-ce que vous l'avez vu?

— Il vient de sortir de la cour, l'informa Céline.

— Je lui ai donné une grosse portion de pâté chinois, ajouta Henri, et il a tout avalé!

Lucie, qui venait de se rasseoir devant sa tasse de café refroidi, prit Charles sur ses genoux:

— Ne t'inquiète pas pour lui, mon Charlot, je suis certaine qu'il va revenir. Il sait qu'il a des amis ici.

Et elle le serra dans ses bras.

— Il faut que je parte, fit Charles en se dégageant. Sylvie ne sera pas contente si je reste trop longtemps. Elle m'avait défendu de venir vous trouver.

— Et tu es venu quand même? s'étonna le quincaillier.

Charles eut un léger sourire, où transparaissait une sagacité qui n'appartenait pas à un enfant de son âge:

— Je lui ai dit que, si elle fermait les yeux, elle serait peut-être bien contente un de ces jours que je fasse la même chose pour elle. Et ç'a marché!

Vers cinq heures, Fernand Fafard, après en avoir vérifié la couleur avec son client et s'être bien assuré qu'elle lui convenait, referma le couvercle d'un bidon de peinture à l'aide d'un maillet de caoutchouc, puis enleva son tablier et appela Clément pour se faire remplacer. Il voulait arriver chez lui un peu plus tôt que d'habitude ce soir-là afin de rencontrer Wilfrid Thibodeau dès son retour du travail.

Il enfila son manteau et ses bottes, mais laissa les gants dans ses poches, car le temps était presque doux, sortit dans la rue et contempla avec satisfaction le trottoir presque entièrement débarrassé de glace. « Le soleil a fait du bon travail aujourd'hui, se réjouit-il intérieurement. Encore deux ou trois jours comme ça et on va pouvoir se promener en souliers. »

Il s'avança dans la rue La Fontaine, puis tourna à droite dans la rue Dufresne. Sa maison se trouvait à dix minutes de marche. Deux ans plus tôt, Lucie l'avait convaincu de se rendre à son travail à pied, car l'embonpoint le gagnait. Il lui en était reconnaissant, car ces trajets quotidiens, faits d'abord par souci d'hygiène, lui procuraient un répit dont il n'aurait pu désormais se passer. Il en profitait pour régler dans sa tête mille petits problèmes, lorgnait les jolies femmes qui abondaient dans le quartier et l'exercice ainsi accompli lui fournissait un prétexte pour siroter chaque soir un ballon de cognac après le souper.

Une goutte de pluie tomba sur sa joue, puis une autre sur le bout de son nez. Il leva la tête; le ciel lourd et gris s'apprêtait à crever. Il accéléra le pas. Un grand homme maigre à casquette, d'aspect misérable, le dépassa lentement à vélo, cigarette au bec. Il l'observa avec sympathie, sans trop savoir pourquoi, puis se rappela que, deux jours plus tôt, l'individu était venu acheter une hache et dix livres de clous sans tête, et avait lancé une plaisanterie empoisonnée contre le premier ministre Bourassa, que Fafard méprisait; le mot lui avait tellement plu qu'il lui avait accordé une remise.

Les gouttes, d'abord espacées, tombaient maintenant de plus en plus serrées. Fafard se mit au petit trot, franchit deux coins de rue, puis dut s'arrêter : un jet de flammes parti de ses poumons lui montait dans la gorge. Un craquement retentit dans le ciel et l'averse se déchaîna.

Il arriva chez lui trempé. En temps ordinaire, Lucie l'aurait grondé de ne pas avoir pris un taxi, puis l'aurait prestement aidé à se déshabiller pour prendre un bain chaud, car elle avait une peur anormale des maladies respiratoires (son grand-père était mort d'asthme, son père d'une pneumonie), mais elle ne sembla même pas remarquer son chapeau ramolli ni ses vêtements dégoulinants.

— Thibodeau vient juste de partir, lui annonça-t-elle, tout excitée. Il voulait son chien. Heureusement que je l'ai vu venir par la fenêtre. J'ai tout de suite envoyé Céline cacher Bof dans le garage et elle est restée avec lui pour l'empêcher de japper. Qu'est-ce qu'on va faire, Fernand? Jouer à la cachette, c'est drôle une heure, mais pas à longueur de semaine! Va le trouver et arrange-toi avec lui, de grâce! Il t'attend.

Le quincaillier lui tendit son manteau, qui avait doublé de poids:

— C'est ce que j'avais l'intention de faire.

— Que vas-tu lui dire?

— Le bon Dieu le sait, le diable s'en doute, soupira-t-il. On a eu une journée de fou au magasin aujourd'hui. Je n'ai pas eu une minute pour y penser.

— Prépare-toi à une engueulade, mon pauvre Fernand. Il avait un de ces airs de bœuf! Quelle idée aussi de jouer au sauveteur!

Il la fixa droit dans les yeux:

— Je ne le regrette pas – et toi non plus. Alors, ce n'est pas la peine de m'enquiquiner, hein, Lucie? Hein?

Elle eut un sourire embarrassé et détourna le regard. Son mari alla changer de vêtements, plus songeur que jamais, puis traversa la rue et sonna chez le menuisier. Celui-ci le reçut en camisole, une tasse de café à la main, le visage ravagé.

— Ah! c'est toi, enfin, grommela-t-il. Viens dans la cuisine.

Ils avaient à peine franchi la moitié du corridor qu'il s'arrêta et, se retournant, furibond:

— Dis donc, tu t'es payé ma gueule, toi, hier soir?

— Pas du tout. Mon auto ne voulait pas partir. De l'humidité dans les câbles. Je ne la prends pas tous les jours, tu sais. Alors, comme les taxis sont chers, j'ai décidé de remettre ça.

— Et aujourd'hui, elle part, je gage? ricana Thibodeau en continuant vers la cuisine.

— Eh oui, répondit Fafard, tout fier de sa présence d'esprit. J'ai branché le chauffe-moteur.

Le menuisier s'affala sur une chaise et, d'un vague geste de la main, fit signe à son hôte de s'asseoir. Un profond silence régnait dans l'appartement. Sylvie devait travailler, pensa le quincaillier. Mais où était Charles ?

Thibodeau porta la tasse à ses lèvres, renversa la tête en arrière et un bruit d'aspiration mouillé s'éleva, provoquant une moue dégoûtée chez son compagnon.

— Quand est-ce que tu me ramènes le chien ? fit le menuisier en s'essuyant les lèvres avec sa manche.

— Aussitôt que je le verrai.

L'autre blêmit brusquement, puis asséna un formidable coup de poing sur la table (une cuillère en dansa) :

— Tu continues de me mentir en pleine face ! hurla-t-il. Rends-moi mon chien ! Tout de suite ! Ce que je veux en faire, c'est pas de tes maudits oignons !

Le quincaillier fronça le nez, se dressa debout et, posant à plat ses larges mains de chaque côté de celles du menuisier :

— Écoute, Wilfrid, articula-t-il lentement, je ne suis pas habitué à ce qu'on me crie par la tête. Ça peut me rendre de mauvaise humeur... Alors, on va jaser bien calmement, comme deux grands garçons, hein, sans s'énerver le poil des jambes, et tout va finir par s'arranger. Oui, je t'ai menti, et je te demande de m'excuser. Ton chien est chez moi. Je n'ai pas eu le cœur d'aller le faire tuer hier soir parce que ton garçon aurait eu trop de chagrin. C'est un enfant. Te rappelles-tu quand t'étais p'tit gars, Wilfrid ? Non ? Tu t'en sacres ? Ça te regarde. Mais ton garçon, t'en sacres-tu aussi ? Ne va pas me répondre que oui, Wilfrid, j'aurais trop mauvaise opinion de toi.

— Ça, ça m'en ferait de la peine ! ricana l'autre en se renfonçant imperceptiblement sur sa chaise.

Le quincaillier sourit comme à un délicat compliment. Puis il se rassit, sourit de nouveau et frotta lentement ses mains l'une contre l'autre. Visiblement, il venait d'avoir une inspiration et cherchait la façon la plus habile de présenter son idée.

— Écoute, Wilfrid, dit-il enfin, qu'est-ce que tu souhaites, au fond ? Ne plus avoir ce chien-là dans les jambes, non ?

— C'est ça. Alors, tu vas me le remettre, et je vais m'en débarrasser.

— J'ai une meilleure solution, moi : ton chien, je te l'achète.

— Non. Tu me le rends, et je m'en débarrasse.

Le quincaillier porta la main à sa poche, sortit son portefeuille et déposa l'un après l'autre sur la table cinq billets de dix dollars.

— Refuses-tu toujours ? demanda-t-il avec douceur. Pour un bâtard trouvé dans la rue, c'est bien payé.

Le menuisier fixait l'argent, impassible, mais son pied droit s'était mis à battre doucement le plancher ; une opération mathématique s'effectuait dans sa tête : ce maudit épagneul lui avait mangé quarante dollars, mais voici qu'on lui en offrait dix de plus pour l'en débarrasser. Seul un fou refuserait une pareille offre.

Il se racla la gorge, puis murmura :

— Quatre-vingts.

Fafard eut un court moment d'hésitation, puis répondit :

— Non. Pas un sou de plus.

Il y eut un moment de silence. Fernand Fafard fit mine de vouloir remettre les billets dans son portefeuille.

— Marché conclu. Mais tu me promets que je n'aurai plus jamais ce chien dans les jambes.

— Tu vas même oublier la couleur de son poil.

— Si jamais il revient m'achaler, je l'attrape, je le fais piquer et tu n'auras pas le droit de venir te plaindre, hein ?

— Je ne me plaindrai pas.

— Qu'est-ce que t'as l'intention d'en faire ?

— Je n'en ai pas la moindre idée.

Thibodeau s'empara de l'argent, le glissa dans sa poche et tendit la main à Fafard :

— Salut. Il faut que je prépare le souper.

Le quincaillier parti, Thibodeau se rendit à la chambre de son fils. Celui-ci, étendu à plat ventre sur son lit, feignait d'être absorbé dans la lecture d'un *Tintin* mais son visage rouge de plaisir le trahissait. Son père l'observa un instant.

— As-tu entendu ce qu'on a dit ?

L'enfant fit signe que non, puis détourna le regard.

— Menteur. Les dents vont te tomber. T'as parfaitement compris que je viens de vendre le chien. Je le vois à ton air. Compte-toi chanceux! Tu pourras aller le voir chez Fafard. Mais je veux plus qu'il mette le nez ici, m'entends-tu? Sinon, je lui tords le cou. Après souper, tu prendras ta voiturette et tu transporteras la niche chez Henri.

— Tout de suite, si tu veux, fit Charles en se dressant.

— Non, j'ai encore à te parler.

Assis dans son lit, l'œil fixé sur les jambes de son père, Charles attendit.

— Demain, t'iras pas à l'école, annonça enfin Wilfrid Thibodeau.

Charles leva vers lui un regard étonné.

— Tu vas rester ici pour réfléchir, poursuivit le menuisier sur un ton curieusement pompeux et affecté.

— Réfléchir? répéta Charles.

— Oui. Tu m'as menti hier soir. T'étais de mèche avec le gros Fafard (à ce mot, Charles ne put retenir une grimace). Vous vous êtes tous les deux payé ma gueule. Sa femme et ses enfants aussi. Tu vas réfléchir à ça – et aux conséquences. Aux conséquences que ça peut avoir dans ta vie. J'ai trouvé un moyen pour que tu réfléchisses aussi longtemps que t'en auras besoin.

— Lequel?

Le menuisier leva la main avec un sourire suffisant:

— Tu le sauras bien assez vite.

Et il quitta la chambre.

11

Toute la soirée, Charles se perdit en conjectures. Quelle punition avait bien pu inventer Wilfrid? Son sourire ne lui disait rien de bon. Après le souper (qui avait consisté en une boîte de soupe aux pois, une boîte de fèves au lard et quelques tranches de jambon froid), il transporta la niche de Bof jusqu'à la cour des Fafard. Le chien, installé sur un vieil édredon dans le garage, reconnut son pas et se mit à japper frénétiquement. Charles, les larmes aux yeux, se précipita vers lui et, pendant un long moment, les deux amis se donnèrent des marques passionnées d'affection, puis, obéissant à l'ordre de son père, l'enfant revint chez lui sans avoir parlé à personne.

Wilfrid Thibodeau, affalé dans un fauteuil, regardait la télévision. Charles fit ses devoirs dans la cuisine, prit son bain, feuilleta un album de *Tintin*, puis se coucha au moment où Sylvie revenait du restaurant, les traits tirés, se plaignant d'un mal de jambe. Thibodeau eut avec elle une longue conversation à voix basse, dont l'enfant ne put rien saisir, à part cette exclamation échappée deux fois à la serveuse : « Perds-tu la tête, Wilfrid ? »

Charles dormit fort mal cette nuit-là, rêvant que son père se faisait trancher la tête par une scie circulaire qui se promenait toute seule dans les airs au bout de son fil ; puis la scie se lança à la poursuite de Bof, qui réussit à grand-peine à lui échapper. Un revirement de situation se produisit alors : le chien, saisi tout à coup d'une colère furieuse, se mit à la poursuite de l'outil et réussit à l'effrayer au point que la scie s'enfonça dans un mur, laissant derrière elle un trou qui se changea soudain en fenêtre ; une glissoire en partait, qui s'allongeait dans le ciel bleu, se transformant au loin en montagnes russes. Charles, riant aux éclats, se jeta dans la glissoire et fut emporté comme par une trombe. À présent, il avait un peu mal au cœur et le sentiment de tomber dans le vide, un vide opaque et rempli de menaces. Il ouvrit les yeux. Son père lui secouait les épaules.

— Lève-toi et viens déjeuner.

Il obéit aussitôt, l'esprit vif et alerte comme s'il n'avait pas dormi, et s'attabla dans la cuisine. Wilfrid Thibodeau – chose inhabituelle et fort étonnante – lui avait préparé son déjeuner : un bol de céréales et deux rôties tartinées de beurre d'arachide et déposées dans une assiette trop grande. Il se mit à manger, observant du coin de l'œil son père en train d'avaler une omelette au bacon. Par la fenêtre, on apercevait l'arrière de la maison voisine encore un peu floue dans la lumière bleue de l'aube et, à l'intérieur, un gros homme chauve en camisole qui allait et venait en secouant une chemise.

L'odeur du bacon, qui d'habitude le faisait saliver, lui soulevait le cœur ce matin-là.

— Je n'ai plus faim, fit-il en repoussant son bol de céréales.

— Finis-le. Tu n'es pas près de manger de nouveau. Et dépêche-toi, il faut que je parte dans cinq minutes.

Charles le regarda et ses yeux se remplirent tout à coup d'appréhension :

— Qu'est-ce que tu vas me faire ?

Wilfrid Thibodeau, la tête penchée, avala un morceau de bacon, puis sauça méticuleusement son assiette et mâcha la bouchée de pain avec beaucoup d'énergie. Levant alors les yeux vers son fils :

— N'aie pas peur, je te toucherai pas... Bon. Tu veux plus manger ? Alors apporte tes rôties dans ta chambre.

Sylvie dans la pièce voisine poussa un long soupir et le sommier émit comme des pépiements de moineau. Charles aurait souhaité qu'elle se lève et passa près de l'appeler, mais n'osa pas.

Wilfrid Thibodeau l'attendait devant son lit, un tournevis électrique dans une main, une grande boîte de conserve vide dans l'autre. La porte de la garde-robe était grande ouverte. Il la montra du doigt :

— Entre là.

— Pour quoi faire ? s'étonna Charles, à la fois effrayé et amusé.

— Pour réfléchir.

Son père glissa le tournevis sous son aisselle, fouilla dans la poche de sa chemise et en retira trois longues vis. Puis, tendant la boîte à Charles :

— Ça, c'est pour tes besoins.

Il avait un air soucieux et affairé, comme s'il s'acquittait d'une tâche ennuyeuse mais importante. En même temps, une curieuse expression de contentement flottait sur ses lèvres légèrement entrouvertes. Charles prit la boîte de conserve et pénétra lentement dans la garde-robe :

— Combien de temps je vais rester là-dedans ?

— Le temps de réfléchir.

— J'ai beaucoup réfléchi depuis hier soir, papa. Je te promets de ne plus jamais te mentir.

— Non, t'as pas assez réfléchi à mon goût, rétorqua son père, et il le repoussa au fond du placard.

L'instant d'après, la porte se refermait et une noirceur opaque enveloppait Charles, à demi enfoui sous des vêtements suspendus à des cintres. Le tournevis électrique se mit à pousser de petits gémissements saccadés et, l'une après l'autre, les vis s'enfoncèrent férocement dans le bois. Charles était emprisonné.

« Quand mon père sera parti, Sylvie va me faire sortir », murmura-t-il, mais, tout en se disant ces mots, il savait qu'elle n'en ferait rien.

Pendant quelques minutes, il demeura immobile, l'oreille tendue vers les bruits de la maison. Quelqu'un à l'étage supérieur se faisait couler un bain ; on ferma brusquement un robinet et les tuyaux tressautèrent au-dessus de sa tête avec un tintement métallique.

Il avança la main, l'appuya sur la porte et poussa de toutes ses forces ; elle n'émit pas même un craquement. Alors, étendant les bras, il écarta les vêtements, car la touffeur un peu poussiéreuse qui régnait dans la garde-robe commençait à l'incommoder ; puis il se rappela que ses rôties l'attendaient toujours dans son assiette posée à ses pieds sur la boîte de conserve que lui avait donnée son père. Il déplaça des souliers, un camion de métal, les rails démontés d'un train électrique miniature et deux boîtes de carton, puis s'assit sur le plancher, l'œil fixé sur le pâle rai de lumière sous la porte, et se mit à manger. Le rai de lumière le réconfortait. C'était comme un signe bienveillant que lui faisaient les autres pièces de l'appartement, la promesse qu'il serait bientôt libre d'y circuler, à condition de demeurer sage et silencieux dans cette obscurité où, du reste, il voyait de mieux en mieux.

Un frisson le traversa et ses cuisses se couvrirent de chair de poule; son père aurait dû lui permettre de s'habiller au lieu de le laisser en pyjama, car il faisait un peu frais dans cette garde-robe. Il se leva, tâtonna parmi les vêtements et finit par trouver un manteau d'hiver, beaucoup trop grand pour lui mais qui le tiendrait au chaud; il pourrait même en envelopper ses pieds nus. Il le décrocha et se glissa dedans; une faible odeur de parfum émanait de la doublure; il l'avait souvent humée. C'était un manteau de sa mère, oublié là depuis des années. Il plongea son visage dedans, envahi par une joie poignante, puis, appuyé contre le mur, s'emmitoufla dans les pans du vêtement, ferma les yeux et poussa un soupir d'aise. Une tiédeur bienfaisante le gagnait, ses pieds glacés se réchauffaient peu à peu et le sentiment d'étrangeté de sa situation, un peu effrayant jusque-là, se dissipait doucement, comme si une présence invisible le protégeait. Quelques minutes plus tard, il dormait.

Un bruit le réveilla en sursaut. Sylvie venait de déposer la bouilloire sur la cuisinière. Puis elle retira une assiette d'une armoire et la fit glisser sur la table. Il suivait ainsi en esprit chacun de ses gestes, avec la quasi-illusion de se trouver avec elle dans la cuisine. Mais pourquoi ne venait-elle pas le voir? se demanda-t-il soudain. Peut-être le croyait-elle parti à l'école?

Il donna deux grands coups de poing dans la porte et attendit. Des pas s'approchèrent, puis s'arrêtèrent sur le seuil de sa chambre.

— Sylvie? lança-t-il d'une voix incertaine.

Personne ne répondit.

— Sylvie, je sais que t'es là. Je veux sortir!

Un moment passa, puis les pas s'éloignèrent. Charles se roula de nouveau dans le manteau et se mit à pleurer doucement.

— Je la déteste! murmurait-il en se frottant les yeux, je la déteste!

Il demeura ainsi prostré un long moment, perdu dans son chagrin et sa colère. Soudain, une porte claqua et des pas dévalèrent l'escalier extérieur. Sylvie venait de partir pour son travail, le laissant fin seul à l'appartement.

— Salope! hurla-t-il à pleins poumons. *Sale salope!*

L'expression l'amusa et il se mit à la répéter sur tous les tons, puis en fit une sorte de refrain.

Sa colère s'était un peu calmée; il ressentit soudain une forte envie d'uriner; il se leva et se soulagea dans la boîte de conserve. L'odeur fade de l'urine tiède lui amena une grimace et il repoussa la boîte à l'extrémité de la garde-robe. Le sommeil l'avait quitté à présent. Il devrait attendre le retour de Wilfrid pour qu'on le libère, puisque Sylvie ne voulait se mêler de rien. Cela le mènerait jusqu'à six ou sept heures, peut-être plus tard... Qu'allait-il faire durant tout ce temps, sans lumière, sans nourriture, sans rien pour se distraire? Réfléchir, comme le voulait son père? Il n'en avait aucune envie.

Et pourtant, c'est ce qu'il fit, pelotonné dans le manteau d'Alice. Mais le cours de ses pensées lui déplut aussitôt. « Qu'est-ce qui va m'arriver, se demanda-t-il, si mon père a décidé de m'enfermer ici *pour toujours*? Sylvie ne le laisserait pas faire. Mais qu'est-ce qui va m'arriver *si elle s'en fiche*? Ou si elle a tellement peur de lui qu'elle *n'ose rien faire*? Les Fafard vont finir par s'inquiéter pour moi. Et aussi mademoiselle Laramée. Elle me cherche toujours des yeux au commencement de la classe. Mais *combien de jours* ça va prendre pour qu'ils s'inquiètent? Deux ou trois, au moins. Et alors que vont-ils faire? Prendre de mes nouvelles auprès de mon père ou de Sylvie. Et là tu peux être sûr qu'on ne leur dira pas la vérité! Il faudra que j'attende que la police s'en mêle. Mais attendre *combien d'autres jours*? »

Il se voit mourant de soif et de faim dans la garde-robe, trop faible pour crier, épuisé d'angoisse, désespéré... Une histoire horrible d'enfant battu et enfermé lui revient à l'esprit, racontée par Marcel Lamouche, un de ses camarades d'école, qui l'avait lue dans *La Presse*. Ces choses-là peuvent arriver. Ces choses-là arrivent *à Montréal*. Est-ce que...

C'en est trop. Il se lève, tout tremblant, le corps en sueur. Une vrille est en train de lui percer l'estomac. On dirait que les vêtements qui encombrent cette garde-robe se sont mis à pomper tout l'air qu'elle contient.

Il se lance violemment contre la porte. Elle ne bronche pas. Elle semble en acier. Ses genoux, ses mains, ses épaules lui font mal. Il se rassoit alors sur le manteau et, de toutes ses forces, il essaie de penser à des choses agréables. Il le faut à tout prix, sinon comment arrivera-t-il à tenir le coup jusqu'au retour de son père?

« Bof, oui! je vais penser à Bof! Qu'est-ce que tu fais en ce moment, mon vieux Bof? Toujours dans le garage? Non. Henri ou Céline t'a ouvert la porte et tu te promènes dans le quartier en pensant à moi... Oh oui! tu penses sûrement à moi, mon gros patapouf poilu! Fais attention aux autos, Bof! S'il fallait que tu te fasses écraser après toute la misère que j'endure à cause de toi! J'endure plus de misère à cause de toi, mon vieux, qu'Alice durant toutes ses aventures au Pays des merveilles! Ça, c'est sûr! »

Et, soudain, une question surgit dans son esprit. Qu'aurait fait Alice dans sa situation? Hum... Il est évident qu'elle aurait *exploré la garde-robe*, comme elle avait exploré le terrier du lapin. Alors, pourquoi ne pas l'imiter? Le temps passerait plus vite et – sait-on jamais? – il ferait peut-être des découvertes intéressantes.

Rampant le long du mur, il se dirige vers la gauche, où se trouve la partie la plus profonde. Il avance le plus lentement possible, pour se donner l'illusion que l'endroit est spacieux. Sa tête ne frôle pas des vêtements mais de longues feuilles molles et des lianes, et même des chauves-souris endormies, suspendues par les pattes. Ce mur, c'est la paroi d'un immense château fort. Où se trouve-t-il? En Afrique, dans une jungle, au milieu de laquelle se dresse le château; il doit absolument y pénétrer, car, à l'intérieur, au milieu de la salle des Géants, se trouve une petite table de verre (tiens! semblable à celle qu'Alice avait aperçue dans le terrier du lapin) où on a déposé le Fameux Chocolat aux Cerises qui rend invincible celui qui en mange une petite, puis une grosse bouchée tout en chantant *Sale salope*. Il doit absolument manger de ce chocolat, car il est sans arme et poursuivi par des bandits, les Frères Touffepette, accompagnés de leur girafe venimeuse, dont le cou peut s'étirer jusqu'à mille pieds.

Charles bute sur quelque chose qui bloque son chemin. Cela ressemble à une série de tablettes superposées, mais un examen plus attentif lui apprend qu'il s'agit en fait d'une échelle qui permet de grimper le long de la paroi du château fort.

Il commence son ascension. Que c'est difficile! Les prises manquent, des objets bizarres l'obligent à se pencher vers l'arrière, au risque de tomber, ses mains moites glissent sur les barreaux (des planches, en réalité), mais enfin, après beaucoup d'efforts, le voici au sommet, essoufflé, tout en sueur, la plante des pieds endolorie, fier de son exploit.

Attention, cependant! il n'est pas au bout de ses peines. Du sommet de la muraille part une sorte de mince tige qui s'allonge au-dessus du vide (un vide effrayant) et mène à une fenêtre de la salle des Géants. C'est une tige curieusement embarrassée de feuilles, de lianes et de chauves-souris endormies, qui rendent la progression difficile et dangereuse. Charles réussit à repousser peu à peu ces obstacles encombrants (certains tombent et heurtent le sol avec un bruit mou), puis suspendu par les jambes et les mains, la tête en bas, il avance lentement, par petits mouvements saccadés, et s'approche peu à peu de la salle des Géants et du Fameux Chocolat aux Cerises, qu'il a bien hâte de croquer, du reste, car depuis quelques minutes son estomac gargouille comme une machine à laver.

Charles est parvenu au milieu de la tringle suspendue dans la garde-robe. Ses jarrets élancent un peu, mais il sourit en se balançant doucement dans l'obscurité, la pointe des pieds touchant le plafond; de sa main gauche, il continue de refouler les vêtements qui gênent sa progression, mais cela devient de plus en plus difficile et, finalement, il doit se résoudre à les faire tomber.

Mais, pour cela, il doit soulever les cintres au-dessus de la tringle, ce qui demande de grands efforts. Il gigote et se trémousse, le bras tendu en l'air, hors d'haleine, avec l'impression que sa tête s'est mise à gonfler comme un ballon, que ses joues vont éclater et que le sang va lui pisser par les yeux – et soudain : crac ! la tringle plie et se rompt, et Charles atterrit cul par-dessus tête dans un amoncellement de vêtements qui amortit heureusement sa chute ; il s'égratigne toutefois la nuque sur un crochet.

Il demeure immobile un moment, couché sur le dos, songeant aux conséquences de cet accident. Son père sera furieux et voudra le punir de nouveau, et encore plus sévèrement qu'aujourd'hui, car il va considérer ce dégât comme une vengeance et une marque de révolte.

Il se lève, attrape les deux morceaux de la tringle et essaie de les emboîter l'un dans l'autre. Rien à faire. Il serait plus facile de recoller la queue d'un chat. Il faut la remplacer. Quelle idée stupide l'a pris d'aller faire le singe dans une garde-robe ?

Soudain, une crainte horrible lui arrache un cri ; il se précipite vers la gauche, la main tendue, s'attendant au pire. Non, heureusement, la boîte de conserve est toujours debout dans son coin, pleine de cette pisse qui le dégoûte tellement, et pourtant c'est la sienne.

Charles se met alors à empiler soigneusement les vêtements dans le coin opposé à la boîte. Cela lui permettra de se mouvoir plus facilement, bien qu'il n'ait aucune raison particulière d'aller ici plutôt que là, d'être couché plutôt que debout, d'étendre les bras ou de les replier. C'est l'ennui total, quoi, la punition parfaite et, pour l'avoir conçue, son père doit vraiment le détester.

Le voici revenu à son point de départ, en train de réfléchir au sort qui l'attend. Mais, par bonheur, sa séance d'acrobatie l'a fatigué et cette fatigue, plus forte que la faim, lui alourdit tellement l'esprit et les membres qu'il s'enroule de nouveau dans le manteau d'Alice, ferme les yeux et s'endort.

C'est un léger glissement sous la porte qui le réveille. Il ouvre les yeux et aperçoit dans le rai de lumière... deux tablettes de chocolat !

— Sylvie? C'est toi?

Une tache sombre coupe le rai de lumière en deux; la tache oscille légèrement, comme si elle hésitait.

— Pas un mot à ton père, hein? fait enfin la serveuse à voix basse. Et ne laisse surtout pas traîner les emballages.

Il entend un léger glissement. Le plancher craque. Elle est partie.

Charles développe fébrilement une tablette, l'avale en deux bouchées, développe l'autre, fait de même, puis s'adosse au monceau de vêtements et pousse un soupir d'aise. Il se sent moins seul. Quelqu'un a pensé à lui. Il regrette à présent son *Sale salope*. Sylvie est moins salope qu'il n'aurait cru. Elle est même plutôt gentille, au fond, à sa façon. Mais elle a sans doute peur de son père. Comme lui. Et puis comment pourrait-elle vraiment l'aimer alors qu'elle n'est pas sa mère?

Charles continue de réfléchir, l'œil posé sur le rai de lumière, qui s'est mis à pâlir, puis il réalise tout à coup que sa bouche est sèche et que sa gorge brûle. Tout ce chocolat a déclenché en lui une soif terrible. Sylvie n'y avait certainement pas pensé et d'ailleurs n'aurait pu rien faire : on ne peut pas glisser une bouteille sous une porte!

Il bouge les mâchoires et remue la langue dans sa bouche, une langue de plus en plus épaisse et lourde, qui cherche en vain à s'humecter de salive. Alors la colère l'envahit de nouveau et il décoche un violent coup de pied dans la porte qui vibre sourdement mais ne cède pas.

— Je veux sortir! lance-t-il à pleins poumons, et sa voix résonne lugubrement dans l'appartement vide et de plus en plus sombre, qu'une mouche solitaire, réveillée par le début du printemps, parcourt dans un léger vrombissement.

Vers cinq heures trente, Wilfrid Thibodeau, arrivé plus tôt que d'habitude et un peu inquiet malgré tout, retira les vis de la porte de la garde-robe. Charles, assis à ses pieds, le regarda un moment, hébété, clignotant des yeux sous la lumière du plafonnier.

— Tu peux sortir, annonça le menuisier, sans paraître remarquer l'amoncellement de vêtements et les deux bouts de tringle appuyés contre un mur.

Charles se leva lentement et, d'un pas hésitant, avança jusqu'au milieu de la chambre, puis s'arrêta. Il faisait dos à son père.

— As-tu faim? demanda Thibodeau d'une voix curieusement douceâtre.

Sans se retourner, l'enfant fit signe que oui.

— Eh bien! viens manger. Je t'ai apporté des mets chinois.

Puis il ajouta :

— Est-ce que ça te fait plaisir?

Deux boîtes de carton beige, encore ficelées, attendaient au milieu de la table. Charles se rendit aussitôt à l'évier, but deux grands verres d'eau, puis, après avoir fixé les boîtes quelques secondes d'un air inexpressif, promena son regard dans la pièce, comme s'il la voyait pour la première fois; son visage s'anima enfin un peu.

Wilfrid Thibodeau avait coupé les ficelles, sorti les contenants d'aluminium et s'occupait à mettre le couvert.

— Je me suis arrêté au Jardin de Jade en revenant de mon travail, expliqua le menuisier d'un ton guilleret. Tu te rappelles? On est allés manger là-bas avec Sylvie l'été dernier.

Charles ne répondit rien, prit place à table et attendit, impassible, que son père le serve. Après ses deux tablettes de chocolat, il n'avait guère d'appétit.

Le repas se prit en silence. Une odeur de friture sucrée flottait dans la pièce. Charles pensait à Bof, se demandant où il se trouvait et regrettant de ne pouvoir partager son assiette avec lui. Wilfrid Thibodeau mangeait goulûment, faisant claquer sa langue, et jetait de temps à autre un regard sur son fils.

— Tu n'as plus faim? s'étonna-t-il au bout d'un moment.

— Non.

— Pourquoi? C'est vrai, ajouta-t-il aussitôt en répondant lui-même à sa question, que tu n'as pas dû faire beaucoup d'exercice aujourd'hui.

Sa remarque se voulait plaisante. Charles resta de glace. Le visage du menuisier se crispa d'inquiétude :

— Je vois que tu m'en veux, Charles, mais faut pas. J'ai agi pour ton bien. Il fallait te donner une leçon et que tu t'en souviennes longtemps. C'est grave, mon garçon, de tromper son père et de rire de lui avec les voisins. Il faut respecter ses parents, n'oublie jamais ça.

La tête penchée, Charles pignochait dans son assiette et gardait le silence.

Wilfrid Thibodeau l'observa un moment, puis :

— C'est de valeur que tu n'aies pas plus faim que ça, soupira-t-il d'une voix traînante et mielleuse. J'avais acheté ces mets chinois pour te faire plaisir...

L'enfant le regardait, éberlué. Jamais son père ne lui avait parlé sur ce ton. Thibodeau sourit, puis, glissant un doigt dans sa bouche, délogea une particule de viande avec son ongle.

— Mais arrête de me fixer de même, tabarnac! s'écria-t-il soudain. On dirait que tu veux m'écorcher vif!

Le soir même, Charles alla rendre visite à Bof chez les Fafard. Il lui donna à manger, nettoya soigneusement sa niche, y installa un bout de tapis moelleux, qu'Henri venait d'apporter, vérifia l'ampoule électrique fixée sous le faux plancher, et les deux garçons passèrent un long moment avec la bête, lui faisant la conversation, la couvrant de caresses, puis la taquinant. Les souffrances que Bof avait coûtées à Charles semblaient avoir augmenté l'amour que le garçon portait à son chien.

— Ah! mon p'tit Bof d'amour! s'écria-t-il en étreignant l'épagneul, je t'aime encore plus que si t'étais mon frère!

— J'échangerais bien ma sœur contre lui, moi, ricana Henri.

Plusieurs semaines s'écoulèrent avant que Charles ne se décide à révéler à Henri la punition que son père lui avait infligée et dont il lui avait ordonné de ne parler à personne. Son ami l'écouta, la bouche ouverte, les bras ballants, comme si Charles s'était transformé devant lui en moineau géant ou en borne-fontaine.

— Toute la journée? répéta-t-il, incrédule. T'as passé toute la journée dans une garde-robe?

— Oui, répondit l'autre avec une sorte de fierté stoïque. Et je n'ai même pas eu peur.

Henri haussa les épaules avec un petit ricanement sceptique:

— N'essaye pas de m'en faire accroire, Thibodeau... Je suis sûr que t'as pleuré. Hé! toute une journée enfermé dans une garde-robe! C'est comme se retrouver vivant dans un cercueil ou pris en dessous d'un tas de débris après un tremblement de terre! Pfiou! J'aurais capoté, moi! Je suis sûr que t'as capoté.

— Pas du tout. Je me suis inventé des aventures et je n'ai même pas vu le temps passer. La première chose que j'ai sue, il était six heures du soir et mon père m'ouvrait la porte. Par contre, j'avais une de ces soifs!

Henri ricana de nouveau en fermant à demi les yeux avec l'expression d'un avocat véreux qu'on ne roule pas dans la farine si facilement, puis, redevenant tout à coup sérieux:

— Pourquoi il t'a fait ça? À cause de Bof?

Charles fit signe que oui. Henri le regarda droit dans les yeux:

— Il est fou, ton père, murmura-t-il avec un air de profonde gravité. Moi, à ta place, je serais tout de suite allé voir la police! Tu peux être sûr!

Charles répondit qu'il y songeait, mais lui recommanda entre-temps la plus grande discrétion sur cette histoire.

— Bien sûr, répondit l'autre, presque offensé. Pour qui me prends-tu? Un panier percé?

Mais garder pour soi un secret aussi important demandait une volonté extraordinaire. Henri en fit preuve pendant trois heures quarante-deux minutes et dix-huit secondes. Et puis durant le souper, au moment de terminer son potage, il eut tout à coup une défaillance et décrivit avec force détails à sa famille la punition que le menuisier avait imposée à son fils. Fernand et Lucie l'écoutaient, pétrifiés.

— Toute la journée dans une garde-robe ! s'écria Céline de sa voix menue et transparente de petite fille. Je serais morte, moi !... Pauvre Charles ! Je suis sûre qu'il a failli mourir !

Fernand Fafard passa lentement sa main sur son crâne dégarni ; des plaques rouges, subitement apparues, témoignaient du singulier bouillonnement qui s'opérait en lui.

— Je vais aller parler à Wilfrid tout à l'heure, annonça-t-il de sa voix des grandes occasions.

Lucie hocha la tête :

— Ça serait peut-être une idée. Oh ! Fernand, pendant que j'y pense, ajouta-t-elle d'un ton si léger et insouciant qu'Henri la fixa avec de grands yeux, pourrais-tu venir m'aider à finir d'accrocher le rideau dans notre chambre à coucher ? Je n'y arrive pas : j'ai le vertige dans l'escabeau.

Fernand lui jeta un regard rapide, se leva et les deux époux quittèrent la cuisine. Céline eut un haussement d'épaules, étonnée par ce départ en plein milieu du repas.

Henri se pencha vers elle :

— C'est parce qu'ils ne veulent pas qu'on entende leur conversation. Ils vont se parler de Charles.

— À ta place, commença Lucie en fermant la porte derrière elle, j'y penserais à deux fois avant d'aller lui faire un sermon. Il risque de se venger sur son fils. C'est un cas pour la police, Fernand.

— Je vais quand même lui parler. Quand j'aurai fini, il n'aura plus le goût de se venger sur personne, fie-toi à moi.

— Fernand, la situation nous dépasse. À ta place, je...

— Est-ce que c'est chrétien, dis-moi, tonna le quincaillier à la plus grande satisfaction de ses deux enfants immobiles et l'oreille tendue vers la chambre, d'agir de même avec un p'tit gars de neuf ans? Non, non et non! Je vais lui parler! Il n'y a qu'une façon de dompter ce genre de vicieux, c'est par la peur!

— Il n'aura pas peur de toi.

— C'est à voir!

Il roula des yeux terribles, tourna un peu sur lui-même et répéta d'une voix encore plus forte:

— C'est à voir!

— Papa est très fâché, remarqua Henri en souriant à Céline. Je pense qu'il va aller donner un bon coup de poing sur la gueule à monsieur Thibodeau.

— Alors, on va le remettre en prison, conclut Céline, horrifiée.

— Disons qu'il a peur de toi, poursuivit Lucie en faisant signe à son mari de baisser le ton. Mais, après trois ou quatre bières, sa peur va s'en aller, et qui sait ce qui va arriver alors?

Fernand Fafard resta sans réponse devant ce dernier argument, mais le redresseur de torts en lui exigeait la punition immédiate d'un abus insupportable; il aurait tordu un lampadaire pour parvenir à ses fins.

— Ne crains rien, Lucie, promit-il, je vais prendre le temps de réfléchir avant d'aller le voir, pour être sûr de trouver les bons mots. Mais – mets-toi à ma place, tornade de clous! – je ne peux pas rester les bras croisés devant une affaire pareille.

— Tu joues la police, Fernand. Ce n'est pas ton rôle.

— Hé! cria Henri de la cuisine, on a faim, nous autres! Vous discuterez après le souper.

— Eh bien, fais comme tu veux, soupira Lucie en quittant la chambre. Quant à moi, je connais une bien meilleure façon de régler le problème.

— Laquelle?

— Ce n'est pas le moment d'en parler.

Et, haussant les épaules, elle se dirigea vers la cuisine. Fernand enfila le corridor en direction de la sortie, mais l'odeur savoureuse de la lasagne gratinée lui rappela soudain qu'un estomac en mal de nourriture peut transmettre le vide qui l'afflige à l'esprit de son maître et ce n'est qu'après s'être lesté de deux bonnes portions, auxquelles s'ajouta une pointe de tarte aux bleuets, suivie elle-même d'une tasse de thé bien sucrée, qu'il enfila son manteau et sortit.

12

La chance lui sourit. Wilfrid Thibodeau, armé d'un pied-de-biche, était occupé à enlever une marche pourrie dans son escalier. L'œil fixé sur le menuisier, qu'il voyait de dos, Fafard traversa la rue d'un pas rapide en prenant de grandes respirations pour tenter d'asseoir en son âme la pacifiante modération. Mais, en apercevant le visage jaunâtre et crispé de son voisin et ses mains longues et maigres, rougies par le froid mais qui semblaient rouges de colère et imprimaient à l'outil de petits mouvements secs et haineux qui faisaient éclater le bois, il oublia d'un coup ses sages résolutions et la colère s'empara de lui.

— Wilfrid! j'ai à te parler!

L'ouvrier, qui ne l'avait pas entendu approcher, eut un violent sursaut et son pied-de-biche dégringola les marches.

— Qu'est-ce tu me veux? siffla-t-il en le toisant méchamment.

— Tu sais fort bien ce que je te veux, gronda le quincaillier en s'arrêtant au pied de l'escalier, et il fit signe à son interlocuteur de descendre.

Le menuisier souleva légèrement le coin des lèvres avec une expression de bravade et tourna le dos, puis, jugeant que son refus d'obéir risquait de passer pour de la lâcheté, il descendit lentement quelques marches; un mètre à peine le séparait maintenant de son interlocuteur.

— C'est pas correct, Wilfrid, ce que t'as fait à ton garçon l'autre jour.

— De quoi tu parles?

— Cesse de me niaiser, je sais tout. On n'enferme pas un p'tit gars une journée de temps dans une garde-robe, sans lumière, sans nourriture, sans surveillance. C'est dégueulasse. Il aurait pu lui arriver un malheur. Et puis as-tu pensé à l'effet que ça lui a fait, là, dans la cocologie? ajouta-t-il en tapant de l'index sur sa tempe.

— Est-ce que ça te regarde? Serais-tu son père?

— Non, bien sûr, mais en tant que simple citoyen...

Il s'arrêta, ne sachant comment terminer sa phrase. Son embarras amena chez le menuisier un sourire moqueur, que sa bouche dégarnie, aux dents jaunes, rendait vaguement sinistre. Enhardi, Thibodeau descendit une autre marche:

— J'ai le droit d'élever mon garçon comme je l'entends, O.K., le casque? Je me fourre pas le nez dans tes affaires, viens pas te fourrer le nez dans les miennes. Compris? As-tu besoin que je te fasse un dessin?

Fafard le considéra un instant, le regard étrangement fixe, puis un léger frémissement parcourut ses joues grasses et soudain sa main s'abattit sur l'épaule de Thibodeau, qui grimaça de douleur:

— Écoute-moi bien, bonhomme. Si jamais j'apprends que tu maltraites encore ton garçon, je t'arrache un bras et je te le fais manger, espèce de restant de fond de bouteille!

Et il se mit à le secouer tellement fort que l'autre dut s'agripper à la rampe pour ne pas tomber sur les fesses.

— *Ayoye!* Lâche-moi, maudit sauvage!

Emporté par la rage, le quincaillier continuait de plus belle et semblait ne pas pouvoir s'arrêter. Ses yeux rapetissés, sa bouche amincie, ses narines contractées lui faisaient comme un visage fermé, assez effrayant à voir. Une trouille à salir ses culottes s'empara de Thibodeau, qui continuait de gémir. Il décocha un violent coup de pied dans le ventre de son assaillant, réussit à se libérer et s'élança dans l'escalier comme si tous les démons de l'enfer étaient à ses trousses. Parvenu sur le palier, il se retourna et aperçut le quincaillier cramoisi, toujours sur le trottoir, la main sur l'abdomen, essayant de rattraper son souffle.

— Fais-moi ça encore une fois, lança le menuisier en frottant son épaule endolorie, et tu vas retourner en prison, mon ciboire d'épais!

— En prison? réussit à articuler Fafard d'une voix étranglée. Alors... on va y aller ensemble, mon crotté, parce que je t'aurai dénoncé à la police!

Et, sur ces mots, les deux hommes se quittèrent. « Eh bien! gros bêta, se dit tristement le quincaillier en rentrant chez lui, il faudrait faire de longues études pour arriver à un plus grand gâchis. Tu ne reverras plus jamais son petit gars chez toi. Au lieu de l'aider, t'as empiré son sort – tellement que je me demande si sa vie n'est pas maintenant en danger. Je devrais peut-être, après tout, porter plainte tout de suite. »

Il en causa longuement avec Lucie, qui lui conseilla d'attendre quelques jours pour voir la suite des événements.

Le lendemain, comme l'avait prévu le quincaillier, Charles ne se présenta pas chez les Fafard; Bof, qui attendait avec impatience sa visite, poussa des jappements plaintifs jusque tard dans la nuit. Mais le surlendemain l'enfant reparut, comme si de rien n'était, déclarant à Lucie, surprise et soulagée, que son père s'était *défâché* et que tout était « comme avant ».

En fait, le menuisier, une fois sa rage passée, avait réfléchi. L'attachement de Fafard et de sa femme pour son fils l'arrangeait de bien des façons en le soulageant d'une bonne part de ses responsabilités, lui faisant même faire des économies appréciables sur le plan alimentaire, et cette situation ne semblait pas déplaire non plus à Sylvie, qui avait toujours manifesté un intérêt très modéré pour ce garçon dont elle se serait bien passée. Mais la tromperie dont il avait été l'objet, et surtout l'humiliante scène de l'escalier avait éloigné Thibodeau encore davantage de son fils, s'il se pouvait. Les menaces du quincaillier l'avaient apeuré et il n'osa même pas réprimander Charles pour son indiscrétion. Mais il se prit pour lui d'une haine sournoise et rentrée, dont il ignorait l'ampleur et les progrès constants, et qui aurait plus tard dans la vie de Charles de graves conséquences.

Le printemps s'acheva sans trop d'histoires. La neige avait fini par disparaître, laissant derrière elle des saletés que les balayeuses pulvérisèrent et répandirent aux quatre vents. L'air devint tiède, presque sucré, et se chargea d'odeurs parfois étranges qui faisaient rêver – ou grimacer. Les pelouses et les terrains vagues exhalaient un relent de vomi, qui obligeait parfois Charles à se pincer le nez. Les senteurs puissamment odorantes de la Macdonald Tobacco flottaient à présent du matin au soir dans toutes les rues. Henri se mit à fumer en cachette et pressa Charles de l'imiter. Après quelques bouffées, celui-ci, à demi suffoqué, piétina sa cigarette d'un air dégoûté et déclara qu'il ne recommencerait jamais plus, sans doute par opposition à son père et à Sylvie, qui fumaient tout le temps.

Les vêtements d'hiver avaient rejoint les garde-robes et les boîtes de carton garnies de boules à mites. Les gens, réjouis par les beaux jours qui s'annonçaient, et impatients d'en profiter, s'habillaient comme en été. Pour la première fois, Charles prêta attention aux cuisses des jeunes femmes qui, à présent, se promenaient court-vêtues; certaines attiraient son regard avec une force irrésistible; il en était ému, intrigué et ravi, et fit des plaisanteries à ce sujet avec Henri, qui avoua réagir comme lui et raconta, à la suite, trois histoires extrêmement salées (du moins à leur avis) qui les firent bien rigoler.

Un jour, vers la fin de l'après-midi, Bof, par distraction, retourna dans la cour des Thibodeau et arriva face à face avec le père de Charles qui venait réparer une corde à linge à la demande de monsieur Victoire. En l'apercevant, le menuisier lui lança son marteau, qui l'atteignit à la cuisse; le chien, épouvanté, s'échappa par un trou de la clôture, fila par la ruelle et, en revenant dans la rue Dufresne, passa à deux poils de se faire écraser par un camion de livraison sous le regard horrifié de Charles. Ce dernier le secoua rudement par le collier, le chicanant pour son imprudence, et aperçut la blessure à la cuisse du chien.

— Qui t'a fait ça? s'écria-t-il, alarmé.

Son père apparut alors dans la porte de leur logement et Charles devina tout. S'accroupissant devant Bof:

— Que ça te serve de leçon, niaiseux, lui souffla-t-il à l'oreille. Tu n'es plus chez toi là-bas. Ne l'oublie jamais.

Vers la fin du mois de mai, Wilfrid Thibodeau, qui se trouvait en congé de maladie à la suite d'une fracture du poignet, annonça à son fils qu'il lui supprimait son argent de poche hebdomadaire, étant donné que Charles tirait un revenu fort suffisant de son travail de commissionnaire au restaurant du coin.

— J'aime mieux *préparer ton avenir*, expliqua-t-il d'un ton légèrement emphatique (il avait un peu bu). On ne sait jamais : tu vas peut-être faire plus tard de *grandes études*... Cet argent-là te servira.

La nouvelle arriva vite aux oreilles de Rosalie, qui en fut outrée. Comme tout le voisinage, elle connaissait l'épisode de Bof et considéra la décision de Wilfrid Thibodeau comme une preuve supplémentaire de sa cruauté. Elle alla trouver Roberto :

— Pauvre enfant ! il aurait été mieux sans père qu'avec un père comme ça ! Je vais l'envoyer de temps à autre faire une livraison aux Tours Frontenac. Il est encore jeune, mais débrouillard. Je ne pense pas que Gilles prenne ça trop mal : il est souvent débordé.

Les trois gigantesques tours d'habitation, construites quelques années plus tôt rue Bercy, logeaient plusieurs fervents des pizzas, *club sandwichs* et *hot chickens* de Roberto, sans parler de son incomparable poutine, qui adoraient les déguster dans le confort de leur foyer.

Charles fut enchanté lorsque Rosalie lui annonça que son territoire engloberait désormais les trois Tours, dont les occupants avaient la réputation de laisser de bons pourboires.

Sa première livraison se fit un vendredi soir à sept heures et lui laissa un souvenir ambigu. Il perdit d'abord quinze minutes (et sans doute une bonne partie de son pourboire) pour s'être trompé de tour ; puis, quand il eut enfin trouvé la bonne adresse, une alarme d'incendie se déclencha au moment où il mettait les pieds au dix-septième étage. Le bruit atroce des sonneries et les consignes de calme et de prudence données dans les haut-parleurs par une voix métallique et impassible le jetèrent dans un tel effroi qu'il se mit à courir dans les corridors comme un rat aspergé d'acide nitrique. L'air lui paraissait trouble à présent et il crut sentir une légère odeur de fumée. Des échelles de sauvetage se dressaient dans sa tête, des gens cernés par les flammes se jetaient dans le vide, le visage tordu par l'épouvante. Il finit par s'écraser lourdement contre une porte en pleurant. La porte s'ouvrit et faillit lui faire perdre l'équilibre. Un blondinet le considérait en silence. De sa position, Charles croyait voir un géant ; il se releva prestement et constata que l'enfant était à peu près de sa taille ; son visage lui parut familier.

— Qu'est-ce que tu fais là ? demanda le garçon.

Une voix d'homme parvint de l'intérieur :

— Ferme la porte, Michel ! Il faut garder la porte fermée ! C'est la consigne !

Au même moment, les sonneries arrêtèrent.

— Je me suis perdu, avoua piteusement Charles.

— C'est pour qui la pizza ? demanda le garçon.

— Pour l'appartement 1759.

— Encore une fausse alarme, je suppose, grommela la voix de l'homme, et on entendit le ronronnement d'un téléphone à cadran. Ferme la porte, Michel, reprit la voix, mais avec beaucoup moins de conviction.

— C'est une fausse alarme, papa ! lança le garçon. Comme l'autre fois !

Puis, se tournant vers Charles :

— Veux-tu que je te conduise ? C'est pas loin d'ici.

Celui-ci passa la main sur le fond de la boîte à pizza, presque froide à présent, et fit signe que oui.

— Ah bon ! fit la voix de l'homme au téléphone. Encore une fausse alarme ? C'est dur sur les nerfs, ça, madame ! J'en ai même des crampes aux jambes. Oui, oui, je comprends. Bonne chance!

Michel ferma la porte et s'éloigna à pas rapides dans le corridor avec Charles. Pendant le trajet, qui fut court, il lui apprit que son nom de famille était Blondin, qu'il avait fréquenté jusqu'à tout récemment la nouvelle école Champlain, rue Logan, mais qu'ayant déménagé il allait depuis quelques jours à l'école Saint-Anselme, où il se trouvait en troisième année dans la classe de madame Robidoux.

— Ah oui? Moi, je suis dans la classe de mademoiselle Laramée.

— Je le sais, répondit Michel en souriant, je t'ai aperçu dans la cour de récréation. On est arrivés, c'est ici.

Charles, le cœur serré, sonna. La porte s'ouvrit toute grande. Une grosse dame à cheveux gris et en robe mauve, dont les lunettes d'argent semblaient lancer des éclairs menaçants, croisa les bras, l'œil furieux, et le dévisagea en silence.

— Faut l'excuser, madame, dit Michel en faisant un léger salut, il a été pris dans la fausse alarme. C'est énervant pour un enfant, vous savez.

Charles crut bon d'accompagner ces justifications d'un sourire où s'exprimait tout son chagrin d'arriver avec une pizza qu'il fallait à présent réchauffer.

— Bon, ça va pour cette fois-ci, grommela la dame en s'emparant de la boîte.

Elle tendit à Charles une enveloppe :

— Mais je te trouve bien jeune pour livrer des pizzas. Est-ce que c'est la première fois que tu viens ici?

— C'est la première fois que je viens chez vous, madame, répondit Charles qui pratiquait sans le savoir la restriction mentale. Mais je travaille Chez Robert depuis presque deux ans, vous savez.

La dame eut un haussement d'épaules accompagné d'un plissement de lèvres, qu'on pouvait à la rigueur considérer comme un début de sourire, et referma la porte.

— Merci, fit Charles en quittant son compagnon.

— À demain, répondit l'autre, et il partit au pas de course.

Charles, craignant que son retard ne lui fasse perdre les précieuses Tours Frontenac, se hâta vers le restaurant, où l'attendaient sûrement d'autres commandes. D'autres commandes l'attendaient, en effet, et une Rosalie qui était venue à deux poils de téléphoner chez sa cliente pour savoir ce qu'il était advenu de son livreur. Charles raconta l'incident de la fausse alarme, sans cacher le désarroi qui l'avait saisi, et promit de faire preuve de plus de sang-froid à l'avenir si jamais un incident semblable se reproduisait.

— Eh bien! cette fois, tu feras poiroter personne, il s'agit de monsieur Saint-Amour. Et, comme d'habitude, il veut sa pizza aux anchois presque brûlante. Alors, quand tu l'auras entre les mains, cours, mon lapin!

Charles partit en courant chez l'ancien coiffeur de la rue Frontenac, réputé pour son appartement encombré et ses habitudes quelque peu étranges.

La soirée lui réservait d'autres émotions.

◆

Il pénétra dans l'immeuble et aperçut dans le corridor du rez-de-chaussée un gros sac de nourriture pour chiens à demi éventré, dont une partie du contenu s'était répandue sur le linoléum mal lavé; le sac semblait abandonné. «Je vais l'emporter pour Bof, se dit-il, tout joyeux. Monsieur Fafard va être content!» (Le quincaillier avait pris gracieusement à sa charge l'alimentation du chien.)

Il se dirigea vers la porte de monsieur Saint-Amour et frappa. Personne ne répondit. Il frappa de nouveau, plus fort, impatient d'aller examiner le sac. Alors un bruit de pas très léger se fit entendre à l'intérieur, comme celui d'une personne marchant avec précaution, suivi d'une sorte de craquement, puis un long gémissement s'éleva. Un brusque afflux de sang monta au visage de Charles et ses mains devinrent toutes moites.

— Aaaah! aaaah! faisait une voix d'homme, aux prises, semblait-il, avec d'indicibles souffrances.

— Monsieur Saint-Amour! cria Charles. M'entendez-vous? C'est moi, Charles, le livreur de Chez Robert.

— Entre, Charles, répondit la voix avec des accents mourants, la porte est débarrée.

L'enfant pénétra à l'intérieur et aperçut devant lui, au milieu de la petite cuisine, où une mouche aurait eu peine à voler plus de vingt centimètres en ligne droite, l'ancien coiffeur, dévêtu jusqu'à la taille, affalé dans un fauteuil inclinable de cuir noir, la tête rejetée en arrière, les yeux au plafond, et donnant tous les signes d'un homme qui s'apprête à passer dans l'autre monde.

— Qu'est-ce que vous avez, monsieur Saint-Amour? s'écria Charles, horrifié, en déposant la boîte de pizza sur une table qui supportait une chaufferette électrique et des boîtes de carton.

— Aaaah! aaaah! reprit l'ancien coiffeur, sans paraître l'avoir entendu.

Puis il ajouta, dans une sorte de hoquet:

— Mes... coliques... m'ont repris...

Et sa main tremblante alla se poser sur son ventre, un ventre à la peau grise et flasque, couvert de poils blancs et qui débordait au-dessus de sa ceinture.

— Viens me frotter, mon garçon, supplia-t-il dans un souffle, et il se remit à gémir.

Charles hésita un instant, partagé entre le dégoût et la pitié, puis, s'avançant d'un pas résolu:

— Où est-ce que vous voulez que je vous frotte, monsieur Saint-Amour?

— Ici, dans le... bas du ventre... Oui, c'est ça... près de la ceinture... un peu en dessous, c'est ça... aaaah... maudites coliques... pires que la mort... c'est ça... continue, mon garçon... ça me fait du bien... un peu plus à gauche... et puis à droite, là... oui, oui... un peu plus bas encore... j'ai les intestins fragiles... depuis mon tout jeune âge... les douleurs me prennent... n'importe quand... une vraie punition... oui, continue...

Un moment passa.

— Je commence à être fatigué, monsieur Saint-Amour, soupira Charles, qui venait de remarquer une curieuse protubérance dans la fourche du pantalon de son vieux client et ressentait un malaise grandissant.

— T'auras... ta récompense tout à l'heure, mon beau garçon. Aah! ça va un peu mieux... déjà... Plus vite, plus vite... C'est presque passé... Là... Merci.

L'ancien coiffeur eut comme un léger soubresaut, ferma les yeux et tout son corps se détendit.

— Recule-toi à présent, dit-il à l'enfant sans le regarder. Je vais mieux... Tu peux partir... Il y a une enveloppe sur la table près de la chaufferette, prends-la... Attends une seconde, se ravisa-t-il soudain, j'ai à te parler.

Sa voix était brusquement redevenue ferme et claire, presque joyeuse. Il s'était redressé dans le fauteuil et fixait Charles d'un regard perçant, l'œil animé d'un cillement malicieux, tandis que sa bouche s'efforçait de prendre une expression de gravité :

— Ne parle à personne de mes coliques, veux-tu, mon beau garçon? Le monde rirait de moi et je finirais par n'avoir plus le cœur de commander des pizzas... Ce serait dommage, tu perdrais tous tes pourboires... Quand tu ouvriras ton enveloppe, tu verras que celui de ce soir est pas mal gros... Tu me promets de garder le secret?

— Je vous le promets, monsieur Saint-Amour, répondit Charles en rougissant.

— La prochaine fois, j'aurai une surprise pour toi, une surprise qui va te faire un grand plaisir.

L'enfant s'approcha de la porte, impatient de quitter les lieux, puis, se retournant soudain :

— Monsieur Saint-Amour, savez-vous à qui appartient le sac de nourriture pour chiens dans le corridor?

— Oh! c'était à deux Jamaïquains qui restaient dans l'appartement d'à côté. Ils l'ont laissé ce matin en déménageant. Tu peux le prendre si ça te tente. Ton chien en fera ses belles dents.

Charles s'en allait dans la rue avec le sac, plus pesant qu'il n'aurait cru. Il se sentait triste et inquiet, sans trop savoir pourquoi.

La scène de tout à l'heure le dégoûtait et le remplissait de honte, et pourtant il n'avait rien fait de mal, ne cherchant qu'à rendre le service qu'on lui avait demandé.

En arrivant au restaurant, il ouvrit l'enveloppe; elle contenait deux dollars, le plus gros pourboire de toute sa vie. Il n'en ressentit aucune joie, fourra l'argent dans sa poche et n'y pensa plus.

Le lendemain soir, monsieur Saint-Amour commanda une autre pizza, mais Charles refusa d'aller la porter.

— Qu'est-ce qui te prend? demanda Roberto, étonné.

L'enfant, le visage fermé, fixait le bout de ses souliers:

— Ça ne me tente pas.

Sylvie passa près de lui, une cafetière à la main:

— Tu fais des caprices, à présent? Attention! on va te mettre à la porte.

Rosalie, intriguée, l'observa un instant, haussa les épaules, puis se tournant vers un grand maigrichon à moustache noire qui venait d'entrer dans le restaurant en faisant tournoyer un trousseau de clés au bout de son doigt:

— Gilles, va donc chez Saint-Amour lui porter sa pizza.

Charles eut un soupir de soulagement et alla rejoindre Bof qui l'attendait devant la porte du restaurant.

Charles aurait aimé se confier à Henri, car la scène des coliques continuait de le tourmenter. Mais il se sentait prisonnier de la parole donnée et bien malheureux de l'être, car, en la donnant, il avait le sentiment de s'être sali.

Finalement, il prit le billet de deux dollars, se rendit au Woolworth de la rue Ontario et acheta une jolie poupée de plastique à robe de tulle bleue, qu'il offrit à Céline. Il savait que c'était le genre de cadeau qui ferait plaisir à une fille de six ans. Stupéfaite et ravie, elle se jeta dans ses bras et l'embrassa sur les joues.

— Une poupée pour moi? Ce n'est pourtant pas ma fête!

— Ça ne fait rien, j'avais le goût de te l'offrir.

Il aimait bien Céline. Elle le reposait un peu d'Henri, tapageur et remuant, toujours en train de donner des bourrades et de se tirailler ; il y avait des avantages certains à être l'ami du plus grand batailleur de troisième année de l'école Saint-Anselme, mais sa fréquentation était parfois épuisante. Céline, elle, était une fille, et cela faisait une grande différence. Parfois, quand il se trouvait dans le salon des Fafard en train de regarder la télé avec Henri, elle se glissait sur le canapé entre les deux garçons et se pressait légèrement contre lui. Charles feignait de ne pas s'en apercevoir, mais trouvait cela bien agréable.

Charles et Michel Blondin, le garçon des Tours Frontenac, devinrent rapidement amis. Michel était un enfant tranquille et d'humeur égale, aussi ponctuel qu'une tortue à trois pattes et plutôt rêvasseur, ce qui ne l'empêchait pas d'être un bon élève ; il exerça bientôt un certain ascendant sur ses camarades, et cela pour deux raisons : son intérêt pour les autres et le talent qu'il avait à *régler les chicanes*. Trois semaines après son arrivée à l'école Saint-Anselme, il recevait déjà les confidences de tout un chacun et, malgré son statut précaire de nouvel arrivé, on ne lui connaissait pas encore de véritable ennemi.

Quand deux élèves étaient en train de s'insulter ou sur le point d'en venir aux coups, Michel s'amenait, calme et souriant, et la scène suivante pouvait se dérouler :

MICHEL
Hé ! les gars, faites pas les caves. Si le surveillant vous voit, vous allez vous retrouver chez le directeur.
PREMIER ÉLÈVE
C'est lui qui m'a traité de chien sale !
MICHEL
T'es ni chien ni sale. Regarde-toi, tout le monde le voit bien. *(Au deuxième élève)* Pourquoi l'as-tu appelé comme ça ?

DEUXIÈME ÉLÈVE

Il m'a dit que ma petite sœur sentait la pisse!

MICHEL

(Gravement) Est-ce qu'elle *sent* la pisse?

DEUXIÈME ÉLÈVE

Non! C'est-à-dire que... des fois, oui, ça lui arrive *(éclat de rire général)*. Mais *(tendant le bras vers le premier élève)* c'est pas de ses maudites affaires!

MICHEL

(Imperturbable) Et tu t'es fâché juste pour ça? Ça ne te prend pas grand-chose! Moi, quand je mange des hamburgers, je sens les oignons, et puis après?

PREMIER ÉLÈVE

(Sarcastique) Les oignons, c'est mieux que la pisse.

MICHEL

(Poursuivant) Une fois, en première année, j'ai eu la diarrhée *(nouvel éclat de rire)*, et la maîtresse m'a renvoyé de la classe parce que je m'étais échappé *(éclat de rire, cris de dégoût)*. Je pleurais, mais aujourd'hui je m'en fous! Dis à ta mère de surveiller ta sœur et qu'elle la lave un peu plus souvent, et on n'en parlera plus. *(Se retournant vers le premier élève)* Toi aussi, quand t'étais bébé, tu sentais la pisse. Et moi? Même chose. Tout le monde dans sa vie a senti la pisse! Ce n'est vraiment pas important.

On se mit à l'appeler Blonblon; ce surnom quelque peu moqueur contenait une dose appréciable d'affection. Madame Robidoux, son institutrice, l'appelait, elle, *le diplomate* ou parfois même *le curé* ou *le missionnaire*, ce qui le faisait grimacer légèrement. Il avait une sœur, beaucoup plus vieille que lui, qui terminait son secondaire. Sa mère était agente immobilière et subvenait seule aux besoins de la famille, car son père, atteint de sclérose en plaques, était confiné à la maison depuis plusieurs années, et c'était peut-être le fait d'avoir grandi avec un handicapé demandant une attention et des soins constants qui lui avait inculqué ce souci d'aider les autres et de faire régner l'harmonie, plutôt inhabituel chez un enfant de son âge.

Charles fut sur le point à quelques reprises de lui raconter la scène des coliques, mais les mots restaient pris dans sa gorge. Il l'invita deux ou trois fois chez lui ; le comportement imprévisible de son père, qui avait fini par perdre son emploi et vivait des moments d'humeur noire pendant lesquels son penchant pour l'alcool devenait de plus en plus embarrassant, le découragea de continuer. Il prit l'habitude de le rencontrer chez Henri, où Blonblon se gagna instantanément la sympathie des deux parents par ses bonnes manières et son goût pour les jeux paisibles, qui exerçaient une influence calmante sur leur turbulent aîné, de même que sur Charles.

Dans son trajet entre l'école et la maison, Charles empruntait chaque jour la rue Bercy. Or, depuis quelque temps, il avait remarqué une plaque de cuivre, fixée à la façade d'une des plus belles maisons de la rue, sur laquelle on pouvait lire :

PARFAIT MICHAUD
NOTAIRE

Cette plaque l'intriguait à plusieurs égards. Comment un homme osait-il porter le prénom de Parfait ? Si ses propres parents avaient eu la mauvaise idée de l'appeler ainsi, il aurait sûrement changé de prénom ! Et puis un notaire, qu'est-ce que ça pouvait bien être ? À en juger par la maison que ce Parfait Michaud habitait, son travail devait lui rapporter beaucoup d'argent ; pourtant on ne voyait presque jamais personne entrer ou sortir de chez lui. Tout cela était bien mystérieux.

— C'est quoi, un notaire ? avait-il demandé un jour à Sylvie.

— C'est quelqu'un qui brasse de la paperasse.

— Quelle sorte de paperasse?

— Des contrats, des testaments, des choses comme ça.

— C'est quoi un testament, Sylvie?

— Quand une personne meurt... Oh, et puis je t'expliquerai ça une autre fois. Je n'ai pas la tête à ça aujourd'hui.

— Mademoiselle Laramée, c'est quoi, un notaire? avait demandé Charles, toujours insatisfait, le lendemain.

L'institutrice lui avait répondu que c'était quelqu'un dont le travail consistait à mettre par écrit les engagements que les gens prenaient les uns envers les autres pour des choses importantes, comme la vente et l'achat de maisons, les remises d'argent, les dettes et les prêts, etc.

Charles en avait conclu qu'il s'agissait d'une occupation extrêmement plate et que la personne qui l'exerçait devait faire mourir d'ennui tous ceux qui l'approchaient.

Ce en quoi il se trompait grandement, du moins dans le cas de Parfait Michaud.

Un matin qu'il se rendait à l'école, un incident éclata qui lui permit de rectifier son opinion.

Il marchait avec Henri et quatre chiens plutôt décharnés qui suivaient leur jeune bienfaiteur depuis plusieurs minutes malgré qu'il ne leur eût lancé en tout et pour tout que deux ou trois misérables croûtes de pain, la seule nourriture qu'il avait en poche ce matin-là. Mais son charme semblait compenser la modicité de ses gâteries. Il venait de s'arrêter encore une fois pour caresser une espèce de grand dogue noir particulièrement affectueux lorsque le chien poussa un hurlement de douleur et bondit de côté. Un caillou venait de l'atteindre à une patte.

Le gros Dubé surgit de derrière une haie sur le trottoir opposé, accompagné de deux amis, et se mit à ricaner.

— Hé! le trou de cul! lança Charles, furieux, laisse mes chiens tranquilles!

— Ils puent, tes chiens! répondit un des compagnons de Dubé.

— Comme toi! ajouta l'autre.

Et une volée de cailloux fit s'enfuir les bêtes en hurlant.

Un de ces cailloux avait atteint Henri au front. Indifférent au sang qui tachait sa chemise, il se mit à la poursuite de l'auteur du méfait, qui fila comme une flèche vers l'école. Charles demeura seul, privé de son protecteur. Il ramassa un caillou et atteignit Dubé à un coude. Celui-ci poussa un cri et frotta vivement son bras. Les munitions lui faisant défaut, il se précipita sur Charles avec son ami afin de lui donner la raclée du siècle. Charles lança un autre caillou, manqua sa cible, puis, stoïque, attendit son destin, car il n'était pas question pour lui de fuir. Son honneur le lui défendait. La seconde d'après, ses deux assaillants lui avaient arraché son sac d'école et l'avaient renversé sur le trottoir ; le gros Dubé, étendu sur lui, s'occupait calmement de l'étrangler tandis que son complice lui donnait des coups de pied dans les côtes. Pendant ce temps, le gros Dubé éprouvait des problèmes avec son oreille gauche, que Charles essayait d'arracher avec ses dents. Cependant, la manœuvre d'étouffement commençait à porter ses fruits ; elle était sur le point de lui assurer la victoire lorsqu'une violente douleur aux fesses lui fit lâcher prise. Quelqu'un le fouettait ! Charles se dégagea. Les deux garçons, pantelants, se remirent debout. Le complice de Dubé s'était enfui. Un grand homme mince, en habit bleu sombre à rayures, armé d'une canne à pêche, saisit l'assaillant de Charles par un bras et le secoua :

— Espèce de voyou ! Que je t'y reprenne ! Martyriser des bêtes, et ensuite se battre à deux contre un ! Tu devrais avoir honte ! File doux, à présent ! Je t'ai à l'œil ! La prochaine fois, ce sera la police !

La scène se déroulait devant la maison du notaire. Sur le seuil de la porte grande ouverte se tenait une petite femme, coiffée d'un turban mauve, qui faisait des signes de tête approbateurs. Charles en conclut que l'inconnu devait être son mari et qu'il s'agissait donc du notaire.

Le gros Dubé s'éloigna, penaud, en se retournant de temps à autre pour jeter des regards furieux à l'amateur de canne à pêche.

Charles, qui aurait préféré remporter la victoire sans aide, s'inclina néanmoins devant son sauveteur :

— Merci, monsieur, fit-il en frottant son jean et son coupe-vent souillés de poussière. Merci aussi pour les chiens.

L'homme sourit et lui serra la main :

— Tu m'as l'air d'un bon petit diable, toi. Je te vois souvent passer devant chez moi avec un bataillon de chiens. Est-ce qu'ils sont tous à toi ?

— Non, monsieur. Mon chien à moi reste à la maison.

— Alors, d'où viennent-ils ?

— Je ne sais pas trop, monsieur. D'un peu partout.

— En tout cas, ils ont tous l'air de t'aimer. Tu leur donnes à manger, hein ?

— Pas toujours. Seulement quand je peux. Aujourd'hui, je n'avais pas grand-chose à leur offrir.

— Alors ils doivent être sous ton charme, j'imagine. Tu n'as pas l'air d'en manquer. Ça fait longtemps que les chiens te suivent comme ça ?

— Oui, monsieur. Excusez-moi, monsieur, il faut que je parte, sinon je vais être en retard à l'école.

— Si jamais on t'ennuie encore, sonne à la porte. Je m'appelle Parfait Michaud. Je suis presque toujours là.

— Et s'il n'est pas là, lança la femme au turban, j'y suis, moi.

Les semaines passèrent et ce fut bientôt l'été. Charles termina l'année deuxième de sa classe, à la grande déception de Ginette Laramée qui aurait aimé le voir finir bon premier. La dernière journée de l'année scolaire, au moment où l'école se vidait, elle lui remit un cadeau, comme elle le faisait à chacun de ses élèves. C'était une édition illustrée des fables les plus connues de La Fontaine. La couverture montrait un gros corbeau perché sur un arbre, fromage au bec, en train de fixer un joli renard jaune roux qui lui faisait un clin d'œil.

Charles la remercia avec ce sourire qu'elle aimait tant, puis, dans un élan d'affection, prit sa main; ce geste la bouleversa, comme une couventine à son premier baiser :

— Attends un peu, j'ai autre chose à te montrer.

Elle termina la distribution des cadeaux, souhaitant à chacun des élèves de bonnes vacances (« Sois prudent, amuse-toi bien et reviens-nous en un seul morceau »), puis, quand la classe fut vide, retira d'un tiroir de son bureau un paquet enveloppé de papier brun, qu'elle remit à Charles :

— Tiens, un petit quelque chose encore. Je l'avais acheté pour mon neveu, expliqua-t-elle en un pieux mensonge, mais il a tellement grandi que ça ne lui fait plus. J'espère que tu vas l'aimer.

Il s'agissait d'une jolie chemise en coton bleu à boutons luisants bleu foncé. Charles l'examina, surpris et légèrement embarrassé, car il sentait vaguement que l'histoire du neveu était inventée.

— Merci, mademoiselle Laramée, c'est très joli, fit-il avec un sourire un peu forcé. Je vous promets d'y faire bien attention.

— J'ai toujours trouvé que le bleu t'allait à ravir.

Elle se pencha vers lui et l'embrassa sur les joues, chose pour elle fort inusitée :

— Allez, mon petit Charles, passe de bonnes vacances. Et continue de lire chaque jour. C'est une excellente habitude.

Et, avec une précipitation un peu étrange, elle alla ranger des papiers sur son bureau.

13

Charles avait deviné qu'il devait sa chemise bleue à un mouvement de pitié. Depuis quelque temps, il souffrait, comme auraient dit les spécialistes, de délabrement vestimentaire : bas avachis, coudes usés, culottes sur le point de rendre l'âme. Les problèmes financiers de Wilfrid Thibodeau se répercutaient sur son fils de façon de plus en plus visible et il semblait que l'habillement de Charles n'avait pas plus d'importance pour lui que pour sa compagne. Lucie s'en était ouverte à son mari, mais ni l'un ni l'autre n'osaient rien faire, dans la crainte de froisser leurs voisins.

Le menuisier réussissait à augmenter un peu ses revenus de prestataire de l'assurance-chômage en travaillant au noir ici et là dans le quartier. Mais une bonne partie de ce surplus se transformait en alcool. Vers la mi-juillet, une violente discussion éclata un soir entre lui et la serveuse. Elle lui déclara, bière à la main, qu'elle était « tannée de faire vivre un soûlon », qu'il était temps qu'il se « grouille le cul pour se trouver de l'ouvrage » et que, si dans deux semaines ce n'était pas chose faite, elle « sacrerait le camp tellement vite que la peinture tomberait des murs ».

Déprimé par ces impitoyables critiques, il décida d'aller réfléchir au bar Les Amis du Sport, dont il nourrissait la prospérité depuis déjà quelques années.

C'est là que, après avoir bu trois bières (dans un élan d'héroïsme, il avait décidé de limiter ses consommations quotidiennes à ce nombre), il fit la connaissance d'un certain Gino Guilbault, surnommé Gueule Croche par ses amis intimes, homme affable et débonnaire, qui pratiquait un optimisme énergique en laissant aux défaitistes, hypocondriaques et autres déprimés professionnels le soin de fournir l'humanité en bile, soupirs, ulcères d'estomac et autres insomnies. Thibodeau le voyait pour la première fois dans l'établissement et posa un regard respectueux sur son habit bleu marine à rayures jaunes, sa cravate de soie bleu ciel à pince d'or et ses cheveux fournis et lustrés, qu'il portait lissés vers l'arrière. Corpulent, le teint rougeâtre et respirant la santé et la satisfaction de soi, l'homme était seul, attablé devant six bières en fût, qu'il dégustait avec une sage lenteur. Un gros bouton rose luisait doucement sur une de ses joues, mais, contrairement à la plupart des boutons, cette excroissance donnait à son visage un air sympathique et sans prétention, et parvenait presque à faire oublier la légère dissymétrie qui affligeait sa bouche.

Il sourit au menuisier, lui lança une remarque fort pertinente sur le temps qu'il faisait, puis l'invita à sa table. Thibodeau ne se fit pas prier. La promesse qu'il s'était faite de s'en tenir à trois bières par jour n'incluait évidemment pas celles qu'on pouvait lui offrir.

Les présentations terminées, Gino Guilbault, avec un sourire chaleureux, déclara à son compagnon que la bière qui se trouvait sur la table était leur propriété commune.

— Bel endroit tranquille, ajouta-t-il avec un soupir d'aise, et son bras décrivit un ample geste circulaire. Ici, un gars peut boire en paix tout en pensant à ses affaires. Tu viens souvent?

— Quand j'ai le temps, répondit prudemment Thibodeau.

— Il faut le prendre, son temps! Il faut le prendre! répondit l'autre joyeusement. On n'a qu'une vie! Et, même si on en avait trois, il nous en manquerait encore!

Et Guilbault ajouta différentes considérations philosophiques d'une égale profondeur. Puis, après s'être informé du métier de son compagnon et avoir longuement exprimé son admiration pour les menuisiers, il se mit à parler de son occupation à lui. Gino Guilbault dirigeait une petite compagnie de bienfaisance, en quelque sorte, qui vendait des tablettes de chocolat; la plus grande partie des profits allait à des organismes voués au bien-être et à la protection de la jeunesse, tels que les scouts, les Clubs 4-h, certains camps de vacances pour jeunes infirmes ou démunis et des associations sportives pour défavorisés. Des enfants, garçons et filles, étaient chargés de vendre ces tablettes dans les lieux publics. Sa compagnie – une modeste affaire, s'empressa-t-il de préciser – se trouvait justement en pleine campagne de recrutement.

Les yeux de Wilfrid Thibodeau s'allumèrent:

— Combien ça rapporte aux enfants?

— Vingt-cinq cennes par tablette. Ç'a l'air de rien, mais en une journée un p'tit gars déluré, ou une p'tite fille, peut se faire jusqu'à dix dollars. Les p'tites filles vendent un peu plus, je dois dire. As-tu des enfants?

— Un garçon.

— Quel âge a-t-il?

— Neuf ans.

— Bon âge, ça. Ni trop vieux ni trop jeune. Débrouillard?

— Ah ça! fit Thibodeau.

Une bouffée de fierté paternelle accentua la rougeur de son nez et de ses pommettes, son visage amolli par l'alcool se tendit en une expression de gravité solennelle et il se lança dans une description flatteuse de Charles, sans doute la première de sa vie.

— Parfait, parfait, c'est justement le genre d'enfant qu'il me faut. Il va faire la piasse, tu vas voir! Ça sera bon pour lui, bon pour moi, bon pour tout le monde.

Il fouilla dans la poche intérieure de son veston et lui tendit une carte.

CHARITÉ CHOCO
SOCIÉTÉ D'AIDE À LA JEUNESSE DÉMUNIE
738-9014
« On se donne du mal pour faire le bien »

— Dis-lui de m'appeler demain. Le travail se fait toujours après les heures d'école et durant les fins de semaine, pour ne pas nuire aux études, bien entendu.

— Vous n'avez pas d'adresse? s'étonna le menuisier.

— Non, je bouge tout le temps, tu comprends. Mes journées se passent dans la rue, les centres commerciaux, les stations de métro, des endroits comme ça. Mais j'ai une secrétaire qui prend tous mes messages.

Thibodeau avait terminé ses consommations. Guilbault l'invita à se servir dans l'aimable rassemblement de verres qui luisait doucement sous leurs yeux et poussa même l'un d'eux près de sa main.

Quand le menuisier arriva chez lui vers onze heures, d'un pas un peu caoutchouteux, l'appartement était plongé dans l'obscurité. Il se dirigea le plus silencieusement qu'il put vers sa chambre à coucher et s'appuya un moment dans l'embrasure. Par un interstice du store, une vague lueur tombait sur la serveuse endormie. La chaleur humide et lourde lui avait fait rejeter drap et couverture, et, couchée sur le dos, elle ronflait doucement, jambes écartées. Il sourit, s'approcha du lit, glissa une main sous sa robe de nuit et se mit à lui caresser un sein. Elle ouvrit brusquement les yeux et le repoussa en maugréant.

Il s'en alla à la cuisine, dépité, constata avec désappointement que le réfrigérateur ne contenait plus de bière et se laissa tomber sur une chaise, le dos appuyé à la table, les jambes allongées. Puis il se rappela tout à coup qu'un restant de scotch se trouvait dans l'armoire au-dessus de la cuisinière. L'instant d'après, il s'était emparé de la bouteille, remplie au tiers, et l'avait vidée en buvant au goulot. Un profond bien-être se répandit alors en lui et il promena dans la pièce un regard bienveillant.

Malgré sa fatigue, il n'avait pas sommeil. Une envie obscure se mit à le tarauder, une sorte d'allégresse sans but ni cause qui portait en elle une tristesse déchirante et coléreuse qu'il devait contenir à tout prix en bougeant, en agissant, en faisant n'importe quoi.

Il se leva avec effort, se dirigea vers la chambre de Charles et s'assit lourdement sur le bord de son lit. L'enfant poussa un soupir, bougea les lèvres en claquant mollement la langue mais ne se réveilla pas. Wilfrid Thibodeau l'examinait dans la pénombre orangée que diffusait une veilleuse Mickey Mouse installée au mur près de la commode; de temps à autre, les paupières de Charles frémissaient, sa bouche se contractait légèrement, sa tête roulait d'un côté et de l'autre, mais il restait sur le dos, le bras droit tendu dans le vide, la main ouverte, comme celle d'un quêteux. Il avait toujours dormi ainsi. Cela déplaisait au menuisier : il avait l'impression que cette main lui adressait un reproche.

— Charles.

L'enfant soupira de nouveau, puis se tourna sur le côté.

— Charles, réveille-toi, je veux te parler, répéta le menuisier d'une voix plus forte.

Et il lui secoua rudement l'épaule.

— Quoi? Qu'est-ce qu'il y a? bafouilla Charles en se dressant dans son lit.

Il posa sur son père un regard effrayé.

— Je t'ai trouvé du travail, mon garçon. Tu vas vendre des tablettes de chocolat.

L'enfant continuait de le fixer en silence et s'était reculé vers la tête du lit. L'haleine de son père, ses traits affaissés et comme boursouflés, ses petits yeux fixes et fiévreux venaient de le renseigner sur son état. Tout pouvait arriver. La gorge contractée, il attendit.

— Es-tu content? demanda le menuisier en posant de nouveau la main sur l'épaule de son fils. Tu vas faire de l'argent! Jusqu'à dix piastres par jour! Dix piastres, entends-tu? Es-tu content?

D'un mouvement rapide de la tête, Charles fit signe que oui.

— Demain, tu vas téléphoner à un monsieur Guilbault. Vous allez vous rencontrer. Il va te dire quoi faire. C'est simple comme bonjour. Il m'a donné sa carte.

Il porta une main un peu tremblante à la poche de sa chemise et finit par en tirer une petite carte, qu'il lui tendit. Charles la prit, sans même y jeter un coup d'œil, et la déposa près de lui, tout en continuant de fixer son père.

— T'as pas l'air plus content que ça, remarqua Thibodeau avec humeur. Pourtant, je viens de te rendre tout un service, mon garçon. L'argent se fait rare de nos jours... Quand on peut en attraper, faut sauter dessus sans se faire prier... C'est vrai que je viens de te réveiller, ajouta-t-il en appuyant la main sur son front comme pour en comprimer l'expansion...

Il respirait par saccades, à présent, et sa tête s'était mise à dodeliner.

— Es-tu content? demanda-t-il pour la troisième fois à son fils et, le torse pris d'une légère oscillation, il lui posa la main sur la tête.

— Oui, répondit Charles.

— Alors dis-moi merci, tabarnac! Je viens de te rendre tout un service, tu sais.

Charles se recroquevilla encore davantage et grimaça un sourire :

— Merci beaucoup.

Le menuisier eut un hochement de tête satisfait, poussa un long bâillement, puis voulut se lever, mais s'aperçut, à sa grande stupéfaction, que ses jambes semblaient chercher à se détacher de son corps, comme si elles voulaient poursuivre leur destin pour leur propre compte ; elles ne lui obéissaient plus que par à-coups. Il fallait à tout prix éviter de donner à son fils le spectacle humiliant d'un homme obligé de se déplacer à genoux ou, pire encore, à quatre pattes.

— Je me sens fatigué comme le yable tout d'un coup, murmura-t-il en s'efforçant de bouger normalement ses lèvres engourdies. Je pense que je vais me reposer un petit peu ici. Continue de dormir.

Et, sous le regard étonné de son fils, il se laissa glisser jusque sur le plancher, appuya sa tête contre le matelas et ferma les yeux.

Charles attendit un long moment, puis, voyant son père endormi, se recoucha en lui tournant le dos. Replié sur lui-même, Simon l'ours blanc entre les bras, son drap ramené par-dessus la tête, il s'imaginait dans une bulle qui flottait doucement au-dessus de la ville. Bof l'avait rejoint, pelotonné contre son ventre, et tout allait pour le mieux.

Ce furent les ronflements de son père qui le réveillèrent le lendemain matin ; il dormait la bouche ouverte, à demi affalé sur le plancher.

La veille, en se mettant au lit, Charles avait oublié de tirer le store, et la lumière du soleil levant avait joyeusement envahi la chambre, refoulant au loin ses frayeurs de la nuit.

La chemise à demi déboutonnée, les cheveux hirsutes, la mâchoire pendante, Wilfrid Thibodeau faisait peine à voir. Assis dans son lit, Charles observait sa bouche, immense et sombre, qui lui rappelait la bonde d'une baignoire ou d'un lavabo ; il imaginait une fuite dans le plafond et un filet d'eau tombant droit dans la bouche avec un léger gargouillis. Il se mit à rire doucement, puis s'arrêta, honteux. Il n'y avait rien de drôle dans ce qu'il voyait. Son père buvait tellement à présent qu'il n'arrivait plus à garder ses emplois ; un jour, un grand malheur lui arriverait sûrement.

Il se leva sans bruit, ramassa ses vêtements et alla s'habiller dans le salon. Sylvie dormait encore. Il décida d'aller déjeuner chez les Fafard. Lucie et Fernand se levaient très tôt et l'accueilleraient avec plaisir, comme toujours. Il venait à peine de refermer la porte et s'apprêtait à descendre l'escalier lorsque la voix de Sylvie s'éleva à l'intérieur, furieuse :

— Mais veux-tu bien me dire ce que tu fais là, toi ? Couché sur le plancher dans la chambre de ton garçon ! T'as encore bu comme un cochon hier soir, hein ?

Charles descendit silencieusement les marches et traversa la rue en courant. Bof, dans la cour, avait reconnu son pas et s'était mis à japper.

Gino Guilbault sortit de sa Lincoln mauve, se frotta machinalement le ventre d'un geste circulaire, puis s'avança vers l'entrée de la station de métro Frontenac en chantonnant *Toi, ma petite folie, mon p'tit brin de fantaisie*. Ses souliers neufs craquaient agréablement, sa chique de gomme à la cannelle lui parfumait la bouche, Angèle, sa secrétaire, venait de lui procurer d'inoubliables satisfactions et la vente des tablettes n'avait jamais si bien marché. Bref, la vie était belle.

Des personnes allaient et venaient devant l'entrée de la station, deux hommes distribuaient des feuillets publicitaires parmi la foule clairsemée, un ouvrier, armé d'un marteau-piqueur, s'occupait à démolir une section de trottoir près d'une borne-fontaine devant un petit attroupement d'enfants. Guilbault promena lentement son regard sur la place et aperçut enfin Charles, appuyé contre un mur de la station, tenant bien en évidence une carte professionnelle. D'un geste vif, il lui fit signe d'approcher.

— C'est toi, Charles Thibodeau?

Charles fit signe que oui, fixant, étonné, la bouche légèrement oblique de son interlocuteur et ce gros bouton rose au milieu de la joue qui lui donnait un air comique.

Guilbault l'examina avec attention, hocha la tête en murmurant des « ouais, ouais, ouais, ouais... » pleins de contentement, puis :

— Suis-moi. On va aller jaser dans mon auto. Y a trop de bruit ici, les oreilles me silent.

Charles s'arrêta respectueusement devant la Lincoln, puis, à l'invitation de Guilbault, qui venait d'ouvrir la portière, monta sur le siège avant. Pendant un moment, la majesté de l'intérieur lui coupa la respiration.

— Alors, ça va, mon gars?

— Oui, répondit l'autre d'une voix à peine audible.

L'homme d'affaires eut un petit rire satisfait :

— Beau char, hein? Tu comprends, comme je suis toujours sur la route, j'ai besoin de confort. Eh bien! mon Charles, comme tu sais, j'ai rencontré ton père il y a trois jours et il m'a dit que t'étais un p'tit gars débrouillard, travaillant, à l'aise avec le public, et qu'une couple de piastres dans tes poches ne te ferait pas de tort. Est-ce que c'est vrai?

— Oui, monsieur, répondit Charles en rougissant.

— Prendrais-tu un Coke, Charles?

L'enfant hésita un instant, puis fit signe que oui, les yeux brillants de gourmandise. L'homme se retourna brusquement sur la banquette (sa corpulence lui tira un long soupir), plongea la main dans un sac déposé sur le plancher à l'arrière et en retira deux cannettes qu'il décapsula d'un coup de pouce.

— Tiens, mon vieux, ça me fait plaisir. Avec cette maudite chaleur, faut s'arroser un peu les entrailles, sinon on va sécher comme du blé d'Inde au soleil!

Il prit une longue gorgée, s'essuya les lèvres, qu'il avait roses et très charnues, puis :

— J'ai un travail à t'offrir, mon Charles. Un travail facile et qui rapporte bien. Suffit d'avoir le tour, et c'est facile de le prendre. Il s'agit de vendre des tablettes de chocolat. Tu dois aimer le chocolat, non?

— Bien sûr, monsieur.

Gino Guilbault lui tapota l'épaule:

— J'aime ton *ton*, mon gars. T'as l'air d'avoir des belles manières. C'est parfait pour le commerce, ça.

La sueur commençait à perler sur son front. Il tourna la clé de contact, mit en marche le climatiseur, puis décrivit à Charles la nature particulière du commerce en question. Charles l'écoutait, de plus en plus intéressé. L'idée de gagner facilement de l'argent (et il semblait que cela fût très facile) tout en aidant des enfants dans le besoin le séduisait. Gino Guilbault, volubile et plein d'entrain, lui révéla un à un les secrets du métier.

D'abord, un point capital: les vêtements ne devaient être ni trop beaux (comment inspirer la pitié avec de beaux vêtements?) ni trop négligés (cela attirait le mépris). Ceux que Charles portait ce jour-là étaient « parfaits ». Ensuite, il fallait offrir sa marchandise avec assurance mais sans effronterie. Le bon vendeur regardait l'éventuel acheteur droit dans les yeux avec un grand sourire et lui expliquait en trois mots le but de la vente: amasser des fonds pour les Loisirs Saint-Eusèbe, fournir des déjeuners aux écoliers dans le besoin du quartier Hochelaga-Maisonneuve, etc.; dans le cas d'un refus, son sourire devait se faire encore plus chaleureux, car le passant pouvait changer d'idée, tout de suite ou plus tard. Enfin, le vouvoiement était de rigueur. Il était bon, en s'adressant aux gens, de prendre un ton légèrement plaintif, mais sans exagérer, car on risquait alors de passer pour un comédien. Le vendeur devait prendre le plus grand soin de l'argent récolté afin d'éviter les pertes et les vols (dont il serait tenu responsable).

Charles écoutait avec attention, opinait de la tête et souriait déjà à un client imaginaire.

— Est-ce que c'est clair, mon gars?

— Oui, monsieur.

— Appelle-moi Gino. On est comme des amis, maintenant.

Charles toussota alors d'un air embarrassé, puis :

— Est-ce que je peux savoir... euh... c'est quoi, mon salaire ?

— Vingt-cinq cennes par tablette, la même chose que pour moi. Le reste va aux bonnes œuvres. Ça marche ? Parfait. Écoute-moi bien : chaque lundi soir, entre huit et neuf heures, je vais aller chez toi te porter des boîtes de tablettes et prendre l'argent que t'auras gagné. Compris ? Je te fournirai des feuilles spéciales pour tenir tes comptes.

Les yeux rivés sur lui, Charles faisait de grands signes d'assentiment. Soudain, il fronça les sourcils ; une idée désagréable semblait avoir traversé son esprit :

— Est-ce que... est-ce qu'il faut travailler souvent, monsieur ?

— Gino, Gino, je te dis. On fait partie de la même équipe à présent. Eh bien... si tu veux faire de l'argent, mon vieux, il faudra quand même y consacrer un peu de temps : les fins de semaine et puis deux ou trois soirs après la classe, entre six et huit, disons. Quelque chose qui ne va pas ?

— C'est que j'ai déjà un travail.

— Un travail ? Où ça ?

— Je livre des commandes pour le restaurant à côté de chez nous.

— Et combien ça te rapporte ?

— Euh... neuf ou dix dollars par semaine, à peu près. Ça dépend des semaines.

Gino Guilbault eut un sourire dont l'étrange asymétrie ne permettait pas de savoir s'il exprimait la moquerie ou l'amusement. Mais ses paroles dissipèrent aussitôt toute confusion :

— Écoute-moi bien, mon Charles : si tu mets un peu de cœur à l'ouvrage, tu vas faire *deux ou trois fois plus que ça*, m'entends-tu ? *Deux ou trois fois !* J'ai une petite fille sur le Plateau Mont-Royal qui gagne régulièrement *vingt piasses* par semaine ! Elle travaille fort, par exemple, et elle n'a pas peur de foncer. Mais t'as l'œil vif, toi, et ton père m'a dit que t'avais la parole bien en bouche ; je suis sûr que tu vas réussir aussi bien qu'elle, sinon mieux.

Charles, rougissant sous les flatteries, inclina la tête. L'homme d'affaires s'était retourné de nouveau pour plonger sa main dans le sac. Il en ressortit une boîte de carton qu'il déposa sur les genoux de l'enfant :

— Est-ce que ça te tente de commencer tout de suite ? L'entrée du métro Frontenac, c'est un très bon *spot*.

Charles hésita, puis fit signe que oui. Guilbault ouvrit la boîte, prit une tablette de chocolat et la lui planta sous le nez ; les narines de l'enfant, caressées par l'odeur, se dilatèrent :

— Ces tablettes-là, c'est au profit du Club des Jeunes de Baie-Saint-Paul, qui veulent organiser un voyage au début de l'automne pour visiter le Musée du Québec. Un très beau projet culturel... Tu les vends une piasse la tablette, pas une cenne de moins. Installe-toi là-bas près de l'entrée et lance-toi. Je vais te surveiller de mon auto pour voir si tout va bien, mais je ne pourrai pas rester longtemps : j'ai trois autres rendez-vous avant six heures.

Charles lut à voix basse deux ou trois fois l'inscription à l'arrière de la tablette afin de bien la mémoriser, puis se glissa sur le siège et entrouvrit la portière ; le trac lui serrait la gorge, mais il s'efforçait de sourire. Gino Guilbault lui donna une petite tape d'encouragement dans le dos :

— Bonne chance, mon Charles. Ça va bien aller, tu vas voir. T'as l'air tellement sympathique ! Et puis beau bonhomme, à part ça. Les madames vont vider ta boîte ! Oh ! dis donc ! lança-t-il au moment où l'enfant s'éloignait, si t'as des amis intéressés à vendre du chocolat eux aussi, donne-moi leurs noms lundi soir, O. K. ?

Quelques minutes plus tard, Charles vendait sa première tablette. Se retenant à grand-peine de sautiller de joie, il agita fièrement le billet d'un dollar en direction de la Lincoln mauve. Gino Guilbault lui fit un grand salut de la main, puis s'éloigna à toute vitesse dans un vaporeux panache de fumée.

◆

Vers six heures, tout attristé mais résolu, Charles se présenta au restaurant Chez Robert pour annoncer à Rosalie et à Roberto qu'on venait de lui offrir un nouvel emploi et qu'il ne pourrait plus dorénavant livrer de commandes pour eux.

— Et qu'est-ce que tu fais? demanda la restauratrice, étonnée.

— Je vends des tablettes de chocolat.

— Vingt-cinq cennes la tablette, grommela-t-elle avec un haussement d'épaules quand l'enfant fut parti. Pauvre p'tit gars! il va nous revenir bien vite, tu vas voir!

Bof souffrait de mélancolie. Couché dans sa niche près du garage des Fafard, il somnolait à longueur de journée, insensible aux visites amicales que lui rendaient de temps à autre les chiens du quartier, qu'il ne fréquentait presque plus. Même l'arrière-train odorant d'une beagle avec laquelle il avait eu quelques aventures torrides n'arrivait pas à le tirer bien longtemps de sa triste torpeur. Bof s'ennuyait de Charles. Roulé en boule, la tête au fond de la niche, il songeait avec nostalgie aux temps heureux où il dormait dans son lit, passait des journées complètes avec lui et allongeait des coups de langue sur ses joues presque aussi souvent qu'il en avait envie. Ce temps était révolu. Sa raison de vivre l'avait délaissé. Il n'avait plus le droit d'aller le voir chez lui (ça, il l'avait appris à ses dépens!) et les rares fois où Charles venait le voir, c'était en passant, l'esprit ailleurs, la mine fatiguée. Deux ou trois rapides caresses, et il était reparti, Dieu sait où. En fait, Bof le sentait bien, Charles ne l'aimait plus. Cette idée lui coupait l'appétit, transformait ses pattes en gélatine, sa tête en une coquille vide traversée de bruits lugubres et lui donnait envie de dormir, de dormir jusqu'à la mort...

À l'occasion, inquiet de son état, Henri venait le voir. Henri n'était pas un garçon à demi-mesures. Il aimait les solutions énergiques et rapides. Empoignant Bof par le collet, il le tirait de sa niche, lui attachait une laisse et, insoucieux de ses grognements, le forçait à faire des promenades dans le quartier « pour prendre des forces et de l'appétit ».

— Ce n'est pas de ça qu'il a besoin, lui dit un soir Lucie après avoir jeté un regard soucieux par la fenêtre. Il a besoin de Charles, tout simplement.

Mais Charles vendait du chocolat. Il en vendait six jours par semaine (se réservant le lundi) de huit heures le matin à neuf heures le soir. Il en vendait durant son sommeil, en s'habillant au saut du lit, en se brossant les dents le soir, en allant faire une visite à Bof, il en vendait jour et nuit. Il aurait souhaité en vendre un peu moins afin de respirer un peu plus et de fréquenter davantage ses amis, qu'il s'était mis à négliger. Mais Gino Guilbault, qui le couvrait de compliments, lui téléphonait presque chaque jour pour le pousser à dépasser sa performance de la veille : « Charles, si tu continues de même, tu vas devenir mon meilleur vendeur, je te jure. Tu vas dépasser ma p'tite Ginette du Plateau Mont-Royal. T'es vraiment tiguidou, je suis fier de toi comme c'est pas possible ! Mais faut pas lâcher ! T'as pas encore montré ce que t'es vraiment capable de faire ! »

Charles redoublait d'ardeur, de charme et d'astuce. Sourire aux lèvres – un sourire qui trahissait parfois de la lassitude –, il offrait ses tablettes de chocolat aux passants, ciselant sans cesse de nouvelles formules pour se faire plus accrocheur, et parvenait de mieux en mieux à gagner leur sympathie. Le soir, il revenait à la maison exténué. Pour la première fois de sa vie, il connut les maux de tête, les courbatures de jambes, la plante des pieds en feu. Il avait élargi son aire de travail, ajoutant à la station de métro Frontenac celle de Berri-de Montigny, beaucoup plus passante, le centre commercial Place Versailles, toute la rue Ontario et bien d'autres endroits. Gino Guilbault le conduisait dans sa Lincoln mauve à travers la ville, le reprenant ici et là avec une ponctualité exemplaire. Charles voyageait souvent avec d'autres enfants; leur visage fatigué et leur peu de loquacité (dû peut-être à la présence du grand patron) le laissaient songeur.

De toutes ses forces, Charles travaillait à répandre le bonheur sur terre par la vente de ses tablettes – et aussi à se faire un peu d'argent. Grâce à ses efforts, croyait-il, les enfants de Baie-Saint-Paul allaient se cultiver ; les jeunes scouts de Verdun se décrasseraient les poumons dans la forêt ; les jeunes poliomyélitiques (combien ce mot lui avait donné de fil à retordre !) de l'Institut Notre-Dame-du-Rosaire pourraient se procurer les appareils dont ils avaient un si pressant besoin. Les bonnes causes affluaient vers lui, innombrables dans leur diversité, toutes aussi pressantes les unes que les autres. Un million de vies n'y auraient pas suffi !

Lucie et Fernand avaient refusé à Henri la permission de se lancer lui aussi dans la vente du chocolat charitable et blâmaient Wilfrid Thibodeau d'avoir poussé son fils dans cette vie de marchand de rue.

— Il va s'épuiser, ce pauvre enfant, grommelait le quincaillier en le voyant quitter la maison ses boîtes à la main. Et pour qui ? Pour un maudit escroc, je gagerais ! Sans compter qu'il court des dangers ! Montréal est une grande ville. Toute sorte de monde y grouille. Est-ce qu'on sait ce qui peut arriver ?

Au commencement d'août, Blonblon se joignit à l'équipe de Gino Guilbault, mais trois semaines plus tard, rebuté par le travail, il donnait sa démission. Quand Charles travaillait à la station de métro Frontenac, Blonblon venait parfois lui tenir compagnie et lui rendre de petits services. Mais Charles, tout à son travail, ne pouvait lui accorder beaucoup d'attention ; son ami finit par se lasser et cessa de venir.

Charles allait, du reste, quitter bientôt la station Frontenac. Monsieur Saint-Amour, en effet, avait remarqué sa présence. Le jeune garçon, un jour, le vit s'approcher lentement, les épaules courbées, l'œil à ras de terre, dans son habit brun informe, gonflé ici et là de petites protubérances, et qui rappelait vaguement une poche de patates. La peau de son visage, jaunâtre et plissée, faisait également penser à une patate, une vieille patate oubliée dans un coin, au sommet de laquelle aurait poussé un mince duvet roux, séparé en deux par une raie.

— Qu'est-ce qui se passe, mon Charles? T'as laissé tomber Chez Robert?

— Oui, répondit froidement l'enfant.

— Ah! c'est bien dommage! Mes pizzas m'arrivent presque froides, à présent... Je m'ennuie de toi, tu sais. Faudra venir me voir un de ces jours... Et puis – as-tu oublié? – j'ai toujours la petite surprise que j'avais promis de te montrer. Vas-tu venir?

Charles, mal à l'aise, eut un geste évasif:

— Je vais essayer. Mais j'ai beaucoup d'ouvrage, vous savez.

Et, se tournant, sourire aux lèvres, il proposa son chocolat à une dame replète qui s'avançait avec l'air candide et un peu pincé d'une religieuse.

L'ancien coiffeur apparut chaque jour au début de l'après-midi pour lui acheter une tablette; il en profitait pour lui caresser les mains ou lui tapoter le dos, puis, se mettant à l'écart, restait de longs moments à le couvrir de petits regards graisseux. Le cinquième jour, Charles, de plus en plus agacé et mal à l'aise, déclara à son patron qu'il souhaitait changer d'endroit parce qu'un inconnu l'importunait. Gino Guilbault, indigné, offrit de lui régler son compte « en deux clins d'œil à trois vitesses », car il avait une longue habitude de ces « amateurs de petites carottes » (comme il disait), mais Charles, peu confiant, semblait-il, dans ses qualités de redresseur de torts, refusa poliment son intervention, déclarant que l'autre ne lui avait rien fait de mal jusque-là, mais qu'il préférait pour l'instant travailler ailleurs.

Septembre approchait. Charles gagnait à présent vingt-cinq dollars par semaine, et parfois plus. Sur les conseils de Lucie Fafard, il ouvrit un compte à la Caisse populaire de Saint-Eusèbe pour y placer ses économies. Wilfrid Thibodeau, depuis quelque temps, suivait sa carrière avec beaucoup d'attention et exigea un bon matin de son fils qu'il lui donne la moitié de ses gains, car, ne s'étant toujours pas trouvé d'emploi, il n'arrivait plus à le faire vivre; Charles devait désormais « payer une pension ».

— C'est à moi qu'il va la payer, déclara Sylvie d'un ton sans réplique. Après tout, c'est moi qui tiens les comptes ici.

Le menuisier maugréa un peu, mais n'osa pas s'opposer à sa compagne. C'est ainsi que, chaque lundi soir, Charles remettait quelques dollars à la serveuse, qui veillait à leur bonne utilisation et, de temps à autre, lui en refilait secrètement une partie.

— Je voudrais bien tout te laisser, mon Charlot, lui dit-elle un jour en lui faisant une de ses rares caresses, mais avec les revenus que ton père nous rapporte, ton argent est bien utile.

L'école allait bientôt recommencer. Charles entreprendrait sa quatrième année. Un soir qu'il soupait (encore une fois!) chez les Fafard, le quincaillier, après avoir posé ses ustensiles en croix dans son assiette soigneusement nettoyée (il mangeait avec la même rapidité que Napoléon), lui demanda, mine de rien, s'il comptait vendre ses tablettes de chocolat encore longtemps.

Charles se troubla :

— Je voudrais arrêter bientôt, mais je ne sais pas si mon père va me le permettre.

— Hum, fit le quincaillier, décontenancé. C'est quand même curieux que... Tu sais, mon garçon, les études... enfin... quand on court deux lièvres à la fois... Bien sûr, ça mérite réflexion.

Et il lança un regard impuissant à sa femme.

Gino Guilbault avait depuis longtemps réfléchi à ce genre de problème, qui survenait immanquablement au début des classes, et y avait trouvé des solutions tout à fait personnelles. La plupart du temps, il laissait partir sans trop de difficulté ses vendeurs de moyen calibre, mais déployait beaucoup d'ingéniosité pour retenir le plus longtemps possible les services des meilleurs.

Deux jours après la courte conversation qu'avaient eue Charles et Fernand Fafard, Guilbault marchait rue Ontario avec l'enfant à la recherche d'une collation nourrissante mais économique lorsque Charles s'arrêta brusquement devant la vitrine d'un marchand de bicyclettes et posa un regard extasié sur un superbe modèle à dix vitesses de couleur bleu métallique avec pédales équipées de cale-pieds. Un éclair fulgurant jaillit dans la cervelle de l'homme d'affaires.

— Tu la trouves à ton goût, mon Charles?

— Oh oui! surtout que la mienne est toute cabossée et que les vitesses marchent mal...

— C'est vrai qu'elle est jolie... Que dirais-tu, fit-il, comme pris d'une soudaine inspiration, si je te l'achetais? Tu pourrais me payer tant par semaine. Ça te permettrait d'en profiter tout de suite.

Charles leva vers lui un regard brûlant de convoitise :

— Je ne sais pas ce que mon père dirait... Soixante-dix-neuf dollars!

— Je vais m'arranger avec lui, ne crains rien. Allons! faut lever son fusil quand les canards passent, mon garçon, sinon on doit se contenter de *baloney*...

Quand Charles sortit de la boutique, il flottait dans ses souliers. Le marchand lui réservait la bicyclette jusqu'au lendemain; Gino Guilbault s'était engagé à parler le soir même au menuisier.

— Et alors, t'es content? demanda l'homme d'affaires avec son sourire tordu.

Charles le regardait sans parler, suffoqué de plaisir.

— Merci, monsieur Guilbault, dit-il enfin, vous m'avez rendu un grand service. Merci, merci beaucoup!

Gino Guilbault eut un roucoulement de satisfaction et, après avoir donné une poignée de main à l'enfant :

— Si t'as besoin de moi pour autre chose, mon Charles, ne te gêne surtout pas!

Ils s'éloignèrent dans la rue en causant joyeusement, comme deux amis. Charles filait déjà en esprit sur sa bicyclette, l'homme d'affaires calculait le nombre de semaines que prendrait son petit vendeur à rembourser sa dette. Avec un peu d'astuce, il pourrait étirer le terme jusqu'à la période des grands froids, et peut-être même un peu au-delà. Son sourire s'accentua; une petite chanson grivoise vint folâtrer au bord de ses lèvres.

Et, pourtant, le moment de la rupture approchait. Elle allait être brutale.

14

L'école recommença le 7 septembre. Charles accorda à ses études toute l'attention que lui laissait son métier de vendeur itinérant, c'est-à-dire bien peu. En fait, il déployait la plus grande partie de ses efforts à lutter contre le sommeil. Son institutrice, madame Jacob, nouvellement arrivée à l'école, lui trouva l'air abruti des traîne-la-queue professionnels et le rangea aussitôt parmi les derniers de ses soucis.

C'était une dame au milieu de la quarantaine, nerveuse, très émotive, et qui détonnait un peu dans le corps professoral de l'école Saint-Anselme. Hypermaquillée, les cheveux teints en blond avec des mèches platine, la coiffure emportée dans une savante aérodynamique, elle portait des toilettes voyantes, des bagues énormes chargées de brillants, des faux ongles démesurés peints en rose et jetait vingt fois par jour des regards anxieux dans son poudrier, comme pour mesurer le lent déclin de sa beauté trop mûre. Trois jours plus tard, les élèves de l'école, cruels et perspicaces comme à leur habitude, l'avaient surnommée Minoune, sobriquet dans lequel il y avait autant de la chatte un peu trop en chair que de l'automobile qui avait fait son temps.

Ils crurent avoir trouvé en elle le déversoir idéal à leur trop-plein d'énergie. Minoune les déçut aussitôt. Pour être coquette et hypersensible, elle n'en avait pas moins développé au cours des ans de redoutables moyens d'autodéfense; le regard dont elle enveloppait à tout moment la classe semblait omnidirectionnel, elle percevait le moindre chuchotement, et ses ongles s'enfonçaient comme une perceuse dans le bras ou la nuque d'un élève indiscipliné.

Charles n'avait jamais vu de madame aussi *madame*; il l'imaginait immensément riche et se demandait ce qu'elle faisait à l'école. Quelques jours après la rentrée, il amassa suffisamment de courage pour aller la trouver au début de la récréation et lui proposer ses tablettes de chocolat. Elle eut un petit rire gêné, presque dédaigneux, et lui en acheta trois, ce qui confirma sa fortune aux yeux de l'enfant.

— « Au profit du Centre de l'ouïe de l'hôpital Sainte-Justine », lut-elle sur l'emballage. As-tu des problèmes d'oreille ?

— Non, pas du tout, madame.

— Alors pourquoi vends-tu ces tablettes ?

— Pour aider les enfants qui entendent mal – et aussi pour me faire un peu d'argent.

— Je vois. Et tu en vends beaucoup ?

— Pas mal, fit-il avec un sourire plein de modestie. La fin de semaine passée, j'en ai vendu quatre-vingt-sept.

Elle le regarda un moment, tapota une de ses bagues, puis, avec cet air de condescendance un peu détachée que les adultes prennent parfois en parlant aux futurs gagne-petit (quelle société n'en a pas besoin ?) :

— Eh bien ! n'en vends pas trop, tout de même. Il faut que tu t'occupes un peu de tes études.

Charles avait récemment changé d'avis à ce sujet. Ce qui importait plus que tout à ses yeux désormais, c'était de gagner de l'argent, le plus d'argent possible. Avec de l'argent, on pouvait acheter des bicyclettes (à crédit) et payer la traite à ses amis. Avec de l'argent, on pouvait aider (un peu) son père en chômage. D'ailleurs, en ce qui concernait ce dernier, Charles n'avait pas le choix. Sylvie lui avait parlé très clairement là-dessus.

L'école ne réglait pas les vrais problèmes et ne procurait pas de plaisir (ou si peu !). Seul l'argent le faisait. Et, pour en avoir, il fallait travailler.

Aussi, ce matin-là, c'est avec une joyeuse impétuosité qu'il dévala l'escalier pour aller rejoindre Gino Guilbault qui l'attendait dans sa Lincoln mauve en compagnie d'une petite fille coincée sur la banquette arrière entre deux grosses boîtes de carton.

— Salut, mon Charlot ! s'écria joyeusement l'homme d'affaires quand celui-ci prit place à ses côtés. T'as l'œil vif à matin ! Bien dormi ?

— Très bien, Gino.

— Que le diable me pète au nez si tu ne vends pas tes quarante tablettes aujourd'hui!

— Je vais essayer.

— Charles, je te présente Josiane, une nouvelle. Comme elle se sent un petit peu nerveuse, je vais l'installer pas trop loin de toi pour que tu lui donnes un coup de main, au cas où.

Charles se retourna et, de sa voix la plus aimable:

— C'est facile, tu vas voir. On n'a qu'à se montrer gentil avec les gens, et souvent ça marche. En plus t'es une fille, toi. Pour les filles, c'est encore plus facile.

Josiane eut un petit sourire crispé, serra les genoux l'un contre l'autre, puis détourna le regard. Les deux grosses boîtes de carton la faisaient paraître minuscule. Charles eut pitié d'elle et se promit de l'aider autant qu'il le pourrait.

Sur le coup de midi, il avait déjà vendu dix-huit tablettes, mais Josiane seulement trois. Charles alla la trouver et s'occupait de lui transmettre les trucs du métier lorsque la Lincoln mauve apparut devant eux. En apprenant le résultat des ventes de la petite fille, Gino Guilbault fit la grimace, mais cacha aussitôt son mécontentement sous un air affable.

— Allons, allons, ma Josiane, fit-il en lui tapotant la tête, prends pas cet air-là, tu vas faire peur aux corneilles! Souris un peu, le métier va finir par entrer (ou alors, ma niaiseuse, ajouta-t-il intérieurement, tu vas retourner rien que sur une fripe à ton foyer d'accueil!). Les enfants, je vous invite à manger des hot-dogs chez le Grec en face. On travaille mieux la bedaine pleine!

Et c'est dans cette gargote graisseuse que les événements prirent tout à coup un tour imprévu. Après avoir avalé à toute vitesse un *club sandwich* malencontreusement garni d'un os de poulet qui faillit rester dans sa gorge, Gino Guilbault quitta la table pour faire un appel téléphonique. Quelques secondes plus tard, Charles se leva à son tour, pour soulager sa vessie.

Les toilettes étaient contiguës à un étroit renfoncement où l'on avait installé un téléphone public. Charles passa donc près de l'homme d'affaires, qui lui tournait le dos et qui était absorbé dans une conversation sérieuse, poussa la porte, se planta devant l'urinoir – et entendit alors son nom prononcé par Guilbault aussi clairement que s'il s'était trouvé à ses côtés! Il se mit à écouter.

— Oui, mon vieux, poursuivait l'homme d'affaires d'une voix fiévreuse, tandis que l'enfant, tout près, l'écoutait avec des yeux arrondis, si j'arrivais à mettre la main sur deux ou trois autres vendeurs comme ce p'tit Thibodeau, je pourrais prendre ma retraite dans cinq ans et vivre comme un pacha dans le chinchilla. Il me rapporte en moyenne – tiens-toi bien! – *cent dollars* par semaine, m'entends-tu? Mais voilà, soupira-t-il, pour en trouver d'autres comme lui, faut chercher! Et je n'ai pas le temps!... Pourquoi? Je m'occupe de *trente-quatre* enfants, Serge! T'imagines-tu ce que ça représente? À tout moment, il y en a un qui lâche, qui tombe malade, qui se mêle dans son argent, qui se trompe de rue, qui fait une crise, qui me pique des tablettes... Il me faudrait deux têtes et huit bras... Tandis que si tu venais travailler avec moi, mon Serge, je pourrais m'occuper davantage du recrutement... Tout est là, je te dis! Je commence à avoir l'œil, depuis le temps! Et alors, mon vieux, on ferait du fric comme l'inventeur des capotes.

Charles quitta silencieusement les toilettes, envahi par une morne stupéfaction, dont il ne saisissait que vaguement la cause. Il repassa devant Guilbault, toujours à son insu, se rassit et posa un regard dégoûté sur son hot-dog refroidi. Était-ce d'avoir été laissée seule trop longtemps? Josiane le fixait en silence, la bouche tordue, les yeux humides.

— Ça ne va pas? demanda Charles.

Elle fit signe que oui, mais deux larmes coulèrent sur sa joue et pénétrèrent dans sa bouche pour se mêler à une bouillie pâteuse colorée à la moutarde. Gino Guilbault vint les rejoindre, tout guilleret.

— Qu'est-ce qui se passe, les enfants? s'étonna-t-il au bout d'un moment devant leur mine atterrée. Un corbillard vous est passé sur le corps?

Charles repoussa son assiette et déclara qu'il n'avait plus faim. Josiane l'imita. L'homme d'affaires, de plus en plus intrigué, portait ses regards de l'un à l'autre.

— Dites donc, vous deux, vous seriez-vous chicanés?

Ce n'est que lorsque Guilbault l'eut quitté, emmenant avec lui Josiane qui demandait avec des sanglots dans la voix à retourner chez elle, que Charles comprit clairement qu'il travaillait depuis deux mois pour un escroc qui se remplissait les poches en lui laissant des miettes et que les seuls enfants dans le besoin qu'il eût jamais aidés par son travail n'existaient qu'entre ses deux oreilles. Une rage féroce l'envahit, son dos se couvrit de sueur et il eut l'impression que ses souliers venaient de prendre feu, mais il continua de vendre ses tablettes comme si de rien n'était. Au bout de quelques minutes, sa révolte céda la place à une froide et calme volonté de se venger. Cette même journée allait lui en fournir l'occasion.

Vers six heures, le coucher du soleil amena sur la ville une vague de fraîcheur et les rues commencèrent à perdre de leur animation. Charles frissonna et se sentit tout à coup fatigué; depuis une heure, son estomac gargouillait. Il décida de terminer là sa journée. Il l'avait commencée en se postant à la sortie de la station Papineau, puis, après la défection de Josiane, s'était mis à faire du porte-à-porte dans les rues avoisinantes (les fins de semaine s'y prêtaient bien) et se trouvait à présent au coin des rues Logan et de la Visitation. Il acheta un sac de croustilles pour calmer un peu sa faim et se mit en marche vers chez lui, espérant que Sylvie se trouvait à la maison et qu'un repas chaud l'attendait. Il balançait au bout d'un doigt sa boîte presque vide et sentait sa poche droite toute gonflée de billets de banque et de monnaie. « Il n'en aura pas un sou, le maudit voleur! », se promit-il pour la vingtième fois en serrant les dents.

Il venait d'atteindre la rue Ontario lorsque la Lincoln mauve se rangea près de lui le long du trottoir.

— *Envoye*, monte! lança joyeusement Gino Guilbault, ça va ménager tes semelles.

Charles hésita une seconde, puis, sur l'insistance de l'homme d'affaires, prit place dans l'auto. La prudence lui conseillait de dissimuler sa colère, mais en aurait-il la force?

— Où est-ce que tu t'en vas comme ça?

— Chez moi.

— Tu finis de bonne heure!

— Je suis fatigué, répondit Charles sans le regarder.

— C'est vrai que c'est fatigant, ce travail-là, convint Guilbault en lui tapotant le genou avec compassion.

Une éructation venait de faire éclater comme une bulle le dernier mot de sa phrase. Charles se retourna et observa Guilbault, qui venait d'arrêter devant un feu rouge; son visage verdâtre et tiré démentait l'entrain qu'il essayait de déployer; sa main gauche se promenait entre son ventre et sa bouche, massant l'un en larges mouvements circulaires et servant d'écran à l'autre, d'où s'échappaient à tout moment des rots caverneux.

— C'est ce maudit *club sandwich* d'à midi qui ne passe pas, grogna-t-il enfin. Je pense que le poulet qu'ils ont mis dedans était déjà vieux quand mon grand-père a appris à... 'scuse-moi... marcher... Les tripes sont en train de me tourner en bouillie...

Il voulut siffloter, mais dut y renoncer.

— Combien t'as vendu de tablettes aujourd'hui?

— Quarante-quatre.

— C'est beau, ça, mon Charles! Et il est seulement six heures et dix! Encore un... 'scuse-moi... petit coup de cœur, et tu pourrais peut-être battre ton record de cinquante et une tablettes, non? Tiens, je t'emmène au restaurant. Ça va te remettre *un peu de plomb dans les ailes*. Et moi, j'en profiterai pour prendre une tasse de thé bien chaud qui va me débloquer le système.

— Non merci, je n'en ai pas envie.

L'homme d'affaires, tout en se frottant le ventre, le regarda du coin de l'œil, surpris, mais ne répondit rien. Son instinct lui soufflait de ne pas insister.

— Bon, comme tu veux... C'est vrai qu'y a rien comme un bon repas à la maison préparé par... eurp!... sa maman.

— Je n'ai plus de mère, ne put s'empêcher de répondre Charles d'une voix acide, le regard toujours fixé droit devant lui.

Guilbault l'observa avec encore plus d'attention.

— Oui, c'est vrai, excuse-moi, j'avais oublié, grosse bête que je suis. Écoute, mon Charles, tu m'as l'air pas mal (il porta la main à sa bouche) fatigué et je pense que tu mérites une bonne soirée de repos. Si ça ne te dérange pas trop, on va passer tout... de suite au bureau pour que je te remette ta marchandise pour demain, et ensuite je vais... aller te déposer chez toi. Est-ce que ça te va, ça?

Charles fit signe que oui; sa colère faiblissait, remplacée par une joie cruelle de voir son compagnon si mal en point; un rot particulièrement sonore éclata, secouant les épaules de l'homme d'affaires; Charles dut serrer les dents pour ne pas rire.

Quelques minutes plus tard, l'auto s'arrêtait, rue Parthenais, devant un petit immeuble de brique à un étage, d'apparence vieillotte, coincé entre des logements vétustes et un restaurant qui affichait une enseigne en forme de calumet. Le mal qui accablait Guilbault venait de délaisser son estomac pour se jeter sur son bas-ventre. L'homme d'affaires sortit précipitamment de la Lincoln, la sueur au front, les narines dilatées, et, son trousseau de clés brandi devant lui, se précipita vers l'entrée.

— Vite! amène-toi! J'ai à faire! lança-t-il à Charles d'une voix méconnaissable.

Et il disparut à l'intérieur, laissant la porte ouverte derrière lui.

L'enfant eut un large sourire de contentement et pénétra dans une grande pièce à demi vide, éclairée au néon, qui contenait un imposant bureau au placage de chêne endommagé, un classeur de métal vert olive ayant subi, semblait-il, les coups de griffes d'un carnassier et deux fauteuils de bois verni assez convenables. Un étroit corridor s'ouvrait au fond. Les portraits du pape Paul VI et du cardinal Paul-Émile Léger, accrochés au mur de chaque côté du bureau, accueillaient les arrivants avec une gravité onctueuse dans la fade odeur du chocolat bon marché.

Charles s'arrêta au milieu de la pièce et promena son regard autour de lui, à la recherche de son patron.

— Je suis aux toilettes, poussa Guilbault dans un halètement d'agonie. Assieds-toi... J'en ai... pour une minute.

Des bruits grotesques de défécation retentirent, venant du fond du corridor. Charles s'appuya contre le bureau, riant dans le creux de sa main. Les bruits s'accompagnèrent bientôt de soupirs et de gémissements étouffés. Le passage du *club sandwich* dans les entrailles de l'homme d'affaires semblait s'effectuer avec la cruauté d'une horde de barbares armés de piques et de haches.

Charles s'était installé dans un fauteuil et balançait les jambes, de plus en plus enchanté par la tournure des événements, qui semblaient prendre plaisir à le venger. Son regard se posa alors machinalement sur le paletot de Guilbault, accroché tout de guingois à une patère; une des poches, un peu entrouverte, semblait contenir un objet d'un certain poids. Il fixait la protubérance qui déformait légèrement le tissu, sans qu'aucune idée particulière ne lui vienne à l'esprit, tout occupé qu'il était par le combat héroïque mené par Guilbault dans les toilettes; on aurait dit que les intestins de son patron s'étaient transformés en un tuba géant qui éructait un air obscène.

— Ça va, monsieur Guilbault? lança Charles le plus sérieusement qu'il put.

— Ouais, répondit une voix suppliciée.

L'enfant continuait de fixer la poche du paletot, mais quelque chose, à présent, vibrait dans son regard. Et soudain, avant même d'avoir eu le temps de penser aux conséquences de son acte, il s'approcha de la patère, glissa la main dans la poche et en retira un portefeuille. À la vue de l'énorme liasse de billets de banque qu'il contenait, il sentit un grand coup dans le creux de son estomac. Il tenait sa vengeance. D'un geste vif et précis, il sépara la liasse en deux, glissa l'une des moitiés dans son caleçon et remit le portefeuille dans le paletot.

Son premier réflexe fut de s'enfuir. Mais il comprit aussitôt qu'il aurait ainsi causé sa perte. Alors il retourna s'asseoir dans le fauteuil et attendit. Des tremblements parcouraient ses membres. Il serra les accoudoirs et croisa les jambes pour tenter de dissimuler son malaise. À tout moment, son regard s'arrêtait à la fourche de son pantalon, cherchant à y détecter une enflure révélatrice. Autant il avait souhaité une minute plus tôt que le supplice de l'escroc s'allonge à l'infini, autant il espérait à présent qu'il se termine au plus vite. Il porta la main à sa joue, devenue toute chaude. Avait-elle rougi? Que répondrait-il à Guilbault si ce dernier le remarquait? Le silence régnait maintenant dans les toilettes. Un bruit de chasse d'eau indiqua que les déboires intestinaux du patron semblaient terminés. Des pas traînants s'avancèrent dans le corridor et il apparut, son veston sur le bras, avec un faciès d'accouchée.

— Ah! mon garçon... j'ai pensé y passer! C'est comme si j'avais avalé un ouragan... Laisse faire, je vais te l'actionner, ce vendeur de pourritures! Il va aller s'expliquer devant le juge!

Son regard s'arrêta subitement sur le visage de Charles, qui l'écoutait, figé dans son fauteuil:

— Qu'est-ce que t'as? Toi non plus, t'as pas l'air bien.

— J'ai mal au ventre.

— Ha! ha! Tout le monde y passe, à ce que je vois. Allons, vite, je te ramène chez toi.

Il voulut enfiler son veston, mais ses yeux chavirèrent et il dut s'appuyer d'une main sur le bureau.

— C'est que la tête me tourne, tabarnac... Il m'a vraiment empoisonné, le salaud...

Il prit une grande inspiration, puis, pressant ses mains contre son ventre:

— Pffouff... Je sens comme le frisson de la mort...

— Moi aussi.

— Aussitôt que je serai mieux, direct chez un avocat, mon garçon, je t'en passe un papier! Je vais lui faire manger du poil de chien, à ce brasseur de marde. Bon, enfin... voilà une manche de passée... puis l'autre. Ça fait du bien d'avoir un peu de linge chaud sur le corps, j'ai le dos en lavette.

Il s'approcha de la patère d'un pas incertain, saisit son paletot, réussit à l'endosser sans trop de mal et Charles crut défaillir quand il glissa les mains dans ses poches :

— Bon, allons-y, mon Charles, que j'aille ensuite me coucher... Un petit somme ne me fera pas de tort... Dis donc, toi, ça file vraiment pas, hein ?

Une inquiétude soudaine le prit pour l'intérieur de sa Lincoln :

— T'as pas envie de vomir, au moins ?

— Non, répondit l'enfant, qui avançait gauchement vers la porte, mortellement angoissé que les billets de banque quittent son caleçon pour descendre le long de sa jambe jusque sur le plancher.

— Hum, fit l'autre en l'observant d'un air soucieux, t'as vraiment mauvaise mine, tu sais... Je ne cours pas le risque, je te mets dans un taxi. T'as de l'argent, évidemment ? Je te rembourserai demain.

Charles était déjà dans la rue et luttait contre une furieuse envie de filer comme un lièvre.

— Ah ! mais j'allais oublier les tablettes de chocolat pour demain, fit l'homme d'affaires... Quoique, avec la face que t'as... Enfin, on ne sait jamais...

Il s'engagea de nouveau dans le corridor ; une porte grinça et l'instant d'après il rapportait deux boîtes de carton étiquetées :

CHOCOLAT AUX AMANDES EXTRA GOURMET
COALITION QUÉBÉCOISE DES GARDERIES POPULAIRES

Cinq minutes plus tard, un taxi venait cueillir Charles. Il monta dedans avec des mouvements d'arthritique tandis qu'une partie de la liasse, à demi sortie de son caleçon, commençait à glisser le long de sa cuisse. Gino Guilbault hochait la tête, tout attendri.

— Bonne chance, mon Charles!

Et il lui envoya la main.

◆

En se dirigeant vers la garderie, Charles aperçut un sac de polythène qui frissonnait au bord du trottoir. Il le saisit, le glissa dans sa poche, puis hâta le pas. Il avait eu son idée vers la fin du trajet et avait alors demandé au chauffeur de continuer jusqu'à la rue Bercy. En se faisant déposer chez lui, il risquait des rencontres inopportunes.

La liasse se trouvait maintenant sous son aisselle gauche, entre sa peau et son tee-shirt de coton, et ne risquait plus de s'échapper, mais son bras raidi lui donnait une allure un peu étrange qui pouvait attirer l'attention. Il jeta un coup d'œil autour de lui, se faufila dans une petite cour et, accroupi derrière une poubelle, glissa les billets de banque dans le sac de polythène, puis poursuivit son chemin.

Comme il l'espérait, la garderie était fermée et les environs tout à fait déserts. Sa gorge se serra légèrement quand il aperçut le vieux merisier au pied duquel dormait le petit chien jaune. Il se rappelait les circonstances de sa mort avec une acuité extraordinaire qui en faisait un des jalons de son enfance. Assis entre deux racines, il caressa doucement le gazon. Le petit chien jaune se trouvait exactement là et veillerait sur son argent, Charles en était sûr.

Il inspecta longuement les alentours, puis sortit les billets du sac et se mit à les compter. C'étaient des billets de dix, de vingt et de cinquante dollars (il voyait ces derniers pour la première fois de sa vie), tous neufs, lisses et craquants, encore au début de leur carrière.

— Trois cent cinquante dollars, murmura-t-il, époustouflé.

Une joie sauvage l'envahit. Il se leva et se mit à sautiller en agitant les mains. Quelle superbe vengeance! Quelle bonne leçon pour ce maudit exploiteur! À présent, il suffisait d'enterrer son butin, puis de se taire, de se taire assez longtemps pour que Guilbault se lasse de chercher le voleur et se résigne à mettre cette histoire de côté. Jamais il n'oserait porter plainte à la police, de cela Charles était sûr. Les gens de son espèce évitaient la police le plus possible.

Il aperçut une pelle dans un carré de sable ; il s'en empara et creusa, à un mètre environ du petit chien jaune, un trou assez profond, y glissa son butin, puis le recouvrit de terre et replaça soigneusement la motte de gazon.

En arrivant chez lui, il tremblait de faim. Sylvie avait préparé un macaroni au fromage, qui finissait de cuire. L'odeur succulente et légèrement sucrée avait envahi l'appartement et lui rappela le temps où Alice allait et venait dans ces mêmes pièces, le temps où il était si heureux. Sa bouche se remplit de salive et il se sentit délicieusement triste. Le macaroni d'Alice était bien meilleur, mais celui de Sylvie ne se défendait pas trop mal.

— Déjà de retour ? s'étonna la serveuse.

Charles passa près de lui annoncer qu'il ne travaillerait plus désormais pour Gino Guilbault, mais se retint, craignant de se compromettre.

— J'ai tellement faim, Sylvie ! se contenta-t-il de répondre. Est-ce que c'est bientôt prêt ?

Elle ouvrit la porte du four, jugea la cuisson terminée et lui servit une grosse portion, qu'il accompagna d'un grand verre de lait. Ils mangèrent en silence. Wilfrid était parti Dieu sait où et Charles préféra ne poser aucune question à son sujet.

Les émotions de la journée l'avaient épuisé. Il regarda un peu la télé, eut une courte conversation au téléphone avec Blonblon, puis passa voir Bof, qu'il trouva en compagnie d'Henri ; son ami était en train de passer l'aspirateur dans la niche. À huit heures et demie, Charles avait déjà pris son bain et se mettait au lit. Son père arriva presque aussitôt après et, de sa voix forte et impérieuse des retours de taverne, demanda à souper.

Charles allait s'assoupir lorsqu'on sonna à la porte. Un pressentiment désagréable le fit se dresser dans son lit et sa respiration s'arrêta lorsqu'il reconnut la voix de Gino Guilbault; l'homme d'affaires, sec et hautain, demandait à lui parler. Une courte conversation se déroula entre les deux hommes et la serveuse, mais ses oreilles bourdonnaient tellement qu'il ne put en saisir un mot. Il se recoucha, tout tremblant, et feignit de dormir, mais des régurgitations acides remontaient à tout moment dans sa gorge et le faisaient tousser. Il regrettait amèrement son geste de l'après-midi et se préparait au pire. Il n'eut pas à attendre longtemps.

La porte de sa chambre claqua violemment contre le mur, la lumière jaillit du plafonnier et Wilfrid Thibodeau se planta devant le lit, blême de rage :

— Lève-toi! aboya-t-il.

Charles, raidi de peur, le fixait sans parler; il avait l'impression que la tête de son père touchait au plafond.

— Lève-toi, que je te dis!

Et, l'empoignant par les épaules, il le tira du lit.

— Qu'est-ce que j'ai fait? balbutia Charles en levant instinctivement les bras devant son visage.

Le menuisier, le saisissant de nouveau par les épaules, lui fit faire demi-tour et, d'une brutale poussée dans le dos, le projeta dans le corridor.

On avait fait passer le philanthrope au salon. Assis dans un fauteuil, les jambes croisées, les mains ramenées sur un genou, cravaté de soie, le soulier luisant, son visage grassouillet empreint d'une gravité épiscopale, quelque peu affaiblie par sa bouche de travers, il fit un léger signe de tête à l'intention de Charles lorsque ce dernier apparut devant lui, pieds nus et en pyjama, la mine affolée. Sylvie, qui avait pris place sur le canapé, lui adressa un regard interrogateur, mais n'osa pas desserrer les lèvres.

— Monsieur Guilbault a des questions à te poser, annonça le menuisier en se plaçant derrière son fils.

L'homme d'affaires, les yeux à demi fermés, le regardait entre ses cils. Jamais Charles n'avait vu quelqu'un d'aussi dégoûtant. La haine se leva de nouveau en lui et ses tremblements cessèrent.

— Est-ce que par hasard tu aurais fouillé dans mon porte-feuille cet après-midi, Charles? demanda l'homme d'une voix comiquement affectée.

— Quel portefeuille? murmura l'enfant.

— Celui-ci, répondit Guilbault, et, saisissant son paletot plié sur le bras du fauteuil, il retira lentement l'objet d'une des poches.

— Non, répondit Charles.

Le ton ferme et sec, presque insolent, amena une fugitive grimace sur les lèvres roses du philanthrope, qui n'en conserva pas moins sa componction.

— N'étais-tu pas dans mon bureau cet après-midi pendant que j'étais... indisposé?

— Oui.

— Est-ce que quelqu'un d'autre s'est présenté pendant que tu m'attendais?

— Non.

— Donc, reprit Guilbault, personne d'autre que toi ne s'est trouvé dans mon bureau entre six heures et quart et six heures et demie, c'est bien ça?

— Je n'ai vu personne.

— Alors, explique-moi une chose, mon petit Charles : comment se fait-il que, lorsque je suis entré dans mon bureau à six heures et quart et que j'ai accroché ce paletot à la patère, mon portefeuille contenait sept cent vingt dollars et que, lorsque j'ai quitté le même bureau, où tu te trouvais seul avec moi, m'as-tu dit, il n'en contenait plus que trois cent soixante-dix?

— Je ne sais pas.

— Dis la vérité! gronda Wilfrid Thibodeau en lui serrant la nuque.

— Je la dis.

— Tu ne sais pas?

— Si je le savais, je vous le dirais. Je ne le sais pas. Alors je ne peux pas vous le dire.

— Parle plus poliment, toi! gronda Thibodeau, et la pression qu'il exerça sur la nuque de Charles lui tira un gémissement.

— Bon, soupira l'homme d'affaires en replaçant le pli de son pantalon. Alors, je vais être obligé d'aller voir la police. Et la police va venir chez toi. Mais je te préviens : elle sera beaucoup moins gentille que moi. Tu m'as bien compris, Charles ?

— Oui.

L'enfant le fixait droit dans les yeux. Guilbault crut discerner une imperceptible expression de bravade dans son regard. Alors le corset de respectabilité dans lequel il avait sanglé sa rage lâcha tout à coup ; son visage s'empourpra et un peu de bave apparut au coin de sa bouche. Il bondit sur ses pieds, le bras tendu :

— Fais bien attention à toi, mon p'tit gars ! Je te lâcherai pas comme ça ! Tu vas te retrouver à l'école de réforme ! C'est ça que tu veux ? Et n'oubliez pas une chose, vous deux, fit-il en s'adressant au menuisier et à la serveuse. Vous êtes responsables de cet enfant et, s'il refuse de me remettre mon argent, c'est vous qui devrez me rembourser !

Et il fonça vers la porte comme un bison, passant près de bousculer le menuisier. Ce dernier se précipita derrière lui en balbutiant des promesses que l'autre n'écoutait pas. Guilbault sortit et allait s'engager dans l'escalier quand, se ravisant, il revint dans le vestibule, où Thibodeau s'était arrêté, les bras ballants.

— Mes boîtes de chocolat ! lança-t-il au menuisier.

— Les boîtes de... ?

Guilbault fixa un instant le visage défait de son interlocuteur, puis, d'une voix de fausset où la rage, enfin libérée, se déployait avec une ivresse dévergondée, glapit :

— *Envoye*, bonhomme ! Réveille ! Les deux boîtes de chocolat que j'ai remises à ton garçon cet après-midi ! T'imagines-tu que je suis assez cave pour les laisser à un voleur ?

◆

Sylvie avait fait asseoir Charles à ses côtés sur le canapé ; utilisant la patience et la douceur, elle essayait de le pousser aux aveux. Il continuait de tout nier, pleurant à chaudes larmes et fort aise que ses yeux lui rendent ce service. Pendant ce temps, Wilfrid Thibodeau, à qui la serveuse avait demandé de se tenir à l'écart, faisait les cent pas dans la cuisine, bouteille de bière à la main et répétant à tout moment :

— Trois cent cinquante dollars ! Où est-ce qu'on va trouver ça, bonyeu de ciboire !

Au bout d'un quart d'heure, ébranlée par les sanglots de l'enfant et ne sachant plus que penser, Sylvie alla trouver le menuisier :

— Écoute, Wilfrid, j'ai l'impression qu'il n'a rien fait. On ne le connaît pas, ce Guilbault. Il essaye peut-être de nous passer un sapin.

Le menuisier la fixa une seconde, stupéfait, puis, abattant la bouteille sur la table avec une telle violence que la bière jaillit tout autour :

— Ah ! tu crois ça, toi ? Eh bien ! je te pensais pas aussi niaiseuse ! Aurais-tu perdu la mémoire, dis donc ?

Son bras tremblant se tendit vers le salon :

— Le coup que ce petit trou de cul nous a fait le printemps dernier, tu l'as oublié ? Il s'est sauvé d'ici en pleine nuit, il est allé péter une fenêtre à la clinique vétérinaire pour faire sortir son maudit chien, et tu penses qu'il serait pas capable de fouiller dans un portefeuille ? Je le *sais*, moi, que c'est *lui* qui a piqué l'argent, et tu peux être sûre, bout de Christ, qu'il va le remettre jusqu'à la dernière cenne !

Reprenant sa bouteille, il quitta la cuisine et retourna au salon. Pendant une minute ou deux, le père et le fils se mirent à crier en même temps, l'un accusant, l'autre niant, la voix éraillée et stridente, emportés par la même véhémence et conscients tous deux qu'ils jouaient gros dans cette bataille qui marquait un tournant dans leur relation.

Des coups résonnèrent soudain dans le plancher. Monsieur Victoire, excédé, demandait une trêve. Le menuisier se calma soudainement :

— Très bien. Tu veux pas parler ? Ça te regarde. Demain, j'aurai une surprise pour toi. Va te coucher.

Pelotonné dans son lit contre Simon l'ours blanc, Charles tremblait de tous ses membres et pensait à la surprise. Il l'avait aussitôt devinée. C'était la porte en face de lui marquée de trois trous de vis. Elle le retiendrait prisonnier non pas une journée mais jusqu'au moment où il avouerait son vol. Il savait son père capable d'attendre longtemps, si longtemps que Charles n'aurait peut-être pas conscience du moment où on viendrait le libérer.

Sa nuque raide et douloureuse brûlait comme si on l'avait ébouillantée. Ses mâchoires contractées élançaient jusque sous les oreilles. Malgré tous ses efforts, Simon l'ours blanc ne parvenait pas à le réconforter. Le premier séjour de Charles dans la garde-robe ne s'était pas trop mal passé, car il avait su se débrouiller pour tuer le temps. Mais celui qui s'annonçait le remplissait d'effroi. Et, pourtant, il n'avait aucune intention de remettre l'argent. Cet argent lui appartenait, car c'était lui qui l'avait gagné, et non ce voleur à gueule croche avec sa grosse Lincoln.

Charles se tourna sur le dos, fixa le plafond un long moment, puis poussa un soupir : sa résolution était prise. Il attendrait le milieu de la nuit, enfilerait ses vêtements et quitterait la maison encore une fois pour aller se réfugier chez les Fafard. Mais, pour cela, il devait être absolument sûr que son père était endormi. Il l'entendait marcher dans la cuisine en marmonnant; la radio jouait en sourdine et, de temps à autre, un pshuittt! indiquait qu'il venait de décapsuler une autre bouteille de bière.

Alors, pour gagner du temps et parce qu'il n'arrivait pas à rester en place, Charles enleva son pyjama, qu'il plia et glissa sous son oreiller, puis enfila ses vêtements. De se voir ainsi prêt à décamper lui fit du bien. Il se recoucha et, cette fois-ci, Simon l'ours blanc trouva les mots pour le rassurer. « Toi non plus, tu n'auras plus à l'endurer, mon père, Simon, lui souffla l'enfant à l'oreille, car je vais t'emmener avec moi. Es-tu content? » « Tu parles, si je le suis, répondit Simon. Je ne l'ai jamais aimé, ton père. » Sa peur diminuait petit à petit, remplacée par une immense fatigue qui relâchait ses membres. La brûlure de sa nuque s'était calmée à présent. Il décida de dormir un peu afin d'avoir les idées claires lorsque viendrait le moment de quitter en cachette et pour toujours cette maison où il n'arrivait pas à être heureux. Du reste, ses paupières se fermaient malgré lui...

◆

Un coup violent le fit tomber du lit. Il se retrouva sur le plancher, aux pieds de son père, à demi aveuglé par la lumière du plafonnier.

— Qu'est-ce que tu me préparais encore, toi? hurlait Wilfrid Thibodeau, les jambes écartées, les bras animés par un balancement menaçant. *Envoye!* réponds!

— Je... j'avais froid, balbutia Charles en cachant son visage dans ses mains.

Il sentit une douleur aiguë à une fesse:

— Lève-toi, menteur, et viens-t'en dans la cuisine! J'ai à te parler!

Son élocution lourde et embarrassée ne trompait pas: il n'avait pas arrêté de boire depuis la visite de Gino Guilbault. Charles se tourna dans un muet appel à l'aide vers son ourson; on l'avait jeté par terre lui aussi et il fixait son maître d'un air impuissant et désolé.

Il se leva avec une grimace et suivit son père.

— Une chance que j'ai eu l'idée d'aller le réveiller, marmonna le menuisier en s'appuyant d'une main au mur du corridor. Qu'est-ce qui me pendait encore au bout du nez, saint-ciboire de tabarnac?

Arrivé dans la cuisine, il se laissa tomber sur une chaise, les jambes écartées, et ordonna d'un geste à son fils de se tenir debout devant lui à quelques pieds.

Charles obéit, jetant un regard furtif à la porte de la chambre à coucher où dormait Sylvie. Elle était fermée et on n'entendait pas un bruit dans la pièce.

— Tu vas rester debout de même devant moi sans bouger, prononça lentement Thibodeau, *taaant* que tu m'auras pas dit où t'as mis l'argent... Compris? Je suis pas pressé.

Et, saisissant une bouteille sur la table, il prit une longue gorgée, déposa la bouteille sur le plancher et se croisa les bras en fixant son fils avec un sourire haineux.

Charles observait son visage. Jamais il ne l'avait vu ainsi, avec des lèvres enflées et légèrement pendantes, et des yeux devenus minuscules, perdus dans les plis de la chair, et si remplis de colère qu'ils donnaient l'impression d'être aveugles. Quelque chose de terrible se préparait. Il se mit à pleurer.

— Non, non, non! plus de braillage! s'écria Thibodeau en se redressant. Tu t'en tireras plus comme ça!

Et, se levant à demi, il lui allongea une gifle, qui ne fit que le frôler, puis retomba assis sur sa chaise.

— C'est pas du braillage que je veux, ajouta-t-il après avoir pris une gorgée, c'est des *renseignements*. On va savoir qui mène ici, tabarnac!

Il croisa les bras:

— Où t'as mis l'argent?

Charles, retenant avec peine ses sanglots, voulut éponger sa joue avec la paume de sa main. Thibodeau bondit sur ses pieds:

— Bouge pas, que je te dis! hurla-t-il. Je t'ai dit de pas bouger! Tu bougeras quand t'auras parlé, pas avant!

L'enfant, tête baissée, garda le silence. Le menuisier le fixait, pris d'un léger vacillement, puis, la main posée à plat sur la table, s'assit de nouveau.

— T'as pas encore le goût de parler? fit-il au bout d'un moment. Prends ton temps, je suis pas pressé.

Plusieurs minutes passèrent. Thibodeau se leva, alla au réfrigérateur et revint avec une autre bouteille. Pendant de longs moments, il semblait oublier la présence de son fils et se perdre dans de lugubres et confuses pensées, puis, dardant tout à coup sur Charles un œil soupçonneux, il s'assurait que sa consigne était bien respectée. Charles, le souffle court et de plus en plus malaisé, les bras ballants, les mains engourdies et remplies de picotements, luttait contre une furieuse envie de se dandiner; ses reins et ses mollets élançaient. De temps à autre, il levait un peu la tête et promenait son regard dans la cuisine ; les murs avaient perdu de leur consistance, comme s'ils allaient se mettre à onduler. Le vertige s'en venait.

Il comprit alors que la situation était sans issue et qu'il devait s'expliquer avec son père.

— C'est un voleur, Guilbault, murmura-t-il soudain d'une voix enrouée.

Le menuisier sursauta :

— Qu'est-ce que tu dis ?

— C'est un voleur. L'argent des tablettes de chocolat, il ne le donne pas à ceux qui en ont besoin, il le garde pour lui. Je l'ai entendu hier midi au téléphone. Il a tout raconté à quelqu'un. Nous autres, les enfants, il nous fait travailler pour presque rien et il se remplit les poches. C'est rien qu'un voleur. Je vais le dénoncer à la police.

Les paroles de Charles venaient de tirer brusquement le menuisier du fond de son ivresse. Les traits de son visage se raffermirent et une expression attentive et rusée remplaça la stupeur animale qui les empâtait.

— Qu'est-ce que tu me racontes là ?

La surprise et l'intérêt que marquait sa voix encouragèrent l'enfant. Il rapporta avec force détails les propos de Guilbault qu'il avait surpris au restaurant.

Le torse penché en avant, une main appuyée sur un genou, Wilfrid Thibodeau hochait la tête :

— Ouais, ouais, ouais, murmurait-il, tout pensif, j'aurais pas pensé... Il avait pourtant l'air d'un vrai monsieur... T'as donc pris son argent ?

Charles hésita une seconde, puis fit signe que oui et comprit aussitôt qu'il venait de tomber dans un piège.

— Et où est-ce que tu l'as mis ?

La question contenait une menace. Charles serra les mâchoires, baissa la tête et ne répondit pas. Son cœur battait si fort qu'une petite toux sèche se mit à secouer sa poitrine. Le menuisier se dressa lentement, les mains entrouvertes :

— Où est-ce que t'as mis l'argent, tête de cochon? répéta-t-il d'une voix plus forte. Où est-ce que tu l'as mis? Attends-tu que je te le fasse dire de force?

Il se mit à secouer Charles violemment.

— Non! je ne te le dirai pas! cria ce dernier sans trop savoir ce qu'il faisait. Tu vas me l'enlever! Il est à moi! C'est moi qui l'ai gagné!

Il se débattait, affolé; son poing s'enfonça par mégarde dans le bas-ventre du menuisier, qui poussa un grognement de douleur et relâcha un peu son étreinte. Alors, d'une brusque torsion des épaules, Charles réussit à se dégager, recula de quelques pas en trébuchant et son dos alla heurter un mur.

Thibodeau poussa un rugissement et demeura quelques secondes immobile, le visage convulsé; une horrible expression apparut dans ses yeux; il se tourna vers le comptoir; un éplucheur à manche noir traînait près de l'évier, avec sa lame arrondie à bout pointu.

D'un bond, il s'en empara et revint vers son fils, qui le regardait, pétrifié. Une chose étrange se produisit alors en Charles. Il vit tout à coup le visage de son père se transformer en une face de crapaud verdâtre et bosselée, à la gueule grotesque, aux énormes yeux saillants qui roulaient doucement sur eux-mêmes comme des billes marbrées d'or; un rire convulsif saisit l'enfant; il leva la main, le doigt tendu, et voulut parler.

Un cri strident le secoua.

Sylvie, debout dans l'embrasure, fixait Wilfrid Thibodeau, qui s'était arrêté à quelques pas de Charles. Elle cria de nouveau et sa voix déchirante, d'une force inouïe, envahit toutes les pièces de l'appartement comme une eau glaciale qui coupait le souffle; l'éplucheur tomba sur le plancher avec un bruit mat. Le menuisier déglutit lentement, l'œil hagard, bafouilla quelques mots incompréhensibles, puis alla s'affaler sur sa chaise, où il demeura inerte.

— Mais tu voulais le tuer! lança la serveuse, éperdue. Tu voulais vraiment le tuer! T'es devenu fou, ma parole! Fou! Complètement fou!

15

Charles dévalait l'escalier sous l'œil stupéfait de monsieur Victoire sorti sur le perron en pyjama. Il courut un moment sans savoir où il allait, tourna un coin et se retrouva dans le minuscule parc de la rue Coupal. Sans hésiter, comme si son geste avait été longuement réfléchi, il se jeta sous un banc, se recroquevillant sur lui-même, essayant de se faire le plus petit possible et de disparaître dans le léger amoncellement de feuilles mortes qui recouvrait le sol. Des décharges électriques traversaient son corps, sa bouche et ses yeux s'ouvraient et se refermaient malgré lui, un tel charivari régnait dans sa tête qu'aucune idée n'arrivait à s'imposer. Il aurait eu peine à répondre si on lui avait demandé où il se trouvait. Une désagréable sensation de froid entre les jambes lui indiqua soudain qu'il avait pissé dans sa culotte. Le corps parcouru de frémissements, il haletait, meurtri, épuisé. Comme il aurait été bon de dormir, ici même, sous ce banc! Mais le chaos frénétique de son esprit l'en empêchait. Quelques minutes passèrent. La circulation reprenait peu à peu dans la rue Ontario. Une cloche se mit à tinter quelque part. Le grondement brutal d'un camion d'éboueurs la couvrit tout à coup. Sous sa cuisse et son épaule, la terre était devenue dure et froide. Il voulut se lever, mais les forces lui manquaient.

Alors, il entendit au loin un jappement familier et une clarté miraculeuse se répandit en lui. C'était Bof au fond de la cour des Fafard. Le chien avait dû reconnaître son pas dans l'escalier et l'appelait. L'instant d'après, Charles était debout et revenait vers la rue Dufresne.

Parvenu au coin, il scruta longuement la porte de son logement, essayant de discerner une forme humaine derrière la vitre, mais le reflet du lampadaire l'empêchait de voir. Il traversa la rue au pas de course et s'engouffra dans la cour du quincaillier. À sa vue, Bof cessa brusquement de japper et se mit à tirer sur sa chaîne et à secouer la tête en éternuant avec force. Charles le détacha et lui fit signe de le suivre. Il avait changé d'idée et ne voulait plus à présent se réfugier chez les Fafard. C'était le premier endroit, bien sûr, où son père se pointerait. Qui sait s'il ne parviendrait pas à le ramener à la maison ? Et cette idée le remplissait d'horreur.

Il sortit de la cour et se retrouva bientôt dans la rue Ontario. Les vitrines des magasins luisaient paisiblement dans la lumière orangée des lampadaires. Bof gambadait autour de lui, enchanté par cette promenade matinale inattendue. Charles marchait d'un pas rapide, le regard aux aguets, dans la crainte de l'apparition d'une voiture de police ; on l'aurait sûrement ramené chez lui, malgré toutes ses protestations. Un camelot passait au loin, chargé d'un énorme sac. Deux fois, une auto ralentit légèrement à sa hauteur ; le conducteur lui jeta un regard intrigué, puis continua son chemin.

Soudain, il aperçut à une centaine de mètres une forme vaguement familière qui faisait les cent pas au coin d'une rue. Il avança encore un peu et reconnut monsieur Saint-Amour perdu dans un lourd manteau brun qui lui tombait sur les talons, les deux mains dans les poches, un feutre bosselé enfoncé jusqu'aux oreilles. Qui pouvait-il bien attendre à cette heure ?

Le vieil homme ne l'avait pas aperçu. Charles revint sur ses pas, prit une rue latérale et fit un grand détour pour l'éviter. Quelques minutes plus tard, il arrivait devant son ancienne garderie, rue Lalonde. Personne ne penserait à venir le chercher ici et, de toute façon, il devait venir y récupérer son argent, dont il aurait sûrement besoin. Le merisier dressait dans la lumière bleuâtre de l'aube sa tête à demi dépouillée et une paix mystérieuse semblait flotter dans l'air ambiant. Charles alla s'asseoir au pied de l'arbre et promena sa main sur le gazon séché pour saluer le petit chien jaune. Bof, comme s'il avait deviné la gravité des événements de la nuit, vint se coucher à ses côtés. Charles poussa un soupir d'aise. Il avait deux chiens, à présent, pour le réconforter. Il se mit à caresser le dos de l'épagneul et le pelage soyeux réchauffa un peu ses doigts glacés. Son pantalon commençait à sécher, il avait retrouvé presque tous ses esprits et c'était davantage la fraîcheur de l'air plutôt que la peur qui le faisait maintenant frissonner, mais un morne désarroi continuait de l'habiter. Il ne savait que faire ni où aller.

Il s'enroula autour de Bof et ferma les yeux. La bonne chaleur du chien, où s'épanouissait grassement une odeur profonde et familière, le réconforta. Ses tremblements diminuèrent, puis disparurent. Dormit-il? Il n'aurait su le dire. Au bout d'un certain temps, une imperceptible lueur s'infiltra sous ses paupières. Il leva la tête. Le ciel resplendissait. Bof remua une patte mais continua de ronfler. Un long frissonnement parcourut le feuillage éclairci du merisier et ce bruit très doux était infiniment agréable au milieu des rumeurs de la ville. C'était le petit chien jaune qui avait appris au merisier à faire une aussi jolie musique. Charles se mit à fixer l'endroit où l'animal reposait, un sourire monta à ses lèvres, et soudain, avec une précision lumineuse, la solution à tous ses problèmes apparut dans son esprit.

◆

Le notaire Parfait Michaud, attablé seul dans la salle à manger, tournait d'un air pensif une cuillère dans sa tasse de café. Vivre avec une hypocondriaque n'était pas chose facile. Sa femme venait encore une fois de tomber malade. Ou, du moins, c'est ce qu'elle croyait! La veille, au milieu de l'après-midi, elle était allée à la bijouterie chercher son jonc qu'on venait de réparer et, en le lui remettant, le bijoutier lui avait malencontreusement toussé en plein visage. Il n'en fallait pas plus. Elle était revenue à la maison blême comme une décapitée, s'était gorgée d'aspirine et de vitamine C, sentant les premières atteintes d'une grippe foudroyante, puis, parcourue de frissons et déjà courbaturée, s'était mise au lit sous deux édredons, une bouillotte aux pieds. Il était allé la voir entre deux clients: « Amélie, pour l'amour de Dieu, attends d'être malade avant de souffrir! » Mais, pas plus que les autres fois, sa vieille plaisanterie n'avait eu le moindre effet thérapeutique.

Et ce matin, comme prévu, elle faisait une forte fièvre! Cela durerait deux ou trois jours, il devrait s'occuper lui-même des repas et lui préparer des bouillons, des jus de fruits, des salades de légumes finement émincés, et tout cela parce que quelque part dans un recoin de son cerveau se trouvait un dispositif qui lui permettait de tomber malade presque à volonté. Sa manie ne la laissait en paix que durant les périodes d'intenses occupations, car, alors, cela ne lui convenait pas de perdre son temps au lit. Ces moments, hélas, ne se produisaient pas souvent; depuis des années, elle se considérait comme atteinte d'une carence d'énergie qui lui faisait redouter tout ce qui pouvait ressembler, même de loin, à du surmenage.

Le notaire souleva sa tasse, prit une gorgée de café et claqua sa langue, satisfait: espresso particulièrement réussi ce matin. Décidément, l'Italien de la rue Jean-Talon ne lui avait pas menti: la machine qu'il lui avait vendue valait son prix.

Une seconde pensée réjouissante amena un léger sourire à ses lèvres: c'était dimanche, jour béni qui permettait d'échapper aux clients; il pourrait écouter en paix ses chers microsillons, puis se lancer dans la lecture de *L'homme rapaillé,* un recueil de poèmes dont on lui avait dit beaucoup de bien.

Il tendit l'oreille, croyant avoir entendu la voix de sa femme. Mais non, elle dormait et ne se réveillerait sans doute que vers dix heures. Son verre de jus d'orange attendait sur le comptoir avec ses deux comprimés de multivitamines, il avait réussi à mettre la main la veille sur cette marmelade écossaise dont elle raffolait tant, tout était donc pour le mieux, du moins pour l'instant.

Soudain, la sonnette poussa son grelottement étranglé. Il consulta sa montre en grimaçant. Qui pouvait bien avoir le culot de se pointer chez lui à neuf heures cinq un dimanche matin? Le camelot? Il l'avait payé vendredi. Des Témoins de Jéhovah? Il les convertirait au silence!

Serrant le cordon de sa robe de chambre, il se rendit au vestibule dans un flic-flac de pantoufles. À travers la porte vitrée, il aperçut un petit garçon, accompagné d'un épagneul, qui le fixait, la mine décidée.

— Qu'est-ce que tu veux, mon ami ? Ah ! le garçon aux chiens ! s'écria-t-il en reconnaissant Charles. Sainte-gibelotte ! tu es de bonne heure sur la route aujourd'hui ! Ne sais-tu pas qu'on est dimanche ?

— C'est qu'il faut que je vous voie, monsieur, répondit l'enfant pendant que Bof, assis sur le perron, agitait poliment la queue.

— Et pourquoi ?

— Pour une affaire.

Puis, devant la mine étonnée de son interlocuteur, il ajouta :

— Importante.

— Ne pourrais-tu pas revenir demain ?

— Je ne peux pas attendre, monsieur.

Et il eut un sourire capable de faire fondre un banc de neige.

Parfait Michaud crut lire dans son œil vif et brillant, légèrement dilaté, comme une supplication.

— Bon, entre alors, soupira-t-il en s'effaçant pour le laisser passer. Mais ton chien doit rester dehors. Ma femme est allergique.

Charles donna ses instructions à Bof et suivit le notaire. Ce dernier ouvrit une porte qui donnait accès à une salle d'attente, puis se retourna vers Charles, la mine sévère :

— J'espère que ce n'est pas pour me vendre des billets de tirage ou quelque chose du genre, hein ? Je n'ai pas du tout envie d'en acheter aujourd'hui, je te préviens.

— Non, monsieur, je viens vous voir pour une affaire bien plus importante que ça.

Ils traversèrent la petite salle d'attente meublée de quelques chaises, d'un porte-journaux et d'une table où s'empilaient des magazines, et pénétrèrent dans une grande pièce un peu triste occupée en son centre par un énorme bureau de chêne ouvragé qui avait des allures de monument. Des rideaux d'un beige fadasse ornaient une grande fenêtre à stores vénitiens qui donnait sur la rue Bercy. Une rangée maussade de classeurs vert olive occupait le mur de gauche. De chaque côté de la porte, des diplômes encadrés vantaient solennellement la compétence du maître des lieux.

Le notaire approcha un fauteuil pour son jeune visiteur, prit place derrière son bureau, puis, joignant les mains par la pointe des doigts, il prononça la phrase rituelle de tout début d'entrevue :

— Et alors, qu'est-ce que je peux faire pour toi ?

Charles rougit légèrement, remua un peu dans le fauteuil, puis :

— Je veux divorcer d'avec mon père.

— Tu veux... Répète-moi ça.

— Je veux divorcer d'avec mon père. J'ai tout l'argent qu'il faut...

Et il extirpa de sa poche une liasse de billets de banque.

Le notaire Michaud observait ce petit garçon au visage vif et intelligent, aux manières polies, qui venait de sortir de sa poche une somme en apparence assez importante, et se demandait comment il allait traiter une affaire aussi curieuse.

— Je ne comprends pas... Et d'abord, comment t'appelles-tu ?

Charles se nomma et, comme pour prévenir la question qui suivrait automatiquement, donna également son âge.

— Mais je vais avoir dix ans dans un mois, précisa-t-il.

— Bien, bien... Il faut d'abord que tu saches, mon Charles, qu'on ne peut divorcer que de sa femme ou de son mari. Tu ne veux plus vivre avec ton père, c'est ça ?

— C'est ça.

— Et ta mère, elle ?

— Elle est morte il y a six ans. Mon père vit avec Sylvie. Elle travaille comme serveuse Chez Robert. Elle n'est pas si pire que ça, mais je ne veux plus vivre avec elle non plus.

— Bon. Très bien. Tu ne t'entends pas avec ton père, Sylvie n'arrive pas à arranger les choses et tu as décidé d'aller vivre dans une autre famille.

— C'est ça.

Un air de soulagement profond se répandit sur le visage de l'enfant et il glissa l'argent sous sa cuisse afin de l'avoir à portée de la main quand viendrait le moment de payer le notaire.

Parfait Michaud entrouvrit la bouche et fit courir l'ongle de son index sur ses dents, comme il le faisait toujours lorsqu'un problème particulièrement embêtant se présentait à lui. Il fallait agir avec tact, car l'affaire paraissait sérieuse et il n'avait pas l'habitude de ce genre de chose.

— Je dois te dire aussi, Charles, reprit-il après quelques toussotements, que ce ne sont pas les notaires qui règlent ce type de problème mais plutôt les avocats.

— Ah bon, fit Charles avec une moue déçue. Est-ce que vous connaissez un avocat?

— Oui, bien sûr, j'en connais. Mais auparavant, si tu permets, j'aurais quelques petites questions à te poser.

Charles joignit les mains sur ses genoux, prêt à y répondre. Son air avenant et décidé et la limpidité de son regard plaisaient de plus en plus au notaire, et l'idée passa fugitivement dans l'esprit de ce dernier que s'il avait eu un enfant, malgré tous les tracas que cela apportait, sa vie aurait peut-être été plus joyeuse; le temps pour ce genre de projet était évidemment révolu.

— Est-ce que je peux te demander, reprit-il en frottant nerveusement un de ses coudes sur le bras de son fauteuil, ce qui ne va pas entre ton père et toi?

Charles rougit de nouveau.

— On ne s'entend pas.

— Ça, je le sais. Est-ce qu'il te bat?

— Des fois.

— Est-ce que... est-ce qu'il se montre violent envers toi?

Charles détourna un instant le regard et prit un air renfrogné.

— Des fois.

Puis il pencha la tête et murmura, d'un air à la fois accablé et farouche:

— Je suis malheureux dans ma vie.

Un moment passa.

— Je vois, fit le notaire.

Le frottement de son bras contre l'accoudoir était devenu audible. Bof, sur le perron, poussa un jappement clair et impérieux pour signifier que son attente prenait des proportions inacceptables.

— C'est que la loi est ainsi faite, Charles, poursuivit Parfait Michaud, qu'un enfant ne peut quitter ses parents sans de très graves raisons, comprends-tu? Des raisons qui mettent sa santé ou sa vie en danger.

Mais l'air de plus en plus fermé de son interlocuteur lui indiqua qu'il ne pouvait pour l'instant aller plus loin. Il tendit la main vers une bonbonnière de porcelaine, puis, se dressant, la présenta à Charles:

— Tu en veux? Des bonbons à la framboise.

L'avidité avec laquelle Charles se fourra un bonbon dans la bouche l'amena à une constatation brutale: son client mourait de faim. Il se mit à rire:

— As-tu déjeuné, Charles? Tu as l'air d'avoir l'estomac creux!

— Non, pas vraiment. Je voulais d'abord vous voir.

— Que dirais-tu si je te préparais des rôties? ou un bol de céréales? Allons, je vois que tu en as envie mais que la gêne te retient. Viens-t'en, on va aller à la cuisine.

Charles sauta de son fauteuil et suivit le notaire. Ce dernier poussa une porte à vitre givrée où un paon très satisfait de lui-même déployait son éventail de plumes. Ils traversèrent un grand salon aux murs bourgogne, dans lequel Charles promena un regard respectueux, puis une salle à manger qui l'impressionna encore davantage avec sa longue table de noyer verni et ses solennelles rangées de chaises, et pénétrèrent enfin dans une cuisine carrelée à hautes armoires de noyer, plus belle et plus spacieuse que la cuisine de madame Fafard, qui avait été jusque-là pour Charles le *nec plus ultra* des cuisines. À gauche s'ouvrait un corridor où l'on apercevait une porte entrebâillée.

Le notaire tira une chaise et Charles, tout intimidé, prit place à une grande table de bois blond:

— Alors, qu'est-ce qui te tente? Des rôties, des céréales? Les deux? Avec un chocolat chaud, peut-être?

— Qui est-ce? demanda une voix de femme.

— Un jeune ami qui est venu nous rendre visite, Amélie. Il s'appelle Charles. Et, comme il n'a pas eu le temps de déjeuner ce matin, je lui prépare quelques petites choses.

— Amène-le-moi.

Parfait Michaud fit signe à Charles de le suivre et ils se dirigèrent vers la porte entrebâillée. Charles vit d'abord un amoncellement de couvertures et d'édredons sur un grand lit, puis une tête à cheveux noirs et au nez rougi, qui se souleva et le fixa une seconde avec de grands yeux au regard intense :

— C'est un joli garçon. N'approche pas, je t'en prie, tu vas attraper ma grippe, et elle est mauvaise, crois-moi. Comment t'appelles-tu ?

— Charles Thibodeau, madame.

— Et que viens-tu faire ici ?

— Il est venu me voir pour régler un petit problème, répondit le notaire, mais pour l'instant il a grand-faim, je crois, et on va aller préparer ensemble ce déjeuner.

— Bon appétit, soupira la femme, et elle eut un éternuement dont la fin résonna comme une note de trompette en sourdine.

Charles avala cinq rôties, tartinées alternativement de beurre d'arachide et de confiture de fraises; il arrosa le tout de deux grandes tasses de chocolat chaud et compléta son repas par une banane et un bol de Rice Krispies généreusement saupoudrées de cassonade. Tout en sirotant lui-même une tasse de chocolat, le notaire causa avec lui de choses et d'autres et, à certaines allusions de Charles, il comprit que ce dernier éprouvait une peur extrême de retourner chez lui – et coucherait dans la rue plutôt que de le faire. Mais il lui fut impossible de savoir ce qui s'était passé au juste entre son père et lui, comme si une sorte de honte retenait l'enfant. Cela se rapportait sûrement à la liasse de billets de banque qu'il portait sur lui.

En ce qui avait trait à l'argent, Charles se montra plus loquace. Il raconta avec tant d'aise et de franchise sa mésaventure de vendeur de tablettes de chocolat et la façon dont il s'était vengé que le notaire se convainquit qu'il ne s'agissait pas d'un vol – ou, du moins, pas d'un vol au sens usuel du terme.

— Et alors, que comptes-tu faire, mon Charles? Où vas-tu aller coucher ce soir si tu ne couches pas chez toi?

Charles répondit qu'il serait bien allé chez des voisins, les Fafard, où il se sentait comme dans une deuxième famille, mais que son père viendrait sûrement l'y chercher. Voilà pourquoi il avait pensé à divorcer.

— Je vais téléphoner à Blonblon, ajouta-t-il, soucieux. C'est un de mes amis. Peut-être que ses parents vont vouloir me garder un bout de temps. Est-ce que c'est très long se séparer de ses parents?

— Hum... je n'en sais trop rien. Je suppose que dans les cas graves ça doit aller assez vite. Mais tu ne m'as pas encore dit, Charles, pour quelle raison exacte tu ne veux plus retourner chez toi – mais rien ne t'y oblige, bien sûr, se hâta-t-il d'ajouter en voyant s'assombrir le visage de l'enfant.

Charles fixa un moment son bol de céréales vide comme si quelque chose allait en surgir. Du perron, ils entendirent Bof pousser un long hurlement.

— Il faut que je m'en aille, fit-il en descendant de la chaise, mon chien est tanné d'attendre. Pouvez-vous me dire où se trouve l'avocat qui va m'aider?

— Hum... tu ne pourras pas le voir aujourd'hui, malheureusement: on est dimanche, comme je te l'ai fait remarquer tout à l'heure.

Il porta la main à sa bouche et toussota deux ou trois fois:

— Dis-moi, Charles... Je ne veux pas être indiscret et, encore une fois, tu n'es pas obligé de me répondre, mais... combien d'argent as-tu présentement sur toi?

Une expression de fierté se répandit sur le visage de l'enfant:

— Trois cent quarante-huit dollars et vingt-cinq cennes.

— C'est beaucoup d'argent pour un petit garçon de neuf ans!

— J'en ai presque dix, fit de nouveau remarquer Charles.

— Oui, bien sûr, mais quand même... Que dirais-tu, mon Charles – tu peux avoir *entièrement* confiance en moi, ça, je te l'assure –, que dirais-tu de m'en confier une partie que je garderais dans une enveloppe à ton nom ? Ce n'est pas très prudent, tu sais, de te promener dans la ville avec une pareille somme.

Charles réfléchit un moment, puis :

— Je veux bien. C'est une bonne idée.

Et, tandis que Bof se lançait dans une sérénade lugubre où semblaient passer toutes les souffrances accumulées durant sa vie de chien, il extirpa la liasse de sa poche, en préleva un billet de vingt dollars pour ses menues dépenses et remit le reste au notaire avec un grand sourire.

— Qu'est-ce que c'est que ce chien qui hurle à la mort ? demanda Amélie en remuant sous ses édredons.

— C'est le chien de notre ami, répondit le notaire. Calme-toi, je t'en prie, Charles s'en va le trouver à l'instant.

— De grâce, fais-le entrer dans le vestibule, il me met tout à l'envers. Les hurlements de chien m'ont toujours donné le frisson, tu le sais bien.

Charles se précipita vers l'entrée, suivi du notaire, et ouvrit la porte ; Bof fit irruption à l'intérieur dans une explosion de joie délirante.

— Et alors, fit Charles quand l'épagneul se fut un peu calmé, quand est-ce que je pourrai aller voir mon avocat ?

— Demain, sans doute. Il faut tout d'abord que je prenne quelques renseignements. Je ne veux pas t'envoyer chez n'importe qui, tu comprends... Mais, avant de partir, j'aimerais que tu me donnes le numéro de téléphone de ce Blonblon – c'est bien son nom, n'est-ce pas ? – chez qui tu t'en vas, car il se pourrait qu'on ait à se parler d'ici à demain. Et puis, tant qu'à y être, donne-moi donc aussi celui de ces voisins que tu aimes bien.

Charles les lui fournit avec empressement. Il avait l'impression que chacun des numéros était comme une amarre entre lui et ce grand homme maigre un peu étrange mais si gentil, qui allait le rescaper de la grande dérive où il se débattait depuis la veille au soir.

Debout dans le vestibule, Parfait Michaud regarda Charles s'éloigner tandis que Bof sautillait autour de lui en léchant ses mains. L'ongle de son index courait sur ses dents avec un bruit sourd qui montait dans son crâne et lui rappelait ses visites chez le dentiste. Que devait-il faire? Alerter la police? le curé? les bonnes sœurs du couvent de la Transsubstantiation? Il n'avait aucun fait précis à leur soumettre, à part celui que l'enfant avait fugué, refusait de retourner chez lui et d'en donner la raison. De plus, l'affaire se compliquait du vol d'une somme importante. Il y avait là de quoi alimenter de longues réflexions.

Il se mit à siffloter l'ouverture de *Lohengrin*, retourna dans son bureau et se plongea dans l'annuaire téléphonique, allongeant de temps à autre la main vers la bonbonnière.

Tout en avançant sur le trottoir, Charles se mordillait les lèvres d'un air soucieux. Qu'allait-il faire de Bof? Il n'était pas question de le ramener chez les Fafard, car il craignait une rencontre avec son père. Et demander l'asile chez Blonblon en se pointant avec un chien, c'était trop demander à la fois.

Parvenu au coin de la rue Ontario, il se mit à marcher en direction de chez lui, de plus en plus hésitant, de plus en plus désemparé. Soudain, un cri de joie lui échappa: Henri venait d'apparaître au coin de la rue Poupart. Il se mit à l'appeler en faisant de grands signes.

— Qu'est-ce que tu fous ici? s'étonna Henri, tout essoufflé. T'es pas malade? Je viens d'aller chez toi et ton père m'a dit que t'étais au lit avec une grippe.

Charles lui répondit qu'il s'était chicané la veille avec son père et qu'il avait décidé de passer la nuit dehors. Éludant les questions de son ami époustouflé par cet exploit, il lui demanda de ramener Bof chez lui, car il avait décidé de se réfugier chez Blonblon pour quelques jours, le temps que les choses s'arrangent.

— Pourquoi tu ne viens pas chez nous? demanda Henri, piqué.

— Mon père viendrait aussitôt me chercher, voyons, répondit Charles en s'éloignant.

L'autre l'observa un moment avec une grimace en coin, retenant par son collier le pauvre épagneul qui fixait son maître en gémissant, dévasté par ce deuxième lâchage en moins d'une heure.

Les plaintes de Bof parvenaient encore à Charles lorsqu'il tourna le coin de la rue Bercy pour se rendre aux Tours Frontenac. Une déception l'attendait. On ne répondait pas à l'appartement de Blonblon. Il sortit de l'immeuble, ne sachant où aller. Les effets de son escapade nocturne commençaient à se faire sentir. La jambe molle, la paupière lourde, il avançait d'un pas traînant, se creusant la tête pour trouver un endroit où dormir.

En arrivant devant la station Frontenac, il eut une idée. Il acheta des billets de métro, monta dans un wagon et s'installa sur un siège dans un coin. Quelques minutes plus tard, il s'assoupissait, enveloppé par le grondement de la rame comme dans un édredon; les haut-parleurs annonçaient l'une après l'autre les stations, les portes du wagon glissaient et claquaient, des secousses agitaient son corps amolli, des passagers, apitoyés par son visage épuisé où un tic faisait frémir la bouche, échangeaient des commentaires à deux pas de lui, mais il ne sentait et n'entendait rien, plongé dans un bienheureux sommeil, coupé enfin du jour le plus terrifiant de sa vie.

Quinze minutes plus tard, une jeune femme le secouait légèrement par l'épaule en lui annonçant qu'ils arrivaient au terminus Atwater. Il reprit le trajet en sens inverse et se mit à faire la navette entre les deux bouts de la ligne, passant d'un quai à un autre avec la démarche d'un somnambule, à la recherche d'un siège où il pourrait dormir encore un petit quart d'heure. De se savoir toujours en mouvement et comme insaisissable le rassurait. Il devait à tout prix gagner du temps afin de permettre à son ami le notaire (car il le comptait désormais parmi ses amis) de le sortir du pétrin.

La scène de la dernière nuit le remplissait de honte, comme s'il avait été la cause du comportement de son père. Et, après tout, ne l'avait-il pas été? Peut-être, à bien y penser, aurait-il dû dénoncer Gino Guilbault plutôt que de lui chiper son argent. De toute façon, quoi qu'il eût fait, son père l'aurait blâmé et se serait rangé du côté de *l'autre*, ce gros voleur en habit du dimanche qui vivait comme un millionnaire avec l'argent des enfants pauvres. Pourquoi n'avait-il pas un père semblable à celui des autres? Qu'avait-il fait pour le rendre aussi méchant? Alice n'avait jamais été ainsi avec lui. Alice l'aimait, tout simplement. Quand il se trouvait avec elle, il se sentait comme un enfant ordinaire, ni meilleur ni pire que les autres, et cela le rendait heureux.

Mais, quand son père apparaissait, quelque chose de noir et de laid grandissait en lui et cette chose lui faisait peur. Il ne révélerait jamais à personne – pas même à l'avocat – ce que son père avait voulu faire cette nuit-là... Mais qu'avait-il voulu faire, au juste? Le tuer? Le tuer, *lui*, Charles? Cela lui semblait impossible, et pourtant, lorsque Sylvie avait parlé après avoir lancé ce cri terrible, c'était bien le mot qu'elle avait employé, *tuer*, et ce mot continuait de le remplir d'une honte insupportable, comme si c'était lui qui avait glissé l'éplucheur dans la main de son père et l'avait poussé à bout, jusqu'à ce que surgisse tout à coup cette face de crapaud si horrible et que...

Il avait peine à dormir, à présent, car sa tête s'était mise de nouveau à penser à toute vitesse et il ne parvenait pas à l'arrêter. Et puis, à tout moment, il ouvrait l'œil pour vérifier le nom des stations afin de ne pas se retrouver seul dans le wagon sur une voie d'aiguillage, ce qui lui attirerait sûrement d'autres embarras.

Parfois, cependant, la fatigue l'emportait; il penchait alors la tête en avant, laissait tomber ses bras et s'abandonnait au sommeil. Cela venait de se produire lorsqu'une main caressa son genou. Il ouvrit les yeux et aperçut, penché au-dessus de lui, le visage souriant de monsieur Saint-Amour. Le wagon était presque vide.

— Va-t'en, vieux cochon! hurla-t-il de toutes ses forces, et il le repoussa violemment du pied.

16

Parfait Michaud arpenta son bureau pendant quelques minutes, tapotant au passage l'annuaire téléphonique, puis décida qu'avant toute chose il fallait prendre des renseignements sur Charles. Il téléphona chez les Blondin, puis, n'obtenant pas de réponse, composa le numéro des Fafard. Ce fut le quincaillier qui répondit, en pantoufles et robe de chambre, *La Presse* chiffonnée sous le bras, encore indigné par une remarque de Trudeau sur la *tribu québécoise* et ses *rêveurs séparatistes*. Une demi-heure plus tôt, Henri lui avait appris sa rencontre avec Charles, rue Ontario. Le mensonge du menuisier sur la maladie de son garçon avait intrigué Fernand Fafard, comme la décision de Charles de demander l'hospitalité aux Blondin. Il venait lui aussi de tenter sans succès de joindre ces derniers et se cherchait un prétexte pour aller trouver Wilfrid Thibodeau afin d'en savoir plus long. Aussi les nouvelles que lui apprit Michaud le troublèrent-elles au plus haut point. La démarche de Charles auprès du notaire, la somme que l'enfant portait sur lui et la terreur que semblait lui inspirer son père le convainquirent de la gravité de la situation. Les deux hommes se donnèrent rendez-vous à l'étude de Parfait Michaud. Fernand Fafard avait déjà eu recours à ses services une fois et le tenait pour un original légèrement ridicule, mais aimable et compétent.

Vers onze heures du matin, après s'être fait décrire par Fafard le comportement pour le moins curieux du menuisier envers son fils, Parfait Michaud avait émis deux ou trois considérations morales fort pertinentes, mais les choses n'avaient pas avancé d'un centimètre et personne ne savait encore où se trouvait Charles. Fafard décida d'aller chez Thibodeau pour essayer de lui tirer les vers du nez, quitte, s'il n'y parvenait pas, à lui en extraire le jus entre le pouce et l'index afin de stimuler sa loquacité. Le notaire, quant à lui, s'engagea à téléphoner aux trente minutes chez les Blondin, où Charles devait normalement se montrer.

En revenant rue Dufresne, le quincaillier aperçut une Lincoln mauve stationnée devant l'appartement des Thibodeau ; un homme coiffé d'un feutre marron redescendait l'escalier, replet, les mains chargées de bagues, la peau rose et luisante mais la gueule de travers.

— Il me niaisera pas longtemps comme ça, je t'en passe un papier, marmonna l'homme, le sourcil menaçant, passant près de Fafard sans même le regarder, tout absorbé par sa colère.

Le quincaillier rentra chez lui et se mit à l'affût derrière un rideau du salon ; mais aucun signe de vie n'apparaissait chez son voisin.

Lucie, mise au courant de l'affaire et fort inquiète, enfila son manteau, détacha Bof et se mit à parcourir le quartier dans l'espoir de rencontrer Charles. Parfait Michaud, lui, assis au salon devant son tourne-disque, essayait en vain de se concentrer sur un quatuor de Schubert. Il arrêta la musique, servit le dîner à sa femme (elle s'étonna de manger si tôt), monta dans son auto et se rendit rue Saint-Denis à la Bibliothèque nationale. Une terne clarté tombait des puits de lumière et des vitraux dans l'immense salle aux murs beiges où les lecteurs recueillis au-dessus des longues tables de chêne semblaient être venus se mettre à l'abri des passions du monde. Le notaire s'installa sous le halo réconfortant d'une lampe de laiton et parcourut minutieusement la Loi concernant la protection de la jeunesse, se levant à quelques reprises pour appeler chez les Blondin, toujours absents, puis quitta la bibliothèque, guère plus avancé. En se dirigeant vers le métro, il eut soudain envie d'un espresso bien tassé et se rendit au Picasso, de l'autre côté de la rue. C'est une délicieuse petite brune qui le servit, vive et rieuse à souhait, avec des jambes à faire damner un conclave. Comme le restaurant était presque vide, il se mit à bavarder avec elle et s'aperçut qu'il ne lui déplaisait pas. Une demi-heure plus tard, il repartait avec son numéro de téléphone griffonné sur un napperon de papier.

◆

Charles avait quitté précipitamment le wagon à la station suivante, puis repris quelques minutes plus tard une rame qui l'avait laissé à Berri-de Montigny. Là, dans l'espoir de semer l'affreux coiffeur, il avait changé de parcours, quittant la ligne est-ouest pour la nord-sud. Il était moins familier avec cette dernière et c'est d'un œil attentif qu'il fit son premier aller-retour, évaluant le temps du trajet, notant le nom des dernières stations, pour s'assurer de descendre à temps. Le parcours un peu plus long lui permit d'étirer ses siestes ; il évitait les wagons vides et s'assoyait toujours près d'un passager afin de pouvoir compter sur une aide, le cas échéant ; la fatigue qui l'accablait commença à s'alléger. Ses idées s'éclaircirent, la situation où il se trouvait lui parut presque plaisante ; il était devenu le héros d'une sorte d'histoire policière, mais, cette fois, c'est *lui* qui menait l'action au lieu de la subir... du moins, la plupart du temps...

Vers deux heures, la faim le réveilla. Il pénétra dans un restaurant de la station Berri-de Montigny et avala une soupe au poulet, des frites et un hamburger, levant l'œil à l'arrivée de chaque client ; il avait déjà téléphoné cinq ou six fois chez les Blondin et commençait à se demander avec angoisse si un imprévu ne les avait pas forcés à quitter la ville. Mais, à trois heures, la voix joyeuse et triomphante de Blonblon résonna dans l'écouteur :

— Ah ! c'est toi, enfin, Charlot ! Amène-toi vite ! On t'attend ! Où es-tu ?

Il eut à peine le temps de répondre qu'un homme prit l'appareil :

— Bonjour, Charles, je suis le père de Michel. Ça va bien ?

— Oui, monsieur.

— Pas de problème ?

— Pas du tout.

— Tu es sûr ?

— Oui, oui.

— Bien. Le notaire Michaud vient de nous téléphoner. Tout est arrangé. Ne te fais plus de soucis. Veux-tu que ma femme aille te chercher ?

— Ce n'est pas la peine, monsieur Blondin. Je suis dans le métro, à trois stations de chez vous. J'arrive dans dix minutes.

Il sortait de la station Frontenac lorsque Blonblon, posté près d'un mur, s'élança vers lui et se jeta dans ses bras :

— Salut! il était temps que t'arrives! On s'inquiétait pour toi, tu sais. Mes parents ont failli appeler la police!

Charles se dégagea aussitôt, amusé et surpris par cette marque d'affection inhabituelle.

Son ami le dévorait du regard :

— Étais-tu vraiment en danger, Thibodeau?

Charles fit signe que oui, mais le regretta aussitôt; la curiosité de Blonblon l'agaçait.

— Qu'est-ce qui s'est passé? Raconte-moi! fit l'autre en le prenant par le bras et l'entraînant.

L'agacement de Charles augmentait; il serra les lèvres et se renfrogna. Blonblon ne s'intéressait pas à lui, mais à ce qui lui était arrivé. Il ne saurait rien. Au diable les senteux!

— Et alors? Tu ne veux pas parler?

Blonblon s'arrêta brusquement et se planta devant lui. Une phrase faillit échapper à Charles : « Mêle-toi donc de tes affaires, senteux! » Mais les yeux de Blonblon posés sur lui brillaient d'une ardeur si chaleureuse, son visage exprimait une compassion si amicale, sans la moindre trace de pitié, qu'une sorte d'effondrement se produisit en lui tout à coup; il sentit comme un vide immense et glacial, ses yeux se remplirent de larmes et d'une voix tremblante, toute cassée, il murmura :

— Mon père a voulu me tuer, Blonblon.

Son ami continuait de le fixer avec la même attention souriante. Puis, peu à peu, une expression d'incrédulité et d'horreur affleura dans son regard.

— C'est vrai? fit-il dans un souffle. Sans farce?

— Avec un éplucheur à patates, ajouta Charles malgré lui. Il allait me le planter dans le ventre, mais Sylvie a lâché un cri. Alors la chienne l'a pris et il a été obligé de s'asseoir. Moi, j'ai sacré le camp.

Il partit d'un rire nerveux, puis saisit son compagnon par le bras et, les dents serrées, le regard mauvais, le secoua de toutes ses forces :

— Va jamais répéter ça à personne, Blondin, as-tu compris ? Si jamais tu le fais, je te pète la gueule et ça sera fini entre nous deux ! Promets-le ! Promets-le !

— Je... le promets, articula Blonblon comme un automate.

— T'es le *seul* à connaître mon secret, Blonblon ! Ne l'oublie pas ! Même Henri ne sait rien et il ne le saura jamais.

Ils reprirent leur marche et furent un moment sans parler.

— Tu ne fais pas de farce, Thibodeau ? reprit alors Blonblon d'une voix changée. T'es sérieux ?

— Oui.

— C'est très grave, ajouta l'autre comme pour lui-même. Il ne faut plus que tu revoies ton père.

— Je ne veux plus le revoir. Jamais plus. Je viens d'aller chez le notaire Michaud pour demander qu'on se sépare.

Blonblon hocha la tête avec un léger sourire ; il venait de comprendre la raison de l'appel du notaire, qui l'avait tant intrigué. Soudain une idée jaillit dans son esprit, brutale, et le força à s'arrêter :

— Charlot, il faut avertir la police ! C'est un homme dangereux ! Il pourrait essayer de te tuer encore une fois.

Ils arrivaient devant l'entrée de la tour où habitait Blonblon ; une grosse dame à fichu rouge poussa la porte vitrée et s'avança lentement vers eux, tenant en laisse un chihuahua blanc à la gueule de travers, affligé d'une verrue sous l'œil gauche ; tirant sur sa laisse, l'animal s'approcha de Charles, lui renifla un soulier, puis essaya de grimper sur une de ses jambes.

— Voyons, Martin ! s'écria la dame, scandalisée. En voilà des manières !

Elle donna une grande secousse à la laisse et entraîna l'animal qui, la tête tournée vers Charles, poussa un tout petit jappement.

Charles attendit que la dame se fût éloignée, puis, s'approchant de l'oreille de Blonblon :

— Laisse-moi m'arranger avec ça, O. K.? chuchota-t-il d'une voix menaçante. C'est mes affaires, pas les tiennes. Je n'irai pas voir la police et je veux que personne y aille, as-tu compris? Si tu penses que je vais devenir le fils d'un prisonnier!

Et, serrant les dents pour lutter contre les larmes, il lui tourna le dos et se dirigea à grands pas vers l'immeuble.

Un problème l'attendait chez les Blondin. Fernand Fafard venait d'y arriver et voulait absolument l'amener chez lui. L'appel du notaire, l'arrivée du quincaillier et toute l'excitation générée par sa fugue avaient fait de Charles une vedette. Édith Blondin, une grande femme maigre aux allures élégantes et dégagées, qui riait fort, écoutait peu et ne cessait de bouger, insistait pour que Charles passe quelques jours chez elle. Assis dans son fauteuil roulant, le dos un peu courbé, Marcel, son mari, questionnait Charles d'une voix grave et posée, essayant de connaître les raisons de sa fugue, mais il n'arrivait pas à vaincre sa réticence. Finalement, l'enfant, agacé, alla rejoindre dans la cuisine Blonblon en train de remplir un plat de croustilles pour les invités. L'invalide fit signe au quincaillier de se pencher vers lui :

— Il est important, monsieur Fafard, dit-il avec cette expression pensive de ceux qui ont toutes leurs journées pour réfléchir, qu'on sache ce qui s'est vraiment passé. Mon garçon saura le faire parler. Ils sont très amis et Michel a le tour avec les gens. On va garder Charles pour une nuit ou deux. Ils partageront la même chambre. Ça leur permettra de jaser en paix, de se faire des confidences.

Fernand Fafard, qui se voyait de plus en plus comme le second père de Charles et allait bientôt prétendre être le seul, ne put retenir une grimace de dépit, car il considérait que l'enfant ne pouvait être en sécurité nulle part ailleurs que chez lui. Il se tourna vers Charles, revenu avec son ami :

— Et alors, qu'est-ce que tu décides, mon garçon? Tu viens chez moi ou tu restes ici?

— Reste, reste, Charles, supplia Édith d'un ton mi-sérieux, mi-plaisant. Je fais un gros spaghetti ce soir et Michel va aller chercher un gâteau à la pâtisserie.

Blonblon le regardait en souriant et hochait doucement la tête pour l'inciter à dire oui. Charles, qui aimait plaire à tout le monde, hésitait, fort embarrassé par cette surabondance d'attentions. L'air ennuyé de Fernand Fafard, qui cachait mal ses émotions, augmentait son malaise. Une pensée lui vint à l'esprit. Il rougit brusquement et prit le quincaillier à part :

— Est-ce que mon père est allé chez vous ? lui demanda-t-il à voix basse.

Fafard sentit toute la crainte que contenait cette question :

— Non. Et, s'il venait, je ne le laisserais pas entrer. Ne t'inquiète pas.

Charles parut soulagé. Il s'avança vers madame Blondin et, de son air le plus gracieux :

— Aujourd'hui, madame, je vais aller chez monsieur Fafard et demain, si vous voulez, je pourrais venir chez vous.

— On ne peut pas te forcer, Charles, tu fais ce que tu veux, répondit la femme un peu froidement.

Terrifié par le geste qu'il avait failli commettre, Wilfrid Thibodeau ne se montrait à personne, ne répondait ni au téléphone ni à la porte et n'avait pas dit cinq mots de la journée, tandis que Sylvie, enfermée dans la chambre à coucher, dormait ou feignait de dormir. Affalé sur un canapé, il regardait d'un œil hagard les émissions de télé et n'avait pas pris une goutte d'alcool depuis son lever, ce qui en disait long sur l'angoisse qui l'habitait. Il croyait son fils réfugié chez le quincaillier et, pendant les heures qui avaient suivi sa fuite, s'était préparé avec résignation à l'arrivée de la police. Comme elle ne s'était pas montrée, il ne savait plus quoi penser. Sa vie venait de se vider d'elle-même comme un baril qui perd son fond. Se cacher, laisser le temps passer, ne pas bouger, essayer d'oublier cette horrible nuit, voilà les seules solutions qu'avait pu sécréter son esprit en débâcle. Quelques heures plus tôt, il avait reconnu par la fenêtre la Lincoln de Gino Guilbault et ce dernier souci, ajouté à tous les autres, avait achevé de l'aplatir.

Il se leva, alla prendre une douche, grignota des restes à la cuisine, finit par succomber à l'appel de la bière, mais ne but qu'une seule bouteille, et resta un moment à fixer la porte de la chambre à coucher, toujours obstinément fermée.

Il retourna au salon, et venait de se trouver un peu d'intérêt pour une émission de jeu-questionnaire lorsque la sonnette retentit de nouveau, plusieurs fois. Puis une volée de coups de poing s'abattit sur la porte. Aucun doute : c'était encore le fameux Guilbault. Que faire pour s'en débarrasser ? Il n'allait tout de même pas déménager !

Les coups continuèrent un moment, puis le silence se fit. Un long crissement de pneus lui indiqua que le vendeur était allé porter sa rage ailleurs. Peu après, le téléphone se remit à sonner.

— Demain, se dit-il, il faut que je crisse le camp d'ici de bonne heure. Il va sûrement rappliquer.

Il s'endormit sur le canapé et se retrouva bientôt dans un canot au milieu d'un lac en compagnie de son père. La nuit tombait. On ne voyait pas les rives. Le vieillard, sa calotte de mécanicien curieusement de travers, était affalé dans la pointe de l'embarcation, la tête penchée en avant, ses longues jambes maigres étendues en V. Des saccades agitaient le canot ; le bruit sec des vagues qui frappaient la paroi se faisait de plus en plus menaçant. Il chercha les avirons, ne les trouva pas.

— Papa, où est-ce que t'as mis les avirons ?

Le vieillard, immobile, ne répondait pas. Alors, il réalisa avec horreur que son père était mort ; un filet de sang coulait de sa bouche sur son coupe-vent élimé.

Un claquement de porte le réveilla. Il avait dû se débattre dans son sommeil, car il était de travers au milieu du canapé, ses pieds reposant sur le plancher. La pénombre du petit matin avait envahi le salon, donnant aux objets une apparence curieusement poudreuse et massive. Il devait être six heures. Sylvie venait sans doute de partir pour son travail. Il la verrait en fin d'après-midi et lui parlerait de toute cette affaire. Son silence l'inquiétait. Mais ce qui importait pour l'instant, c'était de déguerpir au plus vite avant le retour de ce maudit vendeur de chocolat.

Sans même prendre la peine de se laver et de changer de vêtements, il enfila son manteau et quitta l'appartement. En passant devant Chez Robert, il songea un instant à y entrer pour déjeuner ; peut-être aurait-il l'occasion de glisser un mot à Sylvie et de vérifier son humeur. Mais, par prudence, il poursuivit son chemin. Qui sait ? Guilbault pouvait se pointer dans la place pour prendre des renseignements sur lui.

Il venait à peine de tourner le coin que la serveuse quittait le restaurant pour se diriger à pas pressés vers l'appartement. Une demi-heure plus tard, un taxi s'arrêtait devant le 1970, rue Dufresne. Un déménagement à la sauvette commença aussitôt. Le chauffeur, qui avait reçu un pourboire de dix dollars, se démenait comme si sa vie en dépendait. Le taxi déborda bientôt de monceaux de vêtements, de valises et de sacs à ordures contenant toutes les possessions que la serveuse pouvait emporter ; elle abandonna une planche à repasser, une commode et un fauteuil plutôt fatigué, qu'elle échangea contre le grille-pain, la bouilloire électrique et une petite télé toute neuve.

À sept heures et demie elle avait filé et Rosalie, hors d'elle-même, était au téléphone en train de chercher une autre serveuse.

Wilfrid Thibodeau revint chez lui vers dix-sept heures, non sans avoir d'abord longuement inspecté la rue pour y détecter la présence du créancier qu'il s'était fait malgré lui. La serveuse n'avait laissé aucun mot d'explication. Il se promena longtemps dans les pièces en désordre, atterré, furieux, s'accusant d'avoir provoqué lui-même son malheur, puis se rendit Chez Robert ; on le reçut froidement ; personne ne savait où Sylvie était allée se nicher. Il alla se réfugier aux Amis du Sport et ne revint qu'au milieu de la nuit, cassé comme un clou et soûl comme un cochon qui aurait nagé dans la bière. Cette nuit-là aussi, il la passa sur le canapé du salon, car la vue du grand lit vide lui faisait trop mal au cœur. De toute la journée, l'idée ne lui était pas venue une seule fois de s'informer où se trouvait Charles.

◆

Blonblon se leva le lendemain matin avec un gros problème à résoudre ; trouver une solution pressait. Penché au-dessus de son bol de céréales, il réfléchissait avec toute l'intensité que peut y mettre un enfant de neuf ans, le visage agité de temps à autre par de curieuses grimaces. Elles attirèrent l'attention de son père, assis en face de lui devant une tasse de café.

— Ça ne va pas, garçon ?

Depuis la maladie de monsieur Blondin, qui s'était déclarée quatre ans plus tôt, Blonblon avait une réponse toute prête pour ce genre de question.

— Oui, oui, tout va bien, papa.

Blonblon protégeait son père. Il avait décidé que cette saloperie de sclérose en plaques était tout ce que ce dernier devait endurer et qu'il fallait lui épargner le reste.

— Tu me caches quelque chose, garçon, insista monsieur Blondin.

— Pas du tout, papa, répondit Blonblon en se hâtant de manger (il avait peur de se trahir). C'est juste que j'ai un devoir à finir avant de me rendre à l'école, alors excuse-moi, je retourne dans ma chambre.

Il s'habilla, puis s'assit sur le bord de son lit et continua de réfléchir. Sa mère aurait peut-être pu l'éclairer, mais elle dormait encore, car son métier d'agente d'immeubles l'amenait souvent à travailler tard dans la soirée.

Blonblon frottait ses pieds l'un contre l'autre et grimaçait à présent sans aucune retenue ; il se sentait tiraillé entre deux obligations : d'une part, le secret promis à Charles et, de l'autre, le sentiment qu'il se devait d'intervenir pour sauver son ami d'une mort presque certaine, dont ce pauvre innocent ne semblait même pas pressentir la menace.

Il sortit de sa chambre, sac au dos, alla embrasser son père et se dirigea vers l'école. Henri se trouvait sans doute déjà dans la cour de récréation, car il arrivait toujours de bonne heure. Un espoir animait Blonblon : que Charles ait déjà mis Henri au courant de l'affaire. Alors sa promesse ne tiendrait plus et il pourrait sauver Charles.

En arrivant dans la cour, il aperçut Henri en train de jouer au hockey-bottines avec des copains; appuyé contre la clôture, Charles les observait, pensif. Il se tourna vers Blonblon et lui envoya la main. Ce dernier s'approcha. Le visage jaunâtre et fatigué de son ami le frappa.

— T'as pas apporté ton bâton, Blondin? lança Henri.

L'autre se contenta de lui adresser un regard profond et très appuyé, du genre de ceux que les espions lancent à un complice pour faire passer un message, mais cela ne sembla produire aucun effet sur Henri, qui continua de jouer comme si de rien n'était.

Alors Blonblon se mit à causer avec Charles de choses et d'autres jusqu'à la sonnerie de la cloche. Mais, au moment de pénétrer dans l'école, il s'arrangea pour se trouver aux côtés d'Henri et lui donna un léger coup de coude.

— Et alors? demanda Blonblon en donnant à sa voix une intonation des plus mystérieuses.

— Et alors quoi?

— T'as rien à me dire?

— Qu'est-ce que tu veux que je te dise?

Il l'observa un instant, puis, posant l'index sur sa tempe :

— Dis donc, ça tourne un peu carré là-dedans, à matin, non?

Blonblon haussa les épaules :

— Laisse tomber.

Et il s'éloigna.

Tout l'avant-midi, son problème le tortura. Madame Jacob lui enjoignit trois fois de sortir de la lune et, à la troisième, accompagna son ordre d'un pincement au bras si vigoureux qu'il ne put réprimer un cri, à la grande joie de toute la classe. La douleur eut du moins sur lui un bon effet : ses idées se clarifièrent brusquement et il réussit enfin à prendre une décision. À l'heure du midi, plutôt que d'aller à la maison, il se rendit rue La Fontaine à la quincaillerie Fafard et trouva le patron plongé dans une discussion passionnée avec un petit homme à feutre gris qui tenait un gros catalogue dans sa main et le balançait devant lui d'un air quelque peu menaçant. Depuis un certain temps, les esprits s'échauffaient un peu partout au Québec, car le bruit courait que le gouvernement Bourassa allait déclencher des élections pour tenter de bloquer la montée indépendantiste.

— Bourassa! s'exclama avec mépris Fernand Fafard, voyons, Roland! Une mitaine sans main! On s'en va nulle part avec lui!

— Et encore moins loin avec tes séparatistes! Lévesque, avec ses fameuses théories, c'est tout ce qu'il est, un séparatiste, tu le sais bien!

— Tu parles comme Trudeau, Roland! Honte à toi! Tout ce qu'on veut, c'est gérer nos affaires! T'aimes pas ça, gérer tes affaires? Que dirais-tu si je mettais mon nez dedans à tout moment, comme font les Anglais d'Ottawa avec nous autres depuis toujours?

Le ton monta. Le visage du représentant de commerce prit peu à peu la couleur de la plume écarlate qui ornait son feutre, tandis que la peau du quincaillier s'orientait plutôt vers le cramoisi.

Soudain, les deux hommes sentirent simultanément le regard fébrile dont Blonblon les enveloppait depuis de longues minutes.

— Qu'est-ce que je peux faire pour toi, mon garçon? demanda Fafard en essayant tant bien que mal de se départir de la véhémence qui l'habitait.

— C'est à propos de Charles Thibodeau, monsieur Fafard.

Le ton de sa voix exprimait une telle angoisse que le quincaillier se tourna vers son interlocuteur :

— Tu vas m'excuser, Roland : faut que je m'occupe de monsieur. Tu m'apportes ma commande mardi?

Il fit signe à Blonblon de le suivre dans son bureau et, l'estomac tout à coup creusé par ses envolées oratoires, prit place dans un fauteuil à roulettes, puis dévissa le couvercle d'un thermos qui laissa échapper un fumet profond et alléchant de bœuf aux carottes.

— Et alors? Qu'est-ce qui se passe? fit-il en étalant une serviette de papier sur ses genoux.

Le quincaillier, sa fourchette suspendue en l'air, écouta Blonblon avec une expression de gravité si sévère que l'enfant se demanda s'il n'allait pas l'engueuler.

— Eh ben! pour être franc avec toi, je ne suis pas tellement surpris, déclara Fernand Fafard quand l'autre eut terminé. Un éplucheur à patates! Il a la tête craquée jusqu'aux oreilles, le bonhomme. T'as bien fait de venir me trouver, mon grand. Ne t'inquiète plus, je m'occupe de l'affaire.

Blonblon, soulagé et que l'odeur du ragoût avait mis en appétit, se hâta vers chez lui. Pendant ce temps, le quincaillier, après une longue conversation au téléphone avec sa femme, demandait un rendez-vous à Parfait Michaud, qui l'invita à son bureau sur-le-champ.

— C'est grave, très grave, beaucoup plus grave que je ne pensais, murmura le notaire en se frottant le menton. Décidément, cet enfant est en danger.

— Donnez-moi un coup de main et il ne le sera plus, répondit Fernand Fafard qui avait pris l'allure martiale et farouche de la statue de Lambert Closse qui orne le monument de Maisonneuve, place d'Armes.

Les deux hommes se rendirent chez Wilfrid Thibodeau. Par bonheur, ce dernier, debout devant la fenêtre du salon en train d'inspecter discrètement la rue avant de se risquer à sortir, aperçut le quincaillier qui s'apprêtait à monter chez lui en compagnie d'un étranger. On venait sûrement le voir pour son fils. Quelque chose de grave lui était peut-être arrivé. Il se sentit obligé de les recevoir.

La rencontre fut brève. Fernand Fafard présenta le notaire, qui fit grande impression sur Thibodeau. Puis il lui annonça qu'il était au courant dans ses moindres détails de l'incident de l'avant-dernière nuit, qu'il avait pris la liberté d'en parler à Parfait

Michaud et que l'avis du notaire concordait avec le sien : Thibodeau se trouvait à trois pouces et quart de la prison ; la seule façon pour lui de l'éviter était d'accepter la proposition qu'on allait lui faire et qu'il devait considérer, d'ailleurs, comme une aubaine inespérée.

Fafard, que Lucie, depuis quelques semaines, poussait à prendre Charles chez eux, offrait de l'élever comme son propre fils jusqu'à sa majorité. Et à moins que l'enfant n'en exprime le désir, Thibodeau ne devait pas le revoir. Le menuisier devait signer un consentement de garde en faveur des Fafard et s'engager par écrit à leur verser une pension mensuelle établie selon ses revenus. Enfin, Charles devait entrer immédiatement en possession de ses vêtements et de tous ses objets personnels.

Thibodeau se trouvait dans un tel état de décomposition qu'il accepta tout sans discuter et aida même son voisin à rassembler les effets de l'enfant. Ses mains tremblaient en remplissant les sacs et les boîtes de carton ; les deux déménagements successifs semblaient l'avoir fort éprouvé.

Parfait Michaud, embarrassé par la scène, les observait en silence, l'air compassé ; il prit rendez-vous pour le lendemain avec le menuisier afin de mettre au point l'entente.

— Bonne chance, mon cher monsieur, fit-il en s'inclinant avec une raideur protocolaire.

L'autre se contenta de le regarder, la bouche entrouverte.

— Mon cher Fafard, fit le notaire quand les deux hommes se retrouvèrent dans la rue, chargés de sacs et de boîtes, vous êtes d'une générosité extraordinaire ! Je ne connais personne comme vous ! On va finir par vous béatifier !

Le quincaillier riait, flatté :

— Que voulez-vous ? Je n'avais pas le choix ! Sinon, qu'est-ce qui serait arrivé à cet enfant ? Un de ces jours, on l'aurait retrouvé en première page du *Journal de Montréal*, voilà ce qui serait arrivé, mon ami... Et puis, si je n'avais rien fait, ma femme m'aurait cassé les oreilles jusqu'à la fin de mes jours ! Elle l'adore comme si elle l'avait porté dans son ventre.

Le lendemain, Wilfrid Thibodeau ne se présenta pas chez le notaire. Quelques jours plus tard, monsieur Victoire annonça à Rosalie en prenant son café matinal que le menuisier avait filé durant la nuit sans payer son loyer. Plusieurs semaines après ces événements, Fernand Fafard apprit, au hasard d'une conversation avec un fournisseur, que Thibodeau travaillait sur un chantier de la baie James.

Charles allait être longtemps sans revoir son père.

Depuis quelques années, le Québec s'agitait et bouillonnait malgré les efforts du premier ministre Bourassa pour pacifier les esprits. On l'accusait d'être un homme faible, mais la faiblesse n'était qu'un des masques utilisés par sa ruse, qui était redoutable. Il croyait que la sécurité de la Belle Province demandait qu'elle demeure à l'intérieur du Canada sous la gouverne d'Ottawa. C'était la parquer dans les coulisses de l'histoire et la condamner à l'étiolement, répliquaient ses adversaires.

Quelques jours à peine après l'arrivée de Charles chez les Fafard, le gouvernement, inquiet des progrès que faisait dans les esprits la souveraineté-association, déclencha des élections, et l'une des campagnes les plus enlevantes de toute l'histoire du Québec commença. Défiant les objurgations de sa femme et les règles élémentaires de la prudence commerciale, Fernand Fafard avait installé deux immenses pancartes du Parti québécois sur la façade de sa maison, l'une avec la photo de René Lévesque, l'autre avec celle de Guy Bisaillon, candidat dans le comté de Sainte-Marie qu'habitait le quincaillier. René Lévesque sillonnait le Québec, parlant inlassablement du « pays normal » que ses compatriotes devaient se donner sous peine de rater leur destin. Fafard usa une paire de souliers à faire du porte-à-porte avec le candidat Bisaillon, laissant pendant plusieurs semaines la direction de la quincaillerie à Clément Labbé, son homme de confiance, enchanté de se voir fournir une si bonne occasion de demander une augmentation de salaire à la fin de l'année. Malgré les hauts cris qu'elle avait poussés, Lucie passait plusieurs soirées chaque semaine à faire du pointage et du secrétariat; elle organisa chez elle trois assemblées de cuisine auxquelles on invita des voisins susceptibles de pouvoir changer de camp. L'une d'elles fut dirigée par nul autre que Pierre Bourgault, le leader aux cils blancs et à la parole d'acier, capable de soulever une foule comme on soulève une cuillère à thé.

Loin de se sentir délaissé, Charles se plaisait assez dans toute cette agitation, qui le détachait des événements pénibles qu'il venait de vivre et le libérait un peu de l'attention apitoyée qu'on lui prodiguait.

Le 15 novembre 1976, le Parti québécois prenait le pouvoir et une grande bouffée d'air frais enveloppait le Québec. Ce soir-là, Fernand et Lucie amenèrent les enfants au Centre Paul-Sauvé où se tenait un rassemblement monstre. Charles se coucha très tard et eut peine à s'endormir, encore tout électrisé par le bruit des ovations et l'estomac gonflé de croustilles et de boissons gazeuses.

17

Sous l'effet d'un bonheur soudain, l'âme parfois se révulse, comme incapable de l'absorber d'un seul coup. Les souffrances quotidiennes, petites et grandes, finissent par modeler celui qui les subit; elles deviennent peu à peu sa façon d'être et de concevoir la vie. C'est la réponse étrange et un peu triste que la Nature a trouvée, dans son désir de durer, aux vicissitudes de l'existence. Les savants l'appellent le réflexe d'adaptation.

Charles, depuis quelques jours, se sentait comme un prisonnier qu'on aurait tiré d'une cave sombre et humide pour l'amener brusquement au soleil. Ses yeux clignotaient, sa tête tournait un peu, il avait le souffle court et ne savait pas vraiment où il se trouvait.

Quel changement! Des caresses à tout moment, alors qu'il en avait reçu si peu depuis la mort de sa mère, le calme et la sécurité d'une maison normale, une sorte de bonne humeur latente, même dans les chamailleries et les discussions les plus vives, l'assurance de trois repas par jour, l'attention amicale et affectueuse (parfois excessive et même un peu agaçante) de chaque membre de la famille Fafard. Il était devenu un rescapé-vedette. Ses plaisanteries les plus ordinaires soulevaient les éclats de rire, Lucie ou Fernand l'aidait chaque soir à faire ses devoirs, Henri, d'ordinaire si turbulent et tirailleur, avait pour lui des attentions déconcertantes, Céline ne cessait de se coller contre lui avec des sourires angéliques; même Bof était de la partie: dans une décision à caractère historique, Lucie, oubliant ses allergies, avait accepté qu'il passe la nuit avec Charles et, chaque soir, le pauvre chien s'épuisait en manifestations de joie à l'égard de son maître, à tel point qu'enlever ses vêtements et enfiler son pyjama étaient devenus pour le garçon des opérations plutôt ardues.

Charles, comme dans son ancienne maison, avait sa propre chambre. On l'avait appelée jusqu'ici la « chambre de la visite », mais un coup de baguette magique en avait fait sa chambre à lui. Lucie avait aidé à la redécorer avec les objets qu'il avait apportés. Une photo encadrée d'Alice souriante, assise à une table à pique-nique devant un verre de limonade, ornait un bureau que Fernand avait tiré de la remise et où Charles devait faire ses devoirs (en fait, il travaillait avec Henri dans la salle à manger); on avait fixé sur un mur une affiche d'*Il était une fois dans l'Ouest*; la petite bibliothèque près de la fenêtre avait été dégarnie de sa collection de *Sélection du Reader's Digest* pour que Charles puisse y disposer ses jouets, entre autres un magnifique camion de pompiers avec échelle de sauvetage pivotante, sirène et gyrophare, cadeau de son père et de Sylvie pour ses sept ans et qui avait remarquablement traversé deux années de service intense; sur le dessus du meuble, bien en évidence, on pouvait voir les deux tomes d'*Alice au pays des merveilles*, les seuls objets que Bof n'avait pas le droit de renifler ni même d'approcher. Son ours Simon trônait dans un coin sur une petite chaise agrémentée d'un coussin bleu à motif d'étoiles.

Si on avait demandé à Charles comment il se sentait depuis son arrivée chez les Fafard, il n'aurait su que répondre ; jamais il ne s'était senti ainsi. Il avait presque mal d'être trop bien. Cette boursouflure de bonheur, si on peut dire, le rendait parfois triste et anxieux ; les premières nuits dans sa nouvelle chambre avaient commencé dans les larmes, sans qu'il sache trop pourquoi, et la présence de Bof, d'un Bof quelque peu ahuri, avait été alors extrêmement précieuse.

À l'école, on aurait pu s'attendre à ce qu'il se montre plus calme et plus attentif ; ce fut le contraire qui se produisit. Sa joie, trop intense et trop neuve, ne savait plus comment s'exprimer et semblait le perturber autant que ses malheurs passés. Il riait pour des riens, bouffonnait plus que jamais, ne pouvait fixer son attention plus de trois minutes à la fois, entrait dans des colères violentes et inexplicables qui surprenaient tout le monde ; il s'amusa un jour à vider une poubelle dans une cuvette de toilettes ! Une inondation se produisit, on dut appeler le plombier et Charles, par les soins gracieux d'un délateur, reçut un abonnement de deux semaines aux retenues. Madame Jacob, désespérée, criait et pinçait en pure perte, et finit par le classer parmi les idiots agités. Il lui faudrait bien du temps pour changer d'opinion.

La disparition de son père ne l'avait, en apparence, aucunement affecté ; mais il déployait de grands efforts pour cacher sa honte, ne parlait jamais de lui et n'aimait pas qu'on en parle. Pour aborder ce sujet douloureux, il n'avait que deux confidents : Bof et Simon l'ours blanc ; même avec eux, il se montrait réservé.

Il observait parfois Fernand Fafard dans son rôle de père de famille, qu'il tenait avec beaucoup d'énergie, d'autorité et d'imagination. Pourquoi Charles n'avait-il pas eu un père comme cet homme? Qu'avait-il donc fait pour que son propre père se comporte à son égard d'une façon aussi odieuse? Son image restait en lui comme une blessure, une sorte de vide impossible à combler, une obscure pesanteur qui lui écrasait les entrailles si cruellement qu'il quittait parfois ses compagnons de jeu pour aller s'asseoir tout seul dans un coin, morne et maussade, la réplique méchante; ou, penché au-dessus de son pupitre, il levait soudain la tête, le regard effaré, et se mettait à ouvrir et à fermer la bouche à toute vitesse, tellement enlaidi par ce tic nouveau que ses compagnons riaient tout bas et que madame Jacob, hors d'elle-même, lui décochait une taloche.

Il éprouvait un attachement presque servile pour Fernand Fafard. Quand ce dernier arrivait le soir à la maison, Charles arrêtait tout et, debout dans un coin, le contemplait avec dévotion, tandis que Céline se jetait dans ses bras et qu'Henri, les mains dans les poches, venait lui raconter un événement important de sa journée. Le quincaillier faisait alors signe à Charles d'approcher:

— Et puis, mon petit dernier, lançait-il en lui ébouriffant les cheveux, ça marche à ton goût?

Charles penchait la tête, ravi, ne sachant que répondre.

Le samedi matin, plutôt que de traîner au lit, il se levait dès huit heures pour aller travailler avec Henri au magasin. «Gratis», avait-il pris soin de préciser; Fafard, touché par son geste, mais ne sachant trop comment utiliser ses services, s'efforçait de le tenir occupé en lui faisant faire des courses, des menus travaux, du rangement dans le petit entrepôt situé à l'arrière de l'établissement; Clément Labbé le trouvait parfois un peu encombrant, mais son patron lui fit remarquer un jour d'un ton sec que c'était la patience envers les enfants qui déterminait finalement si un homme avait bon cœur.

Fafard essayait de profiter de l'ascendant qu'il exerçait sur Charles pour le convaincre d'améliorer sa conduite à l'école, car sa femme, épouvantée par l'épisode de l'inondation, parlait d'emmener l'enfant chez un psychologue.

— Si tu me reviens avec de meilleures notes, avait-il promis à Charles en présence de Clément Labbé, je vais te permettre un de ces jours de travailler derrière le comptoir.

L'assistant avait alors eu une de ses grimaces les plus éloquentes.

Lucie avait joint ses efforts à ceux de son mari. Un soir que Charles, surmontant sa gêne, avait accepté qu'elle lui donne un shampoing pendant qu'il prenait son bain, elle lui avait murmuré de sa voix la plus tendre :

— Mon petit Charlot, j'ai rencontré l'autre jour à l'épicerie mademoiselle Laramée, ton ancienne maîtresse d'école... Mon Dieu, qu'elle t'adore ! Elle me racontait combien tu étais un bon élève dans sa classe, le meilleur, en fait, oui, le meilleur, qu'elle me disait, si curieux d'apprendre et si gentil avec les autres...

Charles, plissant les yeux avec une grimace pour empêcher l'envahissement de la mousse, avait simplement répondu :

— Avec elle, c'était facile.

— Ah oui ? Et avec madame Jacob, ça l'est moins ?

— Madame Minoune...

Il se mit à rire, puis fit remarquer que l'eau de rinçage était trop chaude.

— Et qu'est-ce qui ne va pas avec madame Jacob ? demanda Lucie après avoir réglé le débit.

Charles garda le silence, la tête penchée, laissant l'eau tiède ruisseler sur sa tête et sur ses épaules, et Lucie crut qu'il ne voulait tout simplement pas répondre. Mais soudain sa voix s'éleva, rapide, saccadée, comme sous la pression d'un trop-plein :

— Elle ne s'intéresse pas à moi ! Elle s'intéresse à moi seulement pour me chicaner, me mettre en punition ou me pincer le bras ! Quand je lui pose une question, elle ne m'écoute pas ou elle me répond en trois mots, comme si je la dérangeais. Elle me prend pour un cave, madame Minoune, et elle a hâte que l'année finisse pour se débarrasser de moi... Madame Minoune...

Il se remit à rire et bougea ses bras devant lui, les doigts écartés, pour faire admirer des bagues et des bracelets imaginaires.

— Est-ce que... tu voudrais que je lui parle ?

— Non. Je vais passer pour un panier percé.

Un moment passa. Charles put enfin ouvrir les yeux et demanda une serviette pour s'essuyer le visage.

— Mais ne crois-tu pas, mon petit Charlot, reprit Lucie de sa voix la plus caressante, que ce n'est pas toujours complètement de sa faute si elle manque de patience avec toi? que si tu te montrais un petit peu plus... tranquille en classe et à la récréation, elle finirait peut-être par changer d'idée sur toi et s'apercevoir, comme mademoiselle Laramée, comme moi et comme Fernand, que tu es un garçon intelligent et plein de cœur?

Ce ton doucereux déplut à Charles qui leva la tête et plongea un regard de feu dans celui de Lucie:

— Elle ne m'aime pas, je ne l'aime pas et il n'y a rien à faire.

Ce fut Parfait Michaud qui, sans le vouloir, contribua à améliorer un peu les rapports de Charles avec son institutrice. Un samedi matin, il cherchait un livre dans sa bibliothèque lorsque son regard s'arrêta soudain sur une étagère dont les tablettes contenaient trois cent cinquante-sept numéros des *Actes de la Société de recherches notariales et historiques de l'Île-de-France*, collection d'une utilité douteuse mais d'un poids certain. C'était sans doute ce poids qui, combiné à la faiblesse du plancher, avait au fil des ans donné au meuble un angle d'inclinaison qui risquait de rendre mortelles un jour ou l'autre toutes ces communications savantes. La solution la plus sensée aurait été de se débarrasser de ces recueils qu'il ne consultait jamais, mais il s'agissait du legs d'un ancien professeur à qui il vouait un culte, et ce geste lui aurait paru sacrilège. Sans compter que ces *Actes* présentaient la grande utilité de cacher derrière leur masse poussiéreuse une jolie collection de photos de nus féminins et de gravures coquines, dont il n'avait jamais tenu à révéler l'existence à sa femme, très enquiquineuse en ces matières. Il décida par conséquent d'ancrer solidement l'étagère dans le mur et téléphona à la quincaillerie Fafard pour vérifier si on pouvait lui fournir des vis et des équerres ad hoc. Charles venait tout juste d'arriver à la quincaillerie lorsque Clément Labbé reçut l'appel du notaire. Labbé y vit l'occasion de se libérer de la présence de l'enfant pour une vingtaine de minutes et l'envoya donc porter les articles chez Michaud.

Ce fut sa femme qui lui ouvrit; elle était vêtue d'une longue robe de satin mauve, d'escarpins mauves, et une demi-douzaine de bagues étincelaient à ses doigts; celles-ci rappelèrent à Charles les redoutables mains royales de madame Jacob et un léger pli de désapprobation apparut à ses lèvres.

— Ah! tiens! notre fameux Charles! s'écria-t-elle. Entre, dépêche-toi, je déteste les courants d'air. Qu'est-ce qui t'amène ici?

Elle le fixait d'un regard inquisiteur et bienveillant. Son visage de poupée vieillie, à la bouche en cœur, frémissait d'une joie taquine.

Il tendit un sac de papier:

— Monsieur Michaud a commandé des choses à la quincaillerie.

— Eh bien! va les lui porter. Il est dans la bibliothèque, troisième porte à gauche. Ne te perds pas en chemin, surtout!

Et elle s'éloigna en riant. Charles frappa, attendit qu'on l'invite à entrer, puis promena lentement dans la pièce un regard stupéfait. Jamais il n'avait vu autant de livres de toute sa vie! Les murs en étaient couverts jusqu'au plafond. Deux grandes tables de chaque côté en supportaient des monticules qui s'élevaient à une hauteur étonnante. Au fond, à droite, assis dans un fauteuil de cuir, le notaire le regardait en souriant, entouré de piles de revues qui formaient autour de lui une sorte de mur semi-circulaire.

— Surpris, mon Charles?

Ce dernier, poursuivant son inspection, fit signe que oui.

— C'est à vous, tous ces livres?

— Bien sûr.

— Vous les avez tous achetés?

— Beaucoup me viennent de mon père, mais la plupart, oui, je les ai achetés.

— Vous êtes riche! s'exclama Charles.

Son visage exprimait une admiration si naïve que Parfait Michaud éclata de rire.

— Oh! pas tant que ça, tout de même! Mais, avec les années, à force de bouquiner à gauche et à droite, j'ai fini par me retrouver avec une jolie collection. J'adore les livres... comme tu peux le constater!

— Il y en a plus qu'à mon école, remarqua Charles avec respect.

— Ça prouve tout simplement, mon pauvre ami, que ton école en manque. Alors, qu'est-ce que tu m'apportes?

Il se leva, vida le sac sur le coin d'une table et hocha la tête avec satisfaction. Puis, pointant l'index vers l'étagère dégarnie qui avait contenu les *Actes*:

— Heureusement que j'ai bon œil, tu sais. Ce meuble était sur le point de me tomber sur la gueule. Il m'aurait rendu aussi mince qu'un de ces recueils... et le monde aurait perdu un grand homme!

Il se mit à rire. Charles l'accompagna poliment, ne saisissant pas le jeu de mots. Michaud s'approcha de l'étagère et l'examina, s'accroupissant, se relevant, se penchant de côté. Son long corps maigre et dégingandé rappelait vaguement celui d'une girafe piétinant sur ses longues pattes.

— Dis donc, Charles, fit-il en se tournant vers l'enfant, aurais-tu quelques minutes à m'accorder?

C'était la première fois de toute sa vie qu'on s'adressait à lui de cette façon. L'expression lui plaisait beaucoup, le remplissant d'un délicieux sentiment d'importance, décuplé par l'admiration qu'il ressentait pour l'homme qui l'avait employée.

— C'est que j'aurais besoin de ton aide pour fixer ces équerres, poursuivit Michaud. Cela m'épargnerait beaucoup de temps.

Charles répondit que rien ne le pressait et qu'il aurait grand plaisir à lui être utile. Le notaire quitta la pièce et revint avec une perceuse, un escabeau, un ruban à mesurer et un tournevis, et le travail commença; Charles maintenait les équerres contre le mur pendant que l'autre les fixait. Tout en effectuant ces opérations, Parfait Michaud prenait, mine de rien, des nouvelles de l'enfant, l'interrogeant sur sa nouvelle vie chez les Fafard, sur ses loisirs, son humeur, son travail à l'école et même sur son chien, dont il admirait les dispositions pour l'opéra. Mis en confiance, Charles bavardait et, sans trop s'en rendre compte, entrouvrait peu à peu les replis les plus intimes de son âme. Il parla de ses déboires avec madame Jacob, de la gentillesse que les Fafard lui témoignaient et glissa même un mot sur l'étrange tristesse qui l'envahissait parfois brutalement sans raison apparente, surtout le soir, et l'empêchait de dormir; il ne parla pas de son père. Parfait Michaud l'écoutait, secrètement ému, ne sachant trop que répondre, étonné par ces confidences. L'installation terminée, il sortit son portefeuille et tendit un billet d'un dollar à Charles; ce dernier refusa vivement:

— Non merci, monsieur Michaud, ça m'a fait plaisir, je n'avais rien à faire. Non, je n'en ai pas besoin, je vous assure.

Il aurait voulu ajouter que, après l'aide si généreuse qu'il lui avait apportée dans un moment très difficile de sa vie, il aurait fallu être le dernier des sans-cœur pour accepter un sou de sa part, mais les mots lui manquaient pour le dire.

— Allons, comment pourrais-je te témoigner ma reconnaissance, jeune homme? Je n'ai pas l'habitude de faire travailler les gens pour rien, tu sais!

Sans qu'ils s'en soient rendu compte, Amélie Michaud était entrée sans bruit dans la pièce et avait observé la scène. Elle surprit un regard en biais que Charles posa alors sur les rayons de livres, puis le léger frémissement qui agita ses lèvres sans qu'un mot en sorte.

— Je pense que ta bibliothèque l'intéresse, remarqua-t-elle d'une voix forte.

Ils se retournèrent tous deux avec un sursaut.

— Pour l'amour, Amélie, cesse de jouer ainsi les fantômes! Tu vas finir par me donner une faiblesse au cœur! Et alors, mon Charles, poursuivit-il avec un grand sourire comme s'il avait aussitôt oublié l'incident, tu t'intéresses donc aux livres?

— J'ai lu *Alice au pays des merveilles*... et aussi *De l'autre côté du miroir*, précisa Charles avec fierté.

— Ah oui? Formidable! Eh bien! mon ami, fit-il en l'entraînant vers le fond de la pièce, je pense avoir ici quelque chose qui pourrait t'intéresser. Figure-toi donc que j'ai toujours conservé mes romans de jeunesse... car, lorsque j'avais ton âge, j'adorais lire, moi aussi.

Il s'accroupit devant un rayon et ses doigts se mirent à courir nerveusement sur le dos des livres, en retirant un pour le replacer aussitôt, puis s'arrêtant au livre suivant, qu'il abandonnait à son tour avec une petite grimace perplexe.

— Laisse-moi voir, laisse-moi voir, murmurait-il, le visage rempli de gravité comme s'il était sur le point d'accomplir un acte aux conséquences incalculables.

Amélie Michaud s'était approchée et l'observait, un sourire narquois aux lèvres, tandis que de sa main droite elle caressait les cheveux de Charles, qui, tout intimidé, était devenu raide comme un piquet.

— Prête-lui donc *L'île au trésor*, laissa-t-elle tomber calmement. Je l'ai encore lu la semaine dernière et c'est toujours aussi bon.

— Excellente idée! s'écria le notaire avec un enthousiasme juvénile. Tiens, mon Charles, fit-il en lui tendant un grand bouquin un peu défraîchi à couverture cartonnée. Et avec des images, en plus! J'ai dû le lire dix fois! Robert-Louis Stevenson est un fameux conteur! Tu m'en donneras des nouvelles.

Charles examinait l'illustration de la couverture: un petit garçon à peine plus âgé que lui, debout sur le pont d'un navire à voiles, les bras tendus dans une pose très théâtrale, fixait d'un œil effrayé un pirate à la jambe de bois qui s'avançait vers lui, pistolet au poing, avec un sourire d'anthropophage.

— Quand on le commence, dit Amélie Michaud en le regardant droit dans les yeux, on ne peut plus s'arrêter. C'est comme ça.

Charles remercia Parfait Michaud, promit de prendre le plus grand soin de son livre et retourna à la quincaillerie, où son absence, croyait-il, devait commencer à se faire sentir.

18

Il travailla tout l'avant-midi dans l'entrepôt, classant des vis et des clous, puis donna un coup de chiffon sur les tablettes. Vers midi, il retourna à la maison pour dîner, emportant avec lui *L'île au trésor* enveloppé dans un sac et décida d'y jeter un coup d'œil en sortant de table. On ne le revit pas à la quincaillerie du reste de la journée. À deux heures, Henri entra dans sa chambre et l'invita à jouer à la balle avec Blonblon et des amis dans la cour de l'école. Étendu sur son lit, Charles lisait. Il leva la tête, répondit qu'il n'avait pas le goût de sortir et se replongea dans son roman. Il lut ainsi jusqu'au souper, mangea rapidement, l'air absent, répondant à peine aux questions qu'on lui posait, puis retourna dans sa chambre. Mais quelques minutes plus tard, poussé par le sentiment des convenances, il réapparaissait pour aider Lucie à ranger la cuisine tandis que Céline et Henri discutaient aigrement pour décider qui devait passer le balai. Aussitôt son travail fait, il se hâta d'aller rejoindre le jeune Jim Hawkins et Long John Silver, qu'il avait laissés plantés l'un en face de l'autre au milieu d'une grave querelle. Le lendemain matin, à dix heures dix, après une nuit quelque peu écourtée, il refermait le livre avec un soupir de regret.

Dans les semaines qui suivirent, grâce à l'obligeance de Parfait Michaud, enchanté d'avoir allumé cette passion chez son jeune ami, Charles dévora *Kidnappé* et *La flèche noire*, du même Stevenson, puis se lança dans la lecture de romans de moindre valeur, qui réussirent néanmoins à nourrir son émerveillement. Il passa l'hiver avec les personnages de *Sans famille*, des *Bijoux de la princesse*, des *Rescapés du Sirius*, de *La caravane de la mort*, du *Château de Pontinès*, puis, pénétrant dans le monde de Jules Verne, se retrouva au centre de la terre, fila sous les océans en compagnie de l'énigmatique capitaine Nemo, chevaucha dans les steppes de Russie avec le courageux Michel Strogoff et s'émerveilla de l'ingéniosité que déployaient les nouveaux habitants de *L'île mystérieuse* échoués en ballon au milieu d'une affreuse tempête.

La graine qu'avait plantée un peu au hasard mademoiselle Laramée venait de se déployer, après une longue germination, en une magnifique floraison multicolore. Charles, comme il l'expliqua un jour à Blonblon, « s'amusait dans sa tête » ; des mondes et des siècles s'y étendaient à perte de vue, et il jouissait d'un don merveilleux : il pouvait traverser les océans, grimper sur les banquises, parcourir les jungles et les déserts, foncer dans les blizzards les plus coupants, explorer des pays sauvages, étranges, barbares, inouïs, tout cela en revêtant une infinité de personnalités et sans risquer une seule égratignure. En fait, il pouvait être n'importe qui, n'importe où, n'importe quand. C'était la liberté.

La lecture se mit à jouer également chez lui un autre rôle : celui de refuge. Si sa vie, pour une raison ou une autre, lui déplaisait, il n'avait qu'à ouvrir un livre pour la quitter. Sauf à l'école, cela pouvait se faire assez facilement et en toute discrétion, le jour comme la nuit.

Le cinéma et la télé agissaient sur lui d'une semblable façon, mais n'arrivaient pas à lui apporter le même envoûtement. Leur magie était plus fragile, ils ne faisaient pas travailler son imagination.

Au début, la lecture le coupa presque complètement de ses amis. Cette vie sédentaire finit par modifier quelque peu son corps. Son visage s'arrondit, ses bras devinrent potelés, une expression d'absence émoussait souvent son regard et amollissait les traits de son visage. Il devint à la fois silencieux et invisible, constamment étendu sur son lit ou affalé dans un fauteuil le nez dans un roman. La lecture le rendit sourd. Les appels pour se mettre à table, faire ses devoirs ou venir au téléphone se perdaient dans les espaces intersidéraux. S'étant rapidement senti chez lui dans sa nouvelle famille, il monopolisait parfois les toilettes ou le canapé du salon. La rue lui était devenue insipide. Il y faisait trop froid, il ventait trop fort, il était trop tard ou trop tôt pour se lancer dans des jeux qui n'arrivaient plus à rivaliser avec les aventures de ses livres. Ses amis se plaignaient. Henri le traita même un jour de «femmelette», ce qui lui valut de la part de Lucie une heure de méditation dans sa chambre sur les écarts de langage. Il n'y avait que Bof qui avait su tirer parti de la nouvelle situation. Pelotonné contre son maître, il se fondait dans la tiédeur de son corps et roupillait pendant des heures en poussant de temps à autre un soupir de béatitude.

Sans trop se l'avouer, Fernand Fafard établissait une sorte de lien entre la passion de la lecture et certaines formes de maladies mentales. Il faut dire que son tempérament et ses goûts l'avaient singulièrement prémuni contre les charmes de la littérature. Le seul roman qu'il ait lu au cours de sa vie – œuvre d'un de ses cousins prêtre séculier à Trois-Rivières qui s'était publié à compte d'auteur – lui avait demandé dix mois d'efforts laborieux (fournis la plupart du temps aux toilettes) et il en avait totalement oublié le début lorsqu'il était parvenu à la fin. Aussi s'était-il mis à s'inquiéter à propos de Charles. Un enfant qui «ne bougeait pas» ou n'était pas en train de crier et de se chamailler avec quelqu'un, qui préférait rester immobile et silencieux comme une huître ou un bloc de béton, était, à ses yeux, un enfant qui avait besoin d'aide et celle-ci consistait, par des mesures énergiques, à le mettre en mouvement, car, sans mouvement, on s'ankylose, on prend du poids, on grandit mal et on risque en plus de devenir la proie de certaines pensées bizarres et inquiétantes qui peuvent gâcher toute une vie.

Cette crainte des livres voisinait chez lui avec un profond respect pour ceux-ci. Le livre représentait à la fois le Savoir et le Danger, l'un n'allant pas sans l'autre, ce qui compliquait tout. La pensée fondamentale qui sous-tendait toutes ses autres pensées à ce chapitre était celle-ci : une certaine ignorance (pas trop poussée, tout de même) assurait une vie simple et authentique, comme ces bonnes purées de pommes de terre faites avec du vrai beurre et du vrai lait. Par contre, il n'avait pas été sans remarquer que depuis une dizaine d'années l'exigence d'études prolongées ne cessait de croître et qu'il devenait de plus en plus difficile d'obtenir un bon salaire sans avoir au préalable manipulé une quantité considérable de livres de toutes sortes. D'un autre côté, il avait également remarqué que c'étaient surtout les femmes qui étaient grandes dévoreuses de romans (sa propre femme en lisait régulièrement un ou deux par mois). Charles était-il en train de se féminiser ? Quand il s'en ouvrit à Lucie, elle lui pouffa de rire au nez, mais cela ne le rassura aucunement.

Fernand Fafard se trouvait donc dans un grand état de confusion devant le cas de Charles. Sa conscience l'empêchait de rester les bras ballants, car il était en quelque sorte devenu son père, du moins pour un temps. Aussi, après une dizaine de jours d'observation et de réflexion, décida-t-il d'adopter une méthode mixte fondée à la fois sur la tolérance et la coercition. Quand le quincaillier se trouvait à la maison, Charles pouvait lire en paix une heure ou deux, mais soudain Fafard entrait en trombe dans sa chambre ou dans le salon, la voix forte, les bras en mouvement, l'air farouche et résolu :

— Allons ! hop ! hop ! va faire un tour dehors, mon Charles, tu manques d'oxygène, ça paraît dans ta face ! Vite ! vite ! Plus vite que ça !

Ou alors :

— Bon, bon, bon ! assez de lisage pour le moment ! Lucie a besoin d'une pinte de lait ! Tu serais gentil d'aller à l'épicerie. T'en profiteras pour prendre l'air ! Je ne veux pas te revoir dans la maison avant une heure, tu m'entends ?

Charles se levait, fort ennuyé mais docile, quittait la maison et allait faire sa course ou rejoindre ses amis qui s'époumonaient à quelque jeu dans l'air glacé.

Mais, parfois, l'impulsion venait de lui-même. Après des heures passées chez les Kurdes de l'époque victorienne, dans les sifflements de balles d'une jungle du Vietnam ou dans les ombres d'un quartier mal famé de Chicago, une sensation d'étouffement le prenait subitement, son cerveau gonflé d'images semblait vouloir chercher une issue par ses yeux et ses oreilles, et une violente fringale de vie réelle s'emparait de lui. Il jetait son livre sur le plancher, sortait de la pièce en courant, se mettait à taquiner Céline ou allait trouver Henri ou Blonblon et passait le reste de la journée dans des activités abracadabrantes.

Vers la fin d'un après-midi, fort impressionné par un article sur le café qu'il venait de lire dans un vieux *Sélection du Reader's Digest*, Charles décida de tenter une expérience sur Bof. Dans un coin retiré de la cave, il mélangea quatre cuillerées à soupe de café instantané à une bonne quantité de crème glacée à la vanille que Blonblon était allé chercher en catimini chez lui, adoucit le tout d'une tasse de sirop de maïs et le présenta à Bof, qui le lapa en trois coups de langue. Une demi-heure plus tard, l'animal entra dans une agitation aussi intense que désordonnée. Il courait d'une pièce à l'autre en grognant et en aboyant, se sauvait quand on l'appelait, puis se ruait sur les gens sans crier gare, grimpait sur les meubles, tirait sur les tapis, faisait claquer les portes et décrocha un rideau du salon dans lequel il s'empêtra et se débattit devant les enfants tordus de rire mais un peu inquiets – jusqu'à l'apparition de Lucie, qui revenait de chez une voisine.

On dut attacher Bof dans la cour, où il se lança dans un récital de jappements avant de se mettre à creuser des trous dans le sol gelé. Au moment de se coucher, Charles, inquiet de voir son chien passer la nuit au froid, obtint la faveur qu'on l'enferme dans la cave.

Vers deux heures du matin, Fernand Fafard fut tiré de son sommeil par un bruit étrange. Il se leva, se rendit à la cuisine, fit de la lumière. Un bruit de rongement venait de la porte de la cave. Il l'ouvrit. Bof dévala les marches dans un nuage de fragments de bois; le bas de la porte avait pris la minceur d'une feuille de carton. Un quart d'heure de plus, et le chien se serait échappé.

— En ce qui regarde le café, Charles, est-ce que tu crois que tes expériences sont terminées? demanda le quincaillier durant le déjeuner avec un sourire légèrement persifleur.

Les lectures de Charles provoquèrent d'autres incidents.

Un jour que Lucie était occupée à faire du rangement au sous-sol, Charles, inspiré par les aventures de *Kim Barsac au pôle Nord*, convainquit ses amis de construire un énorme fort en neige sur le toit faiblement incliné de la remise, ouvrage qui leur permettrait de contrôler tout le quartier. Henri et Blonblon montaient de gros blocs de neige par une échelle tandis que Charles les assemblait, puis les cimentait en les arrosant. Ils terminaient la construction lorsqu'un long craquement s'éleva de la toiture, qui s'affaissa un peu en son centre. Appelé d'urgence de la quincail-lerie, Fernand Fafard, au grand chagrin des trois garçons, dut démolir le fort à toute vitesse pour éviter un effondrement, puis appela un menuisier qui travailla pendant une journée à réparer les dégâts.

Dans ces occasions, le quincaillier sentait ses préventions contre la lecture diminuer considérablement, car cette activité avait au moins, à ses yeux, l'avantage de garder Charles tranquille.

Madame Jacob n'avait pas été sans remarquer elle aussi un profond changement dans le comportement de son élève. La soudaine amélioration de ses résultats en dictée l'avait d'abord intriguée. Trichait-il? Une observation minutieuse ne lui apprit rien. Puis, un bon matin, elle acquit la certitude que Charles empruntait sa science à quelqu'un d'autre. Ce jour-là, elle avait demandé à sa classe d'écrire une composition de dix lignes sur le

thème d'une excursion à la campagne. Charles, emporté par l'inspiration, lui remit seize lignes assez bien tournées, presque sans
fautes. Au milieu de son texte brillait cette phrase étonnante :
La route poudroyait. La route poudroyait ! Il y avait presque
autant de chances de rencontrer un petit garçon d'un quartier
populaire de l'est de Montréal – et traîne-la-queue, en plus ! –
qui connaisse le sens et l'orthographe de ce verbe un peu précieux
que d'entendre un éboueur réciter des élégies en grec classique.

Posant le doigt sur le verbe suspect :

— Elle est bien jolie, ta composition, Charles... Où l'as-tu
copiée ?

— Moi ? répondit-il, surpris et rougissant. Je n'ai rien copié.

— Alors, qu'est-ce que ça veut dire, « poudroyer » ?

— Faire de la poussière, je suppose.

Madame Jacob le fixa un moment sans parler. Une profonde
insatisfaction se lisait dans son regard. Elle agita lentement ses
doigts couverts de bagues, puis une expression cruelle et rusée
arqua légèrement ses lèvres peintes d'un rose profond :

— Tu permets que je jette un coup d'œil dans ton pupitre ?

Charles, de plus en plus embarrassé, fit signe que oui. Un
silence de banquise régnait dans la classe. Les élèves le fixaient,
immobiles, les yeux brillants, et le léger sourire de l'institutrice
s'était posé sur bien des lèvres.

L'examen du pupitre ne révéla rien.

— Où as-tu appris ce mot, Charles ? fit madame Jacob, qui
commençait à perdre contenance. Je ne l'ai jamais employé en
classe et je doute que quelqu'un l'ait jamais employé devant toi !

— Je l'ai lu dans un livre... Je ne me rappelle plus lequel.

— Tu lis des livres ?

— Bien sûr, madame, qu'il lit des livres, lança Blonblon en se
portant à la rescousse de son ami. Il fait quasiment rien que ça,
maintenant !

Madame Jacob lui demanda de garder ses commentaires pour
lui et se retourna vers Charles :

— Quels livres, Charles ?

Il se mit à lui débiter une liste de titres qui la stupéfia.

— Tu as lu tout ça?

Charles sentit qu'il prenait le dessus et fit signe que oui en s'efforçant de garder une contenance modeste afin de ne pas indisposer son institutrice.

— Jusqu'au bout?

— Oui, jusqu'au bout.

— Il lit même en dormant! ne put s'empêcher d'ajouter Blonblon, enchanté par la tournure de l'affaire.

— Qu'est-ce que je t'ai dit, toi? siffla l'institutrice en allongeant son bras avec la souplesse d'un reptile.

Mais sa taloche faucha le vent, à la grande satisfaction des élèves.

À partir de ce moment, elle changea peu à peu d'attitude vis-à-vis de Charles. Son opinion jusque-là inébranlable selon laquelle il n'était qu'un bon à rien destiné à la nullité commença à se fissurer légèrement et l'indifférence un peu méprisante qu'elle éprouvait pour lui se mua peu à peu en étonnement; un début d'intérêt naquit chez elle et même une certaine affection pour cette larve à qui il était en train de pousser des ailes de papillon, des ailes diaphanes et fragiles qui s'abîmeraient bien vite, pensait-elle, aux difficultés de la vie médiocre et primaire que sa naissance lui avait préparée.

La réputation de liseur olympique de Charles s'était rendue jusque Chez Robert. Depuis son arrivée dans sa nouvelle famille, Charles fréquentait beaucoup moins le restaurant. Il n'y travaillait plus comme livreur et commissionnaire, ses parents adoptifs ayant jugé bon qu'il consacre ses énergies d'abord et avant tout aux études. Il y allait beaucoup moins souvent comme client, étant donné que Lucie assurait la préparation de tous les repas et que réfrigérateur et garde-manger étaient accessibles en tout temps à lui comme aux autres. Mais il avait conservé ses liens d'amitié avec Rosalie et Roberto qui, sans connaître dans ses détails la scène de l'éplucheur, savaient qu'une querelle épouvantable l'avait opposé à son père et avait peut-être mis sa vie en danger; leur affection pour l'enfant s'en était accrue.

Un après-midi de mars, en revenant de l'école, il entra au restaurant avec Henri pour un chocolat chaud et un petit gâteau Vachon, selon son ancienne habitude. Ils avaient pris place au comptoir et s'amusaient à se donner des bourrades tandis que la machine distributrice de chocolat, avec un petit vrombissement affairé, déversait un onctueux nuage de mousse dans les tasses de porcelaine blanche.

— Et alors, mon Charles, fit Rosalie en déposant devant eux chocolat et gâteaux, la vie va à ton goût?

— Oui, madame Guindon, ça marche.

— Et la lecture? Ça t'amuse toujours autant?

— Y a à peu près rien que ça qui l'amuse, ricana Henri.

Et il lui allongea une autre bourrade, créant un raz de marée miniature dans la tasse de son ami.

— Dis donc, tu devrais t'y mettre toi aussi, ça te tranquilliserait peut-être un peu, gronda Rosalie en tendant à Charles un napperon de papier pour qu'il éponge le dégât... Ah! ces garçons! ajouta-t-elle en pinçant le nez d'Henri pour atténuer sa semonce, on dirait qu'ils reçoivent tous une piqûre de bougeotte en venant au monde! Mais ça ne fait rien! On les aime bien quand même! Et alors, qu'est-ce que tu es en train de lire de ce temps-ci, mon Charles?

— *La guerre des salamandres.*

— *La guerre des...* quoi? fit Rosalie, estomaquée.

La tête de Roberto apparut par la porte de la cuisine.

— Les salamandres, expliqua Charles avec une calme gravité, c'est un genre de grenouilles très intelligentes qui savent se servir de la dynamite.

— Seigneur Jésus! s'exclama la restauratrice, atterrée.

— C'est juste une histoire, madame Guindon, se hâta d'ajouter Charles tandis qu'Henri éclatait de rire devant sa naïveté.

Roberto s'avança, incrédule :

— Et *tou* es capable de lire des livres comme ça ?

— Bien sûr. Je l'ai même avec moi dans mon sac d'école.

Il défit les courroies de son sac et exhiba le roman de Karel Čapek. C'était un livre à couverture molle, un peu fatiguée, sur laquelle on voyait une photographie, à demi consumée par les flammes, montrant un jeune homme et une jeune femme aux sourires énigmatiques.

— Peux-*tou* nous en lire un bout ? demanda Roberto.

Charles hésita une seconde, puis ouvrit le roman et se lança dans le début :

> Si vous cherchez la petite île de Tana Masa sur la carte, vous la trouverez en plein sur l'équateur, un peu à l'ouest de Sumatra ; mais si vous montez sur le pont du Kandong Bandoeng pour demander au capitaine J. Van Toch ce que c'est que cette Tana Masa devant laquelle il vient de jeter l'ancre, il lâchera une bordée de jurons, puis il vous dira que c'est le plus sale coin de l'archipel de la Sonde, encore plus minable que Taba Bala...

Sa voix fraîche et limpide contrastait comiquement avec la rudesse de certaines expressions du texte ; il articulait les mots sans hésitation et trébucha seulement sur le « Kandong Bandoeng », mais ce n'étaient pas tant l'aisance et la vitesse de sa lecture qui impressionnaient les auditeurs que le sentiment d'assister au début d'une histoire passionnante capable de les subjuguer durant des heures. Roberto et Rosalie, statufiés d'étonnement au son de tous ces mots étranges qui sortaient de la bouche d'un enfant qu'ils avaient vu faire ses premiers pas sur le trottoir avec la couche aux fesses, avaient l'air d'assister à l'apparition du Saint-Esprit.

Deux jeunes filles, des élèves d'une école secondaire du quartier, avaient abandonné leur Coke pour s'approcher silencieusement de Charles et l'écoutaient avec un sourire extasié ; un livreur de mazout, la casquette un peu de travers, les poils gris de sa barbe de trois jours accentuant la fatigue de son visage, s'approcha, éberlué. Charles leva la tête, fit le tour de ses admirateurs, rougit et fourra le livre dans son sac d'école. Un grand silence s'installa.

— Eh ben! soupira le livreur, on aura tout vu...

Roberto mit la main dans sa poche et, tandis que les compliments se déversaient sur l'enfant, il lui tendit un billet de deux dollars :

— Tiens, *tou* t'achèteras des livres avec ça. J'ai bien dit : *des livres*. Pas des cigarettes, là, ou de la gomme baloune, hein?

Charles, tout décontenancé, se fit un peu prier avant d'accepter l'argent; Henri le fixait avec des yeux pleins d'envie. Obéissant aux règles de la politesse qu'on lui avait inculquées, Charles remercia Roberto plusieurs fois, s'engagea à utiliser l'argent comme convenu et promit même de venir lui montrer les livres au restaurant.

— Je ne m'étais pas trompée, finalement! Tu vas aller loin, toi, mon p'tit gars! s'exclama Rosalie qui, de toute sa vie, n'avait lu que deux romans Harlequin (c'était lors d'un séjour à l'hôpital), tandis que pour son compagnon pareil exploit restait du domaine de l'impensable.

À partir de ce moment, Charles connut dans le quartier une deuxième période de gloire. Célèbre tout petit pour l'attirance qu'il exerçait sur les chiens, il acquit en quelques jours la réputation d'une forte *bolle* qui en savait beaucoup plus que son âge ne l'aurait laissé supposer. Rosalie et Roberto s'assurèrent que leur aimable et nombreuse clientèle soit consciente du privilège qu'elle avait de côtoyer un être qui allait peut-être mettre leur quartier sur la carte.

Un samedi matin, en revenant d'une course, Charles s'arrêta au restaurant pour montrer à Roberto les trois livres qu'il avait achetés avec son argent dans une librairie d'occasion de la rue Ontario en compagnie de Lucie.

— Tiens, tu tombes bien! On vient justement de me laisser quelque chose pour toi, lui annonça Rosalie.

Et elle lui tendit un colis soigneusement enveloppé de papier kraft.

— C'est de qui? demanda Charles, tout surpris.

— Ouvre, tu le verras bien.

Après bien des efforts, Charles réussit à défaire l'emballage. Il contenait une superbe édition pour enfants des contes des *Mille et une nuits*. On avait glissé un carton sous la couverture; quelques mots y avaient été griffonnés :

> *À mon petit Charles, qui n'arrête pas de grandir.*
> *Bonne lecture !*
> *Conrad Saint-Amour*

Les mois passaient. Charles avait enfin trouvé la paix. Madame Jacob avait changé radicalement d'opinion à son sujet et lui manifestait à présent certains égards. C'était à lui, de plus en plus souvent, qu'elle s'adressait à la fin de la journée pour nettoyer le tableau (cela était vu comme un honneur insigne) et un jour – événement mémorable ! – elle lui demanda même son opinion, la mémoire lui faisant temporairement défaut, sur les places respectives du « y » et du « i » dans le mot « olympique ». Malgré tout, il ne ressentait pour elle que peu de sympathie et continuait de s'en méfier.

Ce statut de quasi-chouchou lui valut bientôt des inimitiés. Le gros Dubé se planta un matin devant lui au milieu de la cour de récréation et, après s'être tordu le visage en différentes grimaces des plus surprenantes, à la grande joie de ses camarades, il lui demanda comment il aimait ça lécher le cul d'une maîtresse d'école et si ça goûtait bon. Charles, qui avait pris de l'assurance et de la vigueur depuis deux ans, rougit comme à une gifle et, s'élançant sur son ennemi, lui aplatit le nez d'un coup de poing qui lui fit perdre environ une demi-tasse de sang et arrêta net les ricanements qui s'élevaient autour de lui; ce fut ainsi qu'il gagna la réputation de quelqu'un qu'il valait mieux insulter de loin.

Un après-midi, au moment de quitter l'école, il rencontra mademoiselle Laramée dans un corridor. L'institutrice s'avançait à pas lents, les épaules un peu voûtées, un cahier à reliure noire aux coins usés entre les bras, son grand corps maigre dépassant tout le monde. Son expression austère et pensive lui donnait l'air ce jour-là d'une vieille femme fatiguée qui allait devoir bientôt ménager ses forces et deviendrait une assidue des bureaux de médecins. À la vue de l'enfant, elle rosit de plaisir, un sourire radieux éparpilla ses rides aux quatre vents, lui faisant pendant une seconde un visage de jeune fille.

Elle se dirigea droit sur lui d'un pas décidé :

— Comment vas-tu, Charles? Je n'entends que de bonnes choses sur ton compte. Madame Jacob n'arrête pas de me faire ton éloge. Elle dit que tu es le miracle de sa carrière.

Et elle lui passa furtivement la main dans les cheveux. Charles souriait d'un air modeste, un peu gêné par les regards narquois de ses camarades qui ralentissaient en passant près d'eux. L'institutrice comprit son malaise.

— Viens, on va aller jaser un peu à l'écart.

Elle entra dans une classe vide, attendit qu'il la rejoigne et ferma la porte derrière elle.

— Ça va bien, mon garçon? fit-elle en s'assoyant sur un pupitre afin de se mettre davantage à sa hauteur.

Sa voix aux intonations habituellement cassantes avait pris une douceur moelleuse, presque sucrée, qui intimida Charles.

— Oui, très bien, merci beaucoup, mademoiselle.

— Tu es heureux chez les Fafard? On m'a mis un peu au courant des problèmes que tu as eus avec ton père. Ne t'en fais pas, ça arrive assez souvent, ces histoires-là, ajouta-t-elle aussitôt en voyant le trouble qui s'emparait de Charles. Je pourrais t'en raconter des vertes et des pas mûres, tu sais.

— Oui, ils sont très gentils pour moi. Bien plus que mon père!

Et il eut un étrange petit rire saccadé, qui s'arrêta au milieu de sa gorge.

— Madame Jacob, fit l'institutrice en posant la main sur son épaule, m'a dit que tu es devenu un grand amateur de lecture?

— Ça, c'est grâce à vous, mademoiselle, déclara Charles dans un élan subit de reconnaissance, comme s'il venait tout juste de s'en rendre compte.

Et, pour la première fois depuis le début de leur entretien, il eut ce large sourire, d'une limpidité dorée, qui faisait tant plaisir à la quinquagénaire.

Elle se mit à rire et, prenant Charles par les épaules, lui appliqua un baiser sur la joue:

— Tu sais que je t'ai toujours aimé, toi, mon petit sacripant!

La porte s'ouvrit avec fracas et le concierge apparut, pataud, les joues tombantes et mal rasées, en poussant un gros aspirateur devant lui. Pendant une seconde, il les contempla avec une expression ahurie, ne sachant s'il devait entrer ou sortir.

— Allez, faites vos affaires, monsieur Duquette, lança l'institutrice d'une voix quelque peu aigre. On a fini, nous.

19

Charles s'était mis à jeter un coup d'œil de temps à autre dans les journaux. Fernand Fafard en lisait beaucoup. Ils étaient souvent éparpillés dans le salon, au grand déplaisir de Lucie, qui se lançait à l'occasion dans des razzias de nettoyage avec des gestes indignés, puis s'arrêtait brusquement, attirée par un article. Les deux époux commentaient fréquemment la politique et se livraient parfois à de vives discussions, tous deux indépendantistes, mais Lucie trouvant son mari « un peu fanatique » et Fernand considérant sa femme comme « un peu bonasse avec les Anglais ». Charles les écoutait, sans trop comprendre, mais y attrapait des idées qui germaient et produisaient une petite lueur dans son esprit. Le quincaillier ne craignait pas de prendre vigoureusement à partie les politiciens qui avaient le culot de montrer leur fiole exécrée au petit écran de sa télévision ; c'est ainsi que Trudeau, Chrétien et Gérard D. Lévesque, le soporifique successeur de Bourassa à la tête du Parti libéral (ce dernier avait démissionné après sa défaite, on ne le voyait plus nulle part) subirent des semonces qui les auraient dégoûtés à tout jamais de la vie publique s'ils avaient pu les entendre. Le notaire Michaud vouait un culte presque mystique à René Lévesque. Un jour que Charles se trouvait chez lui et qu'on venait d'annoncer à la radio la promulgation prochaine de la Loi sur le financement des partis politiques, il avait pris l'enfant par les épaules et, plongeant un regard intense et brûlant au fond de ses yeux :

— Rappelle-toi bien ceci, mon Charlot : Lévesque, c'est le sauveur des Québécois. Un jour, tu pourras te vanter d'avoir vécu en même temps que lui.

Aussi, quand Charles voyait sa photo dans un journal ou son nom dans une manchette, lui arrivait-il de lire l'article concerné.

Cette année-là, Charles prit six centimètres. Ses traits se raffermirent, perdant un peu de leur douceur enfantine, mais il conservait toujours son expression franche, naïve et avenante, son rire facile et ce regard direct et joyeux qui lui gagnait si facilement les sympathies et en avait fait un as de la vente du chocolat.

Lucie s'était prise pour lui d'une profonde affection. Parfois, au cours d'une de ses galopades à travers la maison, elle le happait au passage et le serrait contre elle en le couvrant de baisers :

— Oh ! toi, toi, toi ! je te mangerais avec de la moutarde et du ketchup !

Il se laissait faire, ravi, un peu intimidé, sous le regard pensif d'Henri, qui semblait inquiet de l'effritement de son statut de garçon unique.

Une secrète complicité le liait à Céline, qui avait maintenant huit ans. Elle continuait, malgré les taquineries de son frère, à venir se pelotonner contre Charles lorsque les deux garçons regardaient la télévision. Charles lui avait transmis son goût de la lecture, ce dont il se sentait très fier. Il l'aidait parfois à faire ses devoirs et prenait immanquablement sa défense lorsqu'une querelle l'opposait à Henri. De temps à autre, la petite fille et Charles partaient ensemble faire de longues promenades avec Bof dans le quartier pour « donner de l'exercice au chien », car celui-ci souffrait à présent d'un léger embonpoint.

Une ou deux fois par semaine, Charles se rendait chez Parfait Michaud ; le notaire l'amusait par ses manières quelque peu affectées mais charmantes et ses remarques souvent imprévisibles ; son savoir l'éblouissait, sa propension à le couvrir de gâteries était loin de l'indisposer, mais ce qui causait à Charles le plus grand plaisir, c'était lorsque Michaud s'adressait à lui *comme à une grande personne*. Charles sentait alors monter dans son âme un bouillonnement de joie si intense que l'envie le prenait de gambader et de battre les mains ; il n'en faisait évidemment rien, car cela aurait été agir comme un enfant. Parfait Michaud continuait de lui prêter des livres, et même parfois de lui en donner. Et depuis quelque temps il initiait son jeune ami au jeu d'échecs.

Charles éprouvait des sentiments plutôt ambigus pour sa femme Amélie ; il la trouvait étrange, d'humeur changeante ; dans ses moments d'indisposition – qui formaient en quelque sorte la trame de sa vie –, elle pouvait même se montrer franchement désagréable. Mais elle était capable aussi d'attentions surprenantes.

Charles, un jour, lui avait parlé de son faible pour la tarte aux framboises. À sa visite suivante chez le notaire, elle l'amena à la cuisine avec des airs mystérieux et lui servit deux gros morceaux d'une tarte aux framboises préparée la veille spécialement pour lui.

Un après-midi qu'il venait de terminer une partie d'échecs avec Parfait Michaud (Charles se montrait un adversaire de plus en plus coriace) et se disposait à partir, elle vint le trouver dans le vestibule.

— Tu as une minute? lui demanda-t-elle d'une voix alanguie. Bien. Viens avec moi, j'ai quelque chose à te montrer.

Elle portait un turban mauve (qui l'aidait à se prémunir, disait-elle, contre les attaques de migraine), un peignoir en velours de même couleur, des mules roses bordées de fourrure blanche, et ses mains s'alourdissaient d'une quantité de bagues scintillantes et multicolores qui continuaient de rappeler à Charles les mains redoutables de madame Jacob. L'enfant trouva cet accoutrement ridicule.

— Où allez-vous? demanda le notaire en les voyant passer devant son bureau.

— Je vais lui montrer ma bulle de bonheur.

— Oh, oh! Eh bien! mon Charles, tu fais partie désormais des privilégiés. Ils sont aussi rares que les kangourous bilingues.

Ils traversèrent la cuisine et se rendirent au fond d'un corridor plutôt étroit, qui menait au bout de la maison.

— Ferme tes yeux, ordonna Amélie Michaud en s'arrêtant devant une porte peinte d'un bleu profond et moelleux. Tu ne les ouvriras que lorsque je te le dirai.

Charles entendit un cliquetis de clés, puis Amélie Michaud le prit par la main et le fit avancer de quelques pas.

— Tu gardes toujours les yeux fermés?

L'enfant, de plus en plus intrigué, hocha la tête.

Amélie laissa sa main et Charles entendit bientôt des bruits légers, sans pouvoir les identifier. Puis il y eut un court silence.

— Eh bien! ouvre-les à présent.

Charles poussa un cri d'étonnement.

Il se trouvait devant un magnifique sapin de Noël, décoré et illuminé avec une somptuosité royale. Un amoncellement de cadeaux enrubannés, recouverts de papier d'emballage doré ou argenté, s'étalait à ses pieds, entourant une crèche également illuminée, peuplée de délicates figurines de porcelaine multicolores. Une boîte à musique posée sur un guéridon se mit à égrener lentement l'air de *Douce nuit, sainte nuit...*

Une délicieuse pénombre emplissait la chambre décorée de guirlandes, de grandes étoiles de carton doré, d'ours en peluche et de faces rubicondes de pères Noël. Des stores bleus à fond étoilé installés aux deux fenêtres de la pièce coupaient la lumière du jour, créant une ambiance irréelle. Une grande chaise berçante munie d'épais coussins se dressait devant l'arbre, attendant qu'on y prenne place pour se perdre dans la contemplation de toutes ces merveilles.

— C'est beau, murmura Charles dans un soupir d'extase.

— Pas mal, hein ? J'y ai mis beaucoup d'efforts et d'argent. Les personnages de la crèche viennent de Vienne – hi ! hi ! – et ils ont presque cent ans. Ils sortent de l'atelier de Conrad Kreutzer. Ça ne te dit rien, évidemment. Tu peux t'asseoir dans la chaise berçante, si tu veux.

Charles s'installa et, balançant les jambes, se mit à fixer l'arbre de Noël.

— Pourquoi avez-vous fait tout ça ? demanda-t-il au bout d'un moment.

— Devine.

— Parce que vous aimez Noël.

— Tout le monde aime Noël. Trouve une autre raison.

— Parce que vous voudriez que Noël dure toute l'année.

— Tu brûles.

— Parce que... parce que ça vous rend heureuse d'être ici.

— Voilà. Cette pièce, c'est ma bulle de bonheur, comme je disais, ou, si tu veux, ma chambre anti-soucis. Quand je me sens triste ou inquiète, ou qu'un problème me casse la tête, ou, sim-plement, lorsque je m'ennuie, je viens ici, je m'assois devant mon sapin, et tout finit par s'arranger. Si jamais tu te sens bien triste, je te permettrai de venir ici. À condition que tu n'en parles à personne.

La boîte à musique jouait à présent *Çà, bergers, assemblons-nous*. Charles se rappela une nuit de Noël où Alice l'avait douce-ment réveillé pour l'amener devant le sapin, un sapin tout aussi beau, lui semblait-il, que celui devant lequel il se trouvait. Placé devant la crèche, l'attendait un superbe habit de cow-boy avec chapeau, revolvers et cartouchière.

Il leva la tête vers Amélie Michaud :

— Moi aussi, j'ai un endroit qui me rend heureux.

Six mois environ après que Charles eut déménagé chez les Fafard, Wilfrid Thibodeau se mit à faire parvenir au quincaillier une modeste pension mensuelle. Il travaillait toujours à la baie James et Fafard en conclut que le menuisier avait réussi à dompter, au moins en partie, sa propension à l'alcool.

Le 12 mai 1977, en revenant de l'école, Charles, à son grand étonnement, trouva sur son lit une lettre en provenance de la baie James ; Wilfrid Thibodeau y avait glissé un billet de dix dollars enveloppé dans un bout de papier sur lequel il avait griffonné :

Pour tes petites dépenses. Bonne chance.

Ton père,
Wilfrid

L'enfant n'en ressentit aucun plaisir et déposa le billet de banque à la caisse populaire, comme pour le perdre parmi les milliers d'autres billets.

Il pensait rarement à son père et avait rejeté très loin au fond de sa mémoire les années malheureuses qu'il avait passées avec lui. Il avait même éprouvé de l'agacement mêlé de crainte lorsque le quincaillier lui avait annoncé que Wilfrid Thibodeau avait commencé à verser une petite pension pour subvenir en partie à ses besoins, comme si cette pension constituait une sorte de lien entre lui-même et un homme qu'il ne voulait plus revoir et à qui il ne souhaitait aucun bien.

— Est-ce que vous allez me garder toujours avec vous ? avait-il demandé un soir à Lucie tandis qu'elle lui faisait repasser une leçon.

Elle s'était mise à rire :

— Tant que tu voudras, Charlot ! Et ton chien aussi, à condition qu'il ne mette jamais le nez dans le salon.

Mais le lendemain elle avait donné un coup de fil à Parfait Michaud pour s'informer des dispositions légales concernant la garde d'un enfant. Il lui avait conseillé de s'adresser à un avocat.

— Ne gaspille donc pas ton argent ! s'était exclamé son mari quand elle lui avait demandé son avis sur le sujet. Tu connais Wilfrid aussi bien que moi : il a autant envie de s'occuper de son gars que de se faire poser une queue dans le front ! Je te gage mille piastres qu'on ne lui reverra plus jamais la fraise ! D'ailleurs, c'est mieux comme ça...

Un après-midi de juin 1977, Charles filait seul dans la rue Ontario, sac au dos, après sa journée d'école, en compagnie d'un petit chien bâtard aux pattes trop courtes qui l'avait pris soudainement en amitié et ne cessait de lui sauter sur les jambes, lorsque des coups répétés dans une vitrine qu'il longeait lui firent tourner la tête.

De l'autre côté de la vitre, Sylvie, toute souriante, attablée dans un restaurant, lui envoyait la main. Elle était accompagnée d'un inconnu à cheveux noirs et frisés qui semblait plus jeune qu'elle et l'observait lui aussi avec un sourire amusé. Charles ne l'avait pas vue depuis la scène de l'éplucheur et la regardait, déconcerté, avec le vague pressentiment que cette rencontre n'annonçait rien de bon. La jeune femme lui fit signe de venir les trouver. Sur le coup, il eut envie de filer à toutes jambes, mais le regard de l'ancienne amie de son père était si pressant qu'il poussa la porte du restaurant, abandonnant son ami d'occasion qui l'attendit un instant, tout désappointé, puis poursuivit son chemin.

Sylvie s'était levée et l'attendait devant la table.

— Comme t'as grandi ! s'écria-t-elle en le serrant dans ses bras après lui avoir posé deux becs sonores sur les joues. On te reconnaît à peine !

Il inclinait la tête d'un côté et de l'autre, ne sachant que répondre à ces banalités si assommantes pour les enfants; l'exubérance inattendue de cette femme qui s'était toujours montrée si froide et si réservée avec lui l'intimidait; son haleine chargée de bière en expliquait la cause. Elle se tourna vers son compagnon:

— Je te présente Charles, le garçon de mon ex. Il m'en a fait voir de toutes les couleurs, le vlimeux, mais c'est un bon p'tit gars, au fond.

L'homme se leva à demi, la main tendue:

— Salut, mon Charles. Moi, c'est Gilles. Viens t'asseoir avec nous autres une minute.

L'enfant eut un mouvement d'hésitation, mais Sylvie le poussa doucement vers la table:

— Viens, viens nous jaser un peu. Ça me fait tellement plaisir de te voir! On ne s'est pas vus depuis presque un an!

Charles prit place sur une chaise et joignit les mains sur ses genoux, malheureux comme un chat dans l'eau, tandis que Sylvie, bouteille à la main, remplissait encore une fois son verre.

— Et alors, fit-elle en surveillant la montée de la mousse, comment va ton père?

— Je ne sais pas. Je ne vis plus avec lui.

Et Charles raconta brièvement les grands changements survenus dans son existence.

— C'est heureux pour toi, Charles. C'était pas un homme fait pour élever un enfant.

— Est-ce qu'il y en a qui le sont? demanda le frisé avec un grand rire.

Il vida son verre en deux goulées et fit signe à la serveuse d'apporter d'autres bières.

Charles n'aimait pas cet homme. Sa peau lisse et rouge, ses yeux brillants et comme sans expression, sa petite moustache fine minutieusement taillée, son visage aux joues un peu creuses qui se terminait par un menton carré, dégageaient une impression de dureté indestructible, comme si d'un coup de tête il aurait pu défoncer les murs les plus épais aussi facilement que s'ils avaient été en papier.

— Et je pense même, sans vouloir te faire de peine, poursuivit Sylvie d'une voix dolente, qu'il ne t'aimait pas beaucoup, mon pauvre Charlot.

— Moi non plus, répliqua l'enfant.

— Une belle famille! s'exclama Gilles, et il rit de nouveau, d'un grand rire moqueur qui semblait envelopper le père et le fils dans le même mépris.

Charles serra ses genoux l'un contre l'autre et lorgna la porte.

— Es-tu heureux, au moins, chez les Fafard?

— Oui, dit Charles, ils m'aiment beaucoup, eux. Et je vais très bien à l'école.

Il lançait ces mots comme une bravade à cet homme qui lui déplaisait de plus en plus.

— Dis donc, toi, qu'est-ce que tu prendrais? demanda Gilles. Je te paye la traite. Profites-en.

Charles le regarda froidement:

— Non merci. Il faut que je m'en aille.

— Regarde-moi ça, le petit indépendant! Allons, allons, c'est moi qui paye, je te dis, prends quelque chose.

— Oui, prends quelque chose, insista Sylvie. Un Coke? Un Seven-Up? Ça nous fait plaisir, Charles. Ah! je viens de trouver: un chocolat chaud. Tu adores le chocolat chaud, ça me revient tout à coup.

Charles continuait de secouer la tête et, se glissant de côté sur sa chaise, mit un pied à terre.

— Une bière, alors? lança Gilles en lui saisissant le bras.

Il le regardait droit dans les yeux et riait de lui ouvertement.

— Mais non, répondit-il à sa propre question. T'es ben trop 'tit cul pour boire de la bière.

— 'Tit cul toi-même, riposta Charles, furieux.

Et, saisissant une bouteille devant lui, il porta le goulot à ses lèvres, sous les protestations de Sylvie.

Au début, le liquide glacé, son goût un peu âcre, qu'il ne connaissait pas, le tourbillonnement des bulles qui piquait son gosier comme de petites aiguilles lui firent serrer la gorge, et une sorte de soupir rauque s'échappa de sa bouche, au grand amusement de Gilles qui donnait de grands coups de tête approbateurs. Charles avala ainsi deux gorgées et déposa la bouteille sur la table pour reprendre son souffle.

— Tabarnouche! sais-tu que t'es tout un homme, toi? s'exclama le frisé en repoussant Sylvie qui, indignée, avait allongé le bras pour enlever la bouteille à Charles.

— Gilles, lui enjoignit-elle à voix basse tout en promenant son regard dans le restaurant pour voir si quelqu'un les observait, arrête tes folies : c'est un enfant.

— Un enfant? Pas du tout! C'est un homme! Pas vrai, Charles, que t'es un homme?

Ce dernier, flatté par le compliment mais travaillé par le désir d'en mettre plein la vue à ce grand baveux qui lui faisait un peu trop voir son dédain, fit signe que oui.

— Tu vois? s'écria le frisé en se tournant vers son amie. Il me donne raison. *Envoye*, mon Charles, je suis sûr que t'as encore soif. Deux trois petites gorgées encore! N'écoute pas Syl... *ayoye!*

Elle venait de lui décocher un coup de poing dans les côtes. Silencieusement, avec une souplesse féline, il lui saisit le bras à deux mains et la força à l'immobilité tout en lorgnant vers le fond du restaurant pour s'assurer que leur petit échange gardait le caractère de confidentialité voulue.

Pendant ce temps, Charles avait de nouveau saisi la bouteille et, les yeux exorbités, essayait d'avaler le plus de bière qu'il pouvait.

— Parle-moi de ça! l'encourageait son compagnon. Un connaisseur! un vrai connaisseur! On dirait qu'il est venu au monde avec une bouteille dans la main, celui-là! Vraiment, mon Charles, t'es champion!

Sylvie réussit tout à coup à se libérer de son étreinte et, bondissant de son siège, arracha la bouteille de la main de Charles.

— Va-t'en! Va-t'en d'ici! Ce n'est pas une place pour toi! lui ordonna-t-elle d'une voix étouffée en le poussant vers la porte. Je n'aurais jamais dû te faire signe, pauvre enfant!

Et Charles, fier de son exploit mais envahi en même temps par le sentiment désagréable de s'être couvert de ridicule, quitta le restaurant sous les éclats de rire de Gilles, enchanté de sa plaisanterie; celui-ci lui envoyait la main à travers la vitrine, tandis que sa compagne, de nouveau assise à ses côtés, détournait la tête.

20

Charles fit quelques pas sur le trottoir; une immense joie l'habitait, sans qu'il puisse en déterminer la cause. Il se sentait léger, insouciant, avec un vif désir de parler aux gens sans avoir rien de particulier à leur dire. Mais ses pieds lui obéissaient mal et le poids de son sac d'école le tirait en arrière, risquant de lui faire perdre l'équilibre. Alors, il essaya de l'enlever, mais tout était devenu confus et compliqué à présent. Il avisa alors une jeune fille en robe bleue, plutôt jolie, qui s'avançait vers lui.

— *Hey!* lui lança-t-il joyeusement. M'aiderais-tu à enlever mon sac d'école? Je n'y arrive pas.

La jeune fille s'arrêta, interdite, puis, s'approchant, fit glisser les courroies de cuir de ses épaules; le sac faillit tomber sur le sol, mais il le saisit au vol de la main gauche. Elle se retourna deux ou trois fois pour le voir continuer son chemin et lui, curieusement, faisait de même, agitant sa main libre:

— Merci! lançait-il joyeusement. T'es bien gentille!

Il avait de plus en plus de peine à marcher droit, à présent. La rue et ses immeubles étaient saisis de douces ondulations, comme s'ils cherchaient à le caresser; il fut tout à coup saisi pour eux d'une immense tendresse et son regard tomba sur un mur de brique particulièrement chaleureux et invitant. Obliquant tout à coup sur le trottoir, il passa près de heurter un vieil homme qui s'en venait en sens inverse et qui lui jeta un regard désapprobateur en grommelant quelque chose. Charles éclata de rire et se mit à lui faire des grimaces, mais c'étaient des grimaces amicales et presque affectueuses, car le vieil homme aussi, malgré son mouvement d'impatience, lui inspirait une immense sympathie et, s'il ne s'était pas trouvé déjà si loin, il aurait aimé causer avec lui.

Appuyé au mur de brique, il se laissait pénétrer par sa délicieuse tiédeur, les yeux à demi fermés (il ne pouvait les fermer tout à fait, car alors tout se mettait à tourner). Ce Gilles avec sa bière venait de lui faire faire toute une découverte! Pourquoi avait-il agi ainsi? «Pour rire de toi, pauvre p'tit con», répondait quelqu'un en lui, et il voyait alors le visage indigné de Sylvie, ses yeux tristes et inquiets. «Parce que t'es un homme, un vrai», répondait une autre voix, et le visage de Sylvie se fondait dans celui de son compagnon et Charles admirait sa moustache si finement taillée, sa voix forte et joyeuse et ses cheveux frisés plantés bas sur son front. «Un homme comme ton père», reprenait la première voix, soudain moqueuse, et il fronça les sourcils, car la comparaison lui déplaisait. Ainsi donc il se trouvait dans le même état où il avait vu son père tant de fois... Était-il devenu comme lui? Allait-il prendre ses habitudes et ses façons?

Un moment passa et il sentit soudain la fatigue le gagner. Sa vue s'embrouillait, ses jambes mollissaient et il eut envie de s'affaler tout doucement au pied du mur, mais il savait que cela ne se faisait pas. Il devait se remettre en marche et se rendre jusque chez lui, c'est-à-dire chez les gens qui, justement, l'avaient retiré des mains de son père. Il secoua la tête pour chasser ces pensées compliquées et embarrassantes, puis s'aperçut qu'un homme s'était arrêté devant lui. Il écarquilla et plissa les yeux à quelques reprises, et reconnut enfin monsieur Saint-Amour, qui l'observait en souriant. À sa grande surprise, il ne ressentit aucune peur à sa vue, mais au contraire un profond sentiment d'amitié et de tendresse, comme lui en inspiraient toutes choses à présent.

— Bonjour, Charles. Comment vas-tu?

— Je vais très bien, monsieur Saint-Amour.

Il avait peine à bouger ses lèvres, devenues de plomb; mais, plutôt que de l'embarrasser, cela l'amusait.

— J'ai pris un coup, ajouta-t-il. J'ai bu de la bière.

L'ancien coiffeur l'observa un instant, pensif, puis, avec une bienveillance affectueuse:

— Oui, il me semblait aussi que tu n'étais pas tout à fait comme d'habitude. Ça fait du bien de temps à autre, non? Mais tu as l'air un peu fatigué, mon Charles. Veux-tu venir te reposer quelques instants chez moi?

Charles tourna la tête de côté et s'aperçut tout à coup qu'il était appuyé à la façade de l'immeuble où logeait justement le vieil homme. Une grande envie de se reposer venait de s'emparer de lui. La voix de monsieur Saint-Amour exprimait une gentillesse si prévenante que l'invitation le tenta. Mais un léger sursaut de méfiance, à demi dissous dans les vapeurs de l'alcool, s'agita faiblement en lui:

— Je vous remercie, monsieur Saint-Amour, mais il faut que j'aille chez moi.

L'ancien coiffeur eut un bon rire franc et cordial:

— Tu n'y penses pas, mon Charles? Tu peux à peine marcher! Les gens vont se moquer de toi!

Ce dernier argument emporta son consentement. Monsieur Saint-Amour, après avoir jeté un rapide coup d'œil autour de lui, le fit pénétrer dans l'immeuble et le tint même par la main pour lui faire franchir les quelques mètres de corridor qui menaient à la porte de son appartement. Il sortit son trousseau de clés et jeta de nouveau un regard furtif à gauche et à droite, comme pour s'assurer qu'ils étaient bien seuls. Charles remarqua le tremblement de ses mains quand il ouvrit la porte, mais il n'y attacha pas d'importance particulière, tout au plaisir qui l'attendait de s'étendre quelques moments dans un fauteuil ou sur un lit pour dormir.

— As-tu aimé mon livre, Charles? demanda monsieur Saint-Amour après avoir doucement refermé la porte derrière lui.

— Oui, je l'ai bien aimé, fit Charles, de plus en plus fatigué, en appuyant le bout de ses fesses au bord d'une chaise qui portait une énorme pile de vieux journaux. J'ai lu presque toutes les histoires. Je vous remercie beaucoup.

Un rire violent le secoua tout à coup:

— Tabarnouche que votre cuisine est encombrée, monsieur Saint-Amour! Y a de quoi se casser la gueule! Vous devriez faire un peu de ménage!

— Oui, oui, tu as raison, je vais m'en occuper, répondit le vieil homme qui allait et venait dans la pièce, l'air soucieux, furetant ici et là. Ah! enfin! le voici.

Il revint bientôt avec une grosse tasse de plastique jaune et se pencha vers Charles avec un sourire paternel:

— Tiens, bois ça, mon garçon. Ça va te remonter un peu. Tu m'as l'air si fatigué, j'ai quasiment peur que tu aies une faiblesse.

Sa main ridée aux jointures proéminentes tremblait de plus en plus et le liquide ambré dansait dans la tasse. Charles leva les yeux vers lui et un deuxième sursaut de méfiance le traversa, mais le regard chaleureux et plein d'amitié du vieil homme le rassura aussitôt.

Le liquide, vaguement sucré, était plutôt âcre, et Charles ne put retenir une grimace, mais, obéissant aux conseils de son ami, il le but jusqu'à la dernière goutte; presque aussitôt, un immense bien-être l'envahit. Il se mit à plaisanter avec l'ancien coiffeur, qui lui répondait par de grands éclats de rire et l'invita bientôt à visiter son minuscule appartement.

Les souvenirs de Charles deviennent ensuite très confus.

Il est assis sur le bord d'un lit, toujours très gai, mais en proie à une écrasante envie de dormir. Il se rappelle la voix douce et caressante de son hôte:

— Enlève ton pantalon, mon Charles, tu vas être plus à l'aise pour te reposer.

À partir de ce moment, c'est comme si sa mémoire avait refusé de fonctionner. Des bribes minuscules flottent dans son esprit, mais elles s'agitent dans un furieux tourbillon qui l'empêche d'y voir clair. Il revoit une fraction de seconde monsieur Saint-Amour penché au-dessus de lui, la bouche entrouverte, il voit ses propres cuisses dressées en l'air, tandis que quelqu'un s'affaire sur lui à on ne sait trop quoi, qui l'amuse et l'importune à la fois, il entend un cri. Est-ce que c'est sa voix? la voix d'un autre? Puis il se retrouve dans le corridor, avec un drôle de goût dans la bouche, et se met à vomir. Il vomit dans le corridor deux fois, puis sur le trottoir devant un jeune homme à casquette qui éclate de rire. Alors il se sauve (ses jambes lui permettent de courir, à présent), enfile une rue transversale, puis une ruelle, et se retrouve, à sa grande surprise, dans le parc de la rue Coupal. Il se glisse sous un banc, à l'endroit même où il s'est caché après la terrible scène de l'éplucheur. Recroquevillé sur lui-même, il ferme les yeux, le souffle court, épuisé par sa course. Un horrible mal de tête lui broie le crâne. Mais ce qui le fait souffrir plus que tout, c'est la honte, une honte vague et imprécise mais profonde, insupportable, qu'il sent couler en lui comme une graisse tiède et puante. Alors il se met à pleurer, mais ses larmes, au lieu de le soulager, augmentent sa rage et son désespoir, la rage et le désespoir de celui qui se fait toujours avoir par plus fort et plus malin que lui.

Il revint à la maison vers sept heures, blême, les traits tirés, les lèvres amincies, traînant les pieds. Lucie se tenait debout devant la porte, tournant la tête de tous côtés avec des mouvements d'oiseau. À la vue de Charles, elle poussa un cri :

— Mon Dieu Seigneur! Veux-tu bien me dire ce qui t'est arrivé, mon pauvre enfant?

Elle ouvrit la porte, qui alla frapper contre le mur du vestibule :

— Laisse le téléphone, Fernand, il est arrivé!

Puis elle se précipita vers lui et le serra dans ses bras. L'aspect des vêtements de Charles, l'odeur qui se dégageait de lui et surtout l'expression dévastée de son visage lui indiquèrent aussitôt qu'un événement grave s'était produit. Après avoir somnolé quelque temps sous le banc, vomi encore un peu, puis avoir été chassé du parc par une bande de jeunes enfants venus y jouer, Charles, sur le chemin du retour, s'était préparé de son mieux à l'interrogatoire qui l'attendait; il avait décidé de raconter la moitié de la vérité.

— J'ai rencontré Sylvie en revenant de l'école, avoua-t-il en pleurant à Lucie et à Fernand, qui semblait plus massif et imposant que jamais avec son air des grandes circonstances. Elle était avec un homme dans un restaurant de la rue Ontario. Ils m'ont invité à leur table et l'homme m'a fait boire de la bière et j'ai été malade... J'ai honte! j'ai honte! Vous ne pouvez pas savoir comme j'ai honte!

Cinq minutes plus tard, Fernand Fafard, cramoisi, les biceps gonflés par une rage volcanique, se présentait au Valencia pour assommer à coups de chaise l'immonde déchet humain qui s'était amusé d'une façon si abjecte avec son Charles. Mais il y avait belle lurette que Sylvie et son frisé avaient quitté les lieux et personne dans le restaurant ne les connaissait.

Il revint à la maison la tête basse, sa colère tombée, penaud devant sa propre impuissance, et s'empara d'un annuaire téléphonique pour tenter de retrouver cette Sylvie Langlois aux fréquentations si recherchées; mais les douze S. Langlois qu'il interrogea ne correspondaient en rien à celle qu'il aurait aimé coincer, et trois l'envoyèrent promener grossièrement.

Pendant ce temps, Lucie, sous le regard interdit d'Henri et de Céline, amenait Charles à la salle de bains, car il avait grand besoin d'un bon lavage. Il refusa de se laisser déshabiller, demanda à Lucie de partir et verrouilla la porte. Quand il reparut, au bout de vingt minutes, il avait meilleure mine, mais ne voulut pas souper et se mit au lit.

Le lendemain, il était fiévreux, courbaturé et maussade, et demanda à rester à la maison. Lucie l'observa toute la journée, affalé devant la télévision ou étendu sur son lit aux côtés de Bof, répondant à peine aux questions, mangeant du bout des lèvres, l'esprit ailleurs, occupé manifestement par de lugubres pensées. «Il est arrivé autre chose, se disait Lucie, j'en suis sûre à présent. Mais comment le savoir?»

— Essaye de le faire parler, mine de rien, téléphona-t-elle à son mari, il a tellement confiance en toi. Hier, il s'est passé quelque chose de bien plus grave qu'on pense, j'en mettrais ma main au feu, et tout le reste avec.

— Oh, oh! laisse-m'en un peu! s'exclama le quincaillier. Je ne t'ai pas mariée seulement pour tes belles pensées! Enfin, reprit-il avec sérieux, je vais faire ce que je peux, mais tu me connais: je n'aime pas qu'on fafine avec moi pour me tirer des confidences et je n'ai pas l'habitude de fafiner avec les autres non plus.

Quand Céline arriva de l'école, elle invita Charles à partager sa collation et il accepta. Ils mangeaient seuls dans la cuisine. De temps à autre, la petite fille posait sa main sur la sienne et lui souriait, tout en babillant. Le visage de Charles finit par s'éclaircir. Il lui proposa tout à coup de faire une promenade avec Bof qui, assis devant la table, lorgnait leurs biscuits avec des airs de naufragé. Leur promenade les mena presque à l'heure du souper. La gaieté insouciante de Céline, ses remarques parfois naïves et saugrenues réconfortaient Charles, et l'une d'elles le fit même pouffer de rire; mais, curieusement, il faillit se fâcher quand elle insista pour aller dans la rue Ontario. La rue lui donnait des haut-le-cœur.

Deux jours plus tard, Lucie et Fernand avaient à peu près retrouvé le garçon qu'ils aimaient tant. Malgré toutes ses manœuvres – certaines, il est vrai, d'une subtilité de mammouth –, le quincaillier ne réussit jamais à connaître l'emploi du temps exact de Charles lors de ce fameux après-midi de juin et se résigna à l'ignorer, déclarant à sa femme qu'après tout la vie de Charles lui appartenait et qu'on n'avait pas à fouiller dans les culottes de personne.

Il ne se doutait pas de la pertinence de son image.

Quelques semaines après ces événements, Charles, qui sortait de Chez Robert avec Blonblon, arriva face à face avec monsieur Saint-Amour. Il s'aperçut alors que leurs rôles s'étaient inversés. Maintenant c'était l'ancien coiffeur qui avait peur de lui. Le vieil homme blêmit, bredouilla quelques mots et obliqua brusquement vers la rue, alors qu'il s'en venait de toute évidence au restaurant.

— Dis donc, s'esclaffa Blonblon, on dirait qu'il se sauve de toi! Qu'est-ce que tu lui as fait?

Charles haussa les épaules et ne répondit rien. Il le regardait aller, écœuré par le secret qu'il partageait avec le pédéraste.

Durant la semaine, il vit ainsi monsieur Saint-Amour à deux reprises et, chaque fois, ce dernier, saisi d'effroi, rebroussa chemin. Mais un après-midi que Charles, envoyé par Lucie, arpentait les allées d'une épicerie à la recherche de tomates en conserve, il arriva face à face avec l'ancien coiffeur.

Ils se trouvaient seuls. Charles pivota sur ses talons, mais le vieil homme le retint par un bras.

— N'aie pas peur, lui souffla-t-il, je ne te veux pas de mal, seulement te dire un mot.

Dans son visage jaunâtre et flétri, on ne voyait que les gros yeux proéminents, roulant à gauche et à droite comme des billes affolées. Il fouilla fébrilement dans sa poche, sortit son portefeuille et tendit un billet de vingt dollars à l'enfant:

— Tiens, et t'en auras d'autres plus tard, si tu sais garder un secret.

Charles lui lança le billet à la figure et quitta l'épicerie en courant, à la grande surprise d'une caissière et d'un commis qui échangèrent un long regard soupçonneux.

Il filait sur le trottoir, apeuré, furieux, rempli d'un tel sentiment de dégoût pour lui-même qu'il en avait les larmes aux yeux. Il parcourut ainsi une dizaine de coins de rue, sans savoir où il allait, puis se rappela tout à coup que Lucie attendait ses tomates en conserve. Alors il s'arrêta, promena son regard le long des façades et aperçut de l'autre côté de la rue la devanture un peu défraîchie d'une petite épicerie qui offrait modestement, parmi des pots de salade de fruits aux étiquettes déteintes, un lot de bananes à prix réduit pour cause de mûrissement précoce.

Sur le chemin du retour, son calme revint peu à peu. Il marchait lentement, les bras chargés, un peu fatigué par sa course, repassant dans son esprit sa dernière rencontre avec l'ancien coiffeur. Un sourire cruel apparut alors sur ses lèvres. Il venait de trouver l'idée de sa revanche.

21

Au début du mois d'août, Lucie Fafard tomba malade, atteinte d'un mystérieux désordre intestinal qui nécessita son hospitalisation. Le quincaillier, fort embêté par son absence, car il ne pouvait pas laisser son commerce, chercha d'abord une gardienne pour ses enfants, puis décida qu'un camp de vacances ferait beaucoup mieux l'affaire et, bien que l'été fût avancé, il réussit à en dénicher un au lac Mailhotte dans la région de Lanaudière, à une quarantaine de kilomètres de Joliette. Le camp ne recevant que les garçons, Céline fut recueillie par une de ses tantes qui habitait une antique et sombre maison victorienne, boulevard Gouin, dans le quartier du Sault-au-Récollet.

Un mardi matin vers six heures, Charles et Henri, tout chancelants de sommeil, montaient dans l'auto du quincaillier qui, la bouche distendue par des bâillements, poussait des soupirs de bovin derrière son volant. Les pattes sur l'appui d'une fenêtre, Bof, dévasté, contemplait ce départ inexplicable.

Pour tirer les garçons du lit, Fernand leur avait promis un déjeuner au restaurant avec carte blanche pour le menu et, afin de marquer le caractère aventureux de ce départ matinal, il écarta la cuisine de Rosalie et de Roberto au profit de celle du restaurant Les Couche-Tard, rue Saint-Laurent, près de l'autoroute Métropolitaine. C'était un de ces petits casse-croûte ouverts jour et nuit pour les gens pressés, les insomniaques, les dégoûtés du repas solitaire et tous les amateurs de la cuisine de maman style campagnard rapide.

Quand ils se présentèrent, l'établissement connaissait un de ses rares moments d'accalmie. Il n'y avait que deux clients attablés au comptoir, un vieux monsieur au menton en galoche en train de contempler ses doigts devant une tasse de café et une jeune femme aux lèvres peintes en mauve, son bébé sur les genoux et feuilletant le *Montréal-Matin* en croquant une rôtie. Une mouche voletait dans le local, se posant ici et là, sans arriver à se décider, prise d'un spleen de mouche.

Charles et Henri se hissèrent sur un tabouret avec le sentiment de s'élever momentanément au rang d'adultes et attendirent que le serveur finisse de laver sa vaisselle. C'était un petit homme à l'épaisse chevelure noire et au visage funèbre, qui donnait l'impression d'avoir raté le jour de sa naissance. Il fumait sans arrêt de petites cigarettes minces et légèrement tordues, et soupirait à tout moment avec de brusques haussements d'épaules.

Fernand réussit à le dérider un peu en poussant quelques plaisanteries de sa voix forte et grave qui tonnait dans le restaurant comme un canon un jour de fête. Il commanda du café et une omelette.

— Qu'est-ce que je sers à ces p'tits monsieurs? s'informa tristement le serveur, le visage à demi caché par la fumée.

L'expression, malgré son caractère atténué, ravit les deux garçons. Après s'être de nouveau assurés auprès de Fernand qu'ils pouvaient commander tout ce qu'ils voulaient, Charles opta pour des crêpes au sirop d'érable, un chausson aux pommes et un verre de lait au chocolat, tandis qu'Henri choisissait une poutine, un hot-dog et un Coke.

— Voyons, vous ne mangerez jamais tout ça! fit la jeune femme, et son sourire mauve exprima une condescendance amusée.

Charles et Henri firent mentir son pronostic. Le bébé, immobile, les observait avec des yeux ronds, comme sidéré par tant de goinfrerie.

Revenus dans l'auto, les deux garçons tombèrent soudain en panne de plaisanteries ; leur estomac rebondi se mit à travailler si efficacement avec les effets de leur nuit écourtée que, cinq minutes plus tard, de légers ronflements voltigeaient autour de la tête du quincaillier lorsqu'il s'engagea sur la voie rapide.

◆

Des cahots les réveillèrent soudain. L'auto filait sur une petite route de campagne. Une corneille survolait en croassant un champ de betteraves et fixait le sol, la vision un peu embrouillée, car elle se faisait vieille ; un carré de forêt, épargné par les cultivateurs, frissonnait avec insouciance, plein d'une vie mystérieuse et fourmillante ; une affichette annonçant *Œufs et miel à vendre* luisait modestement au bord d'un fossé, aussitôt vue aussitôt oubliée ; un tracteur lâcha au loin un panache de fumée en point d'interrogation ; une maison de ferme abandonnée mourait doucement, toute grise, à demi affaissée.

— Où est-ce qu'on est ? marmonna Henri, la bouche épaisse.

— Presque arrivés, répondit Fernand Fafard. Bien dormi, les gars ? Vous allez péter le feu cet après-midi !

Charles et Henri jetaient des regards pensifs par la glace, comme s'ils venaient de prendre conscience tout à coup de la coupure qui venait de s'opérer dans leur vie.

Ils passèrent entre une maison pimpante, tout en pignons et en lucarnes, et une grange massive fraîchement repeinte, portant sur son flanc une annonce écarlate de produits Purina, puis longèrent des champs bosselés, caillouteux, couverts d'arbrisseaux rachitiques et torturés. L'asphalte s'arrêta soudain, le chemin fit une longue courbe et ils arrivèrent devant une côte qui devait être célèbre dans la région. La raideur de sa pente avait nécessité la pose d'une couche de béton strié. Fernand Fafard poussa un sifflement et ralentit tandis que les garçons s'exclamaient, tout excités.

— Mes aïeux ! s'écria-t-il. Je ne voudrais pas être pogné pour grimper ça l'hiver !

Et il rétrograda en première.

La Oldsmobile s'attaqua à la côte. Son moteur se mit à gémir comme si on l'astreignait à un travail au-dessus de ses forces, les engrenages se mordaient férocement les uns les autres, pris d'une envie soudaine de se broyer jusqu'à la limaille, des craquements sinistres parcouraient la carrosserie; Charles et Henri, devenus silencieux, jetaient des regards craintifs en contrebas vers la campagne qui s'éloignait lentement derrière eux, l'auto devenue avion, un vieil avion poussif et asthmatique qui peinait à prendre son envol.

— Enfin! s'écria Fafard quand ils furent parvenus au sommet. On l'a gagnée, celle-là, tornade de clous! Pfiou! J'ai pensé que le bazou péterait!

Quelques minutes plus tard, un arc rustique en troncs de sapins grossièrement assemblés, surmonté d'une enseigne, leur indiquait qu'ils venaient d'arriver au camp de vacances Jeunenjoie.

L'établissement, dirigé par les Frères des écoles chrétiennes, accueillait chaque été des groupes d'une soixantaine de garçons de sept à douze ans pour des séjours de deux semaines. Les communautés religieuses étaient engagées dans une descente vertigineuse depuis plusieurs années déjà au Québec, mais elles parvenaient encore à maintenir l'illusion de leur vitalité et de leur importance. Trois frères, assistés par des moniteurs recrutés chez des collégiens, travaillaient «pour le bien des jeunes», cherchant à en faire des chrétiens fervents par le sport, l'air pur, une nourriture solide, de courtes homélies suivies de séances de «retour sur soi-même» en pleine nature et la messe matutinale quotidienne. Un aumônier veillait au bien-être spirituel et moral de la petite colonie. Le camp Jeunenjoie comptait une dizaine de bâtiments de construction sommaire, chapelle, dortoirs, réfectoire, salle communautaire, etc., situés au bord du lac Mailhotte à l'emplacement d'une ancienne ferme envahie par la forêt.

L'auto s'engagea dans un étroit chemin bordé par un bois clairsemé et s'arrêta au milieu d'une espèce de place où s'élevaient quelques bâtiments. Les enfants mirent pied à terre et jetèrent des coups d'œil circonspects autour d'eux, reniflant la brise, qui sentait le sapin et les champs cuits par le soleil; on apercevait en contrebas le scintillement d'un lac filtré par les arbres. Ce scintillement, mêlé à une rumeur de rires et de cris qui se répercutait quelque part au loin, créait une étonnante impression de légèreté et de transparence. Un bâtiment se trouvait en face d'eux, d'une construction plus élaborée que les autres et le seul qui comportât un étage; il en sortit soudain un gros homme en chemise bleue et large pantalon kaki portant, sur une épaule, un curieux petit animal aux yeux cerclés de noir.

— Eh ben! sapristi! s'exclama le quincaillier. Un raton laveur! Où est-ce que vous l'avez trouvé?

— Sa mère s'est pris la patte dans un piège à ours avant-hier et on a dû l'abattre, la pauvre, fit le gros homme en s'avançant, son regard oblique posé sur l'animal. Les bébés se tenaient autour d'elle. On a pu attraper celui-là. Il est maintenant presque apprivoisé. Vous êtes monsieur Fafard? Je suis le frère Marcel, directeur du camp.

Et il lui tendit la main, une main chaude et potelée, toisonnée de gris, qui était comme l'extension de son visage poupin et bon enfant de quinquagénaire dorloté par la vie, amateur de beignes et de café au lait. Le raton laveur, effarouché, tenta de se cacher derrière sa nuque.

Le quincaillier présenta les deux garçons, à qui le religieux adressa quelques mots aimables. Charles et Henri l'entendirent à peine, fascinés par l'animal qu'ils fixaient d'un regard médusé, le menton en l'air, la respiration suspendue.

— Il est beau! murmura Charles, extasié, et, lentement, avec une prudence craintive, il tendit la main vers le raton.

Alors celui-ci, recroquevillé sur l'épaule du frère, se mit à pousser de curieux sifflements par les narines, les yeux menaçants, les babines légèrement soulevées sur de petites dents pointues.

— Oh, oh! oh, oh! pas si vite, mon ami! fit le religieux en riant. Il ne te connaît pas encore! Dans deux ou trois jours, tu pourras le prendre tant que tu voudras, à condition de te montrer bien gentil avec lui cependant, car ils ont les nerfs à fleur de peau, ces petits animaux, et puis celui-ci est encore tout traumatisé d'avoir perdu sa mère.

— Pauvre bête, fit Charles avec une compassion pleine de gravité.

— Comment s'appelle-t-il? demanda le quincaillier en jetant un coup d'œil à sa montre.

— Frédéric. En l'honneur de Chopin.

— En l'honneur de qui?

— De Chopin, vous savez, le compositeur des polonaises, et tout et tout...

— Oui, oui, les Polonaises, je vois, bredouilla Fafard, décontenancé.

Il retourna à sa voiture, en sortit deux valises et un sac de toile, et embrassa les garçons, leur donnant rendez-vous deux semaines plus tard et les exhortant à se montrer sages et prudents.

Le religieux, la figure à demi cachée par la queue de son protégé qui venait de faire volte-face à cause d'un bruit suspect, eut un rire confiant:

— Oh! je ne pense pas que nous ayons de problèmes avec eux... Ils m'ont l'air de bons petits gars.

Le quincaillier parti, le frère Marcel alla porter Frédéric dans son bureau, qui servait pour l'instant de tanière à l'animal, puis amena les enfants au « dortoir des grands » afin de leur assigner un lit.

Charles avait peine à porter sa valise. Le religieux la lui prit des mains.

— Diable! qu'est-ce que tu transportes là, mon ami? Un morceau de l'oratoire Saint-Joseph?

— J'ai apporté des livres.

— Il lit tout le temps, déclara Henri, quelque peu sarcastique.

— Mais c'est bien, la lecture, c'est très bien! fit le gros homme avec le respect exagéré de ceux qui admirent la chose sans trop la pratiquer.

Le dortoir, une grande salle avec poutres apparentes, murs et plancher de planches brutes, où s'alignaient de longues rangées de lits superposés à couvertures grises, plut énormément aux deux garçons par son aspect fruste qui rappelait la planque d'aventuriers. Ils furent bien déçus d'apprendre qu'ils ne dormiraient pas l'un près de l'autre.

— C'est mieux ainsi, déclara, sibyllin, le frère Marcel, qui avait une longue habitude des chahuts.

Après leur avoir indiqué où ranger leurs effets personnels, le religieux jugea qu'une baignade écourtée valait mieux que pas de baignade du tout et envoya les amis enfiler leur maillot de bain dans les toilettes. Quelques minutes plus tard, ils suivaient un sentier caillouteux qui traversait un petit bois et les amena au lac Mailhotte. Des dizaines d'enfants s'agitaient et se chamaillaient dans une anse bordée par une plage étroite où d'autres pensionnaires, étendus sur le sable, se chauffaient au soleil. Un moniteur, dans l'eau à mi-corps, donnait une leçon de natation à un jeune campeur. Un autre, debout sur la plage, morigénait un grand maigre qui l'écoutait, tête basse, une branche à la main.

Charles embrassa d'un coup d'œil l'étendue scintillante du lac, limité au loin par la bande sombre de la forêt, puis son regard se promena dans la fraîche pénombre du bois, que la brise remplissait d'un délicieux frémissement, et s'arrêta enfin sur les baigneurs surexcités. Alors, levant la tête vers le frère Marcel, il lui adressa un sourire de reconnaissance, le sourire d'un petit arpenteur de trottoirs à qui on vient d'offrir la campagne. La maladie soudaine de Lucie, qui avait assombri son été, lui ouvrait la porte d'un monde nouveau, dont il n'avait eu jusqu'ici qu'une vague connaissance; son âme en était tout à coup délicieusement ébouriffée.

— Allons! dépêchez-vous, commanda le frère Marcel avec bonne humeur, si vous voulez avoir le temps de vous saucer un peu!

Les deux garçons, intimidés et souriants, s'engagèrent sur la petite pente qui menait à la plage. Un moniteur les aperçut et s'avança vers eux. L'instant d'après, ils s'ébattaient dans l'eau, se mêlant à leurs compagnons avec l'aisance naturelle des enfants.

◆

Charles s'engouffra fiévreusement dans sa journée. Il y eut le dîner au réfectoire, où il s'empiffra de saucisses, de pomme de terre en purée, de salade de chou et de pouding au caramel, puis une séance de « découverte de la nature » terminée par un « retour sur soi » que le frère Martin, de sa voix nasillarde, aiguilla d'abord par une brève méditation à voix haute sur les bienfaits de la prière. Suivirent une partie de baseball – Henri y marqua deux points et gagna ainsi un prestige instantané –, puis une corvée générale pour ramasser des branches sèches dans la forêt en prévision du feu de camp de la soirée, ensuite une autre baignade, et enfin le souper, où parut, fraîchement arrivé d'une course à Joliette, l'aumônier du camp, l'abbé Beaucage.

C'était un grand homme blond dans la trentaine, d'allure sportive et décidée, le geste vif, l'œil perçant, le sourire toujours aux lèvres, mais avec quelque chose de vaguement forcé dans son entrain, comme si la bonne humeur avait été à pour lui un devoir d'État. Le frère Albert lui présenta les deux nouveaux arrivants au moment où l'on se mettait à table.

— Bonjour, mon ami, fit l'abbé en serrant vigoureusement la main à Charles. Tu es de Montréal? De quelle paroisse?

— Euh... je ne me rappelle plus, bafouilla Charles, pris de court.

— Saint-Eusèbe, intervint Henri d'une voix assurée.

— Tiens, tiens... dans l'est de Montréal... un coin pas toujours facile, ça... Eh bien! si je te le redemande, fit-il en s'adressant de nouveau à Charles, tu pourras me répondre, à l'avenir.

Et il se mit à rire, tandis que Charles, tout rouge, lui tournait le dos pour aller s'asseoir.

Mais son attention fut aussitôt happée par l'irruption de Frédéric, attiré par les odeurs de nourriture et dont la domestication semblait faire des progrès de minute en minute. L'animal, malgré les supplications du frère Marcel, fila sous une des longues tables et eut bientôt à sa disposition un vaste choix de morceaux de pain et de craquelins. Un grand de douze ans réussit à l'attraper. Le raton laveur, une croûte à la gueule, se débattait, sans trop de conviction.

— Donne-le-moi, ordonna l'abbé Beaucage.

Et il le remit en souriant au frère Marcel :

— Vous devriez vous en débarrasser. Ces animaux-là ont souvent la rage.

Un tonnerre de protestations lui répondit. Debout dans la porte de la cuisine, l'énorme frère Albert, cuistot du camp, marqua sa désapprobation par de lents hochements de tête qui faisaient des plis profonds dans son cou noyé de graisse. L'abbé éleva les mains dans un geste pacificateur, puis se rassit.

Charles avalait à grandes cuillerées sa crème de navet tout en discutant avec son voisin de gauche, un petit garçon maigre et rousselé au curieux nez pointu, sur les possibilités que Frédéric soit réellement atteint de la rage. De temps à autre, son regard se posait sur l'abbé Beaucage, assis au bout de la table, en train de suivre avec une discrète attention les propos qu'échangeaient deux campeurs installés non loin de lui, tandis que sa longue main aux ongles soignés se faufilait adroitement vers un beurrier à demi caché par une corbeille de pain. Sans trop savoir pourquoi, Charles n'aimait pas cet homme et il prit la résolution de lui parler le moins possible.

L'abbé, voulant faire oublier la suggestion qui lui avait valu des huées, se mit à raconter des histoires drôles ; les campeurs riaient poliment. Marc-André, un moniteur qui en était à son troisième été à Jeunenjoie, lui vola bientôt la vedette en rappelant une histoire survenue au camp l'année précédente et qui avait fait beaucoup de bruit.

Au début de juillet, un boucher avait livré par erreur quatre-vingts kilos de saucisses au frère Albert, qui en avait commandé vingt, et refusait obstinément de reprendre le surplus. Comme elles encombraient le congélateur, le cuisinier, après mûre réflexion et force soupirs, s'était résigné à les utiliser sur-le-champ ; les campeurs, cette semaine-là, avaient eu droit à un impitoyable festival de la saucisse : grillée, en sauce, en croûte, aux oignons, garnissant un cassoulet ou une soupe à la polonaise, la saucisse avait pris toutes les formes et toutes les couleurs pour se glisser jour après jour dans les assiettes, tandis que l'écœurement général augmentait, puis tournait en protestations. À un moment donné, certains avaient même pensé à une grève de la faim.

— Nos doigts étaient en train de virer en saucisses ! affirma Marc-André, les mains tendues.

Un campeur lança alors une plaisanterie grivoise qui fit pouffer de rire tout le monde (l'abbé Beaucage se contenta d'une rapide grimace), puis rappela qu'au dîner, justement, on avait servi de la saucisse. Dans un tintamarre d'ustensiles, on réclama le frère Albert à grands cris.

Le religieux sortit de la cuisine, les bras en l'air, et jura que les saucisses n'apparaîtraient pas au menu avant plusieurs jours.

— Jurez-le sur la sainte Saucisse ! réclama Marc-André.

— JE LE JURE ! lança le frère dans un tonnerre d'applaudissements.

22

Après le souper, chacun pouvait vaquer à ses affaires pendant un moment. Charles et Henri en profitèrent pour se rendre au dortoir ranger leurs effets dans la petite armoire qui se trouvait au pied de leur lit. Charles y plaça soigneusement, à côté de ses vêtements, les huit romans qu'il avait apportés et dont il voyait bien maintenant, après cette première journée passée au camp, qu'il n'aurait pas le temps d'en lire le quart. La veille, au moment de se coucher, il avait dû abandonner un épisode palpitant du *Mystère de la chambre jaune*, de Gaston Leroux. S'assoyant sur le bord de son lit, il alla retrouver Rouletabille empêtré depuis des heures dans une situation désespérée.

— Viens-tu? demanda Henri en s'approchant.

— J'arrive dans une minute.

L'autre haussa les épaules et sortit.

Ce fut l'obscurité qui le força d'abandonner sa lecture. Levant la tête, il chercha un commutateur près de la porte d'entrée, mais n'osa pas allumer, prévoyant les moqueries et les sarcasmes. Il sortit du dortoir et, avançant avec précaution dans la pénombre, il se dirigea vers une grande clairière en face de la salle communautaire où l'on avait amassé le bois pour le feu de camp; une vague rumeur en parvenait.

Il passait devant le réfectoire lorsqu'une ombre surgit tout à coup devant lui.

— Tiens! mon petit paroissien! fit l'abbé Beaucage d'une voix sonore. D'où sors-tu donc? Tu n'es pas avec les autres?

— J'arrive du dortoir.

— Du dortoir? s'étonna l'abbé en allongeant la dernière syllabe avec insistance.

— Je rangeais mes affaires.

— Eh bien! un petit solitaire... Dépêchons-nous. Le frère Martin doit être sur le point d'allumer le feu de camp.

Et, mettant la main sur son épaule, il l'entraîna d'un pas rapide vers le site du feu, lui posant diverses questions avec une brusquerie joviale; Charles, intimidé, vaguement renfrogné, répondait par des monosyllabes.

Une petite foule rassemblée autour de l'impressionnant amoncellement de branches, de bûches et de billots, attendait avec impatience que le frère Marcel fasse signe au frère Martin, surnommé Tite Patte à cause de son quasi-nanisme, de mettre le feu au papier journal chiffonné que ce dernier avait savamment disposé sous les branches.

Avec le coucher du soleil, la forêt, devenue tout à coup une masse noire et impénétrable, vaguement menaçante, s'était mise à exhaler un souffle de cave humide qui commençait à faire sentir la minceur des chandails de coton; des pensées de fin d'été s'infiltrèrent dans les esprits et chacun aspira à l'ardeur bienfaisante du feu.

Il y eut un bref coup de sifflet. Tite Patte, à demi courbé, un briquet à la main, se mit à courir avec un déhanchement comique, enflammant le papier; on entendit des crépitements, puis un grand frisson traversa les branches enchevêtrées tandis que de petites volutes arrondies de fumée, orangées sous l'effet des flammes, léchaient le sol, puis remontaient, essayant d'atteindre le sommet; une sorte de coup de vent partit de l'intérieur de la masse et le feu jaillit, large et palpitant, éclairant violemment les visages qui, pendant une seconde, prirent des airs chinois. Une ardeur effrénée s'empara des flammes; de petites explosions se mêlaient aux crépitements; les campeurs aux premiers rangs durent bientôt reculer un peu. Les conversations tombèrent. Chacun, songeur, contemplait le feu; l'antique fascination durait toujours. Charles n'avait jamais rien vu d'aussi magnifique, sauf peut-être une fois lors d'une fête de la Saint-Jean dans un parc de Montréal très loin de chez lui.

Il se tourna vers un campeur – c'était le garçon aux grosses lèvres qui mangeait en face de lui au souper – et ils échangèrent un sourire. Henri apparut soudain à ses côtés. Charles était content de le voir et lui donna une bourrade amicale.

— Aimes-tu ça, ici? demanda son ami à voix basse.

— Oui, beaucoup. Je pense qu'on va s'amuser en tabarouette. Mais on s'amuserait bien plus, crut-il bon d'ajouter aussitôt, si ta mère n'était pas malade.

— Oh! elle va guérir, répondit Henri avec assurance. Mon père connaît les meilleurs médecins.

Charles poussa un long soupir. Était-ce de tristesse ou de bien-être? Il n'aurait su le dire. La braise avait maintenant des lueurs roses et orange dont il n'arrivait pas à détacher son regard. Un sentiment de douceur paresseuse l'envahit peu à peu; l'intérieur de ses veines s'était comme tapissé de velours, son corps allégé flottait imperceptiblement au-dessus du sol. Il se sentait calme à présent, en paix avec lui-même, heureux comme la fois où son père lui avait permis d'amener Bof à la maison. «Pourvu que Lucie guérisse», se dit-il tout à coup, presque froissé par la sérénité d'Henri. Et il revit Alice dans son lit d'hôpital en train de lui faire ses adieux.

Il tourna un peu la tête vers la gauche et aperçut l'abbé assis à dix pas, en train de l'observer. Le prêtre le salua d'un mouvement de tête. Son sourire étincelant et dominateur faisait penser à la lame d'une épée. Charles, par politesse, voulut lui répondre, mais ses lèvres s'y refusèrent et il n'esquissa qu'une sorte de grimace, puis reporta son regard vers le feu.

On se mit à chanter: *Colchiques dans les prés*, *L'abbé a mis la flamme* et même une berceuse iroquoise, *A ni cou ni*. Cette veillée nocturne aux abords de la forêt devant un feu géant qui luttait joyeusement contre les ténèbres remplissait Charles de l'ivresse inoubliable que procurent les choses neuves. Il ne connaissait aucune de ces chansons, mais comme on les répétait deux ou trois fois chacune, il finit par en apprendre des passages et y mit tout son cœur. Henri semblait subjugué lui aussi et se balançait doucement, emporté par l'extase. Soudain, le petit rousselé au nez pointu qui avait été le voisin de table de Charles durant le souper se glissa près de lui, tout excité et ricanant, et se pencha à son oreille:

— Veux-tu en apprendre une bonne, Thibodeau?

Et il lui annonça qu'on avait surpris deux gars une heure plus tôt en train de se masturber derrière les toilettes.

— L'abbé doit les rencontrer tout à l'heure. Je ne voudrais pas être dans leurs souliers!

La soirée se terminait par une collation au réfectoire, suivie d'un moment de prière et de réflexion à la chapelle.

Pendant la collation ce soir-là, on remarqua l'absence de Lalumière et de Doré, des «grands» admirés de tous pour leur début de moustache et leur connaissance encyclopédique des chansons de Robert Charlebois. Des chuchotements grivois se mirent à circuler à leur sujet.

En se rendant à la chapelle, les campeurs aperçurent deux silhouettes immobiles derrière une fenêtre au store tiré dans le petit logis attenant à la chapelle qu'habitait l'aumônier. Il y eut des rires étouffés, mais aussi des soupirs de commisération.

La prière achevée, l'abbé Beaucage se leva et, debout devant la balustrade, avec une gravité qu'on ne lui avait jamais vue, se lança dans un retour sur la journée particulièrement élaboré, dont la plus grande partie portait sur la pureté, « cette vertu que Dieu place au-dessus de toutes les autres et qui est la clé avec laquelle on ouvre la porte du Ciel » ; il mit en garde ses jeunes auditeurs contre le mauvais exemple, « ce sourire du diable, qui travaille avec toute sa malice à nous entraîner dans le péché et dans la damnation éternelle ».

Ces paroles austères et terribles juraient curieusement avec l'âge et l'allure du prêtre. Elles trouvaient leur chemin jusqu'au fond de l'âme de certains campeurs qui écoutaient, le visage figé d'appréhension, en pensant à leurs nombreuses fautes et aux fautes encore bien plus nombreuses qu'ils ne manqueraient pas de commettre, hélas, dans l'avenir ; mais c'était un signe des temps que la plupart des auditeurs recevaient ces exhortations avec une indifférence assez marquée, l'esprit souvent ailleurs, étouffant des bâillements, croquant en cachette des biscuits chipés au réfectoire et aspirant à la tiédeur du lit. Charles, à qui Alice avait eu le temps d'inculquer un respect un peu effarouché pour ce Vieux Monsieur à barbe blanche qu'on appelle le bon Dieu et une affection naïve et sentimentale pour le petit Jésus et sa douce maman, la Sainte Vierge, écoutait le prêtre avec attention, vaguement troublé mais protégé par son jeune âge des aiguillons du remords et de la constriction de la peur.

Pendant ce temps, Frédéric, que le frère Marcel enfermait chaque soir dans son bureau, craignant qu'il ne profite de l'obscurité pour filer vers la forêt, avait réussi à tirer une chaise jusqu'à une fenêtre et, dressé sur le rebord, observait l'immense panache de fumée du feu de camp que le frère Martin s'occupait à éteindre, armé d'un tuyau d'arrosage. De temps à autre le raton tournait la tête vers la forêt toute proche, et des frémissements parcouraient son corps tandis que ses griffes se promenaient sur la vitre avec de longs crissements.

◆

Le lendemain, Lalumière et Doré ne parurent pas au déjeuner. Ils avaient quitté le camp à l'aube et d'une façon si discrète qu'aucun de leurs compagnons de dortoir ne s'était réveillé. L'air pensif et malheureux du frère Marcel montrait bien qu'il n'était pas satisfait de la solution qu'on avait apportée à ce problème. Quelques campeurs parmi les plus âgés trouvèrent que l'abbé Beaucage, sous ses airs joyeux et dynamiques, cachait une âme de serpent et résolurent de se méfier de lui.

Trois jours passèrent. Le temps se maintenait au beau, venteux mais chaud et ensoleillé, comme si l'été avait trouvé de nouvelles forces dans sa lutte contre l'arrivée du froid. Charles adorait la vie de camp ; son entregent et ses dons de boute-en-train lui avaient permis de conquérir rapidement de nouveaux amis, ce qui avait relâché quelque peu ses liens avec Henri ; l'utilisation de certains mots inusités qu'il devait à ses lectures (mais employait avec une prudente modération) lui avait acquis la réputation d'une « grosse tête », l'admiration de plusieurs et l'antipathie méprisante de quelques autres.

Après le souper, il aimait se retirer au dortoir pour faire un peu de lecture avant le feu de camp. Il s'y retrouvait le plus souvent seul ou alors en compagnie d'un campeur atteint d'un début de grippe ou venu cuver sa colère après une chicane.

Un soir, étendu sur son lit, il était plongé dans une aventure d'Arsène Lupin, la main sous le menton, un bout de langue sorti entre les dents (signe chez lui de profond intérêt) lorsqu'une ombre à ses côtés lui fit lever la tête. C'était l'abbé Beaucage, arrivé silencieusement comme la nuit et qui le fixait en souriant mais avec une interrogation dans les yeux.

— Fatigué, mon petit paroissien?

— Non, répondit Charles, surpris, je suis en train de lire.

— Je peux voir?

Le garçon, s'efforçant de cacher son agacement, lui tendit le livre.

— *Arsène Lupin, gentleman-cambrioleur...* Hum, hum... Très amusants, ces récits... Il me semble en avoir lu un quand j'avais quinze ou seize ans... Ce ne sont que des amusettes, bien sûr... Mais tu me sembles un peu jeune quand même pour te lancer là-dedans, non? Tu es sûr de tout comprendre?

— Je pense que oui, répondit Charles un peu sèchement.

— Étonnant, étonnant...

L'abbé lui remit le livre et hocha la tête avec un sourire crispé, cherchant visiblement à amener la conversation sur un autre sujet. Son regard se promena dans le dortoir, fouillant les coins d'ombre pour y déceler une éventuelle présence, qui aurait peut-être expliqué d'une façon plus vraisemblable l'attrait du campeur pour la lecture. Mais, ce soir-là, il était bien seul, apparemment.

Charles, voyant que le prêtre ne partait pas, ferma son livre en réprimant un soupir et s'assit sur le bord de son lit. L'abbé Beaucage prit place à ses côtés.

— Tu aimes le camp, Charles? fit-il sur un ton amical.

— Beaucoup.

Mais une voix ajouta dans sa tête: «Sauf quand je suis avec vous.»

— Ce sont des moments très précieux que tu vis là, mon gars, des moments de vie en commun qui te permettent de t'ouvrir aux autres et de faire des découvertes importantes. Tu en es conscient?

— Oui.

Le prêtre se leva et, tapotant la tête de l'enfant:

— Alors, pourquoi ne pas en profiter pleinement? La lecture, c'est une bonne chose, bien sûr, mais tu pourrais peut-être choisir de meilleurs moments pour t'y adonner, non? Ici, elle te coupe de tes camarades et tu sais comme moi, Charles, que la solitude n'est pas toujours bonne conseillère.

La remarque, tout aimable qu'elle fût, contenait un avertissement.

Et, lui faisant un salut de la main, l'abbé Beaucage s'éloigna à grandes enjambées. Charles se remit à sa lecture. Mais, au bout de quelques minutes, il s'aperçut que le sens des phrases lui échappait. Alors, rangeant avec dépit le livre dans son armoire, il alla rejoindre ses compagnons.

La veille après le dîner, en passant devant le chalet des moniteurs, il avait aperçu Jean affalé sur une chaise devant la porte en train de lire un roman. Pourquoi le permettait-on aux autres et pas à lui? Et pourquoi une occupation qui lui valait à Montréal des félicitations et un certain prestige était-elle vue comme vaguement répréhensible par ce prêtre qui essayait de jouer au jeune homme avec son habit de jogging et ses grands éclats de rire, alors qu'il n'était au fond qu'un vieux homard avec une loupe entre les pinces?

Le lendemain matin, Charles fut réveillé par une rumeur vaste et soyeuse venue du plafond. La pluie avait transformé la toiture de tôle en une sorte de gigantesque harpe, dont elle tirait des sons étouffés, délicieusement apaisants. Il s'étira langoureusement sous les couvertures, regardant de biais son voisin endormi, puis referma les yeux, espérant qu'il s'était réveillé trop tôt et que la voix de Jean, chargé de les faire lever chaque matin, ne résonnerait que bien plus tard.

Comme la météo avait annoncé deux jours de mauvais temps, les autorités du camp Jeunenjoie prirent les dispositions nécessaires pour occuper leur fringante clientèle. On affecta Charles à une petite équipe chargée, sous la direction du frère Martin, de faire du rangement dans le hangar-atelier où le religieux exerçait ses talents manuels d'une façon quelque peu brouillonne.

Charles aimait bien ce petit frère haut comme trois pommes qui riait à toutes les plaisanteries, même quand il ne les comprenait pas, et qui – était-ce dû à sa taille minuscule? – se comportait avec les campeurs comme s'il était leur camarade. Tite Patte, avec son visage de bois aux traits un peu grossiers, sa bouche fendue trop large, son nez qu'on aurait dit cassé et ses yeux perdus dans l'ombre des arcades sourcilières, possédait toutes les qualités du parfait souffre-douleur, mais on ne lui connaissait que des amis et il accueillait toujours avec bonne humeur les taquineries, d'ailleurs gentilles, que lui faisaient parfois les campeurs. Depuis que Charles l'avait surpris deux jours plus tôt en train de commenter avec un moniteur le départ précipité de Lalumière et Doré, il le tenait en haute estime. «L'abbé Beaucage? avait dit Tite Patte d'une voix un peu trop énergique. Je ne l'aime pas beaucoup, lui. Trop fort de la tête! Beaucoup de principes, mais rien dans le cœur! Pas bon, ça!» Depuis ce moment, Charles lui adressait toujours de grands sourires et riait à ses plaisanteries, même les plus niaises.

Tite Patte, ce matin-là, prit Charles et le petit rousselé au nez pointu, qui portait le nom rocailleux de Patrick Ricard, et les conduisit au fond du hangar devant un établi où s'étalait un immense fouillis de vis et de clous:

— Vous allez me classer ça, O. K., les amis? Je vais aller chercher des pots à la cuisine.

L'opération dura deux heures et les amena jusqu'au dîner. La pluie tombait toujours, lente, grise, inépuisable, entraînant dans sa chute des feuilles encore vertes qui s'agglutinaient à la boue, souillées, lamentables. Après le dîner, il y eut à la chapelle un retour sur soi dirigé par le frère Marcel, en l'absence de l'abbé Beaucage parti encore une fois faire une course à Joliette. Était-ce la pluie? l'humidité qui s'infiltrait dans les vêtements, semant les frissons et le mal-être? Toujours est-il que le frère Marcel manqua totalement d'inspiration ce jour-là et que la réaction de son auditoire se partagea en deux: d'une part, de légers ronflements et, de l'autre, des rires étouffés agrémentés de discrètes bousculades.

Alors, avec sagesse, le religieux coupa court à l'exercice et remit ses jeunes auditeurs entre les mains des moniteurs chargés de la redoutable tâche de les tenir occupés et de bonne humeur jusqu'à l'heure du coucher.

Il prenait un café dans la cuisine, Frédéric sur les genoux, en compagnie du frère Albert, tout en pensant avec une certaine appréhension à la deuxième journée de pluie qu'on avait annoncée, lorsque son collègue, qui glaçait trois énormes gâteaux en chantonnant, leva la tête et le fixa :

— Tu as l'air soucieux.

Pour toute réponse, le frère Marcel tendit la main vers la fenêtre où des cascades ruisselaient d'une camionnette rouge perdue au milieu d'une mare immense, puis il poussa un soupir découragé.

Le cuisinier, sa tâche finie, lécha amoureusement sa spatule et la présenta au raton laveur qui la rendit propre comme un sou neuf.

— Je viens d'avoir une idée, fit soudain le frère Albert.

Le bon religieux avait depuis longtemps abandonné son combat contre les calories et portait avec philosophie sa défaite ventripotente devant lui, le nombril distendu, les muscles dorsaux étirés et douloureux, les jambes variqueuses, la respiration courte, mais le regard joyeux et la tête fourmillante d'idées, certaines grotesques, d'autres finement ciselées.

— Pourquoi n'organiserais-tu pas un festival de sketchs? On diviserait les campeurs en équipes et les gagnants auraient droit à un *repas de desserts*. Il y aurait des prix de consolation, bien entendu. Je pourrais faire partie du jury.

Le frère Marcel porta sur son collègue un regard ébloui, termina son café en deux gorgées, enfila son imperméable et partit annoncer à tous la tenue du festival.

23

Une demi-heure plus tard, on avait divisé les campeurs en quatre équipes, chacune sous la supervision d'un moniteur, et on leur avait assigné respectivement comme lieu de travail le dortoir des grands, celui des petits, la salle communautaire et le réfectoire, ce dernier choix causant un grand plaisir au frère Albert, très friand d'écoute aux portes.

Charles se retrouva avec son équipe dans la salle communautaire et fut aussitôt promu scénariste, car c'était lui qui avait « le plus d'idées ». Son superviseur, Jean-Guy, un garçon de seize ans mesurant un mètre quatre-vingt-six et dont la croissance n'avait pas fini d'étonner, considérait le sport comme la seule activité humaine digne d'intérêt et ne s'était pas gêné pour laisser entendre au frère Marcel que cette idée de festival lui paraissait particulièrement niaiseuse. Il laissa donc carte blanche au jeune scénariste et alla s'affaler sur une chaise dans un coin, les bras croisés, malaxant avec résignation une chique de gomme qui avait donné depuis longtemps le meilleur d'elle-même ; de temps à autre, il accordait une attention distraite aux membres de son équipe qui, assis par terre, discutaient avec animation, éclatant de rire à tout moment.

Charles avait décidé de se faire le porte-parole de l'agacement général causé par la rigueur morale de l'abbé Beaucage. Après avoir mis au point le scénario et jeté quelques notes sur un bout de papier, il commença à faire répéter son équipe. Jean-Guy observa la scène quelques minutes, réprimant des bâillements, rappela à l'ordre deux ou trois fois un campeur surexcité, puis annonça qu'il devait s'absenter pour un petit quart d'heure et alla fumer une cigarette sous un arbre. Charles se montra un metteur en scène fort exigeant et fit répéter ses compagnons sans arrêt jusqu'au souper, tandis que les deux accessoiristes, envoyés en mission d'urgence, rapportaient toutes sortes d'objets à la salle communautaire, pour la plus grande curiosité des autres campeurs.

À sept heures trente, le frère Martin avait terminé l'installation d'une petite scène dans la salle et à huit heures moins dix un auditoire chauffé à blanc attendait les acteurs. Des fuites d'origine inconnue alimentaient les rumeurs les plus diverses ; on disait que le sketch monté par Charles Thibodeau était du super-boum-boum et qu'il allait sans doute remporter le premier prix. À huit heures pile, les membres du jury, formé de l'abbé Beaucage, des frères Marcel et Albert, et de deux moniteurs, Jean et Marc-André, prenaient place dans la première rangée et le spectacle commençait.

Pour favoriser la participation la plus large possible, on avait donné à chacune des équipes des effectifs imposants : bruiteur, accessoiriste, costumier, souffleur (même s'il n'y avait pas de texte), éclairagiste (dont le rôle se réduisait à allumer et à éteindre les lumières de la salle) et, bien entendu, comédiens, limités à cinq par sketch, à cause de l'exiguïté de la scène et de sa faible résistance aux sauts, galopades et autres expressions théâtrales énergiques.

Un tirage au sort détermina le déroulement de la soirée. L'équipe de Charles obtint la troisième place. Le premier sketch racontait l'histoire d'une excursion à la campagne et se terminait par l'horribilissime mésaventure d'un campeur posant le pied dans une bouse de vache. Après avoir soulevé quelques rires, il reçut des applaudissements polis. Le deuxième sketch mettait en scène un vol de banque avec Henri dans le rôle du banquier. Son ingéniosité à déjouer les voleurs qui l'avaient kidnappé et les grimaces extrêmement expressives qu'il fit en s'écroulant sous leurs balles obtinrent un franc succès.

Les applaudissements s'arrêtèrent. Le silence tomba, ce silence très particulier d'une salle impatiente, fait d'un vague murmure, de toussotements, de rires étouffés, de frottements de pieds. Sortis de derrière le drap qui leur servait de coulisse, les deux comédiens à qui Charles avait confié les rôles principaux, entrèrent en scène, la bouche sèche, la jambe molle, et l'action commença.

PREMIER CAMPEUR

Ah! la vie de camp! Comme c'est amusant!

(On entend des pépiements d'oiseaux provenant du bruiteur, siffleur émérite.)

DEUXIÈME CAMPEUR

Oh oui! on n'arrête pas de s'amuser!

PREMIER CAMPEUR

On fait tout ce qu'on veut.

DEUXIÈME CAMPEUR

Quand les frères ne nous voient pas!

PREMIER CAMPEUR

Ou les moniteurs...

DEUXIÈME CAMPEUR

Les moniteurs ne voient jamais rien.

(Rire général)

PREMIER CAMPEUR

Mais il y a une chose qui me fatigue...

DEUXIÈME CAMPEUR

Laquelle?

PREMIER CAMPEUR

Souvent le soir, j'ai faim. Je n'arrive pas à fourrer assez de biscuits dans mes poches pendant la collation.

DEUXIÈME CAMPEUR

L'autre fois, j'en ai piqué dix, moi.

PREMIER CAMPEUR

Gros cochon, t'aurais pu m'en donner. Justement, j'ai faim ce soir.

DEUXIÈME CAMPEUR

Moi aussi. Si on allait faire un tour à la cuisine?

PREMIER CAMPEUR

Bonne idée. Le cuisinier vient d'aller se coucher. On pourrait se faire de bons sandwichs.

(Changement de décor. Deux accessoiristes tirent une table jusqu'au milieu de la scène, un troisième apporte une chaise. Le cuisinier apparaît, un sac de papier sur la tête en guise de toque, une

louche à la main, un coussin sous son gilet de coton lui faisant une immense bedaine, au grand amusement des spectateurs et du frère Albert.)

LE CUISINIER

Ah! que je suis fatigué! Quatre-vingt-sept gâteaux à l'huile de foie de morue, aujourd'hui. Cent gallons de soupe aux radis. Cent dix steaks de bête puante! Il va falloir que je change de recettes... Les campeurs vont finir par se tanner et je vais être pris pour manger ça tout seul... *(Il s'avance vers la chaise.)* Je vais m'asseoir un peu pour reposer mes vieilles jambes. *(Il s'assoit, s'endort et se met à ronfler comme une fournaise.)*

PREMIER CAMPEUR

Il dort! Vite! amène-toi! On va en profiter pour fouiller dans le frigidaire.

DEUXIÈME CAMPEUR

Tu prendras les bêtes puantes, moi, je prendrai la confiture.

PREMIER CAMPEUR

Me prends-tu pour un cave, niaiseux?

DEUXIÈME CAMPEUR

(Montrant le cuisinier) Chut! tu vas le réveiller.
(Ils s'approchent d'un réfrigérateur invisible et ouvrent la porte.)

PREMIER CAMPEUR

Wow! de la saucisse!

DEUXIÈME CAMPEUR

Y a rien comme une bonne saucisse, tu ne trouves pas?
(Légers rires dans la salle)

PREMIER CAMPEUR

Allons les manger dehors. *(Montrant le cuisinier qui ronfle toujours)* Il peut se réveiller d'une minute à l'autre.

DEUXIÈME CAMPEUR

Bonne idée. Si on allait au bord du lac? Personne ne nous verra.
(L'amusement des spectateurs augmente. Le frère Marcel fait de grands yeux perplexes, le frère Martin sourit, le frère Albert porte la main à sa bouche, l'abbé Beaucage devient grave, les deux moniteurs échangent des regards surpris.)

PREMIER CAMPEUR

Allons-y.

(*Un accessoiriste transvide de l'eau d'un seau à un autre afin de simuler le bruit des vagues ; le bruiteur, caché derrière le rideau, lance des hurlements de coyote.*)

DEUXIÈME CAMPEUR

Hum... c'est bon, de la saucisse...

PREMIER CAMPEUR

Y a rien de bon comme une bonne saucisse...

DEUXIÈME CAMPEUR

Ta saucisse est plus grosse que la mienne.

PREMIER CAMPEUR

Oui, mais la tienne est bien plus belle...

(*La salle croule de rire, mais les membres du jury manifestent des réactions diverses. Les comédiens, stimulés par le succès, se risquent à certains gestes équivoques, pour le plus grand plaisir des spectateurs. Pendant ce temps, Charles, qui a choisi de jouer le rôle de l'aumônier et brûle de se trouver à son tour sous les feux de la rampe, enfile un immense manteau noir dont les bords traînent sur le sol et apparaît à l'autre bout de la scène, un missel à la main.*)

L'AUMÔNIER

Quelle belle soirée... Le bon Dieu est bien bon de nous envoyer du si bon temps. Je vais prendre l'air un peu... (*Il va et vient, respirant avec délices. Soudain, il s'arrête, intrigué.*) J'entends de drôles de bruits. Des bruits que je n'ai jamais entendus. On dirait que ça vient du lac. Si j'allais voir ?

(*Il se dirige à demi courbé vers le lac, levant les pieds comme s'il marchait dans de la braise ardente. Avançant la tête, il aperçoit les deux campeurs.*)

L'AUMÔNIER

(*Surgissant, terrible*) Qu'est-ce que vous faites là avec vos saucisses ?

(*La salle délire.*)

(*Les campeurs, paralysés, gardent le silence.*)

PREMIER CAMPEUR

(*Craintivement*) On... on en mangeait...

L'AUMÔNIER

Et qui vous les a données, ces saucisses?

DEUXIÈME CAMPEUR

(Piteux) Personne. On les a prises.

PREMIER CAMPEUR

On aime ça, prendre de la saucisse.

(Le silence tombe dans la salle. L'abbé Beaucage, comme piqué au derrière par un taon, a bondi de son siège et il quitte les lieux. Charles, tout à son rôle, ne s'en aperçoit pas.)

L'AUMÔNIER

Je vais vous montrer les bonnes manières, moi! Allez, sacrez le camp d'ici! Je ne veux plus vous voir! Vous irez voler de la saucisse en ville. Mais retenez bien une chose: un jour, vous allez vous la faire griller en enfer, votre saucisse, espèces de cochons!

Les comédiens restèrent debout un moment au milieu de la scène en saluant gauchement, ravis et un peu éberlués par la réaction des spectateurs qui avaient retrouvé leur entrain et criaient, sifflaient, battaient des pieds, secouaient les chaises; puis, radieux et surexcités, ils allèrent prendre place dans la salle, recevant au passage des bourrades amicales.

Le frère Marcel était allé rejoindre en toute hâte l'aumônier à l'extérieur. Il revint avec lui au moment où débutait le quatrième sketch. L'abbé Beaucage avait eu le temps de se recomposer un visage et alla se rasseoir, sourire aux lèvres, mais ses yeux projetaient partout comme des gouttelettes de venin; l'une d'elles atteignit Charles sur la joue, à son insu.

On aurait mis celui-ci dans l'embarras en lui demandant de raconter le dernier sketch. Il le regarda sans le voir, tout enivré par son succès, les commissures des lèvres déjà mouillées à la pensée du *repas de desserts* qui les attendait, lui et les membres de sa troupe; il s'imaginait attablé avec eux en train de s'empiffrer, recevant les félicitations de tout un chacun, car il était bien conscient d'être à l'origine de ce triomphe; mais, bon prince, il était prêt à reconnaître le talent d'acteur de Jean-Louis et de Guillaume – un talent qui égalait presque le sien.

Le dernier sketch se termina par une bousculade guerrière si intense que les draps qui délimitaient les coulisses tombèrent. Pendant que les comédiens essayaient de s'en dépêtrer, les membres du jury se retirèrent au fond de la salle pour délibérer.

Au bout de quelques minutes, les spectateurs commencèrent à s'impatienter. Henri était venu s'asseoir près de Charles :

— Ils n'arrivent pas à s'entendre, lui souffla-t-il à l'oreille. Mais c'est vous autres qui allez gagner, j'en suis sûr. C'était crampant, ton histoire de saucisses. Nadeau, derrière moi, riait tellement qu'il a failli tomber de sa chaise. Tu me garderas un morceau de gâteau, hein ?

— Votre sketch à vous était très bon aussi, répondit Charles, qui l'avait trouvé plutôt ordinaire.

Et il se tourna vers le fond de la salle où discutait le jury à voix basse.

Charles et son équipe n'obtinrent pas de prix. On choisit plutôt de couronner l'équipe d'Henri. Comme le festival se poursuivait le lendemain, la remise du Grand Prix ne se ferait que deux jours plus tard : cela permettrait au frère Albert de soigner son *repas de desserts*.

Ce fut avec une mine de chien à la patte cassée que Charles se rendit au réfectoire pour la collation de fin de soirée, entouré des membres de son équipe qui maugréaient à voix basse. Des campeurs s'approchaient pour les réconforter, leur assurant que, si on avait fait voter la salle, ils auraient gagné.

— On se reprendra demain, Charles, hein ? proposa courageusement Patrick Ricard. Demain, on va gagner, c'est sûr.

Henri promit à son ami qu'il lui garderait *trois* portions de dessert si son équipe l'emportait. Charles n'eut même pas un sourire. Seul dans son coin, il croquait un biscuit, l'air maussade, lorsque l'abbé Beaucage apparut devant lui, rose, frais et souriant, et lui tendit un verre de jus de pomme. Charles détourna la tête.

— Oh, oh! tu n'as pas l'air de bonne humeur, mon petit paroissien... Déçu de ta soirée, je gage?

L'enfant, très rouge, ne répondit rien.

— Il ne manquait pas d'imagination, votre sketch, poursuivit l'abbé sur un ton soudain empreint de gravité, mais il faudrait qu'on ait une petite conversation, toi et moi, pour mettre certaines choses au point. Demain matin après le déjeuner?

— Je n'ai rien à vous dire, murmura Charles dans un souffle.

Le prêtre éclata d'un rire faux:

— Eh bien! moi, j'ai beaucoup à te dire, figure-toi donc! Alors, à demain.

Charles quitta le réfectoire et, traversant la cour battue par la pluie, se rendit au dortoir. Henri vint le trouver un quart d'heure plus tard:

— Qu'est-ce que tu fais?

— Tu le vois bien: je lis.

Henri, appuyé au mur, observa un moment son ami plongé dans sa lecture avec une intensité quelque peu suspecte. Il poussa deux ou trois soupirs, changea de position, se gratta le cou, puis:

— Qu'est-ce que tu lis?

— Ça me regarde.

Henri bondit et lui arracha le livre des mains:

— Hé! arrête de me faire la gueule! Est-ce que c'est de ma faute si vous n'avez pas gagné? Je t'ai promis trois desserts: qu'est-ce que tu veux que je fasse de plus?

Charles, assis dans son lit, les bras croisés, fixait le bout de ses souliers. Il écoutait le crépitement de la pluie sur le toit. Quelque chose se noyait en lui. Et quelque chose d'autre émergeait, douloureux et familier; il avait cru s'en être débarrassé à tout jamais, mais cela revenait le narguer avec une fidélité cruelle. Henri trouva soudain à son ami un air si malheureux que sa colère tomba; il s'assit à ses côtés et lui posa la main sur l'épaule:

— C'est à cause de cette histoire de saucisses, Charles. Tout le monde le dit dans le camp: ç'a mis l'abbé en beau maudit. Alors

il s'est arrangé pour vous faire perdre. Et je pense aussi, Charles...
qu'il ne t'aime pas trop, trop, tu sais...

Charles releva la tête :

— Ça, je m'en suis aperçu il y a longtemps, figure-toi donc !

D'un geste brusque, il ouvrit la porte de la petite armoire au
pied de son lit et se mit à farfouiller dans ses vêtements pour
cacher ses larmes à Henri.

Charles, qui n'était pas particulièrement pieux, communiait
presque chaque matin depuis son arrivée au camp Jeunenjoie.
Par routine, par esprit d'imitation – et un peu aussi par gourmandise, car il se réveillait toujours avec une fringale, et cette
petite rondelle de pâte blanche au goût délicat fondait très agréablement dans la bouche, servant de hors-d'œuvre au robuste
déjeuner qui l'attendait. Mais ce matin-là il resta assis à son banc
dans la chapelle, jetant un regard désapprobateur aux membres
de son équipe assez lâches et mollassons pour s'approcher de la
sainte table et ouvrir le bec comme des oisillons devant cet aumônier qui n'était qu'un sale corbeau. Tout au long de la messe, il
lui lança des regards furibonds, se promettant bien de ne pas
répondre à son invitation de la veille.

Aussitôt la dernière bouchée avalée, il rassembla ses compagnons, et la petite troupe, bien décidée à prendre sa revanche, se
hâta vers la salle communautaire pour se mettre au boulot. Deux
surprises l'attendaient : son superviseur Jean-Guy avait été remplacé par Michel-Noël, un « vieux » de dix-huit ans qui en était à
son troisième été comme moniteur à Jeunenjoie ; ce dernier leur
annonça que « pour donner sa chance à tout le monde », on allait
faire une rotation des responsabilités à l'intérieur de l'équipe ; de
scénariste-metteur en scène, Charles devenait bruiteur, et il
apparut rapidement que c'était Michel-Noël qui dirigerait tout.

Personne n'aimait trop ce grand garçon sec et jaune à lunettes
noires, aussi drôle qu'une notice nécrologique, qui s'arrangeait

toujours pour manger aux côtés de l'abbé Beaucage, ses grands yeux de veau amoureux posés sur lui, tétant son attention, approuvant ses moindres remarques, riant plus fort que tout le monde de ses farces et constamment aux aguets pour lui passer le sel, le poivre ou le beurre. Les campeurs l'avaient surnommé le Bedeau.

À l'annonce de sa rétrogradation, Charles pâlit mais, par fierté, garda le silence. La réunion se déroulait depuis une quinzaine de minutes, morne et ennuyante à souhait, le Bedeau essayant en vain d'y insuffler un peu de vie, lorsque l'abbé Beaucage apparut dans la porte et fit signe à Charles de s'approcher.

— Notre rendez-vous de ce matin? demanda-t-il avec un grand sourire.

— J'avais oublié, mentit Charles en rougissant.

— Je te l'emprunte pour quelques minutes, lança le prêtre à son disciple.

Il eut un petit rire, prit Charles par le bras et s'éloigna à grandes enjambées.

Le trajet jusqu'au logis du prêtre fut allégé par quelques rencontres. Chaque fois, l'abbé s'arrêtait, posait une question, lançait une blague, donnait une tape sur une épaule, toujours avec cet air faussement cordial et familier qui puait la condescendance, cet air que Charles, sans pouvoir se l'expliquer, détestait du fond de son âme.

L'abbé ouvrit la porte et s'effaça devant l'enfant:

— Après toi, mon petit paroissien.

Et il lui montra un canapé au fond de la pièce. Son regard tomba sur la porte entrouverte d'un bahut d'où s'échappait un scintillement de bouteilles, et il alla aussitôt la refermer. Charles les avait également remarquées.

— Et alors, mon petit paroissien, fit le prêtre en prenant place dans un fauteuil en face de l'enfant, est-ce que tu te plais à notre camp?

Le visage de Charles s'empourpra de nouveau; il serra les lèvres et son regard fixa le plancher.

— Je n'aime pas ça que vous m'appeliez paroissien, murmura-t-il au bout d'un moment.

L'abbé Beaucage éclata de rire :

— Mais voyons ! ce n'est qu'une taquinerie ! Ça fait partie de la vie de camp, ces choses ! Bon. Parfait. Tu n'aimes pas ça ? Fini. Plus de surnom. Et même, je te demande de m'excuser. Ça va ?

Charles fit signe que oui.

— Tu vois, mon Charles, comme il est important de se parler. Il y avait quelque chose dans mon comportement qui t'agaçait. Si on ne s'était pas rencontrés ici ce matin, je ne l'aurais jamais su – et je n'y aurais jamais remédié. Eh bien, figure-toi que moi aussi j'ai une observation à te faire.

Le regard de Charles s'était arrêté sur une table derrière son interlocuteur. De la tranche d'un gros livre relié en cuir noir s'échappait le bout d'un signet comme une tache de sang.

— Est-ce que tu m'écoutes, Charles ? fit l'abbé avec une légère impatience.

Charles fit de nouveau signe que oui. Son cœur battait si fort qu'il avait l'impression que quelqu'un pressait le dessous de son menton par petits coups ; il avait peine à avaler sa salive. Jamais plus il ne remettrait les pieds dans cette pièce. Jamais plus il ne parlerait à cet homme. Il pencha légèrement la tête et son regard se porta sur ses avant-bras ; il les imagina en train de s'élargir et de se couvrir de grosses plumes noires. Il était devenu une de ces corneilles qui croassaient à longueur de journée perchées en haut des sapins. Il prenait son envol par la fenêtre et s'élançait dans le ciel, bien loin au-dessus du camp, dont les bâtiments ressemblaient maintenant à des boîtes d'allumettes. Il planait, piquait et remontait, se fichant de tout, car plus rien ne pouvait l'atteindre.

— On m'a dit que c'est toi qui as eu l'idée du petit sketch que vous avez joué hier soir, poursuivit l'abbé. Est-ce que c'est vrai ?

— Oui.

Les lèvres de l'abbé s'amincirent. Il ne souriait plus. Sa peau lisse et rose, ses cheveux blonds soigneusement séparés par une raie et luisants comme du laiton, ses yeux bleus au regard froid et jusqu'au lobe de ses oreilles, tout semblait avoir pris un aspect extraordinairement dur et imperméable, comme si la vie s'était soudain échappée de lui, n'y laissant que son apparence.

— Eh bien, je n'ai pas aimé ton sketch, Charles, pas du tout. Et sais-tu pourquoi?

Charles fit signe que non.

— Bien sûr que tu le sais. Tu es beaucoup trop intelligent pour ne pas le savoir.

— À cause de l'histoire des saucisses? se risqua l'enfant, qui retint un début de sourire.

— Voilà. À cause de cette histoire. Et qu'est-ce qu'elle nous raconte, cette histoire?

— C'était juste pour rire.

— Justement, c'était pour rire, comme tu dis. C'était pour rire du péché. Parce que toi et moi, n'est-ce pas, nous savons très bien ce que représentaient ces saucisses, n'est-ce pas? Tu l'as su dès le début et personne ne s'y est trompé, ni dans ton équipe ni dans la salle. Eh bien, voilà, Charles, avec ton sketch, tu ridiculisais le péché, et un des plus graves péchés qui soit, le péché de l'impureté, qui pénètre en nous comme un ver et finit par pourrir nos corps et nos âmes. Ton sketch a été une occasion de péché pour toi-même, d'abord, puis pour les membres de ton équipe et pour plusieurs campeurs. Est-ce que tu saisis la gravité de ton geste, Charles?

Ce dernier garda le silence, ne sachant que répondre. Il lui répugnait d'admettre sa culpabilité, car il n'en ressentait guère, mais, en même temps, un sentiment d'inquiétude commençait à se répandre en lui à la pensée qu'il avait peut-être commis un acte répréhensible. Mais ce qui lui apparaissait avec le plus d'évidence, c'était que l'homme qui se trouvait devant lui, malgré ses airs paternels et protecteurs, ne l'aimait pas et savait depuis longtemps que lui-même ne l'aimait pas non plus. Il fallait donc se montrer prudent.

— Je n'ai jamais pensé à tout ce que vous dites, répondit Charles. On voulait seulement s'amuser.

Le prêtre eut un léger sourire, mais ce sourire exprimait une réprobation si hautaine et méprisante qu'il en devenait effrayant; Charles pencha la tête.

— Tu es bien jeune, mon Charles, et tu ne connais peut-être pas encore la force terrible du péché, même si elle est en train d'agir en toi – comme elle agit en chacun de nous. Mais je t'observe depuis quelque temps, j'observe tes attitudes, ton comportement – car j'ai vu tout de suite que tu étais un garçon spécial, intéressant, particulier, si on veut –, et j'ai la conviction que tu es bien moins innocent que tu ne voudrais le laisser paraître. Tu n'as pas communié, ce matin, n'est-ce pas?

— Non, répondit Charles, et ses joues se mirent à brûler.

— Pourquoi?

— Parce que ça ne me tentait pas, répondit-il en détournant les yeux.

L'abbé se pencha vers lui, plongea son regard dans le sien et, d'une voix onctueuse et veloutée, pleine d'insinuations douceâtres, qui donnait l'impression à Charles qu'un liquide tiède et visqueux lui coulait sur le corps, se répandant en rigoles putrides:

— Est-ce que ça ne serait pas plutôt, Charles, parce que tu ne te sentais pas *en état* de communier? parce que tu craignais de *commettre un sacrilège*?

À ce mot, dont il ne connaissait que vaguement le sens, Charles frémit:

— Non, non! ce n'est pas ça, balbutia-t-il. C'est parce... parce que j'étais de mauvaise humeur.

— De mauvaise humeur? s'étonna le prêtre. Contre qui?

Le visage de Charles se durcit; il voulut se retenir, mais les mots lui échappèrent:

— Contre vous.

Il avala sa salive, puis ajouta:

— Parce que c'est à cause de vous qu'on n'a pas gagné hier soir.

L'abbé éclata de rire. Mais c'était un rire faux, désagréable à entendre.

— Eh bien! il n'y a pas à dire, tu parles franchement, toi! Qu'est-ce que ça va être quand tu auras une moustache!

Charles eut envie de lui répondre qu'il n'en aurait jamais, car il ne les aimait pas, mais il garda sa réplique pour lui, sentant qu'il était allé à la limite de sa liberté de parole et qu'il valait mieux écouter, à présent.

L'abbé Beaucage le considérait d'un air grave et sévère.

— Je n'en pense pas moins, Charles, que tu n'aurais pas pu communier ce matin, même si tu l'avais souhaité. Je pense qu'hier soir, sans peut-être mesurer toutes les conséquences de tes actes, tu as été cause de scandale, c'est-à-dire, précisa-t-il en réponse au regard interrogatif de l'enfant, que tu as entraîné tes compagnons dans le mal. Tu as, bien sûr, l'âge et l'intelligence pour t'en apercevoir, car tu es intelligent, Charles, beaucoup plus intelligent que bien d'autres. Est-ce que tu ne souhaiterais pas te confesser? Je peux t'entendre ici même. Tu as peut-être d'ailleurs commis récemment des actes d'impureté, sur toi-même ou avec d'autres; ce serait l'occasion de te faire pardonner et d'alléger ton cœur. Non? Rien du tout? Aucune mauvaise pensée? Aucun mauvais toucher? Dieu pardonne toutes les fautes, tu le sais, à condition qu'on les avoue et qu'on s'en repente.

L'instant d'après, Charles se trouvait à genoux devant l'aumônier en train de réciter d'une voix hésitante la formule rituelle de la confession. Mais quand vint le moment de s'accuser, il s'arrêta, ne sachant que dire. Quelque chose l'étouffait. S'il avait pu, il se serait enfui.

— Répète après moi, ordonna le prêtre à voix basse. Mon père, je m'accuse d'avoir porté les autres à l'impureté par mes gestes et mes paroles, et d'y avoir pris plaisir.

Après avoir reçu sa pénitence, Charles se releva, penaud, les yeux baissés, et se dirigea aussitôt vers la porte. Sa confession était incomplète. Il aurait dû s'accuser également de haïr cet homme, de le haïr assez pour vouloir lui arracher les yeux.

— Bonne journée, Charles, fit l'aumônier avec un grand sourire. Amuse-toi bien. Et pense à ce que je t'ai dit.

Charles allait sortir, mais une impulsion subite le fit se retourner :

— C'est vous, hein, qui avez demandé que je ne m'occupe plus des histoires de sketchs ?

Sans qu'il l'eût voulu, sa question respirait l'insolence. L'abbé Beaucage ne put retenir une moue d'agacement :

— Non, Charles, ce n'est pas moi. Ce sont les moniteurs qui ont pris cette décision pendant leur réunion ce matin. C'est d'ailleurs une sage décision, je crois, parce que cela va permettre à chacun d'exercer ses talents à toutes sortes de choses.

Et il attendit que Charles referme la porte derrière lui.

24

Le ciel continuait de déverser sa pluie froide et monotone. Elle dévorait la chaleur et la lumière, et continuait de faire tomber les feuilles, qui jonchaient le sol boueux, de plus en plus nombreuses et encore toutes vertes, comme si l'automne les avait attaquées par surprise. Il fallait circuler dans le camp avec précaution, à présent, car des flaques d'eau d'un gris verdâtre, parfois assez profondes, s'étendaient un peu partout. La radio annonça que le mauvais temps se prolongerait jusqu'au lendemain. En entendant la nouvelle, le frère Albert, qui terminait une sauce au caramel, poussa un long soupir et, plongeant sa cuillère de bois dans le liquide fumant, en avala une grande gorgée, les yeux noyés à la fois de plaisir et de tristesse.

Vers deux heures, Frédéric pointa le nez dehors par une porte entrouverte, huma l'air humide dans toutes ses couches et profondeurs, puis descendit lourdement le petit escalier et, la démarche pataude, dandinant son derrière, partit faire une promenade sous l'averse, s'arrêtant de temps à autre pour renifler une flaque ou un bout de branche. Sous l'effet des caresses et de la bonne nourriture, il avait perdu toute attirance pour la vie en forêt. Il arriva devant la salle communautaire, écouta un moment le murmure des voix et décida d'aller y faire un somme. Son arrivée fut accueillie par des cris de joie dans la petite troupe qui languissait depuis une heure sous la direction léthargique de Michel-Noël. Charles bondit sur ses pieds et s'approcha de l'animal. Frédéric, un peu effarouché, s'arrêta pile au milieu de la place et se mit à émettre des reniflements menaçants, signe chez lui d'inquiétude ou de mécontentement. Mais, après quelques caresses, reçues d'abord avec réticence, il se laissa prendre et se pelotonna contre son épaule.

Patrick Ricard s'était approché :

— Passe-le-moi une minute.

— Les gars! les gars! intervint Michel-Noël, au travail! On n'avance à rien depuis le dîner. Charles, dépose-le à terre et viens t'asseoir.

— Passe-le-moi, insista Patrick Ricard.

Charles feignait de ne pas l'entendre et grattait doucement l'animal derrière les oreilles. Deux autres campeurs s'étaient levés et essayèrent de prendre le raton laveur. Michel-Noël les écarta, saisit Frédéric et le déposa à terre; l'animal disparut aussitôt par la porte. Patrick Ricard donna une bourrade sournoise à Charles, qui se retourna et voulut riposter.

— T'aimes ça avoir les mains dans le poil, hein? lança le petit rousselé avec un sourire hargneux. On sait bien! Le caresseur...

Et il retourna s'asseoir en ricanant, tandis que des rires complices s'élevaient dans le groupe.

Charles fixait Ricard, déconcerté. Depuis quelques heures, un changement inexplicable s'était opéré dans son comportement. L'ami avait subitement tourné en adversaire, un adversaire à l'œil froid et méchant qui le harcelait à la moindre occasion de ses agaceries et de son persiflage. Charles, qui n'aimait guère la chicane, réagissait plutôt mollement, mais la colère s'amassait en lui. Pour la première fois depuis le début du camp, Ricard, son voisin de table habituel, s'était assis cinq places plus loin, de biais avec lui. Durant le dîner, Charles l'avait remarqué en train de souffler quelque chose à l'oreille de son voisin, l'index pointé dans sa direction, ses petites dents pointues découvertes par un sourire moqueur. Même ses taches de rousseur semblaient frétiller dans son maigre visage pour le narguer. Et, chose plus inquiétante encore, sa froideur railleuse semblait prendre les allures d'une contagion. Charles avait l'impression que certains de ses compagnons l'évitaient à présent ; il avait surpris un garçon de son équipe – pourtant aimable avec lui jusque-là – en train de grimacer dans son dos. Alors qu'il passait près d'un groupe après le dîner, la conversation s'était transformée en chuchotements. Que se passait-il ? Pourquoi lui en voulait-on ? Il était allé trouver Henri et l'avait interrogé ; l'autre ne savait rien et s'était moqué de ses craintes, disant que les romans étaient en train de lui faire « craquer la noix ».

Frédéric parti, on se remit au travail en bâillant. Le sujet du sketch, choisi par Michel-Noël, traitait des différentes façons de rendre service aux autres. C'était ennuyant à se laisser tomber par terre. Le rôle de Charles consistait à frapper avec un bâton sur une boîte de conserve pour indiquer le début et la fin des différentes scènes.

— Avec un sketch platte comme ça, on est sûrs de ne jamais gagner, soupira un campeur, la répétition terminée, en se rendant au réfectoire pour le souper.

Le *repas de desserts*, auquel les deux équipes gagnantes devaient être conviées le lendemain soir dans la cuisine, creusait bien des estomacs et gonflait bien des jalousies.

— Eh bien, moi, je te dis qu'on a des chances, affirma Patrick Ricard, qui semblait posséder des lumières spéciales à ce sujet. Surtout avec un bon bruiteur comme lui, ajouta-t-il avec un petit rire perfide en se tournant vers Charles.

— Dis donc, toi, qu'est-ce que je t'ai fait ? éclata ce dernier avec des larmes dans la voix. Depuis ce matin que t'arrêtes pas de m'achaler... Tu cherches des bosses ? C'est ça que tu cherches ? Tu vas en attraper, je t'avertis !

Pour toute réponse, le petit rousselé lui tira la langue, partit en courant rejoindre un autre campeur et lui glissa un mot qui les fit éclater de rire.

◆

Ce soir-là, Charles, qui d'ordinaire avait un appétit à croquer des assiettes, toucha à peine à son repas. Cette malveillance inexplicable qui rôdait sournoisement autour de lui l'exaspérait et le remplissait d'une affreuse tristesse. Il fit exprès pour traîner à table, car il n'avait le goût de parler à personne et pressentait un affrontement avec Ricard et ses complices ; tout au long du repas, le petit rousselé n'avait cessé de lui lancer des regards provocateurs, quittant sa place à tout moment pour aller chuchoter à l'oreille de l'un et de l'autre quelque chose qui semblait fort drôle mais qu'on tenait à lui cacher. Au moment du dessert, l'abbé reçut un appel téléphonique et dut quitter le réfectoire. En passant derrière Charles, il lui serra amicalement la nuque. Ce dernier tourna la tête, surpris, un peu ennuyé.

— Ça va, mon gars ? fit-il avec ce sourire radieux et un peu crispé qui remplissait chaque fois l'enfant de malaise.

Charles eut un vague haussement d'épaules et détourna le regard.

Sa dernière bouchée avalée, il décida d'aller lire au dortoir en attendant la soirée de sketchs, puis changea d'idée : il lui paraissait plus utile d'aller rejoindre Henri, son seul véritable allié, que tout le monde respectait ; il quittait le réfectoire lorsqu'un « hem ! » étouffé, lancé de la cuisine, le fit s'arrêter.

Le frère Albert, souriant, se tenait debout sur le seuil de la porte, son tablier arrondi par un énorme bourrelet sur lequel une salière et une poivrière auraient pu facilement tenir ; d'un mouvement de spatule, il lui fit signe d'approcher.

— Dis donc, hem !... mon p'tit Thibodeau... je voulais te dire... votre sketch d'hier soir, là... euh... bien sûr, pas mal polisson, il faut bien l'admettre... et qui n'a pas été au goût de tout le monde, à ce qu'on m'a dit... eh bien, quand même... il ne manquait pas d'imagination, ça, je dois le reconnaître, et tu nous as fait pas mal rire, mon vlimeux! Eh bien, j'avais pensé t'inviter, toi et tes amis, ce soir après la collation, à goûter un peu à mes desserts. Est-ce que ça te ferait plaisir?

Charles le fixait, muet de ravissement.

Le frère se mit à rire :

— Eh bien! je pense que oui, ma foi! Passe la nouvelle à tes amis, mais discrètement, veux-tu? Ça pourrait faire des jaloux, sait-on jamais.

— Merci beaucoup, frère Albert, bredouilla Charles en s'avançant pour lui serrer la main.

Le religieux éclata de rire, lui pinça le bout du nez et retourna dans sa cuisine.

Charles remonta le capuchon de son imperméable, poussa la porte-moustiquaire et s'avança sous la pluie. Par-delà le tacatac des gouttes qui s'abattaient sur son capuchon, il entendait toutes sortes de bruits mouillés : le roulement sourd de l'averse sur les toits de bardeaux, la rumeur frémissante venue des frondaisons, le clapotement cristallin qui s'élevait des flaques d'eau, toujours plus larges et plus profondes. Au milieu de la place déserte, un érable à Giguère aux feuilles luisantes et alourdies bruissait doucement, son tronc noirci par la pluie et sillonné de longs filets d'eau qui allaient se perdre parmi ses racines. Charles se dirigeait lentement vers le dortoir, apaisé et comme consolé par cette musique, lorsqu'un petit caillou heurta un pan de son imperméable; il s'arrêta, surpris, et tourna la tête pour tenter de voir d'où il provenait. Un second caillou l'atteignit dans le dos et, soudain, une grêle de projectiles s'abattit sur lui tandis que des rires étouffés fusaient à gauche et à droite. Alors, apeuré et furieux, il se dirigea tout droit vers une sorte de grande boîte faite de planches grossières, où l'on gardait les poubelles à l'abri des ours et des ratons laveurs, et découvrit, cachés derrière, Patrick Ricard et deux de ses copains, immobiles, qui le fixaient avec un sourire idiot et provocant. Des pas précipités résonnèrent derrière lui sur le sol boueux et deux autres garçons apparurent ; l'un d'eux était son voisin de lit, à qui il avait prêté sa lampe de poche la nuit d'avant.

— Qu'est-ce que t'as à m'écœurer tout le temps, toi ? lança Charles, hors de lui, en se plantant devant Ricard qu'il devinait être l'instigateur de ce guet-apens.

Lançant un regard à ses compagnons comme pour raffermir son courage faiblissant, le rousselé eut un petit ricanement :

— Fâche-toi pas, on faisait juste s'amuser... le caresseur !

Les lèvres de Charles blanchirent.

— Ah oui ?

Et, prenant son élan, il lui flanqua un foudroyant coup de poing sur le nez.

— Moi aussi, je m'amuse ! ajouta-t-il en se jetant en arrière pour éviter une riposte qui ne vint pas.

Une courte mêlée s'ensuivit. Des coups de poing, de genou et de pied s'échangèrent. Charles roula dans la boue et un caillou l'atteignit au-dessus d'un œil, mais il réussit à se libérer et à se remettre debout sans trop de peine, l'état du nez de Ricard ayant quelque peu intimidé ses assaillants qui jugèrent plus opportun d'exprimer leur agressivité en l'insultant à bonne distance.

— Caresseur !

— Crosseur !

— Va te faire manger la saucisse !

— Crosse-toi ! crosse-toi, cochon !

Charles, éberlué, avait poursuivi son chemin en s'efforçant de marcher lentement afin d'affirmer sa vaillance et le mépris qu'il ressentait pour ses ennemis.

Patrick Ricard, affalé contre la boîte à ordures, les épaules secouées de sanglots, tenait son nez à deux mains en émettant des reniflements bizarres, tandis qu'une traînée rougeâtre s'allongeait sur son imperméable jaune, diluée à mesure par la pluie. Ce fut de lui que Charles reçut un coup qui le figea sur place.

— L'abbé avait raison! réussit-il à lancer d'une voix chevrotante. T'es un mauvais compagnon! Tu nous portes au mal! Cœur pourri!

Charles s'était retourné et le fixait, atterré.

Il venait de comprendre d'où venait l'animosité sournoise qui l'enveloppait depuis le début de la journée. Ce prêtre qui le haïssait avait fait en sorte que tout le monde le haïsse également. C'était donc ça! Il était un *mauvais compagnon,* qu'il fallait fuir. Quelqu'un de sale, de cette saleté invisible dont il ne pourrait jamais se débarrasser, car elle était *lui-même.* Monsieur Saint-Amour l'avait bien deviné, qui l'avait choisi pour faire ses choses dégoûtantes.

Il partit en courant vers le dortoir, poussa la porte à toute volée, se jeta, dégoulinant de pluie, sur son lit, et se mit à pleurer. Le visage enfoui dans son oreiller, il essayait d'échapper à cette douleur nouvelle qui l'assaillait, plus terrible encore que toutes celles qu'il avait connues dans le passé, et qu'il était condamné à porter en lui jusqu'à la fin de ses jours. Comment, en effet, se débarrasser de soi-même? Comment vivre en se faisant horreur? Car l'abbé Beaucage avait sans doute raison. Malgré les apparences, il était méchant, né d'un père méchant qui l'avait fait à son image, et rien ne servait de lutter contre cette méchanceté, qui circulait en lui comme le sang dans ses veines.

Le temps passa. Charles finit par s'assoupir. Soudain la porte s'ouvrit et des pas s'approchèrent de son lit.

— Ah! t'es là? fit Henri. Qu'est-ce que t'as? T'es malade?

Le visage toujours enfoui dans l'oreiller, Charles fit signe que non.

— Eh bien! Viens-t'en d'abord, le spectacle va commencer.

Charles fit de nouveau signe que non.

— Qu'est-ce qui se passe, Charles? fit Henri en s'assoyant sur le bord du lit. Quelqu'un t'a écœuré? C'est le petit Ricard? Veux-tu que je lui règle son compte?

— Je veux m'en aller d'ici, murmura Charles d'une voix sourde, à peine audible.

— On s'en va dans trois jours, répondit l'autre en souriant devant pareil enfantillage.

— Je veux m'en aller tout de suite. Appelle ton père, qu'il vienne me chercher.

— Es-tu fou? Papa a bien d'autres choses à faire. Maman vient de rentrer à la maison et tu sais bien qu'il doit s'occuper de tout. Elle est encore malade, Charles, très malade.

Il se remit à sangloter dans l'oreiller. Son compagnon l'observait, déconcerté.

— Allons, viens-t'en, fit-il en le touchant à l'épaule. Le premier sketch est déjà commencé. C'est Ricard qui monte les autres contre toi, hein? Je l'ai vu faire pendant le souper. Ne t'inquiète pas, je vais le remettre à sa place, le p'tit trou de cul.

Charles aurait voulu lui répondre que c'était déjà fait, mais les larmes l'empêchaient de parler. À sa douleur s'ajoutait maintenant la honte de pleurer comme un bébé devant Henri.

Son ami attendit encore un moment, puis se leva, haussa les épaules et s'en alla, se promettant bien de tirer l'affaire au clair avec le petit rousselé.

Vingt minutes plus tard, la porte du dortoir s'ouvrit de nouveau et, cette fois, ce fut le frère Marcel qui apparut, la mine inquiète.

— Qu'est-ce qui se passe, Charles? Ça ne va pas? On m'a dit qu'il y a eu une chicane tout à l'heure. Tu te serais battu. C'est vrai?

Charles, accroupi devant son armoire, s'était un peu calmé, mais l'arrivée du directeur raviva son chagrin. Se jetant sur son lit, il enfouit son visage dans l'oreiller, honteux de ses yeux bouffis, de ses joues brûlantes et de cette réputation de pleurnicheur qui courait à présent à son sujet à travers le camp. Le frère Marcel l'observa un moment, recroquevillé dans son imperméable.

— Avec qui t'es-tu battu, Charles?

— Avec Ricard... et... sa bande, répondit-il d'une voix entrecoupée de reniflements.

— Et pour quelle raison?

Pour toute réponse, Charles s'enfonça la tête sous l'oreiller. Un frémissement venait de s'emparer de sa mâchoire. La gueule de poisson revenait. Il avait déjà subi assez d'humiliations sans avoir à endurer celle-là. L'idée que le frère Marcel voie son horrible tic le remplissait d'effroi.

— Allons, allons, mon Charles, fit le religieux, ému, en lui frottant une épaule, calme-toi, je t'en prie. Tu peux me parler sans aucune crainte; je suis ici pour régler les problèmes, moi, pas pour en causer.

Mais il eut beau insister, tenter de consoler l'enfant par des plaisanteries un peu maladroites et des caresses que ses grosses mains de célibataire ne savaient pas trop comment donner, Charles refusa de parler. Finalement, le religieux, devinant la gravité de l'affaire mais voyant que son insistance ne menait à rien, jugea qu'une bonne nuit de sommeil vaudrait mieux que tous les réconforts du monde; Charles serait sans doute mieux disposé à vider son cœur le lendemain. Entre-temps, il mènerait sa petite enquête.

— Tu m'as l'air épuisé, mon pauvre garçon... Enfile ton pyjama et essaye de dormir. Tu verras les choses d'un autre œil demain matin, j'en suis sûr. Bonne nuit et fais de beaux rêves.

«Pauvre p'tit gars, marmonna-t-il en retournant à la salle communautaire, qu'est-ce qui a bien pu lui faire de la peine à ce point?»

25

Un long moment passa. De temps à autre, une vague rumeur composée de cris et d'éclats de rire parvenait jusqu'au dortoir, puis se fondait dans la pluie. Charles s'était retourné sur le dos, et, les poings serrés, fixait l'obscurité dans une sorte d'attente acharnée, comme si un ange lumineux allait en sortir et le toucher du bout de son aile, dissipant le mal qui l'habitait. Mais l'ange n'apparaissait pas et la douleur continuait de le gruger, impitoyablement. Ah! s'il avait pu se presser contre son vieux Bof! Comme cela lui aurait fait du bien! (Pur hasard? Au même moment, Bof, couché sur le paillasson devant la porte de la cuisine, ouvrit brusquement les yeux et poussa un long gémissement qui réveilla Lucie étendue sur un canapé; elle fixa un moment les images silencieuses qui s'agitaient à l'écran de la télé, puis se rendormit en soupirant.)

Soudain, Charles se dressa dans son lit, rouge d'indignation. Il voyait de nouveau l'affreux sourire de l'abbé Beaucage, ses dents brillantes parfaitement alignées, son visage rose et net, son nez droit, ses yeux de glace; il sentait la pression de ses doigts sur sa nuque; des frissons de dégoût coururent dans son dos. Ah! l'hypocrite! Après avoir parlé en mal contre lui à Patrick Ricard, il avait eu le culot de venir jouer à l'ami! La colère assécha d'un coup son chagrin. Il n'avait plus qu'un seul désir : se venger et partir. Partir cette nuit même, mais après avoir montré à tout le monde qu'un *mauvais compagnon*, ça riposte aux manigances des aumôniers à deux faces assez épais pour s'imaginer qu'à dix ans on ne peut pas voir dans leur jeu.

Il sauta du lit, alla reprendre sa lampe de poche dans l'armoire du voisin, enfila son imperméable et sortit. La pluie ruissela sur son visage et lui fit du bien; il prit une longue respiration et l'air humide, gonflé d'odeurs de terre mouillée, de feuilles et de résine, éclaircit d'un coup ses idées.

Tout le monde se trouvait à la salle communautaire; il avait le champ libre. Il traversa rapidement la cour, butant parfois sur une racine, et se dirigea vers la chapelle. Comme il l'espérait, la porte du logis de l'aumônier était déverrouillée. Il s'avança dans la pièce obscure, l'œil écarquillé, saisi tout à coup d'une trouille qui le glaçait et lui faisait perdre un peu le sens de la réalité; des ombres glissaient autour de lui, s'évanouissaient brusquement, puis se remettaient en mouvement; un craquement de plancher éclata comme un coup de tonnerre. Il se tourna vers la porte, à deux doigts de prendre la fuite. Et soudain, un déclic se fit en lui; il venait de se rappeler le scintillement qui s'échappait du petit bahut de pin lorsqu'il était entré dans la pièce le matin et la précipitation suspecte avec laquelle l'abbé Beaucage était allé en refermer la porte. Quelque chose lui disait qu'il tenait là sa vengeance. Il s'approcha de l'armoire, l'ouvrit et distingua quelques bouteilles. Il en saisit une, dévissa le bouchon, approcha le goulot de son nez et rejeta aussitôt la tête en arrière : elle contenait du «fort», comme disait son père. Une grimace de satisfaction tordit ses lèvres. Ainsi donc l'abbé Beaucage buvait, lui aussi? Mais en cachette, comme un hypocrite... Eh bien! à partir de ce soir, tout le monde le saurait!

Son regard s'arrêta sur le canapé, puis continua d'errer dans la pièce, tandis que le garçon cherchait la meilleure façon d'assouvir sa vengeance. Une porte bâillait au fond. Il la poussa. Elle donnait sur la chambre à coucher : une commode, un prie-Dieu, un petit bureau, un lit. Il s'approcha du lit et vida dessus le contenu d'une bouteille de cognac en dessinant de grands X. Les vapeurs suffocantes piquaient ses yeux, mais il tenait bon, rempli d'une joie haineuse qui lui faisait trouver du plaisir jusque dans son malaise. Il retourna à l'armoire, ouvrit une seconde bouteille et en aspergea le canapé. Cette fois, il s'amusa à tracer les lettres de son prénom, mais ne put se rendre plus loin que le r. Les vapeurs commençaient à l'étourdir et la joie flambait en lui, vive, sèche, aiguë. Sa vengeance l'enchantait de plus en plus. Soulevant la bouteille vide, il porta le goulot à ses lèvres. Un petit filet lui descendit dans le gosier, allumant une brûlure terrible, coupante comme du métal. Il toussa, les yeux pleins d'eau, déglutit deux ou trois fois, puis se sentit bien. Une bonne chaleur lui léchait l'intérieur de la poitrine. Soudain, la voix du frère Marcel retentit dans la cour à travers la rumeur de la pluie.

— Je ne le sais pas! Il n'est pas au dortoir. Pourvu qu'il ne soit pas allé au lac!

— Dès que tu l'auras trouvé, amène-le-moi, lança le frère Albert. J'ai quelque chose qui va le remettre de bonne humeur, tu vas voir.

Charles, à demi mort de peur, referma silencieusement la porte et se dirigea vers la sortie du camp, s'arrêtant à tous les dix pas pour vérifier si on le suivait. Il passait devant un gros rocher aux lignes arrondies lorsqu'un frôlement contre sa jambe faillit lui arracher un cri. L'animal s'arrêta à quelques pas et se mit à fouiller dans un petit amoncellement de feuilles. C'était Frédéric qui faisait sa ronde malgré la pluie. Charles s'accroupit et l'appela à voix basse, pris d'une folle envie de le caresser et, qui sait, peut-être de l'amener avec lui. Le raton laveur le fixait, immobile. Soudain, il se dressa sur ses pattes de derrière et se mit à renifler par saccades, comme pour l'avertir d'une menace.

Des voix s'approchaient. Charles partit en courant, franchit l'arc de troncs de sapins dressé à l'entrée du camp et s'éloigna dans la nuit. Il dut bientôt ralentir sa course, essoufflé. Pour mieux entendre, il avait rabaissé son capuchon. De sa nuque toute mouillée s'étiraient comme de longs vers froids et visqueux dans son dos. La pluie avait déjà trempé le bas de son jean et s'infiltrait peu à peu dans ses espadrilles. L'euphorie de sa vengeance était brusquement tombée. Il s'avançait en frissonnant sur la route boueuse et pleine de flaques, bordée de formes sombres et indécises, vaguement menaçantes, se demandant où il passerait la nuit, car il croyait se souvenir à présent que, le jour de leur arrivée, ils avaient dû franchir une grande étendue de champs et de pâturages dépourvue de toute habitation avant d'arriver au camp. « Bah ! lança-t-il à voix haute en se forçant à la bravade, je dormirai sous un arbre. Ça sera juste amusant ! »

En disant ces mots, il plongea par mégarde le pied dans une flaque et se mouilla jusqu'à la cheville.

Presque aussitôt, il entendit une automobile derrière lui ; un halo jaunâtre apparut au début d'une courbe à cent mètres et fit surgir de la noirceur les poteaux tout de guingois d'une vieille clôture de perches. Alors, franchissant une bande d'herbe haute, il se jeta la tête la première dans le fossé et s'étendit de tout son long dans l'eau.

Un moment passa, puis l'auto surgit sur la route. À travers l'herbe, Charles reconnut la vieille Chevrolet bleue du frère Marcel. Quelqu'un baissa une glace.

— Charles! m'entends-tu? lança la voix grêle de Jean-Guy (il donnait toujours l'impression d'être sous l'effet d'une émotion violente). Le frère Marcel veut te parler! Tout va bien se passer, ne crains rien!

La voix grasse et caoutchouteuse du frère Marcel s'éleva alors, mais Charles ne saisit que la fin d'une phrase:

— ... dans les champs, mais il faudrait un projecteur, ver de terre!

L'auto s'éloigna en cahotant de flaque en flaque avec une allure de bœuf épuisé, puis réapparut une vingtaine de minutes plus tard. Charles, qui n'avait pas osé bouger de sa cachette, claquait des dents et soupirait à la pensée de sa lampe de poche morte noyée à côté de lui. Au passage de la Chevrolet, il faillit se dresser dans le fossé en agitant la main, prêt à subir les conséquences de ses actes, mais la honte et la fierté l'en empêchèrent.

Alors, quand le silence et l'obscurité furent revenus, Charles se remit à marcher sur la route, transi, accablé, incapable de comprendre la folie qui s'était emparée de lui. Les questions affluaient à son esprit. Comment allaient réagir Lucie et Fernand en apprenant cette histoire? Accepteraient-ils de continuer à le garder chez eux? Le frère Marcel appellerait-il la police? Allait-on le jeter en prison?

La pluie bruissait dans les champs et tirait des sons de grelots des flaques énormes qui s'étendaient sur la route. Au loin, une vache meuglait mélancoliquement. Alors Charles s'assit sur une roche et, le visage dans ses mains, se mit à pleurer en pensant au pétrin désespérant dans lequel il s'était mis.

Soudain, un frémissement dans un buisson lui fit relever la tête.

De sa grosse écriture appliquée, Fernand Fafard signa le chèque, le détacha soigneusement du chéquier et le tendit au frère Marcel :

— Voilà, je paye tout. Je vous demanderais encore une fois de l'excuser... Je suis vraiment désolé.

La civilité de ses paroles contrastait singulièrement avec l'expression de fureur contenue qu'on pouvait lire sur son visage, mais c'était une fureur pour l'instant sans objet, cherchant un coupable qu'elle ne trouvait nulle part, puis revenant bredouille, plus écumante que jamais, assoiffée de collisions frontales, d'apostrophes cinglantes, de crachats en pleine figure. Finalement, épuisée par son impuissance, elle alla se tapir dans un recoin sombre et se mit à grincer des dents.

Fernand Fafard poussa un soupir. Les deux hommes échangèrent un regard, puis toussotèrent en même temps.

— Vous êtes sûr que vous ne voulez pas un café ? demanda le frère Marcel pour la quatrième fois. Se lever en plein milieu de la nuit et faire tout ce trajet... sans compter l'inquiétude... Un petit café vous remonterait, non ?

Et le religieux lui adressa un sourire à expressions étagées où se lisait tout à la fois sa bonté naturelle, le désir d'être agréable, la tristesse de se trouver en pareille situation et l'assurance que le café serait bon. Fernand Fafard sentit alors comme une mollesse dans la nuque et la promesse qu'il s'était faite *de ne rien accepter de ces gens-là, pas même un cure-dent,* s'écroula, ne laissant qu'une pincée de poussière.

— À bien y penser, je vais peut-être en prendre un. Le chemin du retour va être long...

— Bon ! s'écria le frère Marcel avec un accent de triomphe en se levant de son fauteuil à bascule. Je passe à la cuisine. Attendez-moi une minute.

Il en prit huit et revint avec du café frais et un assortiment de biscuits et de gâteaux, confectionnés en vue du *repas de desserts.*

Le quincaillier porta la tasse à ses lèvres, releva légèrement les sourcils pour marquer son contentement, refusa d'un geste l'assiette de pâtisseries qu'on lui présentait, puis finit par succomber.

Le frère Marcel avait informé Fernand Fafard de la disparition de Charles vers minuit. Une heure et demie plus tard, le quincaillier arrivait au camp Jeunenjoie, seul – car il avait refusé de se faire accompagner par sa femme convalescente –, le corps scié en deux par l'angoisse ; il voulut organiser immédiatement une battue en forêt. La police, appelée sur les lieux, lui expliqua que c'était chose impossible en pleine nuit et qu'il fallait attendre l'aube ; du reste, il était infiniment plus plausible que l'enfant ait choisi de s'enfuir par la route ; mais, à cette heure, il avait dû se cacher pour dormir ; l'hypothèse d'une noyade devait également être envisagée. Rien n'empêchait de commencer à draguer le lac tout de suite, car on avait sous la main l'équipement nécessaire.

À ces mots, Fernand Fafard arrondit les yeux comme s'il venait d'avaler une roche, tandis qu'Henri éclatait en sanglots. Deux moniteurs et trois policiers, accompagnés de Tite Patte, se dirigèrent alors vers la plage, où se trouvaient des chaloupes. Fernand Fafard voulut les suivre, mais dut rebrousser chemin, incapable de supporter l'idée de voir surgir tout à coup des profondeurs du lac le corps ruisselant de Charles. Il se dirigea alors vers le directeur qui allait et venait dans la cour, tandis que le frère Albert le suivait à deux pas en gesticulant, la chemise à demi sortie du pantalon.

— Qu'est-ce qui s'est passé ? demanda-t-il d'une voix terrible.

Les deux hommes s'enfermèrent alors dans le bureau du directeur qui fut soumis à un interrogatoire inquisitorial. On appela Henri, puis Patrick Ricard, qui avoua en sanglotant que c'étaient les blâmes de l'aumônier à l'endroit de Charles qui l'avaient monté contre son camarade.

— Faites venir l'abbé Beaucage ! tonna Fernand Fafard en se dressant debout, écarlate. Faites-le venir tout de suite !

Mais l'abbé, forcé de quitter le presbytère et se sentant, dans les circonstances, plutôt inutile, avait décidé d'aller passer la nuit chez sa sœur à Joliette. Une réunion à l'évêché le retiendrait ensuite durant l'avant-midi du lendemain; mais il avait promis de téléphoner régulièrement au camp pour prendre des nouvelles.

C'est ainsi que le quincaillier apprit la vengeance au cognac de Charles, que l'aumônier, furieux et quelque peu embarrassé, avait révélée au frère Marcel en lui demandant le secret. Une demi-heure plus tard, grâce aux oreilles indiscrètes du frère Albert, la nouvelle s'était ébruitée dans tout le camp.

— Ah! cet aumônier de mes deux fesses! rugissait Fafard en broyant les accoudoirs de son fauteuil, que j'ai hâte, que j'ai hâte de l'avoir devant moi! Je vais lui casser tous les os du corps! C'est lui seul, lui seul, le coupable! Personne d'autre! Mon garçon (car Charles était devenu *son* garçon), un *mauvais compagnon*? Il faut être timbré pour avoir des idées pareilles! Un enfant si doux! si travailleur! si aimable! Souhaitez qu'il ne lui soit rien arrivé, frère Marcel, car je vais le traîner par les cheveux devant un juge, votre curé à la gestapo! Où est-ce que je peux le joindre à Joliette?

— Je n'en ai pas la moindre idée, répondit prudemment le directeur.

◆

Le petit jour pointait. La pluie avait cessé. Comme les recherches sur le lac n'avaient toujours rien donné, on commença à organiser la battue en forêt. Le quincaillier, lui, décida de patrouiller en auto les environs.

Il roula pendant une demi-heure, l'œil écarquillé, les mains moites, les pieds glacés, de nouveau torturé par ces crampes abominables qui lui coupaient le souffle, et crut apercevoir à quelques reprises la silhouette d'un enfant au loin; mais, chaque fois, c'était une vision née de son angoisse.

L'épuisement le gagnait. Sa vue s'embrouillait, ses pensées tournaient en sirop. À deux reprises, il faillit se retrouver dans le champ. Alors, il décida de dormir un peu. Arrêtant l'auto dans un petit chemin, il s'appuya contre le volant et s'assoupit aussitôt.

Le croassement d'une corneille le réveilla en sursaut. L'oiseau s'envola du capot en battant bruyamment de ses grandes ailes noires ; le quincaillier y vit un présage terrible. Sa montre marquait six heures trente. Le moment lui parut sinistre. Il fila vers le camp Jeunenjoie avec le pressentiment d'un malheur qui lui ferait haïr à tout jamais cette journée.

Quand il arriva au camp, les agents de la Sûreté du Québec quittaient les lieux. Henri se précipita vers lui : un fermier venait de téléphoner au frère Marcel pour lui annoncer qu'il avait découvert dans un de ses bâtiments un petit garçon endormi tout nu dans le foin, une lampe de poche à la main, ses vêtements suspendus à une vieille bineuse. D'abord effrayé et refusant de répondre à ses questions, l'enfant s'était finalement identifié, avouant qu'il s'était enfui du camp Jeunenjoie et déclarant avec force qu'il n'y remettrait jamais plus les pieds. Il avait demandé au vieil homme de l'amener chez lui afin qu'il téléphone à ses parents de venir le chercher.

Le frère Albert surgit de la cuisine, un linge à vaisselle sur l'épaule, descendit pesamment le perron et se dirigea de son pas de pachyderme vers le quincaillier ; l'angoisse et l'insomnie avaient transformé le religieux en une sorte de masse grisâtre, vaguement gélatineuse, parcourue de trépidations que l'annonce de l'issue heureuse des événements n'était pas encore parvenue à calmer. Il serra vigoureusement la main de Fafard et une pénétrante odeur de savon à vaisselle parfumé au citron se répandit dans l'air encore humide :

— Quelle histoire, hein ? Notre directeur vient de partir pour avertir les moniteurs sur le lac. Quant à ceux qui font la battue, eh bien... le bon air leur donnera des couleurs ! Seigneur de Seigneur ! Tout est bien qui finit bien, mais c'est encore mieux quand ça ne commence pas, hein ? Je n'ai pas fermé l'œil de la nuit, moi !

Fafard allait remonter dans son auto, mais le frère Albert le retint par le bras :

— Ne soyez pas trop dur avec lui. Je l'ai bien observé, votre garçon, et ce n'est pas un malfaisant, loin de là... Depuis trente ans que je suis en communauté, j'en ai vu, des enfants! C'est peut-être l'ennui qui lui est monté à la tête, sait-on jamais... L'ennui ou autre chose, ajouta-t-il, n'osant pas livrer le fond de sa pensée. Il faudrait en parler avec notre directeur.

— L'ennui! rétorqua le quincaillier en tournant la clé de contact. Tu parles! Je suis au courant de tout! Alors, où est-il, ce fermier?

Dix minutes plus tard, après avoir mis en péril à plusieurs reprises les essieux de son auto, il s'arrêtait devant une petite maison en clins d'aluminium, dont le toc pathétique donnait comme une noblesse aux bâtiments de planches grisâtres qui s'élevaient à côté. Il y trouva Charles attablé dans une cuisine crasseuse encombrée de vieux journaux, en compagnie d'un vieil homme aux yeux fripés, en queue de chemise, à qui douze ans de veuvage solitaire avaient donné une expression un peu égarée.

— M'a fait toute une peur, ton p'tit gars, à matin, lança le fermier en se grattant le bas du dos.

Charles eut un sourire embarrassé. Les cheveux hirsutes et pleins de paille, les traits tirés, l'œil agrandi et fiévreux, il paraissait néanmoins assez calme, car Lucie, entre deux sanglots de joie, lui avait annoncé au téléphone que Fernand se trouvait sur les lieux.

— Ah toi! mon snoreau! tu m'auras fait passer toute une nuit! éclata le quincaillier, sans parvenir toutefois à cacher sa joie de retrouver l'enfant sain et sauf. La police te cherchait! On bat la forêt! On drague le lac! Tu es en train de nous faire revirer le monde à l'envers, ma foi du bon Dieu!

— Excuse-moi, Fernand, répondit Charles, écarlate et plein de gravité, en quittant la table où il terminait un bol de gruau. Mais j'avais de bonnes raisons.

Et, entraînant Fernand Fafard sur la galerie où le fermier, par délicatesse, s'abstint de les suivre, il lui raconta, les larmes aux yeux, l'histoire de ses rapports tumultueux avec l'abbé Beaucage, ne dissimulant aucun de ses torts, mais faisant ressortir à sa manière naïve et impitoyable le caractère dominateur et hypocrite de l'aumônier.

Le quincaillier l'écouta avec attention et lui fit raconter dans le menu détail l'épisode du sketch; il serrait les poings, envahi par une indignation grandissante qui lui boursouflait le visage.

— Bon, fit-il en se levant quand Charles eut terminé. On va aller chercher tes affaires. Et je vais en profiter pour ramener Henri. Mais, avant de partir, je veux avoir une petite conversation avec cet abbé Beaucage.

Il retourna dans la cuisine pour remercier le fermier et lui tendit un billet de cinq dollars; le vieil homme l'empocha prestement, puis, s'avançant vers Charles avec un sourire à demi édenté, les poils blancs de sa barbe de cinq jours poussés à l'incandescence par un rayon de soleil, il lui serra gravement la main.

— Tu seras toujours le bienvenu ici, mon gars... mais de préférence dans la maison!

Un petit attroupement attendait Charles à son retour au camp. Des cris de joie s'élevèrent, quelques enfants applaudirent. Son escapade et sa vengeance au cognac avaient fait de lui un héros. On voulut lui parler. Des têtes se penchèrent à l'intérieur de l'auto. Il sourit, intimidé, répondit à quelques questions, mais refusa de sortir. À quelques pas de là, Tite Patte, gesticulant plus que jamais, déclarait à un moniteur que les grands principes, c'était bien beau, mais que ça ne valait pas une pelletée de fumier quand on n'avait pas assez de jugement pour savoir les appliquer.

Le frère Albert sonna alors le déjeuner et tout le monde se précipita vers le réfectoire. Quelques minutes plus tard, un enfant venait porter à Charles une petite boîte de carton de la part du cuisinier. Épuisé par sa nuit, le jeune fugueur somnolait sur la banquette arrière et ne prit même pas la peine de l'ouvrir.

Fernand Fafard s'était rendu au bureau du directeur et attendait l'arrivée de l'aumônier. Son obstination et la colère rentrée qui lui tirait à tout moment des soupirs de bœuf inquiétaient passablement le frère Marcel, qui cherchait à l'apaiser en lui vantant les qualités de l'abbé Beaucage : son dynamisme, son dévouement, sa gaieté inaltérable, les efforts énormes qu'il déployait pour adapter les enseignements de l'Église à la mentalité des jeunes d'aujourd'hui. Peine perdue ! C'était comme vouloir éteindre un incendie de forêt à l'aide d'un compte-gouttes. Alors il invoqua les faiblesses de la nature humaine, s'adressant à l'indulgence du quincaillier et à son expérience de la vie :

— Tout le monde peut se tromper... Mettez-vous à sa place... Ce n'était pas facile... Je suis sûr qu'il agissait de bonne foi...

— Ah ! vous croyez ? Le croyez-vous vraiment ?

Et Fafard, la mine farouche, allongeant la main vers l'assiette de biscuits, les engloutissait l'un après l'autre.

Vers dix heures, le téléphone sonna. C'était l'abbé Beaucage qui voulait prendre des nouvelles. Le frère Marcel lui annonça qu'on avait retrouvé Charles, que l'enfant était sain et sauf, et que son père était venu le chercher ; mais il omit de lui dire que le quincaillier était resté sur place pour l'attendre.

Fafard eut un léger sourire ; il venait de comprendre que le rusé directeur, en se gardant bien de le laisser paraître, s'était rangé de son côté. Le frère Albert, qui avait l'oreille toujours aussi fine et dont la cuisine jouxtait le bureau, pourrait témoigner à l'aumônier que son confrère avait tout fait pour éviter l'esclandre.

— Il sera ici dans trois quarts d'heure, fit le frère Marcel en raccrochant.

— Je vous remercie de votre compréhension.

— De quoi parlez-vous ? J'ai fait l'impossible pour vous convaincre. À présent, cela ne me regarde plus.

Mais le plissement narquois de sa bouche disait qu'au contraire il prenait le plus grand intérêt à ce qui allait suivre.

— Vous allez devoir m'excuser, poursuivit le religieux en se levant, je dois m'occuper de faire remplacer le matelas de notre pauvre abbé, sinon il devra encore découcher ce soir.

Resté seul, le quincaillier fixa un moment l'assiette de biscuits, qui ne contenait plus que des miettes, puis son regard se porta sur un grand chromo aux tons pastel punaisé au mur, où le Christ venait de subir une spectaculaire opération à cœur ouvert. Il se leva, fit les cent pas dans la pièce, puis se rendit à l'auto pour voir ce que faisait Charles; l'enfant dormait profondément, étendu sur la banquette, sa boîte de carton sur le ventre. Il revint dans le bureau et s'assoupit à son tour dans le fauteuil.

Un bruit de porte le réveilla. L'abbé Beaucage, debout sur le seuil, le regardait, intrigué.

— HA! rugit le quincaillier en se dressant. ENFIN VOUS!

Henri était allé rejoindre Charles dans l'auto. Ce dernier s'était réveillé et ils avaient eu l'idée de se rendre une dernière fois à la plage. L'endroit était désert, le sable sec en surface et délicieusement tiède. Les deux enfants, pieds nus, s'étaient assis au soleil. À quelques pas, deux guêpes zigzaguaient autour d'une cannette de boisson gazeuse oubliée près d'une roche, attirées par le sucre, mais n'osant pénétrer dans l'ouverture.

Charles raconta son escapade. Il n'avait senti que du plaisir en arrosant le lit et le canapé de l'abbé, « un alcoolique comme mon père », déclara-t-il sur un ton sans appel. Sa fuite sous la pluie avait été bien moins agréable. Le froid qui l'avait saisi lorsqu'il avait dû s'étendre dans le fossé plein d'eau pour se cacher l'avait fait claquer des dents jusqu'au milieu de la nuit. Mais le plus terrible avait été l'apparition de cette bête noire (il n'aurait su dire laquelle) surgie tout à coup d'un buisson alors qu'il était assis sur une pierre pour se reposer. Elle s'était avancée en poussant un grognement semblable au bruit d'une grosse planche que l'on aurait cassée en deux. Il avait bondi sur ses pieds et, sous l'effet de la terreur, ses jambes s'étaient comme allongées de deux mètres. Jamais il n'avait couru aussi vite!

Au bout d'un kilomètre, peut-être un peu plus, il était arrivé au sommet de cette côte que l'automobile de Fernand avait eu tant de peine à gravir. C'était comme un gouffre noir qui donnait l'impression de s'enfoncer jusqu'au milieu de la terre. Emporté par son élan et croyant toujours avoir la bête à ses trousses, Charles s'était précipité dans la côte, mais le pied lui avait manqué et il s'était mis à rouler dans la boue à une telle vitesse qu'il avait un peu perdu conscience de ce qui lui arrivait. Quelque chose de mou et d'humide avait stoppé sa chute. Il s'était relevé à peu près indemne, à part une douleur au cou et une écorchure à un coude, pour constater avec soulagement que la bête l'avait abandonné et il s'était alors dirigé vers une grange qui se dressait à sa droite. Par une porte entrouverte, il avait aperçu un appareil aratoire et, au fond, un gros tas de foin. Sa dégringolade l'avait tellement crotté qu'il avait décidé, malgré les frissons qui le traversaient, d'aller se débarbouiller sous un gros filet d'eau qui tombait du toit. Puis, après avoir mis ses vêtements à sécher sur les tiges de l'appareil, il était allé s'enfouir dans le foin. Au début, ça le piquait par tout le corps et il craignait la présence de souris, mais une douce chaleur l'avait peu à peu enveloppé et il avait dormi comme un chat au soleil jusqu'à ce que le fermier – un monsieur fort gentil, par ailleurs – vienne le réveiller en sursaut au petit matin.

Charles poursuivit son récit en l'agrémentant de certaines enjolivures qui mettaient en valeur son sang-froid, sa détermination et sa débrouillardise, et Henri l'écouta jusqu'au bout en hochant la tête d'un air admiratif.

Un moment de silence suivit. Les garçons contemplèrent le lac couvert par endroits de grandes nappes de feu et qui venait clapoter à leurs pieds avec un bruit amical et soumis. Une des guêpes, après de longues hésitations, avait pénétré dans la cannette et cherchait à présent la sortie, se heurtant contre la paroi d'aluminium dans un bourdonnement affolé qui ressemblait par moments au bruit d'un rasoir électrique.

Henri se tourna vers son ami et une question lui échappa. Une question qu'il n'avait pas eu le temps de filtrer et qui jaillissait autant de ses yeux que de ses lèvres, plissés par une expression légèrement moqueuse.

— As-tu encore de la peine?

Charles le fixa une seconde. Son visage avait pâli; il prit une courte respiration, qui se bloqua dans sa poitrine, puis, d'un brusque élan, il lui asséna un violent coup de poing à l'estomac.

◆

— Qui êtes-vous, monsieur? demanda l'abbé avec une légère contraction du visage.

Et il avança de deux pas.

— Je suis le père de Charles, répondit Fafard pour simplifier.

— Ah bon... Je suis content de vous voir, monsieur, car je dois vous faire part de... certaines choses... concernant votre garçon. Il me préoccupe depuis quelque temps. En fait, pour ne rien vous cacher, il exerce une mauvaise influence sur ses compagnons.

— Vous m'en direz tant! Je suis au courant de tout! On m'a tout raconté! Et, sauf votre respect, je trouve que, dans cette histoire, vous ressemblez à une corneille qui serait tombée le cul dans la mélasse.

— Qu'est-ce à dire?

— Qu'est-ce à dire! Et, en plus, il me lance des «Qu'est-ce à dire»! Pensez-vous m'impressionner avec vos *grrrands* termes? Oui? Eh bien! vous m'impressionnez autant qu'une mouche! Voilà! (Il en rajoutait pour se donner de l'assurance, car la froideur imperturbable de l'abbé commençait à faire effet.) Allons donc! Qu'est-ce que vous avez pensé? C'est à croire qu'en vous levant chaque matin vous laissez votre bon sens sur votre oreiller! Monter tout le monde contre un enfant à cause d'une histoire de saucisses! Je n'ai jamais rien vu d'aussi niaiseux! Ni d'aussi lâche!! Je parle comme je pense, crut-il bon d'ajouter pour atténuer quelque peu ses propos.

L'abbé Beaucage avait refermé la porte derrière lui et, appuyé sur un coin du bureau, les bras croisés, écoutait le quincaillier avec un petit sourire crispé et narquois qui fouettait la colère de son interlocuteur.

— Vous prenez cette histoire bien à la légère, mon cher monsieur, laissa-t-il enfin tomber.

— Je la prends comme on doit la prendre. Des polissonneries de petit garçon! Il faut avoir l'esprit tordu en s'il vous plaît pour s'exciter avec ça!

— J'ai quand même quelques années de ministère derrière moi, mon cher ami. Elles m'ont permis de constater que le mal prend parfois des allures bien innocentes chez les jeunes âmes. C'est mon devoir de les protéger.

— Parlez franc! éclata Fafard. Moi, j'aime les choses nettes. Que voulez-vous dire? Que mon garçon est un vicieux? C'est ça? Un *cœur pourri*, comme vous dites si gentiment?

— Je n'ai jamais dit ça.

Et un léger spasme fit obliquer vers la gauche la mâchoire de l'aumônier.

— Alors, ça doit être quelqu'un qui vous ressemble. Mais passons. Il y a des choses plus importantes. Et en voici une: c'est que celui de nous deux qui connaît le mieux cet enfant, c'est moi, ce n'est pas vous.

— Je n'en doute pas.

— Et je sais, moi, qu'il n'est pas un vicieux!

— Qui a parlé de vicieux?

— Vous dites qu'il exerce une mauvaise influence sur ses compagnons, c'est tout comme! Ne me prenez pas pour un cave! Les mots veulent dire quelque chose!

Et le visage de Fafard s'empourpra un peu plus. L'abbé pencha la tête et poussa un profond soupir de lassitude ou de commisération.

— Vous savez, mon cher monsieur, parfois on croit connaître quelqu'un à fond – et on le connaît mal. L'habitude émousse le regard. À force de voir, on ne voit plus.

— C'est de la religion, ça? C'est au grand séminaire qu'on vous a appris des entortillages pareils?

— Non. C'est plutôt le fruit de mes observations.

— Eh bien! gardez vos fruits gâtés pour vous! On n'en veut pas! Ils donnent la chiasse. Vous ne savez rien de ce garçon, rien du tout! Quand vous en parlez, vous parlez dans le vide et ça sonne creux! Vous ne savez pas, par exemple, qu'il n'est pas mon fils!

— Ah bon? fit l'abbé, soudain intéressé.

— Non, monsieur! Ma femme et moi, on l'a recueilli chez nous parce que son père avait failli le tuer. Ça vous en bouche un coin, non? Le grand séminaire ne permet pas de tout savoir, que voulez-vous! Et on n'a jamais regretté notre décision. Ce n'est pas qu'il soit toujours facile – en connaissez-vous, des enfants toujours faciles? –, mais quand on fait la *moyenne* (et il étendit de chaque côté ses bras massifs) il s'en tire *très, très bien*: c'est un enfant intelligent, docile, affectueux et travaillant. Est-ce qu'on aurait pu en dire autant de vous?

L'aumônier ne daigna pas répondre, mais se contenta de fermer les yeux devant une telle grossièreté.

— Et tellement, poursuivit le quincaillier, emporté par son enthousiasme, que j'ai l'intention de l'adopter!

— C'est tout à votre honneur.

— Merci! jappa-t-il dans un nuage de postillons. Mais il faut que je vous l'enlève au plus vite, monsieur l'abbé, parce que vous êtes en train de me l'abîmer, avec votre *ministère* et vos *bonnes intentions*! Vous avez vu l'état dans lequel vous l'avez mis? À votre place, j'aurais honte! Qu'est-ce qu'on a pu me raconter! Il paraît que vous le découragiez de lire... Belle mentalité! L'instruction, mon cher aumônier, c'est pourtant la clé de l'avenir, c'est le but de la société, c'est la porte vers le progrès... En fait, pour tout dire, c'est complètement tout! Bientôt, sans instruction, un homme ne pourra même plus prendre un ascenseur ou commander une poignée de clous! Vous avez fait plus d'études que moi, ma femme et tous mes voisins pris ensemble, et je dois vous le rappeler?

Il dut s'arrêter, hors d'haleine. Le glissement d'un pas un peu lourd dans la pièce voisine indiqua que le frère Albert ne perdait pas un mot de cette impitoyable diatribe.

— Avez-vous autre chose à ajouter? demanda froidement l'abbé Beaucage en fixant sa montre-bracelet.

— Je pourrais continuer longtemps, mais il faut que j'aille travailler. Vous m'avez déjà fait perdre une demi-journée.

Et, soulagé de voir qu'on lui fournissait une sortie de scène, il se tourna vers la porte. L'abbé le saisit par le bras :

— Un instant, s'il vous plaît. Je vous ai laissé parler tout votre soûl. Vous allez maintenant m'écouter trente secondes. Votre garçon – puisque vous l'appelez ainsi – ne manque pas d'aptitudes, cela saute aux yeux. Mais il est de mon devoir de vous avertir qu'il suit une pente dangereuse. N'oubliez pas que l'adolescence approche ! Vous n'avez encore rien vu ! Tout se complique alors, et tout s'amplifie. Si vous l'aimez vraiment, vous devrez le protéger de lui-même – ou plutôt des forces du Mal, qui ont commencé à agir sur lui comme elles agissent sur chacun de nous et qui se nourrissent, en quelque sorte, de ses dons. Et je me permettrai d'ajouter une dernière remarque : sans l'aide de Dieu – et de ses représentants, si imparfaits soient-ils –, vous allez manquer à votre tâche, car elle est au-dessus des forces d'un homme.

Le quincaillier fit un pas vers lui. Son visage exprimait un curieux mélange de fureur et de supplication :

— Taisez-vous... Je ne peux plus supporter ce langage, m'entendez-vous ? La tête va m'éclater ! Je vais vous mettre mon poing sur la gueule ! Et surtout, surtout ! ne vous occupez plus jamais des enfants ! Vous n'y comprenez rien, m'entendez-vous ? Vous n'y avez jamais rien compris ! Allez voir les vieux, plutôt. Tout le mal qu'on peut leur faire a déjà été fait. Quand je pense que... mon garçon, un cœur pourri !... Ah ! si je ne me retenais pas, je vous aplatirais la face, espèce de... de pisseur d'eau bénite !

Son poing massif aux jointures bosselées et poilues, blanchies sous l'effet de la contraction, s'était dressé à quelques centimètres du visage de l'aumônier et un léger tremblement l'agitait, comme si la force qui le faisait frémir allait s'en échapper en une brusque détente.

L'abbé Beaucage n'avait pas bronché et seul un léger durcissement des mâchoires laissait deviner sa peur.

— Calmez-vous, monsieur, répondit-il posément. Et allez-vous-en. Sinon, je vais porter plainte contre vous à la police.

Fernand Fafard le regarda droit dans les yeux, comme hébété, puis, empoignant brusquement un coin du bureau, il le souleva et le laissa retomber avec fracas sur le plancher. Un tintamarre de casseroles lui répondit dans la cuisine. Mais le quincaillier l'entendit à peine ; il se dirigeait déjà vers son auto.

26

Ce fut Bof qui, le premier, reconnut le pas de Charles. Il s'élança dans le corridor en aboyant et gémissant, et buta avec une telle force contre la porte que les coupes tintèrent dans le vaisselier. Lucie surgit de la cuisine, où elle s'affairait à son premier repas depuis sa sortie de l'hôpital, et demeura immobile, une main appuyée contre le chambranle, les jambes soudain en flanelle. Charles pénétra dans le vestibule, laissa tomber son sac de voyage et se mit à pousser des cris de joie et de protestation sous les assauts du chien qui, arc-bouté sur ses épaules, lui léchait le visage avec frénésie. Henri tenta de l'arrêter, mais subit le même sort. Alors le quincaillier tonna, tapa du pied et tout devint calme.

Charles s'était avancé timidement vers Lucie, frappé par sa maigreur, son teint délavé, la fragilité qui émanait de toute sa personne et qu'on lisait même dans son regard :

— Est-ce que ça va mieux, Lucie ?

— Oui, mon garçon. Le pire est passé.

Et elle lui caressa la tête tandis qu'il se pressait contre elle.

Henri le repoussa assez rudement, embrassa sa mère et lui demanda de raconter son séjour à l'hôpital.

— Tout à l'heure, mon grand. Il faut que je voie au dîner, mes patates vont coller au fond du chaudron.

— Tu vas plutôt aller t'asseoir bien tranquillement dans la chaise berçante, ordonna le quincaillier, et les garçons vont mettre la table pendant que je finis ta popote.

Elle lui sourit et, attrapant le journal du matin qui traînait sur une table, le déploya devant lui :

— Es-tu content ? C'est fait. On vient d'adopter la loi 101. En septembre, tous les petits immigrants devront fréquenter l'école française, comme nous. Et les commerçants ont cinq ans pour remplacer leurs enseignes anglaises.

— Eh bien ! ça se fête, ça ! Henri, va chercher un gâteau Boston à la pâtisserie. Un gros !

Bof tenta alors un autre assaut amoureux contre Charles et réussit à le renverser sur le plancher. Le garçon le gratta derrière les oreilles, lui murmura des mots doux en le regardant droit dans les yeux, puis le flatta du sommet de la tête au bout de la queue, tout ému de revoir son vieux complice, seul témoin rescapé de ses années de tribulations, qui bavait de ravissement sous ses caresses. Mais les soupirs de plus en plus bruyants du quincaillier finirent par produire leur effet et le chien se retrouva bientôt seul sur la galerie.

Le fumet des escalopes de dinde aux champignons vint torturer ses narines ; le museau entre les pattes, il se mit à fixer le bas de la porte en faisant glisser ses dents les unes contre les autres ; mais il savait que son projet le mènerait à un cul-de-sac et sans doute à une considérable série de taloches.

Dans la cuisine, des rires éclataient à tout moment et le cliquetis des ustensiles contre les assiettes sonnait plus fort que d'habitude, comme il se produit lorsque des gens se retrouvent autour d'une bonne table après avoir été longtemps séparés. Lucie, sans trop s'attarder sur les détails, venait de raconter qu'on l'avait opérée aux intestins pour une diverticulite. Les douleurs atroces qui l'avaient réveillée en pleine nuit et l'avaient amenée à l'urgence de l'hôpital Maisonneuve-Rosemont ne reviendraient plus, lui avait assuré le médecin, à condition qu'elle suive un régime alimentaire adéquat. Le mot *diverticulite* fit une impression énorme sur Charles et Henri. Au premier, il faisait penser à une sorte de homard qui se promènerait dans les entrailles en y prélevant toutes sortes de morceaux avec ses pinces. Le second voyait une sorte de serpent au corps recouvert d'épines qui prenait plaisir à se faufiler dans les boyaux pour y semer la désolation.

— Et toi, Charles, fit Lucie, tu as connu des mauvais moments, toi aussi. Raconte-nous ça.

L'enfant rougit légèrement, se pencha au-dessus de son assiette et coupa lentement un morceau de carotte, qu'il avala.

Puis, relevant la tête :

— C'est fini, à présent, dit-il avec un grand sourire, et je suis bien content d'être revenu à la maison.

— Ha ! ha ! ricana Henri, il ne racontera rien parce qu'il a honte de ce qu'il a fait !

Et il se lança dans le récit des aventures de son ami. Charles, d'abord très ennuyé, se résigna à l'avoir comme porte-parole et l'interrompit de temps à autre pour fournir un éclaircissement ou apporter une correction. La vengeance au cognac laissa à Lucie une impression désagréable, mais elle s'efforça de n'en rien laisser paraître.

— Avec du vrai cognac ! s'exclama Céline, ravie et horrifiée. Sur son lit et sur son canapé ! Il devait être fâché !

— Il n'était pas content, répondit Charles d'un air satisfait.

Lucie lui pinça le bout du nez :

— Tu n'y es pas allé de main morte, dis donc ! D'où t'est venue une idée pareille ? Tu ne craignais pas d'être puni ?

Charles, le visage assombri, ferma les yeux à demi :

— Je le déteste, cet aumônier.

— Ah ! pour ça, il manque de jugement, convint Lucie. On n'agit pas ainsi avec des jeunes... et pour une niaiserie !

— C'est un parfait imbécile, lança le quincaillier tout en mastiquant un morceau d'escalope. Et je ne me suis pas gêné pour le lui dire ! On lui a rempli la tête de morceaux de vieilles soutanes et il s'imagine que la religion est encore comme du temps de mon arrière-grand-mère. Un de ces jours, il va rencontrer son homme et il risque alors de ramasser ses dents avec un porte-poussière. J'ai failli être cet homme-là, je te jure!

Charles riait, mais le cœur n'y était pas. Malgré la joie d'être de retour dans sa famille (car il la considérait ainsi), malgré l'appui énergique et si réconfortant du quincaillier, une tristesse poisseuse continuait de l'habiter, gâchant un peu le plaisir de cette journée ensoleillée qui aurait dû ressembler à une délivrance.

◆

En sortant de table, il téléphona chez Blonblon, qu'il avait hâte de revoir après ces deux semaines d'absence, mais monsieur Blondin lui répondit que son fils était parti pour deux jours chez une tante à Oka.

Henri s'était précipité vers la télévision comme un affamé sur des brioches tièdes. Charles y jeta un coup d'œil, mais le film l'ennuya bientôt; lire ne lui disait rien non plus. Céline l'appela dans sa chambre pour lui montrer la nouvelle disposition de sa collection de poupées. Là aussi, il arriva vite au bout de son intérêt. Il sortit de la maison et se mit à errer dans la rue, Bof sur les talons. De jeunes enfants, accroupis sur le trottoir, jouaient avec des camions en imitant le grondement des moteurs. Le nouveau chien de monsieur Victoire, qui ressemblait au croisement d'un épagneul et d'un salami, rampa vers lui, en quête d'une caresse. Bof n'apprécia guère et montra les dents. Une bataille éclata. Charles saisit son chien par le collet et s'éloigna. Il marchait d'un pas rapide, tournant la tête de tous côtés, heureux de se retrouver dans son quartier. Il longeait à présent les vitrines de la rue Ontario. L'une d'elles présentait un étalage de revues et de journaux. Sur la couverture d'un magazine, une jeune et très jolie femme en maillot de bain, les cuisses relevées, souriait avec une expression coquine et pleine de mystérieuses promesses, qui transforma Charles en statue. Quelque chose de troublant et de très agréable se produisit alors dans la fourche de son pantalon.

— Quand je serai grand, Bof, murmura Charles en se tournant vers son chien qui, les pattes appuyées sur le rebord de la vitrine, semblait prendre lui aussi beaucoup de plaisir à contempler la couverture du magazine, j'aurai une belle femme comme ça, moi.

Mais la protubérance de plus en plus visible qui gonflait sa braguette lui fit craindre des regards indiscrets et il poursuivit sa promenade.

Et la tristesse l'assaillit de nouveau, une tristesse molle et informe, sur laquelle il n'avait pas de prise, une tristesse qui semblait faire partie de lui-même, comme s'il en était la cause. Il aperçut au coin de la rue Frontenac l'immeuble de brique un peu délabré où habitait l'ignoble coiffeur. Ce dernier ne l'avait pas choisi au hasard parmi tous les garçons du quartier. L'abbé Beaucage avait raison : *il y avait quelque chose de mauvais en lui.* Sa réaction de tout à l'heure devant la vitrine, dont il aurait eu honte de parler à qui que ce soit, le prouvait bien. Et si son père avait voulu le tuer (car il l'avait voulu), c'était qu'il avait bien vu que le *mauvais* avait tout gâché en lui et que sa mort ne serait pas une grande perte. Mais voilà : plutôt que de hausser les épaules, comme le ferait quelqu'un de vraiment mauvais, il ressentait une tristesse affreuse, dont il ne savait comment se débarrasser. Est-ce que le reste de sa vie s'écoulerait ainsi?

Il obliqua dans une rue transversale et continua sa promenade à grands pas, les mains dans les poches, en se retournant de temps à autre pour s'assurer que Bof le suivait. Il se retrouva ainsi, sans l'avoir voulu, devant son ancienne garderie, rue Lalonde. Les stores baissés donnaient l'impression que la maison était vide ou inoccupée. Peut-être que Catherine prenait des vacances durant l'été?

Il approcha, tendit l'oreille, puis, sûr que personne ne se trouvait à l'intérieur, poussa la barrière métallique, longea un mur et se dirigea vers la cour. Celle-ci avait bien changé. Une haie de cèdres l'entourait à présent, une superbe glissoire rouge et bleu s'élevait à la place du carré de sable, et on avait installé ce dernier devant le vieux merisier, juste à l'endroit où dormait le petit chien jaune. Charles alla s'y asseoir, enfonça ses mains dans le sable et se mit à observer Bof qui venait de repérer une boîte de carton ayant contenu des pâtisseries ou des sandwichs. Excité par l'odeur, il se mit à déchirer la boîte à belles dents ; un morceau de papier ciré partit au vent et des miettes de beigne apparurent, qu'il lécha soigneusement.

Les mains toujours enfoncées dans le sable, Charles se mit à penser au petit chien jaune. Il l'avait connu à peine quelques heures et, durant ce temps, le *mauvais* en lui n'avait pas réussi à montrer sa sale tête noire, même une seule seconde. Bien au contraire, c'était le *bon* qui avait pris le commandement. Il s'était tant démené pour secourir la pauvre bête qu'on avait failli le mettre en pénitence. En fait, à y regarder de plus près et en tenant compte de l'âge qu'il avait à l'époque, il s'était conduit comme un héros. Cela n'avait pas empêché le chien de mourir, hélas, mais l'animal avait dû sentir, tout chien qu'il était, l'amour et la compassion qui l'entouraient, et sa mort avait sûrement été moins pénible que si on l'avait laissé crever tout seul en pleine tempête de neige.

Cette idée, toute simple, réconforta Charles. Il continuait d'observer Bof tout en faisant couler doucement le sable entre ses doigts ; le chien déchirait à présent la boîte en mille morceaux, comme si cela pouvait faire apparaître d'autres miettes de beigne.

Si Charles avait pu se montrer si bon pour un petit chien bâtard qu'il voyait pour la première fois, c'est qu'*il l'avait tout simplement décidé* ; rien ne l'empêcherait donc de recommencer aussi souvent qu'il le voudrait et de faire mentir ce maudit aumônier qui l'avait décrit comme un mauvais compagnon. Mais – grave question – comment *vouloir tout le temps* ?

Le sable tiède continuait de couler entre ses doigts, Bof, lassé par son jeu, s'était couché sur les débris de carton et le regardait, gueule ouverte, battant de la queue contre le sol – et la réponse ne venait pas. Le secret pour *vouloir* lui apparaissait impénétrable. On pouvait être bon et gentil à certains moments. Mais comment s'assurer de l'être toujours ? De quelle façon pouvait-on réduire en miettes une fois pour toutes – comme Bof venait de le faire avec la boîte – le mauvais qu'il y avait en nous, ce mauvais toujours sur le qui-vive pour nous pousser à commettre des bêtises et des saloperies?

Il réfléchissait à ces choses, redevenu presque aussi triste et inquiet qu'à son arrivée dans la cour, lorsqu'une étrange sensation de douceur monta en lui, chaude et apaisante, et il eut le sentiment que cela venait d'*en bas*, c'est-à-dire du sol sur lequel il était assis. Le chien jaune venait de se réveiller et lui parlait, comme s'il avait été lui aussi un petit garçon. «Laisse tomber, disait-il. Tu vas te rendre malade avec toutes ces réflexions bizarres. Va t'amuser, les vacances achèvent, tu auras bien le temps de te faire des soucis plus tard. Je le sais, moi, que tu es bon. Personne, dans toute ma vie de chien, n'a été aussi bon avec moi que tu l'as été. Va te changer les idées. Tu en as grand besoin, je t'assure!»

— Viens, Bof, on s'en va! lança Charles en se levant. Je commence à m'ennuyer ici.

Il caressa le sol du plat de la main en esquissant un baiser et quitta la cour. Quelques minutes plus tard, il débouchait de nouveau dans la rue Ontario.

— J'ai hâte que Blonblon revienne d'Oka, fit-il en se tournant vers son chien. Avec lui, je me sens toujours bien.

Une enseigne de Kik Cola fixée au-dessus d'une vitrine toute chatoyante de reflets multicolores annonçait un dépanneur. Il y entra, laissant Bof déconfit sur le trottoir, et s'arrêta devant l'étalage des sacs de croustilles. Après de longues hésitations, il opta pour la saveur de vinaigre et reprit sa promenade; Bof gambadait autour de lui, la gueule ouverte. Charles se mit à le taquiner en lui passant sous le nez une grosse croustille, qu'il lui donna enfin. Sa tristesse émoussée l'accablait moins. Il s'apprêtait à regagner la rue Dufresne lorsqu'un des conseils du petit chien jaune lui revint à l'esprit; alors, rebroussant chemin, il décida de se rendre chez le notaire Michaud, rue Bercy.

— Eh bien, dis donc! de la grande visite! fit le notaire en ouvrant la porte. Je suis content de te voir, Charles... Qu'est-ce que je peux faire pour toi?

Sous sa joie réelle transparaissait le léger ennui d'être dérangé en plein travail, ce que confirma un murmure de voix inconnues provenant de son bureau.

Charles se troubla :

— Est-ce que... est-ce que votre femme est ici?

— Tu veux voir Amélie? Elle fait la sieste, mais attends-moi une minute, je vais lui demander si elle peut se lever.

— Non, non! ne la réveillez pas! Je reviendrai une autre fois.

— Qui est-ce? demanda une voix alanguie au bout du corridor.

— C'est Charles, Amélie! De retour de son camp de vacances. Il voudrait te voir, poursuivit le notaire malgré les signes de l'enfant.

Il y eut un long silence, puis la voix, légèrement raffermie et donnant même quelques timides signes de vivacité, répondit :

— Dis-lui de m'attendre au salon. Je vais aller le trouver dans deux minutes.

Parfait Michaud se pencha vers l'oreille de Charles :

— Fernand vient de me parler de ton histoire... Sainte-gibelotte! t'es un sacré garçon, sais-tu! Un véritable héros de roman!

Charles eut un sourire confus. En passant devant le bureau du notaire, il eut le temps d'apercevoir par la porte entrouverte deux gros hommes à cheveux bruns et en complets de tweed brun, d'apparence presque identique, qui ressemblaient à d'énormes pains de son. L'ameublement solennel du salon acheva de le décontenancer. Il prit place dans un fauteuil, regrettant d'être venu. Le notaire avait refermé la porte de son bureau et on entendait le bruit d'une vive discussion.

— Des cacahouètes? Des cacahouètes? lança un des gros hommes, furieux.

Charles croisa une jambe, la décroisa, poussa un soupir, puis se leva et alla à la fenêtre. Un vieillard attendait près de l'arrêt d'autobus. La couleur et la forme allongée de son visage rappelaient cette fois une banane. Il avait des joues comme fondues, un menton en galoche, de petits yeux noirs énigmatiques, agités tels ceux d'un écureuil, une expression hagarde et austère. « Il est triste, lui aussi, se dit Charles. Plus on vieillit, plus on doit devenir triste. Pourtant, Fernand et Lucie ne le sont pas souvent. Comment font-ils ? »

Il alla se rasseoir et s'amusa à essayer de compter les microsillons empilés sur un guéridon entre deux imposantes enceintes acoustiques qui se dressaient au fond de la pièce. Soudain, il s'aperçut que la gueule de poisson cherchait à réapparaître. Furieux, il saisit ses mâchoires à pleines mains et se mit à les presser de toutes ses forces.

C'est alors que surgit Amélie Michaud en robe de chambre vert laitue, la tête enveloppée d'un turban de même couleur.

— Tu as mal aux dents ?

— Non, répondit Charles devenu écarlate. C'est-à-dire... oui... un peu.

Elle sourit et lui passa la main dans les cheveux :

— Tu es joli... même quand tu mens.

Charles, interloqué, ne ressentit aucune colère de se faire démasquer aussi cavalièrement. Et même, la rude franchise d'Amélie dissipa aussitôt son malaise. La femme du notaire s'assit en face de lui et allongea un de ses pieds, chaussé d'une jolie pantoufle à longs poils blancs, qui ressemblait vaguement à un petit chat.

— J'ai un tic, avoua-t-il enfin. Des fois, quand je suis nerveux, ma bouche s'ouvre et se referme malgré moi. Mais, à présent, c'est passé.

— Beaucoup de gens ont des tics. Tu sais que ça se soigne ? Mais il faut trouver le bon médecin. Tu l'as depuis longtemps ?

— Assez longtemps, oui.

Et il détourna le regard en serrant les lèvres, son visage devenu comme une porte close. Il n'avait pas du tout envie de raconter les circonstances de l'apparition de la gueule de poisson, car cela l'obligerait à parler de la nuit où son père avait voulu le tuer.

— À chacun ses problèmes, fit-elle en passant diplomatiquement à un autre sujet. Moi, depuis un mois, ce sont mes reins. Tout à l'heure, en sortant de table, j'avais tellement mal... C'était comme si on avait allumé une torche à souder dans le bas de mon dos... Je suis allée m'étendre, et maintenant ça va mieux.

Elle pressa ses pieds l'un contre l'autre et les pantoufles ne formèrent plus qu'une boule de poils immaculés.

— Pourquoi voulais-tu me voir, Charles?

Il se troubla un peu, puis sourit et, la regardant crânement dans les yeux:

— C'est parce que je voudrais aller dans votre chambre de Noël. Vous me l'aviez offert, l'autre fois.

Elle hocha gravement la tête, ajusta un pli de sa robe de chambre, puis:

— Tu te sens triste?

Charles fit signe que oui.

— Est-ce que je peux te demander pourquoi?

— C'est une nouvelle tristesse. Je n'en ai jamais eu comme ça avant. Je ne peux pas l'expliquer. C'est trop difficile... Alors je me suis dit que si j'allais voir votre sapin et toutes ces jolies décorations que vous avez installées dans la chambre, et puis il y a aussi cette musique et les guirlandes de lumières... je me suis dit que ça me ferait peut-être du bien.

Amélie Michaud se dressa lentement:

— Ça va sûrement te faire du bien, mon Charles...

Elle s'approcha et lui caressa de nouveau les cheveux.

— ... mais ça ne te guérira pas de ta tristesse, bien sûr. Ça ne fera que l'adoucir. Ce qui est déjà pas mal, non?

Elle lui fit signe de la suivre et ils quittèrent la pièce. Une joie fiévreuse courait dans l'âme d'Amélie Michaud et venait de dissoudre le début de mal de tête qui avait commencé à couler du plomb dans ses tempes. Après toutes ces années, elle s'était enfin trouvé un complice!

Ils traversèrent la cuisine, enfilèrent l'étroit corridor et se retrouvèrent devant la porte bleue.

— Reste aussi longtemps que tu le voudras, mon chou, murmura tendrement Amélie. Le commutateur se trouve à droite en entrant. Quand tu partiras, viens me voir. Je te servirai une petite collation.

Et, après lui avoir adressé un sourire de connivence, elle s'éloigna à pas furtifs.

◆

Charles ouvrit la porte et actionna le commutateur. La pièce se remplit d'une douce lueur rose orangé, le sapin chargé de boules, de guirlandes et de jolies figurines de bois se mit à clignoter doucement et la boîte à musique commença à égrener les accords de *Douce nuit, sainte nuit*, accompagnée bientôt par un chœur d'enfants. L'air sentait bon la résine, la cannelle et le chocolat. Près du sapin, un père Noël grandeur nature, entouré de cadeaux ornés de rubans étincelants, lui souriait malicieusement, ses grosses joues rubicondes saupoudrées de neige.

Charles promena un regard émerveillé dans la pièce : les glaçons et les guirlandes foisonnaient, on avait accroché de jolies scènes de Noël aux murs et disposé ici et là des amoncellements de ouate où reposaient des oursons, des chiens, des chats, de petits rennes et même un raton laveur ! Il s'assit dans la chaise berçante recouverte d'une peau d'ours. À portée de la main, une bonbonnière attendait sur un guéridon doré qu'il y plonge les doigts.

Il se mit à contempler le sapin, qui semblait frémir sous les clignotements des jeux de lumière, et un grand soupir d'aise lui échappa. Il s'affala dans la chaise, étourdi de dépaysement, les membres amollis, étonné et ravi par les impressions délicieuses qui l'envahissaient, et se mit à suçoter un bonbon avec un sourire béat.

Il revivait le merveilleux Noël de ses trois ans. Alice était venue dans sa chambre le réveiller tout doucement. Un fumet de tourtière embaumait l'appartement. À la radio, un chœur chantait *Venez, divin Messie* et il avait l'impression que l'appartement flottait dans le ciel parmi le scintillement des étoiles. Son père l'attendait dans la cuisine, assis devant une bière mais, pour une fois, l'œil vif et pétillant de bonne humeur. Il l'avait pris dans ses bras, l'avait soulevé avec de grands éclats de rire, puis l'avait porté jusqu'au salon, et Charles s'était précipité vers ses cadeaux avec des gloussements de joie. Ce Noël-là, ses parents lui en avaient offert quatre et il s'en souviendrait toute sa vie : un camion de pompiers avec son gyrophare qui clignotait, un énorme bulldozer de métal jaune, massif, indestructible, un album à colorier et sa boîte de crayons de cire – et Simon l'ours blanc, dont la bouille adorable avait surgi tout à coup dans une déchirure de papier doré !

Il resta longtemps affalé dans la chaise berçante à rêvasser et à réfléchir, tandis que les chants de Noël se succédaient lentement et que les figurines en bois colorié suspendues au sapin lui faisaient des signes amicaux dans la pénombre orangée.

Quand il quitta la chambre de Noël une heure plus tard, son visage exprimait le contentement. Une vérité venait de se faire jour dans son esprit ; il aurait eu bien du mal à la formuler, car elle lui était apparue d'une façon confuse et fragmentaire. Il venait de comprendre que la vie, malgré ses revers et ses déceptions, pouvait apporter, à qui s'en donnait la peine, sa part de joies, souvent modestes mais succulentes, et qu'au lieu d'attendre le Grand Bonheur, qui ne viendrait sans doute jamais, c'était sur celles-là qu'il fallait tabler.

Il avait compris également qu'on pouvait être à la fois triste et joyeux : triste au fin fond de soi-même, mais joyeux « tout autour ». Parfois, la boule de tristesse qu'on portait en soi fondait jusqu'à devenir minuscule, presque imperceptible. Et même, pour quelques heures ou quelques jours, elle pouvait disparaître complètement. Mais, toujours, elle finissait par revenir. L'important, c'était de la garder autant que possible enveloppée comme dans un coussin de joie.

Il savait à présent que cette tristesse l'accompagnerait jusqu'à la fin de sa vie et qu'il devrait l'apprivoiser, car il n'y avait rien d'autre à faire.

Amélie Michaud, par une curieuse fantaisie, lui avait préparé des gaufres au sirop d'érable. Il en dévora quatre en se fichant bien de gâcher son souper.

27

Dans les premiers jours qui avaient suivi le départ de Charles et d'Henri pour le camp de vacances, Blonblon, privé de la présence de ses amis et gavé de télévision insipide, avait cru mourir d'ennui. Monsieur Blondin, qui commençait à trouver l'oisiveté de son fils un peu pesante, lui suggéra alors de mettre sur pied un *atelier de réparation de choses brisées* : jouets, grille-pain, lampes de poche, porcelaine, en somme tous les objets défectueux (et pas trop compliqués à réparer) que les gens conservaient chez eux dans le vague espoir de les voir un jour remis en état.

Son premier champ d'action avait été, bien sûr, son propre appartement. Un voisin venu voir monsieur Blondin avait observé son fils en plein travail et, frappé par son habileté et sa débrouillardise, lui avait confié un fer à repasser, une poubelle de cuisine dont le couvercle actionné par une pédale ne se soulevait que de façon sporadique et un vieux pot à cuillères en porcelaine qui avait connu une chute fatale. Blonblon s'était surpassé. Le voisin en avait parlé au concierge ; ce dernier, amusé, avait apporté une vieille bouilloire cabossée et une assiette en quatorze fragments qu'avait ornée une photo en couleurs du cardinal Léger, goupillon à la main, en train de bénir la station Berri-de Montigny le jour de l'inauguration du métro. Blonblon avait excellé.

On lui avait suggéré alors de placer une annonce sur le babillard du hall d'entrée de l'immeuble. Le bouche à oreille, les bons offices du concierge et l'habileté grandissante de Blonblon avaient fait le reste. Deux ou trois fois par jour, quelqu'un lui apportait un objet éclopé, qui avait entamé sa triste route vers le dépotoir. Blonblon jetait rarement l'éponge et parvenait à sauver l'objet.

Les jours s'étaient remis à filer, le tiroir du haut de sa commode contenait à présent une quantité réjouissante de monnaie et de billets verts, et monsieur Blondin pouvait s'adonner en paix à son travail de démarchage téléphonique et à son commerce de timbres.

Au retour de Charles et d'Henri, les activités de l'atelier, fortement perturbées, faillirent s'arrêter. Mais Blonblon avait pris un goût si vif à son métier de réparateur de toutes choses, qui se mariait à merveille avec ses talents de conciliateur universel si appréciés à l'école, qu'il finit par reprendre ses activités à raison d'une heure ou deux par jour, conservant ainsi une bonne partie de sa clientèle.

Un après-midi, peu avant la reprise des classes, Charles alla le trouver dans sa chambre-atelier. Après un préambule bizarre et tortueux qui le trempa de sueur et faillit faire apparaître à deux reprises la gueule de poisson, il trouva enfin le courage de lui faire sa révélation.

Blonblon, intrigué par cet entortillage de mots bégayés à voix basse avec un air de supplicié, poussa alors un soupir horrifié :

— C'est pas vrai... Tu me contes des blagues !

Charles secoua la tête :

— Non. C'est aussi vrai que ton père est en fauteuil roulant.

Charles avait décidé de partager avec quelqu'un le secret de sa terrible mésaventure avec monsieur Saint-Amour, dans l'espoir de faire un peu diminuer la boule noire qui pesait dans sa poitrine. Et ce quelqu'un ne pouvait être que Blonblon.

— Et il t'a soûlé, ce vieux dégueulasse ?

— Il m'a fait boire quelque chose de très fort et de très sucré, et je suis tombé dans les pommes. Mais avant, précisa-t-il courageusement, j'avais déjà bu une bière.

Et il raconta l'histoire de sa rencontre au restaurant avec Sylvie Langlois et son drôle d'ami.

— Pauvre Charles, murmura Blonblon, comme si son ami venait de rendre l'âme et qu'il se lançait dans son oraison funèbre. Tu as dû bien souffrir... Pourquoi ne m'en as-tu pas parlé avant?

Il posa une main compatissante sur son épaule.

— Mais ce bonhomme au restaurant, poursuivit-il, est quasiment aussi dégueulasse de t'avoir offert une bière.

Charles baissa la tête :

— Je n'aurais pas dû l'accepter.

— Bien sûr. Mais tu ne pouvais quand même pas prévoir ce qui arriverait ensuite.

Blonblon se tourna vers sa table, où les fragments d'une vieille potiche, préalablement enduits de colle, attendaient leur assemblage. Il saisit deux morceaux et les emboîta minutieusement l'un dans l'autre.

— Blonblon, murmura Charles d'une voix frémissante d'anxiété, ne parle jamais de ça à personne, hein? Et surtout pas à Henri! Tu me le promets?

— Tu n'es même pas obligé de me le demander, répondit calmement son ami.

— Sur toute la terre, Blonblon, il n'y a que toi qui le sais. Toi seul!

Blonblon saisit un fragment de potiche et entailla légèrement son avant-bras. Pinçant la peau, il fit tomber une large goutte de sang sur la table et posa son pouce dessus :

— Sur mon propre sang, je le jure. Est-ce que ça te suffit, là?

— Ça me suffit, répondit Charles avec un pâle sourire.

Blonblon appliqua un morceau de papier collant sur sa blessure, éponge le sang sur la table avec un chiffon, puis, après avoir réfléchi un moment :

— Il faut le dénoncer à la police, Charles. Il mérite une punition, ce vieux cochon. Tu n'étais sûrement pas le premier gars qu'il attrapait. Et tu n'es sûrement pas le dernier! Ah! je ne lui ai jamais aimé la face, lui! Maintenant, je sais pourquoi.

Et il se remit à sa potiche.

Charles contemplait l'avant-bras de son ami; malgré le papier collant, le sang continuait de couler un peu, mais Blonblon ne semblait pas s'en apercevoir. Charles sentait bien que, si son copain feignait de s'intéresser tellement à sa potiche, c'était pour le mettre à l'aise et lui montrer que cette histoire, malgré son caractère dégoûtant, ne changeait aucunement la bonne opinion qu'il avait de lui. Et il lui en était reconnaissant.

— Je ne veux pas le dénoncer, reprit enfin Charles.

Et il lui expliqua que, s'il le faisait, la police arrêterait l'ancien coiffeur. Elle l'amènerait devant un juge. Il y aurait un procès. Charles devrait témoigner. Et tout le monde apprendrait alors qu'au moment de rencontrer monsieur Saint-Amour il était soûl. Et cela, il voulait que personne ne le sache.

— Alors, il faut faire autre chose, répondit Blonblon.

Puis il ajouta:

— Mais je ne sais pas quoi.

La potiche était remise sur pied. Blonblon, avec une moue dépitée, examinait une fissure demeurée trop visible à son goût. Cette fissure portait atteinte à sa réputation.

— Je vais laisser la colle prendre bien comme il faut et je passerai ensuite un crayon de cire dessus. Ça va la camoufler.

— Moi, je sais quoi, dit alors Charles, comme s'il n'avait pas prêté attention aux paroles de son ami.

Blonblon leva la tête.

— Je vais me venger. J'y pense depuis longtemps. Et j'ai besoin de ton aide. Si je ne me venge pas, j'aurai toujours cette affaire-là sur le cœur.

Un roulement familier dans le corridor annonça que monsieur Blondin avait terminé sa sieste. Charles et son ami décidèrent alors d'aller poursuivre leur conversation dehors.

Vers dix-neuf heures, le surlendemain, monsieur Saint-Amour se promenait tranquillement dans la rue Ontario avec un journal plié en guise d'éventail, profitant de la fraîcheur relative du soir après une journée torride, lorsqu'il aperçut Charles et Blonblon appuyés contre la vitrine de Chez Robert; les deux enfants lui adressèrent un grand sourire.

C'était la troisième fois en deux jours qu'il les rencontrait et leur attitude n'était pas sans l'intriguer. Au début, il y avait vu de la moquerie; un grand frisson avait parcouru son dos pour aller se perdre dans ses fesses molles et grasses. À la deuxième rencontre, un doute s'était emparé de lui, tant il y avait de cordialité dans ce « Bonjour, monsieur Saint-Amour! » qu'on lui avait lancé en envoyant la main.

Cette fois, plus de doute possible : les deux enfants cherchaient visiblement à se trouver sur son passage. Se pouvait-il que le petit blond, qui lui avait toujours paru vicieux, ait débauché l'autre et qu'on lui fît des avances?

Si oui, il fallait faire preuve d'une extrême prudence. C'était cette prudence qui lui avait permis, durant ses vingt-huit ans de vie voyageuse, d'éviter les terribles ennuis associés à son penchant pour les petits garçons. Que de sacrifices il avait dû s'imposer, songeait-il, pour donner aux gens l'impression de se conformer à cette morale stupide fabriquée par des hypocrites qui n'hésitaient jamais, quand on ne les voyait pas, à prendre leur plaisir là où ils le trouvaient.

Aussi, ce soir-là, se contenta-t-il de passer devant les deux garçons en leur adressant un bienveillant signe de tête et, comme si de rien n'était, il poursuivit tranquillement son chemin.

Mais, de retour chez lui, des images lubriques commencèrent à le hanter. Affalé devant la télévision, il avait beau essayer de se concentrer sur l'entrevue d'Andréanne Lafond avec le ministre Laurin, c'était comme si l'émission se déroulait en chinois. Quelle aubaine que de pouvoir s'amuser avec *deux petits garçons à la fois*! Cela ne lui était pas arrivé depuis si longtemps!

Il ferma la télé, éteignit toutes les lumières et alla jeter un coup d'œil à la fenêtre, puis sortit de nouveau et fit le tour du pâté de maisons, l'œil aux aguets. Mais il était bien trop tard et les coquins devaient être au lit en train de dormir comme des petits chats. Il décida de les imiter. Après une nuit reposante, il se réveilla tôt, tout guilleret, comme rajeuni, l'esprit clair, l'humeur entreprenante. C'était généralement le présage d'une journée fructueuse, pleine de joyeuses surprises. Il décida d'aller déjeuner Chez Robert en lisant les journaux. Rosalie, gentille comme tout ce matin-là, lui offrit une généreuse portion de ses confitures de fraises maison, qu'il dégusta avec des rôties imbibées de beurre tiède, et il arrosa le tout de trois tasses de café fraîchement coulé. Il quitta le restaurant avec le sentiment de pouvoir démolir et rebâtir Montréal en une journée. Le ciel, sans le moindre petit nuage, était d'un bleu à donner envie de se transformer en oiseau pour aller s'y perdre à tout jamais. Le soleil commençait à taper fort mais demeurait dans les limites de la politesse. Il alla acheter trois caleçons au Woolworth, passa à l'épicerie prendre sa brique de crème glacée au caramel écossais (il en consommait deux par semaine), retourna à la maison, puis décida d'aller faire un tour au parc Stewart; il avait aperçu quelques fois Charles et ses amis en train de s'amuser dans les balançoires ou de se pourchasser autour de l'édicule de brique; il n'y trouva que deux mamans avec leurs bébés et un vieux robineux en train de ronfler sur le gazon, comme endormi par la plainte monotone de la Macdonald Tobacco qui se dressait à deux pas. Il revint vers la rue Ontario, un peu surpris de ne pas avoir encore aperçu les deux garçons. Toutes ces allées et venues lui avaient donné soif. Il retourna au Woolworth et commanda un grand verre de thé glacé au casse-croûte.

— Ça va bien, ce matin, monsieur Saint-Amour? lui demanda Berthe, une serveuse gentille mais un peu idiote avec qui il causait parfois.

— Bah! à part les problèmes, oui!

Elle s'arrêta et, posant sur lui un regard admiratif:

— Ah! si tout le monde était intelligent comme vous, monsieur Saint-Amour, la vie serait tellement plus facile...

Il quitta le magasin et prit la direction de Chez Robert. Une auto le frôla en coup de vent, balayant sur son passage un grand morceau de papier chiffonné qui s'enroula autour de son pied. Pour une raison obscure, cela stimula sa bonne humeur.

Les abords du restaurant étaient déserts. Un coup d'œil rapide jeté par la vitrine permit à l'ancien coiffeur de constater qu'aucun des deux garçons ne s'y trouvait. Il ne connaissait que trop bien ces périodes d'attente fébrile, où le désir tourne dans sa cage comme un écureuil fou, rendant les journées interminables. Mais que faire, sinon attendre? Provoquer trop vivement l'occasion comportait tellement de dangers! Parfois, il s'était permis de secouer la branche pour faire tomber un fruit presque mûr, mais au prix de quelles angoisses! «Je vais aller laver ma vaisselle et faire un peu de rangement, décida-t-il. Ça va passer le temps. Je reviendrai faire un tour après le dîner.»

Deux grands Noirs avançaient sur le trottoir, l'air réjoui, tenant une caisse de bière chacun par un bout. En passant près de lui, l'un d'eux lui lança :

— Fait chaud, hein, son père?

Et il lui donna une tape amicale sur l'épaule. Cette familiarité lui déplut. Est-ce qu'on le prenait pour un vieux gaga? Il poursuivit son chemin, puis sourit tout à coup. À bien y penser, passer pour un vieux gaga comportait aussi ses avantages. Les gens ne se méfient pas des vieux gagas, ce qui permet à ces derniers d'agir à leur guise.

Lorsqu'il arriva chez lui, quelque chose dans l'air – une certaine vibration de la lumière? le hurlement lointain d'une locomotive? le craquement insolite qui s'échappa de son soulier gauche? – lui indiqua qu'un événement agréable allait survenir. Un pied sur le trottoir, l'autre sur la marche de béton qui menait à sa porte, il allait glisser la clé dans la serrure lorsque son regard obliqua machinalement vers la ruelle qui longeait l'immeuble, et il en vit surgir le blondinet et ensuite Charles, tous deux souriants et l'air taquin.

— Bonjour, monsieur Saint-Amour, lancèrent-ils d'une même voix.

Et ils se plantèrent à quelques pas de lui.

— Tiens! vous autres encore? répondit l'ancien coiffeur, tandis que son cœur se mettait à galoper dans sa poitrine.

Puis il ajouta :

— Ma foi du bon Dieu! on dirait que vous me courez après!

Charles échangea un regard avec son compagnon, puis, l'air un peu crispé :

— On ne vous court pas après, mais on aimerait vous rencontrer.

— Vous rencontrer tout de suite, ajouta Blonblon.

— Ah oui? fit l'ancien coiffeur en maîtrisant avec peine les tremblements de sa voix. Et à quel sujet?

Blonblon tendit la main vers la ruelle :

— On pourrait parler de ça ici, à côté.

Le vieil homme se mit à scruter leur visage. Les enfants, toujours souriants, supportèrent son regard sans ciller. Il y avait dans leur attitude quelque chose de volontaire et de tendu qui éveillait chez lui une vague méfiance. Et puis tout paraissait trop facile. Mais, en même temps, il n'avait pas été sans remarquer autour de lui, depuis quelques années, des changements de mœurs qui parfois le stupéfiaient. Était-ce l'influence de la télé? L'arrivée de ces immigrants par pleins avions? La déconfiture des curés qui n'attiraient plus que les vieux dans leurs églises? Tous ces divorces et ces couples accotés? Comment savoir... Les gens se laissaient aller et se montraient moins collet monté. Cela l'émerveillait et lui faisait regretter de ne plus être jeune.

Il glissa la clé dans sa poche et s'avança sur le trottoir :

— Bon, je veux bien. Mais je n'ai pas beaucoup de temps. Faudra faire ça vite.

Ils firent quelques pas dans la ruelle et s'arrêtèrent devant une palissade de larges planches grises à l'extrémité inférieure toute rongée par la pourriture. De l'autre côté s'élevait un grand bâtiment de brique aux fenêtres aveugles, ancienne manufacture devenue entrepôt. En face, l'arrière d'une série de logements. Personne aux fenêtres. Personne sur les galeries. On pouvait causer en paix.

— Et alors? Qu'est-ce que vous me voulez, les amis? demanda-t-il en essayant de prendre un petit ton guilleret que le chevrotement de sa voix rendit pitoyable.

Les garçons échangèrent de nouveau un regard, puis éclatèrent d'un rire nerveux. Des deux, c'était le blondinet qui semblait le plus assuré. Il joignit les mains derrière le dos et se dandina en dévisageant le vieil homme d'un air effronté:

— Vous le savez, ce qu'on veut.

Et il donna une petite bourrade complice à son compagnon.

— C'est pour une affaire de saucisses, poursuivit Charles, les joues toutes rouges, en reprenant le thème maudit.

Monsieur Saint-Amour mit les deux mains dans ses poches pour masquer leur tremblement. Bon sang de bon sang! La table était mise. Il n'y avait plus qu'à s'asseoir. Aucun effort à fournir. Aucune ruse à mettre au point. Seulement un peu d'argent à donner. Voilà longtemps qu'il n'avait pas vu des enfants aussi délurés. C'était d'une fraîcheur! Mais le brusque changement d'attitude de Charles continuait de l'étonner. «C'est sûrement l'autre qui lui a donné le goût, se redit-il. Entre enfants, tout est tellement plus simple.»

— C'est combien? demanda-t-il d'une voix sourde et creuse, qui sonnait comme un hululement.

— C'est cinquante piastres, répondit Charles.

— Ha! poussa le vieil homme avec dérision.

— On est deux, souligna Blonblon. C'est plus cher.

— Je n'ai pas cet argent-là, mon gars. Je voudrais bien. Mais je ne l'ai pas.

— Alors, bonjour, rétorqua Charles.

Et il fit signe à son ami de le suivre.

— Hé! hé! pas si vite! lança Saint-Amour, alarmé.

La discussion reprit. Elle traînait en longueur sans qu'on arrive à une entente. Le passage d'un camion de livraison les interrompit deux fois, forçant l'ancien coiffeur à changer de contenance pour simuler une conversation amicale. Le visage de Charles et de Blonblon s'était durci, celui du vieil homme suait de convoitise à la vue de ces corps gracieux de jeunes mâles qui le remplissaient de frissons jusqu'au bout des doigts et avaient déclenché en lui un maelström insupportable; il en flageolait presque. Sûrs de gagner, les deux enfants ne démordaient pas de leur prix, observant avec une sagacité cruelle le désarroi grandissant du vieil homme.

Finalement, monsieur Saint-Amour eut comme un sanglot et s'inclina :

— Je vais aller à la banque, bafouilla-t-il. Attendez-moi ici.

— On ne peut pas vous voir tout de suite, répondit Charles. Seulement demain.

— C'est qu'on est occupés, voyez-vous, ajouta Blonblon du ton de celui dont les affaires sont florissantes.

L'ancien coiffeur béait de désappointement, comme si on venait de lui enlever, juste au moment où il allait y planter sa fourchette, un steak succulent qui grésillait sous son nez.

— Vous me faites marcher, conclut-il sombrement.

— Pas du tout, lui assura Charles. Demain, je vais vous téléphoner vers dix heures pour vous dire où nous rencontrer. Vous apporterez l'argent.

— Ce sera chez moi, décida Saint-Amour. Il n'y a pas de meilleur endroit.

Charles secoua la tête :

— On n'aime pas tellement aller chez les gens. C'est trop risqué.

— Vous ne serez pas déçu, ajouta Blonblon pour l'aguicher.

Il avala sa salive, rougit légèrement, puis ajouta :

— On fera tout ce que vous voulez.

Le vieil homme sourit, son regard se ralluma. Jetant un coup d'œil autour de lui, il s'avança et caressa furtivement les fesses de Blonblon, puis passa sa main dans le dos de Charles, qui ne put réprimer un léger mouvement de recul.

— Encore sauvage, toi? s'étonna Saint-Amour. T'as l'habitude ou tu ne l'as pas?

— Je n'aime pas ça en pleine rue, fit l'enfant dans un souffle.

— Alors, à demain, monsieur Saint-Amour! lança Blonblon en entraînant son ami.

Ils allaient tourner le coin lorsqu'un «hé!» retentissant les arrêta net.

— Vous ne me faites pas marcher, hein? fit l'ancien coiffeur, l'index menaçant, toute sa méfiance revenue.

◆

Vers six heures, incapable de rassembler suffisamment ses esprits pour se préparer à souper, Conrad Saint-Amour décida d'aller au restaurant. Mais pas Chez Robert. Le trouble qui l'agitait et qu'il ne se sentait pas la force de dissimuler risquait d'intriguer la perspicace Rosalie. Il opta pour un restaurant grec, situé à quelques rues à l'est de chez lui.

Le repas fut lugubre. On l'avait fait asseoir près d'une rôtissoire vitrée, vis-à-vis d'un homme dans la quarantaine, aux traits grossiers et comme inachevés, qui mangeait avec une précipitation goulue, les doigts gras, chargeant sa fourchette avec le pouce en poussant de petits grognements satisfaits. Son repas terminé, l'inconnu se moucha dans son napperon de papier, le froissa en boule et le jeta dans son assiette.

Saint-Amour détourna la tête, dégoûté.

Il venait d'entamer une moussaka plutôt quelconque lorsque la rôtissoire qui se dressait au-dessus de sa tête s'illumina violemment et que dix poulets livides se mirent à tourner avec une lenteur funèbre. Il fixait l'un d'eux, plus bleuâtre que les autres, qui s'était déjà mis à suer. «C'est moi, se dit-il. Ce poulet, c'est moi.»

La nuit se montra pire encore. Torride, gluante, une nuit de malade insomniaque, informe et sans fin, chaque seconde lourde comme une enclume. Un éclat de voix, le grondement d'un autobus, le ronflement d'une auto lui faisaient courir d'horribles frissons sur tout le corps. Il se tournait et se retournait dans son lit, les paupières pleines d'étincelles, le membre raide et douloureux, les tempes gonflées, toutes ses pensées tendues vers le rendez-vous du lendemain, sa méfiance plus vive que jamais mais avec la certitude qu'il s'y présenterait.

Une lueur grise et vaseuse coula enfin sous le store. Il l'accueillit avec joie et se leva. Quelques minutes plus tard, il arpentait la rue d'un pas fatigué, aspirant à pleins poumons l'air encore pur du petit matin. Les deux garçons dormaient sûrement. Il les voyait étendus dans leur lit, dans une pose abandonnée, vêtus d'une simple culotte, avec cet imperceptible sourire des enfants plongés dans un paisible sommeil. Il les désirait avec désespoir. Et, en même temps, il les détestait. Et il se détestait lui-même et il détestait la vie de rat d'égout que sa passion honteuse lui faisait mener depuis trente ans.

À neuf heures vingt, il s'assit près du téléphone pour attendre l'appel de Charles. Il fixait l'appareil, soudé à sa chaise, n'osant esquisser le moindre mouvement, comme si cela pouvait empêcher la sonnerie qui allait en jaillir comme un oiseau multicolore. Il avait laissé la porte arrière entrouverte pour faire entrer un peu d'air. Par le vasistas béant, un rayon de soleil plongeait dans son œil gauche et quand il fermait la paupière un rideau rougeâtre apparaissait, strié de noir et de gris. Pour tuer le temps, il s'imagina debout dans son œil devant le rideau immense, fixant ses replis, essayant de déchiffrer le message des striures. Soudain, elles se mirent à danser et à s'entrecroiser, et le visage de Charles apparut, rougeâtre lui aussi, les yeux fermés, la bouche entrouverte et grimaçante. Il secoua la tête, ouvrit les yeux, effrayé, et presque aussitôt le téléphone sonna.

Ce n'était pas la voix de Charles mais celle de Blonblon. Le rendez-vous aurait lieu dans un vieux hangar. Le garçon lui décrivit l'emplacement au bout d'une ruelle, pas très loin de chez Saint-Amour, près d'un grand terrain vague où gisaient des carcasses de voitures.

— On vous attend dans une demi-heure. Vous avez l'argent?

— Oui.

— Il y a un mot de passe.

— Un mot de passe?

— Il faut le dire assez fort, après avoir frappé trois coups. Sinon, on n'ouvre pas.

— Ah bon...

— C'est *saucisse*. Vous dites *saucisse*. Facile à retenir, hein?

Et il raccrocha.

Quelques minutes plus tard, Conrad Saint-Amour arrivait en vue du hangar, tout essoufflé, le mollet dégoulinant de sueur. La construction, en tôle profilée et à toit plat, de bonnes dimensions et plutôt déglinguée, se dressait un peu à l'écart et lui parut abandonnée. Les alentours semblaient déserts et cela le rassura. Si les affaires ne tournaient pas à son goût, rien de plus facile que de s'esquiver. Il s'approcha de la porte de tôle toute cabossée et s'arrêta. Quelques rues plus loin, un marteau-piqueur crevait l'air de ses martèlements. Après avoir longuement inspecté la ruelle, il frappa trois coups. Une sorte de frémissement se fit entendre à l'intérieur. « Qu'est-ce que c'est ça? » se demanda-t-il, alarmé. Il appuya l'oreille contre la tôle. De légers craquements parcouraient l'immense carcasse, sensible aux moindres souffles du vent. Les attaques féroces du marteau-piqueur jetaient comme une pâte épaisse sur le silence. Il haussa les épaules, croyant que ses nerfs lui jouaient des tours, frappa de nouveau trois coups et, les mains en porte-voix, prononça d'une voix assez forte:

— Saucisse!

La porte s'entrebâilla et une main apparut.

— L'argent, fit la voix de Charles.

Saint-Amour fronça les sourcils, recula d'un pas.

— L'argent, c'est après, répondit-il.

— Non. L'argent d'abord, ou bien vous n'entrez pas.

La main attendait, impérieuse, les doigts écartés. Un rond de gras luisait sur la paume rose et fraîche. L'homme hésitait, flairant un piège, mais craignant de rater une partie fine, si près du but.

— L'argent, c'est toujours après, s'entêta-t-il.

— Pas avec nous. Ne craignez rien. Je ne refermerai pas la porte. Vous pourrez entrer tout de suite après.

Puis la voix de Charles ajouta:

— Mettez votre pied dans le bas de la porte, si vous ne me croyez pas.

Il hésitait toujours, de plus en plus soupçonneux devant ces précautions bizarres et compliquées. Mais la première rencontre avec un enfant se déroulait souvent dans la méfiance, de part et d'autre. La glace brisée, tout s'arrangeait.

— Je vais payer en dedans, proposa-t-il en guise de compromis.

La main disparut et un court conciliabule se tint à l'intérieur.

— D'accord. Sortez votre argent tout de suite.

Il retira quatre billets de dix dollars de son portefeuille et en fit un rouleau (le cinquième ne viendrait s'ajouter que pour témoigner de son entière satisfaction). Puis, après avoir inspecté de nouveau les alentours, il se glissa par l'entrebâillement et referma la porte derrière lui. Pendant quelques secondes, tout fut opaque et il eut l'impression que le hangar tournait sur lui-même.

— L'argent, demanda Charles d'une voix haletante.

Saint-Amour tâtonna un peu dans le vide, toucha une épaule, remit les billets.

— Où est ton ami ? Ça prendrait de la lumière pour qu'on se voie un peu.

— Je suis ici, répondit Blonblon. Approchez-vous, je vais allumer.

L'ancien coiffeur fit deux pas, les mains en avant. Quelqu'un le poussa violemment dans le dos. Il lança un cri et tomba dans une sorte de fosse.

— Allez-y ! cria Charles.

Un long glissement se fit entendre quelque part en l'air et Conrad Saint-Amour, qui venait de se relever, privé de ses lunettes, les genoux à demi déboîtés, et cherchant à s'extirper de la fosse en jurant, fut soudain écrasé sous une avalanche de choses molles et visqueuses, à l'odeur fade, vaguement épicée, tandis que des lampes de poche se braquaient sur lui parmi les cris, les rires et les hurlements.

— Des saucisses pour le vieux cochon !! Des saucisses pour le vieux cochon !! chantaient férocement un petit groupe de garçons en dansant autour de la fosse devant sa tête virevoltante et ahurie. Le plus acharné d'entre eux fut Henri, qui s'amusait à l'aveugler et lui donna deux ou trois coups de lampe de poche sur le crâne.

L'instant d'après, l'ancien coiffeur se retrouvait seul. Pendant un moment, le piétinement d'une course martela le sol, deux ou trois rires fusèrent, puis le silence tomba, percé de temps à autre par les attaques lointaines du marteau-piqueur. Conrad Saint-Amour demeurait immobile dans la fosse qu'on lui avait sournoisement préparée, pétrifié de rage et d'horreur, grosse saucisse jaunâtre et ridée à demi enfouie dans un amoncellement de petites saucisses fraîches à l'odeur un peu écœurante qu'un homme sorti de nulle part viendrait discrètement récupérer un peu plus tard pour les laver et les remettre en vente.

Il dut rester alité pendant trois jours, incapable d'avaler une bouchée. L'odeur des saucisses ne voulait pas quitter sa peau et lui donnait des nausées. Parfois, il allongeait sa main tremblante vers une bouteille de Seven-Up et prenait une minuscule gorgée, l'œil exorbité, la bouche de travers, puis poussait un soupir accablé. Le moindre bruit le faisait se dresser dans son lit, terrifié. Le téléphone sonna à deux ou trois reprises. Chaque fois, il crut mourir. Rassemblant ses forces, il réussit finalement à se lever et le débrancha. Le soir, à travers la cloison qui le séparait de l'appartement voisin, il entendait deux jeunes rire à grands éclats. C'était de lui qu'on riait, il en était certain; si d'aventure il s'était risqué à l'extérieur, tout le quartier, puis toute la ville se seraient tordus en le montrant du doigt – jusqu'à l'arrivée de la police.

Quelques jours passèrent. Puis, une nuit, un camion s'arrêta devant sa porte; il le bourra de tout ce qui lui tombait sous la main, se hissa dedans avec des mouvements de grenouille et disparut à tout jamais.

28

Cet avant-midi-là, Roberto, debout au bord de la chaussée, examinait l'enseigne de son restaurant depuis cinq bonnes minutes en se tripotant le nez avec de petites grimaces.

CHEZ ROBERT
CUISINE CANADIENNE • CANADIAN FOOD
SPÉCIAUX DU JOUR • DAILY SPECIALS
METS POUR EMPORTER • TAKE-OUT
LICENCE COMPLÈTE • FULLY LICENSED

C'était une solide enseigne de tôle équipée de deux puissants projecteurs, qui avait traversé vaillamment bien des saisons, supporté bien des chiures de pigeons et de moineaux, assurant jour après jour à Roberto et Rosalie une visibilité suffisante pour leur permettre de gagner honorablement leur vie. Mais, depuis deux ou trois ans, ses couleurs commençaient à perdre de leur éclat, de petits points de rouille la piquaient à plusieurs endroits et un esprit malveillant aurait pu en déduire que le portefeuille de son propriétaire n'était pas en meilleur état.

Roberto l'examinait avec une attention si appuyée qu'un vieillard en panama s'arrêta près de lui et se mit à l'examiner à son tour, puis une jeune femme en short vert lime, apparemment insoucieuse d'exhiber sa cellulite, et enfin un livreur à casquette rouge, qui retournait à son camion avec des boîtes vides, pointèrent le nez en l'air eux aussi.

— Y a un problème? demanda poliment le vieillard.

— Non, *mossieur*, répondit Roberto avec un grand sourire, y a jamais de problèmes avec moi.

Et, sifflotant un petit air guilleret, il retourna dans le restaurant.

— Lili, claironna-t-il de sa voix de ténor léger, on va changer notre enseigne.

Rosalie, qui astiquait sa caisse avec une peau de chamois, leva la tête et fronça les sourcils :

— Ah oui? Et pourquoi?

— Parce qu'il le faut, c't'affaire!

La salle, vide de tout client, assurait au couple une totale liberté de discussion.

— Elle est encore bonne, cette enseigne. Elle est encore bonne pour au moins trois ans, si c'est pas plus.

— De toute façon, Lili, le gouvernement va nous obliger à la changer : on a *plou* le droit d'avoir de l'anglais dessus, *tou* le sais bien. Je l'ai *lou* dans le journal. Ils ont voté la loi le mois passé. Maintenant, tout doit être en français.

— Oui, dans cinq ans. Moi aussi, je lis le journal, mon Toto.

— Elle est toute rouillée, l'enseigne. Viens voir.

— Je l'ai vue. Qu'est-ce que tu lui trouves? Elle est encore bien montrable.

— Ben voyons, Lili, ouvre tes yeux, elle fait *dour* comme c'est pas possible! On est à la veille de passer pour des deux de pique à cause d'elle. La *peintoure* s'écaille à au moins dix places!

— Et ton portefeuille, t'as pas peur qu'il s'écaille, lui? Sais-tu combien ça coûte, une nouvelle enseigne?

— Je le sais autant que toi, Lili. Mais il faut passer au français, qu'est-ce que *tou* veux? Le ministre Laurin l'a expliqué l'autre soir à la *tivi*, *tou* te rappelles pas? De toute façon, y a pas trois Anglais par mois qui viennent manger *icitte*.

— Prends-moi pas pour une gnochonne. Je sais ce que tu cherches.

— Ah oui? C'est quoi?

— Tu veux changer le nom du restaurant : *Roberto* au lieu de *Robert*.

Roberto devint rubicond. Il fit trois grandes enjambées vers la caisse et posant les mains à plat sur le comptoir :

— Jamais de la vie! C'est enregistré comme *Robert* et ça va rester *Robert*! *Tou* es complètement dans les patates!

La discussion continua, de plus en plus vive. Rosalie laissa perfidement entendre que son compagnon subissait l'influence des *séparatistes*. Il répliqua en l'accusant d'être vieux jeu; à force de traîner la patte derrière la mode, prédit-il, elle se retrouverait le cul sur la paille. Rosalie contre-attaqua en disant que s'il n'avait pas donné tant d'argent à sa fille les choses seraient bien différentes et on pourrait peut-être alors penser à changer l'enseigne; mais comme il perdait le bon sens chaque fois qu'il la voyait, on ne le pouvait pas. Roberto jura qu'il ne lui avait pas versé un sou depuis au moins six mois et qu'il n'avait pas l'intention de le faire dans l'avenir, étant donné que son gendre s'était trouvé du travail. Puis il sortit un argument massue qui prit Rosalie complètement par surprise:

— Écoute, Lili, avec la nouvelle enseigne, comme il va y avoir seulement du français, les lettres vont pouvoir être *plou grosses*. Ça fait de la bien meilleure publicité, ça!

Rosalie, vaincue, se réfugia dans des bougonnements vinaigrés, puis décida de faire du rangement sous le comptoir, ce qui, par le fait même, mettait fin à leur tête à tête.

Roberto, satisfait, se versa un café et, comme aucun client ne s'était encore présenté, s'installa à une table avec papier et crayon, et se mit en frais de *repenser* l'enseigne. Mais, au bout de dix minutes de griffonnage, il poussa un profond soupir, se leva, fit les cent pas et se dirigea finalement vers le téléphone. Quelques minutes plus tard, Charles apparaissait dans le restaurant, armé d'un dictionnaire, avec une expression de gravité si comique que Rosalie en oublia sa mauvaise humeur et sourit. L'homme et l'enfant se mirent au travail, mais Roberto dut bientôt retourner à sa popote et le texte publicitaire final ne vit le jour qu'au milieu de l'après-midi. Avec doigté, Charles fit remarquer au cuisinier que dans « cuisine familial », « familial » devait s'accompagner d'un « e » et, après d'âpres recherches, qui nécessitèrent plusieurs appels téléphoniques, il réussit à le convaincre que le « licence complète », source d'un si profond étonnement parfois chez certains touristes, devait céder la place à « vin, bière et spiritueux ».

— Merci, Charlot, fit le cuisinier en lui tendant un billet de cinq dollars. Non, non, non! prends-le, prends-le: l'instruction, ça se paye, garçon!

Une période tendre et paisible venait de s'ouvrir dans la vie de Charles, comme s'il avait payé pour un temps son droit au bonheur. Ses blessures se cicatrisèrent lentement et, sans disparaître tout à fait, cessèrent de le faire souffrir. Lucie et Fernand, qui le considéraient depuis longtemps comme leur propre fils, voulurent régulariser sa situation. Mais, pour cela, il fallait obtenir le consentement de son père ou la déchéance de ses droits. Wilfrid Thibodeau continuait de faire parvenir assez régulièrement sa maigre pension. Fernand demanda à sa femme, qui « avait appris à écrire chez les sœurs », de rédiger une lettre « diplomatique » pour convaincre le menuisier des nombreux bienfaits qu'une vie stable apporterait à Charles. Ils y travaillèrent pendant trois soirées, leurs discussions atteignant parfois des sommets orageux, et soumirent ensuite le texte au notaire Michaud, qui le trouva excellent mais le changea de fond en comble. La lettre partit enfin pour la baie James, chargée de craintes et d'espoirs.

Wilfrid Thibodeau mit quelques semaines avant de réagir. Un après-midi que Fernand Fafard s'occupait à régler la vente fort lucrative de vingt-sept poignées de porte en laiton avec leur serrure, le menuisier téléphona à la quincaillerie. Après un long préambule consacré à une comparaison météorologique de la baie James et de Montréal, Thibodeau déclara finalement que « leur lettre lui avait donné tout un coup, étant donné que Charles était son seul enfant », mais que « l'affaire pouvait avoir du bon pour lui » et qu'il « réfléchirait à leur proposition ». De toute façon, il comptait revenir s'établir à Montréal dans un an ou deux, peut-être avant ; on pourrait alors discuter beaucoup plus commodément de l'affaire « face à face » ; entre-temps, il remerciait Fernand et Lucie pour tous les soins que ceux-ci prodiguaient à son garçon et les assurait qu'il « n'oublierait jamais leur bon cœur ».

— Je n'aime pas son ton, grommela Fafard dans un aparté avec sa femme au cours de la soirée. Je ne l'ai jamais entendu parler comme ça. On dirait qu'il vient d'entrer dans une de ces sectes qui te siphonnent le cerveau en même temps que le porte-feuille. Ou, alors, c'est un hypocrite. Il essaye de nous vendre son garçon le plus cher possible.

— Pire, Fernand : il songe à le reprendre avec lui.

— Que je le voie ! Il va me trouver sur son chemin, et la loi à mes côtés !

Charles, purgé de toute sa rancœur par ses deux vengeances de l'été et couvert de gloire par l'annonce de la fuite de monsieur Saint-Amour, qui avait fait grand bruit dans le quartier et expliqué à bien des gens les bizarreries du bonhomme, ne se doutait aucunement des tractations qui avaient débuté entre ses parents adoptifs et son père. Il se contentait de grandir et de mener sa vie de jeune garçon, mangeant comme quatre, dévorant les livres à la douzaine, tourbillonnant avec ardeur dans la cour de l'école, où sa réputation de joyeux coriace était sur le point de supplanter celle d'Henri, et obtenant les meilleurs résultats scolaires de toute sa carrière d'écolier. Avec quelques camarades, il fonda un journal, *Le Cinquième B* (du nom de sa classe), dont il devint directeur, éditorialiste et correcteur. Riche en idées candides, pauvre en fautes d'orthographe, le bimensuel récolta les commentaires élogieux du curé de la paroisse et même du président de la commission scolaire. Mais l'éclat de la gloire ne fit pas ciller Charles une seconde et il réagit avec une calme modestie aux flots de louanges, déclarant que lui et son équipe devraient travailler très fort et très longtemps avant de pouvoir rivaliser avec *La Presse* ou *Le Devoir*.

Dans un éditorial pénétrant sur les bagarres qui éclataient souvent à l'école, il écrivit ces lignes :

> Le gros problème, c'est que ceux qui sont moins forts passent pour des lâches. Pourtant, moi, je crois que le courage ne se trouve pas dans les muscles, mais dans la tête. Il en faut autant et peut-être bien plus pour dire ce qu'on pense à quelqu'un quand on sait que ça

ne lui fera pas plaisir que pour péter la gueule d'un gars qui nous tombe sur les nerfs, surtout quand il est plus petit que nous.

Pour l'anniversaire de ses onze ans, Parfait Michaud lui offrit *Les trois mousquetaires* en version intégrale ; Charles lut le roman en cinq jours, au détriment de son sommeil et d'un devoir d'anglais, qui se transforma en une bouillie incompréhensible, à la stupéfaction de son institutrice, madame Ouimet.

Blonblon continua d'être son grand ami et confident – Henri devant se contenter des secrets de deuxième ordre – et lui seul connut dans toute leur étendue la peur et l'aversion que Charles ressentait pour son père, comme aussi les premiers émois, timides, étonnés, presque honteux, que lui inspirait Céline depuis quelque temps.

On avait fêté les neuf ans de cette dernière à la fin d'août et Charles venait de s'apercevoir que, pour une raison inexplicable, elle ne lui apparaissait plus tout à fait comme une petite fille ; quelque chose venait de se substituer en lui à la tendresse un peu distraite qu'il avait ressentie jusqu'à ce moment pour elle. Les regards câlins et veloutés qu'elle posait parfois sur lui en plissant légèrement les lèvres, comme pour empêcher un bout de langue d'en sortir, la façon particulière qu'elle avait de lui sourire en frôlant son bras, le fou rire nerveux qu'il déclenchait chez elle par une plaisanterie, tout cela avait creusé dans sa tête une petite niche où son image luisait doucement dans une délicieuse pénombre.

Un soir, il était entré par mégarde dans la salle de bains et l'avait surprise, toute nue devant le miroir en pied, les fesses roses et dodues, en train d'examiner ses seins. Il avait éclaté de rire et refermé la porte et, pendant quelques minutes, son cœur avait galopé dans sa poitrine.

D'autres expériences s'étaient ajoutées, en apparence insignifiantes, qui lui donnèrent néanmoins le sentiment que sa vie – ou plutôt la vision qu'il en avait – était sur le point de se transformer en quelque chose de totalement nouveau, dont il n'avait qu'une idée des plus confuses, comme s'il avait avancé jusque-là dans un corridor obscur qui s'arrêtait brusquement contre une porte. De l'autre côté lui parvenait la rumeur d'une salle immense, et un rai de lumière à ses pieds lui annonçait un éblouissement qui lui donnait un peu le frisson.

L'une de ces expériences lui fit une profonde impression.

Un soir, vers onze heures, il était en train de lire en cachette dans son lit à la lumière d'une lampe de poche lorsque des gémissements lui firent lever la tête; ils provenaient de la chambre de Fernand et de Lucie, de l'autre côté du corridor, et il reconnut aussitôt la voix de cette dernière. Elle semblait souffrir horriblement, mais quelque chose lui disait qu'elle ne souffrait pas du tout, loin de là. Il écoutait, un peu effrayé mais prodigieusement intéressé, et l'intuition confuse que Lucie n'était pas seulement une mère mais quelqu'un d'autre aussi, communément appelé une femme – avec tout ce que cela comportait d'interdit, d'attirant et d'incompréhensible –, jaillit dans sa tête, et il eut l'impression d'avoir été floué ou de se faire arracher quelque chose qui lui avait appartenu. Les gémissements continuaient, accompagnés maintenant par ceux du lit; des halètements s'y joignirent, des mots hachés, bredouillés à toute vitesse (il reconnaissait à présent la voix de Fernand), puis le silence retomba.

Il éteignit sa lampe de poche, déposa son livre sur le plancher et se roula en boule, les mains entre les jambes, serrant de toutes ses forces son pénis raidi et agité de légères pulsations. Des histoires salées, des plaisanteries grivoises, qu'il entendait autour de lui depuis des années, racontées à voix basse avec de petits ricanements ou lancées devant tout le monde sur un ton de fière impudeur, affluaient à son esprit; elles possédaient à présent une clarté et une réalité toutes nouvelles et, le regard perdu dans

l'obscurité, il eut un sourire entendu qui s'adressait à ses camarades de l'école Saint-Anselme.

◆

Huit mois s'étaient écoulés. L'été de 1978 commençait. Charles,
appelé un matin par le notaire Michaud, était assis devant son
bureau, l'air intrigué, se demandant ce qu'on lui voulait.

— Mon cher Charles, prononça lentement le notaire Michaud
en croisant ses longues mains, les coudes appuyés sur son bureau.

Puis il s'arrêta et eut un fin sourire :

— *Cher Charles...* l'allitération n'est pas très heureuse, mais il
n'en reste pas moins que tu m'es très cher, mon Charles... Je ne
t'apprends rien de nouveau, n'est-ce pas? Donc, *mon cher
Charles,* ta cinquième année vient de se terminer dans la gloire,
tu as magnifiquement tenu ton rôle mardi dernier dans le spectacle de l'école, tu as belle mine, tes biceps grossissent, ton esprit
s'étend et se renforce...

Il s'arrêta et grimaça légèrement sous l'effet de l'émotion :

— ... et je considère comme un des jours les plus chanceux de
ma vie celui où tu es venu me consulter, il y a de ça maintenant
presque... deux ans.

Charles sourit :

— Merci beaucoup, monsieur Michaud. C'est très gentil à
vous de me dire ça.

— Je le dis parce que je le pense! lança le notaire avec une
fougue quelque peu inattendue.

Il poussa la bonbonnière vers le garçon :

— Sers-toi, je t'en prie. Cela s'appelle Délices au café... As-tu
commencé à boire du café, Charles?

— Lucie ne veut pas. Elle trouve que je suis assez boule de
nerfs comme ça.

Charles déplia lentement l'emballage de cellophane, glissa le
bonbon entre ses lèvres et le fit rouler dans la salive abondante qui
avait envahi sa bouche, puis, s'efforçant de prendre un ton égal :

— Pourquoi m'avez-vous fait venir à votre bureau, monsieur Michaud?

— C'est Fernand qui m'a demandé de te voir.

— Je le savais. Il me l'a dit tout à l'heure.

— Il s'agit de ton père.

Charles s'arrêta brusquement de suçoter son bonbon; son visage se crispa et pâlit:

— Qu'est-ce qu'il veut, mon père?

— Fernand voulait que ce soit moi qui t'en parle tout d'abord, car il s'imagine – bien à tort – que ma formation de notaire va me permettre de t'expliquer les choses plus clairement et avec plus d'objectivité. Ne crains rien, Charles, ajouta-t-il aussitôt en voyant le jeune garçon s'agiter dans le fauteuil, je ne t'ai pas fait venir ici pour t'annoncer une mauvaise nouvelle. Tout va se passer comme tu le souhaites. Fernand et Lucie t'aiment beaucoup et te considèrent comme leur fils, tu le sais aussi bien que moi, et même mieux.

— Qu'est-ce qu'il veut, mon père? répéta Charles sourdement.

Parfait Michaud sentit le besoin, pour alléger un peu l'atmosphère, de prendre un bonbon lui aussi et le laissa fondre dans sa bouche en essayant de se donner un air dégagé.

— Ton père et Fernand sont en pourparlers depuis quelque temps, annonça-t-il enfin. Le savais-tu?

Charles fit signe que non.

— Il s'agit de ton adoption. Fernand et Lucie veulent t'adopter. Mais ton père se fait tirer l'oreille.

— Ce n'est plus mon père.

— Je comprends ce que tu veux dire. Mais, aux yeux de la loi, il l'est toujours. C'est cette situation que Fernand et Lucie veulent changer. Mais, pour cela, il nous faut obtenir le consentement écrit de... monsieur Thibodeau. Ou qu'un juge lui retire ses droits de paternité. Tu me suis?

— Et pourquoi il ne veut pas signer le papier?

— Hum... on ne sait pas trop. En fait, il n'a pas vraiment refusé, mais il hésite, il lambine, il demande du temps pour réfléchir, et encore un peu plus de temps, et un peu plus de temps encore.

Parfait Michaud eut un brusque mouvement de recul, comme s'il venait d'avaler le bonbon de travers, puis :

— Avant-hier, il a annoncé à Fernand qu'il reviendrait s'établir à Montréal au début de l'automne.

Charles bondit de son fauteuil et, d'une voix étranglée par la colère :

— Je n'irai pas vivre avec lui ! Jamais ! Je vais me sauver plutôt ! J'irai me cacher ! Et personne ne pourra me trouver !

Bof, que les allergies supposées d'Amélie Michaud confinaient dans le vestibule à chacune de ses visites, sentit le besoin d'appuyer son jeune maître par des aboiements furieux.

— Que se passe-t-il ? demanda Amélie Michaud en s'avançant à grands pas dans le corridor.

— Ce n'est rien, ce n'est rien, chérie, nous discutons affaires, Charles et moi.

La porte du bureau s'entrebâilla et la tête de la femme apparut, dépourvue de son éternel turban et toute couverte de frisettes dégoulinantes :

— Elles m'ont l'air bien compliquées, vos affaires, murmura-t-elle froidement après avoir jeté un long regard à son mari, puis à l'enfant.

— Il leur arrive de l'être parfois, tu le sais bien. Si elles ne l'étaient jamais, les notaires n'existeraient pas. Allons, Amélie, va te sécher les cheveux, tu vas prendre froid. Et toi, Charles, va calmer ton chien, les vitres vont éclater.

— S'il cherche à t'embobiner, viens me trouver, dit Amélie Michaud en faisant un clin d'œil à l'enfant, et elle disparut.

Charles revint presque aussitôt. Un mot lui avait suffi pour apaiser la bête, qui s'était roulée en boule, toute penaude, le nez contre une paire de bottes.

— Qu'est-ce que vous voulez m'annoncer ? demanda-t-il, les mains sur les hanches. Que je dois retourner chez mon père ?

— Pas du tout. Il n'en a jamais été question. Ce serait irresponsable de notre part après... ce qui s'est passé. Assieds-toi, Charles, et écoute-moi calmement, je t'en prie. Tu es assez grand pour que je te dise la vérité vraie. À certaines allusions de ton père, Fernand a cru comprendre qu'il voulait... euh... comment dire? marchander son consentement. Comprends-tu? C'est comme s'il cherchait... euh... en quelque sorte... à te vendre le plus cher possible. *Ce n'est qu'une hypothèse*, se corrigea-t-il aussitôt en voyant le visage de Charles s'altérer, *une hypothèse parmi d'autres*. Il est bien difficile de se glisser au fond des pensées de quelqu'un, n'est-ce pas? Une autre hypothèse – appuyée par d'autres propos qu'il a tenus –, c'est qu'il se serait fait embrigader dans une secte, qui lui aurait mis l'esprit complètement sens dessus dessous, comme les sectes savent si bien le faire, en le convainquant qu'il doit gravir *l'escalier de la sainteté* (on utilise de ces expressions) et que, pour cela, il doit te reprendre avec lui, car Dieu l'ordonne. Tu comprends? Mais, je le répète, ce ne sont que des suppositions, de simples suppositions... Il s'agit peut-être de ça – ou de tout autre chose. C'est lorsque nous discuterons avec lui face à face que nous saurons ce qu'il en est. Quoi qu'il en soit, l'affaire apparaît un peu compliquée. Ou bien il faudra lui graisser la patte pour qu'il signe le fameux document, ou bien il faudra s'adresser au tribunal pour le faire destituer en tant que père, et cela aussi coûte de l'argent. Mais ce à quoi il faut que tu te prépares tout de suite – car on ne pourra probablement pas l'éviter –, c'est à comparaître en cour pour décrire au juge les mauvais traitements que tu as subis, et parler aussi de cette... fameuse nuit... Sylvie devra comparaître également, bien sûr, car elle est notre seul témoin. Vous serez tous deux interrogés, on comparera vos témoignages, et le reste... Tout ça n'est pas très agréable, j'en conviens, mais nous serons à tes côtés. Alors, voilà, mon Charles, ce que j'avais à te dire et ce dont Fernand et Lucie n'osaient pas te parler, alors que, à mon avis, ils en étaient tout aussi capables que moi.

Charles, le visage assombri, fixait la pointe de ses souliers en silence. Le bonbon qu'il suçotait avait perdu brusquement son parfum et lui encombrait la bouche. S'il ne s'était retenu, il l'aurait craché sur le tapis. Soudain, sous le regard étonné du notaire, il serra fortement les lèvres, puis pressa ses joues à deux mains. La gueule de poisson cherchait à réapparaître. Il sauta de son fauteuil et se précipita vers la porte. Quelques instants plus tard, il filait dans la rue, Bof sur les talons.

◆

Arrivé chez lui, il se retira dans sa chambre, s'assit sur son lit et attendit quelques instants; la gueule de poisson l'avait quitté, sans doute pour aller accomplir ses méfaits ailleurs. Alors, un peu soulagé, il appuya le menton sur ses mains et, sous l'œil inquiet de son chien couché au milieu de la chambre, il essaya de réfléchir. Ce n'était pas facile. Toutes sortes de pensées s'entrechoquaient douloureusement dans sa tête. Et d'abord cette idée qu'il lui fallait de l'argent, beaucoup d'argent pour échapper à son père (le visage aux yeux rougis et hagards de la fameuse nuit apparut, et la bouche remua lentement, proférant de pâteuses menaces). Or, son compte d'épargne ne contenait que trois cent cinquante-deux dollars. C'était beaucoup pour un garçon de onze ans, mais bien peu pour régler un problème de cette envergure. Qui paierait alors?

Des commentaires de Fernand Fafard émis un soir durant le souper lui revinrent à l'esprit. Cela remontait à quelques semaines. Sur le coup, il n'y avait pas prêté attention. Le quincaillier se plaignait de la baisse de son chiffre d'affaires depuis le début de l'année. La vague de prospérité amenée par les Jeux olympiques de 1976 était passée depuis longtemps, on butait de nouveau à tous les trois pas contre un chômeur, les clients se faisaient timides et parcimonieux, il fallait quasiment les payer pour qu'ils achètent. Et, comme si ce n'était pas assez, il y avait cette maudite quincaillerie Rona qui venait d'ouvrir rue Ontario, près de chez lui, et qui commençait à lui faire la vie dure. Lucie s'était doucement moquée de son pessimisme un soir pendant le souper. Fafard &

Fils allait fêter son soixantième anniversaire. Le magasin en avait vu bien d'autres! Fernand était meilleur commerçant que son père. D'une petite quincaillerie de quartier, il avait fait une entreprise moderne. Tout le monde venait à lui pour des conseils. On achetait moins, bien sûr, mais c'était à cause de la conjoncture; tôt ou tard sa réputation, son entregent et sa débrouillardise lui ramèneraient tous ses clients; il suffisait de se montrer patient.

À la fois touché et flatté, Fernand avait pris la main de sa femme, passant près de tacher sa manche dans le beurrier, et lui avait adressé un sourire, mais c'était le sourire d'un homme triste et fatigué.

Et c'était cet homme, s'était indigné Charles, qui devrait *payer pour faire de lui son garçon*, alors qu'il subvenait depuis deux ans déjà à presque tous ses besoins? Cela ne se pouvait pas. Il devait trouver cet argent lui-même. C'était une question d'honneur. Mais comment?

Ce fut à ce moment que Lucie, un peu inquiète de son silence, frappa à la porte de sa chambre :

— Je peux entrer?

Charles prit quelques secondes pour se donner une contenance, puis répondit par un « Entre! » un peu trop fort et vibrant pour être tout à fait naturel.

— Et alors, fit-elle debout dans l'embrasure, un peu embarrassée, tu arrives de chez le notaire Michaud?

L'enfant fit signe que oui.

Céline montra soudain son minois dans la porte, l'œil curieux, vaguement inquiet, et appuya sa tête contre la taille dodue de sa mère, la bouche entrouverte, une question au bord des lèvres.

Lucie se pencha vers elle :

— Va jouer dans la cour, ma belle, veux-tu? J'ai à parler avec Charles.

— Tu viendras me retrouver, Charles, quand t'auras fini, lança la petite fille, et elle disparut en sautillant.

Mais, après avoir regardé pendant deux minutes un gros-bec en train de s'épucer sur un poteau de clôture, elle rentra sans

bruit dans la cuisine et, la main en cornet sur l'oreille, se transforma en statue.

Madame Fafard jeta un œil dans le corridor, attendit un
moment, puis s'avançant dans la chambre :

— Est-ce que... est-ce que monsieur Michaud t'a bien expliqué
la situation ?

De nouveau, Charles fit signe que oui. Ses joues rosirent, ses
yeux se rapetissèrent étrangement et les tendons de sa gorge
apparurent :

— Il m'a dit que mon père s'en revenait à Montréal et qu'il
faudrait que vous dépensiez beaucoup d'argent pour que je ne
retourne pas vivre avec lui. Il m'a dit que mon père cherchait
peut-être à faire de l'argent avec moi – ou alors qu'il était devenu
fou à cause de la religion ou quelque chose comme ça. Il m'a dit
que si on n'arrivait pas à s'entendre avec lui il faudrait aller voir
un juge, engager des avocats et faire toutes sortes de choses compliquées qui coûtent très cher.

Bondissant soudain de son lit, il se précipita vers Lucie qu'il
enserra par la taille et fut un moment sans pouvoir parler, le
visage pressé contre son ventre. Elle se mit à lui caresser les
cheveux.

— Allons, allons, mon p'tit Charlot, dit-elle doucement, les
yeux pleins de larmes, ne t'inquiète pas, tout va finir par s'arranger, tu verras.

— Je ne veux pas que vous dépensiez de l'argent pour moi,
balbutia Charles avec force reniflements. Vous n'en avez plus
assez.

À ces mots, elle le saisit par les épaules et, l'éloignant brusquement d'elle, plongea son regard droit dans ses yeux :

— Où es-tu allé chercher ça ? Hein ?

— C'est Fernand lui-même qui l'a dit.

Et il lui rappela la scène du souper.

Elle se mit à rire. Mais ce rire avait quelque chose de forcé.

— Mon pauvre enfant, s'il fallait qu'on prenne Fernand au
sérieux chaque fois qu'il a un coup de fatigue, il ne nous resterait

plus de larmes dans le corps pour pleurer! Il m'a annoncé sa faillite au moins dix fois depuis notre mariage. Une mauvaise nuit, deux ou trois contrariétés, et c'est la fin du monde. Le lendemain, il a tout oublié. «Quelle idée m'a prise de l'envoyer chez Michaud, ajouta-t-elle à part soi, j'aurais mieux fait que ce pauvre notaire.» Écoute, Charles, je te défends, m'entends-tu, je te défends de te faire du souci pour ces questions d'argent. Grâce au bon Dieu, nous avons toujours été en moyens et, à moins de devenir bêtes comme des chaudrons, nous allons le rester. Si j'ai demandé au notaire Michaud de te parler, c'est à cause de ces questions de loi qui nous paraissaient un peu compliquées à t'expliquer.

Charles eut un sourire sarcastique:

— Il avait l'air de les trouver compliquées lui aussi.

— Alors, j'ai mal jugé, excuse-moi. Après tout, c'est un notaire, pas un avocat. On est porté parfois à mettre les gens instruits trop haut. Mais ils n'ont que cinq orteils au bout des pieds, comme nous, et rien qu'une tête pour penser – quand ils s'en servent!

Elle le regarda de nouveau droit dans les yeux:

— Est-ce que ça va mieux, à présent?

Charles, pour lui faire plaisir, et parce qu'il était un peu las de cette discussion, hocha la tête.

Elle lui sourit, voulut partir, mais se ravisa:

— Il y a une chose que je veux te dire, Charles, en terminant. L'expérience m'a appris – et tu l'apprendras toi-même en grandissant – que, dans la vie, les problèmes d'argent, ce sont les moins importants.

Et, sur cet énoncé de philosophie spiritualiste, elle lui pinça le bout du nez et quitta la chambre.

◆

Charles finit par se calmer. La perspective du retour de son père perdit peu à peu son aspect menaçant pour devenir un événement parmi d'autres, vaguement désagréable mais ne le concernant pas directement. Le soir de sa rencontre avec le notaire, il eut un tête-à-tête dans le salon avec Fernand Fafard. Le quincaillier lui déclara tout de go qu'il était en beau fusil contre Parfait Michaud ; le notaire « lui avait expliqué les affaires tout croche », inquiétant Charles inutilement, alors que cette histoire d'adoption, il en était convaincu, se réglerait « en deux pets » ; quant aux supposées difficultés financières de Fafard & Fils, il ordonna à Charles de n'y plus penser :

— Dans la vie, mon garçon, il y a des hauts et des bas, le jeu est fait comme ça. Nous avons connu un bas, mais le haut s'en vient, c'est aussi sûr que la reine d'Angleterre fait pipi deux fois par jour. J'en ai vu d'autres et j'en verrai encore. Mais ce qu'il faut que tu retiennes avant tout et par-dessus tout, mon beau Charlot, c'est qu'on t'aime comme si tu étais notre propre enfant et que jamais, au grand jamais, m'entends-tu, on ne te laissera partir d'ici, à moins que tu ne nous le demandes toi-même. Est-ce que tu vas te rentrer ça dans le ciboulot une fois pour toutes ?

— Je vais essayer, répondit Charles avec un grand sourire et des picotements dans la gorge.

Quelques instants plus tard, Céline appela Charles dans sa chambre et, après lui avoir fait jurer le secret, avoua qu'elle avait écouté la discussion qu'il avait eue dans l'avant-midi avec sa mère.

— Tu es bien trop fin, Charles, ajouta-t-elle en lui prenant la main, pour qu'on te laisse partir. Maman est folle de toi. Papa aussi. Et moi, je t'aime beaucoup. Il ne faut plus être triste. Il faut sourire comme avant, Charles. Alors, souris tout de suite.

Charles, enivré par toutes ces marques d'affection, flottait dans ses souliers. Jamais il ne s'était senti aussi précieux. D'avoir eu un si mauvais père lui apparaissait à présent comme une chance, car cela lui avait permis de se retrouver dans une famille merveilleuse – ou, enfin, presque. Mais cette histoire d'adoption, avec les coûts qu'elle risquait d'entraîner, continua de planer comme une ombre au-dessus de ses vacances d'été. Malgré tous les arguments qu'on lui présentait, Charles se sentait de plus en plus malheureux d'ajouter aux soucis du quincaillier et de sa femme. Il pensa leur offrir ses économies, mais ne le fit pas, sûr qu'on les refuserait. Un soir de juillet qu'il revenait de la piscine avec Henri, ce dernier, lui voyant l'air pensif et attristé, devina le sujet de ses préoccupations et voulut l'encourager, à sa façon abrupte :

— Charles, je sais à quoi tu jongles. Arrête de te faire du sang de crapaud. Ça va peut-être coûter cher à mon père de te garder avec nous, mais tu pourras toujours lui remettre l'argent quand tu seras grand, non ?

— Quand je serai grand, il sera déjà vieux, et mon argent lui servira à quoi, alors ?

— C'est là que tu te trompes, Charles. L'argent, c'est bon n'importe quand. Mon oncle Ernest a quatre-vingt-deux ans et il joue encore à la Bourse. Il n'y a rien qui l'amuse comme de faire de l'argent, tu peux me croire. Tous les vieux sont comme ça.

— Moi, je ne serai pas comme ça, répondit Charles avec ferveur, et ton père non plus. Ton père, ce qu'il aime, c'est travailler, discuter avec les gens et leur rendre service.

Henri haussa les épaules et décida d'abandonner une discussion aussi mal engagée.

Charles finit par confier ses tourments à Blonblon. Celui-ci, au lieu d'essayer de le convaincre qu'il se rongeait les sangs inutilement, lui proposa plutôt de le prendre comme associé dans son atelier de réparation, de façon à faire grossir son compte en banque. Charles accepta avec joie. Mais la chaleur estivale avait singulièrement ralenti les opérations du petit commerce de Blonblon, porté depuis quelque temps au farniente ; cela avait affecté la fidélité de ses clients. Il fallait refaire l'image de l'entreprise et, pour ce, lancer une campagne de publicité qui ne pouvait donner des résultats instantanés. Les deux garçons eurent l'idée de distribuer dans le quartier une circulaire vantant leurs talents sans pareil de réparateurs d'objets estropiés. On en profita pour sonner à la porte des anciens clients afin de renouer avec eux et renforcer l'effet de la circulaire.

En attendant que le marché se raffermisse, Charles eut l'idée de proposer de nouveau ses services à Roberto et Rosalie, qui l'accueillirent avec d'autant plus de bienveillance que leur livreur, un échalas jaunâtre de dix-sept ans à l'haleine d'oignon, leur chipait sans arrêt des bouteilles de boisson gazeuse et mettait parfois une lenteur singulière à faire ses livraisons chez deux ou trois de ses clientes d'âge mûr.

Charles se pointa donc chaque jour vers dix-sept heures Chez Robert (un autre garçon s'occupait des commandes du midi) après avoir consacré une bonne partie de sa journée à l'atelier de Blonblon. Ce dernier s'étant toujours trouvé à l'étroit chez lui, Charles obtint la permission qu'ils s'installent dans la remise des Fafard, pour la plus grande joie de Bof, qui prit l'habitude de venir faire la sieste aux pieds de son maître.

Après avoir été pendant quelques jours l'assistant admiratif de son ami, Charles lui laissa les réparations délicates de la faïence et de la porcelaine pour se spécialiser dans les petits appareils électriques – grille-pain, séchoirs à cheveux, ventilateurs, chaufferettes, bouilloires, etc. Il y eut quelques courts-circuits, des gâchis irréparables et même le début d'un incendie, mais au bout d'une semaine, aidé par les conseils avisés de Fernand Fafard, bricoleur émérite, Charles se mit à obtenir des succès étonnants.

Henri se sentit bientôt jaloux de ne pas faire partie de leur équipe. Un jour qu'appuyé contre la porte de la remise, les mains dans les poches, il les aspergeait de petites remarques moqueuses, vantant leur habileté de *réparateurs de cochonneries* et de *spécialistes en travaux de filles*, Charles lui conseilla aigrement d'aller *se poigner le moine* dans sa chambre et de leur ficher la paix. Mais Blonblon, partisan comme toujours de l'harmonie et de la fraternité, l'invita aimablement à se joindre à eux. On abattrait ainsi plus de travail et le profit de chacun risquait d'augmenter. Henri finit par accepter son invitation, mais se lassa rapidement de ces travaux minutieux qui demandaient une patience de fourmi et retourna à ses parties de baseball et à ses émissions de télévision.

Vers la mi-août, Charles avait en banque cinq cent soixante-trois dollars. Lucie, surprise de le voir économiser avec tant de zèle, lui demanda un jour ce qu'il comptait faire de tout cet argent.

— C'est pour l'avenir, répondit-il avec un mystérieux air de gravité, et il détourna le regard.

Même s'il n'avait qu'une idée fort vague de l'importance des frais entraînés par le recours à un avocat, il savait que ses économies ne pourraient en couvrir qu'une bien petite partie. Par ailleurs, s'il fallait acheter le consentement de son père, combien Fernand Fafard devrait-il débourser?

Il se risqua deux ou trois fois à poser une timide question au quincaillier sur l'état de ses affaires. La troisième fois, Fafard, agacé, l'envoya promener. Charles songea alors à vendre ses livres. Il en prenait un, puis un autre, l'ouvrait, le refermait, en proie à de terribles déchirements, n'arrivant pas à trouver la force de se séparer d'aucun d'eux. Certains soirs, il roulait dans son lit, incapable de s'endormir. Il aurait aimé alors se pelotonner contre Simon l'ours blanc. Mais une remarque moqueuse d'Henri l'avait forcé au début de l'été à reléguer son ours adoré sur une tablette de la garde-robe, sous peine de passer pour un *grand bébé* ou même une *fillette*.

Parfois, quand toutes ces questions le taraudaient, une sorte d'explosion se produisait en lui. Il laissait là ses livraisons ou ses réparations et, fébrile, déchaîné, entraînait Henri, Blonblon et les garçons qui se trouvaient sur les lieux dans des combats de cow-boys ou de bandits, des explorations risquées, des voyages interplanétaires, qui remplissaient le quartier de galopades, de cris et de hurlements, auxquels se mêlaient les inévitables jappements de Bof.

29

Le 5 septembre 1978, Charles entama sa dernière année à l'école Saint-Anselme. Il se rappelait le jour très lointain où il s'y était présenté la première fois, tout petit, jetant des regards timides et pleins d'envie aux grands de sixième qui toisaient les nouveaux en ricanant avec des airs de vieux routiers ayant traîné leurs bottines aux quatre coins de la planète.

Il marchait rue Bercy en compagnie de Blonblon et du petit Lamouche en train de s'embrouiller comme d'habitude dans le récit d'une histoire cochonne, lorsqu'il aperçut de l'autre côté de la rue une sorte de terrier à la Milou qui se dépêchait d'aller nulle part. C'était la première fois que Charles le voyait dans le quartier. Il l'appela et – comme cela se produisait toujours – la bête s'arrêta net, le fixa une seconde, se mit à battre de la queue et traversa la chaussée pour venir le trouver. Ses compagnons, depuis longtemps blasés par ses dons d'envoûteur de chiens, avaient poursuivi leur route sans l'attendre.

Il s'agenouilla sur le trottoir et se mit à caresser l'animal. Le terrier éternuait et secouait la tête, transporté de joie, lui allongeant de temps à autre un coup de langue sur la main.

— Bonjour Charles, lança soudain une voix familière. As-tu passé un bon été?

— Ah! bonjour, mademoiselle Laramée, répondit-il gaiement à l'institutrice qui s'approchait d'une démarche légèrement claudicante, que Charles lui voyait pour la première fois. Oui, un très bon été, merci. Et vous?

Elle eut un vague mouvement de tête comme pour éluder sa question. Charles, s'étant redressé, lui tendit la main. Mais elle se pencha et l'embrassa sur la joue. Il éprouvait toujours un vif plaisir à revoir son ancienne institutrice, qui, à sa façon parfois un peu rude, s'était montrée si bonne pour lui – plaisir un peu gâché, hélas! par la crainte de passer aux yeux des autres pour un *chouchou*.

— Comme tu as grandi depuis le mois de juin, murmura la quinquagénaire en le considérant d'un œil rêveur. Tu seras bientôt plus grand que moi. C'est ta dernière année à Saint-Anselme... déjà.

— Oui, répondit fièrement Charles.

— Eh bien, moi aussi, sans doute, figure-toi donc.

Et elle lui apprit que des problèmes d'arthrose aux hanches et aux genoux la forceraient probablement à prendre une retraite prématurée.

Le terrier, un peu ennuyé par l'arrivée de la femme, suivit néanmoins Charles, dans l'espoir d'obtenir de nouvelles caresses, et obliqua avec lui dans la rue de Rouen.

— Et on ne peut pas vous guérir? demanda Charles, attristé par cette nouvelle et prenant conscience tout à coup qu'il parlait à une *vieille personne.*

— Oh! les médecins, les médecins, bougonna l'institutrice, ils ne savent rien.

Des élèves les dépassèrent en courant. L'un d'eux donna une bourrade à Charles, qui sourit puis se pencha pour caresser le chien:

— N'avez-vous pas peur de vous ennuyer à la maison, mademoiselle?

— Pas du tout. Je vais suivre des cours à l'Université de Montréal, et je vais m'occuper de comptabilité pour ma jeune sœur. Elle a une boutique de mode, rue Saint-Hubert. Charles, j'ai quelque chose à te dire, fit-elle en s'arrêtant.

Son regard devint intense et sévère, et pourtant une expression de sollicitude maternelle était répandue sur son visage.

Le terrier, voyant qu'il ne pouvait plus obtenir l'attention de son nouvel ami, lui donna un rapide coup de langue sur la main et traversa la rue.

— J'ai su que tu allais avoir madame Prud'homme comme titulaire.

L'enfant ne put réprimer une grimace de déception.

— Je le sais, à la voir, comme ça, elle n'a pas l'air facile. Et je dois dire qu'il n'y a pas grand monde à l'école qui l'aime (tu n'es pas obligé de répéter mes paroles à tout le monde, hein?). Mais écoute-moi bien, Charles. Retiens ton fou en classe, suis ses consignes, garde ton calme, même quand elle n'arrive pas à garder le sien, et tout va bien se passer. Il est important que tu fasses une bonne sixième année avant d'entreprendre ton secondaire. Tu as bien réussi jusqu'ici malgré tant de difficultés; ce serait pitoyable de gâcher tous ces beaux efforts... Allons, va rejoindre tes amis, à présent, ils t'appellent.

L'automne commençait et Wilfrid Thibodeau n'avait pas encore donné signe de vie. Ses maigres chèques continuaient de parvenir chaque mois au domicile des Fafard, comme pour rappeler le lien qui l'unissait toujours à son fils. Le quincaillier n'osait lui écrire de nouveau pour obtenir des éclaircissements sur ses intentions, car cela ne pouvait lui apporter que des soucis – et les soucis ne manquaient pas, merci!

— Je sais que ce n'est pas catholique, confia-t-il un soir à sa femme, mais je souhaiterais quasiment qu'un de ces beaux jours il se casse le cou en tombant d'un barrage. Ça réglerait notre problème, comprends-tu? Ce bonhomme-là a été une nuisance toute sa vie. Il ne sera utile qu'une fois six pieds sous terre.

— Ne répète jamais ça devant les enfants, murmura Lucie en jetant un regard autour d'elle pour s'assurer que personne ne les écoutait.

Le quincaillier se mit à rire:

— Allons, Lucie, arrive sur terre: ils pensent comme moi, sacrament!

Le 11 octobre, pour ses douze ans, Lucie confectionna à l'intention de Charles un magnifique gâteau à la vanille en forme de chien; Fernand lui offrit une lampe de poche à tube fluorescent (« pour tes lectures au lit », ajouta-t-il avec un sourire en coin) et Céline lui donna un de ses *Tintin*. Aucun cadeau ne lui parvint de son père et cela plut au quincaillier et à sa femme. Vers la fin du souper, Amélie et Parfait Michaud se présentaient, invités pour le dessert, et lui remettaient une enveloppe vert amande contenant une carte de vœux à motifs de chiens (évidemment) et un billet de dix dollars.

— Tu pourras ainsi t'acheter des livres, déclara le notaire en serrant gravement la main de Charles.

— C'est ce que je vais faire, promit-il avec un grand sourire.

Mais le lendemain il déposa huit dollars dans son compte à la caisse populaire, ne s'en réservant que deux. Le samedi d'après, il prenait le métro et se rendait rue Saint-Denis, où se trouvaient, lui avait dit le notaire, plusieurs librairies d'occasion. Il revint chez lui avec quatre excellents romans achetés trente-cinq sous chacun, émerveillé par les économies qu'il avait pu ainsi réaliser ; ainsi donc, il pouvait assouvir sa passion des livres tout en mettant de l'argent de côté pour Fernand Fafard.

◆

L'arrimage entre le caractère de Charles et celui de son institutrice ne se fit pas sans quelques difficultés. Madame Prud'homme avait quarante-neuf ans, des pommettes saillantes, des jambes affreuses dont les cuisses commençaient aux mollets et une bouche qui semblait trop petite pour ses dents. Les élèves lui avaient donné le surnom de Requin, elle le savait et avait pris ce poisson comme modèle de conduite.

Charles ne put échapper à ses rigueurs. Sa réputation d'élève brillant mais turbulent s'était évidemment rendue jusqu'à elle. Le jour de la rentrée, quand il se fut assis à la place qu'on lui avait assignée, elle se pencha au-dessus de lui, les bras écartés, les mains appuyées aux rebords de son pupitre et, après l'avoir regardé fixement pendant plusieurs secondes, lui martela ces mots d'une voix éraillée et coupante, qui rappelait un peu le bruit d'un séchoir à cheveux :

— Écoute-moi bien, Charles Thibodeau. Je t'avertis tout de suite pour que ça soit bien clair entre nous deux. Ce n'est pas parce que t'obtiens de bons résultats scolaires que tu as le droit de faire le finfin dans ma classe. Les autres professeurs feront comme ils voudront, mais, ici, c'est moi qui mène. Compris?

Charles la fixait, la bouche ouverte, le visage écarlate, partagé entre la crainte et le fou rire.

— Compris? répéta-t-elle d'une voix plus forte.

— Compris, madame, répondit-il en inclinant gracieusement la tête, comme il avait vu faire la semaine d'avant dans un film français à la télé.

Et il prit la résolution sur-le-champ de ne pas décevoir mademoiselle Laramée. Mais cela s'avéra bientôt fort difficile. Pour satisfaire madame Prud'homme, il fallait se transformer en automate et obéir aveuglément à ses consignes et instructions, qu'elle donnait en nombre incalculable. Pas de gestes inutiles, pas de regards de côté, pas de frottements de pieds sur le plancher; la toux ne devait pas franchir certaines limites et les élèves qui commettaient l'imprudence d'abuser de la fontaine avant la classe devaient compter sur la robustesse de leur sphincter, car madame Prud'homme manifestait peu de sensibilité pour les vessies trop pleines.

Charles, comme ses camarades, dut s'habituer à la pluie de réprimandes qui constituait une bonne part du programme scolaire de son institutrice. Il reçut quelques taloches, se fit pincer l'oreille (une fois presque au sang) et reçut à plusieurs reprises la remarque peu stimulante que « au fond il n'était pas tellement meilleur que les autres ».

Mais un samedi de décembre la situation changea du tout au tout. Il faisait une tempête abominable qui avait transformé les rues en couloirs blanchâtres, où l'on avançait en glissant et trébuchant, le souffle coupé par les rafales de neige. Ce matin-là, vers neuf heures, Lucie, qui préparait une crème anglaise, s'aperçut qu'elle manquait de sucre et demanda à Charles d'aller lui en chercher à l'épicerie.

Celui-ci s'habilla en soupirant, poussa la porte et se retrouva dans la tourmente; il dut remonter vitement la fermeture éclair de son manteau, car la neige s'infiltrait déjà dans son cou, se transformant la seconde d'après en eau glaciale.

L'épicerie se trouvait à dix bonnes minutes de marche, mais il y avait un dépanneur tout près, rue Fullum. Charles jugea qu'il valait mieux payer quelques sous de plus pour être incommodé moins longtemps et s'engagea dans la rue Coupal vers l'ouest. Ses pieds se frayaient péniblement un chemin dans la neige épaisse qui s'accumulait de plus en plus et dont une partie, soulevée par les bourrasques, se remettait à tourbillonner pour se joindre de nouveau à l'espèce de fête sauvage qui paralysait la ville depuis le milieu de la nuit. De temps à autre, une plaque de glace, dégagée par le vent et que ne recouvrait plus qu'une mince et perfide pellicule blanche, faisait déraper ses talons et il passait près de tomber. Alors, à demi suffoqué, il grommelait un juron, étendait les bras de chaque côté pour assurer son équilibre et avançait encore de quelques pas.

Parvenu à mi-chemin, il s'arrêta tout à coup, étonné. Un petit garçon se tenait debout devant lui, immobile sur le trottoir. La tête enfoncée dans une grosse tuque bleue à pompon blanc, les yeux plissés, la bouche entrouverte, enveloppé dans les tourbillons de neige qui sifflaient et soufflaient, il fixait intensément quelque chose dans la rue par la mince fente de ses paupières.

Charles se tourna dans la direction de son regard et poussa une exclamation. Une forme humaine gisait sur la chaussée, à moitié recouverte de neige.

— Hé! lança-t-il à l'enfant, qu'est-ce que tu fais? Viens me donner un coup de main! Faut l'enlever de la rue! Une auto pourrait passer dessus!

— Je viens juste de l'apercevoir, expliqua le petit garçon en s'élançant vers la chaussée.

Ses pieds glissèrent et il tomba à la renverse.

Un sac à provisions à demi vide recouvrait le visage de la personne. Ils soulevèrent chacun une de ses jambes, constatèrent qu'il s'agissait d'une femme et se mirent à la tirer vers le trottoir. L'opération était malaisée, car leurs pieds n'avaient aucune prise sur la glace. Finalement, après de violents efforts, ils réussirent à l'enlever de la chaussée.

— Est-ce qu'elle est morte? se demanda Charles à voix haute.

La peur le saisit et saisit également le petit garçon qui recula en portant les mains à sa bouche et faillit tomber de nouveau. Charles se pencha vers la femme, souleva le sac à provisions... et reconnut madame Prud'homme! Elle avait les yeux fermés, les pommettes bleutées et la bouche grande ouverte, exhibant ses énormes dents, captives dans leur prison trop étroite.

Alors Charles se précipita vers la première porte qu'il aperçut et se mit à frapper à grands coups de poing. Quelques minutes plus tard, l'institutrice, débarrassée de son manteau, se retrouvait étendue sur un lit et soumise à toute une série de tapotements, frictions, appels stridents dans le creux de l'oreille et autres traitements improvisés en attendant l'arrivée de l'ambulance qui peinait quelque part dans les bancs de neige.

Au bout d'une quinzaine de minutes, elle ouvrit un œil, poussa un long gémissement, puis réussit à balbutier quelques mots. Une heure plus tard, on la transportait à l'hôpital Notre-Dame où elle demeura une semaine, l'esprit embrumé. La commotion cérébrale, assurèrent les médecins, ne laisserait aucune séquelle.

À partir de ce moment, madame Prud'homme considéra Charles comme son sauveur. Les aspérités venimeuses de son caractère ne se résorbèrent pas complètement, mais, au moins, elles s'émoussèrent un peu, et elle lui manifesta de la reconnaissance. C'était une reconnaissance froide et, en quelque sorte, judiciaire, qui ne faisait plaisir ni à l'un ni à l'autre, mais qui permit à Charles d'échapper en grande partie au harcèlement quotidien que devaient subir plusieurs élèves de sa classe.

◈

Vers la fin du mois de juin, la direction de l'école Saint-Anselme organisa une petite fête en l'honneur de mademoiselle Laramée qui prenait sa retraite après trente-deux ans d'énergiques et loyaux services. On servit des petits gâteaux et du mousseux au salon des professeurs. À la troisième bouteille de Faisca, l'illustre corps professoral commençait à ressembler à une basse-cour. Mademoiselle Laramée fit rire ses collègues aux larmes lorsqu'elle raconta la mésaventure d'un de ses oncles arrivé tard chez lui un soir en ignorant que sa femme avait envoyé les fauteuils du salon chez le rembourreur dans la journée; il était entré dans la pièce obscure, un verre de scotch à la main, avec l'idée de rêvasser un moment avant de se mettre au lit, et s'était laissé tomber dans un des fauteuils disparus, s'assommant contre le calorifère. L'histoire s'était soldée par quatorze points de suture et une légère perte de mémoire.

Quand elle quitta l'école, un peu plus tard, la bonne institutrice, un peu pompette, se demandait avec perplexité si elle n'aurait pas dû retarder sa démission, car depuis une heure ses douleurs aux genoux et à la hanche s'étaient envolées. Elle avançait sur le trottoir, un peu étourdie, les aisselles mouillées, cherchant à se rappeler une course qu'elle s'était promis de faire avant le souper, lorsqu'elle aperçut Charles en avant d'elle avec deux compagnons. Elle se mit à l'appeler d'une voix curieusement roucoulante, agitant la main.

— Oui, mademoiselle? fit ce dernier en s'avançant.

— Mon pauvre enfant, fit-elle, les yeux humides, dans deux jours on ne se verra plus. Je quitte l'école pour toujours à la fin de la semaine.

— Je le savais, mademoiselle. Je voulais aller vous dire bonjour demain après la classe.

Elle resta silencieuse durant plusieurs secondes, sidérée par tant de gentillesse.

— Ah! Charles, Charles, articula-t-elle enfin d'une voix tremblante, de tous les élèves que j'ai eus en trente-deux ans, tu auras été mon préféré.

Et elle lui caressa longuement la nuque. Charles souriait, un peu gêné par le changement bizarre qu'il remarquait dans le comportement de son ancienne institutrice comme par les regards de ses deux compagnons restés en arrière et qu'il sentait rivés dans son dos. Puis soudain, au mépris de toutes les conventions écolières, il lui prit la main.

— Mon beau garçon, balbutia-t-elle, mon beau garçon d'amour, et deux larmes s'allongèrent sur son visage.

Mais son sens pratique et son indomptable énergie reprirent aussitôt le dessus. Rejetant la tête en arrière, elle secoua les épaules et se mit à fouiller fébrilement dans son sac à main.

— Écoute, Charles, fit-elle, saisissant un stylo, réponds-moi franchement. Est-ce que ça te ferait plaisir de me revoir de temps à autre – oh! pas souvent: deux ou trois fois par année, si tu veux. On échangerait des nouvelles, tu me raconterais tes aventures – ce que tu voudrais m'en raconter, bien sûr. Est-ce que ça te ferait plaisir, dis-moi?

— Oui, mademoiselle, répondit l'enfant, un peu surpris mais sincère.

— Alors, je vais te laisser mon adresse et mon numéro de téléphone sur ce bout de papier. Ne l'égare pas. Quand ça te tentera – *seulement quand ça te tentera*, m'entends-tu? –, viens me voir. Mais téléphone avant. Je ne serai pas toujours chez moi.

Elle lui tendit le papier, caressa sa joue et s'éloigna, prise de nouveau par son boitillement, son œil altier fixé droit devant elle.

◆

Charles termina sa sixième année premier de sa classe en français, mais avec des résultats moyens dans la plupart des autres matières. C'est qu'une bonne partie de son énergie et de son attention allait à ses activités extrascolaires (pour utiliser le jargon à la mode) et que sa rage de lecture lui faisait souvent écourter le temps consacré à ses études. Malgré tous leurs efforts, Lucie et Fernand ne réussirent jamais à le convaincre de limiter aux fins de semaine ses travaux de réparation d'appareils électriques, où il se distinguait de plus en plus ; par contre, ils s'étaient arrangés avec Rosalie et Roberto pour que ceux-ci évitent de l'employer durant la semaine comme livreur-commissionnaire.

30

La nuit poursuivait lentement sa marche. Un vent humide et chaud déchiquetait les nuages dans le ciel tourmenté, d'un mauve presque noir, où la lune faisait de fugitives apparitions. Une mouette égarée, les pattes encore graisseuses d'avoir butiné toute la journée dans un dépotoir, planait au-dessus de la ville, se laissant porter par les rafales et observant d'un œil impassible les toits et les rues qui changeaient imperceptiblement de couleur selon les mouvements du ciel. Dans la plupart des maisons, on dormait. Mais, ici et là, des gens causaient, mangeaient, faisaient l'amour ou regardaient la télé, l'œil un peu cerné. D'âpres discussions éclataient à certains endroits. On faisait et refaisait des calculs devant des piles de factures. Des projets s'échafaudaient, puis s'écroulaient, pour renaître de nouveau. Et le vent humide et chaud, emporté par une étrange ivresse, une ivresse printanière alors que l'automne approchait, continuait de s'attaquer aux nuages en fuite.

Charles dormait dans sa chambre, le corps agité de temps à autre par un soubresaut. Ses yeux se plissaient, sa main cherchait un appui qui se dérobait, des bouts de phrases incompréhensibles s'échappaient de ses lèvres. Simon l'ours blanc avait secrètement repris du service à ses côtés, mais ne pouvait lui être d'un grand secours dans le cauchemar qu'il traversait encore une fois. Bof ouvrait parfois un œil, réveillé par un coup de genou, posait un regard intrigué sur son maître, puis se rendormait avec un long soupir.

À deux reprises, Lucie s'était levée pour aller écouter à sa porte, passant près d'entrer dans la chambre, puis retournant à son lit, où avaient longuement chuchoté les époux.

Depuis quelques semaines, Charles vivait des moments difficiles. Tout avait commencé un samedi soir brûlant de fin d'été où il avait connu un petit triomphe Chez Robert. Il venait de se présenter au restaurant vers cinq heures pour faire ses livraisons et prenait beaucoup de plaisir à écouter un perroquet que monsieur Victoire avait acheté au cours de l'après-midi d'un homme aux allures douteuses dans un marché aux puces à Prévost, où il était allé conduire un client.

— Mais oui, mais oui, c'est un perroquet volé, disait le chauffeur de taxi en jetant un regard affectueux à l'oiseau perché sur son épaule. Le bonhomme ne connaissait même pas son nom! Mais, moi, je me suis dit : ce n'est pas parce que je refuserais de l'acheter qu'il serait moins volé, hein? Le mal est fait, aussi bien en profiter, non? Et puis, le prix qu'il demandait, c'était du bonbon. Pas vrai, Charles, que j'ai bien fait de l'acheter?

— Je ne sais pas, répondit Charles, dont toute l'attention était tournée vers l'oiseau au magnifique plumage vert et rouge, qui ne cessait d'agiter la tête en roulant des yeux effarés.

— ARMAND! cria-t-il soudain d'une voix furieuse et enrouée, J'VAS TE PICOSSER LE TROU DE CUL!

Et, pour la cinquième fois, un grand éclat de rire emplit le restaurant.

— On ne sait pas d'où il vient, remarqua Rosalie, mais ce n'est sûrement pas d'un milieu distingué.

Un petit homme ridé à barbe grise mit les mains sur les hanches :

— Il vient d'une place, lança-t-il avec une conviction farouche, où les gens disent ce qu'ils pensent! Et, moi, je dis que c'est une bonne place!

— LES VAINCUS PERDRONT! ajouta tout à coup le perroquet en essayant de prendre une voix de basse.

— Il est con! s'esclaffa Charles. Un vaincu, ça perd toujours! C'est ça, être vaincu!

— Mon garçon, rétorqua la barbe grise d'un air sentencieux, il y a des choses qu'on trouve qu'elles ont pas d'allure, et pourtant, quand tu y repenses, elles en ont! Mais faut y repenser.

Charles lui jeta un regard ennuyé et décida d'ignorer l'individu, qu'il voyait au restaurant pour la première fois.

— ARMAND! reprit le perroquet, J'VAS TE PICOSSER LE TROU DE CUL!

Et saisissant de son bec une touffe de cheveux dans la nuque de monsieur Victoire, qui ne put retenir une grimace, il passa de son épaule droite à son épaule gauche.

— J'espère que vous ne viendrez pas tous les jours avec cet oiseau, fit Rosalie, plaisantant à moitié, ça va donner un mauvais genre à mon restaurant.

Comme aucune livraison ne s'annonçait, Charles décida de courir chez lui pour inviter Céline et Henri à venir admirer l'oiseau mal engueulé.

Il allait franchir la porte lorsqu'un juron terrible retentit dans la cuisine. Les douze clients se retournèrent et Rosalie, déposant prestement une omelette espagnole garnie de frites devant l'un d'eux, se dépêcha d'aller voir ce qui se passait.

— Le ventilateur qui vient de lâcher! se lamentait Roberto d'une voix cuivrée de ténor spinto en montrant la hotte aspirante. Je le savais que ça finirait par arriver... Quatre fois, cet après-midi, il a failli s'arrêter... Maintenant, ça y est! Ah! là là là là! Va donc trouver un réparateur un samedi soir! T'imagines-*tou* comment ça va être ici dans *oune* heure?

— Mais on a un numéro de téléphone pour les urgences, répondit Rosalie. Je vais appeler tout de suite.

Roberto secoua la tête, découragé:

— Ne perds pas ton temps, Lili, Giovanni ne viendra jamais un samedi soir, voyons... Il doit être à Venise-en-Québec...

— Est-ce que je peux vous aider? proposa modestement Charles en pénétrant dans la cuisine. Je m'y connais un peu en moteurs électriques.

— Merci, merci, mon petit, répondit Roberto en lui tapotant la tête, mais *tou* ne peux rien faire pour ça.

Liette venait d'apporter trois commandes à la cuisine. Il fallait se remettre au travail. Charles sortit sans un mot et quitta le restaurant. Cinq minutes plus tard, il réapparaissait avec un petit coffre à outils et une lampe de poche. Roberto lui défendit de s'approcher de la hotte.

— Allons, Roberto, s'écria monsieur Victoire debout dans la porte, laisse-le tenter sa chance, tabarouette! Qu'est-ce que tu risques? Il est très habile, tu sais. L'autre fois, en dix minutes, il m'a réparé un téléphone que j'avais décidé de crisser aux vidanges. Depuis ce temps-là, il marche comme un neuf!

— Il m'a réparé un séchoir à cheveux, appuya Liette en apparaissant à son tour. Le boîtier de plastique était fendu, le cordon à moitié arraché. Eh bien! ça ne paraît quasiment plus!

— Mais c'est de *l'indoustriel*, ça! clama Roberto en tendant la main vers la hotte. Ce n'est pas pour les enfants! Et puis, il risque de se *broûler* dans ma graisse à patates frites!

— Roberto, fit le chauffeur de taxi en saisissant une grande planche à pâtisserie sur laquelle le cuisinier préparait sa pâte à pizza, un peu de confiance dans ce p'tit gars-là, veux-tu? Il va peut-être régler ton problème.

Il installa la planche au-dessus du bassin de graisse, en vérifia la solidité et fit signe à Charles d'approcher.

— Dix *minoutes*! pas plus! déclara le cuisinier, l'index tendu, en essuyant de l'autre une coulée de sueur qui cherchait à pénétrer dans son œil.

Il ouvrit une sorte de petite armoire murale qui dissimulait un tableau de distribution et dévissa un fusible. Pendant ce temps, Charles approchait un tabouret et grimpait sur la planche, où il s'agenouilla.

— Pouah! c'est sale, ne put-il s'empêcher de remarquer devant l'épaisse couche de graisse qui recouvrait toutes les surfaces.

— Que veux-*tou*? riposta Roberto. T'as voulu te fourrer le nez dedans, chiale pas!

Charles poussa un soupir. La chaleur et l'odeur de friture le suffoquaient. Il regrettait presque son initiative. Il alluma sa lampe de poche et, une grimace de dégoût aux lèvres, commença à explorer les entrailles de la hotte du bout des doigts.

— Et alors? demanda Roberto, impatient.

— Laisse-lui le temps, voyons! le rabroua monsieur Victoire de sa voix de trompette de cirque. Toi, quand l'envie te prend de faire l'amour, tu dois même pas enlever tes culottes, hein?

Charles, penaud, allait s'avouer vaincu lorsqu'il crut déceler soudain la cause du problème, toute simple: la vis de fixation d'un fil électrique semblait s'être desserrée, sans doute à cause des vibrations du moteur, ce qui empêchait le contact. Trois coups de tournevis, et le ventilateur se remettrait probablement en marche.

Il pencha la tête vers le chauffeur de taxi, les yeux inondés de sueur, la bouche amollie, les oreilles en feu, et demanda son coffre à outils. Deux minutes plus tard, la hotte ronronnait et Roberto, extasié, serrait Charles dans ses bras comme s'il venait de sauver l'établissement de la ruine. Un petit rassemblement d'admirateurs entoura l'enfant pendant une minute.

— Rosalie! lança le cuisinier, prépare-*loui* un *sundae* comme t'en as jamais préparé! Prends le bol rose sur la tablette du haut, celui pour les *banana splits* à quatre boules.

Charles, radieux, venait de s'attabler au comptoir pour attaquer un *sundae* à la vanille et au chocolat nappé de caramel chaud et orné de quatre cerises au marasquin, de quatre langues-de-chat, d'amandes émincées et de noix de coco râpée lorsqu'il dut quitter le restaurant pour aller faire une livraison.

— Reviens vite, mon grand, lui dit Rosalie avec un sourire affectueux, je vais garder ton *sundae* au frigidaire.

Il partit en courant vers les Tours Frontenac, au risque de causer un désordre indescriptible dans la boîte de carton qui contenait un *club sandwich*, et réapparut dix minutes plus tard dans la rue Ontario, hors d'haleine, un bon pourboire en poche et avec une fringale de crème glacée comme il n'en avait jamais connu.

Il traversait la petite place devant la station Frontenac, animée ce soir-là par une demi-douzaine de gamins qui s'exerçaient sur leur planche à roulettes dans un grand vacarme de chocs et d'exclamations; un peu plus loin, un couple de Témoins de Jéhovah, entouré de quelques badauds sceptiques, déployait des efforts héroïques pour tenter de convertir un vieux rentier en panama et costume de Fortrel bleu pâle qui, depuis trente ans, n'éprouvait de dilection que pour l'argent, le gin et les jolies femmes; Charles venait de dépasser le groupe lorsqu'une forme surgit à sa gauche, qu'il n'entrevit que vaguement dans l'élan de sa course, mais avec le sentiment d'une menace imminente.

— Charles! lança une voix trop bien connue. Viens 'citte, j'ai à te parler.

L'enfant s'arrêta net et aperçut Wilfrid Thibodeau qui se dirigeait vers lui à grands pas en souriant.

Le menuisier lui tendit la main:

— Salut, mon gars. Cré Dieu! t'as grandi! J'ai eu de la misère à te reconnaître! Comment ça va?

— Bien, répondit Charles d'une voix morte.

Wilfrid Thibodeau continuait de lui sourire, ses petits yeux inquisiteurs aux paupières rougies et fripées l'examinant de haut en bas, tandis qu'il hochait doucement la tête, comme parvenu à une conclusion longuement cherchée. Il paraissait plus petit et malingre que jamais, la peau du visage brunâtre et desséchée, les pommettes saillantes, les lèvres minces et pâles, le cheveu terne, piqué de gris, comme si des travaux inhumains ou une impitoyable suite d'épreuves l'avaient vidé d'une partie de sa substance; mais une sorte d'énergie noire paraissait circuler en lui, tourmentant son corps mal en point; on la devinait fertile en tours imprévisibles, capable de pointes foudroyantes ou de longs et patients serpentements qui ne semblaient chercher qu'à faire naître la surprise, le trouble et la consternation.

— Y a pas à dire, reprit-il, t'es rendu beau garçon! T'es à la veille de faire tourner la tête aux filles, si c'est pas déjà commencé. Ça t'intéresse, les filles?

Charles fit signe que non.

— Moi, à ton âge, je les reluquais déjà. T'as pas l'air plus content que ça de me voir, remarqua le menuisier avec dépit.

L'enfant baissa les yeux, ne sachant que répondre. Il aurait voulu se trouver au restaurant, assis au comptoir devant son *sundae*, malgré que les horribles contractions de son estomac ne lui eussent pas permis d'en avaler une bouchée. Mais le restaurant, éloigné d'à peine deux coins de rue, lui paraissait à présent au bout de l'univers.

— *Hey!* fit Thibodeau d'une voix rauque et sifflante, regarde-moi. Bon, c'est mieux. Quand quelqu'un nous parle, on le regarde. La politesse veut ça. Qu'est-ce que t'as à te prendre le bas de la gueule de même?

— J'ai mal, mentit l'enfant.

Le menuisier s'alluma une cigarette, tira une bouffée, puis :

— J'suis qui, moi?

Charles, interdit, haussa les épaules.

— J'suis qui pour toi?

— Mon père, souffla Charles au bout d'un moment.

— Voi-lllà! En plein dans le mille! J'suis ton père. J'ai jamais cessé de l'être. Et je le serai toujours. Es-tu d'accord avec ça?

L'enfant fit un signe d'assentiment.

— Arrête d'ouvrir et de fermer la bouche comme ça, t'as l'air d'un poisson, ça m'énerve.

Charles, rouge d'humiliation et de colère rentrée, serra les mâchoires de toutes ses forces et prit de grandes respirations. À son grand soulagement, le spasme se relâcha petit à petit.

Peut-être que Rosalie, intriguée par son absence, sortirait dans la rue et, l'apercevant, lui crierait de s'en venir. Peut-être que Fernand, parti chercher des journaux, le verrait en cette détestable compagnie et, s'approchant de son pas lourd et décidé, se planterait devant Wilfrid et, d'un formidable coup d'avant-bras, l'enverrait revoler jusqu'au fond du métro. Mais, pour l'instant, personne ne venait à son secours et il demeurait là, paralysé, devant cet homme qui le remplissait d'effroi.

— Et la meilleure preuve de ce que je te dis, poursuivit Thibodeau, c'est que j'ai toujours payé ta pension, mon gars, même si des fois il fallait que je m'arrache le cœur pour le faire. Mais j'y tenais. Parce que t'es mon garçon, vois-tu, et qu'un père qui a de l'honneur voit toujours aux besoins de ses enfants, dans la mesure de ses moyens, bien sûr. Viens avec moi. On va aller dans un coin tranquille jaser un peu.

— C'est que... je travaille au restaurant, balbutia Charles.

— Tu travailleras une autre fois. Viens-t'en.

Et il le prit par le bras.

— Où est-ce qu'on va? demanda l'enfant d'une voix tremblante.

Wilfrid Thibodeau lui répondit par un coup de menton qui désignait un endroit indéfini quelque part en avant d'eux. Ils franchirent un coin de rue, puis un deuxième, se dirigeant vers l'est. Le menuisier avait relâché son étreinte et marchait en silence, promenant son regard autour de lui, cherchant manifestement quelque chose. Finalement, il s'engagea dans une rue latérale et accéléra le pas, coulant de temps à autre un regard vers son fils, qui avait de plus en plus de peine à cacher sa consternation. Charles en était sûr, à présent : son père l'enlevait. Il ne reverrait plus jamais les Fafard, ni ses amis, ni même Bof. Son malheur recommençait. Comment tout cela finirait-il? La scène de l'éplucheur surgit tout à coup dans son esprit. Il leva la tête vers son père, cherchant le moment propice pour s'enfuir. Mais l'œil de Wilfrid Thibodeau ne le quittait pas, aigu, soupçonneux, et, du reste, la peur, une peur étouffante et visqueuse, lui enlevait presque la force de marcher. Comment aurait-il pu courir?

Une grande église de pierre néogothique se dressa devant eux, flanquée à sa gauche d'un stationnement au fond duquel se dressaient de grands arbres. Ses abords déserts plurent au menuisier. Il se dirigea vers l'entrée principale et s'assit sur une des marches du parvis, invitant Charles à l'imiter.

— On va être bien ici pour jaser. Parce qu'on a à se jaser.

Et il lui raconta qu'il était de retour à Montréal depuis deux semaines, dans l'attente d'un emploi dans la construction. Malgré les gros salaires, la vie dans la taïga avait fini par le lasser et il était content de revenir en ville. La proposition d'adoption de Fernand Fafard l'avait fait beaucoup réfléchir, et il continuait de réfléchir. En fait, il se sentait de moins en moins enclin à y donner suite et songeait, au contraire, à reprendre Charles avec lui (à ces mots, l'enfant se mordit si fortement l'intérieur d'une joue que du sang se répandit dans sa bouche). Pourquoi? Parce qu'il ne voyait plus les choses de la même façon, à présent. Ses longs mois de travail à la baie James lui avaient donné l'occasion de rentrer en lui-même comme jamais cela ne lui était arrivé. Il en avait brassé, des pensées, depuis le soir de leur fameuse querelle! Car il s'agissait bien d'une simple querelle et de rien d'autre, malgré tout ce qu'on avait pu dire sur le coup. Il avait rencontré Sylvie deux jours plus tôt et avait causé de l'affaire avec elle. La serveuse convenait à présent qu'elle avait beaucoup exagéré, sans doute à cause de l'énervement. Et lui-même, Charles, conviendrait que toute cette histoire ne reposait que sur des imaginations, la meilleure preuve étant qu'il avait quitté la maison sans même une égratignure. Un juge – si jamais on passait devant un juge – serait forcé d'en arriver aux mêmes conclusions.

Charles l'écoutait, sidéré. Dans quel monde vivait donc son père? Que cherchait-il, au juste? La peur de l'enfant avait un peu diminué. Il avait compris que Wilfrid Thibodeau ne l'emmènerait pas de force avec lui ce soir-là. Ce dernier avait d'autres plans, impossibles pour l'instant à deviner – ou peut-être ne savait-il plus au juste ce qu'il faisait?

— Allons, fit le menuisier en se levant, l'heure avance, il est temps que tu retournes chez toi, on va s'inquiéter. J'avais beaucoup de jasette, ce soir. La prochaine fois, ça sera ton tour. Bonne nuit, mon gars.

Et il lui tendit de nouveau la main, un petit sourire narquois aux lèvres.

— Il n'y en aura pas, de prochaine fois, murmurait Charles en s'éloignant sur le trottoir, les dents serrées, des larmes de rage coulant sur sa figure. Il n'y en aura plus jamais! jamais! jamais!

Quand il arriva chez les Fafard, la maison tout entière allait sombrer dans la panique. Rosalie, intriguée par son absence, avait téléphoné pour demander à lui parler. Lucie, encore plus intriguée, avait téléphoné à son tour chez Blonblon, puis chez d'autres parents. Ne le trouvant nulle part, elle avait alors demandé à son fils et à son mari de patrouiller le quartier. Ils étaient revenus bredouilles trois quarts d'heure plus tard. Céline pleurait à chaudes larmes dans le salon. Bof se promenait fébrilement de pièce en pièce, la tête basse, en poussant de petits gémissements, comme s'il avait compris la gravité de la situation. Le clic-clac de ses griffes sur le plancher sciait les nerfs de tout le monde.

En voyant l'expression de Charles, Lucie, sans un mot, s'était précipitée vers lui et l'avait pris dans ses bras. L'air sombre et courroucé, Fernand Fafard avait écouté en silence le récit que l'enfant avait débité d'une voix fiévreuse et saccadée. Céline et Henri, qu'un geste de leur père avait refoulés au fond du salon, écoutaient, le souffle suspendu, échangeant de temps à autre des regards consternés.

— Fais-toi-z-en pas, mon gars, fit le quincaillier quand Charles eut terminé, je vais m'occuper de ton affaire.

Il saisit son veston, quitta la maison et se rendit à pied chez le notaire Michaud. Des passants se retournèrent dans la rue Ontario pour observer d'un œil étonné ce grand homme massif à l'air furibond qui avançait comme un cuirassé dans la foule joyeuse et animée du samedi soir.

Parfait Michaud, la chemise à demi déboutonnée, assis au salon en compagnie de sa femme, un bock de bière glacée à la main, venait, malgré la chaleur étouffante, d'éteindre le ventilateur électrique qui leur donnait une illusion de fraîcheur, car le ronronnement de l'appareil mangeait les notes de violoncelle du quatuor de Beethoven qu'ils écoutaient. Au bruit de la sonnette, il se leva, ennuyé, suspendit le bras de lecture au-dessus du disque et alla ouvrir.

— Ah! tiens, Fernand, comment vas-tu? fit-il en s'efforçant à la cordialité. Viens prendre une bière.

D'un geste horizontal de la main, le quincaillier réduisit sa proposition à néant.

— Je viens par affaires.

— Un samedi soir? s'étonna l'autre. Par une telle chaleur? Pitié pour moi, mon vieux! Ça ne peut pas attendre à lundi?

— Il s'agit de Charles. Son père vient de retontir. Les problèmes ont recommencé.

— Qu'est-ce que vous dites? s'écria Amélie Michaud en apparaissant dans le corridor, un éventail chinois à la main (les yeux de Fafard s'arrondirent). Mon pauvre petit Charlot est encore aux prises avec cet homme épouvantable?

— Oui, madame! Il veut nous l'enlever, rien de moins, l'écœurant! Mais il va se casser les dents, je vous en passe un papier!

Il se tourna vers le notaire:

— J'ai besoin de ton aide, et ça presse!

Les deux hommes se dirigèrent vers le bureau de Michaud, qui referma soigneusement la porte en portant le doigt à ses lèvres:

— Parlons bas, veux-tu? Ma femme est très émotive depuis quelques jours. Il faut la ménager. Raconte-moi tout. Minute, je te prie, se ravisa-t-il en levant la main.

Il quitta la pièce et revint bientôt avec deux bocks de bière:

— Je me permets d'insister, mon cher Fernand. Il fait tellement chaud!

Fafard, que sa marche avait assoiffé, succomba et cala son bock en deux gorgées, puis se lança dans son récit. Le notaire l'écoutait attentivement, en déplaçant de temps à autre une feuille de papier sur son bureau, comme si les changements de position de celle-ci pouvaient influer sur le cours des événements.

— Hum, fit-il avec une moue soucieuse quand l'autre eut terminé, la situation m'apparaît un peu compliquée. Nous n'avions qu'un témoin dans cette affaire, et c'était cette Sylvie. Or, Thibodeau semble l'avoir neutralisée, soit en l'intimidant, soit en l'achetant, je ne sais trop.

— Et moi? Et ma femme? Et toi-même, dis donc? On n'est pas des concombres, que je sache!

Le notaire secoua la tête avec une grimace ennuyée:

— Notre témoignage à tous les trois dépend de celui de Charles, mon vieux. *Nous n'avons rien vu par nous-mêmes.* Je ne dis pas que Charles ne possédera aucune crédibilité devant un juge, mais...

— Devant un juge? coupa Fafard, interdit.

— Voyons, Fernand, arrive sur terre! Tu sais bien que ce genre d'affaire se règle toujours au tribunal. À quel autre endroit veux-tu que ça se règle? Chez le coiffeur?

— Qui dit juge dit avocat, murmura Fafard, tout songeur à la pensée des dépenses qui s'annonçaient.

— Je te servirai de conseiller, voyons. Cela va diminuer tes frais. Mais il y a quelque chose qui me chicote dans ton histoire, poursuivit-il en allongeant le bras vers son bock, qu'il n'avait pas encore touché.

Il sirota sa bière un moment, l'œil dans le vague, tandis que le quincaillier remuait dans son fauteuil, l'air malheureux, de plus en plus gêné dans ses réflexions par le gonflement de sa vessie.

— Ce qui me chicote...

— ... c'est qu'il ne soit pas parti avec Charles.

— Voilà, mon cher, tu viens de mettre le doigt dessus. Car, de deux choses l'une : ou bien il veut vraiment le reprendre avec lui, et il aurait pu facilement le faire, car il détient encore toute son autorité parentale sur l'enfant, ou bien alors il cherche plutôt...

— ... à nous vendre son garçon le plus cher possible en sacrant la frousse à tout le monde.

— J'aurais sans doute utilisé d'autres termes, répondit le notaire en souriant, un peu déconcerté par la verdeur de son compagnon, mais c'est à peu près ce que je voulais dire.

Les deux hommes causèrent encore quelques minutes et convinrent de laisser Thibodeau montrer ce qu'il avait dans son sac. Pour parer à toute éventualité, le notaire s'occuperait dès le lundi d'obtenir les documents et formulaires relatifs à une adoption et s'informerait des démarches à entreprendre pour une requête en perte d'autorité parentale. En même temps, on maintiendrait une surveillance continue de Charles pour prévenir tout risque d'enlèvement et il lui serait interdit de quitter la maison des Fafard sans la présence d'un adulte.

Pendant ce temps, Amélie Michaud, qui avait suivi leur conversation l'oreille collée contre la porte, se dirigeait à pas pressés vers la salle de bains, toute secouée par les nouvelles qu'elle venait d'apprendre, et avalait en hâte quatre comprimés de valériane pour tenter de se prémunir contre la nuit d'insomnie qu'elle voyait poindre à l'horizon.

31

Huit jours passèrent. Wilfrid Thibodeau ne donnait aucun signe de vie. Par prudence, on avait défendu à Charles de retourner travailler Chez Robert. Défense inutile! Le garçon, terrifié par l'idée d'avoir à vivre de nouveau avec son père, se terrait à la maison et ne montrait plus guère d'intérêt pour l'atelier de Blonblon, passant le plus clair de son temps devant la télé.

Le jour de la rentrée arriva. Charles et Henri commençaient leur cours secondaire à l'école Jean-Baptiste-Meilleur, rue Fullum, tout près de chez eux. C'était un autre de ces édifices de brique à ornements de granit construits dans le style Beaux-Arts au début du siècle; malgré les années, il avait conservé sa belle allure solennelle et un peu hautaine qui contrastait avec les flots d'élèves bruyants et agités circulant entre ses murs aux boiseries sombres. Devant l'entrée, flanquée de quatre colonnes de granit massives, un Christ de ciment peint, les bras étendus, accueillait les étudiants avec une moue pensive, comme s'il se tracassait déjà pour les ennuis qui les attendaient dans la vie; on avait pieusement gravé sur le socle :

Sacré-cœur de Jésus
Bénissez nos élèves
DON DES ANCIENS
1901-1951

L'établissement, dirigé par un petit homme à la poigne de fer, ancien religieux que les bouleversements de la Révolution tranquille n'avaient réussi à transformer qu'en demi-laïc, avait la réputation de ne pas tolérer très longtemps les élèves turbulents ou paresseux.

Charles y retrouva, parmi des figures inconnues, beaucoup de ses anciens camarades de l'école Saint-Anselme. Quelques nouveautés l'attendaient. Au lieu de reposer sur un titulaire responsable à lui seul de presque tout le programme, l'enseignement était désormais réparti entre une demi-douzaine de spécialistes et, pour la première fois de sa vie, Charles se retrouva devant des hommes (si on exceptait son ancien professeur de gymnastique). Mais, tout à ses soucis, il semblait marcher à côté de sa nouvelle vie, comme si rien n'avait changé ou que les changements l'indifféraient; ses amis ne le reconnaissaient plus. Que s'était-il donc passé pour qu'il devienne cette espèce de pâte molle toujours en train de rêvasser dans un coin, l'air vaguement maussade? Il avait fait jurer à Henri de ne pas dire un mot de ses problèmes. Blonblon chercha à lui tirer des confidences, mais, après s'être fait rabrouer quelques fois, il lui conseilla de prendre des vitamines.

Lucie, sur le qui-vive depuis la réapparition de Wilfrid Thibodeau, avait décidé d'accompagner l'enfant dans ses allers-retours entre l'école et la maison tant qu'on n'aurait pas clarifié la situation. Cette escorte continuelle finit par attirer l'attention, puis les moqueries. Un matin, alors qu'elle venait de le quitter devant l'entrée de l'école, un grand brun de deuxième secondaire, tout en os, célèbre à l'école pour ses contorsions grotesques et la capacité qu'il avait développée de gonfler ses joues à toute vitesse de boulettes de papier à la façon d'un hamster en train d'amasser des provisions, s'amena devant Charles, tout désarticulé, les avant-bras soulevés dans une pose efféminée, et lui susurra d'une petite voix roucoulante de fausset :

— *Le 'tit gasson a peur de se pomener en ville sans sa mouman ?*

Charles n'eut même pas besoin de réagir. Henri, qui se trouvait à ses côtés, flanqua au farceur un coup de poing dans l'estomac qui l'obligea à aller méditer quelques moments devant la statue du Sacré-Cœur.

— Quand on n'a rien que des niaiseries à dire, lui lança-t-il en guise d'épilogue, on se ferme la gueule.

Le bruit se répandit alors que Charles courait un grave danger. Cela le rendit intéressant. Ses camarades de l'école Saint-Anselme apprirent aux autres qu'il vivait dans une famille d'adoption, que son père buvait comme un trou et travaillait sans doute pour la pègre, et que lui-même était un sacré *bolé*, fort capable, d'ailleurs, de remettre quelqu'un à sa place par ses propres moyens.

Il en donna la preuve trois jours plus tard en se rendant en classe pour un cours de français lorsque Richard Daviault, un gros garçon sans malice qui aimait la soupe bien grasse et les farces épaisses, commit l'imprudence de ressortir le *'tit gasson à sa mouman* dans l'escalier qui menait au deuxième étage. Charles lui répondit par une bourrade si violente que le joufflu partit à reculons dans les marches et y aurait sans doute abîmé sa carcasse s'il n'avait percuté le professeur de français qui montait derrière lui.

Jean-René Dupras était un homme au milieu de la vingtaine, dans la ferveur de sa jeune carrière ; il avait remarqué Charles dès les premiers jours de la rentrée, frappé à la fois par l'intelligence et la tristesse de son regard.

— Je ne savais pas que je comptais parmi tes ennemis, se contenta-t-il de dire après avoir réussi de justesse à bloquer la dégringolade de l'élève, qui déguerpit sans demander son reste.

— Excusez-moi, monsieur, je ne vous avais pas vu, répondit Charles, écarlate.

Et il pencha la tête, attendant de se faire envoyer chez le directeur, ce qui débutait bien mal son séjour à l'école Jean-Baptiste-Meilleur. L'escalier fut bientôt désert.

— Ça n'a pas l'air d'aller trop, trop de ce temps-ci, poursuivit le professeur.

Charles continuait de fixer les marches en silence.

— Ça ne va pas ? insista-t-il.

L'enfant, les yeux toujours baissés, fit signe que non.

— Tu n'aurais pas le goût qu'on en jase un peu après la classe ?

— Ne vous inquiétez pas, monsieur, tout va finir par s'arranger, répondit Charles d'une voix étouffée, au bord des larmes, et, comprenant que son professeur lui faisait grâce, il lui grimaça un sourire et grimpa l'escalier au pas de course.

Vers quatre heures, l'école terminée, Jean-René Dupras, après avoir longuement hésité, décida de téléphoner chez les Fafard pour tenter d'en savoir plus long. Son appel commotionna Lucie. Le fait qu'un étranger, totalement ignorant des tribulations de Charles, ait deviné sa détresse, la mit dans un tel état qu'elle dévida d'un souffle la longue et tumultueuse histoire de leur protégé, ce qui prit environ trente-cinq minutes.

— Est-ce qu'il y a quelque chose que je pourrais faire pour vous aider, madame ? demanda à la fin le professeur Dupras, un peu étourdi par ce déluge de confidences.

— Mon Dieu! monsieur Dupras, je ne sais pas, moi, vous avez déjà tant à faire avec tous ces enfants... Il y en a parmi eux qui sont bien plus mal en point que mon Charles, car on m'en a raconté, des histoires, vous savez, depuis vingt ans que j'habite le quartier... Si vous êtes croyant, je vous demanderais d'adresser un petit mot pour lui au bon Dieu, c'est à peine si j'ai moi-même le temps de le faire avec les journées que je dois abattre. Mais déjà, de savoir que vous veillez sur lui, ça me rassure beaucoup – et je vous dis un gros merci.

Elle raccrocha et, prise d'un accès de piété aussi rare que subit, elle se rendit à l'église pour tenter de sensibiliser le Ciel au sort de Charles, mais sa ferveur buta, hélas! contre des portes verrouillées. Elle avait oublié que, depuis bien des années, le vol et le vandalisme avaient forcé les curés à restreindre l'accès des fidèles à la maison de Dieu, rendant celle-ci encore plus inutile et désuète. Elle pensa s'asseoir un moment dans les marches du parvis pour adresser une prière mentale au Très-Haut, mais le tapage de la rue l'empêchait de se concentrer.

— Eh ben! grommela-t-elle en s'éloignant, même le bon Dieu a des heures de bureau, maintenant. Tout le monde devient de plus en plus pratique...

Elle hâta le pas vers la maison, car l'heure du souper approchait et l'expérience lui avait enseigné qu'il n'y avait pas d'adversaire plus redoutable qu'un estomac affamé.

Tout à la confection de son menu, elle poussait la petite barrière de métal qui donnait accès au minuscule carré de pelouse devant leur maison lorsque, levant la tête, elle aperçut, assis sur le perron et la fixant avec un regard amusé et railleur, Wilfrid Thibodeau, en complet et cravate, le pantalon quelque peu fripé, le bout des souliers légèrement blanchi par l'usure, mais le corps droit, les épaules rejetées en arrière, dans l'attitude sobre et altière du père de famille venu faire valoir ses droits.

— Bonjour, madame Fafard, lança-t-il d'une voix forte mais un peu éraillée. Vous allez bien? Je suis venu chercher mon garçon.

— Il n'est pas encore revenu de l'école, murmura-t-elle dans un souffle.

La façade se mit à osciller légèrement devant elle tandis que, les jambes molles comme de la guimauve, elle se penchait pour prendre appui sur la clôture.

◆

En moins d'une heure, des décisions cruciales se prirent chez les Fafard. Fernand, accouru à la maison, y trouva sa femme et le notaire Michaud, que Lucie avait appelé d'urgence, assis au salon avec Wilfrid Thibodeau et essayant de leur mieux de tirer les vers du nez au menuisier, qui semblait prendre un malin plaisir à parler dans le vide.

L'arrivée de Fafard changea le ton de la conversation.

— Eh ben! salut, mon Wilfrid! fit le quincaillier, que la vue de l'homme exécré remplit soudain d'une énergie noire, voilà longtemps qu'on t'attendait! De retour dans les parages? Tornade de clous! ça fait une mèche que je ne t'ai pas vu en complet! Viens-tu de te remarier? Qu'est-ce que tu fais de bon?

— J'attends un contrat, répondit l'autre, imperturbable. Quelque chose de très payant.

Puis il répéta, de la même voix ferme et détachée:

— Et puis je suis venu chercher mon garçon.

Le notaire leva les yeux sur le quincaillier, toujours debout dans l'embrasure, ses bras massifs croisés sur sa poitrine comme un bouclier, et toussota deux fois, essayant de lui envoyer un message de prudence et de retenue, car l'affaire lui paraissait des plus délicates. Lucie, un sourire courageusement vissé dans le visage, n'avait pu retenir un tressaillement.

— Ouais, dit Fafard dans un soupir qui projeta son haleine jusqu'au visage du menuisier, voilà une histoire dont on discute depuis longtemps. Une bière?

— Je ne bois plus, répondit l'autre avec un sourire perfide.

— Bonne chose, ça! riposta Fafard, et il partit d'un rire nerveux.

— J'en prendrais bien une, moi, émit timidement le notaire. Je ne sais pas pourquoi, depuis le début de l'après-midi, j'ai le gosier sec comme une vieille planche.

Lucie quitta la pièce et revint bientôt avec deux bocks couronnés d'un énorme collet de mousse.

— Donc, tu veux reprendre ton garçon, fit le quincaillier en s'assoyant pesamment dans un fauteuil en face de son interlocuteur. Est-ce que je peux savoir ce qui t'a fait changer d'idée? Je pensais que tu avais... euh... tourné la page à son sujet.

— C'est mon garçon, se contenta de répondre le menuisier, l'œil impénétrable.

Le notaire joignit les mains, toussota de nouveau et, avec l'obséquiosité d'un entrepreneur de pompes funèbres en train de vendre un cercueil :

— Oui, bien sûr, voilà un fait, comment dirais-je? incontestable. Quand on est père, on l'est, d'une certaine façon, pour toute la vie, la loi et la nature le veulent ainsi. Mais ne craignez-vous pas, mon cher Thibodeau, certaines... euh... difficultés? Je me permettrai de vous rappeler qu'il n'y a pas si longtemps...

Le visage du menuisier se crispa et sa bouche aux lèvres fines et sèches prit un pli mauvais :

— Ça, c'est des histoires de p'tit gars mal réveillé. Je défie n'importe qui de prouver que j'ai cherché à lui faire du mal. N'importe qui, m'entendez-vous?

— Des histoires de p'tit gars mal réveillé? répéta le quincaillier en essayant, sur un signe de sa femme, d'adoucir l'inflexion menaçante de sa voix. Mais sur le coup, Wilfrid, t'avais l'air d'y croire toi-même, non? Quand je suis allé te trouver chez toi le lendemain avec le notaire, tu ne m'as pas donné l'impression d'un homme... comment dire?... qui avait la conscience bien légère, pour parler comme les curés. T'as même signé un...

— Vous m'avez intimidé, coupa l'autre. Deux contre un, c'est facile, surtout quand l'un des deux a de l'instruction. Oui, oui, ça me fait de l'effet, moi, les gens instruits. La tête me chavire, j'ai toujours été comme ça.

Il porta la main à la poche intérieure de son veston, sortit un paquet de cigarettes, puis, après avoir tiré une longue bouffée :

— En tout cas, je n'ai rien à me reprocher, murmura-t-il en fixant la fumée comme si c'était à elle qu'il s'adressait. Et personne ici ne pourra m'empêcher de partir avec mon gars.

— Il est pourtant très heureux ici, je vous assure, murmura Lucie d'une voix tremblante. Demandez-le-lui, il vous le dira.

Le menuisier observa son visage rouge et crispé, et plissa légèrement les yeux de satisfaction.

Le silence se fit. Le notaire Michaud plongea alors ses lèvres dans le bock et un petit capuchon de mousse apparut au bout de son nez. D'un geste agacé, Fernand Fafard lui fit signe de s'essuyer.

— J'ai vu Sylvie la semaine dernière, poursuivit le menuisier. On a discuté de l'affaire en long et en large. Et elle pense comme moi.

— Écoute-moi bien, mon ami, s'écria Fernand Fafard d'une voix tonnante en se dressant debout, je vais te...

Il ne put ajouter un mot. D'un mouvement vif et impérieux, presque brutal, qui rompait à la fois avec son éducation et son tempérament, Parfait Michaud avait bondi sur ses pieds et avait appliqué la main sur la bouche du quincaillier, tandis que son œil menaçant lui intimait l'ordre de se rasseoir et de garder le silence. Ahuri, Fafard se laissa retomber dans le fauteuil comme une poche de son.

— Voyez-vous, monsieur Thibodeau, fit le notaire comme si de rien n'était, retrouvant aussitôt le ton un peu précieux qui lui valait l'admiration de plusieurs et les moqueries secrètes de bien d'autres, ce serait tellement plus simple si nous pouvions aboutir tout doucement à un accord à l'amiable. Vous l'avez deviné, bien sûr, car vous êtes un homme intelligent : monsieur et madame Fafard, ainsi que moi-même, nous avons l'intention de contester votre droit de reprendre Charles avec vous. Il y aura un procès, évidemment. On ne parade pas devant le tribunal sans mettre la main à son portefeuille, vous pensez bien. Cela va nous coûter des sous, mais cela va vous en coûter à vous aussi, car il faudra vous faire représenter par un avocat; des frais de cour s'ajouteront, sans parler des soucis, des pertes de temps et tout le reste.

Se penchant de côté, il s'empara d'une serviette de cuir :

— Tandis que, si vous signez cette *lettre de consentement spécifique*, tout sera réglé en un tournemain, sans soucis ni maux de tête pour personne, et vous aurez régularisé une situation confuse, qui nuit beaucoup à Charles, je puis vous l'assurer.

Wilfrid Thibodeau, immobile et l'avant-bras dressé, observait le bout fumant de sa cigarette, plongé, semblait-il, dans une profonde réflexion qui tirait légèrement les commissures de ses lèvres.

— Il est cependant de mon devoir de vous préciser, ajouta le notaire après un moment de silence, qu'en signant ce document vous perdez définitivement votre autorité parentale sur Charles.

Le menuisier se tourna vers Fafard :

— As-tu un cendrier? demanda-t-il d'un ton détaché, presque désinvolte.

Avec un empressement servile, le quincaillier se précipita vers un guéridon et lui apporta un énorme cendrier de verre taillé après l'avoir débarrassé des cartes professionnelles qu'il contenait.

Thibodeau tapota doucement le bout de sa cigarette avec l'index, prit une bouffée, pinça les lèvres et rejeta un long filet de fumée avec une expression de dépit, puis, adressant tout à coup un mielleux sourire au notaire :

— Sinon, qu'est-ce qui arrive?

— Des tas d'ennuis, monsieur Thibodeau. Nous devrons nous adresser au directeur de la protection de la jeunesse, qui présentera à un juge une requête en admissibilité à l'adoption, et, si vous la contestez, il y aura ce procès dont je vous ai parlé.

Le silence se fit de nouveau. La tête penchée en avant, Lucie se sentait défaillir.

Le menuisier continuait de fumer à petits coups nerveux et son visage s'assombrissait à vue d'œil. Fafard le regardait d'un air humble et soumis, presque suppliant ; de grandes taches de sueur marquaient sa chemise aux aisselles et le bout de ses grands souliers noirs battait nerveusement le tapis.

— Ouais, ouais, ouais, murmura enfin Thibodeau. C'est un pensez-y-bien, cette affaire-là, y a pas à dire...

Une expression de désarroi apparut soudain dans le visage de l'homme, comme s'il réalisait d'un seul regard l'horreur de sa situation et toutes les turpitudes qui l'y avaient conduit. Mais cela ne dura qu'un instant. Sa bouche se durcit, une froideur hargneuse emplit ses yeux et ce fut sur un ton sans réplique qu'il s'adressa au quincaillier :

— Si vous voulez que je signe votre lettre, c'est cinq mille dollars. Comptant. Ou bien j'emmène Charles avec moi. Et vous allez avoir une maudite misère à me l'enlever, ça, je vous le promets.

◆

Il est sept heures du soir. Charles, assis sur l'asphalte de la cour, le dos appuyé contre la remise, contemple le ciel. La noirceur descend rapidement, comme une fine poudre qui resterait suspendue dans l'espace, avalant la lumière. Entre le tilleul qui se dresse près de la clôture et le mur de la maison, au pied duquel s'allonge un trottoir dallé au milieu d'une bande de gazon, on aperçoit de l'autre côté de la rue une partie de l'immeuble que Charles a déjà habité avec ses parents. Son sommet est panaché d'une grande lueur orange laissée derrière par le soleil couchant, et l'immeuble, pourtant si modeste, en est comme embelli.

Céline et Henri, après avoir longuement causé avec lui, viennent de le quitter, sentant qu'il avait besoin de rester seul un moment pour réfléchir à cette journée qui s'achève et dont il n'arrive pas encore à saisir toute l'importance. Quelques étoiles brillent discrètement dans le ciel grisâtre et plat, maintenant que la lueur s'est presque estompée. Charles les observe, rempli d'un curieux sentiment d'amitié pour elles, malgré la distance incommensurable qui l'en sépare, et se rappelle soudain la remarque d'un personnage dans un roman qu'il a lu il y a très longtemps. Chaque homme, disait le personnage, doit trouver sa bonne étoile s'il veut faire son chemin dans la vie. Il n'y a pas de secret pour la trouver. C'est une question de chance.

Charles se met à compter les étoiles au-dessus du tilleul. Il y en a cinq, ou plutôt quatre, car l'une d'elles vient de disparaître derrière un nuage. Dans celles qui restent se trouve peut-être sa bonne étoile. Peut-on choisir sa bonne étoile? Non, c'est sans doute *elle* qui nous choisit. Charles fixe les étoiles d'un œil suppliant, espérant que la chance saura l'aider, et décide d'attacher son regard à la plus brillante, juste au sommet du tilleul. C'est une bonne journée, aujourd'hui, pense-t-il, pour rencontrer son étoile. Une journée où on a bâti quelque chose de solide. Il se sent calme et en paix avec lui-même, habité par un sentiment de satisfaction qu'il n'a pas éprouvé depuis longtemps.

Vers cinq heures trente, il est arrivé avec Henri pour surprendre la fin d'une scène très importante. Son père, assis au salon avec Fernand, Lucie et le notaire Michaud dans un nuage de fumée qui piquait les yeux, était en train de signer un document qui lui permettrait de rester chez les Fafard aussi longtemps qu'il le voudrait.

— Eh bien! mon Charles! s'écria Fernand avec une drôle de voix étranglée, t'arrives juste au bon moment!

Et il lui expliqua en deux mots ce qui venait de se passer, puis le serra dans ses bras. Lucie se précipita vers lui en pleurant à gros sanglots et, après l'avoir longuement étreint, se hâta vers les toilettes pour « se refaire un visage », car elle n'était plus « regardable ». Le notaire, les yeux clignotants et les traits tirés comme s'il venait de travailler dix heures d'une traite, lui donna une poignée de main avec un large sourire et Wilfrid fit de même, mais son sourire étrange et forcé montrait qu'il était malheureux et impatient de quitter les lieux. Il se dirigea alors vers la porte, puis se retournant vers son fils une dernière fois il lui lança un « bonne chance! » tout sec, qui sonnait comme un ordre, accompagné d'un curieux clin d'œil. Charles se souviendrait toujours de ce clin d'œil. Jamais il n'avait rien vu de si pitoyable. L'instant d'après, il s'éloignait dans la rue en compagnie de Fernand.

Durant le souper, Charles avait appris que les deux hommes s'étaient rendus en toute hâte à la Caisse populaire de Saint-Eusèbe, où le directeur les attendait pour une rencontre urgente.

Il fait presque nuit, à présent. Le tilleul s'est transformé en une masse sombre, démesurée, qui semble vouloir envahir toute la cour; pourtant, de cette ombre écrasante et farouche sort un bruissement léger et délicat, qui semble murmurer à Charles que la vie n'est pas toujours aussi dure qu'elle le paraît.

Une odeur de frites et de viande grillée l'enveloppe tout à coup, apportée par une brise qui fait courir de légers frissons sur sa peau. Quelque part dans le quartier, un bébé pleure à s'arracher le gosier, comme s'il en voulait à l'univers tout entier d'être né. Ses cris rappellent à Charles les pleurs terrifiants de bébé Madeleine, qu'il fuyait jusque dans les toilettes, les mains sur les oreilles. Et il pense à tout le chemin parcouru depuis ces jours terribles. Bien des fois, il s'est senti comme ce bébé rageur et désespéré, mais une petite lueur en lui, ou plutôt une sorte de sourire, comme celui du chat d'*Alice*, qui flottait quelque part dans sa poitrine et refusait de s'éteindre malgré tous les malheurs qui pleuvaient, lui a permis de surmonter ces épreuves – et finalement de vaincre.

Laissé à ses seuls moyens, il n'y serait pas arrivé, bien sûr, et il fait défiler, pêle-mêle dans sa tête, les figures de tous ceux qui l'ont aidé à continuer de vivre: d'abord Alice, la douce Alice dont il s'ennuie toujours et qu'il sent parfois à ses côtés, aux moments les plus inattendus, et puis Lucie et Fernand, Rosalie et Roberto, Bof, le notaire Michaud et sa drôle d'Amélie, mademoiselle Laramée (il ne faut pas l'oublier, celle-là!), Simon l'ours blanc, le frère Albert, Blonblon, Henri, Céline et même Sylvie, si froide et distante, mais qui a su le soutenir, elle aussi, à sa façon. Cela fait beaucoup de monde, comme une petite troupe qui l'a épaulé dans son combat contre des ennemis quelquefois redoutables. Leur appui généreux, il le doit, bien sûr, à la Chance, mais aussi – il s'en est rendu compte – à cette espèce de sourire qui refusait de s'éteindre en lui et qui lui a gagné tant d'amis. Maintenant, tout est réglé. Il pourra recommencer à travailler pour Rosalie et Roberto, et amasser ainsi beaucoup d'argent qu'il donnera un jour à Fernand et à Lucie pour les remercier de leur aide – sans compter qu'il va retourner à l'atelier de Blonblon ; il l'avait délaissé depuis un certain temps, mais le goût de bricoler lui revient à présent, plus fort que jamais.

Des frémissements de joie courent dans son corps et il se met à battre des talons contre le sol. Il se sent heureux, heureux à chanter à tue-tête, et il resterait encore longtemps à rêvasser ainsi dans l'obscurité, mais voilà que pour la deuxième fois, à la fenêtre de la cuisine, un frémissement du store lui indique que l'on commence à s'inquiéter à son sujet. Et puis l'heure avance et il n'a pas encore touché à ses devoirs.

Soudain, un grincement se fait entendre et la porte arrière s'ouvre :

— Charles, lance la voix de Lucie, pleine d'entrain mais traversée d'un soupçon d'inquiétude, es-tu en train de jaser avec la lune ?

Il n'a pas le temps de répondre. Une galopade traverse la cour et Bof se précipite sur lui comme une locomotive, la langue baveuse et frétillante, et lui égratigne une épaule avec ses pattes.

32

Aucun soulèvement d'élèves ne s'annonçait à l'école Jean-Baptiste-Meilleur, en tout cas à moyen terme. Son directeur, monsieur Robert-Aimé Doyon, un petit homme vif, au regard fixe, à la mâchoire ferme, aux idées solides et bien imbriquées les unes dans les autres, vouait un culte farouche à la discipline, au travail et à la propreté, culte qu'il considérait de son devoir de propager parmi toutes les personnes qui fréquentaient son école, de façon régulière ou occasionnelle. Sa voix sourde et dure imposait instantanément l'attention et le respect. Il avait interdit le port de la barbe et de la moustache à ses professeurs, avait fait visser des billes de métal sur les rampes des escaliers pour décourager les amateurs de descentes à califourchon et entrait dans de tels accès de rage froide à la vue d'un corridor mal balayé ou d'un papier gras traînant dans la cour que le concierge de l'école, devenu insomniaque, venait faire des tournées d'inspection la nuit. Un fournisseur qui se présentait devant lui avec un bouton de sa chemise par mégarde déboutonné, un nœud de cravate un peu lâche ou un soulier en mal de cirage recevait une remarque polie mais fort précise à ce sujet dès le début de la rencontre. Et si l'idée venait à l'imprudent vendeur de pratiquer, par stratégie commerciale, cette familiarité à l'américaine si prodigue de tutoiements, de tapes sur l'épaule et de grosses farces, le directeur, après lui avoir jeté son fameux regard fixe, demandait, glacial :

— Est-ce que nous nous connaissons?

Il ne faisait pas bon de passer au bureau de Robert-Aimé Doyon pour cause d'indiscipline. Les élèves qui y pénétraient avaient ce teint blafard des nobles du temps de la Révolution au moment de monter à l'échafaud et ils en ressortaient avec une expression accablée et un horaire passablement chargé. Les professeurs de l'école Jean-Baptiste-Meilleur, on s'en doute bien, n'éprouvaient guère de sympathie pour leur viril directeur, mais chacun d'eux reconnaissait que son attitude despotique facilitait leur travail.

Aussi les élèves avaient-ils hâte de terminer leur premier cycle pour se retrouver à la polyvalente Pierre-Dupuy, située à deux pas et qui, contrairement à leur école, était mixte et possédait une ambiance infiniment plus rigolote. La fascination qu'elle exerçait sur eux s'était singulièrement amplifiée depuis l'incendie criminel allumé l'hiver d'avant par un élève avec un chalumeau à acétylène et qui avait ravagé le cinquième étage de l'établissement. Et puis il y avait les histoires qu'on racontait au sujet de ces fameuses douches romaines où, malgré leur répugnance, on obligeait les élèves à se mettre à poil en groupe.

À Jean-Baptiste-Meilleur, après la classe, il était de bon ton d'aller parfois se poster discrètement, rue Parthenais, devant l'école enviée pour observer, mine de rien, la sortie des *grands*. C'était une façon de se préparer à la nouvelle vie qui s'annonçait en faisant provision des expressions, sacres et comportements à la mode. C'est ainsi que Charles, un après-midi, connut son premier choc hormonal.

Le grand brun au corps de caoutchouc, dont l'ego avait été un peu ébréché devant la statue du Sacré-Cœur, s'était néanmoins pris pour Charles d'une certaine amitié. Il portait le nom pittoresque de Steve Lachapelle, vivait avec sa mère et ses deux sœurs (le père ayant largué la famille bien des années auparavant), et, comme tant de ses camarades, arrivait deux fois sur trois le matin à Jean-Baptiste-Meilleur l'estomac vide, la bouche inondée de salive et l'attention dispersée aux quatre vents. Charles et Henri s'en étaient aperçus et lui refilaient parfois une partie de leur collation. C'était, du reste, un bon diable à l'esprit un peu court qui fréquentait l'école parce que la loi l'y obligeait et dont l'idéal se résumait à faire rigoler ses camarades, à passer du bon temps et à se dégoter au plus vite une *job payante* qui lui permettrait de s'acheter un *char* pour *draguer les plottes*. Son développement physiologique semblait un peu en avance sur celui de Charles dont l'appétit pour l'autre sexe franchissait tout juste les frontières de la rêverie.

Un après-midi, après la classe, Lachapelle l'invita à regarder la sortie des « beaux pétards » de l'école Dupuy. Les deux amis se plantèrent devant la façade de brique de la Grover, l'usine de textile qui se dressait en face de la polyvalente et remplissait jour et nuit le quartier de sa sourde rumeur, et, leur sac d'école posé sur le trottoir, firent mine de se lancer dans une discussion animée. À tout moment, leur regard plongeait dans le flot d'élèves qui se déversait tumultueusement dans la rue, cherchant à repérer les merveilleux « pétards », Lachapelle avec passion, Charles pour l'imiter. Leur examen se faisait dans la plus grande discrétion, car il était notoire que les *bébés* de Jean-Baptiste-Meilleur surpris en train d'écornifler leurs aînés de la rue Parthenais risquaient de se faire tabasser.

Soudain, Charles vit surgir parmi les bousculades et la fumée des cigarettes une superbe Noire de quatorze ou quinze ans, vêtue d'une minijupe de cuir noir et d'un chemisier en tissu d'aluminium liquide à motifs de toile d'araignée noire, que gonflait une poitrine incroyable. Le regard, affolé, ne savait plus où se poser : sur son visage aristocratique, illuminé par des yeux divins au blanc phosphorescent, sur ses jambes fines et luisantes, magnifiques coulées de bronze caressées par la lumière, sur ses pieds aux ongles mauves, chaussés de sandales noires à talons hauts, sur sa taille souple et mobile, sur ses hanches, sur son front, sur sa chevelure devenue rousse ? L'air vaguement dédaigneux, elle évoluait avec une lenteur royale parmi la cohue comme une déesse surgie des profondeurs sacrées de la jungle pour faire admirer sa beauté dans la poussière du Faubourg-à-la-Mélasse.

Charles, béat, la bouche entrouverte, livide comme à la vue d'un fantôme, la contemplait avec une telle intensité que Steve Lachapelle, inquiet, lui donna un coup de coude, car on risquait de les remarquer. C'est à peine s'il s'en aperçut. Pour la première fois de son existence, il venait de voir la Femme, la Grande Troubleuse, la Corne d'abondance aux flancs rosés d'où s'échappe à grands flots le fluide qui fait tourner les rouages de la vie.

Finalement, craignant le pire, Steve saisit son ami par le bras et l'entraîna à grands pas vers la rue Ontario. Charles, comme à demi assommé, se laissait faire sans dire un mot. Deux ou trois fois, il tourna la tête en arrière. La Noire avait disparu, sans doute partie au bras d'un garçon. Quel garçon pouvait bien la mériter ?

— Tabarnouche ! elle t'a fait de l'effet, la négresse ! s'exclama Steve devant le silence prolongé de son compagnon.

Charles s'arrêta net, furieux :

— Hé! le fafouin! choisis tes expressions! Ce n'est pas une négresse! Tu ne vaux même pas sa petite culotte!

Et il reprit sa marche, la tête raide, regardant droit devant lui.

— C'est vrai qu'elle est pas pire pantoute, admit l'autre au bout d'un moment dans un aimable esprit de concession. Je me l'enfilerais sans problème, ça, c'est sûr, mais c'était la blonde à côté d'elle qui me faisait bander. T'as vu les totons et la paire de fesses?

Charles, tout à son éblouissement, ne l'écoutait pas; il revivait l'apparition de la Déesse noire, comme on fait rouler un bonbon dans sa bouche pour en savourer tout le jus.

Le soir, après le souper, il alla rejoindre Blonblon dans la remise, où son ami s'affairait à une réparation urgente, et il lui décrivit du mieux qu'il put son expérience de l'après-midi. L'autre l'écoutait, un sourire étonné aux lèvres, puis soudain, d'un signe discret, il lui fit signe de se taire: Céline, appuyée contre le mur extérieur près de la porte grande ouverte, épiait leur conversation. Charles se retourna, aperçut un bout de sa robe.

— Céline, fit-il sur un ton de reproche.

Elle surgit dans l'embrasure, les mains sur les hanches:

— Eh ben, quoi! J'ai bien le droit d'être dans la cour, moi aussi. Ce n'est pas de ma faute si t'es toujours en train de raconter des cochonneries.

Son dépit était tellement visible que Charles éclata de rire. Elle s'enfuit en étouffant un sanglot.

Il se retourna alors vers Blonblon, la bouche en diagonale, signe de grande perplexité. Celui-ci poussa un léger soupir et se remit à son travail.

— Qu'est-ce qu'elle a? demanda Charles au bout d'un moment.

Blonblon leva la tête et calmement, avec cette sagacité qui le mettait à part de tous les garçons de son âge, il lui expliqua que la colère de Céline venait sans doute de ce qu'elle était jalouse. Et, quand on est jaloux de quelqu'un, c'est qu'on l'aime.

— Céline m'aime? s'exclama Charles, ahuri. Mais elle est comme ma sœur!

— Que veux-tu? répondit Blonblon. On n'y peut rien. Tu aimes bien ta Noire, toi, et tu ne lui as même pas dit un mot.

Cette révélation troubla Charles pendant quelques minutes. Puis il se dit que Blonblon, avec toute sa psychologie, était dans les patates jusqu'au cou. Comment une petite fille de onze ans pouvait-elle tomber amoureuse d'un garçon de son âge?

Quand il se retrouva devant elle plus tard dans la soirée, Céline semblait avoir oublié la scène et ne lui manifesta pas d'attention particulière. Il en conclut que Blonblon avait tort et lui, raison. Il termina sa leçon d'histoire, bûcha ses maths (avec un succès moyen) et alla prendre sa douche. Et c'est dans le bruissement de l'eau tiède qu'il fut bien obligé de se prodiguer à lui-même les caresses dont il aurait aimé couvrir la belle Noire.

Le lendemain, il était au poste, rue Fullum, pour admirer sa Déesse. Il eut à peine le temps de l'entrevoir, car elle s'éloigna aussitôt avec un groupe de filles. Le jour d'après, il se fit accompagner d'Henri, à qui il avait avoué son coup de foudre pour la belle Noire; Steve avait refusé de le suivre, car il trouvait sa compagnie trop risquée. Mais la Déesse ne se montra pas. Les jours passèrent, Charles voyant ses attentes tantôt comblées, tantôt déçues. Son amour douloureusement platonique lui faisait comme de grands yeux de veau. Il se tenait seul dans les coins, les mains dans les poches, perdu dans sa rêverie, poussant de longs soupirs, comptant les heures qui le séparaient de Linda (il avait réussi à connaître son prénom). Steve Lachapelle ayant, parmi ses défauts, celui d'être un panier percé, on se mit à taquiner Charles sur sa passion. Quelques bons coups de poing lui assurèrent la paix.

Finalement, un après-midi, sa persévérance d'adorateur affamé finit par attirer l'attention de deux élèves de la polyvalente.

Ils traversèrent la rue et lui demandèrent pour quel journal il travaillait. Charles ouvrit la bouche, poussa deux ou trois sons inarticulés et prit la fuite, non sans avoir reçu un très solide coup de pied qui marqua d'un gros bleu son postérieur de soupirant anonyme. C'en était fait de ses séances d'idolâtrie à distance.

Deux semaines après l'incident, Charles arriva face à face avec la belle Linda en sortant d'une épicerie.

Il restait immobile, bloquant l'entrée, un sac entre les bras, gaga de ravissement.

— Qu'est-ce que t'as à me regarder comme ça ? s'étonna la Noire.

Il sentit son visage prendre en feu et sa respiration bloqua. Il jeta un regard de côté pour choisir son angle de fuite, mais soudain, comme si quelqu'un venait de le pousser dans le dos, il s'avança d'un curieux pas saccadé et, plantant son regard dans ses yeux magnifiques :

— Je te trouve belle... en saint-simonac !

Avait-elle déjà remarqué Charles ? Quelqu'un lui avait-il parlé de la passion qui le faisait flamber ? Elle éclata de rire :

— T'es gentil. Ça fait toujours plaisir à entendre... Mais va manger ta soupe, 'tit cul, il faut que tu grandisses encore. On se reverra peut-être dans une couple d'années...

Et, riant toujours, mais d'un rire tendre et maternel qui la rendait plus belle que jamais, elle lui tapota doucement la nuque, puis entra dans l'épicerie.

Charles partit en courant, à la fois ravi et humilié. Il ne parla jamais de sa rencontre à personne. Et, les rares fois où il voyait Linda, il faisait un détour pour l'éviter.

◆

Charles excellait dans toutes les matières, sauf en mathématiques, où il se montrait un élève plutôt médiocre. En novembre, à l'invitation de son professeur de français, Jean-René Dupras, il se mit à donner des séances de rattrapage à deux de ses camarades,

Steve Lachapelle et Olivier Giammatteo, joyeux tortionnaires de l'orthographe et de la syntaxe, et qui se dirigeaient à grands pas vers les terrains vagues de l'analphabétisme. C'était le système de *l'aide aux devoirs*, qui donnait généralement d'excellents résultats, car on avait constaté que la transmission du savoir se faisait souvent mieux entre pairs et en langage d'ado que par les voies officielles et professorales. Les séances avaient lieu pendant l'heure du dîner ou après la classe et se donnaient bénévolement.

Charles, tout fier de son nouveau rôle, y mettait beaucoup de zèle et se révéla bon professeur. C'était un élève fort apprécié de ses condisciples et des enseignants. Sous son entrain parfois débridé se cachait une gravité inhabituelle pour un enfant de treize ans et qui venait sans doute des dures expériences de sa vie passée.

Au bout de quelques semaines, le nombre de fautes dans les devoirs de Lachapelle et Giammatteo se mit à fléchir et devint même légèrement inférieur au nombre de mots qu'ils écrivaient, ce qui marquait une nette amélioration.

Ce fut pourtant à cause de son généreux travail d'assistance que Charles allait connaître une douloureuse humiliation.

Le trio s'était installé dans une classe vers la fin d'un après-midi et bûchait depuis une bonne demi-heure lorsque Olivier Giammatteo, écœuré jusqu'au tréfonds de son être par les règles d'accord du participe passé, décida, malgré l'interdiction formelle, de s'allumer une cigarette et réussit même à convaincre ses deux compagnons de l'imiter; Charles s'exécuta surtout pour leur faire plaisir.

Ce fut ce moment que le destin choisit pour amener Robert-Aimé Doyon dans les parages. Son odorat infaillible détecta aussitôt l'odeur haïe. Le directeur ouvrit la porte, surprit les fumeurs et, le visage rouge comme une brique, les expulsa de la classe en quelques mots rauques et saccadés, leur enjoignant de se présenter à la première heure le lendemain matin à son bureau. L'affaire semblait posséder dans son esprit l'ampleur de l'attaque de Pearl Harbor, du massacre de la Saint-Barthélemy ou de la crise d'Octobre.

Le lendemain matin, les trois élèves, après s'être fait longue-ment sermonner sur les effets cumulatifs de la nicotine et de l'insubordination, reçurent l'ordre d'aller nettoyer la cave de l'école chaque après-midi, de quatre heures à six heures et pour les trois jours à venir; il y régnait un fouillis poussiéreux de débris et d'objets inutiles que le concierge ne trouvait jamais le temps de mettre à la poubelle.

Robert-Aimé Doyon avait toujours su concilier les exigences de la discipline avec l'efficacité administrative.

Le deuxième jour, Steve Lachapelle, entre un éternuement et une quinte de toux, tomba par hasard sur une vieille boîte de carton, coincée entre deux pupitres éventrés, qui contenait des livres.

— *Hey*, Thibodeau! viens 'citte! J'ai trouvé quelque chose pour toi!

Charles s'approcha, examina les livres. Parmi des manuels de bienséances et des guides moraux à l'intention de la jeunesse catholique d'autrefois, il dénicha une édition illustrée de *Robinson Crusoé*, de Defoe, le théâtre complet de Corneille (en deux tomes), *L'Autre Monde ou les États et Empires de la lune*, de Cyrano de Bergerac, et *Le roman comique*, de Scarron. Sauf le premier, la plupart des titres ne lui disaient pas grand-chose. Cependant, après les avoir feuilletés, il les mit à part pour les emporter chez lui, convaincu qu'ils étaient comme tout le reste destinés au dépotoir.

Quelques minutes après le départ des trois élèves, Robert-Aimé Doyon apparut dans la cour pour inspecter leur travail. Son regard tomba sur la boîte de carton, qu'on avait posée sur un amoncellement de vieilles planches. Curieux, il l'ouvrit et s'étonna de voir, à côté de livres aux couvertures poussiéreuses, d'autres livres presque propres. Son instinct l'avertit qu'on les avait manipulés et que certains avaient sans doute été subtilisés. L'identité du voleur était facile à deviner. Ce n'était pas tellement le geste en lui-même qui l'offusquait, mais le fait qu'on l'ait accompli sans sa permission. Tout ce qui se trouvait dans l'école appartenait à l'école et rien n'en devait sortir sans une autorisation officielle accordée après un examen préalable.

Le lendemain matin, Charles montait en classe lorsqu'un élève vint l'avertir que le directeur désirait lui parler. Étonné et inquiet, il alla frapper à sa porte.

◆

— Entrez! lança une voix sourde et impérieuse.

Monsieur Doyon était assis derrière son bureau, les mains jointes sous le menton et portait ce matin-là un complet et une cravate noirs, car il devait assister une heure plus tard aux funérailles d'une de ses tantes, et cela avait comme creusé ses yeux qui semblaient cachés au fond d'une sorte de meurtrière d'où ils bombardaient l'extérieur de leurs regards glacials et sournois.

Charles s'arrêta au milieu de la pièce et sa bouche se dessécha.

— Comment vas-tu, mon Thibodeau? demanda le directeur avec une fausse bonhomie.

— Bien.

— Bien, monsieur le directeur.

— Bien, monsieur le directeur, répéta Charles d'un ton soumis.

— Tu obtiens de bons résultats en classe, à ce qu'on m'a dit, malgré ton caractère un peu... turbulent.

— Oui, monsieur le directeur.

— Tu es si fort en français que tu participes à l'aide aux devoirs. Je t'en félicite.

— Merci, monsieur le directeur.

— De rien. Je serais curieux de savoir pourquoi tu réussis à ce point en français.

— Parce que je travaille, monsieur.

— Bien sûr, bien sûr. On ne peut rien obtenir sans travail. C'est une des lois de la nature. N'y aurait-il pas une autre raison, Thibodeau?

— C'est aussi parce que j'aime beaucoup la lecture, répondit Charles après avoir réfléchi une seconde.

— Tiens, tiens, ça ne me surprend pas... J'aurais parié mes deux oreilles et le bout de mon nez que tu adores les livres. Et même que, lorsque tu en vois un, la tête se met à te tourner un peu et que tu ne sais plus trop trop ce que tu fais. Pas vrai?

Une rougeur significative se propagea dans le visage de Charles.

— Pas vrai, Thibodeau? répéta le directeur avec un sourire impitoyable. Réponds-moi. Pas vrai?

— Je croyais qu'on allait les jeter à la poubelle, monsieur le directeur.

— De quoi parles-tu? fit l'autre en feignant l'étonnement.

— Des livres que j'ai trouvés dans la cave hier après-midi, monsieur. C'est de ceux-là que vous voulez que je vous parle, non?

— Ah bon? Tu as trouvé des livres hier dans la cave. Et qu'est-ce que tu en as fait?

Charles fixait une petite fente au bas d'une plinthe dans le fond de la pièce. Il aurait voulu devenir minuscule comme Alice et s'y glisser pour échapper à tout jamais à cet homme exécrable qui s'amusait à l'humilier.

— Je les ai emportés chez moi, répondit-il avec effort.

Puis il ajouta, à l'invitation muette de Robert-Aimé Doyon :

— ... monsieur le directeur.

— Tu les a emportés chez toi? fit l'autre en posant son menton dans ses deux mains ouvertes, geste que Charles lui voyait faire pour la première fois et qui lui donnait un air à la fois bouffon et menaçant. Je ne comprends pas.

— Je viens de vous l'expliquer, monsieur le directeur. Je croyais qu'on allait les jeter à la poubelle. Alors, je me suis dit : « Aussi bien... »

— Je ne comprends toujours pas, l'interrompit Doyon. Mais je vais essayer. Il s'est peut-être passé un événement important qui change toute la situation... Hum... Qu'est-ce que ça pourrait bien être? Tiens, par exemple : est-ce que par hasard ton père aurait acheté l'école sans qu'on m'ait mis au courant?

Charles garda le silence. Une goutte de sueur glissait lentement le long de sa joue gauche. Il avait l'impression que ses pieds brûlants et gonflés cherchaient à faire éclater ses souliers. Il ressentait une légère nausée.

— Réponds-moi, Thibodeau. J'attends ta réponse.

— Il ne l'a pas achetée, monsieur.

— C'est bien ce que je pensais. Donc, il n'y a rien ici qui vous appartienne, ni à toi ni à lui, excepté, bien sûr, tes effets personnels. Est-ce que c'est vrai, Thibodeau ?

— C'est vrai, monsieur le directeur.

— Tu as donc volé ces livres ?

Charles fixait le plancher, les poings serrés. Ses dents glissaient les unes sur les autres en émettant de longs craquements qui se répercutaient dans sa tête.

— Réponds-moi, Thibodeau.

— Oui, je les ai volés, monsieur le directeur.

— Bien. Voilà un point important d'éclairci. Où demeures-tu ?

— Au 1967 de la rue Dufresne, monsieur.

— Va me les chercher. Je te donne dix minutes. Allez ! décampe !

Sept minutes plus tard, Charles, hors d'haleine, réapparaissait devant Robert-Aimé Doyon avec un sac de papier qu'il déposa sur son bureau. À son grand soulagement, il avait trouvé la maison vide, ce qui lui avait évité des explications embarrassantes.

Le directeur se mit à examiner le contenu du sac. Son visage s'adoucit alors légèrement. Éprouvant peu d'attirance pour la littérature, il n'avait lu aucun de ces bouquins, mais leur apparence vieillotte et fatiguée, et le nom de certains auteurs qui remuait en lui de vagues souvenirs scolaires lui indiquaient qu'ils appartenaient au genre « ancien et sérieux », ce qui leur donnait un statut honorable, ne serait-ce que pour l'ennui étouffant que leur lecture devait procurer. Du reste, on aurait pu tout aussi bien les jeter au feu, car ils ne présentaient pas la moindre utilité pour l'école. Robert-Aimé Doyon releva la tête et un sourire incrédule détendit un peu ses lèvres crispées :

— Et tu avais l'intention de lire ça ?

Charles, l'air dégoûté, fit signe que oui.

Le directeur continua son examen tout en poursuivant ses réflexions, mais la poussière le fit éternuer et, d'un geste brusque, il repoussa les livres à l'extrémité du bureau, puis se racla longuement la gorge. Soudain, ses yeux s'allumèrent et se mirent à rouler vivement au fond de leur orbite, signe qu'une solution pédagogique venait de jaillir dans son esprit. Allongeant les mains devant lui, il se cala dans son fauteuil, puis :

— En principe, Thibodeau, je n'ai aucune objection à ce que tu lises ces livres, mais n'oublie pas une chose, mon ami : chercher à s'instruire par le vol, comme tu viens de le faire, c'est comme arroser une plante avec de l'eau bouillante. On n'en tire aucun profit. Es-tu d'accord?

Charles approuva de la tête.

— Alors, voici ce que nous allons faire, poursuivit-il en saisissant un tome du théâtre de Corneille, qu'il se mit à feuilleter. Tu vas... euh... m'étudier... euh... *Le Cid*, tiens, une très bonne pièce en vers, ça, et demain après-midi, à quatre heures, plutôt que d'aller travailler dans le sous-sol avec tes deux compagnons, tu viendras m'en réciter – par cœur – les cent premiers vers.

Les épaules et la tête de Charles s'affaissèrent.

— Les cent premiers vers? murmura-t-il, horrifié.

— Les cent premiers vers. Demain. Quatre heures. Tu peux maintenant retourner en classe.

Mais le garçon demeurait immobile, sans paraître avoir entendu. Ces cent vers ballottaient dans sa tête comme un océan impossible à boire.

Un tourbillon de colère partit soudain du plus profond de lui-même contre ce dictateur imbécile qui s'amusait à faire baver les élèves, comme son propre père l'avait fait baver pendant des années; le tourbillon s'éleva et se gonfla en lui avec une force inouïe, balayant ses craintes comme de la poussière; Charles, devenu écarlate, fixait le directeur étonné avec un regard que ce dernier, en dix-huit ans de carrière, n'avait jamais vu chez un élève; c'était un regard qui, au lieu d'exprimer la crainte ou le ressentiment, l'éclaboussait du plus cinglant mépris. Il ouvrit la bouche afin de remettre à sa place ce drôle de petit morveux, mais Charles, s'avançant d'un pas, posa les mains sur son bureau et, d'une voix étouffée et tremblante :

— C'est stupide, monsieur le directeur. J'ai un examen demain après-midi. Je n'aurai pas le temps de l'étudier et je vais le couler.

Pendant quelques secondes, Robert-Aimé Doyon sentit sa tête se remplir de bulles. Les bulles tournoyaient follement, se heurtaient les unes les autres, puis éclataient, ne laissant que du vide. Jamais une pareille chose ne lui était arrivée.

Mais son calme revint aussitôt. Il releva lentement la lèvre inférieure, qui alla presque toucher sa moustache, et une expression guerrière s'épanouit dans son visage.

— Qu'est-ce que tu as dit, Thibodeau ? J'ai mal compris.

— J'ai dit que c'était stupide, monsieur le directeur, répéta l'autre d'une voix tout à coup moins assurée.

— Stupide ? Hum... Voilà la première fois que quelqu'un me parle de cette façon. Mais je suppose que tu dois avoir de bonnes raisons pour le faire. Et je dirais même, Thibodeau, que, plus j'y pense, plus je trouve que dans cette histoire *c'est toi qui as raison*. Oui. Tout à fait. Les examens avant tout. C'était stupide de ma part, comme tu dis, de ne pas te laisser le temps de les préparer. Alors, je vais changer ta punition. Tu auras trois jours pour apprendre tes vers. Mais tu en apprendras trois cents. Et, au lieu de venir me les réciter dans mon bureau, tu vas plutôt donner un petit spectacle dans la salle de récréation devant tous les élèves. Sur la scène, évidemment. Ce sera beaucoup plus amusant, tu ne trouves pas ? Je vais t'organiser ça en un tour de main. Maintenant, va-t'en.

Et il lui tendit le Corneille.

◆

Charles, atterré, se rendit en classe. Tout à ses angoisses, il n'entendit pas un mot du cours de mathématiques, au point que

427

monsieur Tousignant, son professeur, dut s'y prendre à trois fois pour attirer son attention, pour le plus grand plaisir de la classe. Son besoin de se vider le cœur était si impérieux que c'est à ce grand homme ennuyeux aux yeux de poisson mort et à la voix monocorde qu'il alla se confier à la fin du cours. Monsieur Tousignant écouta son histoire avec attention et n'émit aucun commentaire, mais l'expression de son visage montrait bien qu'il jugeait la punition cruelle et disproportionnée.

— Je vais aller le voir tout à l'heure, promit-il. Mais la prochaine fois, je t'en prie, surveille un peu ton langage.

Robert-Aimé Doyon avait beaucoup d'estime pour le professeur de mathématiques, qu'il trouvait « sérieux et à son affaire », mais se fâcha tout net au premier mot que ce dernier prononça en faveur de Charles, menaçant même d'ajouter cent autres vers si on venait encore l'importuner avec cette histoire.

Le lendemain, Charles coula son examen de géographie comme un cancre patenté, ayant passé toute la soirée à mémoriser *Le Cid*. La peur de l'humiliation lui donnait des crampes jusque dans les mollets. Car c'était bien là le but de la punition inventée par le directeur: l'humiliation publique. Il se voyait debout sur la scène, en train d'ânonner ses vers sous les ricanements de toute l'école rassemblée, et une sorte de vertige s'emparait de lui qui le laissait sans moyens. Alors il secouait brusquement la tête, retrouvait un peu de calme et continuait de s'acharner sur la pièce.

CHIMÈNE
Elvire, m'as-tu fait un rapport bien sincère?
Ne déguises-tu rien de ce qu'a dit mon père?
ELVIRE
Tous mes sens à moi-même en sont encore charmés:
Il estime Rodrigue autant que vous l'aimez:
Et si je ne m'abuse à lire dans son âme
Il vous commandera de répondre à sa flamme.

Au début, tout lui parut comme du charabia et il se mit à désespérer de pouvoir jamais apprendre ce qu'il ne comprenait pas. Mais, peu à peu, le texte fit son chemin en lui. Il devina que « flamme » voulait dire amour et « amants », amoureux. Il apprit, stupéfait, que dans cette Espagne ancienne c'était le père qui choisissait le mari pour sa fille et qu'une infante (c'est-à-dire la fille d'un roi) ne pouvait sans déchoir tomber amoureuse d'un simple chevalier, fût-il le plus beau, le plus intelligent et le plus courageux du monde.

Enfin, la querelle entre le comte de Gormas et don Diègue finit par se déployer dans son esprit comme une scène de cape et d'épée. Il se mit à détester ce comte jaloux qui avait le culot de souffleter un pauvre vieillard nommé à un poste qu'il convoitait. Certains vers du vaillant Corneille, malgré leur tournure un peu bizarre, commencèrent à résonner dans sa tête comme des plaques de bronze qu'on aurait entrechoquées :

Pour grands que soient les rois, ils sont ce que nous sommes :
Ils peuvent se tromper comme les autres hommes ;
....
Ô Dieu ! ma force usée en ce besoin me laisse !
....
— Rodrigue, as-tu du cœur ?
                    — Tout autre que mon père
L'éprouverait sur l'heure ....
— Je ne te dis plus rien. Venge-moi, venge-toi ;
Montre-toi digne fils d'un père tel que moi.
Accablé des malheurs où le destin me range,
Je vais les déplorer. Va, cours, vole, et nous venge.

Tout à son effort de mémorisation, il ne réalisait pas que les héros de la pièce étaient en fait Rodrigue et Chimène (quel drôle de nom!) et qu'il s'agissait d'une histoire d'amour. De temps à autre, l'élan passionné qui traversait *Le Cid* le soulevait. Mais que de mots à apprendre! Que d'entortillements à démêler! À tout moment, des torrents d'injures pestilentielles s'abattaient sur la tête de Robert-Aimé Doyon qui, quelques dizaines de rues plus loin, se reposait dans son confortable bungalow de la Cité-Jardin.

Charles passa toute la fin de semaine à bûcher ses trois cents vers, qui formaient le premier acte en entier. Cinq ou six fois par jour, il sortait de sa chambre et repérait une victime; celle-ci devait s'asseoir devant lui subito presto, *Le Cid* ouvert sous les yeux, et lui servir de souffleur. On ne le reconnaissait plus: il était devenu aigre, il avait la bouche mauvaise et sursautait au moindre bruit. Il flanqua un coup de pied à Bof, le premier qu'il lui eût jamais donné, puis se jeta sur lui en pleurant pour implorer son pardon, tandis que tout le monde gardait un silence atterré.

La nuit de dimanche à lundi ne fut pour Charles qu'une succession de réveils en sursaut, de soupirs et de marmonnements. Les vers de Corneille tournaient dans sa tête comme la lame d'une scie circulaire. Assis dans son lit, il se les répétait sans arrêt, l'œil agrandi d'angoisse, se voyant déjà debout sur la scène, les mollets tremblants, la voix mince comme un fil. Il avait raconté sa mésaventure à Blonblon, à Henri et à Steve; toute la classe l'appuyait. Mais que valait cet appui contre les moqueries d'une école entière?

Au matin, pendant le déjeuner, Lucie le trouva plus calme, avec quelque chose de stoïque. Il avait discuté un moment à voix basse dans le corridor avec Henri, qui avait eu de grands hochements de tête approbateurs, puis les deux garçons étaient descendus dans la cave pour en remonter avec un sac de papier dont personne n'avait eu le droit de voir le contenu.

— Laisse-les donc, avait dit Fernand à sa femme. Qu'est-ce que tu veux qu'il y ait dedans? Une bombe? Ils ont bien le droit de s'amuser... dans les limites du raisonnable, évidemment.

Et il lança un regard d'avertissement aux deux garçons. Puis, se penchant à l'oreille de Lucie:

— Ce fameux directeur y est allé un peu fort à mon goût. Il doit avoir du nazi dans le sang...

— Bonne chance, Charlot, murmura tendrement Céline en lui prenant la main.

— Bah ! t'en fais pas, lança-t-il, faraud. On va s'amuser.

Et il ouvrit la porte avec cette impétuosité chevaleresque qu'il imaginait à Rodrigue. Mais ce fut la gorge crispée et le cœur en ascenseur qu'il se rendit à l'école en compagnie d'Henri, qui essayait de le réconforter de son mieux. Sa hantise, c'était l'apparition de cette horrible gueule de poisson devant tous les élèves de l'école réunis. Si cela arrivait, il avait résolu alors de quitter la scène sur-le-champ, advienne que pourra.

Trois ou quatre élèves de sa classe l'attendaient devant la statue du Sacré-Cœur et lui donnèrent des tapes d'encouragement sur l'épaule.

— Je me suis arrangé avec Steve et la bande à Robert Parent, lui souffla Blonblon à l'oreille. On va t'applaudir. Qu'est-ce que t'as apporté dans ce sac ?

— Une surprise, répondit Charles, et il fila vers la classe.

Le directeur, debout devant la porte de son bureau, l'attrapa au vol d'une main vigoureuse et lui notifia que sa prestation aurait lieu après le dîner à une heure pile. Charles passa le cours de français plongé dans son Corneille avec l'approbation tacite de Jean-René Dupras. Quelques ricanements s'élevaient de temps à autre dans la classe, mais les élèves se montrèrent généralement calmes ce matin-là, comme s'ils avaient voulu aider le malheureux comédien à préparer sa performance.

— Mes chers amis, lança Robert-Aimé Doyon de sa voix rocailleuse qui essayait d'imiter la bonne humeur mais n'inspirait qu'antipathie, si, par exception, je vous ai rassemblés aujourd'hui dans notre salle de récréation, c'est pour vous permettre d'admirer le talent – et, j'espère, la mémoire – de notre ami Thibodeau.

Il se tourna vers Charles qui, debout près de lui, les traits pâles et tirés, fixait l'assistance d'un regard malgré tout assez ferme. Au moment de se diriger vers la scène, toutefois, le courage lui avait manqué et il avait laissé tomber son sac de papier dans les coulisses.

— Comme plusieurs d'entre vous le savent, notre ami Thibodeau n'a pas la langue dans sa poche – et il lui arrive même parfois d'utiliser certains mots impolis. Alors, pour l'aider à améliorer son vocabulaire, je lui ai demandé d'apprendre par cœur une bonne quantité de mots – tous polis, ceux-là –, en espérant qu'à l'avenir, lorsqu'il s'adressera à un représentant de l'autorité, il aura un plus grand choix à sa disposition, ce qui lui évitera de dire des grossièretés. Notre ami Thibodeau va donc vous réciter de mémoire les trois cents premiers vers d'une pièce de théâtre très belle et très ancienne, je veux parler du *Cid* de Corneille.

— Le cid' de pomme! lança un bel esprit.

— L'acide à batterie! répondit un rival.

Des ricanements couraient dans l'assemblée. Un élève imita avec sa bouche un gros bruit de pet. Un autre se mit à brailler *Only you* d'une voix de jeune mâle en rut. Steve Lachapelle se contorsionna si violemment qu'il frappa du coude un professeur et dut s'excuser. Robert-Aimé Doyon, d'ordinaire si pointilleux sur le protocole, souriait, les bras croisés, tandis que Charles, atterré, penchait la tête, résigné à son exécution.

— Vous remarquerez, poursuivit le directeur, que les personnages de la pièce s'expriment toujours d'une façon *très polie*, même quand ils ne sont pas d'accord entre eux. Cela pourra servir d'exemple à quelques-uns d'entre vous. Allez-y, Thibodeau.

Il descendit de la scène et se planta droit devant Charles dans la première rangée.

— *Elvire, m'as-tu fait un rapport bien sincère?* commença ce dernier d'une voix presque inaudible. *Ne déguises-tu rien de ce qu'a dit mon père?*

— Plus fort! cria une voix.

— On n'entend rien!

Charles ferma les yeux, prit une grande respiration et, voyant qu'il n'avait plus rien à perdre, décida de se lancer à fond de train dans son texte, comme un nageur pris par un tourbillon qui cherche à l'entraîner dans les profondeurs. Deux minutes passèrent. Le calme était peu à peu revenu dans la salle. Les élèves, ébahis par le sang-froid avec lequel leur camarade débitait ces tirades de chinois, se mirent à échanger des regards admiratifs. Une moue de plus en plus dépitée incurvait à présent les lèvres de Robert-Aimé Doyon. C'est que ce petit effronté semblait s'en tirer à merveille. Sa punition avortait. Il se verrait, lui, le directeur, peut-être forcé de le féliciter publiquement. Une main se posa sur son épaule.

— On vous demande au téléphone, souffla la secrétaire à son oreille. C'est urgent.

Quand Charles vit le directeur quitter la salle, il s'interrompit, envahi tout à coup par une joie sauvage :

— Minute ! lança-t-il à l'auditoire.

Il courut vers les coulisses et revint avec un large feutre à plume, vestige d'un déguisement de mousquetaire pour l'halloween, qu'il se planta sur la tête. C'était le stratagème pensé par Henri pour tenter de mettre les rieurs du côté de Charles.

Ce dernier était parvenu à son passage favori : l'altercation entre le comte de Gormas et don Diègue, à l'origine de tout le drame.

LE COMTE
Ce que je méritais, vous l'avez emporté.
DON DIÈGUE
Qui l'a gagné sur vous l'avait mieux mérité.
LE COMTE
Qui peut mieux l'exercer en est bien le plus digne.
DON DIÈGUE
En être refusé n'en est pas un bon signe.

Il sautait à gauche, puis à droite, changeant de position et de voix à chaque réplique, enlevant et remettant son feutre pour essayer de donner l'illusion de deux comédiens sur scène. Un profond silence s'était fait. Le petit Lamouche, incapable d'ordinaire de rester immobile et silencieux plus de trente secondes à la fois, comme si du café plutôt que du sang coulait dans ses veines, fixait Charles, la bouche entrouverte, paralysé de surprise et d'admiration.

LE COMTE
.... Ton impudence,
Téméraire vieillard, aura sa récompense.
(Il lui donne un soufflet.)
DON DIÈGUE
(Mettant l'épée à la main)
Achève, et prends ma vie après un tel affront,
Le premier dont ma race ait vu rougir son front.
LE COMTE
(Qui le désarme aussitôt)
Et que penses-tu faire avec tant de faiblesse?
DON DIÈGUE
Ô Dieu! ma force usée en ce besoin me laisse!

Charles, le feutre de travers, contemplait son épée imaginaire qui gisait sur le sol lorsque Robert-Aimé Doyon réapparut dans la salle et jugea d'un seul coup d'œil l'ampleur de sa défaite. Il revint silencieusement reprendre sa place dans la première rangée et observa encore un moment le jeune adolescent qui, emporté par l'ivresse et sûr à présent de triompher de l'épreuve que le directeur lui avait si malicieusement imposée, ne s'était même pas rendu compte de son retour.

— Ça suffit! hurla soudain Doyon en assénant un formidable coup de poing sur la scène. Qu'est-ce que c'est que ce déguisement ridicule, Thibodeau?

Six cents regards se braquèrent sur Charles, amusés, inquiets ou remplis d'une joie gouailleuse. Ce dernier enleva lentement son feutre et le laissa glisser le long de sa jambe; on entendit le frôlement du chapeau sur le plancher.

— Je... j'avais pensé que...

— Vous aviez pensé QUOI, monsieur Thibodeau? jappa le directeur, dont le front écarlate s'était bombé de curieuses protubérances.

— J'avais pensé, bafouilla Charles, qu'étant donné que... euh... la pièce se passe... euh... dans l'ancien temps... je veux dire du temps des... rois, alors, j'avais pensé...

— Voulez-vous que je vous dise, moi, ce que vous avez *vraiment pensé, mais que vous n'osez pas avouer,* Thibodeau? Vous avez pensé qu'en tournant votre punition en farce vous ridiculiseriez L'AUTORITÉ. Quittez cet air insolent! rugit-il en assénant un deuxième coup de poing sur la scène qui s'avéra fatal pour le bracelet de sa montre.

Un léger frémissement, fait de rires retenus à grand-peine, courut dans la salle.

— Pour réfléchir à tout cela, mon ami, je vous invite à rester chez vous jusqu'à lundi prochain. Compris? Et maintenant, fit-il en se retournant vers les élèves qu'une sourde agitation gagnait, que chacun retourne immédiatement à sa classe.

— T'étais bon en maudit, murmura Steve Lachapelle en passant près de Charles. Tu devrais faire des vues.

— Watatow! Champion! lui lança Blonblon avec un clin d'œil.

On lui serra discrètement la main, on lui fit des bourrades amicales, il était devenu un héros; Henri n'aurait plus jamais à le défendre, son prestige lui servirait désormais de bouclier.

Il sortit de l'école, encore tout secoué par la scène qu'il venait de vivre, et s'assit un moment dans les marches de l'entrée, un peu par bravade mais aussi parce que ses jambes amollies avaient besoin de repos. Le froid piquant de ce lundi du commencement de décembre qui attendait encore sa première neige le força bientôt à se lever.

«Vieux tata! lança-t-il mentalement au directeur en s'éloignant. Tu peux bien me tenir tout un mois en dehors de ton école, si tu veux, Blonblon et Henri vont me passer leurs notes, et moi, ça me fera des vacances!» Un sentiment de fierté et de libération l'envahit, mais l'inquiétude le dissipa aussitôt : comment Lucie et Fernand réagiraient-ils à son expulsion ? Bah ! il leur raconterait les événements tels qu'ils s'étaient déroulés, et l'odieux caractère de ce directeur apparaîtrait à leurs yeux aussi clairement qu'aux siens.

33

Il approchait de chez lui, les doigts tout engourdis, car, dans son trouble, il avait oublié ses gants à l'école, lorsqu'il aperçut les gyrophares d'une ambulance stationnée devant Chez Robert ; un petit attroupement s'était formé devant le restaurant ; il se mit à courir, pris d'une violente angoisse. Une civière surgit sur le trottoir, transportée par deux ambulanciers. Il eut le temps d'apercevoir la tête de Roberto, livide, les joues creusées, et ballottant comme si elle ne tenait plus à son corps que par un fil ; ses gros bras velus allongés sur un drap blanc lui semblèrent un instant privés de mains, tant celles-ci, devenues exsangues, se confondaient avec le tissu.

— Rosalie ! cria-t-il en voyant apparaître sur le trottoir la restauratrice vêtue d'une robe fleurie à fond jaune qui faisait une impression pénible dans cette scène lugubre. Qu'est-ce qui se passe ?

Elle montait dans l'ambulance derrière la civière et se retourna, la mine défaite, mais ne sembla pas le reconnaître, puis disparut dans le véhicule, qui s'ébranla aussitôt.

Charles se précipita dans le restaurant. Enserrant ses épaules, monsieur Victoire tentait de réconforter Liette, qui sanglotait, affalée au comptoir, son tablier chiffonné devant elle, tandis que Marie-Josée, la nouvelle serveuse, avec une expression de gravité qui avait étrangement vieilli son visage rond et rieur, lui caressait les cheveux en tirant des bouffées de cigarette.

— DONNEZ-LUI DE L'AIR! DONNEZ-LUI DE L'AIR! glapissait Édouard le perroquet, perché sur une tablette qu'il avait maculée d'une chiure. L'AMBULANCE VIENT PAS? L'AMBULANCE VIENT PAS? TROU DE CUL!

Une voisine, que Charles connaissait vaguement, servait du café à la ronde, l'air tragique et plein d'importance. La porte de la cuisine s'entrouvrit une seconde et Charles vit sur le plancher l'amas informe et multicolore d'une pizza piétinée. Des fragments rougeâtres de pizza maculaient le linoléum devant le comptoir.

— Charles, viens ici, mon gars, lança le chauffeur de taxi tout en continuant de consoler la serveuse en train de se moucher à présent dans son tablier.

Et, de sa voix grave et veloutée, qui semblait adoucir même les mots les plus terribles, il lui raconta le tragique événement.

Après s'être plaint durant tout l'avant-midi d'une douleur à l'estomac qui le taraudait comme la pointe d'un vilebrequin et avoir refusé obstinément de se faire conduire à l'hôpital malgré les objurgations de Rosalie, Roberto, vers onze heures, avait tout à coup ressenti un mieux.

— Tu vois bien, Lili, que c'était seulement ma digestion, avait-il déclaré en brandissant triomphalement un flacon de Fermentol. Vous autres, les femmes, vous êtes toujours en train de vous faire des peurs.

Comme il avait pris du retard dans son travail et que l'heure du dîner approchait, il s'était remis à la tâche avec la fougue d'un taureau qui vient d'apercevoir la vache de ses rêves.

Deux ou trois fois, Rosalie, encore inquiète, passa la tête par la porte battante de la cuisine:

— Et alors? Ça va?

— Ça va, ça va, que je te dis.

Mais sa voix saccadée et un peu haletante démentait ses paroles. Midi arriva. Le restaurant se remplit d'un bourdonnement joyeux ponctué par le cliquetis des ustensiles dans les assiettes et par la voix haut perchée des serveuses qui criaient leurs commandes. Les clients en appétit discutaient, échangeaient des plaisanteries ou feuilletaient un journal avec des gestes nerveux, excités par les bonnes odeurs, jetant un regard d'envie sur les dîneurs déjà servis. Les plats sortaient de la cuisine au rythme habituel. Rosalie, à la caisse, avait repris sa mine avenante et maternelle.

Liette longeait le comptoir avec un plateau chargé d'assiettes de bœuf aux légumes lorsqu'un bruit sourd retentit tout à coup dans la cuisine et fit trembler le plancher. Déposant prestement le plateau, elle entrouvrit la porte et poussa un cri :

— Madame Guindon ! Madame Guindon !

Un froid de mort avait figé l'animation du restaurant.

Rosalie, qui remettait de la monnaie à un client, s'élança vers la cuisine. Un second hurlement retentit, encore plus terrible que le premier :

— Miséricorde de saint amour du bon Dieu ! Il vient d'avoir un coup de sang ! Roberto ! Roberto !

Le pauvre homme gisait à plat ventre sur le plancher, la face dans une pizza qu'il venait de sortir du four et poussait de sinistres gargouillements. Rosalie tenta de le soulever tandis que la porte se remplissait de têtes effarées qui le fixaient en silence. Quelques minutes plus tard, l'ambulance arrivait dans un sinistre bruit de sirène. On fit des injections au cuisinier inconscient ; un masque à oxygène fut sanglé sur son visage ; quelqu'un prononça le mot « infarctus ». Rosalie laissa échapper un gémissement horrifié. Ce mot, qui sonnait comme un horrible craquement, lui causa un vertige et l'obligea à s'asseoir.

Charles courut à la maison annoncer à Lucie la mauvaise nouvelle sans penser une seconde à l'étonnement que lui causerait son apparition à cette heure. Elle était absente, sans doute sortie pour une course. Il erra pendant quelques minutes d'une pièce à l'autre, essaya de lire, puis de regarder la télévision, mais ses idées s'éparpillaient en tous sens comme une poignée de poussière au vent. Ne sachant que faire, il retourna au restaurant.

Là aussi, on avait verrouillé la porte. Un avis en grosses lettres rouges maladroitement tracées sur un morceau de carton annonçait :

◆

Une autre surprise attendait Charles à la fin de l'après-midi : Lucie ne s'était pas absentée pour une course, mais travaillait à la quincaillerie ; elle y travaillerait désormais six jours par semaine. Le commerce continuant de péricliter, Fernand avait dû mettre Clément à pied afin d'épargner un salaire et Lucie le remplaçait. On annonça la nouvelle à Charles comme s'il s'agissait d'une affaire quelconque ; mais il ne fut pas dupe. Du reste, une sorte de morosité flottait ce soir-là dans la maison. Lucie, exténuée par sa première journée de travail, prépara son souper à la va-comme-je-te-pousse et, pour la première fois depuis qu'il mangeait à la table des Fafard, Charles laissa son assiette à moitié pleine, car la fricassée méritait la poubelle. Fernand envoya sa femme se reposer au salon et se chargea de remettre la cuisine en ordre. De temps à autre, il chantonnait un ancien succès de Fernand Gignac :

> *Donnez-moi des roses,*
> *Mademoiselle,*
> *Donnez-moi des roses,*
> *C'est très important.*

Mais lui aussi avait sa journée dans le corps et sa voix un peu éraillée prenait par moments des accents de supplication qui serreraient le cœur ; on avait l'impression que ce n'était pas des roses qu'il demandait, mais quelque chose de bien plus essentiel, que la Chance s'obstinait à lui refuser.

Henri, qui s'était montré si gentil avec Charles durant l'avant-midi, ne lui adressa pas trois mots de toute la soirée. De temps à autre, il lui jetait un regard que Charles finit par trouver étrange, presque malveillant, comme s'il contenait un reproche. Mais lequel? Soudain, Charles se demanda si l'autre ne lui en voulait pas d'être devenu son frère adoptif, ce qui avait forcé Fernand d'allonger cinq mille dollars à ce menuisier dégueulasse qui l'avait engendré. Il en ressentit une douleur si cuisante qu'il se retira dans sa chambre avec Bof et passa le reste de la soirée étendu sur son lit, pelotonné contre son chien, dans un état de désarroi qui lui rappelait les années terribles qu'il croyait avoir laissées derrière lui à tout jamais.

Céline vint frapper à sa porte, lui demandant de l'aide pour un devoir; mais sa voix inquiète montrait bien qu'il ne s'agissait que d'un prétexte.

— Laisse-moi, Céline, soupira Charles au bout d'un moment, j'ai le goût de voir personne.

Cette journée, commencée dans la bravade et la gloire, s'achevait bien misérablement.

Par bonheur, Steve lui téléphona vers la fin de la soirée et, malgré l'heure tardive, réussit à le convaincre de sortir. Ils flânèrent un moment dans la rue Ontario, parcourue par un vent frisquet; Charles raconta à son ami le triste événement survenu Chez Robert dans la matinée, puis lui confia ses inquiétudes au sujet de la quincaillerie, qui semblait vouée tôt ou tard à la faillite.

Pour une fois, Steve n'essaya pas de tourner les choses en rigolade, mais écouta Charles avec beaucoup de sérieux et d'attention, et essaya de l'encourager de son mieux. Puis s'arrêtant tout à coup devant lui:

— Tu m'as l'air bien stressé, Charlot. Pas bon, ça. Les idées noires, ça finit par défoncer le caractère. J'ai quelque chose pour toi.

Charles le regardait, étonné.

— On devrait se trouver un coin tranquille, poursuivit Steve, pour se changer les idées... *t'sais veux dire*?

Et il sortit de la poche de son coupe-vent un petit sac de polythène rempli d'une matière brunâtre dont la vue était bien familière à Charles, qui en voyait circuler autour de lui depuis quelque temps. On l'avait invité à plusieurs reprises à « tirer un joint », mais, sans trop savoir pourquoi, il avait toujours remis l'expérience à plus tard.

— C'est mieux que du tabac, ça, Thibodeau. Tes idées noires vont devenir bleues et tu vas peut-être avoir la vision de mille millions d'années. Ça calme en tabarouette !

Charles souriait, déconcerté. Après sa journée en montagnes russes, il ne se sentait guère l'envie de « partir en voyage », mais Steve insista tant et tant qu'ils se retrouvèrent bientôt assis dans le petit parc de la rue Coupal, obscur et désert à souhait.

Charles toussa, puis s'étouffa. Il fut ridiculisé, encouragé, sermonné. Et, tout à coup, les difficultés de la vie s'aplatirent dans son esprit. Il se retrouva sur un plateau lisse et paisible, qui s'étendait à perte de vue, et il avançait bien tranquillement, le nez au vent, les mains dans les poches, tout en riant de sa façon de marcher.

◆

Le 20 décembre 1979, le gouvernement Lévesque déposait à l'Assemblée nationale le texte de la question référendaire sur la souveraineté du Québec. Depuis longtemps, l'idée d'un référendum sur la souveraineté alimentait d'orageux débats à l'intérieur du Parti québécois. Plusieurs étaient d'avis que l'élection d'un gouvernement souverainiste justifiait à elle seule la déclaration d'indépendance du Québec et le déclenchement des négociations avec Ottawa pour la mettre en œuvre. On les appelait les *purs et durs*. La faction des *modérés* avait des vues tout à fait opposées et croyait à une approche graduelle. L'élection d'un gouvernement souverainiste, selon eux, devait être suivie par une période d'exercice du pouvoir où un *bon gouvernement* donnerait confiance à l'électeur. Une fois celle-ci gagnée, on s'adresserait à lui par le moyen d'un référendum pour déterminer l'avenir politique du Québec. En 1973, Claude Morin, le père de l'*étapisme*, ancien haut fonctionnaire québécois et homme fort influent chez les indépendantistes (la révélation de ses accointances secrètes avec la Gendarmerie royale du Canada allait le discréditer plusieurs années plus tard) avait présenté son idée de référendum devant les instances du Parti, qui l'avait rejetée. L'année suivante, il réussissait à la faire adopter. Dès lors, le projet référendaire devint une pièce essentielle de la stratégie du Parti québécois. Les *purs et durs* considéraient les *modérés* comme des *peureux* qui dissimulaient leur manque de courage sous des stratagèmes entortillés. Ces derniers répliquaient en traitant leurs adversaires de *fanatiques*. Quoi qu'il en fût, c'étaient les modérés qui avaient remporté la victoire. Après avoir repoussé la consultation d'année en année, René Lévesque venait de prendre sa décision, car la fin de son mandat approchait. Et donc, le 20 décembre 1979, la question référendaire s'étalait à la une de tous les journaux :

> Le gouvernement du Québec a fait connaître sa proposition d'en arriver avec le reste du Canada à une nouvelle entente fondée sur le principe de l'égalité des peuples.
>
> Cette entente permettrait d'acquérir le pouvoir exclusif de faire ses lois, de percevoir ses impôts et d'établir des relations extérieures, ce qui est la souveraineté, et, en même temps, de maintenir avec le Canada une association économique comportant l'utilisation de la même monnaie.
>
> Tout changement de statut politique résultant de ces négociations sera soumis à la population par référendum.
>
> En conséquence, accordez-vous au gouvernement du Québec le mandat de négocier l'entente proposée entre le Québec et le Canada ?

Après avoir lu trois fois de suite la question, debout dans une allée de la quincaillerie, Fernand Fafard pâlit, puis rougit violemment et poussa un long grognement qui aurait sans doute fait peu d'effet dans la jungle mais en produisit un des plus marqués dans le magasin ; il s'enferma ensuite dans son bureau en demandant qu'on ne le dérange sous aucun prétexte.

Il y demeura trois heures, et personne ne sut jamais ce qu'il y fit. Mais le soir, en arrivant à la maison, il déclara à Lucie que le Québec était dirigé par des fous et qu'il fallait être fou soi-même pour les laisser préparer un tel désastre sans rien dire.

— Il y a une assemblée spéciale dans le comté de Claude Charron ce soir. Nous n'habitons pas le comté, mais je vais m'y présenter et je voudrais bien qu'on m'empêche de parler !

À dix-neuf heures trente, il était déjà sur les lieux, assis dans la deuxième rangée. Malgré la date peu propice aux réunions politiques, il y avait foule. Les gens débordaient d'enthousiasme, associant l'émancipation prochaine du Québec (dont presque personne ne doutait) aux Fêtes de fin d'année. Le quincaillier jetait des regards sombres autour de lui et grognait, mais de façon discrète cette fois, car il se sentait bien seul au milieu de ces naïfs au visage réjoui. Le ministre Claude Charron, assailli de poignées de main, se promenait le sourire aux lèvres, lançant des plaisanteries et galvanisant ses fidèles. La réunion débuta. Elle portait évidemment sur le référendum. Certains exprimaient des craintes, mais la plupart auraient souhaité qu'il se tienne le lendemain. Un vieux monsieur, réplique presque parfaite du Colonel Sanders avec sa chevelure et sa barbichette blanches, proposa la tenue d'un concours pour la création d'un hymne national.

Claude Charron éclate de rire :

— On va attendre, si vous voulez, d'avoir un pays.

Vers neuf heures, le mollet tremblant, Fernand Fafard s'approcha du micro.

— Désolé de vous faire de la peine à tous, mais je trouve que la question référendaire mériterait la poubelle, et rien d'autre. L'avez-vous vraiment lue ? Cent treize mots ! Quand on est rendu à la fin, on a oublié le début ! Et compliquée ! Imaginez : on demande aux gens la permission de leur demander plus tard une autre permission. Et tout ça, après des négociations avec Ottawa dont personne ici ce soir ne peut dire comment elles tourneront. En fait, sauf votre respect, monsieur le ministre, tout ça sent la peur à plein nez. La peur et les petits calculs. Vous allez voir : Trudeau, l'enfant de salope, va nous accuser d'essayer de tromper les gens. Dans ce genre d'affaire, monsieur le ministre, comme dans toutes les choses importantes de la vie, il faut être clair et net. Les entortillements et les tataouinages, ça tue une cause. J'ai dit ce que j'avais à dire.

Il retourna s'asseoir dans un silence glacial. Quelqu'un ricana dans son dos. Le Colonel Sanders darda sur lui un regard meurtrier, comme s'il avait assassiné la patrie sur la place publique. Claude Charron, légèrement embarrassé (partageait-il quelques-unes de ses appréhensions ?), s'éclaircit la gorge, puis, de cette voix familière et chaleureuse, infiniment séduisante, qui était la sienne :

— Je crois, mes chers amis, que vous allez tous être d'accord avec moi pour dire que ce n'est plus le temps de discuter et d'analyser, mais de se cracher dans les mains et de se mettre au boulot ! Bien sûr, rien n'est parfait, on pourrait peut-être trouver une meilleure façon de poser le problème de l'avenir du Québec aux Québécois, mais, à ce compte-là, à force de vouloir astiquer les chaudrons, on risque de ne jamais faire de popote... et de crever de faim ! Mes amis, le vent souffle du bon bord, on a une sacrée bonne équipe, le Canada nous montre comme jamais il ne nous l'a montré que la seule position où il nous voit, nous, les Québécois, c'est à genoux et les mains tendues, alors, allons-y, et vive la souveraineté !

La salle sombra dans le délire. Trois minutes plus tard, on avait oublié l'intervention du quincaillier. Malgré son dépit, il resta jusqu'à la fin de la réunion. Son départ précipité aurait trop souligné sa défaite. Des doutes se mirent à le ronger. Et s'il l'avait tout faux ? Mais comment le bon sens pouvait-il se tromper ? Est-ce que des arguments compliqués pouvaient persuader d'une chose simple ?

La réunion finie et la salle en train de se vider, il réussit à prendre Claude Charron à part quelques instants :

— René Lévesque vous aime, monsieur Charron, tout le monde sait qu'il vous considère comme son dauphin. Faites-lui changer la question, je vous en supplie, avant qu'il soit trop tard.

— Écoutez, mon bon monsieur, répliqua l'autre avec humeur, la politique, ce n'est pas un film. On ne peut pas rembobiner à volonté! Faut toujours aller de l'avant, et en faisant de son mieux. Si vous l'aimez si peu que ça, la question, eh bien, restez chez vous le jour du vote. Mais je suis sûr, ajouta-t-il aussitôt en lui tendant la main avec un large sourire, que vous allez nous voter un beau OUI!

Rosalie cherchait un cuisinier avec une frénésie angoissée, car la période qui précédait Noël, avec son magasinage intense, était une des plus lucratives de l'année. Pendant ce temps, Roberto, amaigri, le regard noir et comme sans fond, passait des journées entières allongé sur son lit d'hôpital sans dire un mot, n'ouvrant la bouche que pour annoncer qu'il abandonnait le métier.

Quand Rosalie reparut derrière son comptoir, Charles la trouva vieillie, soucieuse, impatiente. Pour une raison inconnue, elle avait pris Liette en grippe et ne lui pardonnait plus la moindre erreur. Son nouveau cuisinier, un grand homme aux oreilles décollées du nom de Rémi Goyette, taciturne, le visage indéchiffrable, portait une épaisse moustache noire qui le faisait ressembler à un Tatar; il avait appris son métier dans les chantiers et se débrouillait fort bien derrière une casserole, mais arrivait parfois éméché au travail et la cuisine se transformait alors en un drôle de carrousel! Un matin, sans avertissement, il ne se présenta pas au restaurant. Rosalie réussit tant bien que mal à tenir le coup toute seule pendant une journée et, quand il apparut le lendemain, expliquant son absence par une laryngite qui l'avait cloué au lit avec une fièvre de cochon, elle fit semblant de le croire et refoula sa colère de son mieux, car son sort dépendait de lui.

Trois semaines plus tard, il récidivait. Alors, sans dire un mot, elle se mit à la recherche d'un remplaçant et, lorsqu'elle l'eut déniché, elle alla trouver le cuisinier au moment où il quittait le restaurant, sa journée faite, et, la main légèrement tremblante, lui tendit une enveloppe en lui annonçant sa mise à pied. Il eut un sourire perfide, prit le chèque, s'inclina sans dire un mot, mais, en passant près d'elle, il lui écrabouilla le pied gauche et quitta le restaurant en fermant la porte si violemment que la vitre se fissura ; mademoiselle Galipeau, la couturière, en échappa sa tasse de thé sur ses cuisses, malheur qui eut des effets cutanés fort désagréables dont elle entretint la restauratrice pendant plusieurs semaines.

Un nuage noir semblait flotter désormais au-dessus de Chez Robert. On avait à peine entamé l'année 1980 que le nouveau cuisinier, pris du mal du pays, décida de retourner aux Îles-de-la-Madeleine. Rosalie en trouva aussitôt un autre, mais qui ne le valait pas, et la clientèle commença à se plaindre. Le 14 février, pendant une vague de froid, une conduite d'eau gela, causant un grand dégât dans le restaurant. Deux semaines plus tard, Roberto réapparaissait, pâlot et grisonnant mais le sourire vaillant, et, à la grande joie de sa femme et des clients, se remit aux chaudrons. La maladie, hélas ! avait bien diminué ses forces et il dut bientôt prendre un assistant, ce qui créait une charge de plus, alors que les affaires, pour tout le monde, n'étaient plus ce qu'elles étaient.

Une récession, en effet, s'annonçait par mille signes attristants. Le quartier connaîtrait une longue période d'appauvrissement qui allait le défigurer et le vider de ses meilleurs éléments. Des immeubles et des locaux de commerce deviendraient vacants, les incendies criminels se multiplieraient, des manufactures établies depuis le début du siècle et même avant fermeraient leurs portes.

Charles avait de moins en moins de travail au restaurant. Rosalie soupirait en le voyant passer parfois une heure entière, assis sur une banquette, plongé dans le journal ou dans un livre, attendant la sonnerie du téléphone qui amènerait une livraison avec son pourboire habituel.

Un samedi soir particulièrement morne qu'il bâillait devant l'appareil de télévision suspendu dans un coin près du plafond, essayant avec deux ou trois clients de trouver de l'intérêt à une partie de hockey insipide, elle s'approcha avec un chocolat chaud et une assiette de biscuits, qu'elle déposa devant lui.

— Ce n'était pas nécessaire, madame Guindon, fit-il en lui adressant un grand sourire, j'ai très bien soupé ce soir.

— Bah! avec ce vent qui souffle dehors, t'as besoin de calories, mon garçon, si jamais tu dois sortir... Si jamais, reprit-elle avec une moue amère.

Elle s'assit pesamment sur la banquette en face de lui, le regarda un instant avaler avec appétit sa collation, puis :

— Charles... il faut que je te dise un mot.

Sa voix changée fit sursauter l'adolescent qui leva sur elle de grands yeux étonnés.

— Il serait peut-être bon que tu commences à te chercher un emploi ailleurs. Je ne peux plus t'offrir grand-chose ici, moi, et ça me fait de la peine de te voir perdre ton temps. Après tout, t'as besoin d'argent comme tout le monde.

Un pli de contrariété apparut sur les lèvres de Charles. Il mastiquait son biscuit, le regard ailleurs.

— Je suis sérieuse, Charles, insista la restauratrice.

Alors il posa les mains sur le rebord de la table et, avec une gravité qui fit sourire la quinquagénaire malgré elle :

— Madame Guindon, vous devriez avoir honte de me parler comme ça. Je trouve que vous manquez un peu de courage. Les affaires vont finir par s'arranger, vous allez voir. Roberto n'est revenu que depuis deux semaines et il y a encore bien des gens qui ne le savent pas. Moi, j'aime ça, travailler pour vous. Ici, je me sens comme chez moi. Si vous voulez que je parte, il va falloir que vous me mettiez à la porte, comme vos cuisiniers.

Elle lui saisit une main et l'embrassa, un geste fort inusité chez elle et qui plongea dans la plus profonde stupéfaction monsieur Vlaminck, un plombier à la retraite venu prendre quelques moments de repos loin de sa femme.

Malgré tous les efforts de Roberto, les affaires ne retrouvaient pas leur allant; et, chose plus grave, le cuisinier s'était pris de dégoût pour son métier, « un tue-monde qui l'amènerait au cimetière avant la fin de l'année ».

Un matin de mars, en se rendant à l'école avec un macaron du OUI fièrement épinglé sur leur coupe-vent, Charles et Henri aperçurent une affiche dans la vitrine du restaurant. Roberto et Rosalie venaient de le mettre en vente. Charles s'arrêta un moment, atterré, haussa les épaules avec une moue de dépit, puis poursuivit son chemin en silence.

— C'est mieux qu'ils vendent, non? fit Henri pour tenter de le consoler. Il n'est plus capable, Roberto. Aimes-tu mieux qu'il pète au frette?

— Je suis sûr que ça ne sera plus jamais comme avant, se contenta de répondre Charles.

Et il eut l'air abattu durant tout l'avant-midi.

◆

L'année scolaire s'acheva sans autre conflit spectaculaire entre Robert-Aimé Doyon et Charles. Ce dernier, soumis à la plus perfide et minutieuse surveillance, avait décidé de jouer de finesse et se montrait aussi sage et discret que peut l'être un garçon de treize ans dans une école secondaire. Il y eut bien quelques accrochages, mais pour des sujets si futiles que le directeur ne trouva pas l'occasion de faire éclater dans toute sa splendeur la puissance vengeresse de son autorité.

Vers la fin du printemps, Chez Robert avait fermé ses portes. Roberto, qui possédait un peu d'argent, avait décidé de prendre de longues vacances avec sa compagne dans les Laurentides, où il avait loué un chalet, et il avait confié la vente de son commerce à un agent. Le jour de la fermeture, il y eut une fête d'adieu pour les amis et les habitués; on servit de la bière, des boissons rafraîchissantes et des pizzas, les dernières, jura Roberto, qu'il confectionnait de sa vie. Des yeux s'humectèrent; Rosalie, lasse mais soulagée, donna un nombre incalculable de baisers à tout un chacun. De sa voix retentissante, Fernand Fafard fit un éloge comique du couple, essayant de tourner cette malheureuse histoire en plaisanterie. Monsieur Victoire y alla d'une tout autre façon et l'envolée sentimentale dans laquelle il se lança avec sa voix somptueuse, debout entre le cuisinier et sa femme qu'il tenait enlacés, fit renifler bien des gens et tira même quelques sanglots. Charles, assis seul dans un coin, une cannette à la main, contemplait la scène d'un œil pensif.

Était-ce l'effet de la puberté? Blonblon avait presque abandonné son atelier de réparation, portant un coup mortel à l'intérêt de son associé pour leur petit négoce. Il préférait à présent consacrer ses moments libres à vagabonder avec Charles et Henri dans les rues du quartier, activité fort peu lucrative mais qui semblait présenter beaucoup plus d'intérêt. Ils flânaient le long de la rue Ontario et dans les environs de la station de métro Frontenac, cherchant des pièces de monnaie oubliées dans les téléphones publics, ramassant les cannettes et les bouteilles consignées, liant parfois conversation avec des inconnus et tirant tout le profit possible des nombreux enseignements de la rue. Lucie commença à s'inquiéter de ce changement de comportement. Elle en parla à son mari qui tempêta, promulgua des règlements, émit des avertissements et des considérations morales de tous ordres, mais n'obtint qu'un succès relatif. Puis il se dit que le bon naturel des garçons et le goût de la lecture qui n'avait pas encore abandonné Charles feraient en sorte que les choses finiraient par s'arranger d'elles-mêmes. Toutefois, c'est avec une attention inquiète qu'il lut un long article sur les méfaits de la drogue paru dans *Le Nouvel Observateur*, que lui avait remis un soir le notaire Michaud avec un regard significatif.

À vrai dire, le pauvre quincaillier ne savait plus trop, par moments, où donner de la tête. Malgré tous ses efforts, ses affaires ne se redressaient pas. Lui qui avait toujours vécu largement voyait approcher le jour où il ne pourrait plus que vivoter.

— Il faut laisser passer la tempête, soupirait-il chaque soir en allant rejoindre sa femme au lit. L'important, c'est de garder la tête en dehors de l'eau.

La défaite du OUI au référendum l'avait beaucoup affecté. L'honneur des Québécois en avait été barbouillé, disait-il, et il déclarait à tout venant qu'un peuple assez minable pour se refuser à lui-même la liberté méritait tous les coups de pied au cul, constitutionnels et autres, qu'on voudrait bien lui donner. Mais, poursuivait-il du même souffle, il ne fallait pas trop accabler ses compatriotes. Trudeau et son équipe fédérale de tricheurs avaient foulé au pied la loi référendaire, menant une campagne parallèle à celle du camp du NON ; la loi avait alloué un budget de deux millions deux cent mille dollars à chacun des camps ; Ottawa en avait dépensé dix-sept de plus ! Pourquoi s'était-on borné à dénoncer le fait, sans plus, au lieu de mettre sur pied une commission d'enquête, de porter l'affaire devant l'opinion internationale et de reprendre l'exercice, avec, cette fois, une chance réelle de l'emporter ? Mais non ! Au lieu de cela, tout le monde s'était enfoncé dans une déprime stupide et honteuse, et on ne cherchait plus à présent qu'à oublier, oublier à tout prix en s'adonnant à toutes sortes de niaiseries. Têtes de poutine !

Malgré ses critiques à l'endroit de la stratégie du gouvernement québécois, Fernand Fafard avait travaillé comme un bœuf durant la campagne, par conviction d'abord, mais peut-être aussi pour oublier ses difficultés financières, qui l'aigrissaient et l'empêchaient de dormir. Il avait fait du porte-à-porte, organisé des assemblées de cuisine, passé des soirées au téléphone à sonder ou tenter de convaincre les gens ; une grande affiche du OUI avait trôné sur la façade de sa maison et il avait fallu que sa femme pique une colère bleue pour qu'il n'en place pas une semblable dans la vitrine de la quincaillerie. Lucie, en effet, souverainiste elle aussi mais prudente avant tout, le blâmait d'étaler ainsi ses convictions politiques ; cela ne pouvait que leur faire perdre des clients, chose superflue dans les circonstances !

— Ceux-là, je n'en ai pas besoin, répliquait-il avec un dédain superbe.

Mais le commerçant remontait aussitôt à la surface et ajoutait :

— Et puis tu t'inquiètes pour rien, ma belle. Quand la poussière sera retombée – et que nous aurons enfin un pays comme des gens normaux, tornade de clous ! –, ils me reviendront tous, tu verras, car c'est la loi du meilleur et du moins cher qui a toujours le dernier mot. D'ailleurs, au moment où je te parle, elle fonctionne toujours. Il y a peut-être dans le quartier deux ou trois fanatiques assez fous pour vouloir payer un tournevis cinq piastres de plus chez mon concurrent parce qu'ils n'aiment pas mes idées. Ce n'est pas eux qui me rendront riche ou pauvre, et ça me fait plaisir de les envoyer sucer les orteils de Trudeau !

Au début d'avril, vers la fin d'un après-midi, René Lévesque, en tournée dans le comté, et qu'on avait mis au courant du courageux appui que Fafard accordait à la cause, était venu lui rendre visite à la quincaillerie, entouré de quelques sommités locales.

Du coup, toutes les objections de Fernand s'étaient évaporées. En fait, le quincaillier considérait ce jour comme un des plus beaux de sa vie.

— Monsieur Lévesque ! quelle grande visite ! avait-il bafouillé, tout rouge de plaisir, en voyant apparaître le premier ministre sur le seuil de sa porte.

Il s'était précipité vers lui, la main tendue, écrasant par mégarde le pied d'un client qui surgissait d'une allée.

— Attention, monsieur Fafard, s'était esclaffé le politicien, vous êtes en train de me maganer un électeur.

— Ce n'est rien, ce n'est rien du tout, monsieur Lévesque, avait assuré l'homme avec une grimace de douleur.

Charles était alors arrivé, à la recherche d'un écrou pour sa bicyclette, et s'était figé sur place, comme à l'apparition du Messie. Le quincaillier l'avait présenté au premier ministre :

— Charles, mon garçon. Un de mes deux garçons, en fait. J'ai aussi une fille.

René Lévesque avait serré la main de l'adolescent avec un grand sourire, en le regardant droit dans les yeux, et celui-ci, pendant une seconde, avait senti qu'il occupait *toute l'attention* de cet homme pourtant chargé de si lourdes responsabilités.

Fernand avait tenu à faire visiter sa boutique de fond en comble au premier ministre, qui avait ravi le quincaillier par la pertinence de ses questions sur son commerce. (« Des questions *songées*, comme seule une grosse bolle peut en poser », avait-il déclaré par la suite.) Charles les suivait pas à pas, un peu en retrait, buvant les paroles de l'homme d'État. De temps à autre, il levait sa main droite pour la contempler, ébahi. *Dire qu'elle venait de serrer la propre main de René Lévesque!* Elle en avait acquis un caractère presque sacré. Ah! si on avait pu prendre une photo! C'est les copains qui feraient toute une tête, le lendemain, lorsqu'ils apprendraient l'événement!

Pour une fois, il y avait un peu d'affluence. Lévesque avait causé avec les clients, qui s'étaient amassés autour de lui, l'œil admiratif, car il se trouvait en territoire ami; un vieux monsieur observait la scène à quelques pas, les lèvres pincées en un pli de désapprobation. Lorsque Lévesque l'avait abordé, l'autre lui avait tourné le dos et avait quitté la boutique en coup de vent, affichant son hostilité comme un drapeau.

Pendant une seconde, cela avait jeté un froid, mais quelqu'un avait lancé une plaisanterie, tout le monde avait pouffé et monsieur Lévesque avait eu cette petite grimace amusée, si expressive, qui faisait partie de l'arsenal de ses charmes.

— En voilà un qu'on ne sera pas obligé de convaincre, s'était-il contenté de dire avec un haussement d'épaules.

— Pensez-vous qu'on va gagner, monsieur Lévesque? avait demandé Fafard, inquiet, au politicien sur le point de partir.

— Il faut travailler fort, jour et nuit, comme vous le faites, s'était contenté de répondre ce dernier en posant sur lui son regard vif et pénétrant, où le fond de la pensée ne se livrait pas toujours. Et alors, on va gagner, je vous l'assure.

Le soir du 20 mai, Charles, assis au salon devant la télé avec toute la famille et quelques voisins, avait suivi le dévoilement des résultats d'abord avec passion, puis avec une angoisse qui s'était bientôt transformée en une tristesse visqueuse, écœurante. Tout le monde s'était tu. Un grand jeune homme, affalé sur le tapis, une bière entre les jambes, sanglotait en marmonnant de vagues imprécations. Fernand, assis droit dans son fauteuil, fixait le petit écran, le visage ruisselant de larmes, sans prendre la peine de les essuyer. Lucie avait posé une main sur son genou et le tapotait de temps à autre. À la fin de la soirée, Lévesque était apparu sur la scène du Centre Paul-Sauvé, accompagné de sa femme et de la ministre Lise Payette, tout de noir vêtues. Il s'était approché du micro, petit homme frêle au visage éteint, incapable, semblait-il, de voir dans la défaite le long chemin malgré tout parcouru, et avait attendu de longues minutes que l'ovation s'achève. Puis le silence s'étant installé peu à peu :

— Si je vous ai bien compris, avait-il alors lancé de sa voix enrouée de fatigue, vous êtes en train de me dire : à la prochaine fois !

Lucie avait eu comme un sanglot et s'était penchée en avant, les mains tendues, découvrant un peu sa poitrine abondante :

— Il a l'air tellement triste, on voudrait le prendre dans nos bras.

— C'est bien le temps, à présent, avait grogné son mari.

34

Au début de l'été, Chez Robert changea de nom pour celui de L'Oiseau Bleu. Après d'âpres négociations, qui avaient pris trois bonnes semaines, Constantin Valiquette avait pu acquérir le restaurant à un prix « raisonnable ».

C'était un homme maigre et nerveux, dans la quarantaine, de taille moyenne, au teint brouillé, avec une grosse tête ; il marchait à petits pas secs et brusques comme s'il avait eu les chevilles entravées par une corde. Ses étranges lèvres molles, qui faisaient penser à celles d'une grosse femme, ses narines sombres et caverneuses, où l'on aurait pu entrer le pouce, et surtout ses petits yeux fureteurs, tour à tour curieux et méfiants, ne lui composaient pas un visage très sympathique. Et, effectivement, il ne l'était guère.

Depuis longtemps, en effet, Constantin Valiquette avait divisé les choses de ce monde en deux catégories : les proies et les agresseurs. Sa méfiance, il l'attribuait à deux événements majeurs de sa vie. Le premier était survenu en 1947 et avait causé la mort de son père. Ce dernier, un vieil homme à demi sourd, restaurateur lui aussi, était sorti à toute vitesse un jour de son établissement, s'était engagé dans la rue sans regarder, et un camion l'avait percuté. Constantin Valiquette en avait tiré une leçon : « Il faut voir où l'on va. » Le second événement, qui l'avait directement impliqué, était survenu en 1953 dans les toilettes de l'ancien cinéma Loew's, rue Sainte-Catherine, alors qu'il était encore étudiant. Debout devant l'urinoir, sa serviette de cuir entre les jambes, il était en train de soulager une vessie qui le réclamait depuis longtemps, lorsqu'il avait senti un glissement contre ses souliers.

— *Hey !* au voleur ! avait-il hurlé, furieux.

Mais le temps qu'il remette son appareil génital en place et remonte sa braguette, l'homme avait filé dans l'immense salle et s'était évanoui dans l'obscurité. Il avait tiré de cette mésaventure une seconde leçon : « Il faut surveiller ses arrières. » Et les deux leçons se dressaient devant lui comme des phares, balayant les méandres parfois obscurs de sa vie.

Le 26 juin 1980, un camion équipé d'échelles s'arrêta devant Chez Robert et des ouvriers se mirent à l'œuvre. On arracha l'enseigne, dont Charles était si fier, et on la remplaça par une enseigne plus longue et plus large où s'étalaient, à gauche d'un oiseau bleu aux ailes déployées,

L'OISEAU BLEU

en lettres bleues et, dessous, en lettres rouges plus petites,

METS CANADIENS, ITALIENS ET CHINOIS

Charles et Blonblon, postés de l'autre côté de la rue, assistèrent à l'opération, trouvèrent la nouvelle enseigne ridicule et se promirent de ne plus jamais mettre les pieds dans la place, Charles déclarant avec vigueur qu'il se sentirait déshonoré d'aller y offrir ses services.

Cependant, depuis quelques semaines, il ne cessait de penser aux cinq mille dollars que Fernand avait dû remettre à son père pour que celui-ci accepte l'abandon de ses droits de paternité. Cette affaire le rendait de plus en plus malheureux.

Sans porter directement sur les difficultés financières de la quincaillerie, les conversations dans la famille Fafard en étaient souvent teintées. La joie pétulante qui avait rempli si souvent la maison était traversée à présent de pénibles moments de morosité. Un rien suffisait parfois à mettre Fernand en colère; Lucie, qui cumulait les soins de la maison et son travail au magasin, se couchait chaque soir à neuf heures, fourbue. Charles se disait que ces cinq mille dollars auraient été bien utiles à Fernand et qu'il regrettait peut-être maintenant de s'en être départi, alors que rien ne l'y obligeait. Comme ç'aurait été épatant de s'amener devant lui un bon jour avec cinq billets de mille dollars à la main et de les lui remettre en disant : « Fernand, tu t'es montré tellement généreux envers moi... C'est ma façon de te remercier ! »

Mais ce rêve ne risquait pas de se réaliser de sitôt. Charles n'avait plus aucune source de revenu et son compte en banque, autrefois si imposant pour un garçon de son âge, venait de passer sous les cent dollars. Le jour approchait où il serait obligé de demander de l'argent de poche à ses parents adoptifs, qui, du reste, lui en donnaient de temps à autre.

Aussi, le 8 juillet, revenant sur ses déclarations, se présenta-t-il de bon matin à L'Oiseau Bleu avec l'intention d'offrir ses services au patron comme livreur et commissionnaire.

On avait repeint (en bleu, évidemment) l'intérieur du restaurant et remplacé les tabourets du comptoir, dont certains sièges, il est vrai, étaient crevés par endroits. Pour le reste, tout était comme avant. Marie-Josée fila devant lui avec un plateau chargé d'assiettes et lui adressa un grand sourire, ce qui donna à Charles le courage de s'avancer. Puis il s'arrêta de nouveau, intimidé. Debout derrière la caisse, Constantin Valiquette l'observait en se tripotant machinalement les lèvres. D'un mouvement de tête, il lui fit signe d'approcher.

— Bonjour, monsieur, fit l'adolescent. C'est vous le propriétaire?

Nouveau mouvement de tête. Charles, un peu troublé, se présenta, ajoutant qu'il demeurait à deux pas du restaurant, rue Dufresne.

— Eh bien! salut, mon gars, répondit l'autre sans ressentir apparemment le besoin de se présenter lui-même. Qu'est-ce que je peux faire pour toi?

Charles, qui regrettait déjà sa démarche, poursuivit en disant qu'il avait travaillé comme livreur à l'ancien restaurant durant près de quatre ans, qu'il connaissait parfaitement le métier et pourrait lui être fort utile.

— Tiens, tiens, tiens, comme livreur, comme livreur, marmonna Constantin Valiquette, tripotant toujours ses lèvres.

Et il se mit à le questionner minutieusement sur l'ancien établissement, la façon dont il était tenu, sa clientèle, les habitudes de cette dernière, les changements qu'on avait dû apporter au menu au cours des ans, les dommages que l'immeuble avait pu subir, les véritables raisons qui avaient incité Roberto à vendre son commerce, la qualité de ses relations avec la police et les inspecteurs du service d'hygiène, etc. De temps à autre, il s'interrompait pour servir un client. L'entretien dura une bonne demi-heure. Charles, partagé entre la crainte et l'espoir, et ne sachant où l'autre voulait en venir, répondait de son mieux et jetait de temps à autre un coup d'œil dans la rue.

Valiquette dut s'occuper pendant quelques minutes d'un client qui prétendait avoir trouvé une erreur dans son addition, puis, revenant à Charles :

— C'est bien dommage, mon garçon, mais je n'ai pas besoin de livreur de ce temps-ci. Merci pour les renseignements. À une prochaine, peut-être.

Et il lui tendit la main avec un grand sourire.

— Bon anniversaire, mon Charles ! s'écria le notaire en s'avançant vers lui, une boîte enrubannée dans les mains. Attention de l'échapper, c'est un peu lourd.

— Quatorze ans déjà ! murmura Amélie Michaud avec une expression dont il était difficile de savoir si elle manifestait de la joie ou de la tristesse.

— Eh oui ! quatorze ans ! lança Fernand Fafard. Presque un homme !

Charles eut une moue d'agacement :

— Fernand, arrête de me parler comme si j'étais un bébé.

Et, tout rose d'émotion, il se mit à déballer son cadeau. La scène se déroulait dans le salon du notaire en présence des membres de la famille Fafard, de Blonblon, de Steve Lachapelle et même – ô surprise ! – de Roberto et de Rosalie, venus spécialement des Laurentides pour l'occasion. Parfait Michaud avait tenu, cette année-là, à fêter chez lui l'adolescent, car, disait-il, « sans être mon fils, tu es ce que j'ai eu de plus approchant ». Amélie Michaud avait travaillé comme une forcenée pendant toute une journée pour préparer un *menu santé*, puis, découragée tout à coup par l'ampleur de la tâche, s'était adressée à un traiteur.

— Que c'est donc *cute* ! s'écria Rosalie avec un ravissement un peu forcé en voyant surgir de la boîte de carton un chien de bronze en position assise, haut d'une trentaine de centimètres,

457

d'aspect robuste, aux oreilles pointues, à la poitrine haute et bombée, aux pattes antérieures massives, à la queue enroulée sur le dos, de facture, à vrai dire, plutôt ordinaire.

— En tout cas, c'est original, précisa Roberto en desserrant sa cravate.

Et il cala le reste de son verre de bière.

Steve Lachapelle, tout intimidé par les lieux et la présence du notaire et de sa drôle de femme, avança sa longue main pour tâter la statuette, aussitôt suivie du museau de Bof, qui se mit à la renifler minutieusement.

— Il s'agit, mon Charles, du chien Hachiko, déclara le notaire qui affectionnait parfois une certaine grandiloquence. C'est la réplique en miniature d'une statue qu'on a érigée à la gare Shibuya à Tokyo en 1934. Elle évoque l'histoire très émouvante d'un chien et de son maître. Veux-tu que je te la raconte? De toute façon, je me passerai de ta permission. Hachiko appartenait à un professeur de l'Université de Tokyo qui prenait chaque jour le train à Shibuya pour se rendre à son travail. Le chien avait pris l'habitude de l'accompagner à la gare le matin, puis d'aller l'accueillir le soir à son retour du travail. Or, un jour de mai 1925, le pauvre homme a été foudroyé dans son bureau par une crise cardiaque. Eh bien! le lendemain *et pendant les neuf années qui ont suivi* – c'est-à-dire jusqu'à sa mort –, Hachiko a continué d'aller chaque soir à la gare, dans l'espoir que son maître réapparaîtrait. Son attachement a tellement frappé le personnel de la gare et les résidants du coin qu'on lui a dressé un monument, célèbre dans tout le Japon; beaucoup d'habitants de Tokyo (qu'on appelle Tokyoïtes) le choisissent de nos jours comme point de rendez-vous. Et Hachiko est devenu le symbole par excellence de la fidélité. Les amoureux viennent y échanger des serments éternels, chose, à mon avis, fort imprudente, mais il faut croire que la nature humaine est portée sur les sentiments.

— Sauf la tienne, évidemment, murmura Amélie en posant un œil narquois sur son mari.

— J'ai pensé, poursuivit le notaire sans relever la remarque, que cette statuette pouvait te faire plaisir, toi qui as toujours adoré les chiens.

— Oh oui! monsieur Michaud, je la trouve très, très belle, merci beaucoup! répondit Charles en s'avançant vers lui.

Il lui serra vivement la main, puis, jugeant cette marque de reconnaissance insuffisante, il se jeta dans ses bras.

Lucie éclata de rire:

— Château! Alors là, on peut dire que vous n'avez pas manqué votre coup, monsieur Michaud. Il est aux petits oiseaux!

— Appelez-moi Parfait, Lucie, voilà plusieurs fois que je vous le demande.

— Parfait, t'es parfait! lança Fernand, la bouche encombrée par un canapé.

Et il appliqua sur l'épaule du notaire une claque qui fit tressauter ses lunettes.

Blonblon palpait le chien de bronze avec des gestes respectueux:

— C'est mon père qui serait content de le voir. Il s'est toujours intéressé au Japon.

On avait installé contre un mur une longue table où s'étalait un buffet comme Charles n'en avait jamais vu. En allant se servir une troisième portion de galantine de veau, il aperçut le bout de la queue de Bof qui dépassait de sous la longue nappe blanche et s'accroupit devant lui, pensant que le chien s'était faufilé dans la pièce pour chiper de la nourriture. Il n'en était rien. Bof dormait, le museau entre les pattes, un peu assommé par le bruit des conversations, car on avait déjà vidé deux bouteilles de vin et plusieurs bouteilles de bière. Charles le tira vers lui et, tenant sa tête entre ses mains, le fixa dans les yeux:

— C'est important, la fidélité, Bof, comprends-tu? C'est une des choses les plus importantes au monde, n'oublie jamais ça.

Céline, pelotonnée dans un fauteuil, une assiette de sandwichs sur les genoux, le regardait, immobile, avec une étrange gravité.

Vers neuf heures et demie, Lucie se déclara fatiguée et parla de rentrer à la maison. Ce fut le signal du départ, au grand soulagement d'Amélie, qui commençait à ressentir une lourdeur aux tempes et trouvait que son mari avait beaucoup bu. Mais, plutôt que de retourner à la maison, Charles se dirigea vers les Tours Frontenac avec Blonblon, car son ami l'avait persuadé d'aller montrer Hachiko à son père.

◆

Une demi-heure plus tard, Charles revenait lentement par la rue Ontario, les bras un peu fatigués par le poids de la boîte lorsque, arrivé à une dizaine de mètres de la rue Dufresne, il s'arrêta tout à coup, comme sous l'effet d'un pressentiment.

Sous l'éclairage jaunâtre des lampadaires qui penchaient leur tête résignée, la rue déserte avait pris un aspect curieux, vaguement sinistre. Et pourtant c'était la même rue que d'habitude, avec son asphalte crevassé, taché d'huile, rugueux comme une vieille peau de serpent, ses trottoirs poussiéreux, ses étalages bariolés dans leurs vitrines remplies d'une lumière violente, dont certaines auraient eu besoin d'un bon coup de torchon. Il reprit sa marche en essayant de comprendre ce qui venait de se passer, puis une image fugitive lui revint à l'esprit, entrevue dans un bâillement qui lui avait rempli les yeux de larmes : celle d'une ombre se glissant derrière le coin d'une maison. Il voulut rebrousser chemin, mais il était trop tard : Wilfrid Thibodeau se tenait devant lui et le détaillait d'un regard fébrile en passant nerveusement la main sur sa barbe de trois jours :

— Salut, mon gars. Comment vas-tu? Tabarnouche! t'as encore grandi! T'es à la veille de me dépasser, sais-tu?

Charles le regardait, la bouche entrouverte, asséchée comme par un jet de flammes, pris d'une angoisse qui faisait tout chavirer autour de lui. Pendant une seconde, il pensa prendre la fuite, mais il aurait fallu abandonner Hachiko, et il n'en eut pas la force.

— Eh ben! qu'est-ce qui se passe? Tu veux plus me parler?

— Salut, p'pa, articula Charles avec peine.

— P'pa? ricana le menuisier. Tu m'appelles encore p'pa? C'est pourtant un autre qui est ton père, à présent!

Charles continuait de le fixer et, malgré sa peur, nota le profond changement qui s'était produit chez lui. Les épaules voûtées, le corps rabougri, l'homme semblait traverser une bien mauvaise passe, qui ne concernait d'ailleurs pas que sa santé physique, ainsi que l'indiquaient sa chemise au col effiloché et son jean avachi dont une des jambes était usée au point de laisser deviner la peau du genou. Son haleine lourde et chaude répandait une odeur d'alcool et de dents cariées.

— C'est ta fête aujourd'hui. Ça te fait quatorze ans?

— Oui, p'pa.

— Eh bien! bonne fête!

Et il lui tendit la main. Puis il se remit à frotter sa barbe, comme incertain de ce qu'il allait dire. Son regard tomba sur la boîte que Charles tenait dans ses bras:

— Qu'est-ce que tu transportes là-dedans? demanda-t-il avec brusquerie.

— Un cadeau.

— Est-ce que je peux le voir?

Charles souleva les rabats.

— Une statue de chien! Jériboire! T'auras ben toujours les chiens dans la tête, toi!

Puis, sans transition, il poursuivit:

— Je t'ai attendu une partie de la soirée. J'avais le goût de te voir, tu comprends, vu que c'était ta fête. Je suis moins sans cœur qu'on pourrait le croire, ajouta-t-il dans un ricanement. Je suis allé frapper à ta porte vers neuf heures, mais y avait personne. Alors l'envie m'a pris de manger une pizza au restaurant du coin – à propos, Roberto a vendu? – et tout à coup j'ai vu passer Fernand, sa femme et ses deux enfants, une vraie procession de Rois mages avec leurs cadeaux. C'étaient les tiens? Ils s'en allaient chez eux. J'ai pensé que tu tarderais pas à retontir. Mais t'as quand même mis un sapré bout de temps...

— Et qu'est-ce que tu me veux? demanda Charles en essayant d'effacer toute trace de dureté dans sa voix, sans y parvenir complètement.

— *Hey!* garçon! faut pas me parler sur ce ton-là, même si je suis plus ton père. De toute façon, j'vas toujours le rester un peu, veux veux pas, la nature le veut ainsi... enfin, je me comprends...

Il prit une grande respiration, ferma les yeux et Charles lui trouva soudain l'air épuisé. C'était le moment de filer, mais il resta sur place, retenu par un vague sentiment de pitié.

— Je suis tout simplement venu te souhaiter bonne fête, garçon, reprit le menuisier, comme s'il venait de se souvenir de la question de son fils. Est-ce qu'y a du mal à ça?

Et il se mit à rire entre ses dents, son œil fiévreux et agité ne cessant de détailler l'adolescent. Charles n'aimait pas ce regard indéchiffrable, le regard d'un homme ivre ou drogué, d'où l'imprévisible, il se le rappelait, pouvait surgir à tout moment.

— Y a pas à dire, tu t'en viens beau bonhomme... As-tu commencé à t'amuser avec les filles?... Bon. J'ai trop parlé. 'Scuse-moi. Ça me regarde pas... Non, reste ici, ordonna-t-il en voyant Charles sur le point de partir.

Et il l'empoigna par une épaule.

— J'ai... j'ai... un petit quelque chose pour toi.

Et, de son autre main, il se mit à fouiller dans une de ses poches et finit par en retirer, après beaucoup d'efforts, un portefeuille de cuir fendillé, à demi décousu, qu'il ouvrit d'un coup de pouce.

— Tiens, fit-il en lui présentant un billet de cinq dollars, tout fripé. J'aurais voulu te donner plus, mais c'est tout ce qui me reste. Fais-en bon usage, comme disait ma mère. Salut et bonne nuit.

Il lui lança un clin d'œil qui lui mit le visage tout en grimaces et partit en traînant les talons, la tête courbée, balançant lourdement les bras.

— Merci, p'pa, fit Charles après une seconde d'hésitation.

Wilfrid Thibodeau continuait de s'éloigner et ne se retourna pas. Peut-être ne l'avait-il pas entendu. Son billet de cinq dollars chiffonné dans le creux de la main, Charles le regardait aller. Soudain, un spasme lui secoua les épaules et il se mit à pleurer, de rage, de soulagement ou de pitié, il n'aurait su le dire. Peut-être était-ce l'insupportable sentiment d'impuissance qui nous saisit parfois devant un gâchis irréparable.

35

Le 10 février 1981, à sept heures du matin, après huit ans de loyaux services, la Oldsmobile de Fernand Fafard rendit l'âme. Il était hors de question pour lui d'en acheter une neuve et, dès son arrivée à la quincaillerie, il se mit en soupirant à consulter les petites annonces à la recherche d'une voiture d'occasion.

Ce même jour, deux événements, de caractère opposé, survinrent dans la vie de Charles : Robert-Aimé Doyon le démit de ses fonctions comme directeur du journal de l'école Jean-Baptiste-Meilleur à cause d'une remarque persifleuse sur la statue du Sacré-Cœur qui s'élevait devant l'entrée ; et la pharmacie Lalancette l'engagea comme commissionnaire au salaire de deux dollars l'heure.

Son engagement à la pharmacie s'était fait dans des circonstances assez curieuses. Plus précisément, à cause d'une histoire de frites.

Le poste de pompiers 19, situé à l'angle des rues Fullum et Coupal, comptait, parmi les très valeureux membres de sa brigade, un certain Roméo Pimparé que le ciel avait doué de dons exceptionnels en art culinaire. D'un vieux navet et de quelques carottes languissantes, il pouvait tirer, avec un peu d'huile ou de beurre et certains assaisonnements, un plat gratiné dont l'arôme attirait dans la cuisine la moitié de ses collègues. Mais c'était dans les frites qu'il remportait ses triomphes les plus éclatants. Son capitaine affirmait à qui voulait bien l'entendre qu'il aurait traversé trois murs de flammes pour en manger un petit plat : à la fois croustillantes et moelleuses, bien dorées et pas trop grasses, salées juste à point et divinement fondantes, elles donnaient envie à celui qui en mangeait pour la première fois d'en faire son unique aliment. Aussi, chaque mercredi soir depuis huit ans, Roméo Pimparé préparait-il des frites pour ses compagnons de travail, qui les dégustaient avec des hamburgers ou du jambon à l'ananas, ou parfois du poulet farci aux pommes et à la mie de pain.

Ce mercredi, vers dix-sept heures trente, Pimparé observait d'un œil sagace le chaudron de fonte où l'huile d'arachide (insurpassable pour les frites) commençait à frémir imperceptiblement lorsque la sonnerie d'alarme retentit sauvagement dans le poste, appelant tous les pompiers à leur devoir. Un incendie majeur venait de se déclarer à l'arrière du Woolworth de la rue Ontario et menaçait de se propager aux immeubles voisins ; il fallait arriver sur les lieux avant les pompiers du poste 5 qui, depuis quelque temps, livraient à ceux du 19 une concurrence féroce, après leur avoir volé la vedette dans un reportage du *Journal de Montréal* sur l'incendie qui avait éclaté au sous-sol de l'église Immaculée-Conception pendant une partie de bingo.

Trente secondes plus tard, Pimparé, chaussé, casqué et ganté d'amiante, se tenait agrippé au camion qui filait vers le sinistre dans l'air glacial de cette soirée d'hiver. Deux minutes et vingt secondes plus tard, ils arrivaient sur les lieux de l'incendie. Pimparé s'occupait, au milieu d'une fumée suffocante, à fixer un tuyau à une borne-fontaine lorsque le capitaine Flibotte accourut vers lui, furieux :

— *Envoye !* amène-toi ! Il faut retourner au poste ! Le feu est pris dans la cuisine, espèce de toton !

Dans sa précipitation, le pompier avait oublié d'éteindre le serpentin sous le chaudron d'huile bouillante et des gerbes de flammes s'agitaient joyeusement par la fenêtre, dans une sorte de revanche pour tous ces jets d'eau que les pompiers leur infligeaient depuis tant d'années.

N'y a-t-il rien de plus loufoque et passionnant que l'incendie d'un poste de pompiers? La nouvelle se répandit dans le quartier comme si le Saint-Esprit lui-même était venu la souffler à l'oreille de chacun et une foule ricaneuse s'amassa bientôt devant l'immeuble. Monsieur Victoire, qui rentrait chez lui, aperçut le nuage de fumée qui s'élevait tout près et traversa la rue pour avertir les Fafard. Charles et Henri, seuls à la maison ce soir-là, décidèrent de l'accompagner pour assister au spectacle.

Lorsqu'ils arrivèrent sur les lieux, on avait presque réussi à maîtriser l'incendie, qui avait causé des dommages importants, bien minimes, cependant, si on les comparait à ceux que venait de subir la réputation de la brigade qui l'occupait. Charles et Henri jouèrent énergiquement du coude pour se faufiler jusqu'au premier rang, et c'est en prenant place derrière une des barrières qu'on avait installées pour contenir les curieux que Charles reçut un tison sur la paupière de l'œil gauche. Il poussa un cri et se frotta vivement l'œil, puis oublia sa douleur et observa le travail des malheureux pompiers, rouges de honte et de colère; il riait aux plaisanteries malicieuses qu'on lançait autour de lui et en lança quelques-unes qui obtinrent un franc succès.

Vers vingt heures, comme il n'y avait plus grand-chose à voir et que leurs orteils menaçaient de tourner en glaçons, les deux adolescents décidèrent de rentrer à la maison; ils avaient perdu toute trace de monsieur Victoire qui, dès son arrivée sur les lieux, les avait laissés pour aller faire la causette à une jolie Sud-Américaine emmitouflée dans un manteau blanc à capuchon.

Ils décidèrent de faire un crochet par la rue Ontario; Charles portait de temps à autre la main à son œil, qui s'était remis à le faire souffrir. Peut-être aurait-il dû se rendre à l'hôpital? Après l'avoir longuement examiné, Henri posa un diagnostic plutôt alarmant et déclara qu'il fallait faire quelque chose. Ils approchaient d'une pharmacie; ses vitrines illuminées indiquaient qu'elle était encore ouverte. Ils entrèrent et furent accueillis par le sourire d'une imposante quinquagénaire aux cheveux noirs coiffés en queue de cheval, qui les enveloppa de son regard scrutateur. L'établissement était désert. Un homme au crâne à demi dégarni et aux cheveux grisonnants, les lunettes sur le bout du nez, était en train de griffonner quelque chose au comptoir.

Charles s'approcha et demanda fort poliment au pharmacien un médicament pour une brûlure à la paupière. L'homme releva la tête et se mit à le fixer. Pendant quelques instants, son visage aux traits lourds n'exprima absolument rien, à moins que ce ne fût le vide intérieur né de cette morne soirée sans clients.

— Comment tu t'es fait ça ? demanda-t-il enfin.

— J'étais allé voir l'incendie de la caserne près d'ici et un tison est tombé sur moi.

Le pharmacien continua de l'observer, le visage toujours indéchiffrable ; il se tourna vers Henri, revint à Charles, puis poussa un long soupir. Était-ce à cause de la fatigue ? de l'ennui ? du spectacle de la bêtise humaine dont Charles, avec sa curiosité de badaud imprudent, venait de lui fournir un autre exemple ?

Finalement, il lui suggéra un onguent. Charles sortit son portefeuille, posa quelques questions sur le mode d'emploi, paya et s'apprêta à partir.

— Minute, fit le pharmacien. Comment t'appelles-tu ?

Charles, un peu surpris, donna son nom.

— Restes-tu loin d'ici ?

— Coin Dufresne et Ontario.

— Hum... C'est à deux pas... Travailles-tu quelque part dans tes temps libres ?

Charles fit signe que non et prit cet air attentif et engageant qui lui avait si souvent attiré de bons pourboires dans sa carrière de livreur.

— C'est que je me cherche un commissionnaire pour les jeudis, vendredis et samedis soirs, vois-tu... Est-ce que le travail t'intéresserait ? Tu m'as l'air d'un bon garçon.

Et un faible, oh ! très faible sourire apparut sur ses lèvres, faisant l'effet d'un feu d'artifice dans ce visage de totem.

— Oui, bien sûr, ça m'intéresserait beaucoup, monsieur, répondit Charles sous le regard un peu envieux d'Henri. Quand voudriez-vous que je commence?

— Demain, si tu veux. Amène-toi vers cinq heures trente. Je te donnerais deux piastres de l'heure.

Et c'est ainsi que Charles devint l'employé du pharmacien Henri Lalancette, diplômé en 1953 de l'Université de Montréal, marié et père de trois enfants (maintenant adultes), homme taciturne et peu enclin à la fantaisie, mais fiable, laborieux et, somme toute, de commerce plutôt agréable quand on l'acceptait comme il était.

Sous ses dehors d'ours endormi, Henri Lalancette cachait trois passions. La première avait pour objet sa fille Claire, qu'à force de patience et de bonté il avait réussi à tirer des traquenards de la drogue à l'âge de seize ans. Elle était maintenant mariée et travaillait dans une agence de voyages du centre-ville; il soupait avec elle au restaurant chaque jeudi soir.

La seconde concernait les maladies de la prostate, auxquelles il s'intéressait depuis plusieurs années; avec l'aide d'un ex-étudiant en médecine devenu représentant d'un laboratoire de produits pharmaceutiques, il faisait des « recherches » sur la lie de porto, dont il avait expérimenté lui-même les effets bénéfiques. Finalement, Henri Lalancette était un collectionneur de peintures invétéré, au goût parfois douteux, cependant, et qui recherchait un peu trop les aubaines. Sa pièce la plus précieuse était une *Vue de l'édifice du Montréal-Matin à la tombée du jour en hiver*, peinte en 1953 par John Little, qu'il avait achetée d'un vieux journaliste à la retraite. Elle trônait au-dessus du canapé du salon parmi d'autres tableaux de moindre intérêt, et personne sauf lui-même n'avait le droit d'en épousseter le cadre.

Le pharmacien se félicita d'avoir engagé Charles, qu'il trouva aimable, débrouillard et consciencieux; deux semaines plus tard, pour lui montrer sa satisfaction, il portait son salaire à deux dollars vingt-cinq. Charles, de son côté, comprit bientôt que, en dépit de son visage de bois, Henri Lalancette était un original au cœur sensible, qu'un malin aurait pu facilement manipuler (ce dont ne se privait pas son associé en recherches prostatiques). Claire vint un soir à la pharmacie et causa un moment avec Charles, qu'elle trouva charmant ; elle le dit à son père. Le surlendemain soir, après la fermeture, Charles avait droit à un exposé de trente-trois minutes sur la lie de porto ; le pharmacien regretta que l'adolescent, dont la prostate fonctionnait sans nul doute à merveille, ne pût se joindre à son groupe de cobayes. La semaine d'après, il l'invitait chez lui pour lui faire admirer sa collection de peintures.

Madame Lalancette, une petite femme grassouillette aux allures snobinardes, le reçut d'abord un peu fraîchement, puis, conquise par son sourire et ses bonnes manières, lui offrit une pointe de tarte aux framboises avec un verre de lait et s'en servit elle-même une généreuse portion, qu'elle dégusta en lui racontant la semaine de vacances qu'elle avait passée au début de l'hiver avec son mari à Cuba.

Un mois plus tard, et bien que l'ambiance d'une pharmacie fût infiniment moins réjouissante que celle de Chez Robert, Charles s'était habitué à son nouvel emploi. Mais ce travail allait lui faire vivre une expérience terrible.

Il poussait des seins à Céline ! Deux renflements mutins gonflaient légèrement sa blouse ce matin-là et, loin d'en être gênée, c'est avec crânerie qu'elle déambulait dans la maison, l'œil baissé, un sourire de satisfaction aux lèvres. Cela s'était-il produit en une seule nuit ? Il était difficile de le croire. Et pourtant, la veille, c'était une simple petite fille qu'on croyait avoir sous les yeux, et voici que tout à coup la petite fille se transformait mystérieusement en femme, doublant avec insolence Charles et Henri sur la voie de la maturité.

La commotion créée par cet événement leur fit presque oublier que leur année scolaire s'achevait ce jour-là et qu'ils allaient quitter à tout jamais l'école Jean-Baptiste-Meilleur et son funeste tyran. Pendant le déjeuner, ils tentèrent de ridiculiser lourdement Céline (que Charles, fin lettré, appela « la porteuse de seins »), mais leurs railleries n'entamèrent aucunement sa bonne humeur. Elle mangeait ses céréales sans dire un mot, levant la tête de temps à autre pour les fixer, et son regard semblait leur dire : « Hein, mes marsouins ? Je vous ai eus, pas vrai ? De quoi vous avez l'air, à présent ? »

Ce soir-là en se glissant sous ses draps, Charles s'aperçut qu'un nouvel objet de convoitise venait d'apparaître dans ses pensées à côté de la jolie Noire au chemisier d'aluminium affriolant, et menaçait même d'expulser cette dernière de sa caverne de fantasmes, et ce fut avec une fiévreuse ardeur qu'il tenta de se soulager pour retrouver son calme.

Il venait de terminer sa deuxième année de secondaire avec un succès relatif, se classant premier en français, en anglais et en histoire, mais dix-septième en mathématiques. Henri, un élève plutôt moyen, le surclassait dans cette matière et triomphait en éducation physique, comme aussi, curieusement, en arts plastiques.

L'été commença par une semaine maussade, traversée de pluie et de vents froids. Charles, le matin, paressait au lit avec un gros livre aux pages sèches et jaunies qui renfermait les contes et nouvelles d'Edgar Allan Poe dans la traduction de Charles Baudelaire ; puis, vers dix heures, il se rendait à la pharmacie, où Henri Lalancette avait décidé de l'employer cinq jours par semaine pour la durée des vacances. Son compte à la caisse populaire se remit donc à prendre de l'embonpoint. Après chaque dépôt, Charles regardait son livret d'un air songeur et satisfait, auquel se mêlait toutefois de l'inquiétude. Les affaires de la quincaillerie ne s'arrangeaient pas. Si Fernand Fafard n'avait pas été propriétaire de l'immeuble où se trouvait son commerce et dont il tirait quatre loyers, il aurait sans doute été forcé de fermer ses portes. L'air accablé qu'il avait en revenant chez lui certains soirs rappelait cruellement à Charles le sacrifice qu'il avait dû consentir pour le garder chez lui – sans compter qu'il le faisait vivre, Wilfrid Thibodeau ayant cessé de verser une pension.

Deux ou trois fois, Charles avait aperçu son père dans la rue, plus maigre et chétif que jamais, mais celui-ci, en le voyant, s'éclipsait aussitôt, comme s'il avait eu peur de l'approcher. Charles, alors, sentait la rage monter en lui. Une nuit, il rêva qu'il l'avait coincé dans le fond d'une carrière. De gros blocs de granit aux arêtes coupantes l'empêchaient de s'échapper. Penché au-dessus de lui, Charles lui lançait des cailloux. Les gémissements de Wilfrid, loin de le toucher, excitaient sa haine et les cailloux volaient dans l'air avec un sifflement sinistre (curieusement, il gardait les yeux fixés au sol, ne pouvant supporter la vue de son père). Soudain, ce dernier hurla d'une voix assourdissante : « Tiens ! le v'là, ton argent ! Crisse-moi la paix maintenant ! » Et un épais nuage de billets de banque enveloppa Charles en tournoyant. Celui-ci, suffoqué, se réveilla assis dans son lit. Il pleurait à chaudes larmes.

Le 7 juillet, une nouvelle bombe éclata. Vers six heures, il revenait de la pharmacie pour souper à la maison lorsque, en tournant le coin de la rue Dufresne, il aperçut Henri appuyé contre la clôture et qui semblait attendre quelqu'un. En apercevant Charles, il accourut vers lui avec tous les signes de la plus grande excitation :

— Hé ! veux-tu en apprendre une bonne ? Blonblon s'est fait une blonde !

Henri l'avait aperçu une heure plus tôt dans le parc Médéric-Martin qui se promenait main dans la main avec une fille aux jambes maigres qu'il ne connaissait pas et qui devait habiter les Tours Frontenac.

Voilà donc comment s'expliquait sa désaffection depuis quelque temps, les appels téléphoniques restés sans réponse et ce petit air mystérieux qu'il affichait les rares fois où il passait une heure ou deux avec ses amis ! Mais pourquoi ces cachotteries ? S'adonnait-il à des choses honteuses ? Ou trouvait-il Charles et Henri trop idiots pour les mettre dans la confidence ?

Charles, vexé, téléphona chez Blonblon aussitôt sa dernière bouchée avalée. Ce fut madame Blondin qui répondit :

— Michel? Il vient de partir. Il doit être allé rejoindre Caroline. On ne le voit plus, mon pauvre Charles. C'est à peine s'il se montre pour les repas. Dès qu'il est sorti du lit, il saute dans ses culottes, et bonjour! Je lui dirai que tu as appelé.

— Qu'est-ce que t'as? demanda le quincaillier en retirant un cure-dent de sa bouche.

Un fragment de viande tomba sur son pantalon, qu'il épousseta d'une pichenotte.

— Une mauvaise nouvelle? insista Lucie.

— Mais non, mais non, répondit Charles avec humeur, ne vous énervez pas, ce n'est rien.

Et il se dirigea vers sa chambre la tête basse, étonné par le sentiment d'abandon qui venait de l'envahir. Est-ce que les amis finissaient tous par vous laisser tomber comme ça, sans avertir? Étendu sur son lit, un livre à la main mais n'ayant aucune envie de lire, il rêvassait, les yeux au plafond. Une seconde question s'était mise à l'assaillir, si nouvelle et imprévue qu'il en perdait tous ses moyens. Comment faisait-on pour se trouver une blonde?

Bof s'était pris d'une haine féroce pour le chien Hachiko. Il savait fort bien que ce n'était pas un vrai chien, puisque l'autre demeurait immobile à longueur de journée, inerte et froid comme le lit et la commode de Charles. Mais lorsque Bof entrait dans la chambre et l'apercevait, installé dans un coin, fièrement assis, le museau arrogant, ses grosses pattes de devant solides comme deux pieux, couvert des lueurs que le soleil ou le plafonnier éparpillait sur son corps jaunâtre, une sourde rage se mettait à rouler dans sa poitrine; il poussait alors un long grondement, s'approchait pas à pas en montrant les dents, le reniflait deux ou trois fois, puis s'en allait, plus furieux que jamais, écœuré par la fade odeur du métal, à laquelle s'ajoutaient les odeurs de Charles.

Car c'était peut-être ce qui le faisait souffrir plus que tout, ces caresses que son maître prodiguait chaque jour à ce maudit chien, en lui disant des mots doux, comme s'il avait été capable de les entendre et que lui, Bof, se fût tout à coup transformé en bibelot.

Un après-midi que Charles était parti Dieu sait où, sans prendre la peine de l'emmener, comme cela lui arrivait de plus en plus souvent, il entra dans la chambre, grimpa sur le lit et se mit à fixer le chien. De temps à autre, il secouait vivement la tête, puis éternuait. Ce Hachiko lui avait déclaré la guerre et il devait le vaincre. Il sauta du lit, alla s'assurer à la porte que personne ne l'observait, puis épia les bruits de la maison; on n'entendait que la voix de Lucie qui chantonnait à la cuisine en agitant quelque chose dans une casserole.

Il s'approcha de Hachiko et saisit le bout de son museau entre ses dents. Que c'était dur! Jamais il ne s'était attaqué à quelque chose d'aussi coriace! Au bout de dix minutes, les articulations de ses mâchoires commencèrent à l'élancer et il dut s'arrêter; le bronze ne laissait voir que d'imperceptibles rayures. Ce chien se riait de lui! Alors ses yeux se plissèrent en une fente étroite et allongée d'où partaient des aiguilles de feu, son nez se fronça d'une façon grotesque, ses narines s'approfondirent comme des puits en dévoilant leur chair rose et visqueuse, et sa gueule, aux gencives dénudées, prit un aspect terrible, comme si le nombre de ses dents avait doublé; il poussa un aboiement sourd, rentré, qui aurait effrayé Charles lui-même, et se remit à l'ouvrage avec une fureur démente. Au bout de quelques minutes, un craquement retentit, suivi d'un tintement métallique; Bof venait d'entamer son ennemi, mais, du coup, il s'était cassé une dent et le morceau était tombé au fond de la statuette. Il s'arrêta pour contempler son œuvre; des gouttes de sang s'écrasaient sur le plancher et un peu de sang maculait le museau de Hachiko, où un trou de la grosseur d'un dix sous, à deux ou trois centimètres des narines, ressemblait à une sorte d'œil noir, étrange et sinistre. Bof lécha soigneusement les gouttes de sang sur le plancher, lança un aboiement triomphal, puis se rendit à la cuisine pour demander la porte, car il sentait à présent le besoin d'aller se cacher : une raclée l'attendait sûrement, une raclée comme il n'en avait jamais reçu. Aussi bien la retarder le plus possible. De toute façon, il l'acceptait d'avance ; c'était le prix de sa victoire, une victoire qu'il désirait depuis des semaines.

— T'as donc l'air drôle, toi ? s'exclama Lucie, soupçonneuse. Qu'est-ce que tu t'es fait à la gueule ?

Elle s'accroupit et lui écarta les mâchoires :

— Veux-tu bien me dire ce que t'étais en train de ronger, espèce de nigaud ? T'as la gueule tout en sang ! Et tu t'es cassé une dent ! Allons, viens me montrer ta gaffe, cornichon !

Bof, résigné à son sort, se dirigea vers la chambre. Lucie jeta un coup d'œil partout, ne remarqua rien de particulier, puis inspecta les autres pièces de la maison et, ne trouvant rien, fit sortir le chien.

Ce fut Charles, à l'heure du souper, qui découvrit le désastre. C'était un crime signé. Furieux, il se mit à la recherche de Bof. Mais le chien demeurait introuvable. Il dut donc retourner travailler à la pharmacie sans lui avoir donné la raclée qui le démangeait.

— Mon pauvre petit Hachiko, murmurait-il accablé, qui va pouvoir te soigner ? Et pourquoi t'a-t-il attaqué, ce con des cons ? Ah ! si jamais monsieur Michaud te voit dans cet état, il ne m'offrira plus jamais de cadeau !

Il fit quelques livraisons. Une vieille dame de la rue Wurtele, qui clopinait sur des jambes grosses comme des gigots enserrées dans des bas de coton brun, lui donna cinquante sous de pourboire, mais c'est à peine s'il la remercia tant il avait l'esprit envahi d'idées noires. Vers huit heures, il y eut un moment de relâche à la pharmacie. Ravalant sa fierté, il décida de téléphoner à Blonblon. Il n'y avait que lui pour sauver Hachiko. Par bonheur, Blonblon se trouvait chez lui. Très gentiment, il accepta d'examiner le chien de bronze le soir même et les deux garçons se donnèrent rendez-vous à neuf heures devant la station Frontenac. Pendant le trajet vers la maison, Charles, à deux ou trois reprises, passa près de demander à son ami comment il avait conquis Caroline, mais le jeune amoureux n'abordant pas le sujet et ne lui ménageant même pas une ouverture, il jugea bon de garder ses questions pour lui.

— Hum, fit Blonblon après avoir longuement examiné Hachiko, il l'a vraiment magané... Je me demande bien ce qui lui a pris?

— Va savoir... Il ne s'est pas encore montré le bout du nez, le maudit. Il sait bien ce qui l'attend.

Blonblon poursuivit son examen, puis déclara, l'air grave et recueilli, qu'il était sans doute possible de réparer la statuette avec du mastic de carrosserie et un peu de peinture, mais qu'il ne pouvait procéder sans photo. Le notaire Michaud en possédait peut-être une.

— Je vais aller le lui demander tout de suite, décida Charles.

Parfait Michaud, grand liseur et amateur assidu de musique et de cinéma à la télé, se couchait toujours tard et on ne risquait guère de le déranger en se présentant chez lui à neuf heures et demie.

Charles se rendit donc chez le notaire, tandis que Blonblon et Céline faisaient les cent pas dans la cour des Fafard en appelant Bof, dont l'absence commençait à inquiéter.

Amélie Michaud ouvrit la porte affublée d'un kimono turquoise à glands roses et le front ceint d'un bandeau de ratine qui dégageait une forte odeur de camphre et de citron.

— Il est parti chez un ami, répondit-elle avec une étrange froideur. Je ne sais pas à quelle heure il va revenir.

Elle porta la main à sa tête, poussa un soupir et ferma la porte. Charles, décontenancé, demeura immobile quelques instants sur le perron à se demander s'il n'avait pas commis un impair en se présentant à cette heure, puis reprit lentement le chemin du retour. La soirée s'achevait comme elle avait commencé: d'une façon détestable.

En arrivant au coin de l'avenue Gascon, il tourna machinalement la tête vers le parc Médéric-Martin et crut apercevoir Bof au loin, couché près d'une clôture grillagée. Se pouvait-il que la peur d'un châtiment l'ait poussé à déserter la maison, lui qui n'en quittait jamais les alentours? Charles l'appela plusieurs fois, puis, comme le chien ne bougeait pas, il se dirigea vers lui en courant. Il n'avait pas fait vingt pas que l'animal détalait vers le fond du parc.

— Bof! Bof! reviens! Je ne te ferai pas mal! lança Charles en accélérant.

Il n'était plus sûr, à présent, qu'il s'agissait bien de son chien. Au bout de quelques minutes, il s'arrêta, essoufflé. La bête avait disparu du côté de la rue de Rouen, qui bourdonnait faiblement en face de lui. Il reprit sa course et parvint à la rue. Le chien, nez au sol, venait de disparaître entre deux maisons cinquante mètres plus loin. Charles l'appela plusieurs fois sans succès, puis rebroussa chemin, convaincu maintenant de son erreur. Bof ne l'aurait jamais nargué à ce point. Bof serait revenu penaud et rampant, prêt à subir la punition méritée et tentant de la faire adoucir par de minables petits gémissements.

Charles avançait dans l'avenue Gascon en longeant le parc vers la rue de Rouen lorsque, du côté opposé, un homme et une femme sortirent d'une maison et se mirent à marcher dans sa direction. Il s'arrêta, interdit. Il venait de reconnaître le notaire Michaud. Cette longue taille voûtée et cette façon d'allonger le pas comme s'il craignait d'écraser quelque chose ou de se mouiller les pieds n'appartenaient qu'à lui. Quant à la femme, il ne la connaissait pas. Le notaire et sa compagne causaient avec une animation folichonne, celle qui s'empare des gens après deux ou trois verres de vin, et ils ne l'avaient pas encore aperçu. Charles eut le sentiment que Parfait Michaud serait ennuyé de le rencontrer à ce moment précis et, apercevant une haie à sa droite, il se coula derrière. Bien lui en prit, car le notaire et sa compagne décidèrent de traverser la rue et se dirigèrent droit sur lui. De sa cachette, il examinait la femme; elle semblait beaucoup plus jeune que Parfait Michaud et assez jolie, mais avec de petits airs sucrés et une façon de serrer les coudes à la taille en ondulant des hanches qui lui rappelaient les poupounes des comédies françaises. Elle se pencha vers son compagnon et lui souffla quelque chose à l'oreille.

— Merveilleux! merveilleux! s'écria Michaud avec un grand rire (Charles ne l'avait jamais vu rire ainsi). C'est toujours toi qui as les meilleures idées, sais-tu, coquine de petite sorcière!

Et, l'enlaçant par la taille, il lui appliqua un baiser sur la joue.

Charles attendit qu'ils s'éloignent, puis retourna lentement chez lui, fort pensif. Céline vint le trouver, tout inquiète : Bof n'avait pas reparu. Blonblon, lui, était reparti.

— Je ne veux pas te faire peur, mon garçon, déclara Fernand Fafard en surgissant dans la porte du salon, un journal à la main (Trudeau et Chrétien souriaient, la tête en bas), mais j'ai l'impression qu'on te l'a volé.

Henri s'avança derrière lui :

— Voyons, papa, Bof est beaucoup trop malin pour ça!

Mais sa mine démentait ses paroles.

Charles posa les mains sur les hanches :

— Je suis sûr, déclara-t-il avec un grand air d'assurance, qu'il est allé se cacher sous la remise.

Et il sortit dans la cour pour l'appeler. Quelques minutes passèrent. Le chien ne venait pas.

— Bof! supplia Charles, gagné à son tour par l'inquiétude, sors de ta cachette, mon beau chien, je sais que tu m'entends... Je ne te punirai presque pas.

Il fureta dans la cour, puis glissa la tête sous la remise en soupirant. Décidément, c'était une soirée bien moche. Et cette rencontre avec le notaire n'avait rien arrangé du tout. Il en gardait un sentiment de déception qui lui laissait comme un fade arrière-goût. Mais, en même temps, le personnage maniéré et un peu cocasse de Parfait Michaud, qu'il observait depuis des années avec une affection ironique, en prenait une grandeur mystérieuse. Et cela ne faisait que le troubler davantage.

◆

Bof ne reparut que le lendemain matin vers dix heures, tenaillé par la faim et peut-être aussi par le besoin d'expier sa faute. Charles et Henri étaient partis fixer sur les poteaux du quartier des affichettes donnant son signalement et leur numéro de téléphone.

Quand Charles l'aperçut, pelotonné sur son lit, tout penaud, il dut faire un effort pour ne pas s'élancer vers lui avec des cris de joie. Prenant un air grave et théâtral, il saisit la statuette de Hachiko et la lui braqua sous le nez :

— Bof, qu'est-ce que tu as fait là? Sais-tu que j'ai beaucoup de peine? Je l'aimais beaucoup, Hachiko. Je ne suis même pas sûr qu'on pourra le réparer.

Puis, lui saisissant le museau d'une main, il se contenta de le secouer un peu rudement. Céline, qui assistait à la scène, approuva son indulgence et le lui manifesta par une caresse dans le dos qui lui envoya des frissons jusque dans les talons.

Dans la soirée, Blonblon se présenta avec une boîte de mastic de carrosserie et une bombe de peinture; il mit beaucoup de temps à réparer la statuette, car le trou s'accompagnait d'un renfoncement difficile à masquer; une photo aurait été bien utile; Charles prétendit que le notaire n'en possédait pas. Finalement, Hachiko retrouva son ancienne apparence, ou peu s'en faut, et Charles, tout content, l'installa sur sa commode, là où il savait que Bof ne pourrait jamais l'atteindre. Puis, les deux amis partirent faire une balade à bicyclette dans le quartier.

Le soleil avait cuit la ville toute la journée et, bien qu'il fût couché depuis plus d'une heure déjà, les murs, les trottoirs et l'asphalte irradiaient une chaleur étouffante. Blonblon eut soif et proposa d'aller prendre une boisson gazeuse quelque part. Tournant le dos à L'Oiseau Bleu, qu'ils se faisaient un devoir de boycotter depuis son ouverture, ils se dirigèrent vers la Villa Frontenac, en face de la station de métro, le restaurant au nom si gracieux qui, depuis près de trente ans, servait les meilleurs sandwichs à la viande fumée de l'est de Montréal.

— C'est moi qui paye, décida Charles dans un élan de reconnaissance.

Et, en plus du sandwich garni de frites, il proposa à son ami une coupe glacée, que ce dernier accepta après la courte réticence imposée par la politesse.

Pendant un moment, les deux garçons gardèrent le silence, absorbés par les délices de leur dessert. De temps à autre, Blonblon levait la tête et souriait à Charles qui lui répondait par une petite moue de contentement. Mais ce contentement n'était pas sans mélange, car il éprouvait des remords d'avoir menti à Blonblon au sujet du notaire. La rencontre inattendue de la veille continuait de le hanter et il sentait le besoin de se confier à quelqu'un. Qui prêterait mieux l'oreille à ses confidences que Blonblon?

Après avoir soigneusement recueilli avec sa cuillère les fragments de noix et d'amandes restés sur les parois de sa coupe, puis bu une grande rasade de Seven-Up, il poussa un profond soupir et, regardant son ami droit dans les yeux:

— Blonblon... il faut que je te dise... je ne suis pas allé chez monsieur Michaud hier soir.

L'autre eut un sourire étonné.

— Ou plutôt j'y suis allé, mais il n'y était pas. Par contre, je l'ai aperçu dans la rue peu de temps après.

Et il lui décrivit en détail sa rencontre.

— Qu'est-ce que tu en penses, Blonblon? Moi, je le trouve écœurant, poursuivit-il sans laisser à l'autre le temps de répondre. Il trompe sa femme pendant qu'elle est au lit avec la migraine. C'est lâche, non? Je ne l'aurais jamais cru comme ça. Il m'a rendu de grands services, Blonblon – sans lui, où est-ce que j'en serais aujourd'hui? –, et il est bourré de qualités, ça, je le reconnais comme tout le monde, mais de le voir sortir en cachette avec cette... guidoune, alors, là, bonhomme, laisse-moi te dire que... que...

Il s'arrêta, les larmes aux yeux, incapable de poursuivre.

Blonblon se mordillait les lèvres, songeur, puis à son tour il racla posément le fond de sa coupe avec sa cuillère. Assis sur une banquette un peu de biais avec eux, un homme chauve et lippu, d'apparence commune, la joue gauche marquée d'une balafre qui lui aurait permis de faire un excellent pirate dans un film de série B, suivait leur conversation avec un étrange sourire en se frottant de temps à autre le bout du nez.

— Eh bien, Thibodeau, dit enfin Blonblon avec une gravité que son compagnon ne lui avait jamais vue, je pense que...

Il repoussa la coupe et saisit son verre de bière d'épinette où les bulles avaient commencé à ralentir leur course affolée vers la surface.

— ... je pense que l'amour, c'est plus fort que tout. Non! écoute-moi, je te parle d'expérience. Peut-être qu'elle te lèverait le cœur, cette femme, mais lui, c'est lui, et toi, c'est toi. Quand l'amour te frappe, mon vieux, il n'y a plus rien à faire : on arrête de penser, et le bon sens prend toute une débarque, crois-moi. Le mois passé, je n'aurais pas parlé comme ça, mais à présent je le peux. Savais-tu que j'avais une blonde, Charles?

— Tout le monde le sait.

— Henri nous a aperçus, c'est ça? Je m'en doutais bien.

— Et puis ta mère me l'a dit.

— Ah oui? Je m'en fous, je n'ai rien à cacher. Elle s'appelle Caroline. Caroline Maltais. Je te la présenterai bientôt.

Et d'une voix frémissante, comme si sa vie dépendait de chaque mot qu'il allait prononcer, il se lança dans le récit de ses amours.

L'affaire avait bien mal débuté. Caroline Maltais logeait au même étage que lui, mais à l'extrémité opposée. Il ne la rencontrait pas souvent et, à vrai dire, il ne l'avait guère remarquée. Un jour – il y avait de cela environ un mois et demi –, il attendait l'ascenseur au rez-de-chaussée lorsqu'elle était apparue avec trois autres filles; le petit groupe s'était retiré dans un coin pour chuchoter et il avait eu très vite le sentiment qu'on se payait sa tête. Une expression parvint deux ou trois fois à ses oreilles parmi des rires étouffés : « Boucle d'or ». C'était une allusion très claire à sa chevelure, évidemment, qu'il avait blonde et légèrement bouclée. Mais c'était également le nom d'une petite fille dans un

conte pour enfants que ses parents lui lisaient quand il était petit
– et cela l'avait piqué au vif. Est-ce que par hasard on le traitait de
fillette ? La porte de l'ascenseur s'ouvrit sur cette question et il s'y
engouffra sans daigner même se retourner, bien décidé à
rabrouer ces connes à la première occasion.

Le soir même, en sortant faire une course pour son père, il
rencontra la Caroline dans le corridor. Elle lui jeta un regard
étrange et passa près de lui en détournant la tête, et il n'eut pas
assez de présence d'esprit pour lui lancer une bonne pointe. Mais,
deux jours plus tard, il la croisa sur le trottoir, accompagnée des
mêmes amies. Elles se remirent à ricaner en se donnant des coups
d'épaule et il entendit de nouveau le fameux « Boucle d'or ». Mais,
cette fois-ci, il s'était préparé et, arrivé à leur hauteur, il se tourna
vers Caroline : « Salut, l'échalote ! » lança-t-il, moqueur, pour attirer son attention sur la longueur et la maigreur de ses jambes et
de son cou qui lui donnaient l'allure d'une girafe qu'on aurait
mise au régime. Elle fit des yeux ronds, ses compagnes aussi, et il
continua son chemin, triomphant et vengé.

Il fut quelque temps sans la voir et avait presque oublié l'affaire
lorsqu'un soir il la croisa en pénétrant dans un dépanneur. Seule,
elle fit mine de ne pas l'avoir remarqué et passa son chemin, le
nez en l'air. Dans la semaine qui suivit, ils se rencontrèrent à
quelques reprises et, chaque fois, elle fit comme s'il était devenu
transparent ou gros comme un pou. Cela commença à l'agacer,
mais, étant donné les circonstances, il ne pouvait guère s'attendre
à autre chose.

Puis, un soir, vers huit heures, en sortant des Tours Frontenac
pour se rendre chez les Fafard, il l'aperçut qui venait vers lui, en
balançant un petit colis au bout de son doigt. Elle portait une
robe bleue, des souliers noirs, et un large bandeau bleu enserrait
ses cheveux, qu'elle avait châtains. Le soleil était sur le point de se
cacher derrière un immeuble et l'éclaboussait d'un jet de rayons
cuivrés qui la transformait en une sorte d'apparition incandes-
cente, d'une grâce et d'une légèreté extraordinaires. Il s'arrêta,
ébloui, et dut faire un effort pour se remettre en marche. Elle

continuait d'avancer et retomba bientôt dans la pénombre mais, curieusement, elle demeurait aussi belle. En la croisant, il pencha un peu la tête et lui sourit – et elle répondit à son sourire!

À partir de ce moment, il ne cessa de penser à elle : assis devant la télé, au milieu d'une conversation, en faisant de la bicyclette, sous la douche, au lever ou au coucher, pendant les repas, son image flottait toujours dans sa tête. Il se demandait où elle se trouvait, ce qu'elle faisait, si elle pensait à lui, et une tristesse étrange, qu'il n'avait jamais éprouvée, le torturait doucement. Il n'arrivait pas à s'en débarrasser et, d'ailleurs, ne le souhaitait pas, s'y enfonçant avec délices, heureux d'être malheureux, et jouissant de ce grand vide qui se creusait en lui et l'aspirait Dieu sait où; pendant de longs moments, une agitation fébrile s'emparait de lui, puis il fondait soudain dans une molle torpeur, étendu sur son lit ou affalé dans un fauteuil, trouvant à peine la force de respirer. Cela ne pouvait durer. Il fallait lui parler.

L'occasion survint quelques jours plus tard au Bain Quintal, boulevard de Maisonneuve, où il s'était rendu avec Steve Lachapelle. Caroline s'y trouvait avec une petite brune à gros menton qu'il ne connaissait pas et qui se révéla être une de ses cousines, fille totalement insignifiante. En l'apercevant, elle lui envoya timidement la main; il lui répondit, puis fit un plongeon spectaculaire dans la piscine, ce qui jeta son compagnon dans l'étonnement, car il lui fallait habituellement de longues minutes et parfois même l'aide vigoureuse (et non sollicitée) de quelqu'un pour entrer dans l'eau. Après avoir reparu à la surface, il se dirigea de l'autre côté de la piscine, où se trouvaient les deux filles, et engagea la conversation avec Caroline. Au bout d'un moment, elle le rejoignit dans l'eau et ils se mirent à faire des longueurs. Pendant ce temps, la cousine, assise sur le bord de la piscine, battait des pieds dans l'eau, la mâchoire pendante, et Steve Lachapelle travaillait sa brasse tout fin seul, jetant de temps à autre un regard intrigué sur Blonblon et se sentant de plus en plus la cinquième patte de la table. Mais les choses s'arrangèrent un peu lorsque Blonblon s'approcha pour lui présenter Caroline et sa cousine aux yeux vides. Au bout d'une heure, ils quittèrent ensemble la piscine et se retrouvèrent dans une pizzeria. Blon-blon, dans une verve que Lachapelle ne lui avait jamais vue, faisait rire Caroline aux éclats (elle en était tellement secouée que sa tête allait parfois s'appuyer sur l'épaule du garçon) et réussissait même parfois à faire naître une apparence d'animation dans le visage de Lina. Ce fut au moment où Lachapelle se mit en frais d'essayer de tirer la cousine de sa léthargie que Blonblon rassembla tout son courage et, les lèvres amincies par le trac, glissa sa main sous la table et alla la poser sur la main de Caroline; elle lui enserra aussitôt les doigts.

— À partir de ce moment, mon vieux, j'étais fait. Le lendemain après-midi, je l'embrassais dans l'ascenseur. Nous sommes ensuite allés faire un petit tour au parc Médéric-Martin, et alors...

Mais il ne put continuer, incapable de décrire l'indicible. L'initié était dépassé par son initiation. Il souriait, les yeux dans le vague, revivant sa première séance de baisers, envahi de nouveau par un émoi qui dressait sa verge dans son jean avec des pulsations presque douloureuses.

— Sa langue, mon vieux, sa langue... si tu savais... et la façon qu'elle avait de me caresser le dos... pfiou!

Charles souriait, flatté par ces confidences, mais travaillé en même temps par une pointe d'envie. Et soudain son regard se remplit de tristesse. Il venait de comprendre que l'amitié qui les liait ne serait plus jamais la même. Blonblon s'éloignait en lui faisant de grands signes de la main. Il l'invitait à partir lui aussi avec une fille pour ce passionnant voyage dans l'inconnu, mais cette fille, Charles n'avait pas la moindre idée où elle se trouvait.

L'image de Céline traversa son esprit, mais s'évanouit aussitôt.

36

Il était quand même incroyable que deux écoles secondaires si près l'une de l'autre et desservant la même clientèle soient différentes à ce point. C'est ce que se disait Charles en revenant de la polyvalente Pierre-Dupuy par un après-midi pluvieux du mois de septembre 1981.

Cela l'avait frappé dès l'instant où il avait mis les pieds à l'école. D'abord, cette masse d'élèves qui bourdonnait partout, se déplaçait par vagues, remplissait les escaliers d'un grondement assourdissant. Jamais il n'en avait tant vu! Ils étaient mille cinq cents, disait-on, alors que l'école Jean-Baptiste-Meilleur n'en comptait pas la moitié. Lui qui faisait orgueilleusement partie des *grands* à son ancienne école se sentait comme un microbe à la nouvelle. Et puis toutes ces filles qui riaient, jacassaient, déambulaient en balançant les hanches, se laissaient enlacer ou repoussaient au contraire un indésirable d'un coup de coude ou de genou, le regard pointu, la bouche mauvaise... Pour un élève qui, depuis huit ans, n'avait côtoyé que des garçons, il y avait de quoi attraper le vertige! Et enfin cette odeur de cigarettes qui flottait partout. Dans le hall de l'entrée principale, on avait installé un « café » surmonté d'une grande marquise verte et délimité par une clôture blanche. Installés à des tables, juchés sur des chaises, les élèves fumaient librement, là comme dans les escaliers et les corridors. Les professeurs avaient même le droit de fumer en classe! Alors qu'à Jean-Baptiste-Meilleur une seule cigarette allumée à l'intérieur des murs faisait l'effet d'un tremblement de terre et pouvait valoir à l'élève coupable cinq heures de retenue...

Mais tout cela n'était rien en comparaison de ce qui se déroulait pendant les cours.

— T'es un hostie de gros chien sale, mon tabarnac! avait lancé ce matin-là Pierre Blanchard à Réal Dionne, le professeur de mathématiques.

Excédé par son agitation, ce dernier venait de lui faire une remarque qui avait fait pouffer de rire toute la classe. Le prof ne s'était pas trop formalisé de l'injure, car on voyait bien que Blanchard n'était pas dans une grande forme. Le bruit courait que son père avait la main dure et une façon bien à lui de tirer ses enfants du lit le matin. Du reste, Blanchard était allé trouver Dionne à la fin du cours; ils avaient causé à voix basse un long moment et s'étaient quittés sur un signe amical.

Charles n'aurait jamais osé le dire publiquement, mais il éprouvait parfois de l'admiration pour ses profs. C'est qu'il fallait des nerfs solides pour enseigner à Pierre-Dupuy! La moitié du temps d'un cours était consacrée à ramener l'ordre. Il était très difficile d'obtenir le silence pendant plus de vingt secondes. Les élèves se parlaient entre eux, laissaient tomber des objets sur le plancher, y frottaient leurs pieds, déplaçaient chaises et pupitres, quittaient leur place ou sortaient sans permission, répétaient à tout moment leurs questions (car ils écoutaient rarement les réponses), lançaient des boules de papier, lisaient en pleine classe ou dormaient, affalés sur leur pupitre. Ils n'agissaient pas ainsi par méchanceté, mais parce qu'ils ne pouvaient faire autrement. Ils étaient comme de jeunes animaux incapables de maîtriser leur énergie.

La veille, Jocelyne Ouellette s'était encore une fois pavanée devant tout le monde au début du cours, faisant admirer ses seins qui gonflaient son gilet de coton noir, jusqu'à ce que le professeur lui ordonne de regagner sa place. En passant près de Charles, elle avait frôlé sa joue du dos de la main. Il avait compris le message. C'était une invitation (la deuxième en trois jours) à « entrer dans le jeu » comme les autres. Il faisait un peu trop sage. Les filles, qui semblaient avoir beaucoup de nez pour ces choses, avaient sans doute deviné qu'il n'avait encore jamais fait l'amour, malgré ses efforts pour laisser croire le contraire. Leur attitude parfois ironique et certains sous-entendus indiquaient qu'elles voyaient à travers le paravent. S'il ne réglait pas ce problème dans les semaines qui venaient, on le classerait parmi les niaiseux.

Ah! si la Déesse noire qui l'avait tant fait rêver avait encore été là! Il aurait trouvé le courage de la séduire, malgré leur différence d'âge! Peut-être qu'il n'aurait même pas été obligé de se donner cette peine et qu'elle l'aurait gentiment amené à son lit pour faire de lui un homme. Mais voilà longtemps qu'elle avait quitté l'école. Que faisait-elle en ce moment? Était-elle emballeuse chez Rose & Laflamme? fileuse chez Grover? danseuse à gogo dans un bar du centre-ville?

Steve Lachapelle assurait l'avoir aperçue une fois sortant de l'usine des Tabacs Macdonald en compagnie d'un homme beaucoup plus âgé qu'elle. Qu'il crève, le vieux salaud!

Lâché par Blonblon, qui n'avait la tête qu'à ses amours, Charles s'était rabattu sur Lachapelle, toujours aussi écervelé mais amusant. Ce dernier l'avait convaincu de jouer au billard, qu'il trouvait *supertripant*, autant à cause du jeu lui-même que de l'ambiance des endroits où on le pratiquait. Depuis le début des classes, Charles ne travaillant plus à la pharmacie Lalancette que les samedis, ils se mirent à fréquenter la salle de billard Orléans, rue Ontario. Pour s'y rendre, il fallait traverser le tunnel d'un viaduc de chemin de fer, endroit sombre, crasseux et puant l'urine; sa voûte et ses colonnes massives en béton de style vaguement égyptien donnaient une impression d'écrasement; Charles avait de légers frissons en s'y aventurant mais, pour ne pas se faire traiter de poule mouillée par son ami, il feignait de le considérer comme un des lieux les plus agréables au monde. C'est là qu'ils se tiraillaient et chantaient à tue-tête des chansons cochonnes tandis que les autos et les camions rugissaient sous leur nez.

En comparaison, la salle de billard Orléans tenait du ciel. Elle occupait le premier étage d'un gros immeuble insignifiant, au-dessus d'un supermarché. On y accédait par un large escalier à trois angles droits, propre et luisant comme un comptoir de banque; Charles y connaîtrait bientôt de vives émotions. L'endroit, quand il y pénétra la première fois, lui plut aussitôt: immense et sombre, la salle contenait une vingtaine de tables de billard; des suspensions basses en éclairaient quelques-unes, autour desquelles se déplaçaient lentement des joueurs, le geste souple, absorbés par leur partie. À gauche s'allongeait un bar derrière lequel s'activait une très jolie jeune femme en jean, vêtue d'une blouse moulante qui s'arrêtait à quelques centimètres au-dessus de son nombril. Elle fit une profonde impression sur Charles. Derrière la caisse, un quinquagénaire à l'épaisse chevelure poivre et sel, aux traits épaissis, à l'air blasé, alignait gravement des chiffres dans un cahier, s'interrompant de temps à autre pour échanger un mot avec deux clients qui sirotaient une bière, juchés sur leur tabouret, tandis que trois autres, assis à une table au fond, jouaient aux cartes.

Le claquement énigmatique des boules, les carrés de tapis vert qui brillaient dans la pénombre et les dimensions mêmes de la salle, où les bruits et les voix semblaient se dissoudre dans un vague frémissement, donnèrent à Charles une impression de mystère et d'aventure, et le sentiment qu'il pénétrait dans le monde des adultes.

Il se tourna en souriant vers Lachapelle, qui poussa un petit gloussement satisfait :

— T'aimes ça ? T'as rien vu. Suis-moi.

Et, avec la démarche vive et aisée d'un vieil habitué, il s'approcha de la caisse pour louer une table.

— La huit, répondit l'homme après l'avoir examiné une seconde. Attention au tapis, hein ? ajouta-t-il, soupçonneux.

Lachapelle eut une moue vexée :

— T'as jamais eu de problème avec moi. Ça fait quasiment trois mois que je viens jouer ici. Lui, il est nouveau, ajouta-t-il en désignant Charles, mais je vais l'entraîner, n'aie pas peur.

— Attention au tapis, répéta l'homme, et il se replongea dans son cahier.

— Il n'est pas toujours drôle, lui, grommela Lachapelle en s'avançant dans la salle. Nadine est bien plus gentille. J'aime mieux avoir affaire à elle.

— Nadine, c'est...

— ... la belle touffe, poursuivit Lachapelle.

Et, la main entre les cuisses, il tortilla du derrière avec une grimace de plaisir.

— J'aimerais bien me l'envoyer, mais penses-tu... c'est ce gros vieux-là qui la pelote. Quand t'es patron...

La partie commença et Charles la trouva longue, car l'entraînement auquel le soumit Steve fut minutieux. Il s'initia aux techniques du coulé, du contre, du carambolage, du rétro et apprit à masser, mais en y mettant au début la plus grande prudence, car une déchirure dans le tapis pouvait coûter plusieurs dizaines de dollars et menait à l'expulsion.

Vers neuf heures, une barre douloureuse lui traversait le front et il allait proposer d'aller manger un sandwich à la viande fumée à la Villa Frontenac lorsqu'un grand diable à demi chauve, vêtu d'une chemise carreautée et d'un pantalon de jogging aux genoux avachis, s'avança vers eux, les mains dans les poches, déambulant comme le Charlot des films muets, et se planta devant la table pour les observer avec la plus grande attention. Au bout d'un moment, il s'approcha de Charles et, fort poliment, corrigea sa façon de tenir la queue, puis lui donna quelques conseils sur le dosage des effets, mais tout cela comme en parlant avec un égal, un égal qu'il aurait connu depuis toujours. De temps à autre, il lançait une plaisanterie à Lachapelle, qu'il semblait considérer comme un habitué, et celui-ci répondait du tac au tac, enchanté de montrer sa familiarité avec un homme qui avait plus du double de son âge.

Quand la partie fut terminée, il invita les deux garçons au bar et commanda de la bière.

— Sont pas en âge, ces deux-là, De Bané, répondit le patron en montrant du doigt Charles et Steve.

— *Envoye* donc, insista l'autre avec de grands yeux suppliants. Une p'tite bière, ça n'a jamais fait de tort à personne!

— Non, mais à mon permis, ça pourrait en faire. Coke, Seven-Up, café, ou le grand air de la rue. Si t'aimes courir après les ennuis, moi, j'aime mieux courir après autre chose.

De Bané se tourna vers ses invités, le corps de travers, le visage tordu par une grimace grotesque. Charles lui trouvait une étonnante ressemblance d'allure avec Steve, comme si une secrète parenté les unissait : même corps efflanqué, mêmes contorsions, même goût pour la bouffonnerie.

— Que voulez-vous, fit-il comme pour s'excuser, y veut pas, y veut pas. Je tirerais dessus à coups de canon, y voudrait pas plus.

— Coke, lança Charles.

— Seven-Up, fit Steve.

— Une p'tite Mol pour moi, aussi frette que possible, commanda l'homme. C'est moi qui paye.

Le patron, qui ne semblait pas éprouver une estime démesurée pour le bonhomme, fit signe à Nadine de les servir. Charles, hypnotisé par le nombril de la barmaid, devait faire un effort pour ne pas la fixer. La façon qu'elle avait de bouger ses hanches, de soulever les bras, de tourner la tête en imprimant une légère ondulation à sa chevelure lui causait un trouble délicieux.

René De Bané, nullement offusqué, semblait-il, par la froideur du tenancier, s'était lancé dans le récit de sa journée, qui avait été plutôt mouvementée. C'est ainsi que Charles apprit qu'il était plombier.

— ... alors, j'arrive chez mon gars, rue des Érables, et il me fait passer à la cuisine. « C'est mon évier qui est bouché. J'ai tout essayé, même de l'acide à batterie. Rien à faire ! » Moi, c'est pas son évier qui m'inquiétait, mais une espèce de grand chien à longues oreilles couché devant le poêle et qui me fixait en grondant. « Fais-toi-z-en pas. Il n'a jamais mordu personne. C'est sa façon de montrer qu'il est chez lui. Y a pas de chien plus gentil au monde. » « Ça va, que je dis. J'en ai vu, des chiens, dans ma vie. Ils m'ont jamais fait peur », et je me mets au travail. Au bout de dix minutes, j'ai bien vu qu'il fallait défaire le siphon. Un maudit siphon rouillé comme s'il avait passé dix ans sous terre. Je me mets à forcer après. Mes aïeux ! Y avait de quoi perdre son dentier ! Pendant ce temps-là, mon homme était parti le diable sait où et son chien continuait de me fixer en grondant. Finalement, je me cale les pieds contre le bas du comptoir et je me mets à tirer sur ma clé à chier dans mes culottes. Tout à coup, crac! ça lâche, et je tombe sur le dos, à deux pouces du chien. *Oyoyoye!* je me suis relevé rien que sur une fripe, ça, je peux vous le dire! Si j'avais pas eu ma clé à la main pour me défendre, la maudite bête m'aurait arraché la moitié de la face! « *Hey!* chose! que je crie, amène ton animal ailleurs, ou bien moi je m'en vas! » J'appelle, j'appelle... Personne. J'étais tout seul avec cet enfant de pute, imaginez-vous! Je viens pour sortir de la cuisine : il me bloque le chemin. Bon, que je me suis dit, il va finir par se calmer, on n'a jamais vu un chien japper dix heures de suite. J'attends, ma clé bien en main, prêt à frapper au besoin. Finalement, il va se recoucher devant le poêle, les yeux toujours fixés sur moi. Comme le siphon était défait, je décide de le nettoyer, en jetant un œil de temps à autre derrière moi, bien entendu. Tabarnouche! il était plein de noyaux et de grumeaux dans une espèce de sauce noire qui sentait pas les foufounes du p'tit Jésus, je vous en passe un papier! J'attrape un bol et je vide le siphon dedans. Eh bien! me croirez-vous? En voyant cette espèce de bouette, le chien se lève en bougeant de la queue et s'approche de moi : il voulait en manger! « Tiens, que je lui dis en poussant le bol vers lui, régale-toi, niaiseux! » Et, pendant que je réinstalle mon siphon, il avale tout jusqu'à la dernière goutte! Je n'en revenais pas! Et puis voilà qu'arrive mon bonhomme, l'air tranquille, le teint frais, la mine reposée, pour voir où j'en étais dans mon travail. Sa bête s'était recouchée et rotait comme un ivrogne. « C'est pas un chien que t'as là, que je lui dis, c'est un camion de vidanges! » Et je lui raconte ce qui vient de se passer. « Pourquoi tu l'as pas arrêté? » qu'il me demande, et le voilà en beau fusil. « L'arrêter? Tu veux rire? J'y aurais laissé un bras, et peut-être tout le reste! Où étais-tu? Tu ne l'entendais pas japper, tout à l'heure? Ça devait résonner jusqu'à Verdun! » Pendant qu'on s'engueulait, le chien continuait de roter et la bedaine lui ballonnait. Quand je suis parti, il poussait ses derniers râlements. Bon débarras! L'autre veut m'actionner. Tu parles! Il va courir longtemps après moi!

Nadine allait et venait derrière le comptoir en l'écoutant, secouée parfois d'un rire, tandis que le patron haussait les épaules, excédé. Soudain, Charles jugea qu'il se faisait tard, remercia le plombier et partit, suivi de Steve Lachapelle, qui venait de fixer une partie de billard avec De Bané pour le lendemain soir à huit heures.

— Tu crois à son histoire, toi? demanda Charles à son ami.

— Pas toi? fit l'autre, étonné. En tout cas, elle était crampante. C'est un fameux de bon raconteur. Une soirée passe vite avec lui. Sans compter qu'il aime payer la traite. Si le patron n'avait pas été là, on aurait eu une bière, tu sais...

Et il se mit à siffloter, l'air insouciant.

Charles fréquentait la salle de billard Orléans. Il y allait avec Steve une ou deux fois par semaine et le samedi soir après son travail à la pharmacie Lalancette. René De Bané s'y pointait invariablement au début de la soirée, les mains dans les poches, le pantalon avachi, ayant toujours une bonne histoire à raconter.

Le destin semblait lui avoir réservé les aventures les plus loufoques. Un jour qu'il réparait des murs de plâtre au premier étage d'une bicoque de la rue Wolfe, il remarqua avec étonnement que certaines des fissures qu'il venait de colmater s'étaient remises à bâiller. Après les avoir refermées une deuxième, puis une troisième fois pour constater quelques minutes plus tard qu'elles s'ouvraient de nouveau, il conclut que son enduit était de mauvaise qualité. Il s'apprêtait, fort ennuyé, à retourner à la quincaillerie lorsqu'un léger frémissement courut dans le plancher; ce dernier venait de s'abaisser d'une dizaine de centimètres. Il eut à peine le temps de se précipiter vers la porte que la pièce s'effondrait dans un immense nuage de poussière.

— À quelle adresse de la rue Wolfe? demanda le patron, caustique.

— Au 1837, mon ami.

— Je suis passé par là ce matin et je n'ai rien vu.

— C'est l'arrière de la maison qui s'est effoiré, répondit l'autre, nullement déconcerté. On ne peut rien voir de la rue.

C'est ainsi que Charles apprit qu'en plus d'être plombier De Bané était aussi plâtrier et put constater avec le temps que l'étendue de ses talents – si on l'en croyait – n'avait pas de limites.

René De Bané connaissait tous les habitués de la salle de billard ; la plupart riaient de bon cœur à ses histoires farfelues, le tenant pour un bouffon à la cervelle un peu fêlée, mais généreux et bon vivant ; d'autres, par contre, manifestaient à son égard une certaine circonspection, comme si ses allures de Roger Bontemps cachaient autre chose, dont il fallait se méfier. C'était un joueur de billard émérite qui avait gagné plusieurs tournois. Il s'employa à transmettre sa science à Charles qui, sous sa gouverne, se mit à faire de rapides progrès et finit en outre par devenir un fumeur assidu à force de piger dans le paquet de cigarettes que le plâtrier-plombier lui présentait à tout moment.

Les nouveaux loisirs de Charles l'éloignèrent encore un peu plus de son ami Blonblon, déjà fort pris par ses amours. Ils se voyaient quand même beaucoup à l'école Pierre-Dupuy et faisaient ensemble le trajet entre l'école et la maison, lorsque l'horaire de Caroline, qui fréquentait le même établissement, l'empêchait d'accompagner son petit ami. Charles essaya bien à quelques reprises de convaincre Blonblon de jouer au billard avec lui, mais celui-ci ne se sentait pas du tout attiré par le jeu, ajoutant que ce genre d'endroit n'avait en général pas très bonne réputation, car on y rencontrait plein de bons à rien et même des gens pas très catholiques.

— Tu en as déjà rencontré ? demanda Charles, moqueur.

— Non, puisque je te dis que je n'y ai jamais mis les pieds. Mais on m'en a parlé. Pas nécessaire d'avoir fait la guerre pour savoir que c'est dangereux.

— Tu trouves que la salle Orléans est un endroit dangereux ? poursuivit l'autre avec un sourire impitoyable.

— N'essaye pas de te payer ma tête, Charlot. Je suis sûr que tu y as rencontré des bonhommes un peu bizarres, qui ne tenaient pas nécessairement à te raconter tout ce qu'ils avaient fait dans la journée.

— T'en sais, des choses, mon Blonblon! J'ai hâte de te voir à trente ans! Tu vas sûrement aller à la messe chaque matin, mais accompagné d'un garde du corps, au cas où quelqu'un chercherait à te violer! Dangereux de se tenir à la salle Orléans? Fais-moi rire! Aussi dangereux que de faire des grimaces à un aveugle! Et si tu ne me crois pas, parles-en à Steve.

À ce nom, Blonblon sourit, mais ne répondit rien, car il éprouvait une répugnance invincible à médire des autres, et d'ailleurs il aimait bien lui aussi ce grand écervelé toujours prêt à rendre service et qui avait le tour comme pas un de faire rigoler ses copains.

◈

Vers la fin de novembre, Fernand et Lucie commencèrent à s'inquiéter de l'engouement de Charles pour le billard, qui le tenait de plus en plus souvent éloigné de la maison et lui faisait négliger ses études. Détail aggravant, l'odeur de tabac qui imprégnait maintenant ses vêtements avait appris au quincaillier, qui avait le nez fin et la cigarette en horreur, que son fils adoptif, comme tant d'autres adolescents, venait de tomber sous le joug de la nicotine.

Un soir, après le souper, il le prit à part dans le salon.

— On ne te voit plus bien bien souvent à la maison, mon Charles, commença-t-il en guise de préambule, de sa voix « des grandes occasions ». T'as l'air occupé sans bon sens.

— Il faut bien que je m'occupe, répondit Charles d'un ton sec, sinon je m'ennuierais.

— Ouais, convint le quincaillier en hochant la tête avec un sourire aimable, difficile de te contredire là-dessus.

— Je ne m'attendais pas à ce que tu le fasses, rétorqua Charles.

Sur ce, s'établit un moment de silence que Fafard consacra à peaufiner la prudente stratégie qu'il avait élaborée durant le repas.

— T'as pris goût au billard, à ce que je vois, poursuivit-il après avoir longuement frotté ses mains sur son pantalon.

— Oui.

— C'est bien tenu, cette salle Orléans ?

— Oui.

— Pas de vauriens qui la fréquentent, par hasard ?

— Non.

— T'es bien sûr ?

— Oui.

— Je te pose la question, poursuivit le quincaillier en réprimant un début d'impatience, parce que les voyous aiment bien se tenir dans ce genre d'endroit.

— Je n'en connais pas.

— Ils sont parfois difficiles à reconnaître.

— Peut-être.

Fernand Fafard souffla très fort par le nez, ferma les yeux, se passa la main sous le menton, puis réussit à sourire :

— Tout le monde sait, mon Charles, que dans ces endroits il circule souvent de la drogue, qu'on y prépare parfois des mauvais coups, qu'on se fait accoster par des guidounes...

— On voit bien que tu n'as jamais mis les pieds dans une salle de billard, laissa tomber Charles, dédaigneux. Des histoires de vieilles filles, tout ça.

— Change de ton, veux-tu ! tonna le quincaillier en assénant un coup de poing sur le bras de son fauteuil. (Bof, couché dans le corridor, leva la tête et posa un œil méfiant sur la porte du salon.) Tu ne parles pas à ton chien, mais à ton père... c'est du moins comme ça que je me vois... à moins que t'aies des objections ? Si j'essaye de te mettre en garde, il faut que tu comprennes que c'est pour ton bien, trou de beigne ! C'est la seule chose que Lucie et moi on a en tête : ton bien. Est-ce que tu penses que ça m'amuse de...

Et il poursuivit avec les considérations habituelles que les parents tiennent dans ces cas-là à leurs enfants, dans la conviction naïve que l'expérience peut se transmettre d'une génération à l'autre et qu'il suffit d'avoir raison pour faire partager ses vues.

Fafard demanda à Charles de ne plus fréquenter la salle de billard durant la semaine, car ses études – pour ne parler que de cela – finiraient par en souffrir. Charles rétorqua qu'on l'avait classé dans le groupe fort à Pierre-Dupuy, qu'il réussissait très bien et que ce n'était pas en s'emmerdant à la maison qu'il pourrait améliorer ses résultats. Les salles de billard n'étaient pas des endroits pour les jeunes, objecta le quincaillier. Elles attiraient les flancs-mous, les chômeurs professionnels et les gens au passé crasseux. On ne pouvait y attraper que de mauvaises habitudes, comme celle de la cigarette, par exemple, ajouta-t-il avec un sourire en coin, qui était une des moins nocives, même si elle finissait tôt ou tard, bien sûr, par ruiner la santé. Sa santé lui appartenait, riposta Charles, et il avait le droit d'en faire ce qu'il voulait. Quant à ces gens dont il parlait, il n'en avait jamais vu à la salle Orléans et il invitait le quincaillier à venir juger par lui-même combien l'établissement était bien tenu.

— Il n'y a rien à faire, soupira Fafard en allant trouver sa femme à la cuisine. Chacun doit commettre ses gaffes, je suppose, pour apprendre la vie. Tout ce que je souhaite, c'est qu'elles ne soient pas trop graves.

— Qui te dit qu'il va en commettre? T'as toujours eu le sang trop vif, mon pauvre Fernand, ça te porte à tout grossir, les bonnes comme les mauvaises choses. Tu t'emportes, tu donnes de grands coups, et les gens se rebiffent. Y gagnes-tu? Laisse-le faire ses affaires en paix un bout de temps, il faut bien qu'il passe son âge. C'est une bonne nature, faisons-lui confiance. De toute façon, je ne le quitte pas de l'œil. Il sera toujours temps de l'attraper par la peau du cou s'il se met à commettre des bêtises, non?

◆

La pause du matin venait de commencer; des élèves, éparpillés devant l'entrée principale de l'école Pierre-Dupuy, discutaient et fumaient dans le sourd grondement de la manufacture Grover qui tournait à fond de train de l'autre côté de la rue. Le vieux bâtiment de brique aux immenses fenêtres grisâtres donnait parfois l'impression de vibrer, comme s'il allait éclater sous l'effet d'un trop-plein d'énergie.

Soudain un gros chat noir à collier doré apparut entre deux autos, le regard déboussolé, le bout de la queue cassé, une oreille en lambeaux et, après avoir reniflé un pneu pendant quelques secondes, s'élança dans la rue juste au moment où surgissait un camion de livraison. Des cris s'élevèrent parmi les élèves et un petit rassemblement se fit autour de l'animal, qui venait de se faire écraser une patte de derrière. Aplati contre l'asphalte, il fixait les assistants d'un œil affolé tandis qu'une flaque de sang s'allongeait sous son arrière-train. Un élève, hilare, lui lança un paquet de cigarettes vide sur la tête.

— *Hey!* le cave! s'écria Blonblon, laisse-le donc tranquille! Tu ne trouves pas qu'il a assez de problèmes comme ça?

Deux ou trois filles lui donnèrent raison; Blonblon s'accroupit devant le chat qui se dressa sur ses trois pattes et se mit à cracher et à feuler, prêt à défendre férocement ce qu'il lui restait de vie; alors Blonblon écarta rudement quelques élèves pour lui permettre de s'échapper et l'animal fila en clopinant. Charles apparut à ce moment, son briquet à la main, fouillant de l'autre dans la poche intérieure de son coupe-vent, et aperçut le groupe. Il s'approcha, intrigué. Le type au paquet de cigarettes, mi-rieur mi-fâché, donnait des bourrades à Blonblon en parlant très fort. Charles se fit raconter l'incident, chercha du regard le chat noir, qui avait disparu entre deux murs, puis alla se glisser entre Blonblon et son agresseur.

— 'Scuse-moi, bonhomme, dit-il à ce dernier, j'ai à lui parler. C'est important. Tu l'écœureras une autre fois.

L'autre continua ses bourrades quelques secondes, puis s'éloigna, entraîné par deux camarades.

— Aurais-tu le goût de te faire une couple de piastres? proposa Charles à son ami. Le notaire Michaud vient de s'acheter une bibliothèque. Il faut l'installer et ranger à peu près mille livres.

— Quand?

— Ce soir, si tu veux, ou durant la fin de semaine.

— Pas ce soir, intervint Steve Lachapelle en apparaissant brusquement près des deux garçons.

Il se tourna vers Charles, le sourire en coin, le regard pétillant de sous-entendus :

— Ce soir, mon *chum*, on va jouer au billard, toi et moi, et je pense que tu ne le regretteras pas. Ah çà, non! tu ne le regretteras pas du tout, que les fesses me pètent si je me trompe!

Et il se mit à rire, se réjouissant à l'avance des bons moments qui attendaient Charles. Ce dernier, surpris, un peu méfiant, chercha à savoir quelle joyeuse astuce avait concoctée son ami, mais l'autre s'esquiva en riant, après lui avoir donné rendez-vous à dix-neuf heures trente à la salle de billard.

Blonblon qui, depuis son coup de foudre, s'était détaché des frivolités de ce monde pour se consacrer entièrement à son amour, était, quant à lui, parti à la recherche du chat noir, qui demeura introuvable.

Tout le reste de la journée, Charles se creusa la tête pour tenter de deviner le bon tour que lui avait préparé Lachapelle – car il ne pouvait s'agir que d'un tour. Vers quinze heures, monsieur Belzile, le prof de bio, excédé par ses rêvasseries, lui demanda de venir écrire au tableau la liste des principales fonctions du foie. Après un long moment de confusion, qui enchanta la classe, Charles retourna à sa place avec un sourire de bravade, mais rouge jusqu'aux oreilles d'avoir connu pour la première fois de sa vie l'humiliation des cancres.

Vers dix-neuf heures, il pénétrait dans la salle de billard. Nadine, comme à l'accoutumée, lui adressa du bar un large sourire qui le remplit, comme chaque fois, d'un fébrile et timide ravissement. Manifestement, la jeune femme le trouvait sympathique et les trois ans qu'elle avait de plus que lui ne l'auraient théoriquement pas empêché d'en faire sa blonde (en supposant, bien sûr, qu'il puisse évincer le patron). Mais sa beauté le paralysait et, mêlée à celle-ci et lui donnant un piquant très particulier, une sorte de dureté dans les manières et l'expression qui montrait que, malgré sa jeunesse, elle « connaissait la vie » et avait appris à y faire face. En fait, à côté d'elle, il se sentait un peu comme un enfant.

Il fouilla la salle du regard. Il n'y avait que trois tables occupées et Steve ne se trouvait nulle part. Mais presque aussitôt il entendit sa voix dans l'escalier. Aiguë, surexcitée, un peu étrange. À qui pouvait-il bien parler ? Un éclat de rire lui répondit. C'était un rire de fille. Lachapelle apparut dans la porte, encadré par deux brunes grassouillettes, à peu près de la même taille, très modérément jolies toutes les deux, qu'il reconnut aussitôt comme des élèves de Pierre-Dupuy sans pouvoir se rappeler leurs noms.

— Tiens, salut, Thibodeau ! Déjà ici ?

Et il jeta un regard en biais à ses compagnes qui souriaient de toute leur force.

— Tu connais Marlène Jobidon ? Non ? Elle est dans la même classe qu'Henri. Et Agathe Forcier ?

— C'est un de mes oncles qui possède L'Oiseau Bleu, précisa Agathe, comme si cela avait été un trait de sa personnalité.

— Ah bon, je ne savais pas, répondit Charles pour dire quelque chose.

Ils se mirent à causer de choses et d'autres. De temps en temps, Charles jetait un regard interrogateur à son ami, qui faisait mine de rien et lançait plaisanterie sur plaisanterie, soulevant le rire des filles, atteintes elles aussi, semblait-il, de la même étrange excitation que lui. Alors Steve expliqua qu'Agathe et Marlène lui avaient fait part de leur désir de s'initier au billard. Comme lui-même et Charles se débrouillaient pas mal avec une queue (nouveau rire des filles), il leur avait proposé de se joindre à eux pour une partie à quatre.

Agathe et Marlène pouffèrent de nouveau.

Après avoir convenu discrètement avec Charles de partager les frais, Steve, rempli d'un entrain que son ami ne lui avait jamais vu, alla louer une table au bar. À sa question, Nadine lui apprit que le patron était absent pour la soirée.

— C'est tiguidou, ça! Apporte-moi quatre bières en fût.

Mais elle refusa avec fermeté. Si la salle perdait son permis, est-ce qu'il pourrait lui en fournir un autre?

La partie commença. Charles réalisa bientôt qu'elle ne servait que de prétexte pour qu'il lie connaissance avec Marlène. Les privautés que se permettaient Steve et Agathe montraient que, quant à eux, c'était chose faite depuis un certain temps. Des deux, c'était Marlène qui lui plaisait le moins. Tout était rond chez elle : les joues, le menton, le nez, le postérieur, et même le bout de ses souliers. Mais elle avait une superbe peau crémeuse, un rire franc et limpide qui faisait plaisir à entendre, et elle ne semblait pas compliquée pour deux sous. Ne voulant pas paraître nigaud, Charles essaya d'imiter son ami. Marlène venant de réussir par hasard un beau rétro, il l'embrassa sur la joue. À son deuxième bon coup, elle lui présenta ses lèvres.

Une étrange excitation s'était emparée de Charles, mélange de curiosité, de désir et de peur. Manifestement, on le manipulait, sans malice, bien sûr, car il lui paraissait clair que ses compagnons ne cherchaient dans cette histoire qu'à s'amuser, mais il en voulait à son ami de l'avoir ainsi tenu dans l'ignorance comme un enfant, une ignorance, cependant, que dissipaient chaque minute un peu plus les allusions, les gestes et les plaisanteries de Steve et des deux filles.

Le lendemain, Steve lui apprendrait au cours d'une de leurs dernières promenades à bicyclette (car la neige allait les interrompre pour plusieurs mois) que Marlène avait l'œil sur lui depuis longtemps et avait gagé avec Agathe qu'elle le dépucellerait avant une semaine. Les deux filles en avaient parlé à Vicky, la demi-sœur de Steve, qui lui avait transmis le message. Celui-ci, après avoir passé de très agréables moments avec Agathe chez Marlène, avait alors accepté de prêter son concours et l'idée d'une partie de billard à quatre lui était apparue comme le meilleur moyen de mettre leur plan à exécution.

Ils venaient d'entamer une deuxième partie lorsque René De Bané apparut, un bras en écharpe, le visage comme s'il avait attrapé une volée de petits cailloux. Chose étonnante et fort déplorable, alors que, pour une fois, il aurait eu quelque chose de véridique à raconter, il était ce soir-là d'une humeur peu communicative – et même franchement exécrable. À sa vue, Nadine poussa une exclamation de surprise et lui demanda ce qui lui était arrivé.

— Rien qui t'intéresse, grogna-t-il.

Et, au regard qu'il lui jeta, elle comprit qu'il était prêt à édenter un lion à mains nues. Il commanda une bière, alla s'asseoir à une table et contempla son verre d'un œil sombre.

Un joueur l'aperçut, s'approcha, puis s'exclama à son tour devant sa mine dévastée. Mais il n'eut pas le temps de poser sa question, De Bané lui ayant suggéré d'aller planter des épinards sur l'autoroute Métropolitaine. Cependant, après deux ou trois consommations, ses idées rosirent quelque peu; il se leva et alla s'appuyer à une colonne pour observer, verre à la main, la partie mouvementée que jouaient Steve, Charles et leurs amies.

— René, osa lancer Steve, qu'est-ce qui t'est arrivé?

— Un accident de travail, se contenta de répondre l'homme aux nombreux métiers.

Puis, dans un effort évident pour changer de sujet:

— Si t'avais fait ton coup par la bande, mon gars, t'envoyais la boule de gauche drette dans le trou.

— Quelle sorte d'accident, René? insista Steve. T'es tombé en bas d'une cheminée? Un autobus est venu te donner un bec? Tabarnouche! j'ai rarement vu une gueule maganée comme ça!

— Un accident de travail, je te dis. Je te raconterai ça une autre fois. À soir, je n'ai pas le goût. Vous autres, les p'tits jeunes, vous ne connaissez pas ça, le travail, poursuivit-il, envahi tout à coup par une vague d'amertume philosophique. Quand vous en aurez tâté, vous verrez que ce n'est pas drôle tous les jours. Pousser un crayon, ce n'est rien du tout. Un passe-temps de tapette!

— Tu sauras, René, que je travaille depuis l'âge de huit ans, répliqua Charles, piqué.

— Ah oui? En plus de pousser ton crayon, tu l'aiguises de temps à autre?

Agathe et Marlène éclatèrent de rire.

— J'ai été livreur Chez Robert, bonhomme, j'ai vendu des tablettes de chocolat dans la rue et je suis présentement livreur pour la pharmacie Lalancette.

À ces mots, l'attitude de René De Bané changea brusquement. Il félicita Charles pour son courage et son énergie, fit l'éloge des jeunes qui assument une partie de leurs dépenses tout en poursuivant des études et questionna minutieusement Charles sur son travail à la pharmacie. Depuis quand l'avait-on engagé? Comment était le patron? S'entendait-il bien avec lui? Est-ce que les affaires étaient bonnes? Etc.

— C'est ton tour, Charles, intervint Marlène en le prenant par le bras.

Et elle frôla négligemment de la main la cuisse de son compagnon.

— Tu nous déranges, René, remarqua Steve aigrement.

— 'Scusez-moi, 'scusez-moi... c'était pas pour mal faire... *Hey*, dites donc... Auriez-vous le goût d'une bière? Je vous paye la traite. Profitez-en pendant que ça passe!

Il se rendit au bar et commanda quatre Molson. Nadine, devinant leurs destinataires, refusa tout net. De Bané répliqua que, s'il avait envie de boire dix bières à la file, cela ne regardait que lui et qu'aucune loi ne pouvait l'en empêcher s'il se conduisait correctement. Puis, pour renforcer son argumentation, il glissa un billet de cinq dollars sur le comptoir. L'absence du patron privait la barmaid d'une grande partie de son autorité morale et affaiblissait quelque peu ses convictions; elle finit par céder en grommelant et De Bané retourna auprès des joueurs avec ses bouteilles.

L'atmosphère s'anima encore davantage. Charles avait toujours éprouvé un certain dégoût pour la bière, mais ce soir-là, chose curieuse, il vida son verre en trois gorgées. Sa nervosité fondit brusquement et il se mit à prendre beaucoup de plaisir à cette curieuse partie de billard arrangée à son insu avec deux filles qu'il connaissait à peine. Il voyait Marlène à présent avec d'autres yeux et, même si Agathe lui paraissait mieux roulée et certainement plus vive et pétillante, l'autre ne cessait de gagner du terrain dans son esprit par sa bonne humeur, ses manières caressantes et quelque chose de facile et de bon enfant dans toute sa personne. À un moment donné, voulant guider son bras dans une manœuvre délicate pour dégager une boule, il se pressa contre elle de tout son long et en profita pour lui effleurer doucement la main; elle lui répondit par un mouvement de croupe qui semblait ne pas laisser de doute sur l'issue de la soirée.

De Bané continuait de les observer, ne ménageant ni ses conseils ni ses commentaires; il semblait éprouver à présent la plus haute considération pour Charles, s'émerveillait de son habileté, applaudissait à chacun de ses bons coups et celui-ci, malgré l'espèce de mépris que lui avait toujours inspiré ce bouffon aux activités ténébreuses, ne pouvait s'empêcher de ressentir du plaisir, car le bonhomme était fin joueur.

— Ça mérite d'autres bières, s'écria De Bané après qu'Agathe, qui s'était avérée jusque-là plutôt écorcheuse de tapis, eut réussi un beau doublé.

Et il se rendit à grands pas au bar.

— On enfile nos bières et puis on sacre le camp, ordonna à voix basse Steve, qui semblait de plus en plus importuné par la présence de leur compagnon. Sa face de steak haché m'écœure. Pas vous?

Dix minutes plus tard, les jeunes gens se dirigeaient vers la sortie, après avoir chaleureusement remercié pour ses largesses leur bienfaiteur dépité. Charles, cette fois, n'avait pu se rendre jusqu'au fond de sa bouteille, car l'étourdissement le gagnait et faisait monter en lui de sinistres souvenirs.

Ils descendirent l'escalier dans un grand tapage; parvenue à mi-chemin, Marlène s'arrêta :

— Je vous invite chez moi. Mon père est parti pour la fin de semaine. On a l'appartement à nous.

Puis, tandis qu'Agathe et Steve repartaient, main dans la main, en poussant des cris, elle se tourna vers Charles et le regarda d'une certaine façon, les bras le long du corps, les paumes tournées vers lui. Il se mit à l'embrasser et ce fut au milieu de l'escalier de la salle de billard Orléans, dans l'odeur d'eau de Javel et de fumée de cigarette, qu'il connut l'enivrement de ses premiers baisers lascifs.

Marlène habitait rue Prince-George, à deux pas de la polyvalente. Ils filèrent dans la rue Ontario vers l'est et Charles s'arrêta dans le tunnel crasseux et bruyant du viaduc pour embrasser de nouveau son amie; il ne put réprimer un soupir de volupté lorsque celle-ci, d'une main experte, se mit à lui caresser l'entrejambe.

— Allons, dépêchez-vous, les lambins! cria Steve qui semblait avoir hâte de parvenir à destination.

La rue Prince-George était un minuscule et paisible cul-de-sac qui venait buter contre l'arrière de la manufacture Grover. Marlène Jobidon et son père logeaient au rez-de-chaussée d'un vieil immeuble de brique de deux étages, à la belle toiture en mansarde, occupé par une douzaine d'appartements. Monsieur Jobidon entretenait des relations cordiales avec le propriétaire, un cousin éloigné, qui avait accepté, quelques mois plus tôt, d'aménager une chambre à coucher au sous-sol, pour l'usage de Marlène.

— Ça sent drôle ici! s'exclama Steve avec une grimace en pénétrant dans l'appartement.

Et il tourna la tête à gauche et à droite en reniflant d'un air dégoûté. Ils se trouvaient dans un salon occupé aux trois quarts par un énorme téléviseur, un fauteuil et un canapé noir au cuir fendillé.

— Ah! c'est notre maudit chat! se plaignit Marlène avec humeur. Il a pissé dans l'appartement hier. On le laisse dehors à présent.

Et elle se mit à raconter les mésaventures de Patapouf.

La semaine d'avant, vers la fin d'un après-midi, en revenant de l'école, elle avait surpris trois petits voyous qui avaient enfermé son chat sous le capot d'une automobile et s'amusaient à l'affoler à coups de klaxon. C'étaient les miaulements désespérés de l'animal qui l'avaient attirée dans la ruelle. Combien de temps son supplice avait-il duré ? Au moins une demi-heure, selon une voisine. Toujours est-il que Patapouf ne s'était pas encore remis de son épreuve. À moitié fou et presque sourd, il ne se laissait approcher par personne, sauf de temps à autre par monsieur Jobidon, et errait jour et nuit dans le quartier en miaulant comme un détraqué. La veille, son maître avait réussi à l'attirer chez lui pour le faire manger en espérant qu'il retrouve ses esprits. Patapouf, pourtant si propre jusque-là, en avait profité durant la nuit pour parfumer l'appartement de ses humeurs intimes et déchiqueter l'accoudoir du fauteuil avec ses griffes. Au matin, monsieur Jobidon avait fait une colère terrible et foutu l'animal dehors avec défense à tout jamais de le faire entrer.

— Pourtant, il l'aimait, son Patapouf, ajouta Marlène en riant. Une fois, je suis entrée dans la salle de bains en pensant qu'il n'y avait personne. Eh bien ! il était assis sur le trône en train de se torcher d'une main et de caresser le chat de l'autre ! Ce que j'ai ri !

Steve et Agathe s'esclaffèrent et Charles essaya de les imiter, mais il commençait à trouver Marlène un peu vulgaire. Cela ne lui enlevait cependant rien de son attirance.

— Est-ce qu'il y a de la bière, ici ? demanda Steve dont les largesses de De Bané n'avaient pas étanché la soif.

— Le frigidaire est rempli, répondit Marlène.

— Mais pas touche ! prévint Agathe. Ton père a dû les compter avant de partir, comme il fait toujours, et tu vas te faire engueuler, ma fille, s'il en manque une !

Steve haussa les épaules :

— Bah ! on ira en acheter au dépanneur. Pas vrai, Thibodeau ?

— On ne voudra pas t'en vendre.

— Au dépanneur près de chez nous, on va vouloir, crains pas.

Devant son assurance, Marlène se rendit à la cuisine et revint avec des bouteilles. Charles n'avait plus le goût de boire. Mais, pour imiter ses compagnons et couper à leurs moqueries, il se força à prendre quelques gorgées. Marlène s'accroupit dans un coin devant un tourne-disque portatif et une chanson du groupe The Police s'éleva dans la pièce. Charles sortit son paquet de cigarettes et voulut en offrir à la ronde, mais Steve, d'un geste, l'arrêta :

— J'ai mieux que ça.

Attrapant son blouson jeté sur un fauteuil, il sortit d'une poche un petit sac de polythène à demi rempli de *pot* et un paquet de papier à cigarette, et roula deux joints sous le regard attentif de ses compagnons.

Des volutes de fumée bleuâtre s'étirèrent au-dessus des têtes. Charles consacrait toute son attention à réprimer une petite toux sèche qui renaissait à chaque bouffée, plus râpeuse que la précédente. Cette fois-ci, à sa grande déception, il ne ressentait aucun effet particulier. Puis, au bout de quelques minutes, il lui sembla que la musique s'amplifiait, prenant un relief étrange, fort agréable. Ses jambes s'amollirent brusquement. Steve fixait le vide avec une expression si solennelle et alanguie que Marlène pouffa de rire. Et, en effet, pensa Charles, il avait l'air un peu idiot. Soudain, il sentit le bras de son amie sur son épaule. L'instant d'après, ils s'embrassaient à perdre haleine. De temps à autre, Charles jetait un regard en coin sur Steve et Agathe, enlacés sur le canapé, afin de se régler sur eux, car il éprouvait une grande perplexité quant à la marche à suivre ce soir-là.

— Viens, on va aller dans ma chambre, lui souffla Marlène avec un sourire complice.

Et, le prenant par la main, elle l'amena dans la cuisine ; c'était une toute petite pièce aux murs graisseux où se tenait un rassemblement de vaisselle sale d'une ampleur impressionnante. Une porte bâillait dans un renfoncement près du réfrigérateur. Elle l'ouvrit et ils enfilèrent un escalier. Ils se retrouvèrent dans une cave au plafond bas et au plancher de béton crevassé. Une carpette mauve s'allongeait entre le pied de l'escalier et une seconde porte percée dans une cloison fraîchement construite.

— Ma chambre, dit fièrement Marlène en le faisant pénétrer dans une pièce assez grande où triomphait le bleu : les murs, la moquette, l'édredon qui recouvrait le lit, tout se fondait dans la même couleur, renforcée par la lumière bleue d'une lampe suspendue dans un coin. Un soupirail orné de rideaux à fleurs bleues donnait au-dessus du lit, où se prélassait, bras étendus, un énorme nounours chocolat. Des affiches de Blondie, de Joan Jet et de Jean-Michel Jarre ornaient les murs. Une commode surchargée de bibelots se dressait dans un coin près d'un bureau d'étudiant. Il régnait partout un ordre de couvent.

— Aimes-tu ?

Charles fit signe que oui. Son excitation venait de tomber, remplacée par un sentiment bizarre, qu'il n'avait jamais ressenti jusque-là, mélange d'exaltation et de peur, de détresse et de curiosité brûlante. Il en était tout désemparé. Mille questions affluaient à son esprit. Qu'est-ce que Marlène attendait de lui au juste ? Y avait-il des choses à éviter ? Était-ce aussi merveilleux qu'on le disait ? Peut-être ne voulait-elle pas vraiment faire l'amour ? Comment le savoir ? Il regretta de ne pas avoir apporté sa bière et fouilla machinalement dans sa poche à la recherche de son paquet de cigarettes. Elle vit son trouble et Charles lui parut plus désirable encore. Quelle aubaine que de dépuceler un aussi joli garçon ! Elle lui sourit, l'attira sur le lit et ils recommencèrent à s'embrasser. Au bout d'un moment, voyant qu'il ne la dévêtait pas, elle se retira doucement de ses bras et déboutonna sa blouse, lui souriant toujours, et il l'imita. Quelque chose éclata alors dans sa tête, comme si toute la bière qu'il avait bue dans la soirée se mettait à agir d'un seul coup. Il fixait ses seins, volumineux mais fermes et solidement suspendus, de la même blancheur crémeuse que son visage. Leur beauté souveraine l'émerveillait. Il les toucha d'une main timide, puis se mit à les caresser, la main frémissante, et posa enfin sa bouche dessus, l'empêchant d'enlever son collant. Elle le repoussa en riant :

— Attends, attends, espèce d'énervé. Allons, déshabille-toi aussi... As-tu peur de me montrer tes fesses? T'as pas besoin de capote, crut-elle bon d'ajouter, je viens d'avoir mes règles.

L'instant d'après, il avait lancé sur la moquette son jean et son slip, et se jetait sur elle.

— Enlève tes bas, niaiseux, pouffa-t-elle, j'suis pas une pute!

Il obéit, saisissant à peine ce qu'elle disait, car les caresses qu'elle lui prodiguait faisaient rugir des flammes dans tout son corps; il la palpait et l'embrassait avec frénésie à présent. Elle écarta ses cuisses et guida sa main, mais il comprenait mal ce qu'elle voulait et chercha à la pénétrer tout de suite. Il n'en eut pas le temps. Un spasme le saisit et trois longues giclées blanchâtres couvrirent sa vulve et son bas-ventre. Agenouillé devant elle, il la regardait avec un sourire penaud.

— Pas grave, fit-elle avec indulgence, on se reprendra... Dis donc, t'as une bonne petite machine, sais-tu!

Allongeant le bras, elle ouvrit le tiroir de sa table de chevet et s'empara de quelques kleenex.

Pendant ce temps, Patapouf longeait lentement le mur de l'immeuble et allait s'affaler contre la fenêtre du soupirail. Tout l'après-midi, il était resté terré sous une galerie, léchant sa patte broyée quelques heures plus tôt par un camion, puis essayant de sommeiller, mais la douleur qui le rongeait férocement et avait gagné à présent son arrière-train ne lui laissait pas de répit. Il en avait peine à respirer. La gueule sèche et remplie d'un âcre goût de sang, il haletait et ne cessait de changer de position. Finalement, il avait décidé de retourner chez lui dans l'espoir qu'on le laisserait entrer, cette fois.

Par l'interstice des rideaux, il fixa longuement l'édredon bleu où il avait l'habitude de passer ses journées à dormir. S'il avait pu s'y étendre de nouveau, sa douleur aurait sûrement fini par disparaître. On l'avait repoussé au pied du lit, où deux paires de jambes nues s'agitaient avec frénésie, menaçant de la faire tomber sur le plancher. Le temps passa. Les jambes s'étaient immobilisées, maintenant tout emmêlées. À sa douleur venait de s'ajouter le froid, un froid pesant et terrible, qui le gagnait avec une lenteur sournoise et cherchait à l'étouffer. Alors, il rassembla ses dernières forces et poussa un long miaulement.

— Qu'est-ce que c'est ça? fit Charles en sursautant.

— C'est juste mon chat, murmura Marlène à demi assoupie. Il veut entrer. Il n'a pas le droit.

— On dirait que ça vient du soupirail.

Il se dressa sur ses pieds, écarta les rideaux:

— Il va mal, ton chat, Marlène... On dirait qu'il est en train de mourir.

Elle poussa un long soupir, se tourna deux ou trois fois dans les couvertures et finit par se lever à son tour.

En voyant l'animal étendu le long de la fenêtre, la gueule entrouverte, l'œil dilaté et comme rempli d'un morne désespoir, elle porta la main à la bouche et demeura interdite.

— Je vais aller le voir, décida Charles. On ne peut pas le laisser comme ça.

Il s'habilla et monta au rez-de-chaussée; le salon était vide. Marlène apparut presque aussitôt, vêtue d'une robe de chambre.

— Où sont-ils passés? fit-il en montrant le canapé.

Elle haussa les épaules. Charles sortit. Marlène prit place dans le fauteuil et serra frileusement les jambes. «Maudite Agathe, marmonna-t-elle. Je lui avais pourtant bien dit de ne pas aller dans la chambre de papa... Si jamais il l'apprend, je ne suis pas mieux que morte.» Mais son père ne l'apprendrait jamais. Comme chaque fin de semaine, il était allé rejoindre sa blonde à Châteauguay et ne reviendrait que le lundi matin, le teint gris et l'humeur difficile. Elle payait ses deux jours de liberté par cinq jours de précautions, qui ne lui évitaient pas les chialeries et les taloches, parfois les coups. Ah! s'il pouvait trouver du travail! Ça la soulagerait un peu. Dans deux mois au plus tard, s'il traînait toujours à la maison, elle était bien décidée à louer un appartement avec Julie et à reprendre le métier de serveuse.

La porte s'ouvrit.

— Il est mort, ton chat, annonça tristement Charles. Il avait une patte en bouillie. Il a dû mourir au bout de son sang... C'est tout l'effet que ça te fait? s'étonna-t-il devant son silence.

— C'était *plusse* le chat de mon père que le mien, répondit-elle enfin. Je le trouvais parfois bien achalant... C'est de valeur quand même, ajouta-t-elle avec un soupir... Quand je me couchais, il venait me ronronner dans les oreilles et j'avais pris l'habitude de m'endormir avec lui.

— Qu'est-ce que tu veux que j'en fasse? On ne peut pas le laisser comme ça devant le soupirail.

— Mon père s'en occupera lundi... ou je le mettrai dans un sac à ordures demain matin, se reprit-elle en voyant la réaction de Charles. Viens-tu?

Ils firent l'amour une troisième fois. Charles commençait à y prendre vraiment plaisir, comme si l'affaiblissement de la nouveauté le rapprochait de ses sensations. Mais la présence du chat au-dessus de leur tête jetait un voile lugubre sur la soirée. Il se sentait vaguement coupable de la mort de la bête; et, pourtant, qu'avait-il à se reprocher?

Il se tourna sur le ventre et ferma les yeux, un bras posé sur l'épaule de Marlène. Il avait l'intérieur des fesses moites, des gouttes de sueur glissaient dans le creux de ses reins et son sexe s'était endormi dans un engourdissement bienheureux. Tout était si nouveau qu'il avait l'impression de se retrouver dans un autre corps et d'être lui-même quelqu'un d'autre, à la fois inconnu et familier. C'était très plaisant.

Marlène avait apporté dans sa chambre un litre de lait et un sac de biscuits au chocolat. Ils dévorèrent les biscuits et vidèrent le litre, puis s'étendirent de nouveau l'un près de l'autre.

— Je me demande ce qu'ils font en haut, fit Charles, étonné par le silence qui régnait au rez-de-chaussée.

Marlène éclata de rire :

— La même chose que nous, nono!

Elle se redressa sur un coude et se mit à l'examiner.

— T'es un beau garçon, tu sais.

— Merci. Toi aussi, t'es belle, crut-il bon d'ajouter.

— Oh! moi...

Et elle eut une légère moue de dépit.

Elle continuait de l'examiner.

— T'as une belle queue, ajouta-t-elle avec un sérieux d'entomologiste.

Il leva vers elle un regard étonné:

— Franchement, je la trouve ordinaire.

— Crois-moi, t'as une belle queue.

Il se mit à rire, flatté tout de même. Avec combien de garçons avait-elle bien pu coucher pour acquérir ce coup d'œil d'expert?

On entendit des pas au rez-de-chaussée, puis une longue cascade de rire. C'était Agathe. La porte en haut de l'escalier s'ouvrit et la voix de Steve cria:

— Êtes-vous morts, les amoureux?

«Pas nous, mais quelqu'un d'autre», répondit Charles intérieurement.

Ils s'habillèrent et montèrent au salon.

— Ah! j'ai une de ces faims! s'écria Steve. Pas vous autres?

Son regard se posa sur Charles et ce regard demandait: «Et puis? Est-ce que ça s'est bien passé? Es-tu aussi heureux que moi?»

— On s'est bourrés de biscuits au chocolat, répondit Marlène. J'ai dû prendre deux livres.

— Son chat vient de crever juste devant la fenêtre de sa chambre, annonça Charles, étonné lui-même de l'impression que lui avait laissée l'incident.

— Hein? Patapouf? s'écria Agathe. Qu'est-ce qui lui est arrivé? Je l'aimais beaucoup, ce chat-là! Il venait se coucher sur mes genoux, des fois, quand on regardait la télé.

Marlène, debout devant une glace, mettait de l'ordre dans sa coiffure:

— Que veux-tu? Les chats qu'on laisse sortir finissent toujours par se faire écraser.

Après beaucoup d'efforts, Steve convainquit ses amis de l'accompagner à la Villa Frontenac pour manger un sandwich à la viande fumée. Il était presque une heure du matin lorsqu'ils réapparurent dans la rue. Agathe bâillait et se plaignait d'un mal de tête. Comme ils demeuraient à des endroits opposés, ils décidèrent de se quitter devant le restaurant ; Charles embrassa son amie avec une pudeur qui fit pouffer Steve.

— N'oubliez pas de venir remplacer les bières demain, rappela Marlène en se retournant. Je compte sur vous !

— Demain, au lever du soleil, je t'en apporte une caisse, plaisanta Charles.

— Il parle comme un livre, ton *chum*, murmura Agathe à l'oreille de sa compagne. Est-ce qu'il baise aussi comme un livre ?

Elles éclatèrent de rire.

Les deux garçons marchèrent un moment sans parler. L'excitation tombée, leurs jambes s'alourdissaient et ils aspiraient maintenant à la tiédeur du lit, envahis par une agréable langueur. Des clients éméchés sortaient d'un bar en gesticulant. Un gros homme, mollement appuyé sur son automobile, cherchait en vain ses clés dans les poches de son pantalon tandis qu'une femme aux joues rouges et grumeleuses, perdue dans un manteau de fourrure synthétique, lui postillonnait des reproches à voix basse. Un grand chien jaune efflanqué fila à travers la rue et Charles pensa à Bof qui l'attendait patiemment, couché au pied de son lit. Steve s'était mis à parler de sa soirée avec Agathe, se moquant de sa manie des désodorisants et des parfums et de sa phobie de la grossesse, mais vantant par contre l'ardeur de son tempérament une fois qu'on l'avait bien émoustillée. Ils arrivaient au coin de la rue Dufresne et ralentirent le pas, car ils allaient se séparer.

— Et alors, fit Steve, avec une soudaine gravité, as-tu... aimé ta soirée ?

— Hum, hum, pas si pire... Elle est bien, Marlène.

Il passa près d'ajouter : « Merci ! », puis trouva l'idée ridicule et même déshonorante.

— On se téléphone demain?

Ils se sourirent, puis, sans trop savoir pourquoi, échangèrent une poignée de main.

Arrivé devant chez lui, Charles constata qu'il n'avait plus du tout sommeil. Il poussa la petite barrière et alla s'asseoir sur le perron. De l'autre côté de la rue, il apercevait un peu de biais l'escalier qui menait à son ancien chez-lui. Jamais il n'y portait le regard. Les locataires actuels, un couple de vieux retraités, avaient déjà placé près de la porte, en prévision de l'hiver qui n'allait pas tarder à s'abattre sur la ville, une large pelle à neige de plastique bleue, semblable à celle dont son père se servait pour déblayer les marches et la galerie. C'était peut-être la même, qui sait? On ne voyait nulle part le taxi de monsieur Victoire. Les fins de semaine, il lui arrivait souvent de travailler tard dans la nuit, transportant les fêtards, les danseuses de bar, les prostituées et les jeunes couples qui avaient décidé de s'amuser jusqu'à l'aube.

Secoué par un frisson, il remonta la fermeture éclair de son coupe-vent et soupira. Depuis quelques minutes, un grand vide fade lui trouait le ventre. Pourtant, il avait tout lieu d'être satisfait. Les choses, après un début un peu pénible, s'étaient plutôt bien déroulées. Et cela irait sans doute encore mieux les fois suivantes. Et puis il pourrait désormais regarder droit dans les yeux n'importe quel garçon et n'importe quelle fille de Pierre-Dupuy, car il *avait passé le grand examen.* Marlène se chargerait sûrement de faire savoir à tout le monde qu'il avait laissé sa virginité dans le fond de son lit. Et Agathe corroborerait ses dires. Cela attirerait peut-être d'autres filles, sait-on jamais... Alors, d'où venait donc ce grand trou? Pourquoi cette petite voix intérieure qui ne cessait de lui répéter: «C'est donc seulement ça, faire l'amour? C'est de ça que tout le monde ne cesse de parler depuis des milliers d'années?» Il pensa à Blonblon et à ses grands yeux extasiés quand il parlait de Caroline. Blonblon aimait Caroline, alors que lui-même connaissait à peine cette bonne grosse Marlène et ne tenait pas tant que ça à la connaître davantage, au fond. C'était un peu triste, mais c'était ainsi. Peut-être avait-il raté quelque chose. Mais peut-être pas. Dans les livres qu'il avait lus (il achevait *Anna Karénine*), on faisait l'amour d'une façon terriblement sérieuse, pas du tout comme il l'avait fait ce soir-là. Mais les livres représentaient-ils la vie ou ne cherchaient-ils qu'à nous en consoler?

Dans le silence de cette nuit d'automne où la ville se recroquevillait sous le froid humide, il se sentait triste et fatigué, et aurait eu le goût d'avaler deux ou trois bols de potage bien crémeux ou de se plonger dans un bon bain chaud s'il n'avait été si tard.

Il se leva et entra dans la maison. En accrochant son coupevent dans le vestibule, il aperçut de la lumière dans le salon. On l'attendait. Fernand l'attendait, il en était sûr.

Il poussa la porte et vit, assis dans un fauteuil du salon, un journal replié à la main, le quincaillier en robe de chambre, ses jambes massives et poilues posées l'une près de l'autre comme des piliers. La lueur d'un abat-jour dessinait sur son crâne chauve comme une mince tranche de tomate phosphorescente, du plus curieux effet.

— Sais-tu quelle heure il est? fit ce dernier en se dressant, et il s'avança à grands pas vers lui.

— Bien sûr, j'ai une montre.

Fafard devint écarlate, prit une grande respiration par le nez et la rejeta lentement, son regard furieux planté dans celui de Charles, qui se raidissait, prêt à tout. Un moment passa. Bof apparut dans le corridor et s'assit pour observer la scène.

— Je vois à tes yeux que t'as pris un coup.

Il écarta les jambes, croisa les bras et parut à Charles encore plus grand et redoutable :

— Écoute-moi bien, jeune homme, poursuivit-il d'une voix sourde et chargée de rage, je ne t'ai pas adopté comme mon garçon pour que tu te mettes à mener la vie de ton père.

À l'expression de l'adolescent, il vit aussitôt l'ampleur de sa gaffe :

— Bon. Je viens de dire une bêtise. Oublie tout. La langue m'a fourché. Ce n'est pas du tout ce que je pensais. Oublie tout, que je te dis! Tu vaux bien mieux que lui, sinon tu ne vivrais pas ici, crois-moi... Mais il faut que tu comprennes, mon Charles, qu'arriver à la maison à une heure du matin passée, sans nous avoir dit où tu allais, ça n'a pas de maudit bon sens! Lucie et moi, on se mourait d'inquiétude, tripes de vache!

— Et pourquoi? Si à quinze ans je ne suis pas capable de voir à moi-même tout seul, c'est que je ne pourrai jamais le faire. Alors, vous perdez votre temps à vous inquiéter.

Il tourna les talons et, suivi de Bof, alla s'enfermer dans sa chambre, dont il verrouilla la porte. Cette querelle imprévue avait aggravé sa tristesse. Il se sentait plus seul et désemparé que jamais. En se couchant, il eut envie de se serrer contre Simon l'ours blanc, mais voilà belle lurette que Simon avait pris sa retraite au débarras du sous-sol. Et puis Charles était bien trop vieux à présent pour se permettre pareil enfantillage. Et la honte le saisit d'avoir eu cette pensée.

37

Au début de décembre, les affaires de la quincaillerie allaient si mal que Fernand Fafard organisa une grande vente au rabais d'avant Noël, ce qui allait contre tous les principes d'une saine gestion d'entreprise, car chacun sait qu'on réserve cette marque de bienveillance aux clients désargentés d'après les Fêtes. Cette vente n'obtint d'ailleurs qu'un succès médiocre et l'humeur du quincaillier devint un peu plus grise. Charles eut avec lui d'autres engueulades, comme Henri d'ailleurs, qui manifestait depuis quelque temps une fâcheuse tendance à tout laisser traîner dans la maison, à considérer sa chaîne stéréo comme un organe de diffusion publique, à grogner comme un troupeau de cochons quand on lui demandait le moindre service et à se coucher à des heures si tardives qu'il devait le lendemain poursuivre sa nuit en classe.

Le 16 mars, un redoux fit fondre presque toute la neige et la pluie tomba à verse pendant dix heures. Elle fut suivie le lendemain d'une vague de froid qui couvrit la ville de glace ; en revenant à pied chez lui ce soir-là, Fernand Fafard se tordit une cheville et dut se rendre chez un médecin. Quand il arriva finalement à la maison, le ventre creux et dans une humeur à faire fuir un bataillon d'artillerie, Charles, qui avait déjà gagné Lucie à son projet, lui annonça qu'il passait la fin de semaine chez des amis. Suivit une des discussions les plus orageuses que la maison ait connue depuis sa construction au début du siècle, au terme de laquelle on arriva péniblement à l'entente suivante : le nombre et la durée des sorties de Charles seraient désormais déterminés par ses résultats scolaires (jusqu'ici fort satisfaisants, il faut dire) ; la moindre défaillance entraînerait une augmentation de ses heures de présence à la maison, qui devraient être consacrées à l'étude. On tiendrait un registre à cet effet. Lucie rédigea un court texte que les deux parties signèrent après en avoir soupesé chaque mot, et le quincaillier, parvenu à l'extrême limite de ses capacités de négociateur, avala une énorme assiette de jambon bouilli accompagné de pommes de terre et passa le reste de la soirée devant la télévision, le pied dans un bac d'eau glacée.

◆

Quelques semaines passèrent. Charles voyait de temps à autre Marlène, qui devint une sorte de camarade de lit, rôle qu'elle jouait épisodiquement auprès de deux ou trois autres garçons de l'école sans que personne ne s'en formalise trop. Il se gagna aussi les faveurs d'Agathe, qui ne demandait pas mieux que de les lui accorder, mais il y renonça presque aussitôt, par loyauté envers Steve, qui appréciait peu la chose, et aussi, il faut bien le dire, parce qu'Agathe faisait des manières et ne cessait de comparer ses partenaires en émiettant la réputation des absents avec une cruauté ricaneuse qui lui donnait le frisson. Le bouillonnement de sensations de cette vie nouvelle l'émerveillait, mais il en était parfois effrayé.

Il continuait de fréquenter la salle de billard Orléans, au grand déplaisir de Fernand et de Lucie, qui craignaient que les vices qui avaient ruiné la vie du père ne ruinent également celle du fils. René De Bané y apparaissait presque chaque soir, et rares étaient les fois où il n'avait pas une histoire singulière à raconter.

Le 6 mai au soir, vers neuf heures, il se présenta dans la salle avec un air extraordinairement lugubre, prit place au bar sans saluer personne et but trois bières à la suite en gardant un morne silence.

— Qu'est-ce que t'as? demanda Nadine, intriguée.

Le patron, occupé à ranger des bouteilles dans le réfrigérateur, tourna la tête, l'examina une seconde et haussa les épaules.

— J'ai rien, répondit De Bané.

— Mais oui, t'as quelque chose. Ça se voit dans ta face.

— Puisque je te dis que j'ai rien, rapatapette!

Mais la jeune femme, qui avait envie de s'amuser, insista et insista tellement qu'il laissa cours à son incommensurable douleur. Appelés par la barmaid, les habitués firent cercle autour de lui, Charles et Steve au premier rang, et ce fut d'une voix de martyr romain en train de se faire glisser des aiguilles sous les ongles que René De Bané se lança dans le récit du malheur horrifique qui venait de survenir à l'un de ses oncles bien-aimés.

Celui-ci, un éclopé dynamique et fort en gueule du nom de Charlemagne Alarie, avait servi autrefois dans la police, et on racontait qu'il avait affronté un jour nulle autre que Monica la Mitraille. La veille, il avait invité De Bané à visiter avec lui un immeuble à logements qu'il possédait rue Beaubien et qui avait besoin d'urgentes réparations. Les deux hommes venaient de sortir de l'automobile d'Alarie lorsqu'une sorte de chien-loup avec des dents comme des lames de canif sauta par-dessus une clôture et se mit à leur poursuite en poussant de féroces aboiements. De Bané traversa la rue en courant, passant près de se faire happer par un taxi, et le chien, réalisant qu'il ne pouvait courir deux hommes à la fois, se mit à la poursuite du vieillard clopinant et ankylosé, qui déployait de grands efforts pour se mettre hors de sa portée. Mais la bête gagnait rapidement sur lui. De Bané, qui les suivait de l'autre côté de la rue dans l'espoir de porter secours à son oncle (sans trop savoir comment), assista alors à un spectacle merveilleux et terrible. Il vit, oui, il vit de ses propres yeux la peur transformer un infirme en coureur olympique! Charlemagne Alarie, sentant son postérieur à quelques centimètres de la gueule du chien, trouva dans son vieux corps une réserve de forces encore intactes – et s'envola sur le trottoir! En quelques secondes, il se retrouva loin devant la bête qui, surprise, s'arrêta net et s'assit, n'en croyant pas ses yeux. Le vieil homme sauta – oui, sauta! – par-dessus une barrière et grimpa quatre à quatre les marches d'un escalier en col de cygne qui menait à une galerie afin de sonner à la porte pour demander de l'aide. Mais il n'en eut pas le temps, hélas! Son cœur, accablé par l'effort qu'il venait de fournir, lâcha.

Et c'est agrippé à une colonne, l'œil révulsé et la bouche béante, que le pauvre homme rendit l'âme devant son meurtrier à quatre pattes qui jappait à se fendre la gorge.

De Bané s'arrêta, les yeux mouillés, la lèvre tremblante. À la douleur de perdre un oncle bien-aimé s'ajoutait celle de perdre un contrat, car il savait pertinemment que la succession ne le lui accorderait jamais. Un moment de silence suivit.

— Vas-tu aller aux funérailles, René? demanda enfin quelqu'un.

De Bané posa sur son interlocuteur un regard qui montrait combien il trouvait la question blessante.

— Le service a lieu quand? demanda quelqu'un d'autre. J'aimerais y assister.

— Pour les intimes seulement. Il l'a voulu ainsi.

— Le plus extraordinaire, souffla Steve à l'oreille de Charles, c'est qu'il croit vraiment à son histoire.

Un groupe de jeunes gens fit joyeusement irruption dans l'établissement et s'approcha de la caisse pour louer des tables. Chacun retourna à son jeu. De Bané, après avoir fumé deux ou trois cigarettes en faisant les cent pas, réserva une table à son tour. Son récit semblait l'avoir soulagé de sa peine. Il s'était mis à chantonner.

Le patron, accoudé au bar, l'observait, goguenard, un tantinet méprisant :

— Dis donc, René, est-ce qu'il ne t'arrive pas parfois des histoires ordinaires ? Dans le genre : tu traverses une rue sans rencontrer le père Noël, tu vas au cinéma et le feu ne prend pas dans la salle, des choses comme ça, tu sais ?

— Très souvent, mon ami.

Et il éclata de rire.

À force de gentillesse, de cigarettes, de judicieux conseils en billard et de bières refilées à la sauvette, De Bané avait réussi à conquérir sinon l'amitié de Charles et de Steve, du moins un peu de leur sympathie. Parfois il les invitait avec leurs petites amies à manger dans un restaurant voisin, renommé pour ses *club sandwichs*. Charles s'étonnait qu'un homme qui semblait vivre de grippe et de grappe ait tant d'argent à dépenser.

— Il doit avoir une combine, dit Agathe. Je vais essayer de le faire parler.

Mais, malgré son astuce et le déploiement de ses charmes, elle ne réussit à tirer de lui que des plaisanteries stupides, et les habitués de la salle qu'elle interrogea sur son compte ne lui apprirent pas grand-chose. En désespoir de cause, elle alla trouver le patron, malgré la réputation qu'il avait de ne pas aimer les cancans. Il se contenta de sourire avec un haussement d'épaules en fixant un point indéfini dans le fond de la salle.

Charles, qui travaillait son jeu comme un enragé, était sur le point de devenir un as du billard. Depuis quelque temps, il battait souvent Steve et se mesurait à des joueurs qui avaient deux fois son âge et qu'il mettait parfois dans tous leurs états ; certains lui suggéraient de se présenter au prochain tournoi. À la salle

Orléans, on le considérait à présent comme un habitué ; Nadine lui faisait parfois crédit et il avait l'impression que s'il l'avait entreprise le moindrement elle aurait fait encore bien plus.

Mais, un soir du début de juin où le beau temps avait retenu la plupart des habitués à l'extérieur, un événement se produisit qui allait bouleverser ses habitudes. Il jouait avec Marlène, Steve et De Bané lorsque la porte du rez-de-chaussée claqua et que des pas gravirent lourdement l'escalier. Un homme apparut, le visage rouge, la chevelure embroussaillée, la chemise à demi déboutonnée ; il s'appuya au chambranle et promena son regard dans la salle comme s'il cherchait quelqu'un. À sa vue, Charles pâlit et se coula aussitôt derrière la table de billard sous les regards stupéfaits de ses compagnons.

— Va-t'en au fond m'ouvrir la porte du débarras, souffla-t-il à Steve, je vais me glisser entre les tables. Il ne faut pas que cet homme me voie.

Son ami crut d'abord à une plaisanterie, mais un violent coup de poing de Charles sur sa cuisse lui fit comprendre que l'affaire pressait.

Il se rendit au fond de la salle, suivi de Charles qui s'avançait à quatre pattes en longeant les tables, tandis que Marlène et De Bané, ayant deviné la gravité de la situation, feignaient de poursuivre leur partie.

— Qu'est-ce qui se passe, bonhomme ? demanda Steve quand son compagnon l'eut rejoint dans le réduit derrière la porte refermée.

— C'est mon père qui vient d'arriver. Je n'ai pas envie de lui parler.

Un léger tremblement s'était emparé de sa mâchoire, et son regard apeuré voltigeait sur les vieux meubles et les tablettes chargées de conserves et de produits de nettoyage, comme à la recherche d'une issue par où s'échapper. Du bar, on entendait le rire tonitruant de Wilfrid Thibodeau, un rire étrange, marqué dans le registre aigu d'une sorte de fêlure qui l'émoussait et le rendait pitoyable.

— Ton père? s'exclama Steve, ahuri. Celui qui a la quin-caillerie?

— C'est pas mon vrai père, celui-là, je te l'ai déjà dit, répondit Charles avec colère. Allons, dépêche-toi, sacre ton camp, le patron nous a peut-être vus entrer ici. Va l'avertir que je dois absolument me cacher, et que personne ne vienne me trouver, pour l'amour du saint ciel! Quand mon père sera parti, frappe à la porte.

Wilfrid Thibodeau, possédé ce soir-là par une allégresse de baleine en rut, avait reconnu un buveur assis au bar et s'était mis à plaisanter avec lui, riant à gorge déployée de tout et de rien, en donnant de temps à autre de grandes claques sur le comptoir. Il riait tellement et de si bon cœur que deux joueurs, laissant là leur partie, s'approchèrent pour participer à la fête. René De Bané, voyant là un auditeur d'une qualité inespérée pour ses histoires loufoques, laissa bientôt Steve et Marlène, et se joignit au petit groupe, qui s'était mis à boire ferme. Le rire de Wilfrid Thibodeau prit une nouvelle ampleur et se répandit aux quatre coins de la salle, qui avait peine à le contenir. Marlène, dégoûtée par la tour-nure de la soirée, décida de rentrer à la maison.

Assis dans l'obscurité sur une chaise bancale, Charles fixait le rai de lumière au pied de la porte en se massant de temps à autre la bouche et la mâchoire. Son père lui avait laissé le souvenir d'un homme taciturne et grognon, qui riait peu, sauf quand il avait bu, mais ses moments d'hilarité tournaient alors vite à la colère, car il avait la bière enquiquineuse, selon un mot de sa mère qui avait connu un grand succès dans la parenté. Jamais il ne l'avait entendu rire autant ni de cette façon débridée, quasi démente. Ce rire sonnait à ses oreilles comme une menace. Au bout de quelques minutes, il lui devint insupportable. Mais il était forcé de l'endurer, l'œil fixé sur le rai de lumière, enfermé dans ce réduit qui lui rappelait une journée funeste qu'il n'avait pu traverser qu'à force de courage et d'ingéniosité, grâce aussi aux bons soins de la petite Alice qui lui avait permis de la suivre au pays des merveilles. Mais, ce soir, Alice ne lui était d'aucun secours, hélas!

Wilfrid Thibodeau voulut alors jouer une partie de billard et lança un défi à De Bané. On déposa une mise. Au début, la partie fut serrée, mais De Bané prit bientôt le dessus et se mit à multiplier les bons coups avec une nonchalance qui soulevait des rires autour de lui. Le menuisier, devenu silencieux, se mordait les lèvres, de plus en plus maussade, et déployait toute l'habileté que son ivresse n'avait pas dissoute en vapeurs. Soudain, il se fâcha et se mit à insulter son adversaire, prétendant que l'autre avait triché, et comme ce dernier protestait, soutenu par les spectateurs, il cassa sa queue sur la table et se lança contre lui. Le moment d'après, le patron l'avait empoigné par les épaules et jeté dehors. Pendant quelques minutes, on entendit ses vociférations dans la rue. La salle paraissait maintenant lugubre.

— Il est parti, annonça De Bané penché à une fenêtre. Pas drôle, ce coco-là !

Quelques clients s'en allèrent. Steve frappa à la porte du débarras. N'obtenant pas de réponse, il glissa la tête à l'intérieur. Un courant d'air frais l'enveloppa. Charles avait repéré une petite fenêtre cachée par des boîtes de conserve. Il avait réussi à l'ouvrir et s'était glissé dehors, où un escalier de secours lui avait permis de gagner la rue.

◆

Pendant deux semaines, Charles ne se montra pas le nez à la salle de billard. Il prétexta un surcroît de travail à la pharmacie et, effectivement, monsieur Lalancette lui avait demandé d'ajouter le jeudi soir à son horaire, mais personne ne crut à son explication. Il avait fait promettre à Steve et à Marlène de garder le secret sur la scène de la salle Orléans, car il ne voulait pas qu'on sache quel misérable il avait comme père. Les deux tinrent parole, autant par amitié que par indifférence, car de telles situations étaient fréquentes dans le quartier et beaucoup ne s'en surprenaient plus.

Au grand soulagement de Fernand et de Lucie, Charles se mit donc à passer plus de temps à la maison et renoua avec certaines de ses anciennes habitudes. On le retrouvait de nouveau en train de lire dans sa chambre, au salon ou dans la salle de bains (qu'il lui arrivait de monopoliser avec l'égoïsme insoucieux des adolescents); le dimanche soir, il se prélassait en pyjama devant la télé, où Céline venait souvent le rejoindre. Il avait recommencé à rendre visite à Parfait Michaud pour lui emprunter des livres ou tout simplement causer avec lui quand ce dernier n'était pas enterré sous la paperasse ou accaparé par des clients.

Ce que Lucie et Fernand ignoraient, c'est que, le lendemain de l'incident de la salle Orléans, Charles s'était rendu chez le notaire pour demander à Amélie Michaud la permission de se retirer un moment dans la chambre de Noël. Mais il n'y était pas resté dix minutes. L'atmosphère douceâtre et artificielle qui régnait dans la pièce n'avait pas eu d'effet; la magie n'opérait plus; elle l'assommait plutôt. Il en fut déçu, et même désemparé, et quitta la maison pour se rendre à son ancienne garderie dans l'espoir que l'âme du petit chien jaune qui flottait peut-être encore près du merisier l'aiderait à se ressaisir et à voir clair en lui-même. Mais il rebroussa chemin après deux coins de rue, trouvant soudain l'idée ridicule. Il pensa alors à téléphoner à Blonblon, qui avait toujours une oreille compatissante pour les autres, mais le courage lui manqua pour lui confier ses appréhensions et il retourna chez lui, plus abattu que jamais.

L'incident de la salle Orléans l'avait bouleversé. Non pas tant à cause du comportement de son père (qui n'était plus son père, après tout) qu'à cause des ressemblances qu'il décelait à présent entre le menuisier et lui-même. Ce n'était pas un hasard, pensait-il, s'ils s'étaient trouvés ensemble dans une salle de billard. Si Charles avait été majeur, ç'aurait pu être un bar, une brasserie ou une boîte de nuit. Depuis quelques mois, lui aussi s'était mis à consommer régulièrement de la bière, et le dégoût qu'il avait toujours éprouvé pour cette boisson avait peu à peu disparu. Il y prenait même un certain plaisir à présent. Tel père, tel fils, disait l'adage. Peut-être venait-il d'enfiler la glissoire qui allait le mener vers les bas-fonds où se décomposait lentement Wilfrid

Thibodeau? Allait-il donc partager le destin d'un homme qu'il détestait et méprisait à ce point? Y avait-il une sortie de secours? Qui pouvait l'aider et comment?

Il se confia un soir à Bof. Étendu sur son lit, ses mains posées sur les flancs de la bête, le regard plongé dans ses yeux, il lui raconta à voix basse ses tourments comme jamais il ne l'avait fait à personne. Son cœur se vidait de ce qui le faisait souffrir, des souvenirs oubliés réapparurent, il se revit à quatre ans attablé dans la cuisine avec son père, son père au visage très rouge, qui tentait de lui faire manger une assiette de spaghettis refroidis en lui crachant des jurons à la figure, tandis qu'Alice sanglotait, enfermée dans sa chambre. Une tristesse effroyable le saisit de nouveau, aussi vive que la première fois, et ses joues se couvrirent de larmes. Bof le regardait avec un air de bonté impuissante et, d'un coup de langue, lui lécha le nez et un coin de l'œil gauche.

Quelques jours passèrent. Un après-midi, à la fin d'un cours de bio, après avoir attendu que la classe se vide et jeté un coup d'œil anxieux dans le corridor pour s'assurer que personne ne les entendrait, il alla trouver le professeur, qui était en train de ranger des feuilles dans une serviette; la cigarette au bec, la gorge serrée, les oreilles brûlantes, changeant pour la dixième fois la formulation de la question qu'il s'était résolu à lui poser, Charles attendit que l'autre lève la tête.

— Oui, Thibodeau? fit Léon Belzile de sa voix grave et un peu rauque en posant un regard aimable sur celui qu'il considérait comme un de ses élèves les plus brillants et les plus délurés. Qu'est-ce que je peux faire pour toi?

— J'aurais une drôle de question à vous poser.

Le professeur vit son trouble et, devinant combien sa démarche lui coûtait, prit cet air nonchalant qu'on adopte généralement pour tenter de mettre à l'aise un interlocuteur timide :

— Les drôles de questions sont souvent les meilleures. De quoi s'agit-il?

— C'est au sujet de... euh, l'hérédité, disons, ou quelque chose comme ça.

— Va pour l'hérédité.

— On sait qu'un homme avec un gros pif risque d'avoir une fille avec le même pif – et c'est la même chose pour la couleur des cheveux, la taille, la forme des mains et des pieds, et certaines maladies, le diabète, par exemple...

— Ouais. On sait tout ça, Thibodeau. C'est la transmission des caractères physiques par les gènes. On traite de ce sujet, si tu te rappelles bien, dans le quatrième chapitre de ton manuel.

Charles eut une légère hésitation, et son regard quitta pendant quelques secondes le visage de Léon Belzile pour se poser sur un mot à demi effacé au tableau.

— Est-ce que c'est la même chose pour... le caractère?

— Oh, là, ça devient un peu plus compliqué, parce que l'éducation et le milieu influencent beaucoup le caractère, comme on le sait depuis très longtemps. Si tu prends un bébé inuit qui vit dans la pauvreté et que tu le transplantes en Arizona dans une famille de millionnaires, son caractère ne se développera sûrement pas de la même façon que s'il était resté chez lui.

Et il se mit à rire, très content de son exemple.

Charles hochait la tête, pensif, mais l'expression de son visage montrait que la réponse ne le satisfaisait pas entièrement.

Il plissa le front, cherchant une autre façon de présenter le problème, et puis soudain la question sortit, tout d'une pièce :

— Est-ce que l'alcoolisme, c'est une maladie héréditaire, monsieur? fit-il en devenant très rouge.

Léon Belzile écarquilla les yeux, puis fronça les sourcils en plissant les lèvres; la douleur et l'angoisse qu'il sentait dans cette question le déconcertaient.

— Heu... qu'est-ce que je pourrais te répondre, Charles? En fait, on n'en est pas sûr. Il y a des savants qui pensent que l'alcoolisme serait causé par une déficience génétique, en effet, mais leurs recherches, à ce que je sache, n'ont pas encore donné de résultats très probants. On en est toujours au stade de la vérification des hypothèses, je crois. Est-ce qu'il y a quelque chose qui t'inquiète?

Charles prit un air sombre. Son trouble avait presque entièrement disparu, à présent, comme s'il s'était résigné à se mettre à nu :

— Mon père est alcoolique, monsieur. Je parle de mon *vrai* père ; je ne vis plus avec, je vis dans une autre famille, où je suis très bien... Je ne voudrais pas devenir comme lui, ah, ça non ! Pourtant je bois de la bière depuis un bout de temps. Au début, je n'aimais pas ça – et, même, ça me levait un peu le cœur. Mais, à la longue, je me suis comme habitué et maintenant...

Il eut un sourire pitoyable et détourna le regard.

Léon Belzile, touché comme il ne l'avait pas été depuis longtemps, contourna son bureau et mit la main sur l'épaule de son élève :

— Allons, Charles, je pense que tu t'inquiètes pour rien, non ? En tout cas, le seul fait que tu t'inquiètes, c'est déjà rassurant... Et puis, si jamais tu te découvrais des tendances, il existe une solution ; elle se trouve... euh... dans ta volonté, en quelque sorte : tu n'as qu'à décider de ne plus toucher à l'alcool, voilà tout. J'ai un ami qui, dans le passé, a eu d'énormes problèmes d'alcool, et quand je dis énormes... Sa femme l'avait laissé, il avait perdu son emploi, sa santé se délabrait. Vraiment, il était dans le fond du trou, mon vieux, tout au fond... Eh bien ! un jour, il a décidé d'arrêter de boire et il a pris les moyens pour y arriver. Voilà au moins dix ans qu'il n'a pas touché à un verre et qu'il mène une vie normale – et je le crois aussi heureux qu'on peut l'être ici-bas. Mais tu n'en es tout de même pas là, hein ? ajouta le professeur en lui tapotant l'épaule.

— Non, je ne crois pas, répondit Charles avec un faible sourire.

Un sentiment de soulagement se répandait en lui et, en même temps, le désir de terminer au plus vite cet entretien qu'il regrettait presque maintenant d'avoir provoqué.

— Merci, ajouta-t-il, et il se dirigea vers la sortie.

Léon Belzile, sa cigarette à la main, le regardait s'en aller, incertain d'avoir eu les mots qu'il fallait. Les problèmes qui avaient poussé son élève à venir le trouver étaient peut-être plus graves qu'il n'y paraissait. Peut-être aurait-il dû le faire parler davantage?

— Charles...

L'autre se retourna, absorbé déjà par autre chose, et posa sur lui un regard légèrement ennuyé.

— Ne t'en fais pas trop, fit le professeur avec un sourire embarrassé. Au fond, on est toujours maître de son destin... Bonne chance.

Le visage de Charles s'éclaira une seconde, il eut un léger hochement de tête et disparut.

« Est-ce qu'on est toujours vraiment maître de son destin? » se demanda le professeur en se frottant le menton, appuyé contre son bureau.

◆

Charles perdit beaucoup d'intérêt pour le billard et la bière – qui ne lui procurait, d'ailleurs, ses craintes mises à part, qu'un plaisir assez limité. La peur de se trouver de nouveau en présence de son père et surtout celle de développer des penchants semblables aux siens le poussèrent à fréquenter beaucoup moins Steve – qui le traita de *pépère*, de *lâcheux* et de *frais chié* –, mais il continua de voir Marlène, dont il ne pouvait à vrai dire se passer. Il s'était attaché à elle, malgré son manque de raffinement, et ne se formalisait pas trop de sa conduite relâchée, car il y trouvait son compte. Mais les plaisirs du lit n'expliquaient pas seuls cet attachement.

Marlène avait cette humeur égale et cette générosité spontanée des bonnes grosses natures gourmandes et sans complications qui ne voient la plupart du temps que la surface des choses et sont facilement satisfaites, car elles demandent peu à la vie. Charles aimait son rire franc et limpide, un rire de cloches de Noël, et surtout le cœur qu'elle y mettait, et, quand il était avec elle, il se lançait dans toutes sortes de bouffonneries pour avoir le plaisir de l'entendre. Sa fréquentation, en somme, lui était bénéfique. Elle lui donna des leçons d'anatomie féminine dont il allait tirer profit tout le reste de sa vie et lui apprit à faire la cuisine, ce qui allait également se révéler fort utile. Elle-même, au contact de Charles, se dégrossit quelque peu, cessa de considérer les romans Harlequin comme le *nec plus ultra* de la littérature, but grâce à lui son premier verre de vin – un valpolicella bon marché que Charles avait goûté chez le notaire Michaud – et ne tint plus pour nécessairement efféminés les garçons dont le vocabulaire dépassait quatre cents mots.

— J'ai l'impression que la crise est passée, commenta un soir avec satisfaction Fernand Fafard en revenant à pied à la maison en compagnie de sa femme après une journée de travail à la quincaillerie.

— Il y en aura d'autres, Fernand, c'est sûr. On ne devient pas un homme en six mois...

Wilfrid Thibodeau avait peut-être eu sans le savoir une influence salutaire sur son fils. Mais il allait un peu plus tard – et toujours sans le savoir – le mettre dans un épouvantable pétrin.

38

Quelques mois s'étaient écoulés. Un soir de juillet 1982, Charles, après une dernière livraison pour la pharmacie, avait aidé Henri Lalancette à transvider dans de minuscules flacons deux litres de lie de porto que son patron s'était procurée grâce à ses relations avec un directeur de laboratoire de la Société des alcools du Québec et qui allait servir dans une série d'expériences déterminantes (selon lui, en tout cas). Puis Charles était allé rejoindre Blonblon devant la station Frontenac, et les deux jeunes gens, assis sur un banc près de l'entrée, avaient profité un moment de la délicieuse fraîcheur qui descendait sur la ville après une journée torride et sans le moindre vent, où la simple idée de faire quelques pas faisait couler la sueur dans le dos. Un vieux monsieur perclus était apparu sur la place, habillé et cravaté de noir, l'air farouche et solennel, déambulant comme s'il marchait pieds nus sur des galets brûlants. Charles s'était penché à l'oreille de son ami, qui avait éclaté de rire. L'homme, devinant la cause de leur hilarité, s'était arrêté pour leur faire de gros yeux, et ils avaient de nouveau pouffé, un peu mal à l'aise. Puis Blonblon avait proposé d'aller chez lui regarder *Apocalypse Now* à la télé et profiter du climatiseur que son père venait de faire installer dans le salon.

Ils traversaient tous deux une période plutôt grise. Blonblon avait rompu avec Caroline deux mois plus tôt et se morfondait dans une orgueilleuse solitude, refusant avec obstination, lui qui avait reçu tant de confidences, d'en faire la moindre sur la cause de leur rupture. Charles voyait encore Marlène à l'occasion, mais de moins en moins. Ils s'étaient peu à peu lassés l'un de l'autre; elle avait abandonné l'école et travaillait comme caissière dans un Provigo, butinant parmi les commis et les clients. Charles avait eu quelques brèves aventures avec deux ou trois filles de Pierre-Dupuy, mais préférait pour l'instant imaginer la femme idéale seul dans son coin.

Il ne voyait plus Steve que de loin en loin, sa famille ayant déménagé au début de l'été à Pointe-Saint-Charles, et le jour approchait où ils deviendraient l'un pour l'autre deux étrangers ne trouvant plus rien à se dire.

Comme le film ne débutait qu'en fin de soirée, Charles convainquit son ami de l'accompagner en métro jusqu'au Palais du livre, rue McGill, d'où il ressortit avec un exemplaire d'occasion d'*Autant en emporte le vent*, qui était presque en état de sécession, tandis que Blonblon avait acheté *L'avalée des avalés* de Ducharme, dont son ami lui avait fait un éloge à tout casser.

Le film les mena jusqu'à une heure du matin et les laissa dans un tel état de fébrilité qu'ils causèrent à voix basse jusque vers deux heures et demie dans le petit parc aménagé devant la tour où logeait Blonblon. Charles revint à pied chez lui en sifflotant la *Chevauchée des walkyries*, pénétré par le charme étrange de la ville endormie et songeant avec satisfaction qu'il aurait bientôt seize ans, que toute la vie s'étendait devant lui et qu'elle lui réservait un nombre incalculable de soirées tripantes comme celle qui venait de se terminer.

Il glissa doucement la clé dans la serrure de la porte, qu'il fit jouer avec précaution, puis, une fois dans le vestibule, enleva ses souliers et s'avança en chaussettes dans le corridor, longeant le mur de droite, là où le plancher ne craquait pas. Un retour discret évitait de fastidieuses explications.

À son étonnement, de la lumière filtrait sous la porte de la cuisine, qu'on ne fermait pas d'habitude. Il fit encore quelques pas et se glissa dans l'embrasure de la porte de sa chambre, l'oreille tendue. Un lourd soupir se fit alors entendre, suivi d'un tintement de verre. Ces sons lui étaient familiers depuis longtemps. Quelqu'un buvait en broyant du noir. Et ce quelqu'un ne pouvait être que Fernand. C'est à ce moment qu'une faible odeur de rhum (la boisson favorite du quincaillier) parvint à ses narines. Fernand, à trois heures du matin, se soûlait au rhum dans la cuisine !

Quel malheur l'avait donc frappé ?

Charles hésitait devant l'alternative d'aller se coucher (et de passer une nuit blanche à se morfondre en questions) ou de risquer une conversation avec un homme ivre (ce qui l'effrayait et l'écœurait à la fois) ; soudain un froufroutement se fit entendre et Lucie apparut en robe de nuit. Il n'eut que le temps de se rejeter dans l'ombre ; un jaillissement de lumière avait envahi le corridor pendant qu'elle poussait la porte de la cuisine, puis sa voix étouffée, suppliante, mortellement inquiète, s'éleva dans le silence de la maison :

— Allons, Fernand, viens te coucher, je t'en prie. Qu'est-ce que ça te donne de passer la nuit debout comme ça ?

— Je ne m'endors pas.

— Viens te coller contre moi dans le lit, au moins. On sera mieux ensemble, non ?

— Je n'ai pas la tête à me coller contre personne.

Puis suivit une conversation qui semblait avoir été tenue bien des fois, tant l'homme ne peut s'empêcher de remâcher ses tourments et d'en aggraver ainsi l'amertume. Elle cloua Charles sur place. Le temps venait de se figer. Combien de minutes resta-t-il ainsi dans l'ombre, l'œil dilaté, la bouche pâteuse, essayant de saisir ce qui venait de se passer? Dix minutes? Une demi-heure?

Peu à peu, la vérité apparut par bribes dans son esprit.

Comme si le quincaillier n'était pas suffisamment accablé de soucis, un nouveau problème s'abattait sur lui, et plus grand que tous les autres réunis. Plus grand et d'un caractère horrible, car Charles y était mêlé, en quelque sorte.

Wilfrid Thibodeau était allé trouver Fernand Fafard deux semaines auparavant pour lui demander encore de l'argent, car il était sans travail depuis des mois et criblé de dettes. L'entretien, fort court, s'était déroulé dans le petit entrepôt attenant à la boutique. Le quincaillier, indigné, lui avait aussitôt montré la porte. Alors l'autre l'avait froidement menacé. « Je vais te laisser un peu de temps pour réfléchir, mon Fernand. Et, si j'ai un souhait à te faire, c'est que t'aies pris des bonnes assurances pour ton commerce. »

Empoignant l'ivrogne par les épaules, Fafard l'avait projeté hors de l'entrepôt dans le magasin, puis, à l'ébahissement de Lucie et de trois clients attirés par les éclats de voix, il l'avait mené au pas de course jusqu'à la sortie, et le menuisier, dans son départ précipité, avait échappé de justesse à un formidable coup de pied au cul qui, frôlant sa culotte, avait projeté en l'air son portefeuille élimé.

— Il faudrait que je me remette au football, avait soupiré le commerçant, écarlate, je commence à avoir la patte raide.

Tout le monde avait ri et, au bout de quelques jours, Fafard avait fini par oublier l'incident. Mais la veille au matin, en arrivant à la quincaillerie, il avait trouvé dans la cour, posé contre le mur de planches de l'entrepôt, un bidon d'essence vide près d'un paquet de chiffons. Le message était clair. Lucie l'avait adjuré d'avertir la police. « Et qu'est-ce que ça va donner, dis-moi? On va envoyer des agents passer leurs nuits dans ma cour? Voyons, réfléchis un peu, tu le sais bien comment ça va se dérouler. La police va s'occuper de mon cas quand les pompiers seront en train d'arroser, pas avant!»

Mais, sur l'insistance de sa femme, il avait fini par déposer une plainte contre Wilfrid Thibodeau.

Vers le milieu de l'après-midi, un agent s'était présenté et, après avoir regardé le bidon d'un œil morne et blasé, avait pris quelques notes dans un calepin, puis était reparti en disant qu'on allait s'occuper de l'affaire. «Des plumes de coq vont me pousser au cul avant qu'ils s'en occupent», avait clamé le quincaillier d'un air dégoûté.

Il avait fait venir un électricien qui avait installé deux puissants projecteurs dans la cour. Mais il était si facile d'incendier un bâtiment! Le métier d'incendiaire était plus sûr que celui de fabricant de bonbons, les preuves disparaissant la plupart du temps avec l'objet du crime. Vers cinq heures, Lucie l'avait retrouvé dans son bureau, anéanti. «Il ne me reste plus qu'à vendre... s'il est encore temps...»

Les époux discutèrent encore un long moment dans la cuisine, puis Lucie, en colère, s'empara de la bouteille de rhum, la vida dans l'évier et réussit à convaincre son mari de venir se coucher. Dix minutes plus tard, il remplissait la chambre de ses ronflements.

Charles, étendu sur son lit, Bof couché près de sa cuisse, vit poindre l'aube par la fenêtre, dont il n'avait même pas pris la peine de tirer le store, car il savait qu'il ne fermerait pas l'œil de la nuit. Pendant longtemps, une étoile avait brillé au-dessus de la ruelle, sa lueur solitaire bravant courageusement la sombre immensité; de temps à autre, des masses violettes la masquaient brièvement, mais elle réussissait à reprendre le dessus par la seule force de son immobilité. Puis le bleu du ciel se mit à pâlir et l'étoile s'éteignit lentement, vaincue par la lumière qu'elle avait répandue toute la nuit; du rose et du vert pâle s'étirèrent en larges bandes translucides, et soudain les choses reprirent leurs dimensions quotidiennes. La ruelle retrouva sa largeur, le mur de brique et la corniche de tôle de la maison voisine réapparurent avec tous leurs détails familiers et rassurants, la branche du tilleul s'allongea de nouveau au-dessus de la clôture avec sa grâce habituelle; les oiseaux s'étaient remis à pépier, les autos et les bus à ronfler. Une journée commençait, qu'il fallait remplir d'actions utiles ou sans intérêt.

◆

Charles se leva et déjeuna en deux bouchées, tandis que Bof avalait bruyamment sa pitance dans un coin. Puis il s'habilla et sortit faire une promenade avec le chien, car il ne tenait pas en place et devait attendre encore trois bonnes heures avant l'ouverture de la caisse populaire. C'était maintenant à lui de jouer. Fernand et Lucie avaient accompli leur tâche. Il devait prendre la relève. Mais comment y arriver? Il n'avait trouvé qu'un début de solution, le plus difficile restait à faire.

Il marcha longtemps, fumant cigarette sur cigarette, et se rendit jusqu'au parc Médéric-Martin, désert comme un récif à cette heure. Une cloche tintait quelque part au loin, très lentement. Sa voix timide et voilée parlait de calme et de douceur, et semblait inviter chacun à s'arrêter un moment. De l'autre côté de l'avenue Gascon, deux femmes en chapeau gris, longues et raides dans leur robe foncée, filaient à petits pas pressés sur le trottoir, se dirigeant sans doute vers l'église. Charles, fatigué tout à coup, se laissa tomber sur un banc; Bof, conscient du caractère exceptionnel de sa sortie, en profitait pour renifler ici et là, très affairé.

— Viens, Bof, viens près de moi! ordonna Charles, mais le chien faisait semblant de ne pas l'entendre.

La gorge lui brûlait d'avoir trop fumé et ses idées, jusque-là vives et limpides, presque trop abondantes, s'embrumaient de minute en minute.

— Quel écœurant! murmura-t-il tout bas. Est-ce qu'il ne pourrait pas nous laisser tranquilles, une fois pour toutes? Est-ce qu'il ne pourrait pas crisser le camp chez le diable? Ça ferait l'affaire de tout le monde...

Il porta la main à son paquet de cigarettes, puis se ravisa et, inclinant la tête, ferma les yeux.

Quand il se réveilla, le soleil lui chauffait la cuisse et deux petites filles en salopette bleue, immobiles à quelques mètres de lui, l'observaient, interdites.

— Charlotte! Mélanie! venez-vous-en! lança une voix de jeune femme.

Elles partirent en courant.

Il s'étira, bâilla, frotta son dos endolori par le contact du bois, puis bondit tout à coup sur ses pieds en promenant son regard de tous côtés à la recherche de Bof. Il le découvrit endormi sous le banc.

— Tu m'as fait peur, toi, mon vieux! fit-il en s'accroupissant, et il le secoua. Allons, lève-toi, on s'en va.

Son sommeil, pourtant rempli d'images confuses et agitées, lui avait redonné des forces. Sur le chemin du retour, il acheva de mettre au point son plan.

En arrivant à la maison, il trouva Céline en train de se faire griller des rôties; assise devant la table, une jambe relevée, elle grattait une tache de confiture sur la nappe de toile cirée. La peau de sa nuque, d'un délicieux ton café au lait, luisait doucement sous les frisettes de ses cheveux noirs. Il s'arrêta dans la porte, frappé par sa grâce.

— Où étais-tu? fit-elle en tournant la tête, et elle lui sourit.

— Je suis allé me promener.

— Matinal, le garçon! Tu deviens comme papa... Il est parti au magasin à sept heures et maman vient d'aller le rejoindre. Pauvre de lui... Cette histoire de bidon l'a mis tout à l'envers. Il faudrait l'aider. Mais quoi faire? Veux-tu une rôtie?

Il accepta, pour le simple plaisir de sa présence. Assis devant elle, il continuait de lui jeter des regards furtifs. Que se passait-il? Avait-elle embelli durant la nuit? Il la trouvait plus mignonne que jamais; elle avait quelque chose de l'écureuil, mais d'un écureuil devenu par magie tranquille et affectueux. Il aurait voulu toucher sa nuque ; un peu de son onctueuse douceur serait peut-être passée en lui. Il avait tellement besoin de douceur ce matin-là !

— T'as une mouche, là.

Et il effleura du bout des doigts la peau chaude et veloutée, caressant au passage une frisette.

Elle se mit à rire, nullement dupe de son stratagème :

— Tu me chatouilles... Qu'est-ce que tu veux sur ta rôtie ?

— Laisse, je vais m'en occuper.

— Non, non, j'y tiens, répondit-elle, enjouée, avec une lueur tendre et malicieuse dans les yeux.

Il mordait dans le pain chaud imbibé de beurre fondu et nappé de confiture de framboises et la regardait qui faisait de même, les narines dilatées de plaisir, comme amincie dans son pyjama un peu trop grand, ses pieds nus légèrement courbés sur un des barreaux de la chaise, et soudain il sentit la rougeur envahir son visage et détourna les yeux, tandis qu'elle continuait de lui sourire.

— Bof ! lança-t-il en se retournant, viens manger !

Le chien se précipita sur lui et happa le morceau de rôtie.

— Je vais essayer d'aider Fernand ce matin, annonça-t-il tout à coup, regrettant presque la phrase qui venait de lui échapper, mais poussé par le désir de se faire valoir. Il faut que tu me promettes de ne rien dire à personne, hein, Céline ?

Elle l'écouta, silencieuse, tout en croquant sa rôtie, et l'expression admirative qui se répandit peu à peu sur son visage à mesure qu'il lui décrivait son plan dissipa les dernières craintes de Charles et lui donna même une folle envie de se lancer dans l'action.

— J'y vais tout de suite, fit-il en se levant. Si Lucie ou Fernand appelle pour moi, tu diras que je suis parti chez Blonblon, O. K. ?

Elle hocha la tête et se leva à son tour, puis, dans un mouvement rapide et souple qui le figea de saisissement, elle se pressa contre lui en l'entourant de ses bras.

— Sois prudent, Charlot. T'es un garçon courageux, tu sais – et bon. Je n'en connais pas d'autre comme toi... Est-ce que tu ne devrais pas te faire accompagner par quelqu'un ? Par Henri, tiens. C'est un costaud, lui.

— Non, répondit Charles, froissé, en se dégageant. Cette histoire, ça ne regarde que moi. De toute façon, je n'en ai pas pour longtemps. Je serai de retour bien avant le dîner.

◆

Il quitta la maison et se rendit rue Fullum à la caisse populaire où il vida son compte, repartant avec la somme de mille cinq cent cinquante-cinq dollars et soixante-quatre sous, la plus grande partie en billets de cent dollars. Cela faisait une rondeur dans sa poche qu'il caressa avec satisfaction.

Debout devant l'entrée de la caisse, il regarda un moment de l'autre côté de la rue : à gauche s'élevait l'école Jean-Baptiste-Meilleur, où il avait triomphé dans *Le Cid*, et à droite, tout à côté, l'église Saint-Eusèbe, où s'étaient déroulées les funérailles d'Alice. « Allons, se dit-il en secouant la tête, grouille ton cul ! »

Il fallait maintenant découvrir où logeait son père. Il habitait sans doute aux alentours. En revenant du parc, Charles s'était arrêté dans une cabine téléphonique pour obtenir son numéro, mais aucun abonné ne portait ce nom. Lui était alors venue l'idée qu'en faisant le tour des bars, brasseries et tavernes du quartier il ne pourrait manquer de le trouver – ou de rencontrer quelqu'un qui le renseignerait. Il se mit donc en route et se rendit d'abord à la taverne Rivest, rue Ontario près de Frontenac.

L'établissement, d'aspect ancien et plutôt misérable, était presque vide. Deux gros hommes, attablés avec une femme près du comptoir, fumaient en bavardant.

— Tu ne vieillis pas, toi, Émile, disait le premier à son compagnon, et il lui donna une petite tape sur l'épaule.

— Oh oui ! je vieillis. Si tu ne t'en aperçois pas, c'est que ta vue baisse ! Je suis en train de devenir un vieux crapaud.

Charles, immobile dans la porte, un peu intimidé, inspectait la salle. Les murs, qui tentaient de cacher leurs gales et leurs meurtrissures sous une épaisse couche de peinture verdâtre, avaient vu passer bien des générations de buveurs et donnaient l'impression que c'étaient leurs éclats de voix, le tintement des verres et des bouteilles, le raclement des bottines sur le plancher et le bruit des bousculades qui les avaient lentement usés et fissurés.

La femme se leva et s'avança vers Charles. Sa longue chevelure blonde et sa figure desséchée le firent imperceptiblement grimacer.

— Qu'est-ce que je peux faire pour toi, mon garçon? demanda-t-elle d'une voix à la fois dure et avenante.

L'adolescent expliqua qu'il était à la recherche d'un certain Wilfrid Thibodeau. Peut-être le connaissait-elle?

— Wilfrid? Bien sûr. Il vient souvent ici.

— Savez-vous où il demeure?

Elle se retourna vers les deux hommes:

— Dites donc, auriez-vous l'adresse de Wilfrid, vous autres?

— Au début du printemps, il restait rue Préfontaine, pas loin du parc, fit Émile. Mais il a déménagé il y a trois semaines, et je ne sais pas où.

La vieille blonde sourit à Charles avec un mouvement d'épaules qui semblait dire: « T'es bien joli, mon chéri, mais je ne peux pas faire *plusse* pour toi à matin. »

— Merci, fit Charles, et il s'en alla.

Il se mit à parcourir le quartier, allant de taverne en bar et de bar en brasserie. Un soleil aimable chauffait doucement la ville; les rues, parcourues par une brise tiède, semblaient plus larges et plus spacieuses que d'habitude; l'air avait une limpidité qui allégeait les choses. Il faisait un de ces temps splendides qui donnent l'impression de rajeunir les visages et d'embellir les coins les plus modestes. La lumière paraissait émaner de partout, des murs et des trottoirs, du feuillage des arbres et même des poteaux électriques. Sur les trottoirs et dans les rues, comme cela arrive de temps à autre pour des raisons inexplicables, circulaient un nombre extraordinaire de jolies femmes, habillées et coiffées de mille façons affriolantes, chacune avec sa beauté particulière et ses touchantes petites imperfections, qui les rendaient encore plus désirables. Elles avaient une manière de souligner la beauté de leur bouche, de leurs yeux ou de leur poitrine, le galbe de leurs mollets et de leurs cuisses ou le modelé de leurs pieds nus gainés dans de fines sandales, qui laissait derrière elles un sillage phosphorescent de regards inassouvis. Charles, tout remué par cette exquise affluence, ne cessait de tourner la tête et de pousser des soupirs, regrettant de ne pas avoir un compagnon avec qui partager ses impressions. Il revoyait les pieds mignons de Céline légèrement courbés sur le barreau de la chaise et une envie de les embrasser chatouillait ses lèvres.

La ville frémissait d'une furieuse joie de vivre qui venait de s'emparer de lui à son tour et se mélangeait bizarrement à la colère qui l'avait lancé sur les traces de Wilfrid Thibodeau. Le goût de tout abandonner pour se laisser porter par cette vague d'ivresse ensoleillée monta en lui deux ou trois fois, mais il le refoula avec dédain. Il lui fallait à tout prix retrouver son père et *l'annuler* une fois pour toutes, par une force positive de valeur égale à sa force malfaisante, comme s'il était une simple figure d'algèbre; il ne s'agissait, au fond, que d'un problème mathématique. Il devait bien cela à Fernand et à Lucie, il se le devait à lui-même.

Vers onze heures, comme ses recherches ne donnaient guère de résultats et que les distances à parcourir s'allongeaient, il décida de prendre le métro et l'autobus pour gagner du temps. Il allait d'une place à l'autre, promenait d'abord un regard attentif dans la salle, puis posait sa question, pour recevoir presque toujours la même réponse : oui, on connaissait Wilfrid Thibodeau, parfois vaguement, souvent fort bien, mais personne ne savait au juste où il habitait, car ce n'était pas un homme qui aimait parler de ses affaires.

Il eut bientôt l'étrange impression de se trouver toujours au même endroit. Qu'il fût à la taverne Bienvenue, rue Amherst, à la brasserie Chez Baptiste, avenue du Mont-Royal, à la taverne

Boudrias, rue Rachel, ou au bar Donaldson, rue Ontario, c'était toujours le même décor : plancher de terrazzo, fauteuils capitaine, table de billard, murs de pin verni, lumière jaunâtre, atmosphère enfumée. Voilà le royaume où régnait Wilfrid Thibodeau, divisé en zones identiques, qu'il parcourait l'une après l'autre pour accomplir sans cesse le même rite, celui de la grosse Mol ou du y-a-rien-qui-Labatt, jusqu'au rot final qui emporterait dans ses vapeurs de houblon fermenté son âme de buveur au gosier toujours sec.

À une heure, fatigué, impatient et gavé de jolies jambes et d'épaules brunies, il eut faim et s'arrêta au restaurant Fameux Smoked Meat, coin Saint-Denis et Mont-Royal, dont la façade « moderne » s'était brutalement incrustée dans un bel édifice de brique ouvragée.

Il achevait son pouding-chômeur lorsqu'il se rappela soudain que son père avait fréquenté pendant longtemps un bar qui portait le nom quelque peu ronflant des Amis du Sport. Il alla consulter l'annuaire téléphonique pour vérifier si l'établissement existait toujours, régla son addition et se dirigea vers le métro. En passant devant la boutique d'un brocanteur, il aperçut un joli couteau à cran d'arrêt dans la vitrine, entra et l'acheta. Le manche de cuivre garni de bois poli se logeait agréablement dans le creux de la main. « Ce sera mon porte-bonheur », se dit-il après l'avoir longuement palpé, et il le glissa dans sa poche.

Les Amis du Sport était situé à l'angle des rues Logan et de Lorimier, près de la station Papineau. Vingt minutes plus tard, Charles pénétrait dans l'établissement. L'endroit semblait un cran au-dessus des autres débits de boissons qu'il avait visités jusque-là. Pour une fois, le plancher de terrazzo luisait ; les fauteuils possédaient des sièges et des accoudoirs rembourrés. Deux ventilateurs de plafond assuraient une sorte de fraîcheur dans la salle, tandis qu'un autre, installé dans un mur, expulsait une partie de l'air vicié. Au-dessus du comptoir, une sculpture-tableau dans le style des frères Bourgault, de dimensions imposantes, illustrait une partie de sucres d'antan. Une demi-douzaine de clients se trouvaient dans le bar, deux assis seuls à une table, les quatre autres en train de causer paisiblement près du comptoir, tous inconnus de Charles. Celui-ci eut soudain envie d'une bonne bière glacée et s'installa le long d'un mur près d'un tambour de bois verni en espérant qu'on ne lui ferait pas de difficultés à propos de son âge; au-dessus de sa tête, un téléviseur diffusait en sourdine une partie de baseball. Une jeune serveuse s'approcha, les hanches rondes, le bras dodu, l'air décidé, et se mit à l'examiner d'un œil narquois:

— Quel âge as-tu, toi?

— Dix-huit ans. Voulez-vous voir mes cartes?

Et il rougit comme si on venait de lui baisser son pantalon.

Elle hésita, eut un léger haussement d'épaules, et prit sa commande.

— Et puis apportez-moi donc aussi un sandwich au jambon, s'il vous plaît, ajouta-t-il, même s'il ne se sentait pas la moindre faim.

Le « s'il vous plaît », dont les clients ne semblaient guère abuser avec elle, lui amena un léger sourire; et c'est d'une voix radoucie qu'elle demanda:

— Moutarde ou mayonnaise?

— Moutarde.

— Forte ou ordinaire?

— Forte.

Elle sourit de nouveau et s'éloigna d'un pas élastique vers la cuisine.

« Peut-être qu'elle s'en va avertir le patron », se dit Charles, et un nouvel afflux de sang lui mit les joues en feu. Il pensa partir, mais ç'aurait été là agir en poltron et il allongea plutôt les jambes, prenant une pose avantageuse.

Quelques minutes passèrent. La préparation de ce sandwich semblait une chose bien compliquée.

— Robert Bourassa? s'exclama l'un des quatre hommes près du comptoir. De la gnognotte! Je n'en voudrais même pas comme concierge! Un ver de terre pourrait lui donner des leçons de fierté. Il m'a fait honte tout le temps qu'il a été au pouvoir ! Qu'est-ce qu'il nous a laissé en partant ? À part les barrages de la baie James, rien du tout ! On avait autant besoin de lui que d'un mal de dents !

Charles, amusé, se mit à écouter la conversation, puis, levant le regard, aperçut au-dessus de lui un cadre tapissé de photos représentant sans doute des clients illustres de l'endroit ; sur l'une d'elles, il reconnut l'homme d'affaires Pierre Péladeau, en train de serrer la main d'un inconnu avec un sourire énigmatique.

La serveuse déposa devant lui son sandwich, un verre et une bouteille :

— C'est trois dollars cinquante.

Charles paya, prit une bouchée et se rendit compte qu'il aurait peine à l'avaler. Pourquoi avait-il commandé ce maudit sandwich ? La mauvaise humeur le gagna. Voilà cinq heures qu'il s'agitait en pure perte et son travail l'appellerait bientôt à la pharmacie. Pendant ce temps, Fernand et Lucie continuaient de se faire du sang de punaise. C'était peut-être cette nuit que la quincaillerie flamberait. Il tourna la tête de tous côtés, l'air lui manquait.

Deux tables plus loin, un vieil homme à la peau jaunâtre et avachie lisait un journal dans un nuage de fumée, cigare aux lèvres, le crâne recouvert d'une perruque qui lui faisait une chevelure de jeune homme. Il avait l'air un peu ridicule mais avenant. Charles se pencha dans sa direction :

— Excusez-moi, monsieur... Est-ce que vous venez ici depuis longtemps ?

— Depuis trente-deux ans, mon garçon. Ce n'est sûrement pas ton cas, ajouta-t-il en souriant.

— Non. En fait, moi, c'est la première fois. Je trouve ça très bien comme endroit.

— C'est une bonne place, convint le vieil homme.

— Dites donc, fit Charles après avoir pris une gorgée de bière, connaîtriez-vous par hasard un certain Wilfrid Thibodeau ?

— Pas plus tard qu'hier soir, mon ami, on buvait une bière ici ensemble.

539

— Ah oui? Eh bien, je cherche à le voir, justement.

Quelques instants plus tard, après avoir répondu le plus vaguement possible aux questions détournées de son voisin, fort curieux, semblait-il, des raisons qui poussaient le jeune homme à rencontrer le menuisier, Charles apprit que son père demeurait depuis deux semaines dans un petit logement de la rue Parthenais, presque en face de la fameuse prison et à deux minutes des Amis du Sport. Son aimable informateur, qui portait le nom d'Oscar Turgeon, en connaissait même l'adresse – et il se mit sur-le-champ à fouiller les poches de son veston à la recherche d'un calepin –, car il avait prêté son automobile à Thibodeau pour le déménagement de ses effets, la banquette arrière en récoltant, hélas, une petite déchirure du côté gauche, facile à camoufler cependant. Charles nota l'adresse sur un napperon de papier, remercia Turgeon et quitta aussitôt la taverne, le cœur battant.

Il longea bientôt une rangée d'immeubles de brique à un étage, d'aspect modeste, qui semblaient se recroqueviller devant l'énorme parallélépipède noir de la prison Parthenais, bizarre et hideuse masse tombée dans le quartier comme un objet spatial annonçant une invasion. La pensée que son père aurait dû loger plutôt de l'autre côté de la rue lui amena un furtif sourire; c'était là une solution à laquelle il aurait volontiers souscrit. Mais un serrement à la gorge lui coupa bientôt la respiration: il se trouvait devant l'appartement de Wilfrid Thibodeau. Tout allait se jouer dans quelques secondes. Aurait-il assez de courage?

39

Wilfrid Thibodeau avait mal à la tête depuis trois jours. Aspirine, compresses chaudes ou froides et même ces grosses pilules jaunes que la femme du dépanneur lui avait données la veille et qui étaient censées accomplir des miracles, rien n'y faisait. Une ligne de feu lui sciait le crâne, accompagnée de pulsations sadiques dans le haut de la nuque et d'une nausée huileuse qui le forçait à manger comme un oiseau. Seul l'alcool le soulageait un peu, et passagèrement, mais, comme il devait rencontrer en fin d'après-midi un entrepreneur qui l'engagerait peut-être pour des travaux dans une pharmacie Jean Coutu, il avait décidé de pratiquer l'abstinence jusqu'à son entrevue pour mettre toutes les chances de son côté.

Affalé à la table de la cuisine, il écoutait vaguement une chanson à la radio, en soupirant après la fin de son supplice, lorsqu'une pensée réjouissante traversa son esprit. C'était la première depuis longtemps et il prit plaisir à s'y attarder.

L'amitié que venait de lui témoigner la femme du dépanneur, qu'il connaissait à peine et pour laquelle il ne s'était guère fendu de gentillesses jusque-là, annonçait peut-être un bon filon. Son mari, ce baril de graisse à moitié endormi qui marmonnait des conneries à longueur de journée, ne devait plus l'intéresser depuis longtemps. Elle avait peut-être besoin d'un homme. Et une femme qui a besoin d'un homme ouvre facilement son portefeuille quand l'homme sait la satisfaire. Mais la pauvre n'avait pas grands charmes à offrir. Pas grave ! Les temps étaient durs, il ne fallait pas faire le difficile. Quand il aurait les poches un peu mieux garnies, il trouverait bien une jeune poulette à son goût.

Voilà que la scie s'agitait de plus belle dans son crâne. Il aurait fallu ne pas penser, se transformer en planche ou en sac de ciment, ou dormir – mais la maudite douleur le tenait éveillé presque jour et nuit. Il replia ses bras sur la table, y appuya sa tête de côté, ferma les yeux et essaya de se détendre. Au bout de quelques minutes, une sorte d'engourdissement commença à émousser les dents de la scie et il allait s'assoupir lorsqu'on sonna.

— Qui ça peut bien être, tabarnac ? grommela-t-il en se levant. J'attends personne.

À travers le rideau de mousseline laissé par l'ancienne locataire, il aperçut un grand jeune homme debout devant la porte, sans pouvoir distinguer clairement ses traits.

Il ouvrit et demeura quelques secondes sans parler.

— C'est toi? souffla-t-il, comme si la voix avait failli lui tomber dans le fond de la gorge. Salut. Qu'est-ce que tu me veux?

Charles eut une moue bizarre, mélange d'étonnement et de pitié, et garda le silence.

— Est-ce que je peux entrer? dit-il enfin. J'ai à te parler.

Le ton n'annonçait rien de bon. Wilfrid Thibodeau fronça les sourcils, puis s'efforça aussitôt de sourire et referma lentement la porte derrière son fils.

— Je m'en allais. Mais je peux te donner une couple de minutes.

Et il retourna dans la cuisine en traînant les pieds, un peu courbé, les bras ballants. « Il est malade, se dit Charles. Très malade, peut-être. C'est presque un petit vieux... Ce que je vais lui dire ne le ramènera pas. »

Une table de formica jaune, à pieds chromés, et trois chaises recouvertes d'un vinyle de la même couleur occupaient le centre de la minuscule pièce. La fête lumineuse qui régnait dehors butait contre les vitres grises et sales de l'unique petite fenêtre de la cuisine, qui s'ouvrait au-dessus d'un évier crasseux. Le comptoir, encombré de bouteilles vides, d'ustensiles, d'assiettes sales et d'un bac de plastique où des chemises trempaient dans une eau bleuâtre, était une allégorie du chaos. Cela sentait le graillon, la fumée de cigarette et la bière éventée.

Wilfrid Thibodeau tira une chaise :

— Assieds-toi.

Et il prit place de l'autre côté de la table en poussant un long grognement.

— Et alors? Qu'est-ce qui t'amène?

Charles se cherchait une entrée en matière.

— Tu n'as pas l'air tellement en forme. Ça ne va pas?

— Mal de bloc. Depuis trois jours. À me jeter contre un mur, hostie.

— Va voir un médecin. C'est gratuit.

L'autre hocha la tête en faisant une grimace de douleur, l'œil brumeux, et se passa la main sur le front. Soudain, son regard se posa sur Charles, clair, incisif, arrogant :

— T'es sûrement pas venu ici pour me parler de ma santé. Allons, vide ton sac.

Charles rougit et bougea sur sa chaise :

— Tu le sais pourquoi je viens te voir.

Wilfrid Thibodeau le regardait avec un léger sourire qui jouait l'étonnement. L'homme diminué et souffrant venait de disparaître, remplacé par un vieux renard agile, au coup de dent redoutable.

— J'ai appris l'autre jour que t'avais fait des menaces à Fernand, poursuivit l'adolescent. Et puis ensuite, il y a eu cette affaire du bidon.

Son visage se crispa :

— C'est dégueulasse. Je ne savais pas que t'étais tombé aussi bas.

Alors il se dressa, glissa une main fébrile dans sa poche et sortit son portefeuille ; un petit objet tomba sur le plancher, mais sur le coup ni l'un ni l'autre n'y fit attention.

Wilfrid Thibodeau poussa un long sifflement : une liasse de billets de cent dollars venait de s'étaler sur la table avec un léger bruissement :

— En v'là de l'argent ! lança Charles avec ostentation. Je te donne tout ce que j'ai : mille cinq cents dollars... Mais ne recommence plus jamais ça. Sinon, tu vas avoir affaire à moi.

Un frisson lui monta du ventre jusqu'à la gorge et il se demanda s'il pourrait continuer à parler.

Le menuisier, toujours assis, le fixait, impassible. Il allongea lentement les mains sur la table comme pour s'emparer des billets de banque, puis, d'une voix égale qui exprimait un calme dédain, murmura :

— Tu sais pas ce que tu dis.

— Et toi, riposta Charles, frémissant de colère et de peur, tu ne sais pas ce que tu fais.

Un moment passa. Quelqu'un à l'étage au-dessus alluma une radio à tue-tête, puis l'éteignit aussitôt.

— Reprends ton argent, poursuivit Wilfrid Thibodeau avec le même calme, et crisse-moi le camp d'ici.

— Je ne partirai pas tant que tu ne m'auras pas promis de laisser Fernand tranquille.

La voix, tremblante, sortait par hoquets. Le menuisier sourit de nouveau et, toujours attablé, se mit à compter lentement les billets de cent dollars. Leur vue, semblait-il, commençait à exercer un certain effet sur lui.

— C'est bien vrai, murmura-t-il comme pour lui-même, mille cinq cents piastres...

Il les rangea en une petite pile bien droite, les caressa un moment du bout de l'index, songeur, puis, s'emparant tout à coup d'un billet, le glissa prestement dans la poche de sa chemise et repoussa les autres vers Charles :

— J'en garde un pour te donner une leçon de politesse, mon flo, car j'aime pas tellement ta façon de me parler. À présent, débarrasse, je t'ai assez vu. On se reverra quand tu seras de meilleure humeur.

Son regard tomba soudain sur le plancher où gisait le couteau que Charles venait d'acheter. Il se pencha, le saisit et se mit à l'examiner en ricanant :

— Ah ben, dis donc, un petit *flick knife*... Pas mal joli... Avais-tu envie de me percer la bedaine, mon Charles ?

— Donne-moi ça, murmura l'adolescent d'une voix rauque.

Wilfrid Thibodeau déplia la lame et glissa le bout de son index sur le tranchant, puis s'amusa à enfoncer légèrement la pointe dans la paume de sa main.

— Un vrai beau petit couteau, fit-il en se levant debout. Pratique comme tout...

Il tournait et retournait l'instrument dans sa main, le regard posé sur son fils, qui était devenu livide.

— J'ai bien envie de le garder lui aussi.

Soudain, Charles bondit sur lui et le poussa violemment vers l'arrière. Le menuisier retomba assis sur sa chaise, qui bascula, et sa tête frappa la porte du réfrigérateur avec un bruit sourd. Contournant la table, l'adolescent se jeta sur lui et, empoignant sa main, se mit à la tordre de toutes ses forces. Thibodeau poussa un cri furieux et sa main libre s'abattit sur le visage de l'adolescent tandis qu'il battait frénétiquement des pieds. La table bascula de côté avec fracas et les billets de banque voletèrent dans la pièce. La lutte se poursuivit, de plus en plus violente. Le menuisier, qui n'arrivait pas à se redresser, hurlait de douleur en frappant à coups redoublés sur la tête de son fils, qui ne lâchait pas prise. Le couteau roula sur le plancher. Charles se précipita dessus, puis bondit vers la porte. L'instant d'après, il courait sur le trottoir, poursuivi par les vociférations de son père, debout sur le seuil et qui se massait la main.

Charles parvint au boulevard de Maisonneuve, puis, hors d'haleine, ralentit le pas, évitant le regard d'un vieux couple avec son petit pékinois qui s'était arrêté pour l'observer. Il se rendit à la rue Sainte-Catherine, aperçut un restaurant et alla s'enfermer dans les toilettes. Sa joue droite, toute rouge, avait commencé à enfler et un bleu marquait le coin de son œil, mais il n'y avait aucune blessure apparente. Il se fabriqua une compresse à l'aide de serviettes de papier trempées d'eau froide, remit de l'ordre dans sa chevelure et alluma une cigarette. Une joie haineuse palpitait en lui.

— Merde! s'écria-t-il soudain en regardant sa montre, je vais être en retard à la pharmacie!

Sa joue enflée ne le défigurait pas trop; on pouvait croire à l'effet d'un gros mal de dents. Il quitta en vitesse le restaurant sous les grognements du patron derrière son comptoir, un linge à vaisselle à la main, indigné de voir qu'on utilisait encore une fois ses toilettes sans même prendre la peine de lui commander une tasse de café, et se rendit au métro Papineau. La grande fresque de céramique à l'intérieur de la station, toute en couleurs crues, qui représentait Louis-Joseph Papineau, l'homme politique au fameux toupet, debout devant un monument parmi la mêlée du Soulèvement de 1837, lui envoya une bouffée de chaleur au visage. Il s'arrêta, prit une grande respiration, gonfla la poitrine et sourit. Lui aussi avait vaincu. Le couteau au fond de sa poche en témoignait. Les billets de banque dans la cuisine aussi.

Mais il ferait mieux que Papineau, ah ça, oui, et se rendrait jusqu'à la victoire finale, même s'il n'avait aucune idée de ce qu'elle pouvait être.

Assis dans le wagon, il frottait sa tempe droite qui élançait, tout en essayant d'inventer une histoire à l'intention de son patron pour expliquer l'état de son visage.

En face de lui, une jeune femme en jupe noire exhibait la splendeur de ses jambes d'un rose phosphorescent. De temps à autre, elle bougeait doucement ses pieds glissés dans des souliers noirs ouverts à gros talons surélevés. Charles examinait du coin de l'œil son joli visage et ces jambes qui criaient le besoin d'amour et l'ardeur de vivre. L'envie le prit tout à coup d'associer cette femme à la victoire qu'il venait de remporter sur son père, mais il ne savait trop comment. Devait-il aller s'asseoir près d'elle et se mettre à lui causer? se contenter de lui sourire ou de lui faire un clin d'œil? la suivre dans la rue et l'aborder? L'état de sa joue rendait la chose risquée. Dans quelques secondes, il arriverait à la station Frontenac, où il devait descendre. La rame commença à ralentir, puis se mit à freiner.

Soudain, un transport de joie le saisit: il venait de trouver. Penché en avant sur son siège, il se tenait prêt à bondir. Au moment où les portes s'ouvrirent, il s'élança sur la jeune femme, l'embrassa sur les deux joues et sortit en courant sous les regards médusés des voyageurs; des éclats de rire emplissaient le wagon tandis que sa victime, sidérée, ravie, un peu effrayée, s'était mise à parler avec animation à une voisine.

Pendant ce temps, Charles atteignait la rue, hors d'haleine encore une fois. Il s'assura que personne n'était à ses trousses, puis se dirigea à grands pas vers la rue Ontario en promenant autour de lui des regards satisfaits. Décidément, cette journée tournait vraiment à son goût. Il n'arrêtait pas de se surpasser! Par un simple effort de sa volonté, les obstacles fondaient. Un élan de joie le saisit, il sauta en l'air et tapa des mains, à la grande frayeur d'une vieille dame qui trottinait en méditant sur une recette de compote à la rhubarbe.

Dans l'avant-midi du 7 novembre 1982, une voisine qui ne parlait pas trois fois par année à madame Michaud avait senti le besoin de l'arrêter dans la rue pour lui apprendre qu'elle avait vu son mari la veille au soir en compagnie de l'ancienne gérante du Woolworth de l'avenue du Mont-Royal, une femme qui ne courait, disait-on, aucun risque de béatification. Du reste, la façon dont elle tenait le bras du notaire et appuyait sa tête sur son épaule ne laissait pas le moindre doute quant au genre d'occupation auquel ils s'adonnaient dans l'intimité. Quelques instants plus tard, Parfait Michaud avait eu droit à une engueulade-fleuve, où les accusations d'infidélité et les menaces de vengeance avaient alterné avec les cris, les sanglots, les appels à la pitié et les difficultés respiratoires, le tout se terminant par une spectaculaire crise de nerfs. Finalement, des compresses d'eau froide et l'inhalation de Ventolin l'avaient peu à peu calmée, et elle était allée se coucher en déclarant que son état l'empêcherait désormais de préparer les repas et que, de toute façon, elle n'en avait plus envie.

Assis à son bureau, le notaire essayait de se concentrer sans grand succès sur le testament d'un important homme d'affaires qui avait fait fortune dans la fabrication de soutiens-gorges de fantaisie et dont la bizarrerie de certaines clauses donnait à réfléchir. Des épithètes insultantes affluaient à son esprit tandis qu'il jetait un regard implacable sur lui-même, se traitant tour à tour de tartufe, de pourceau, de sexaolique, de vieux beau, d'obsédé de la touffe et de plusieurs autres qualificatifs dont la divulgation risquerait de choquer les âmes sensibles.

Sa vie avec Amélie, commencée dans les délices d'un amour de jeunesse, avait tourné au rance depuis longtemps. De petites manies sans conséquence, qu'il avait d'abord trouvées amusantes, s'étaient multipliées, avaient étendu leurs racines, puis grossi jusqu'à étouffer presque complètement la personnalité de la jeune femme originale et pleine d'imagination dont il s'était épris à vingt-deux ans pour en faire cette hypocondriaque à demi illuminée, inutile à elle-même et aux autres, qui avait gâché leurs quinze dernières années de vie commune et qu'il ne se décidait pas à quitter, par pitié, peur ou paresse, il ne savait trop.

Il s'était finalement résigné à mener une double vie, solution triste et banale s'il en fut. Et d'apprendre que, dans le quartier, certains s'étaient mis à l'appeler le notaire Trop Chaud le plongeait dans une confusion insupportable. Il avait l'impression de s'abaisser et de dégrader l'honorable profession qu'il exerçait avec un zèle si minutieux. Une musique minable lui revint à l'esprit. C'était l'*Ave Maria* de Schubert, qu'il avait entendu dans le métro quelques mois plus tôt, joué au saxophone par un charcuteur de partition avec des roulades et des hoquets ignobles sur un accompagnement de piano préenregistré. Il avait eu l'impression que la Sainte Vierge faisait un strip-tease. « Que la vie est moche, soupira-t-il, et que je suis moche moi-même ! Je comprends Dieu de ne pas s'occuper de l'humanité : nous n'en valons pas la peine... »

Il se leva et, les mains derrière le dos, se rendit à la fenêtre observer la rue Bercy. Trois hommes passaient, deux jeunes et un vieux. Les deux jeunes croisèrent le vieux sans le regarder. Ils avaient tous trois l'air quelconque, le teint vaguement gris, les traits communs et délavés, comme absorbés dans des pensées terre à terre. Une jeune femme apparut au coin de la rue, poussant un petit chariot à provisions. Elle avait une jolie bouche et de grands yeux vifs. Il détourna le regard. Assez de femmes comme ça. Le temps était venu de s'intéresser à autre chose. « Mais tu le fais déjà, pauvre imbécile : la musique, les livres, ton métier... Le problème, c'est que ça ne te suffit pas... ça ne t'a jamais suffi... Il t'aurait peut-être fallu... je ne sais pas moi... des enfants. »

Et il se mit à penser à Charles. À Charles qu'il aurait pu autrefois adopter, s'il avait eu un peu plus de cœur et de présence d'esprit. Une scène lui revint à l'esprit. Environ un an plus tôt, il l'avait fait venir chez lui avec son ami Michel Blondin pour l'installation de sa nouvelle bibliothèque. Les deux garçons avaient travaillé très fort et avec beaucoup de soin, mais Charles, d'ordinaire si loquace et chaleureux avec lui, s'était montré distant, difficile à dérider, posant parfois sur lui un regard curieusement ironique, comme s'il lui en voulait. Cela l'avait intrigué.

Au moment de partir, l'adolescent s'était arrêté devant un rayon de bibliothèque, l'examinant livre par livre.

— C'est bon, Balzac? avait-il demandé.

— Tu parles! Il faut le lire avant de mourir, sinon on passe à côté de la vie.

— *La physiologie du mariage*, c'est un roman, ça?

— Euh... non. Une sorte de traité, plutôt, ou un pamphlet, si tu veux, dans le genre féroce.

Alors Charles s'était retourné, comme s'il attendait ce moment depuis longtemps:

— Il y en a pour qui la... physiologie est plus importante que le mariage.

Et il avait dardé sur lui ce regard impitoyable que les adolescents lancent aux adultes qui les ont déçus.

— Hé! hé!... Que veux-tu, mon garçon? avait bafouillé le notaire. La nature humaine est imparfaite...

Il avait tout de suite compris que Charles connaissait sa mauvaise conduite et avait décidé de lui exprimer sans ménagement toute son indignation.

Et, de fait, depuis cette conversation, il ne l'avait presque pas revu. Deux ou trois rencontres de hasard dans la rue, fort brèves, et une seule autre fois, il y avait quelques mois, où l'adolescent s'était présenté chez lui pour lui emprunter *La légende d'un peuple* de Louis Fréchette, dont il avait besoin pour une dissertation. Il n'était resté que deux minutes, ayant manifestement hâte de partir.

Ainsi donc, après la ruine de son mariage, le notaire Michaud assistait à celle de sa réputation, qui risquait de détruire à son tour une amitié à laquelle il tenait beaucoup. Tout cela pour des plaisirs futiles et passagers pris avec des femmes de peu de qualité. Et, lorsqu'elles valaient quelque chose, l'affaire ne durait pas...

Parfait Michaud se promenait de long en large dans son bureau, les mains dans les poches, en suivant machinalement une rangée de roses imprimées dans le tapis. Il s'assit de nouveau devant le document bizarre qu'on lui avait demandé d'examiner et se replongea dans la lecture. Mais il releva bientôt la tête, regarda sa montre et soupira : Céline Fafard, la fille de Fernand, allait arriver dans quelques minutes. Elle lui avait téléphoné la veille pour demander à le voir, sans lui donner de raison. Il entendait encore sa voix menue et timide au bout du fil. C'était bien la première fois qu'une enfant de quatorze ans s'adressait à lui en tant que notaire. Le destin (encore lui, cet idiot) avait choisi cette journée de déprime pour lui ménager une entrevue qui serait délicate à mener, il l'avait tout de suite senti.

Incapable de se concentrer sur son texte, il alla se préparer un espresso à la cuisine. Amélie reniflait encore dans son lit, sans doute sur le point de s'endormir. Il portait la tasse à ses lèvres lorsqu'on sonna à la porte.

— C'est elle, murmura-t-il.

Quelques instants plus tard, Céline était assise devant son bureau, souriante mais les traits quelque peu tendus. C'était déjà une jolie fille, avec des yeux magnifiques, des pommettes un peu trop saillantes, il est vrai, mais un petit nez fin et gracieux, et un regard intelligent, d'une gravité plutôt rare chez une personne de son âge. Dans deux ou trois ans, le visage se remplirait un peu, les traits s'adouciraient, les lèvres accentueraient leur ligne sensuelle et elle ferait le bonheur de bien des hommes – ou d'un seul, si tel était son choix.

— Je suis venue vous voir au sujet de Charles, commença-t-elle de but en blanc avec une légère rougeur mais d'un ton décidé.

— Ah bon ? fit Parfait Michaud en souriant, et il joignit les mains sous son menton, surpris par cette coïncidence qui prolongeait si curieusement ses réflexions.

— C'est... au sujet du cadeau de Noël que je veux lui faire.

— Eh bien, je vois que tu es prévoyante! Et... tu voudrais que j'y participe?

— Non, non, pas du tout! s'exclama-t-elle, confuse. J'ai tout l'argent qu'il faut... Je voudrais lui offrir un livre, mais je ne sais pas trop lequel. Alors comme vous vous connaissez beaucoup en livres et que vous en prêtez souvent à Charles, j'ai pensé que vous pourriez me conseiller. C'est très difficile de choisir un cadeau pour quelqu'un, ajouta-t-elle, sentencieuse, quand on tient vraiment à lui faire plaisir.

— Oui, tout à fait, convint le notaire, qui s'efforçait de se montrer aimable et chaleureux. Souvent, on offre ce qui nous plaît *à nous* et non ce qui plaît *à l'autre*. En d'autres mots, on demeure égoïste en voulant être altruiste.

— Tout à fait, approuva Céline, impressionnée par l'élégance de la formule.

Une malicieuse curiosité s'était mise à démanger le notaire.

— Tu lui fais des cadeaux comme ça à chaque Noël, Céline?

— Non. En fait, c'est la première fois. Et je ne veux pas manquer mon coup.

Ses joues rosirent de nouveau et elle détourna le regard.

— Est-ce que... est-ce que ce serait indiscret, reprit le notaire d'une voix moelleuse et paternelle, de te demander pourquoi tu veux *justement cette année* lui offrir un cadeau?

Et il prit une gorgée de café pour donner le temps à la jeune fille de réfléchir à sa réponse. La réponse jaillit aussitôt.

— Parce que je l'aime. Et que je veux le lui montrer.

Le notaire jubilait. Cette conversation le plongeait dans un ravissement qui lui faisait oublier son boueux début de journée.

— Il y a des façons moins... coûteuses de le faire, se permit-il de remarquer sur un ton plaisant.

Céline eut une moue d'agacement:

— Je ne suis quand même pas pour me jeter à son cou. Qu'est-ce qu'il penserait de moi?

— Tu sais, ma chère Céline, les filles sous-estiment souvent la timidité des garçons. J'étais moi-même très timide quand j'avais l'âge de Charles. Il faut parfois les attiser un peu. Après, tout va bien.

Céline secoua la tête, ennuyée :

— Ce n'est pas mon genre. J'aime mieux lui faire d'abord un cadeau.

Le notaire admit qu'en ce genre d'affaire il valait mieux suivre ses penchants. Après tout, une bonne stratégie, c'était d'abord celle qui nous convenait.

— De combien d'argent disposes-tu ?

— D'une trentaine de dollars.

C'étaient ses économies de plusieurs mois. Il fallait qu'elle s'en garde quand même un peu, mais elle était prête à dépenser une grosse somme pour lui montrer combien elle l'aimait. Parfait Michaud était surpris et touché par l'abandon avec lequel lui parlait la jeune fille.

— Tu l'aimes donc à ce point ?

— Ah oui, répondit-elle, et ses yeux se remplirent d'une tristesse rêveuse. Depuis que je suis toute petite... Et surtout depuis qu'il est venu rester chez nous. J'ai cru un moment que cela finirait par me passer, mais c'est le contraire qui est arrivé. Et alors, quel livre me conseillez-vous de lui acheter, monsieur Michaud ?

Le notaire se rejeta dans son fauteuil :

— *That is the question*, comme dirait notre cher vieil Hamlet.

Et il se mit à fixer le plafond d'un air absorbé.

Les idées ne lui venant pas, il fit glisser une bonbonnière vers Céline et lui offrit un caramel, qu'elle accepta, puis il en prit un lui-même et, tout en le suçotant, quitta son siège et se mit à longer un des rayons de sa bibliothèque, promenant son regard sur les livres, se penchant, puis se relevant avec de petits soupirs. Céline, les mains ramenées sur ses cuisses, l'observait avec un sourire un peu étonné. Jamais elle n'avait connu d'hommes comme lui. Il était à la fois gentil, impressionnant et un peu ridicule.

— J'ai trouvé ! s'écria-t-il tout à coup joyeusement. Quoique... ça risque d'être un peu cher...

— Qu'est-ce que c'est?

— Les nouvelles complètes de Guy de Maupassant, chez Albin Michel. Une très belle édition en deux tomes sur papier fin, un vrai trésor. Les tomes se vendent peut-être séparément. Je me rappelle que Charles a lu *La maison Tellier*, un recueil paru dans le « Livre de poche », et qu'il l'avait beaucoup aimé. Veux-tu que je téléphone à une librairie?

Au bout de trois appels, il trouva ce qu'il cherchait. Les tomes se vendaient séparément, vingt-deux dollars chacun.

— C'est parfait, décida Céline, j'achète le premier. Réservez-le-moi, s'il vous plaît.

Sous l'effet de la joie et de l'excitation, elle s'était levée, l'air transporté, et promenait ses mains sur le rebord du bureau, comme si elle le caressait.

— Si tu veux, j'irai te le chercher, ma belle. J'ai justement affaire au centre-ville demain.

— Vous êtes sûr que ça va lui faire plaisir? Vraiment plaisir?

— Je pense que oui, répondit le notaire en plissant les yeux avec un sourire satisfait.

Elle le remercia avec effusion, mit la main dans sa poche et lui tendit trois billets de dix dollars. Il en prit deux:

— Garde-toi un peu d'argent. J'essaierai d'obtenir un petit escompte. Je suis un bon client de Champigny. On me fait parfois des faveurs.

Céline se dirigeait vers la porte lorsqu'elle se retourna, assaillie par une pensée horrible qui crispa les coins de sa bouche:

— Vous me promettez de ne jamais lui parler de ma visite, hein? Il rirait de moi, j'en suis sûre.

— Céline, ma petite Céline, répondit gravement le notaire en posant une main sur son épaule, à mon âge, on sait depuis longtemps ce que c'est que l'amour. Il n'y a rien de plus beau ni de plus terrible. Me crois-tu assez goujat pour faire une chose pareille?

◆

Pendant plusieurs mois, personne n'entendit plus parler de Wilfrid Thibodeau. Il semblait avoir disparu du quartier. Peut-être avait-il quitté la ville ou même le pays? Charles se disait avec satisfaction que le sacrifice de son argent n'avait peut-être pas été inutile. Mais la pensée de son père venait souvent le hanter. Où s'était-il donc terré? Avait-il recommencé à travailler? La victoire qu'il avait remportée continuait de le remplir de fierté, mais elle lui paraissait un peu trop facile, à présent. Il n'arrivait pas à croire que Wilfrid Thibodeau ne voudrait pas prendre sa revanche.

Un samedi de mars froid et venteux, il décida de se rendre aux Amis du Sport dans l'espoir de rencontrer Oscar Turgeon, le vieux monsieur qui lui avait donné l'adresse de son père. Il enfilait ses gants dans le vestibule tout en observant les bourrasques de neige qui balayaient la rue lorsque Céline s'approcha dans le corridor, encore vêtue de son pyjama (elle avait fait la grasse matinée).

— Où t'en vas-tu?

Depuis cette nuit de Noël où elle lui avait remis, toute rougissante, ce recueil de nouvelles de Maupassant qu'il avait dévoré en trois jours, un pacte silencieux avait été scellé entre eux. Confus de n'avoir aucun cadeau à lui offrir en retour, Charles avait attendu au jour de l'An pour lui présenter – presque en cachette – un joli bracelet d'argent rehaussé d'agates qu'après avoir consulté Marlène et au terme d'un minutieux examen il avait choisi à la bijouterie du Parchemin au métro Berri-de Montigny. Céline le portait constamment.

— Je m'en vais prendre des nouvelles de mon père.

— Où?

— À un bar. Les Amis du Sport, rue Logan.

Il lui avait raconté sa rencontre avec Wilfrid Thibodeau. Il n'y avait qu'elle et Blonblon à être au courant de leur querelle, Henri n'ayant pas été mis dans le secret parce que jugé trop bavard. Charles leur avait fait jurer de ne jamais parler de cette affaire à Fernand et à Lucie; avec son tempérament de videur de boîte de nuit, le quincaillier se serait précipité chez Thibodeau pour le forcer à remettre ce qu'il restait – s'il restait quelque chose – des mille cinq cents dollars de son fils.

— Je vais y aller avec toi, décida Céline. Donne-moi une minute, je saute dans mes vêtements.

Charles refusa, prétextant que son âge lui interdisait l'accès au bar, et partit. Vingt minutes plus tard, c'était lui-même qui se faisait mettre à la porte. En le voyant apparaître dans la place, le patron lui avait demandé une pièce d'identité et, après y avoir jeté un coup d'œil, lui avait déclaré qu'il ne pouvait le servir.

— Je ne viens pas ici pour boire, avait allégué Charles en promenant son regard dans la salle, je cherche quelqu'un. Je cherche un monsieur Turgeon, Oscar Turgeon.

— Oscar ne se montre jamais ici avant deux heures, le samedi. Va l'attendre dehors, mon gars. Le bon air va te faire du bien.

Et il s'était incliné avec un ample mouvement du bras dont l'élégance exagérée annonçait des manières beaucoup plus expéditives.

Charles était sorti, la tête basse, bien content d'avoir refusé la compagnie de Céline. Sa montre indiquait une heure moins quart. Il ne restait plus qu'à tuer le temps. Le vent soufflait fort et la neige mitraillait les yeux. C'était un vent humide et lourd, impitoyable et tenace, qui gelait les joues, durcissait le lobe des oreilles et faisait courir des serpents glacés sur le corps, malgré l'épaisseur des capuchons, des tuques et des manteaux. Charles inspecta la rue; il n'y avait aucun dépanneur ou restaurant qui permettait de surveiller l'entrée du bar. Il avisa alors un abribus à quelques pas et s'y réfugia. Si on se tenait immobile et bien droit, l'épaule appuyée à la paroi vitrée de façon à ce que la peau des jambes touche le moins possible le tissu glacé du pantalon, il se formait au bout de quelques minutes une couche d'air tiède qui protégeait un peu de l'humidité glaciale. Un quart d'heure passa. Trois hommes entrèrent l'un après l'autre dans le bar, courbés sous le vent, la démarche saccadée, aucun ne ressemblant à Oscar Turgeon. Charles, stoïque, grelottait. Son épaule s'était glacée au contact du verre. Le froid lui mordait furieusement les orteils.

Peut-être que le mauvais temps, songea-t-il, lui envoyait un message? « Pourquoi courir après ton père, Charles? Tu ne trouveras jamais rien de bon de ce côté-là. » Une jeune femme – arabe, sans doute – vêtue d'un long et pesant manteau, la tête emmitouflée dans des châles colorés qui s'avançaient comme une coquille autour de son visage, entra dans l'abribus avec ses trois enfants hébétés par le froid, puis des adolescents apparurent, tête nue, tout excités, l'un d'eux portant sous son manteau un chat qui jetait des regards effarés autour de lui. Un autobus s'arrêta dans un long grincement et Charles se retrouva de nouveau seul, plus transi que jamais. Il releva un peu la manche de son manteau pour consulter sa montre : elle ne marquait qu'une heure vingt. La méthode de l'immobilité calorifuge montrait de plus en plus ses limites. Quant à ses pieds, c'était réglé : il ne les sentait plus, à part une sorte de fourmillement aux talons. Pouvait-il se permettre de rester là encore longtemps?

Un autre autobus s'immobilisa devant l'abribus, puis, comme Charles ne bougeait pas, repartit dans un grondement furieux, répandant derrière lui une âcre odeur de diesel qui se mélangea au vent chargé de neige. Il toussa, frotta son épaule glacée, puis voulut s'allumer une cigarette, mais le courage lui manqua. « Je compte jusqu'à trois cents, décida-t-il, et ensuite, je fous le camp. » La tempête rageait plus que jamais et avait pris complètement possession des rues désertes. C'était folie que d'attendre quelqu'un dehors par un temps pareil.

Il entamait sa deuxième centaine lorsqu'une silhouette surgit au loin, marchant dans sa direction, enveloppée par les bourrasques de neige qui la faisaient ondoyer et la forçaient parfois à s'arrêter; elle disparaissait alors presque totalement dans un nuage grisâtre, puis reprenait sa marche en clopinant avec des mouvements désarticulés. Cette silhouette lui paraissait familière. C'était celle d'un homme, à n'en pas douter. L'individu pivota sur lui-même pour se protéger de la fureur du vent et reprendre haleine, et, dans le geste qu'il fit pour rajuster son capuchon, Charles tout à coup le reconnut. Il s'élança de l'abri :

— Steve! cria-t-il de toutes ses forces, viens ici!

L'autre eut un sursaut, leva les bras en l'air, voulut se mettre à courir, mais s'étala sur le trottoir. Quelques secondes plus tard, il prenait place à côté de Charles sur le banc de l'abribus.

— Je m'ennuyais un peu, dit-il en enlevant la neige de son visage, alors je suis venu faire un tour dans le coin. C'est Céline qui m'a dit où tu étais... Crisse de temps!

Et il lui adressa un grand sourire.

L'instant d'après, il avait convaincu Charles de quitter l'abri, où ils étaient en train de se les geler, et d'aller se réchauffer dans un restaurant tout près. L'arrivée de son ami, qu'il n'avait pas vu depuis longtemps, avait changé l'humeur de Charles; il n'avait plus envie de poursuivre son enquête. Affalé sur une chaise, les pieds pressés contre un calorifère, il racontait à Steve, en exagérant un peu son courage, la dernière rencontre qu'il avait eue avec son père; de temps à autre, il jetait un coup d'œil dans la rue, où la tempête faisait maintenant l'effet d'un spectacle dérisoire. S'il s'était pointé ce jour-là aux Amis du Sport, expliqua-t-il, c'était pour s'assurer de sa victoire définitive.

— Laisse donc tomber, fit Lachapelle avec une nonchalance de rajah. Mille cinq cents dollars! T'imagines? Ton bonhomme doit être au fond d'une bouteille. T'en entendras plus jamais parler, je suis prêt à gager les fesses de ma mère! Ça t'a coûté cher, mais t'en as eu pour ton argent. Bingo! Et maintenant, mon vieux, qu'est-ce que tu dirais d'aller faire une petite partie de *pool* à la salle Orléans?

Depuis le déménagement de son ami, Charles n'y mettait presque jamais les pieds. La suggestion lui plut. Il avait besoin de s'amuser et, avec Steve, on n'avait pas le choix: il semblait ne pas avoir été fait pour autre chose. Les deux garçons décidèrent de se cotiser pour un taxi. Ce dernier arriva une demi-heure plus tard.

— C'est pas trop loin, j'espère? fit le chauffeur en les enveloppant d'un regard soupçonneux. Les rues ne seront bientôt plus passables. Avez-vous assez d'argent? reprit-il quand Lachapelle lui eut donné l'adresse.

— Quand je n'en ai pas assez, je marche, rétorqua le jeune homme, piqué.

René De Bané jouait en solitaire dans une salle complètement vide. Il accueillit Charles et Steve comme le naufragé de l'île déserte aurait accueilli une pimpante petite femme arrivée avec vivres et bouteilles.

— *Wow!* de la grande visite! Ça fait une mèche que je vous ai vus, les gars! Sortez-vous de prison?

— Ouais, répondit Charles. On occupait ton ancienne cellule.

Après avoir longuement ri de la répartie, René De Bané prit de leurs nouvelles, vanta leur bonne mine, remercia la chance de les lui avoir envoyés pendant une journée aussi dégueulasse, puis alla discuter un moment au comptoir avec Nadine, d'où il revint avec trois bouteilles de bière, et la partie commença. Elle fut joyeuse et animée, ponctuée de plaisanteries désopilantes et marquée de coups spectaculaires qui mirent tour à tour en vedette chacun des joueurs. Charles était ravi de retrouver son ami Lachapelle, toujours aussi bouffon et imprévisible, et dont la fidélité le touchait, alors que lui-même, se reprochait-il, avait commencé à l'oublier. Quant à De Bané, jamais il ne s'était montré aussi gentil, s'esclaffant à la moindre plaisanterie de ses compagnons, s'émerveillant de leur habileté, leur refilant avec une étonnante générosité ses secrets de champion de billard, car, disait-il, « il faut donner un coup de main aux jeunes qui poussent, surtout quand ils sont bollés comme vous deux ».

Vers seize heures, ils eurent faim. Comme souvent dans le passé, l'homme à tout faire invita ses amis au restaurant, insistant, cette fois, malgré la tempête, pour les amener dans son auto à la Villa Frontenac, où il les régala de viande fumée, de frites, de crème glacée et de gâteau au chocolat.

— T'en as donc, de l'argent, René, s'étonna Charles en s'affalant, repu, sur la banquette.

— Quand on sait se servir de sa tête, on n'en manque jamais, répondit l'autre avec un sourire mystérieux. Café? Chocolat chaud? Profitez-en, c'est moi qui paye!

— Dis donc, René, serais-tu une tapette? demanda effrontément Steve en se déhanchant comme une danseuse du ventre, les coudes soulevés au-dessus de la table. Je t'avertis: mon cul n'est pas à vendre.

— Ni le mien, enchaîna Charles, devenu grave.

Pris de fou rire, René De Bané s'était étouffé avec une bouchée de gâteau; après avoir retrouvé son souffle, il les assura qu'il n'en était rien, qu'il était père de cinq enfants issus de trois femmes différentes, qu'il adorait la bagatelle autant qu'eux, sinon plus, que rien ne lui soulevait le cœur comme les manières des pédés, et qu'il en avait d'ailleurs tabassé une bonne demi-douzaine au cours de sa carrière dans les bars, salles de billard et autres lieux de divertissement.

Le repas s'achevait. De Bané proposa à ses compagnons une autre partie de billard, à ses frais, bien entendu, car il adorait se mesurer avec des joueurs aussi habiles qu'eux, mais Charles et Steve déclinèrent son invitation, ayant d'autres projets.

— Travailles-tu toujours à ta pharmacie, Charles? demanda alors le menuisier-plombier après que Steve les eut laissés pour aller faire un appel.

— Toujours. Aujourd'hui, j'ai pris congé, mais, normalement, je suis là tous les samedis et un ou deux soirs par semaine.

Et, intrigué par sa question, il se mit à le fixer, les yeux légèrement plissés.

— Si tu voulais, on pourrait faire des affaires, nous deux.

— Des affaires?

— C'est ça, des affaires. Tout ce qu'il y a de plus tranquille et commode. Tu pourrais gagner pas mal d'argent, tu sais, et les deux doigts dans le nez.

— Ah oui? Et comment?

Son ton méfiant et quelque peu sarcastique amena un sourire qui fendit en deux le long visage de l'as du billard.

— Ce n'est peut-être pas le bon moment pour discuter de ça. Pour l'instant, je préfère ne pas t'en dire plus long. Jongle un peu à ma proposition, mon Charles. Dans une couple de jours, si t'en as envie, fais-moi signe. Tu sais où me trouver.

— Il est dans la drogue, conclut Steve quand Charles lui eut rapporté leur conversation. Fais attention, bonhomme. Tu vas te retrouver dans la marde jusqu'au cou.

Charles eut un haussement d'épaules :

— Merci de tes conseils, je m'en étais rendu compte, figure-toi donc.

La tempête ayant presque cessé, Steve venait d'appeler Louisa, une petite amie d'origine haïtienne qu'il s'était faite durant l'été à Pointe-Saint-Charles, et l'avait convaincue de venir les rejoindre. Ils se rendirent tous les trois chez Marlène ; Charles n'avait pas vu celle-ci depuis une dizaine de jours. Elle semblait ne pas trop lui en vouloir et posa un long baiser humide sur sa bouche. Louisa était un petit bout de femme pétulante et nerveuse. C'était son premier hiver au Québec. La tempête de neige l'avait plongée dans un ravissement dont rien ne semblait pouvoir la tirer. Elle voulait à tout prix aller jouer dehors. Marlène la regardait avec un sourire condescendant.

— On pourrait se construire un fort, proposa Steve, qui voulait faire plaisir à son amie.

— La neige ne collera pas, objecta Marlène, il fait trop froid.

— On n'a qu'à l'arroser, répondit Charles, et notre fort va durer jusqu'au printemps. On pourrait même le vendre au Club Med !

Ils s'amusèrent jusqu'à la nuit tombante à assembler les blocs de neige, heureux comme des enfants. De temps à autre, ils allaient se réchauffer dans l'appartement et buvaient du café. Louisa, vaincue par le froid, avait fini par s'assoupir sur le canapé.

Ils consacrèrent la soirée à de tout autres occupations.

40

Le 6 mai, durant la nuit, un incendie éclata à l'arrière de l'entrepôt de la quincaillerie Fafard. Un comptable insomniaque qui promenait son chien aperçut un panache de fumée au-dessus de la cour et de petites flammes courtes qui frétillaient diaboliquement au bas d'une fenêtre grillagée, et poussa un «ho!» d'indignation. Comme il était fils, petit-fils et arrière-petit-fils de pompier, et que le feu était considéré chez lui comme un ennemi héréditaire dont la domination constituait un devoir moral, il s'élança vers la porte la plus proche et se mit à frapper à coups de poing. Personne ne répondant, il tourna la poignée et la porte s'ouvrit.

— Au feu! au feu! hurla-t-il en faisant irruption dans une pièce obscure. Appelez les pompiers, s'il vous plaît!

Un téléphone mural luisait dans la cuisine, faiblement éclairé par une veilleuse. Il s'en empara et s'acquittait de ses devoirs de bon citoyen lorsqu'il aperçut une petite vieille qui l'observait à quelques pas, toute tremblante dans sa chemise de nuit de coton rose. Il lui fit signe d'aller à la fenêtre du salon voir ce qui se passait dans la rue et poursuivit sa conversation avec la réceptionniste. Un «ho!», étouffé cette fois, suivi d'un «doux Seigneur Jésus, pitié pour nous!», lui indiqua que la raison de sa présence inopinée chez la dame était suffisamment claire pour lui éviter une scène désagréable. Il raccrocha, alla tapoter gentiment l'épaule de son hôtesse involontaire qui claquait des dents à la vue des nuages de fumée dans la rue, puis rejoignit les quelques badauds déjà rassemblés sur les lieux, tandis que les sirènes des pompiers réveillaient tout le voisinage.

Pendant ce temps, Fernand Fafard, étendu sur son lit, la mâchoire crispée, les bras et les jambes raidis, faisait des embardées affolantes au volant d'un semi-remorque géant dans l'échangeur Turcot, chose tout à fait plausible, d'ailleurs, puisqu'il n'avait jamais conduit pareil véhicule. Aussi, quand Lucie le réveilla pour lui annoncer que le feu était pris à la quincaillerie, se trouvait-il dans l'état d'esprit approprié pour recevoir une pareille nouvelle. Quelques minutes plus tard, il arrivait, lugubre, à son magasin, accompagné de sa femme, de ses deux enfants et de Charles, dont l'expression de consternation et de colère attira les regards de quelques personnes.

Fafard ne sut jamais quelle bonne âme il devait remercier pour la rapidité avec laquelle on avait alerté les pompiers ; à son arrivée sur les lieux, ces derniers avaient déjà réussi à maîtriser les flammes. La bonne âme en question, un peu fatiguée par sa nuit et voyant que son Ennemi avait subi une cuisante défaite, était retournée à son domicile pour essayer d'attraper une heure ou deux de sommeil.

Le feu avait endommagé un mur, détruit un peu de marchandises et s'était arrêté près d'une étagère de bidons de peinture, de solvants et de diluants qui, une fois atteints, auraient transformé l'entrepôt en brasier et la quincaillerie en souvenir. L'eau et la fumée avaient causé des dégâts assez importants. L'élément déclencheur de l'incendie s'était dévoré lui-même, comme cela arrive souvent, détruisant du même coup les indices du crime. L'expert en sinistres, appelé le lendemain matin, évalua les dommages à dix mille dollars et félicita Fernand Fafard pour sa bonne chance.

— Façon de parler, marmonna le quincaillier d'un air sombre.

Lucie, le teint délavé, les tendons de la gorge saillants comme ceux d'une vieille femme, lui serra le bras dans un geste d'encouragement.

Fernand Fafard était dévasté. Il l'avait échappé belle cette fois-ci, mais une prochaine fois surviendrait, qui serait la bonne. Les traits affaissés, le regard perdu, il se promenait dans son magasin en marmonnant des mots inintelligibles. Henri l'observait en silence, stupéfait ; en quelques heures, son père semblait avoir vieilli de dix ans ; le colosse à la voix grondante ressemblait à un homme brisé. Lucie, assise sur un comptoir, les jambes pendantes, ses sandales balançant au bout de ses pieds, s'épongeait les yeux avec un vieux chiffon, tandis que Charles et Céline avaient commencé à nettoyer l'entrepôt.

Charles s'arrêta tout à coup devant la jeune fille, un porte-poussière rempli de débris à la main et, d'une voix étranglée, avec une expression de rage qui faisait saillir sa mâchoire inférieure et le rendait presque laid :

— Il ne l'emportera pas, Céline, crois-moi. Je vais m'occuper de lui.

— Qu'est-ce que tu vas faire ?

Il se contenta de secouer la tête et poursuivit son travail en silence. Une demi-heure plus tard, après avoir avalé en vitesse un déjeuner que Lucie avait commandé d'un restaurant voisin, il partait pour l'école. À la récréation, il prit à part Blonblon et lui raconta les derniers événements ; il lui fallait parler à quelqu'un, la colère et la peur l'étouffaient.

— Je vais aller le trouver, décida son ami dans un noble élan de générosité. Je vais essayer de vous réconcilier. Oui, Charles, il faut essayer. Je ne suis pas mêlé à vos histoires, ce sera donc facile pour moi de servir d'intermédiaire pour négocier quelque chose... Charles ! Charles, écoute-moi, je t'en prie : discuter, c'est toujours mieux que de se battre ! Le pire qui peut m'arriver, c'est de perdre mon temps. Tandis qu'une bataille, alors là...

Et il secoua la tête d'un air navré.

Charles l'écoutait, bouche bée, soufflé par tant de candeur. Il refusa tout net son offre.

— Je t'en prie, Charles, supplia l'autre, laisse-moi essayer... Qu'est-ce que tu risques ?

— Ma foi, Blonblon, tu deviens niaiseux. Vraiment, je te verrais Témoin de Jéhovah ou quelque chose du genre. As-tu commencé à faire du porte-à-porte ? On n'est plus à la petite école, Blonblon. Il ne s'agit plus de régler un cas de bousculade dans un corridor. Réveille-toi ! Mon père, c'est une crapule, une vraie ! Il a déjà voulu me tuer ! L'as-tu oublié ? J'ai dû changer de famille à cause de lui. Il ne travaille plus, parce qu'il n'est plus capable de travailler, mais il boit ou il se drogue, ou les deux, je ne sais pas, et il a besoin d'argent, de beaucoup d'argent, et il fera n'importe quoi pour en obtenir. Il nous l'a prouvé cette nuit, Blonblon. C'est un miracle que la quincaillerie n'ait pas brûlé et que Fernand ne soit pas le cul sur la paille. En allant voir mon père, tu vas l'alerter et me rendre la tâche encore plus difficile.

— Tu prends la mauvaise direction, Charles, et tu vas le regretter.

— Je regretterais plutôt de n'avoir rien fait.

— Je sais parler aux gens, Charles, tu m'as déjà vu à l'œuvre. Tiens, pas plus tard que jeudi dernier, Laframboise voulait péter la gueule à Mathieu Laplante parce qu'il prétendait que l'autre lui avait volé sa blonde. Eh bien! je lui ai parlé un petit quart d'heure, tout doucement, en lui expliquant qu'on ne pouvait pas voler la blonde de quelqu'un comme on lui vole un canif ou une bicyclette, que le vrai problème devait se trouver entre elle et lui, et que c'est à elle qu'il devait s'adresser – et lui poser des questions. J'ai bien dit : *poser des questions*, et non pas l'engueuler ou la traîner dans la rue par les cheveux. Quand tu te bats, tu n'apprends rien. Quand tu poses des questions, tu risques d'obtenir une réponse et d'apprendre quelque chose. Et, alors, tu peux corriger ce qui ne va pas.

— Dans quel livre as-tu appris tout ça, mon beau Témoin?

— Dans aucun livre, Charles. Ça vient de ma tête, tout simplement. Et sais-tu ce qu'a fait Laframboise? Il a suivi mes conseils; Phaneuf m'a annoncé hier qu'il l'avait vu avec Doris au restaurant Lafayette et que les choses avaient l'air de s'arranger. Qu'est-ce que tu dis de ça, Charles?

— Laframboise, ce n'est pas mon père.

— Quand tu réussis à trouver les mots qu'il faut, Charles, tu arrives presque toujours à toucher ce qu'il y a de bon en quelqu'un – et il y a du bon en chacun de nous, crois-moi.

— Plus chez mon père, Blonblon. Il y en a peut-être eu, autrefois... Mais le vice a tout dévoré. C'est ça, une crapule, Blonblon.

Et il termina la discussion en l'avertissant que la moindre tentative d'intervention de sa part auprès de Wilfrid Thibodeau mettrait fin à leur amitié. Blonblon inclina la tête en soupirant et ils retournèrent en classe.

Dans la soirée, Charles se rendit à la salle de billard Orléans. Il n'avait pas encore de projet précis. Tout ce qu'il savait, c'est qu'il lui fallait beaucoup d'argent, et vite. Aucun obstacle ne l'arrêterait.

René De Bané, assis à une table, buvait de la bière en compagnie de deux jeunes hommes à la moustache rachitique et au visage osseux, qui semblaient des frères ; Charles ne les connaissait pas. En l'apercevant, le mécène au pantalon avachi agita joyeusement ses longs bras de singe :

— Charlot ! mon beau Charlot ! viens prendre une bière avec nous autres !

Et il lui présenta ses compagnons, qui se contentèrent de lui jeter un regard distrait et continuèrent leur conversation.

— Je voudrais te parler, murmura Charles à De Bané en prenant place près de lui.

— Juste à te voir la face, je le savais, mon Charlot, et ça ne m'a pas surpris une miette, parce que t'es un gars intelligent et qu'un gars intelligent ne laisse jamais passer une bonne occasion. Mes moineaux, fit-il en se tournant vers les jeunes hommes, il faut que je vous laisse, car j'ai à discuter avec monsieur. Je vous revois tout à l'heure.

— Parfait, René, répondirent-ils à l'unisson avec un accent de servilité qui étonna Charles.

— J'ai une envie de hot-dog tout à coup, annonça De Bané en descendant l'escalier qui menait à la rue. On va aller en face, si tu veux. À cette heure-ci, c'est toujours tranquille.

Les trois principales caractéristiques du casse-croûte Angèle Hot-Dog étaient :

1. son linoléum bleu pâle (lorsqu'il était lavé), dont un grand rond d'usure devant le comptoir laissait voir le sous-plancher de contreplaqué (qui allait aussi en s'amincissant) ;

2. les longues parties de cartes qu'y faisaient des retraités volubiles entre huit heures et onze heures du matin dans la fumée des cigarettes et l'odeur du suif bouillant ; et

3. son absence presque totale de clientèle le soir, ce qui n'empêchait pas sa persévérante propriétaire, année après année, de garder le restaurant ouvert jusqu'à vingt-deux heures, dans l'attente d'un changement d'habitude qui ne se produisait jamais. Quant à ses hot-dogs, ses hamburgers, ses frites et sa poutine, ils valaient ceux de n'importe quel établissement du même genre.

De Bané commanda trois hot-dogs relish-moutarde-ketchup, dont les couleurs vives et tranchées rappelaient certains tableaux de la peinture expressionniste allemande, et les engouffra avec la rapidité d'un crocodile avalant un moineau. Puis il parla à voix basse à Charles, assis en face de lui, l'air tendu et vaguement maussade, tournant de temps à autre sa longue tête étroite afin de vérifier si la vieille Angèle somnolait toujours au bout de son comptoir.

L'entretien dura environ une demi-heure. Les deux hommes se quittèrent devant le restaurant et l'adolescent retourna chez lui, songeur. Il avait promis une réponse pour le lendemain. Laissant bientôt la rue Ontario, il s'enfonça dans une ruelle obscure et déserte, parsemée de dos d'âne et bordée de cours minuscules où donnaient des arrières de logements. Il avait besoin de silence et de solitude – et aussi de sommeil, car le court entretien qu'il venait d'avoir avec De Bané l'avait curieusement épuisé.

Il avançait d'un pas rapide, le regard au sol, lorsqu'un coup de pistolet lui fit lever la tête. Le bruit venait d'une fenêtre entrouverte à quelques mètres à sa droite. On avait écarté les rideaux, sans doute pour rafraîchir un peu la pièce. Un gros homme à cheveux blancs, affalé dans un fauteuil, la chemise déboutonnée, regardait la télévision ; son air pitoyable et découragé faisait peine à voir. On aurait dit un naufragé abandonné sur un glacier à la dérive. Charles l'observait, tout saisi. Il aurait eu envie d'aller frapper à sa porte pour lui parler, le réconforter, lui confier ses tourments, car il se sentait exactement comme lui. Abandonné. Et à la dérive.

◆

Il dormit d'un sommeil si agité cette nuit-là que Bof décida, pour une fois, d'aller passer le reste de la nuit avec Henri. Au matin, Lucie lui trouva un teint de fond de chaudron :

— Es-tu malade, Charles?

D'une petite voix aigre, il lui assura qu'il se sentait tout à fait bien. Fernand, qui promenait un regard morne sur les manchettes du *Devoir*, leva la tête, l'observa une seconde, puis se remit à sa lecture. Tendant la tête par la porte de la salle de bains, Céline adressa à Charles un sourire inquiet. Il répondit par une sorte de grimace et se rendit à sa chambre chercher un livre d'école. Hachiko, assis sur sa commode, l'observait, imperturbable, tandis que le soleil répandait sur son corps des taches de feu. Charles leva la tête vers la statuette. Sous l'effet des jeux de lumière, on aurait dit que ses flancs palpitaient. Alors il s'avança vers le chien et, plongeant son regard dans ses yeux de bronze :

— Est-ce que la fidélité va jusque-là, Hachiko? murmura-t-il dans un souffle. Dis-le-moi. Est-ce qu'elle va si loin?

Un frémissement sembla parcourir son museau et Charles eut l'impression que sa gueule allait s'ouvrir. Mais Hachiko garda pour lui ses pensées et continua de se chauffer silencieusement au soleil.

Ce jour-là, Charles fut présent physiquement à chacun des cours, mais on l'aurait plongé dans l'embarras en lui demandant de résumer un seul d'entre eux. Cupidon Goulet, la professeure de chimie (surnommée évidemment Cucul), excédée par ses absences, lui demanda s'il désirait aller dormir chez lui. Il répondit, au grand amusement des élèves, qu'il se reposait très bien en classe, puis sortit méditer son mot d'esprit dans le corridor.

Durant la pause du matin, Blonblon voulut lui parler à deux ou trois reprises, mais Charles s'arrangea chaque fois pour éviter de se trouver seul avec lui. Blonblon l'appela chez lui dans la soirée; Charles se contenta de lui annoncer laconiquement qu'il continuait à « réfléchir à une solution » et fit dévier la conversation lorsque son ami voulut obtenir des détails. Une heure plus tard, Blonblon, de plus en plus inquiet, appelait de nouveau.

Charles fit dire par Céline qu'un gros mal de tête l'avait forcé à se coucher et qu'il le verrait le lendemain.

Mais à vingt-deux heures, il quitta la maison, sous prétexte de prendre l'air, et se rendit à la salle de billard Orléans. René De Bané jouait une partie avec un des jeunes hommes à moustache rachitique qu'il avait vus la veille. Charles le prit à part :

— Je laisse tomber, lui annonça-t-il, ça ne me tente plus.

— T'es fou, Charles ! Je t'offre une occasion en or, et sans aucun risque !

— C'est ce que tu dis.

De Bané le regarda une seconde, puis, portant la main à sa poche, sortit son portefeuille, qu'il entrouvrit sous ses yeux, et passa le pouce sur une épaisse liasse de billets de banque qui émit un délicat froufroutement.

— Si mes affaires ne marchaient pas, mon Charles, est-ce que je pourrais te montrer autant de beaux bidous ? T'as plein de cent piastres là-dedans, et tout le reste, des vingt ! Un portefeuille de ministre !

Charles eut un moment d'hésitation, puis :

— Ça m'est égal. Je ne veux pas m'embarquer là-dedans. Trop sale.

De Bané porta la main à son visage et étira lentement ses joues. Son regard jusque-là chaleureux et amical avait pris une fixité glaciale :

— Comme tu veux, mon gars... Je n'ai jamais tordu le bras à personne. Mais je compte sur ta discrétion, hein ? Les grandes gueules, des fois, perdent leurs dents...

◆

Un soir de juin après le souper, Lucie venait de demander pour la troisième fois à Henri de remplir le lave-vaisselle et de ranger la cuisine, puisque son tour était venu de le faire, et l'adolescent, pour la troisième fois, venait de refuser, de plus en plus insolent, alléguant avec une certaine perfidie que sa sœur, lorsqu'elle avait été de corvée durant la semaine, avait bâclé son travail et que c'était donc à elle de le remplacer, lorsque Fernand, tiré de sa sieste par la querelle, apparut dans le salon et intima l'ordre à son fils de s'exécuter sur-le-champ.

— Pas question! répondit l'autre, le menton dressé, le regard provocant.

Alors, saisissant Henri à bras-le-corps, il le transporta jusqu'à la porte arrière, qu'il ouvrit d'un coup de pied, et le jeta dans la cour, où, fort heureusement, le garçon atterrit sans se faire mal.

— Si tu ne veux pas suivre les règles de la maison, mugit le quincaillier d'une voix méconnaissable, va vivre ailleurs!

Dans toute l'histoire de la famille Fafard, et même en reculant à la génération antérieure, pareille scène ne s'était jamais vue. Céline, Lucie et Charles, horrifiés, fixèrent en silence le quincaillier tandis qu'il retournait dans sa chambre à coucher avec le balancement sinistre d'un ours dérangé dans son sommeil hivernal, et chacun comprit que quelque chose ne tournait plus rond dans la tête du pauvre Fernand.

Il faut dire que, la veille, un de ses fournisseurs les plus importants, réagissant à la décroissance continue de ses commandes, lui avait annoncé une diminution de la remise qu'il lui accordait jusque-là; puis une voisine du magasin était allée le trouver dans l'après-midi pour lui apprendre qu'elle avait aperçu la nuit d'avant des ombres qui rôdaient dans la cour derrière l'entrepôt.

Deux heures plus tard, Fernand présentait ses excuses à son fils qui, un peu effrayé, les accepta de bonne grâce, et tout le monde, après un profond soupir de soulagement, considéra l'affaire comme classée, la rangeant dans le rayon des mauvais souvenirs.

Mais le lendemain matin Fernand refusa de se lever pour aller à son travail en invoquant une fatigue extrême et un infini dégoût pour les choses de ce monde. Ce jour-là, Lucie dut se démener toute seule au magasin. Le soir, à son retour à la maison, elle trouva Fernand aussi prostré qu'au matin. Parfait Michaud, appelé au chevet de son ami, essaya en vain de le ranimer.

— C'est comme essayer de faire chanter un poteau de téléphone, dit-il à Lucie en secouant ses longues mains d'un air impuissant. Ton mari est très malade, ma chère. Il faut appeler le médecin.

Lorsqu'elle lui en parla, Fernand répondit que, malgré sa fatigue, il trouverait la force de jeter également le médecin en dehors de sa maison. Qu'on lui fiche la paix une fois pour toutes, ordonna-t-il dans un souffle, le regard féroce. Plus rien ne l'intéressait désormais et, moins que tout, son commerce, destiné de toute façon à la faillite ou aux flammes.

Charles comprit alors qu'il n'avait plus le choix et qu'il devait à tout prix sauver de la ruine l'homme qui s'était si généreusement porté à son secours autrefois. Il quitta sans bruit la maison et se dirigea à grands pas vers la salle Orléans.

Il n'eut même pas à s'y rendre, tant il est vrai qu'il a toujours été plus facile d'attraper la queue du diable que d'échapper à ses malicieuses attentions.

René De Bané, qui avait troqué ce jour-là son pantalon de jogging bleu poudre contre un pantalon fuchsia du plus curieux effet, prenait l'air dans la rue Ontario, cigarette au bec, le dos appuyé à la vitrine obscure d'un nettoyeur – à moins qu'il ne fût en train d'attendre quelqu'un pour une discussion en toute intimité.

Charles l'aperçut le premier, pâlit légèrement et marcha droit sur lui.

— Hé! salut, mon beau Charles! fit ce dernier en le voyant apparaître.

Et il secoua ses longues jambes dans une sorte de pas de danse, comme si l'expression de l'adolescent lui avait indiqué que ses patients efforts venaient enfin de porter leurs fruits.

— J'ai repensé à ton affaire, déclara Charles en se plantant devant lui. Je suis prêt à marcher, maintenant.

— Je le savais, je le savais, jubila à voix basse l'homme aux mystérieuses occupations. Je me disais que t'étais trop intelligent pour laisser passer une occasion de même. Quand travailles-tu à la pharmacie?

— Demain.

— À quelle heure?

— Au début de la soirée, un peu avant sept heures.

— Alors, écoute-moi bien. Je vais t'attendre ici même à six heures trente pour te remettre ce qu'il te faut. T'apporteras ton sac d'école avec toi. Si ton *boss* te demande pourquoi, tu lui expliqueras que tu voudrais repasser des leçons entre deux courses – ou invente autre chose, si tu veux, moi, je m'en fiche, pourvu que ça colle.

Et il se mit à lui expliquer minutieusement la façon dont il devait procéder.

41

Au début des années 1980, les psychotropes n'avaient pas encore fait leur apparition. La pharmacopée psychiatrique reposait essentiellement sur les anxiolytiques (notamment le Valium et le Librium), utilisés depuis deux décennies et très populaires chez les accros. Le Valium se vendait sous forme de comprimés et le Librium, en capsules. Les placebos, presque disparus aujourd'hui, existaient sous plusieurs formes, pour le plus grand profit des trafiquants de drogue qui s'approvisionnaient frauduleusement dans les pharmacies en pratiquant des substitutions. Les capsules s'ouvrant alors facilement, les trafiquants remplaçaient le Librium par de la farine ou de l'amidon et le Valium par de faux comprimés.

La façon la plus sûre et la plus commode de pratiquer cette fraude à petite échelle était de se gagner la connivence d'un livreur. C'est ce que René De Bané venait de réussir, sans connaître les causes de son succès.

Le lendemain à six heures trente, il remettait à Charles une agrafeuse et deux cents faux comprimés et capsules. Durant ses livraisons, Charles n'avait qu'à faire sauter les agrafes qui scellaient le sac de papier contenant le médicament, opérer la substitution, puis réagrafer le sac. Comme il livrait chaque jour trois ou quatre commandes d'anxiolytiques et que De Bané avait offert de le payer un dollar par capsule ou comprimé, l'affaire s'avérait très lucrative.

— Mais attention, mon Charles, prévint le revendeur, dont les manières coulantes et l'allure bouffonne avaient soudain fait place à une gravité froide et sourcilleuse. Pour que notre combine marche, il faut savoir se servir de sa tête, y aller toujours mollo, bien mollo, hein, et ne jamais prendre de risques, même quand c'est tentant.

L'adolescent, étonné par ce brusque changement de ton et qui avait l'impression de se trouver devant un inconnu, hocha la tête, un peu effrayé, regrettant déjà d'avoir donné son accord.

— Autre chose : moi, je dépends de toi, toi, tu dépends de moi. Si l'un de nous deux s'accroche le pied quelque part, l'autre va tomber aussi. *Capiche ?* Il faut donc toujours penser pour deux. Si tu te mets à penser juste à toi, l'envie va peut-être te prendre un jour de me tromper, on ne sait jamais, hein ? Mais dis-toi bien, mon Charles, que je vais toujours finir par m'en apercevoir – et bien plus vite que tu ne pourrais l'imaginer, parce que j'ai un maudit bon nez pour ça, crois-moi. Si jamais ça arrivait, eh bien, mon petit gars...

Il leva les mains avec un haussement d'épaules, laissant entendre que les choses alors suivraient leur cours sans qu'il puisse rien y changer.

Puis il éclata de rire.

— Bonne chance ! lança-t-il en lui donnant une tape sur l'épaule. On se revoit mercredi prochain à la salle Orléans, huit heures tapant. Ça va ?

◆

Charles n'avait aucun projet précis en ce qui concernait son père. La seule évidence qui s'imposait à son esprit, c'était qu'il lui fallait encore de l'argent, beaucoup d'argent. Achèterait-il la paix? Payerait-il quelqu'un pour mettre Wilfrid Thibodeau hors d'état de nuire? Cette dernière hypothèse lui paraissait horrible, mais il ne l'avait pas rejetée et réservait sa décision pour plus tard. Le flou qui l'entourait pour l'instant lui permettait d'agir. Jamais il n'aurait eu la force de jeter un regard jusqu'au bout du chemin dans lequel il venait de s'engager.

Il avait vu bien des fois monsieur Lalancette puiser dans les pots de verre ambré qui contenaient ces médicaments que tant de malades réclamaient pour trouver une paix qu'ils n'étaient plus capables de faire régner en eux par leurs propres moyens. Il fallait les utiliser, disait le pharmacien, avec modération et prudence, car leur emploi régulier finissait par entraîner une forte dépendance. Et il lui avait parlé du trafic qui existait, cauchemar des pharmaciens et piège fatal pour certains d'entre eux. Heureusement, le sort l'avait jusqu'ici prémuni contre ce genre d'histoires, sauf une fois, il y avait plusieurs années, où il avait surpris un de ses livreurs en train de traficoter une ordonnance.

— Je l'ai aussitôt renvoyé. Il pleurait en me disant que c'était la première fois, qu'il ne recommencerait jamais plus. Rien à faire. Ce genre d'individus, Charles, je m'arrange pour les tenir loin de moi. Ils me lèvent le cœur!

Et une grimace de dégoût était alors apparue sur son visage d'ordinaire aussi expressif qu'une pièce de bois.

Eh bien, ce livreur s'appelait Charles, à présent. Mais, contrairement à l'autre, ce n'était pas l'attrait du gain qui le poussait à cette combine dégradante, mais la générosité et la reconnaissance. Le résultat demeurait cependant le même. À compter de ce jour, il faisait partie de l'ignoble confrérie des voleurs. Et la haine qu'il ressentait pour son père s'en trouva augmentée.

La semaine se révéla fructueuse: en trois jours, il fit une douzaine de livraisons d'anxiolytiques, qui se retrouvèrent dans le fond de sa poche, remplacés par la camelote de son ami De

Bané. Mais deux fois il n'eut pas le cœur d'opérer la substitution.

La première se produisit lors d'une livraison chez Amélie Michaud, qui venait de se faire prescrire des Valium. Comment aurait-il pu faire un coup aussi dégueulasse à cette femme bizarre et fragile qui lui avait toujours manifesté de l'affection? Il sonna à sa porte et lui remit le sac, évitant son regard.

— Qu'est-ce que tu as à rougir comme ça? s'étonna-t-elle. Quelque chose qui ne va pas?

— Non, pas du tout, bafouilla-t-il en empochant son pourboire.

Il la salua et partit aussitôt, se disant débordé.

La seconde fois eut lieu trois jours plus tard et l'affaire le mit dans tous ses états.

Le client demeurait dans une des Tours Frontenac et il allait chez lui pour la première fois. L'homme devait être dur d'oreille ou endormi, car, au quatrième coup de sonnette, on n'avait toujours pas répondu. Charles allait partir lorsqu'un traînement de pieds se fit entendre et que la porte s'ouvrit. Un vieillard apparut devant lui, si décrépit et l'œil rempli d'une telle angoisse que l'adolescent en demeura saisi.

— Enfin, soupira l'homme, ce n'est pas trop tôt... Combien je te dois?

Charles lui montra la facture agrafée au sac. Le vieillard sortit péniblement de sa poche un porte-monnaie de cuir craquelé à fermoir de laiton et voulut l'ouvrir. Mais sa main tremblait tellement qu'il n'y parvenait pas; il demanda finalement à Charles de le faire à sa place et de se payer.

— Prends-toi cinquante sous pour ton pourboire... Oui, oui, prends-le, prends-le, tu le mérites. Merci, merci beaucoup.

Il referma la porte et Charles, immobile dans le corridor, écouta son pas saccadé et flageolant qui s'éloignait, puis se dirigea lentement vers l'ascenseur, consterné. Le pauvre vieux n'en menait pas large, ça sautait aux yeux. Comment se débrouillerait-il sans médicaments? Combien de temps durerait son martyre? Qui sait? c'était peut-être un suicidaire. Il y en avait pas mal chez les personnes âgées, avait dit un jour le pharmacien Lalancette.

Accablées de maladies et d'infirmités, et souvent seules au monde, elles décidaient un jour de s'en libérer d'un coup, crac! comme ça. Voyant que les pilules n'agissaient pas, peut-être que le pauvre vieux allait s'ouvrir les veines ou se jeter par une fenêtre?

Il rumina ces noires pensées jusqu'à la sortie de l'édifice, puis s'arrêta, incapable de faire un pas de plus. L'idée de laisser cet homme aux prises avec son mal lui bloquait les jambes et mettait son estomac sens dessus dessous. Cette histoire, il le voyait bien, ne lui sortirait plus de la tête pendant des jours et des jours et le forcerait peut-être à abandonner son petit commerce. Bien avancé alors!

Quelques minutes plus tard, il sonnait de nouveau à la porte du vieillard.

— Une erreur? s'étonna ce dernier. Mais... mais j'ai déjà pris deux pilules!

Il se mit à trembler si fort qu'il dut s'appuyer contre le chambranle.

— C'est pas grave, monsieur, lui assura Charles en essayant de cacher son désarroi, c'était le bon remède, mais pas assez fort pour vous. On s'est mêlés dans les factures. Excusez-nous. Il faut que je vous reprenne vos pilules. Je vais vous en rapporter d'autres, ça ne prendra pas dix minutes, je vous le promets, fiez-vous à moi.

L'autre le regardait, hébété, les bras ballants, le visage tordu de tics, au bord de l'affolement.

— Eh bien! monsieur, s'impatienta Charles tout à coup, décidez-vous, bon sang! Les voulez-vous, vos remèdes, à la fin?

— Oui, oui, je les veux, bien sûr, bafouilla l'autre en le quittant avec précipitation.

Il y eut la chute d'un objet pesant dans une pièce, suivi d'un long soupir, puis l'homme réapparut, le devant de son pantalon trempé.

— Mais... com... ment vous en êtes... vous aperçu? s'enquit-il en lui remettant le sac à demi déchiré.

— Ça m'est revenu, c'est tout, répondit durement Charles en tournant les talons.

Il regrettait déjà son geste. Que répondrait-il à monsieur Lalancette si le bonhomme téléphonait à la pharmacie? On s'apitoie sur un inconnu et, de fil en aiguille, on finit par se retrouver dans le pétrin. Niaiseux!

Retiré dans les toilettes d'un restaurant, il échangea de nouveau les comprimés et les rapporta au client. Ce dernier le reçut, cette fois, avec mauvaise humeur, en grommelant quelque chose qui semblait manifester du regret d'avoir remis à Charles un si généreux pourboire. Il ne se plaignit jamais à la pharmacie et l'affaire n'eut pas de suite, mais Charles se promit de ne jamais plus céder aux élans de sa compassion – et tint sa promesse.

◆

Même les crapules respectent parfois leur parole. De Bané respectait la sienne, payant Charles sur livraison de la marchandise et selon le tarif fixé. Il ne posait pas trop de questions, se montrait d'excellente humeur, mais n'invitait plus Charles au restaurant, alléguant qu'il n'était pas bon qu'on les voie ensemble trop souvent. Charles savait qu'à cette raison s'en ajoutait une autre, toute simple: pourquoi continuer de régaler quelqu'un après avoir obtenu de lui ce qu'on désirait? Du reste, il aurait refusé ses invitations, car la compagnie du trafiquant lui était devenue pénible et il cherchait le plus possible à l'éviter. En fait, il le haïssait.

Il se demanda un jour quelle était la personne, parmi celles qu'il avait connues, qui lui avait inspiré le plus de haine: Conrad Saint-Amour, le pédéraste? Gino Guilbault, l'exploiteur d'enfants? Robert-Aimé Doyon, le directeur d'école sadique? Ou De Bané? De Bané rivalisait avec Saint-Amour. Mais il avait un avantage sur ce dernier: grâce à lui, le compte en banque de Charles grossissait à une belle vitesse: au début de juillet, l'adolescent possédait déjà la jolie somme de six cents dollars.

Une autre compagnie lui pesait de plus en plus, mais, celle-là, il était forcé de l'endurer : c'était la sienne propre. Charles se considérait désormais comme un criminel. Petit criminel, mais criminel quand même. Dans la catégorie minable des pick-pockets, des fabricants de fausse monnaie, des vendeurs de sirop de poteau, des inventeurs d'élixir de longue vie. À bien y réfléchir, il dépassait sans doute tout ce beau monde en mocheté. À cause de lui, des malades étaient privés de leurs médicaments, tandis que de pauvres types, de plus en plus asservis à leur drogue, devenaient malades. Monsieur Lalancette avait souvent critiqué devant lui la mode des anxiolytiques ; depuis quelques années, beaucoup de médecins les prescrivaient à tort et à travers ; c'était une façon commode de se débarrasser de leurs patients et d'en voir davantage chaque jour, avec les revenus qui en découlaient. Mais pour beaucoup de malades cet adjuvant était nécessaire. Charles, le gentil garçon, les en privait. Ses bonnes intentions ne changeaient rien à l'affaire : en agissant de la sorte, il se salissait. On ne pouvait pas marcher dans le beurre sans se graisser les pattes, avait dit autrefois un vieux client de Chez Robert.

Un jour, en revenant d'une course, il rencontra Jean-René Dupras, son ancien professeur de français à l'école Jean-Baptiste-Meilleur. Charles avait toujours éprouvé de l'attachement pour cet homme qui l'avait aidé sur le chemin cahoteux du cours secondaire. Dupras s'était marié l'année d'avant et avait déjà deux enfants. Son visage s'était un peu empâté, marqué à présent de pattes-d'oie, mais conservait son air de jeunesse. Il serra la main de Charles avec effusion, comme à un adulte, et l'invita même à prendre un café dans un restaurant tout près. Ils causèrent pendant une vingtaine de minutes et Charles vint à deux doigts de lui confier ses tourments, mais n'en eut pas le courage, car il craignait de perdre son estime.

La vue des pilules, de n'importe quelle pilule, lui causait du dégoût. À la pharmacie, son regard évitait les pots et les tubes, où il n'y avait pour lui que des reproches. Depuis quelque temps, Fernand prenait des somnifères et des comprimés multivitaminés dans l'espoir de retrouver un peu d'énergie. Lucie avait placé les contenants dans une armoire de la cuisine, près des verres et des assiettes; on l'ouvrait souvent. Il les rangea avec les épices pour ne pas les avoir sous la vue.

Lucie l'observait parfois d'un œil inquiet. Son naturel joyeux et plutôt facile avait fondu dans une tristesse grognonne. Le regard terreux et comme fermé, il ne parlait presque plus à table, laissait son assiette à demi pleine, puis se bourrait de sucreries. «Je parie que son père y est pour quelque chose», se dit-elle un jour. Mal lui en prit de s'informer. Il l'envoya promener.

La nuit, il se réveillait parfois en sursaut, saisi par une indicible angoisse. Un trou dans l'estomac, les pieds glacés, le cœur en cavale, il tournait dans son lit avec l'impression que sa chambre n'était plus qu'une mince coquille projetée sans retour dans le noir intersidéral. L'envie s'emparait de lui de prendre alors une de ces pilules qu'il volait aux malades. Une fois, presque au bord de la panique, il avala un Librium. Une bienheureuse indifférence se répandit en lui, mais au matin il se réveilla dans un tel état de décomposition mentale qu'il se promit de ne plus jamais toucher aux médicaments.

Une hantise le poursuivait: c'était que son père le prenne de court et incendie la quincaillerie, le laissant aux prises avec tout l'odieux de ses actions, devenues désormais inutiles. Il fallait lui faire savoir le plus vite possible qu'il travaillait pour lui et que l'argent qu'il avait réclamé sans succès à Fernand Fafard allait bientôt tomber dans ses goussets. Mais, après leur dernière rencontre, il avait peur d'aller le trouver. Pourtant, la chose pressait. L'offre que lui avait faite Blonblon de lui servir d'intermédiaire lui revint alors à l'esprit. Une réconciliation lui paraissait impossible, bien sûr. Il lui demanderait tout simplement de l'accompagner. Devant un témoin, Wilfrid Thibodeau serait forcé de se contenir et l'écouterait.

Blonblon s'étonnerait sûrement de voir Charles en possession de tant d'argent – et en promettre encore plus! Il fallait donc lui avouer la vérité: il trafiquait de la drogue! C'était risqué. Et puis, non, ce ne l'était pas du tout. Jamais son ami ne le trahirait. Il était aussi incapable d'une pareille action que de s'envoler dans le ciel en agitant les bras. À quelques reprises, Charles avait eu envie de se confier à Marlène, qui l'aimait bien, mais s'y était finalement refusé. Marlène était une brave fille, mais le plaisir de briller et de cancaner l'emportait chez elle sur tout le reste. Blonblon, lui, c'était la droiture et la bonté poussées jusqu'à l'innocence. S'il était né trente ans plus tôt, il serait sans doute devenu missionnaire en Afrique ou au pôle Nord. Et qui disait, après tout, qu'il ne le deviendrait pas? Il y avait des jours où l'on croyait voir une lueur émaner de ses yeux, ce genre de lueur dont sont probablement faits les nimbes qui entourent la tête des saints. Et s'il n'était pas déjà tombé amoureux – et profondément –, on aurait pu croire, en effet, qu'il en était un. Depuis qu'il s'adonnait à son trafic, Charles ne le voyait pas souvent. Un malaise avait refroidi leur amitié. Quand on ne peut tout se dire à cœur ouvert, les mots finissent par nous manquer. Heureusement, avec Blonblon, les liens se renouaient vite.

Une demi-heure plus tard, mû comme par la télépathie, ce dernier sonnait à la porte. Charles le reçut avec joie et se retira aussitôt avec lui dans sa chambre. Bof, réveillé en sursaut, s'ébroua en battant de la queue et sauta pesamment du lit pour venir quêter une caresse.

— T'engraisses, mon pauvre Bof, remarqua Blonblon en le grattant derrière les oreilles, et t'as des poils blancs qui te poussent partout sur le museau.

Charles lui tapota le flanc :

— Il doit avoir douze ans. C'est presque un vieux monsieur. Mais il a encore de bonnes dents, crois-moi! L'autre jour, il a mis en charpie la moitié de la robe de chambre de Céline parce qu'elle avait refusé de lui donner un morceau de poulet.

Blonblon s'accroupit devant le chien et le fixa droit dans les yeux :

— T'es un méchant garçon, sais-tu? Tu dois te faire botter le cul plus souvent qu'à ton tour, toi!

— Si je n'avais pas été là, je pense que Fernand l'aurait étripé.

Bof, qui sentait qu'on parlait de lui, et pas en bonne part, se renfrogna quelque peu; des images de ratine en lambeaux, de visages furieux et de mains dressées en l'air apparurent dans sa tête, tandis que son nom résonnait de nouveau, accompagné de cris et de phrases menaçantes; il se mit à fixer le plancher, tout penaud, attendant que l'attention de Charles et de Blonblon se porte ailleurs.

— Comment va monsieur Fafard? demanda alors Blonblon.

— Pas très bien. Le docteur dit qu'il fait une dépression. On ne le voit presque plus à la quincaillerie. Lucie doit s'occuper de tout, et elle commence à traîner la patte. Je vais peut-être lâcher l'école pour lui donner un coup de main. À moins que...

Charles se troubla, sortit un paquet de cigarettes de sa poche, mais l'y glissa de nouveau, car il était strictement défendu de fumer dans la maison:

— C'est justement à ce sujet que je voulais te voir, Blonblon. Il y a seulement à toi que je peux en parler.

Et, assis sur le bord de son lit, il se mit à lui décrire le curieux plan de sauvetage qu'il avait mis à exécution un mois plus tôt. Blonblon l'écoutait, sidéré, essayant de contenir son indignation. Il le laissa s'expliquer jusqu'au bout sans l'interrompre une seule fois. Puis, lorsque Charles se tut, il se contenta de pousser un profond soupir.

— Tu me trouves dégueulasse, hein?

Un silence suivit. Blonblon se gratta un genou, puis le bout du nez, cherchant ses mots, mais cherchant surtout à mettre de l'ordre dans son esprit.

— Non, Charles, dit-il enfin. Tu n'es pas dégueulasse. Être dégueulasse, ce n'est pas ça. T'es con. Tabarnouche! Ouvre tes yeux! T'es dans la merde jusqu'aux oreilles, mon vieux! Je ne donnerais pas cher de ta peau... Ce De Bané peut faire de toi tout ce qu'il veut maintenant. Le réalises-tu? Réalises-tu que tu risques la prison, Charles? Et tout ça pour aider Fernand! Mais, si tu te fais prendre, qui pourra t'aider, *toi*? Personne! Personne, mon vieux!

Charles essaya de le convaincre qu'il n'en était rien, que si le trafiquant essayait de le faire chanter il pouvait lui rendre la monnaie de sa pièce et que du reste, une fois son but atteint, il avait la ferme intention d'abandonner à tout jamais son petit commerce.

Blonblon, abattu, secouait la tête :

— C'est ce qu'ils disent tous, Charles, c'est ce qu'ils disent tous...

Charles rougit et se dressa brusquement :

— Eh bien! moi, je ne suis pas n'importe qui, tu sauras! J'en ai vu d'autres! Et quand j'ai décidé quelque chose, je le fais! Ce n'est pas ce trou de cul qui va diriger ma vie! C'est moi! Et rien que moi!

Il se rassit aussi vite qu'il s'était levé et son visage prit une expression suppliante :

— Seulement, Blonblon, pour réussir mon plan, j'ai besoin de toi... J'ai absolument besoin de toi. Tu ne peux pas me refuser le service que je te demande.

Et il supplia Blonblon de l'accompagner chez son père. La discussion se poursuivit à voix basse et dura longtemps. Bof, couché sur le plancher, le museau entre les pattes, fixait les garçons, perplexe, inquiet. Jamais il ne les avait vus aussi graves et tendus. De temps à autre, il battait de la queue sur le plancher pour tenter de ramener un peu de gaieté dans la chambre, mais ses efforts n'obtinrent aucun succès. Alors, il poussa un long soupir et s'endormit. C'est à peine s'il se rendit compte du départ de Charles et de son ami. Mais, par sa paupière entrouverte, il eut le temps de remarquer que Charles avait l'air rasséréné tandis que Blonblon gardait un visage sombre.

42

Fernand Fafard, étendu sur son lit, fixait le plafond. La chaleur humide qui emplissait la chambre lui avait enlevé le peu de force que la nuit lui avait permis d'amasser. Dans la cour, le vent faisait bouger doucement les branches du tilleul et leur mouvement dessinait au plafond un lacis d'ombre et de lumière qu'il contemplait avec plaisir depuis un long moment.

Vers huit heures, après avoir déjeuné, il s'était habillé avec la ferme intention d'aller travailler à la quincaillerie. Il voyait bien, depuis quelques semaines, que Lucie s'épuisait à la tâche et que le jour approchait où elle atteindrait les limites de sa résistance. Mais cette chaleur humide était tombée tout à coup sur la ville et les trois tasses de café brûlant qu'il avait avalées pour se donner un coup de fouet lui avaient au contraire donné le coup de grâce, et c'est avec l'impression d'être un gros baril d'eau bouillante qu'il avait décidé d'aller se recoucher, ne tenant plus sur ses jambes. Il s'était aussitôt rendormi.

Un claquement de porte l'avait brusquement réveillé. Il avait reconnu la voix de Charles et de son ami Michel Blondin. Ils s'étaient retirés dans la chambre de l'adolescent et une longue discussion avait commencé, dont il ne lui était parvenu qu'un murmure assourdi. Quelque chose dans leur ton lui avait indiqué qu'on parlait de lui. C'était le ton qu'on utilise pour causer d'un mourant, d'un homme d'affaires en faillite, d'une mère sur le point de perdre son enfant. Sans pouvoir saisir un seul mot, il tendait l'oreille, l'œil fixé sur le lacis d'ombre et de lumière, et le sentiment qu'il était complètement, mais alors là complètement foutu se raffermissait en lui de minute en minute. On lui aurait annoncé qu'il souffrait du sida, cette nouvelle maladie qui tuait les gens par milliers, que l'effet aurait été le même.

Les deux garçons avaient finalement quitté la maison et Fernand Fafard s'était retrouvé seul. Tout seul. Seul comme si la Terre venait brusquement de se dépeupler. Seul comme si on l'avait enfermé dans un baril et précipité au fond de l'océan. C'était insupportable. Et il venait de prendre conscience qu'il en avait toujours été ainsi et que c'était l'agitation effrénée dont il avait fait sa règle de vie durant tant d'années qui lui avait caché cette réalité accablante. Il était seul et foutu. La brise qui soufflait par la fenêtre, le matelas moelleux sur lequel il était couché, le mobilier d'acajou de la chambre, le rose délicat des murs, les jeux d'ombre et de lumière au plafond, tout cela n'était qu'une tromperie, une vile tromperie, montée par Dieu sait qui pour lui dissimuler sa situation lamentable et sans issue.

Il se dressa dans le lit, à demi suffoqué. Il fallait faire quelque chose, n'importe quoi. Ça ne pouvait continuer ainsi. Un gémissement sortit de sa gorge, un gémissement qui ne s'adressait à personne, puisqu'il n'y avait personne pour l'entendre. Alors il se leva, chancelant, les bras tendus comme s'il était devenu aveugle, et quitta la chambre. Bof apparut dans le corridor et, en le voyant, se mit à pousser de petits cris plaintifs.

— Allez, viens, toi! murmura le quincaillier dans un souffle.

Il se dirigea vers la cuisine, suivi de l'animal, ouvrit la porte qui donnait sur la cour et l'expulsa d'un coup de pied qui plongea le chien dans une telle stupéfaction que le contenu de sa vessie se retrouva sur le perron. Puis Fernand Fafard se rendit à la salle de bains. Les deux mains appuyées sur le lavabo, haletant, il se regarda dans le miroir de la pharmacie et ce qu'il vit lui fit horreur. C'était donc ça, Fernand Fafard? Un vieil homme au regard fou, aux joues tombantes, au crâne luisant de sueur, cherchant un secours qu'il ne trouverait jamais?

D'un geste brusque, il ouvrit la porte de la pharmacie, qui alla battre contre le mur, et son regard se promena sur les tablettes, dans une quête fébrile pour trouver un soulagement à son mal, n'importe quel soulagement; il aperçut tout à coup un paquet de lames de rasoir.

Une lumière éclatante jaillit en lui. Il s'empara du paquet, le défit, prit une lame et se mit à l'examiner. Un moyen existait pour mettre fin à sa torture. Un moyen tout simple, souvent utilisé, mais qui demandait du courage. Du courage, vraiment? Il en fallait bien plus pour continuer d'endurer son sort!

Il assura la lame entre son pouce et son index et la fit glisser doucement, tout doucement, sur son poignet. Cela causait un léger chatouillement. Il répéta le geste plusieurs fois, pour s'habituer à la sensation et se préparer à *l'autre*, qui le ferait sans doute grimacer.

Et soudain, d'un geste brusque, il entailla la chair. Cela fit comme une vive brûlure, mais très localisée et fort supportable. Le sang jaillit en une petite gerbe pourpre qui tomba dans le lavabo avec un léger bruissement, au rythme des pulsations de son cœur. C'était beaucoup moins spectaculaire qu'on n'aurait cru. Et cela se faisait tout simplement, comme une chose qui allait de soi. Il regardait son sang couler avec une sorte d'attention détachée, la gorge un peu contractée par le trait de feu qui traversait son poignet, étonné de voir combien la chose avait été facile.

Il y avait un escabeau derrière la porte. Le bras gauche toujours tendu au-dessus du lavabo, il l'attrapa de l'autre main, l'ouvrit d'une brusque secousse et s'assit dessus, car ses jambes commençaient à faiblir. L'étourdissement le gagnait. Des points noirs se mirent à voltiger autour de lui, dans une danse de plus en plus folle. Il comprit que dans quelques minutes il allait mourir. Que pouvait bien être la mort? Un chemin sans retour. Pour le reste, on ne savait rien. Le choix qu'il venait de faire abolissait tous les autres, voilà tout.

La sensation de brûlure avait presque disparu à présent, mais l'étourdissement ne cessait d'augmenter et, avec lui, une sorte d'oppression désagréable. Le sang continuait de gicler et dessinait dans le fond du lavabo une sorte de tulipe aux contours roses et vaporeux, très jolie, qui frémissait, disparaissait et réapparaissait constamment. Il s'aperçut que sa vue baissait, et rapidement. Un curieux glouglou montait de la bonde et se perdit bientôt dans le bourdonnement qui commençait à lui remplir les oreilles.

Il réalisa tout à coup que c'était *lui* qui s'écoulait ainsi par ce trou noir d'où montait parfois une odeur désagréable. Il allait y disparaître pour toujours! Alors un sentiment d'horreur lui tordit le visage et il poussa un cri étouffé. Sa main droite se mit à courir le long des tablettes de la pharmacie, faisant tomber toutes sortes d'objets, à la recherche d'un pansement. Une sorte de brume avait envahi la pièce, rendant sa recherche difficile. Il trouva enfin un rouleau de gaze et, le saisissant à deux mains, en tira une longueur et essaya de déchirer le tissu avec ses dents. Dans le mouvement qu'il avait fait, le sang avait giclé sur sa chemise et se répandait sur le plancher avec un bruit mat. La bande résistait. Affolé, il l'enroula telle quelle autour de son poignet en serrant avec tout ce qui lui restait de forces. Sa chair poisseuse empêchait la gaze d'adhérer. Attrapant une brosse à dents, il la glissa sous la bande et en fit un garrot. L'hémorragie se mit enfin à diminuer. Il se leva de son escabeau et sortit en titubant de la salle de bains, s'appuyant sur les murs. Le téléphone le plus près se trouvait dans la cuisine. Il y voyait à peine, à présent, et chaque pas lui coupait le souffle. « Mon Dieu, se dit-il, qu'est-ce que je viens de faire? » Une rumeur confuse emporta aussitôt la petite voix qui venait de s'élever en lui et tout se mit à tourner à une vitesse folle. Il se retrouva debout devant une table, un combiné à la main, et reconnut le téléviseur. Il s'était donc dirigé vers le salon. Une telle lourdeur remplissait sa tête que penser était devenu presque impossible. Ses doigts actionnèrent maladroitement le clavier du téléphone, qui dansait. Une voix de femme lui répondit. Il bafouilla quelques mots, chercha un appui, qu'il ne trouva pas, et s'écroula sur le plancher, tandis que Bof, qui avait deviné qu'un malheur venait de se produire, s'attaquait à la porte dans un nuage de débris de bois.

Les deux garçons s'étaient arrêtés sur le trottoir et fixaient la porte.

— J'espère qu'il n'est pas encore déménagé, murmura Charles, la voix un peu étranglée. Il n'arrête pas de changer de place.

Blonblon gravit le minuscule perron de ciment, glissa la main dans une boîte aux lettres de tôle noire et en sortit une enveloppe :

— Hydro-Québec vient de lui envoyer un compte, en tout cas.

Charles le rejoignit, actionna la sonnette et toussa à quelques reprises, d'une petite toux sèche et nerveuse. Blonblon lui lança un clin d'œil, puis, comme son compagnon conservait le même air crispé, il se mit à siffloter pour tenter de le réconforter.

Personne n'apparaissant, il sonna une deuxième fois et aperçut tout à coup, collé à l'intérieur contre la vitre, un petit morceau de papier où on avait griffonné : ENTRE.

Les adolescents pénétrèrent dans la minuscule cuisine. Une chaleur humide exacerbait jusqu'à la puanteur l'air confiné chargé d'une odeur de cigarette, de graillon et de peinture fraîche.

— Je suis aux toilettes, Liliane, j'arrive dans une minute, lança la voix doucereuse et enjouée de Wilfrid Thibodeau, sa voix « pour parler aux femmes », que Charles avait entendue de temps à autre dans son enfance lorsque le menuisier se trouvait dans un état de bonne humeur particulière.

Les garçons se regardèrent, interdits. Blonblon, amusé, porta la main à sa bouche.

— Ce n'est pas Liliane, c'est moi, répondit Charles après une légère hésitation.

Un moment de silence se fit. On entendit un bruit de chasse d'eau, puis un soupir, et le menuisier apparut dans la porte en attachant sa ceinture.

— Ah bon, murmura-t-il, le visage sombre.

Son regard se porta sur Blonblon, qu'il examina attentivement :

— Et lui, c'est qui ?

— Un ami.

— Et qu'est-ce qu'il vient faire ici ?

Charles hésita de nouveau, puis :

— Il est venu avec moi, se contenta-t-il de répondre.

Wilfrid Thibodeau eut un léger ricanement :

— T'avais peur de venir tout seul?

Charles chercha une réplique, n'en trouva pas, et plissa les lèvres en croisant les bras.

— Si tu veux qu'on se parle, dis-lui de s'en aller.

— On n'est pas venus pour vous embêter, monsieur Thibodeau, déclara Blonblon avec une aisance chaleureuse qui étonna son compagnon. Charles voudrait vous parler de choses un peu... euh... délicates et, comme on n'a pas de secrets, lui et moi, il a pensé que je pourrais peut-être vous... aider dans votre discussion, c'est tout.

Thibodeau le fixait comme si l'autre venait de se transformer en prince oriental ou en kangourou. Manifestement, c'était la première fois qu'on s'adressait à lui sur ce ton. Mais il reprit aussitôt contenance.

— Si tu veux qu'on se parle, dis-lui de s'en aller, répéta-t-il avec une sorte de menace dans la voix.

Charles fronça les sourcils et secoua la tête.

Wilfrid Thibodeau passa derrière lui et ouvrit la porte qui donnait sur la rue:

— Alors sacrez-moi votre camp. Et plus vite que ça! Je suis chez moi, ici, et je reçois qui je veux.

— T'as intérêt à m'écouter, papa. Je suis venu pour une chose importante.

— Les choses importantes, ça se discute entre quatre-z-yeux, seul à seul, sans écornifleur pour aller tout rapporter.

— Ce n'est pas un écornifleur, pas plus que moi. De toute façon...

Mais il dut s'arrêter. Le menuisier s'apprêtait à le pousser dehors.

— Si tu veux, Charles, intervint Blonblon, toujours aussi aimable, je vais aller t'attendre dans la rue.

Le père et le fils se fixèrent un instant dans les yeux, puis Charles, se tournant vers son ami, accepta d'un mouvement de tête.

— Et si quelqu'un vient pour vous, ajouta Blonblon avec un grand sourire au menuisier, je lui dirai que vous êtes occupé.

L'autre ne parut même pas l'entendre et referma la porte d'un coup de genou.

En mettant le pied sur le trottoir, Blonblon regrettait déjà d'être sorti. Il avait cru agir par esprit d'accommodement. N'était-ce pas plutôt de la lâcheté? Il venait de laisser son ami seul et sans défense devant un homme imprévisible, vindicatif et, apparemment, sans aucun scrupule. Comment pourrait-il, à présent, lui porter secours?

Il se promenait de long en large devant la porte, les lèvres plissées, le nez froncé, se disant tantôt que le menuisier n'oserait jamais brutaliser Charles en sachant qu'un de ses amis l'attendait à quelques pas, tantôt qu'avec ce genre d'individus on n'était jamais sûr de rien. Si la fameuse Liliane s'était présentée, il se serait bien gardé de lui dire que son mec était occupé et l'aurait laissée sonner à la porte. Mais la Liliane en question ne se présenta pas. Par la vitrine du dépanneur, elle avait assisté à l'arrivée des deux garçons et jugé bon de reporter sa visite à un moment plus propice.

◆

Henri Lalancette avait profité d'un moment d'accalmie pour laisser la pharmacie sous la garde de Rose-Alma Bissonnette, sa plantureuse et fidèle caissière, et descendre au sous-sol afin de réfléchir dans son laboratoire. Il s'y rendait en toute quiétude; d'un seul de ses beaux yeux verts, en effet, Rose-Alma pouvait surveiller quasi simultanément les quatre coins du commerce et y repérer les gestes les plus furtifs, ce qui avait attiré sur elle la haine des voleurs à l'étalage – et leur admiration craintive.

À son entrée dans le laboratoire, une odeur sucrée, rappelant celle de la figue mûre, lui fit froncer les sourcils. Il se dirigea à grands pas vers un comptoir, referma d'un vigoureux tour de main le couvercle d'un gros bocal ambré étiqueté « lie de porto – échantillon 83-44 », puis promena un regard mécontent autour de lui. Aucun autre signe de négligence n'attira son attention. Il se trouvait dans une pièce de grandeur moyenne, aux murs peints en blanc, sans fenêtre, avec armoires, tablettes, comptoirs et différents récipients et appareils en verre, en plastique et en acier inoxydable, d'aspect somme toute assez banal, où se déroulait depuis six ans une expérience qui avait fini par devenir sa principale raison de vivre.

Il approcha un tabouret à pieds chromés et se laissa tomber dessus avec un soupir. Le métier commençait à lui fatiguer les jambes. Depuis deux heures, ses talons brûlaient, ses genoux tournaient en gélatine et ses mollets, en béton. Si l'âge commençait à se faire sentir dans ses membres inférieurs, tel n'était cependant pas le cas pour sa tête, qui bourdonnait comme une usine. Le fruit succulent de ses longues recherches se balançait à quelques centimètres seulement de ses doigts. Encore une ou deux contre-vérifications, et il pourrait mordre dedans!

Ce qu'il lui en avait fallu de patience et d'obstination pour dévier le morne cours de sa vie et le diriger vers les régions accidentées de l'aventure scientifique, où les cascades et les tourbillons hérissent les cheveux et tordent l'estomac, pulvérisant l'ennui, ce compagnon des insignifiants!

Personne, semble-t-il, n'est satisfait de son sort. Le chauffeur d'autobus voudrait être cuisinier. Le cuisinier rêve d'être aviateur. L'aviateur trouverait, au fond, bien plus de plaisir à la vie d'hôtelier. Et l'hôtelier se passionne pour la boxe, en pure perte d'ailleurs, car il n'a ni le physique, ni le courage sans doute, pour devenir boxeur.

Henri Lalancette, lui, se voyait chercheur en biologie. À la dernière minute, il avait opté, un peu prosaïquement, pour la profession de pharmacien, plus sûre, plus facile, plus lucrative – et l'avait toujours regretté, car, à tout moment, de nouveaux médicaments arrivaient dans sa boutique et lui reprochaient son manque d'audace. «Ah! si au moins on avait deux vies», soupirait-il parfois en reprenant le banal refrain des insatisfaits et des ratés. Mais la naissance de ses enfants et les obligations du travail l'éloignaient de plus en plus de son rêve et s'apprêtaient à le chasser à tout jamais de son esprit.

Mais, le 7 juin 1976, tout avait changé.

Il se trouvait en vacances avec sa femme au Portugal. Ce jour-là, affalé sur un canapé dans le hall d'un petit hôtel de Lisbonne, le mouchoir à la main, la sueur au front, il essayait d'amasser assez de courage pour se lancer avec un guide sur les pavés brûlants de la ville lorsqu'un vieil homme, qui les avait entendus causer, s'approcha d'eux et leur demanda dans un assez bon français de quel pays ils venaient, car il n'arrivait pas à reconnaître leur accent. La conversation s'amorça et, comme il faisait trop chaud pour faire du tourisme et que leur interlocuteur paraissait fort aimable, Henri Lalancette l'invita à prendre un verre de porto. Le vieillard inclina la tête avec un petit sourire supérieur et accepta. L'invitation tombait pile : il avait travaillé pendant plusieurs années chez un éleveur de porto et leur offrit, si la chose les intéressait, de les entretenir de ce merveilleux vin de liqueur portugais.

Deux heures plus tard, ils avaient vidé une bouteille, avalé force hors-d'œuvre et des liens d'une indestructible amitié unissaient désormais le pharmacien, sa femme et Augusto Soares. Le porto, la chaleur, le calme des lieux et la bonne bouille rubiconde de ses compagnons poussa le vieux Portugais aux confidences. Il leur affirma que, grâce à son ancien métier, il allait probablement mourir centenaire et qu'en tout cas il jouissait jusqu'à présent d'une verte vieillesse, qui ne donnait aucun signe d'amollissement. Il devait ces bienfaits à la lie de porto, dont il avalait chaque jour deux petits verres. Il en avait pris l'habitude bien des années auparavant sur les conseils d'un vieux compagnon tonnelier. Et depuis, malgré ses soixante-dix-huit ans, il pissait droit comme un jeune homme et n'avait perdu aucune ardeur au lit, ce dont profitaient quelques bonnes amies (il était veuf depuis quinze ans) et parfois même de toutes jeunes femmes, ravies de voir l'expérience épauler si agréablement la virilité.

Intrigué, Lalancette le questionna. La génétique n'expliquait rien. Les parents et trois des grands-parents d'Augusto Soares étaient morts assez tôt et son grand-père maternel avait été emporté à cinquante-huit ans par un cancer de la prostate. Il fallait vraiment voir, affirmait le Portugais, le prolongement de sa jeunesse comme un cadeau de la lie de porto. Et il conseilla vivement au pharmacien de l'imiter, comme il l'avait fait à tous ses amis et connaissances, avec des résultats parfois extraordinaires. Ils soupèrent ensemble et arrosèrent abondamment leur repas, puis le vieil homme amena ses compagnons chez lui et offrit une bouteille de la précieuse lie à Lalancette :

— Elle vous durera trois mois. Il faudra veiller à la remplacer. L'effet cesse environ huit jours après la dernière consommation.

À son retour au Québec, Henri Lalancette, un peu par jeu, se mit à prendre chaque matin son petit verre de lie de porto. Deux mois plus tard, Augusto Soares s'était fait un ardent disciple et madame Lalancette, ravie et presque effrayée, se retrouvait avec le pharmacien du début de leur mariage.

Henri Lalancette connaissait les effets curatifs pour l'adénome et l'hyperplasie bénigne de la prostate de certaines substances : le thé vert, l'écorce de pygeum, le palmier nain, la graine de citrouille, le soya, la tomate, qui contiennent beaucoup de zinc, d'isoflavones ou de lycopènes, mais dont l'action restait quand même assez limitée et qu'il fallait utiliser surtout à titre préventif. Dans le cas présent, il s'agissait de tout autre chose : la lie de porto avait rajeuni d'au moins vingt ans cette glande qui se trouve à la sortie de la vessie et dont le bon fonctionnement se montre si indispensable au confort comme au plaisir et à l'orgueil masculins.

Et il comprit que le destin venait de lui faire signe. De ces connaissances empiriques transmises fortuitement par un vieux Portugais, il pouvait tirer une importante découverte en les soumettant à l'examen rigoureux de la science. Mais cela demanderait beaucoup de temps et d'argent et présentait de redoutables difficultés : comment arriverait-il, par exemple, à convaincre une vingtaine de sujets souffrant d'adénome ou d'hyperplasie bénigne de la prostate de se soumettre régulièrement et pendant plusieurs mois aux délices plus que discutables du toucher rectal, seul moyen que la médecine possédait jusque-là pour vérifier l'état de leur glande ?

Il s'était adjoint un ancien étudiant en médecine nommé Igor Troelhen, qui aimait beaucoup le porto, et les deux hommes s'étaient échinés pendant plus de six ans; ils avaient buté sur mille obstacles, que l'un après l'autre ils avaient surmontés, et voilà qu'une lumière éblouissante était peut-être sur le point de jaillir, qui rendrait son nom aussi célèbre que ceux de Pasteur, Einstein ou, à tout le moins, Armand Bombardier.

Il étira le bras, attrapa un cahier et se plongea dans le dernier rapport d'examens que lui avait remis Troelhen dans la matinée, après l'avoir fait poiroter trois jours.

Une petite moue de satisfaction adoucit l'aspect quelque peu rébarbatif de son visage, qu'on aurait dit conçu pour exprimer surtout la mélancolie, l'indifférence ou la mauvaise humeur. Tout se mettait en place. Dans quelques mois, bien des gens lui serreraient la main qui ne se doutaient même pas aujourd'hui de son existence!

Il rangea le cahier dans un tiroir, revint s'asseoir sur le tabouret, étira cette fois les jambes et serra les bras autour de sa taille, étonné. Si tout allait si bien, d'où venait cette espèce de maussaderie? Quelle petite bête noire lui gratouillait ainsi le tréfonds des entrailles, l'empêchant de se laisser aller, pour une fois, à un bel accès de joie franche et trompettante?

La porte claqua au rez-de-chaussée et il entendit quelqu'un demander:

— Est-ce que Charles est ici?

Il y avait une telle angoisse dans cette voix qu'il bondit sur ses pieds, grimpa l'escalier, enfila une allée, passant près de percuter une pyramide de flacons, et se retrouva devant un jeune homme d'allure plutôt douteuse, qu'il reconnut pour être un ami de Charles et qui paraissait bouleversé.

— Qu'est-ce qui se passe, mon gars?

— Savez-vous où je peux trouver Charles? répéta l'autre.

— Il ne travaille pas ici aujourd'hui. Je n'ai pas la moindre idée où il est.

— C'est ce que je viens de lui dire, fit Rose-Alma.

— Alors? Qu'est-ce qui se passe? répéta le pharmacien.

— Il est arrivé quelque chose de grave chez lui, se contenta de répondre Steve Lachapelle.

Et il quitta la pharmacie au pas de course. Henri Lalancette s'avança sur le trottoir et l'observa. L'adolescent ne semblait pas savoir où aller. Quelque chose de grave s'était produit. Qu'est-ce que ça pouvait bien être?

— Hé! cria le pharmacien, reviens ici!

Mais l'autre ne tourna même pas la tête. De toute évidence, il ne voulait pas parler.

Soudain, Henri Lalancette pivota sur lui-même, la bouche entrouverte, sous l'œil étonné de Rose-Alma. Il venait d'identifier la petite bête noire qui grignotait son allégresse durement gagnée. Curieusement, elle portait le nom de Charles, le commissionnaire le plus débrouillard, le plus consciencieux et le plus agréable qu'il ait eu à son service depuis son entrée dans le métier.

Charles avait changé. Le pharmacien avait mis du temps à s'en apercevoir, parce que ce changement ne s'était manifesté que par des signes imperceptibles. Une bonne humeur légèrement ternie. Un regard parfois fuyant. Des moments d'absence où la tristesse affluait d'un coup à son visage, et qu'il chassait d'un brusque mouvement de tête.

Charles s'adonnait à quelque chose qui le rendait malheureux. Et l'arrivée en panique de ce garçon aux allures de voyou n'était sans doute pas étrangère à cela. Or, si ce dernier avait refusé de lui parler, c'était donc que l'affaire le concernait. Mais en quoi?

Debout dans l'embrasure de la porte, Henri Lalancette poursuivait sa réflexion à l'étonnement de plus en plus marqué de la caissière. Un grand monsieur décharné, qui ne semblait tenir debout que grâce à l'appui de sa canne, apparut devant lui et s'arrêta, perplexe, empêché d'aller plus avant par le corps massif du pharmacien.

— Quelqu'un veut entrer, monsieur Lalancette, l'avertit enfin Rose-Alma.

Il s'effaça en s'excusant, tandis que l'autre lui tendait une ordonnance, accompagnant celle-ci d'une description-fleuve de ses différents malaises. D'autres clients se présentèrent. Lalancette s'affairait derrière le comptoir, remplissant les tubes et les flacons, déchiffrant les ordonnances, rédigeant les posologies, assailli de questions, s'efforçant de répondre à chacune d'une façon claire et succincte, et puisant à pleines mains dans sa réserve de patience.

Mais, à la première accalmie, il se hâta vers une petite pièce à l'arrière de l'établissement. Meublée d'une table, d'un micro-ondes et de quelques chaises, elle servait de salle de repos pour les employés, qui venaient y prendre leurs repas. On y avait installé trois cases pour leurs effets personnels. Il ouvrit celle de gauche, où Charles rangeait les siens, et plongea la main dans un sac à bandoulière en gros coton noir qu'il utilisait pour les livraisons. Il la retira aussitôt et, surpris, se mit à examiner le bout de ses doigts.

Charles et Blonblon filaient à grands pas vers la station Papineau. Le teint pâle, les traits relâchés comme sous l'effet d'une profonde fatigue, Charles racontait d'une voix fiévreuse la rencontre qu'il venait d'avoir avec son père.

— Qu'est-ce que tu me veux? avait bougonné le menuisier après être allé jeter un coup d'œil à la porte pour s'assurer que Blonblon n'écoutait pas.

Puis une grimace railleuse avait tiré sa bouche en diagonale :

— Es-tu venu me donner encore du fric? Ou me casser le poignet? Ou les deux?

— Je t'avais cassé le poignet? s'étonna Charles, embarrassé.

— Tout comme! J'ai été deux semaines sans pouvoir travailler... T'as été chanceux que je t'attrape pas, mon grand. Je t'aurais secoué comme tu l'as jamais été!

Charles l'avait observé un instant : appuyé sur le coin de la table, sa chemise à demi déboutonnée laissant jaillir une efflorescence de poils noirs qui jurait péniblement avec ses clavicules protubérantes et sa gorge décharnée, le menuisier tirait nerveusement des bouffées de cigarette en fixant son fils d'un œil sans expression. L'adolescent jugea qu'il ne servait à rien de tourner autour du pot; il fallait en venir aux faits, et brutalement.

— Je sais que c'est toi qui as essayé de mettre le feu à la quincaillerie il y a deux mois.

Wilfrid Thibodeau se mit à rire et, pour toute réponse, haussa les épaules et se rendit au réfrigérateur; il revint avec une bouteille de bière et, sans prendre la peine d'en offrir à Charles, inclina la tête et but une longue gorgée. Puis, la gorge encore embarrassée de liquide:

— Eh ben! tu m'en diras tant!

Charles, très pâle, le fixait en silence.

— C'est pour me dire ça que t'es venu me voir? reprit le menuisier, moqueur.

— C'est pour te dire de laisser Fernand tranquille, répondit Charles d'une voix pénétrée d'une sourde colère. Il est malade. Il ne travaille presque plus. Quand il aura perdu son commerce, ça va t'avancer à quoi?

Wilfrid Thibodeau prit une autre gorgée, puis s'assit carrément sur la table et, balançant les jambes, dévisagea son fils un moment. Le tour de la conversation semblait lui plaire infiniment.

— Écoute-moi bien, mon garçon. Je vais te dire deux choses. Premièrement: au début de juin, la police est venue me trouver pour me questionner sur ce fameux incendie. Ils sont restés trois heures ici à essayer de me faire parler. Ils voulaient que je me pende avec ma corde, évidemment. Eh bien, j'en ai pas de corde, hostie! Ils peuvent rien prouver parce qu'y a pas de preuve, tu comprends? Et y a pas de preuve parce que j'ai rien à voir avec cette affaire-là. Est-ce que c'est clair? Alors, si jamais tu viens me rendre visite, trouve-toi un autre sujet, O.K.? Celui-là me sort par les oreilles.

Charles voulut répondre, mais l'autre, d'un geste, l'arrêta:

— La deuxième chose que je veux te dire, c'est celle-ci: tu gaspilles ton souffle et ta salive à essayer de me faire pleurnicher sur Fernand Fafard. Après la façon qu'il m'a traité quand on s'est vus la dernière fois, il pourrait perdre son commerce, sa femme et ses enfants que ça me ferait pas un pli sur la poche. Est-ce que c'est clair, ça aussi ? Alors, viens plus me parler de lui non plus.

Le ton devenait menaçant. Charles continuait d'observer son père en silence, étonné de voir combien ce petit homme sec au visage ravagé et au regard de feu ne lui en imposait plus. Était-ce de savoir Blonblon à quelques pas ? Pourtant, celui-ci ne pouvait lui être d'aucun secours, si ce n'était de servir de témoin après le fait. Non, la raison de ce changement était toute simple : depuis qu'il avait changé de foyer, Charles n'avait cessé de grandir et son père de rapetisser, et cela à tous points de vue. Ce dernier s'était transformé en une sorte d'araignée velue aux crochets redoutables, il est vrai, mais qu'on pouvait écraser d'un coup de talon. Pour se protéger, il suffisait de garder l'œil ouvert.

— Eh bien, papa, c'est bien de valeur, mais je suis obligé de te parler de lui quand même, parce que c'est à son sujet que je suis venu te voir.

L'autre eut un regard singulier, puis, poussant un long soupir, s'alluma une cigarette.

— Combien tu demandes pour le laisser en paix ? poursuivit Charles.

— Rien du tout, puisque je l'ai toujours laissé en paix.

— Cesse de niaiser, papa. Tu me fais perdre mon temps. Je suis venu ici pour te faire une offre. J'ai de l'argent.

— Je l'ai bien vu l'autre fois, ricana le menuisier. Où prends-tu tout ça ?

— Ça me regarde.

Une hideuse expression de méfiance et de convoitise s'était répandue dans le visage de Wilfrid Thibodeau. Il prit une gorgée de bière, la fit rouler dans sa bouche, l'air absent, puis, la cigarette légèrement pincée entre deux doigts, tira une touche avec une application concentrée et rejeta deux longs jets de fumée par les narines.

— Qu'est-ce qui me dit que t'es pas venu me tendre un piège, toi aussi ? murmura-t-il enfin, gouailleur.

Charles secoua la tête, passa la main dans ses cheveux :

— Je ne te demande pas de me raconter ta vie. Je te demande combien tu veux.

— Et, si je dis un chiffre, est-ce que ça te tentera pas de t'en servir plus tard comme preuve que...

— Écoute, papa, s'il n'y a pas moyen de discuter, moi, je sacre mon camp ; je trouverai bien une autre façon de l'aider, Fernand.

Cette dernière phrase plongea le menuisier dans une profonde réflexion. Les deux mains appuyées sur le bord de la table, sa cigarette coincée au milieu de la bouche dans un repli de chair pulpeux qui donnait à sa figure un air grotesque, il fixait le plancher à travers les volutes de fumée bleuâtre. Charles avait glissé une main dans sa poche et tâtait fébrilement son paquet de cigarettes, mais se refusait à l'ouvrir. L'idée de fumer avec son père le dégoûtait. Celui-ci releva brusquement la tête :

— Sais-tu, mon Charles, que t'es devenu un grand garçon... Avec toi, on peut maintenant avoir des conversations vraiment sérieuses...

Si quelqu'un avait cherché un aveu, il l'aurait trouvé dans ce ton douceâtre, plein d'une langueur perfide, et dans le sourire mielleux qui essayait en vain d'adoucir les traits de ce visage flétri, modelé par des sentiments brutaux.

— Alors, répéta Charles à voix basse, combien veux-tu ?

— Ça dépend combien t'as.

— J'ai de l'argent. Et j'en aurai d'autre.

— Cré Dieu ! travailles-tu pour la Banque du Canada ?

— Vite, papa, je suis pressé.

— Si j'avance un chiffre, se risqua Wilfrid Thibodeau avec une circonspection de vieux chat, ça veut absolument rien dire pour ce qui regarde le feu à la quincaillerie. On s'entend bien sur ça, hein ?

— On s'entend sur tout, papa.

Le menuisier garda le silence un moment, incertain de ce qu'il allait faire et comme médusé par l'incroyable chance qui lui tombait dessus.

— Donne-moi deux mille, murmura-t-il enfin, et plus personne entendra parler de moi.

— Je ne pourrai pas te le donner d'un coup.

— Le contraire m'aurait surpris.

— Je te verserai quatre cents dollars par mois. Il y aura peut-être des mois où t'auras moins.

— Je comprends ça. Peux-tu commencer tout de suite?

— Non. Je n'ai rien apporté avec moi. Je reviendrai ce soir.

Wilfrid Thibodeau tira une dernière touche, écrasa sa cigarette dans une soucoupe, puis fit à son fils un petit salut de la main. Charles allait ouvrir la porte lorsqu'une idée sinistre l'arrêta. Il se retourna, le doigt tendu, l'œil menaçant:

— N'essaye pas de me jouer, hein? Si jamais il arrivait quelque chose à la quincaillerie, sois sûr que je m'arrangerais pour te le faire payer en sacrament!

Tout se passa si vite que Charles, malgré ses efforts, n'arriva jamais par la suite à reconstituer la scène dans son esprit.

Une soucoupe siffla près de sa joue et se pulvérisa contre le mur. Piqué par un éclat, son cou se mit à saigner.

Le menuisier restait figé, comme étonné lui-même par son geste. Puis un léger sourire apparut sur ses lèvres:

— J'aime pas qu'on me parle sur ce ton. Ça me met les nerfs en boule, vois-tu... Si je l'avais voulu, je t'aurais fendu la face, mon 'tit gars. La prochaine fois, retiens ta langue.

43

Charles poussait la barrière pour entrer chez lui lorsque monsieur Victoire traversa la rue en courant et lui annonça que Fernand Fafard venait d'être transporté à l'hôpital. Il refusa de lui dire ce qui s'était passé. L'adolescent se précipita dans la maison. Céline épongeait le plancher de la salle de bains en pleurant tandis qu'Henri, accroupi dans le salon, essayait avec une lenteur de somnambule de faire disparaître des taches sur le tapis à l'aide d'une éponge. Lucie avait accompagné son mari à l'hôpital. À la vue du lavabo souillé de sang, Charles poussa un soupir horrifié. Il courut à la cuisine et se mit à vomir dans l'évier.

— Il avait tout simplement perdu la tête, expliqua Henri à voix basse quelque temps plus tard. Ça n'a pas duré longtemps. Quand il a réalisé ce qu'il venait de faire, il s'est fabriqué une sorte de garrot, puis il a appelé du secours. Mais il avait déjà perdu beaucoup de sang...

Céline sanglotait dans sa chambre, étendue sur son lit. Charles alla la trouver. Assis près d'elle, il lui caressait la tête.

— Charles! Oh! Charles! il aurait pu mourir! Y penses-tu? Et tout ça pour rien! Les ambulanciers l'ont sauvé de justesse!

« Oh non, ce n'est pas pour rien, pensait Charles en secouant la tête. C'est à cause de mon père. Quand mon père va apprendre ce qui est arrivé, il va pisser de joie dans ses culottes, le chien. »

— Comme il doit être malheureux! Qu'est-ce qu'on pourrait faire pour l'aider? Le sais-tu, Charles?

« Oui, je le sais, poursuivit Charles intérieurement. J'ai déjà commencé. Et je vais me rendre jusqu'au bout. Jusqu'au bout, Wilfrid. Et, s'il faut te jeter dans le fond du fleuve pour t'empêcher de nuire, on le fera. »

Il se pencha vers elle et, sa joue presque collée contre la sienne, murmura :

— Les médecins s'occupent de lui. Tout va s'arranger. Et puis je vais l'aider. Il n'aura plus de soucis, tu verras.

Céline se retourna et le serra convulsivement dans ses bras, mouillant de ses larmes la joue de Charles.

— J'ai besoin de toi, Charles... Je me sens si seule... et si petite... Je ne sais plus quoi faire, Charles, j'ai peur...

— Allons, allons, fit-il tendrement, troublé par cet abandon naïf et désespéré, tu n'es pas seule, je suis ici, près de toi... Et puis il y a Lucie... et Henri... et monsieur Michaud... On va tous s'occuper de Fernand, tu verras, et dans un mois ou deux il sera de nouveau à la quincaillerie, comme avant...

— Non, Charles, sanglotait Céline, il ne sera plus jamais comme avant...

Il continua patiemment à la consoler, tenaillé lui-même par le doute et l'inquiétude.

Henri, debout dans la porte, les bras ballants, les observait en silence, étonné, et sentant poindre en lui une vague envie de lâcher un mot piquant.

◆

Dans la pénombre de la chambre, Charles vit Lucie, assise dans un fauteuil au pied du lit ; malgré son visage exténué, elle paraissait calme et déterminée. Elle sourit et lui fit signe d'approcher.

Il s'avança et s'arrêta près du lit.

— Cinq minutes, pas plus, lui recommanda-t-elle à voix basse. Par ordre du médecin. Il est très fatigué. Henri est à la cafétéria. Tu pourras aller le rejoindre si ça te tente.

Il inclina la tête, puis s'aperçut que Fernand le regardait, l'œil embrumé. Sans la présence de Lucie, il aurait peut-être eu des doutes sur l'identité de l'homme étendu devant lui, car le Fernand qu'il avait connu ne ressemblait guère à celui qu'il avait sous les yeux : les joues creuses, le visage flasque, le nez devenu curieusement osseux et proéminent, il avait subi une transformation sinistre.

Sa gorge se serra et il dut attendre quelques instants avant de pouvoir parler.

— Bonsoir, Fernand, murmura-t-il enfin.

Le quincaillier continuait de le regarder, sans paraître l'avoir entendu. Il semblait inerte et perdu dans un autre monde.

— Bonsoir, Fernand, répéta Charles après avoir jeté un regard anxieux à Lucie.

Un moment passa.

— Ne me parle pas, répondit soudain le quincaillier d'une voix faible et enrouée.

Charles, stupéfait, regarda de nouveau Lucie, qui s'était levée et, la main posée sur l'épaule de son mari, l'observait d'un œil inquiet.

— Tu me demandes de... ne pas te parler? reprit-il avec une douloureuse grimace d'incrédulité.

— Ne me parle pas, que je te dis, répéta Fafard en haussant le ton. Je t'ai demandé de ne pas me parler!

Alors Charles se mit à pleurer. La destruction du Fernand qu'il avait connu et aimé était bien complète. Il aurait pu mourir que cela n'aurait rien changé.

Lucie avait contourné le lit et saisi le jeune homme dans ses bras.

— Pleure, pleure, murmura le quincaillier, sarcastique. Tu ne pleureras jamais assez.

Et il détourna la tête.

Lucie amena Charles dans le corridor et tenta de le consoler.

— Qu'est-ce que je lui ai fait? Qu'est-ce que je lui ai fait? sanglotait-il, le visage pressé contre sa généreuse poitrine.

— Mais rien du tout, espèce de cabochon... Tu vois bien qu'il n'est pas dans son état normal... Avec ce qui est arrivé ce matin et tous les médicaments qu'on lui a donnés, il ne sait plus ce qu'il dit, ça tombe sous le sens!

Honteux de sa faiblesse, il s'était arraché à son étreinte et la fixait, le regard mauvais:

— Il le sait très bien. Et il a raison de ne plus vouloir me parler. Si je ne vivais pas chez vous, rien de tout ça ne serait arrivé.

Lucie leva les bras en l'air, consternée, et voulut répondre. Mais Charles filait dans le corridor, tellement perdu dans ses pensées qu'il passa près de bousculer une infirmière qui s'avançait avec un plateau chargé de médicaments.

◈

Henri Lalancette examinait l'extrémité de ses doigts, couverts d'une poudre blanche. Il se mit à les renifler, sans pouvoir déterminer de quelle substance il s'agissait. Après avoir grimacé deux ou trois fois et poussé quelques grognements perplexes, il posa précautionneusement le bout de sa langue sur son majeur. C'était un peu sucré, sans doute du sucre en poudre ou quelque chose du genre. Comment expliquer la présence de cette substance dans le fond du sac de son livreur?

Il demeurait immobile devant la case ouverte, le sac à la main, un peu penaud de s'être laissé aller à pareil furetage, mais toujours travaillé par le doute, même s'il n'avait aucune preuve pour l'étayer. Des pas s'approchèrent. Il glissa vitement le sac dans la case et referma la porte.

Tout le reste de la journée, il se montra plus taciturne que d'habitude, ce qui n'était pas peu dire! Dans l'après-midi, Rose-Alma, avec une attention toute maternelle, lui demanda s'il souffrait de reflux gastriques, une petite indisposition qui l'incommodait parfois. Il répondit, lugubre, que son estomac se portait parfaitement bien et se replongea dans son travail.

Mais, vers cinq heures, le besoin impérieux de se confier à quelqu'un eut raison de son mutisme et, après quelques hésitations, il fit part à la caissière de sa découverte et des soupçons – sans réels fondements, il en convenait – qu'elle avait fait naître en lui.

Rose-Alma se mit à rire:

— Allons donc, monsieur Lalancette, quelles drôles d'idées vous pouvez avoir, parfois! Vous avez dû regarder trop de films à la télévision cette semaine! Depuis vingt-deux ans que je suis derrière une caisse, j'ai appris à connaître mon monde, allez... Charles s'adonner à ce genre de trafic? J'en perdrais toutes mes dents! Il a dû s'acheter une boîte de beignes à l'épicerie, comme ça lui arrive de temps à autre, et un peu de sucre en poudre est tombé au fond de son sac, voilà tout...

Ces paroles rassurèrent le pharmacien, qui retrouva pendant quelques heures une partie de sa discrète gaieté; il se laissa même aller à quelques plaisanteries avec des clients. Mais ce soir-là, étendu dans le lit conjugal près de sa femme endormie, dont la figure enduite de crème antirides à base de concombre répandait une attristante odeur de sous-sol, il fut repris par ses soupçons, et le sommeil mit bien du temps à venir.

◆

Il avait fallu à Charles beaucoup de courage pour retourner à l'hôpital. Pressé dans l'ascenseur par un groupe compact de secrétaires en robes bain de soleil venues visiter une consœur qui avait accouché, il se mordillait les lèvres, pensif, insensible à cette abondance de jeunes chairs dorées qui répandaient comme une lueur de plaisir et de gaieté dans un caquètement de couventines en goguette.

Dix jours s'étaient écoulés depuis la tentative de suicide de Fernand Fafard. La veille, Lucie était revenue avec de bonnes nouvelles : la thérapie du docteur Berthiaume commençait à porter ses fruits : son mari prenait le chemin du mieux. Il lui avait souri trois fois, avait soupé avec appétit, ne parlait plus de vendre la quincaillerie et commençait même à trouver que son hospitalisation traînait en longueur.

— Tu devrais aller le voir, avait-elle dit à Charles avec son bon sourire de mère poule. Il m'a demandé de tes nouvelles. Il ne se rappelle sans doute même plus ses paroles de l'autre fois.

Charles avait longuement réfléchi à la chose. Il était tiraillé entre le désir d'annoncer à Fernand que désormais, grâce à ses efforts, tout danger d'incendie criminel à la quincaillerie était écarté et la peur d'avoir à lui expliquer pourquoi.

Il poussa la porte de la chambre 6281, un point dans l'estomac, se promettant bien de garder cette fois-ci le contrôle de ses émotions. Assis près d'une fenêtre, Fernand Fafard abaissa son journal dans un grand froissement de papier :

— Salut, mon gars.

Le quincaillier l'observait gravement, sans un geste, comme s'il réfléchissait à ce qu'il allait dire.

— Salut, Fernand, répondit Charles à voix basse, debout devant la porte, rempli soudain d'une appréhension qui l'empêchait d'avancer. Comment ça va?

— Pas si pire.

Et il eut un léger sourire, qui remplit Charles de ravissement. Il y puisa le courage de faire quelques pas.

— Ne reste pas planté comme ça, reprit le malade en lui désignant une chaise. Tu vas prendre racine dans le plancher.

Charles se mit à rire, non de la plaisanterie, pour le moins éculée, mais à cause de la joie qu'elle répandait en lui : se pouvait-il que Fernand ait ressuscité? que leur amitié ne se soit pas rompue?

— T'as l'air bien, fit-il en s'assoyant.

En fait, c'était le mot « mieux » qui lui était d'abord venu à l'esprit, mais il l'avait remplacé, par souci d'encouragement. Les malades guérissent plus vite, pensait-il, quand ils croient avoir bonne mine.

— Ce n'est pas ce que mon miroir me disait ce matin quand je me suis rasé, mais merci quand même. Ça fait toujours plaisir à entendre.

— Non, je trouve vraiment que t'as l'air bien, insista Charles, presque convaincu à présent.

L'autre hocha la tête avec un sourire sceptique. Il plia son journal en deux et le déposa sur le calorifère.

Le silence tomba. C'était ce que Charles craignait le plus. Il se mit à chercher frénétiquement dans son esprit un sujet de conversation. Le quincaillier poussa un long soupir :

— Il paraît que je t'ai dit des conneries l'autre fois? Je m'en souviens à peine.

Charles sourit :

— Moi aussi.

Et l'adolescent eut un geste pour signifier que l'affaire n'avait jamais eu d'importance à ses yeux.

— Avec toutes ces piqûres qu'on m'avait faites, j'avais le cerveau comme de la soupe aux pois – et puis j'étais complètement déconcrissé : fendu par le milieu, et le reste en mille miettes. Il ne faut pas m'en vouloir, hein ?

— Je ne t'en veux pas pour deux sous, Fernand, répondit Charles, les yeux pleins d'eau et furieux de voir que sa résolution ne tenait pas.

Et il posa la main sur le genou du quincaillier.

Il avait hâte à présent de lui annoncer la bonne nouvelle ; la nécessité de protéger ses arrières s'estompait de plus en plus devant le plaisir qu'il en escomptait. Fernand Fafard, que les effusions embarrassaient, changea de sujet et se mit à parler de la qualité de la nourriture servie à l'hôpital, qui présentait au moins l'avantage de l'aider à maigrir, et de celle des soins, remarquable, celle-là, et puissamment rehaussée par la beauté de deux infirmières, dont une magnifique Philippine, qui semblait l'avoir pris en affection. Puis, d'un air soudainement grave :

— Mais c'est surtout le docteur Berthiaume qui me donne un sérieux coup de main de ce temps-ci.

Et il se tapa sur la tempe du bout de l'index :

— Il est en train de m'aider à comprendre ce qui s'est passé en moi, mon Charles. Je ne peux pas tout te dire, car c'est bien compliqué, ces histoires de boîte à poux. Mais il y a au moins une chose que je saisis, c'est mon problème de rage. J'avais plein de rage contre moi-même, contre les affaires qui ne marchaient pas à mon goût, contre Wilfrid, contre la police, et ainsi de suite, tu vois. Alors, au lieu de me sortir cette rage-là de la carcasse et de la passer en énergie, comme dirait l'autre, pour essayer d'améliorer ma situation, quitte à secouer les os de quelqu'un s'il le fallait, je l'ai tournée *contre moi* – ce qu'il ne fallait pas. C'est une idée toute simple, mais elle ne m'était jamais venue.

Charles le fixa un moment, puis, d'une voix changée :

— Eh bien, tu ne seras pas obligé de secouer les os à personne, Fernand. J'ai réglé ton affaire.

Le quincaillier le regarda avec l'expression d'un chien qui entend pour la première fois une cornemuse.

— Pardon ?

— J'ai réglé ton affaire, répéta Charles en rougissant.

— Qu'est-ce que tu veux dire?

— Je suis allé trouver mon père l'autre fois. Je l'ai engueulé. Il m'a promis qu'on n'entendrait plus jamais parler de lui.

Fafard eut un ricanement incrédule.

— Non, non, je t'assure, poursuivit l'adolescent, de plus en plus rouge, ce n'est pas une promesse d'ivrogne. Il va être forcé de se tenir tranquille. Je me suis arrangé pour qu'il n'ait pas le choix.

— Et comment as-tu fait ça, mon beau Charles? En lui frottant la tête avec de l'huile de Saint-Joseph?

Charles se leva, impatient de partir à présent:

— Je ne peux pas te le dire pour l'instant... Plus tard, peut-être. Mais à partir d'aujourd'hui tu peux dormir sur tes deux oreilles, juré craché!

Il lui tendit la main:

— Est-ce que tu me crois?

— Je veux bien, je veux bien, murmura Fafard sans grande conviction. Tu pars donc vite? On s'est à peine parlé.

Son visage s'affaissa, comme sous l'effet d'une immense fatigue. Il semblait soudain vieilli de dix ans.

— J'ai une course à faire, répondit Charles en détournant le regard. Et puis il faut que tu te reposes...

Les bras arc-boutés au fauteuil, Fernand Fafard se souleva lentement:

— Ah pour ça, soupira-t-il, on dirait que je n'en finirai jamais...

Il le reconduisit à la porte, lui serra la main une deuxième fois, puis le regarda s'éloigner, songeur, un peu inquiet. La Philippine passa dans le corridor et lui lança un joyeux bonjour. Habituellement, il lui répondait par une plaisanterie, mais rien ne lui vint. Alors il se rendit à son lit et, avec une lenteur balourde d'insecte engourdi par le froid, il se glissa sous les draps, le corps parcouru de frissons malgré la chaleur qui régnait dans la chambre.

— Je me demande bien ce qu'il a pu lui dire, murmura-t-il à deux ou trois reprises, tandis que son regard s'émoussait peu à peu et qu'une bienheureuse torpeur le gagnait.

◆

Tout jeunes, Charles et Henri avaient été très liés, mais à mesure que leur caractère et leurs goûts s'étaient affirmés en se précisant ils s'étaient éloignés l'un de l'autre et n'étaient plus unis maintenant que par l'habitude de vivre ensemble, leur ancienne complicité s'étant dissoute dans l'indifférence. Ils se supportaient assez bien, mais se voyaient peu en dehors de la maison et de l'école, ayant chacun leurs amis et leurs occupations. Cela évitait les problèmes de rivalité.

Une secrète jalousie n'en habitait pas moins Henri. L'arrivée de Charles dans sa famille l'avait évincé de sa position de fils unique et d'aîné. Charles ne possédait pas sa force physique, son habileté dans les sports ni ses talents de batailleur, mais il avait plus de charme et brillait davantage ; Henri s'était parfois demandé si ses parents n'avaient pas une préférence pour lui. Pareilles pensées n'habitaient pas Céline, au contraire. Voilà longtemps qu'Henri s'était aperçu de la profonde affection de sa sœur pour Charles. C'était un sujet de taquineries qui avait causé bien des querelles.

Henri avait aussi remarqué des changements dans l'humeur de Charles. Il n'y avait pas accordé tellement d'importance jusqu'au jour où, sans le vouloir, il avait surpris un bout de conversation entre son frère adoptif et Blonblon dans un corridor désert de l'école Pierre-Dupuy. Ce n'avait été que quelques phrases, et Henri n'aurait su dire au juste de quoi il retournait. Mais le ton de reproche avec lequel Blonblon s'adressait à Charles et celui, embarrassé et hargneux, de ce dernier, montraient qu'il s'agissait de quelque chose de grave. Henri s'était approché d'eux en faisant mine de rien et ils avaient aussitôt changé de sujet.

Mais, à partir de ce jour, il s'était mis à observer son frère adoptif.

Une fois, Charles avait sorti son portefeuille devant lui ; il était gonflé de billets de banque.

— Tabarnouche ! t'en as, du fric ! Où as-tu pris ça ?

— J'économise, moi, avait répondu Charles avec une insolence qui cachait mal son embarras, et il avait aussitôt remis le portefeuille dans sa poche et s'était éloigné.

Fernand était revenu à la maison faible et amaigri, mais avec un assez bon moral. Ses cheveux grisonnaient à présent et la chair sous son menton se relâchait un peu. On l'avait bientôt vu réapparaître à la quincaillerie. Au début, il ne faisait que de petites journées et partait au milieu de l'après-midi, les yeux dans le fond de la tête. Mais, rapidement, il avait repris la gouverne de sa main sûre et vigoureuse, parfois impatiente. Un soir, serviable comme toujours, il avait aidé à déménager les effets du fils d'un de ses voisins qui s'installait en appartement, étonnant même tout le monde par sa force lorsqu'il s'était agi de transporter un réfrigérateur ; Lucie, un peu inquiète, s'était réjouie de retrouver son Fernand des bons jours ; mais le lendemain il s'était levé à dix heures, manifestement vanné par son effort, et n'avait fait qu'une courte apparition à la quincaillerie.

Deux soirs par semaine, il se rendait chez son psychiatre, le docteur Berthiaume, qu'il considérait comme « son sauveur et un grand monsieur, qui avait assez de jugeote pour siéger à l'ONU et même en être le secrétaire général ». Un dimanche midi, au milieu du dîner, il déclara qu'il avait en fait *deux* sauveurs et, posant sa main sur la tête de Charles avec un sourire affectueux et moqueur :

— C'est lui, croyez-le, croyez-le pas, qui a réglé le problème des feux à la quincaillerie. Mais ne me demandez pas comment : il ne veut pas me le dire. Ça ne fait rien ; un de ces jours, je vais le proposer comme chef des pompiers pour Montréal.

Sous la plaisanterie, on sentait une gratitude sincère. Charles, les yeux dans son assiette et rouge comme un panier de tomates, grimaçait une sorte de sourire et ne voulut jamais répondre aux questions qu'on lui posa.

Henri établit aussitôt un lien entre ce mystérieux exploit, la conversation de Charles et de Blonblon à l'école Pierre-Dupuy, et la liasse de billets de banque. Dans la soirée, il fit part à Charles de ses déductions; ce dernier piqua une telle colère que ses soupçons en furent confirmés. Il se mit à le surveiller avec une attention accrue.

Henri finit par remarquer que l'adolescent se rendait fréquemment à la caisse populaire pour y effectuer des dépôts. Ce n'était sûrement pas son travail à la pharmacie qui pouvait expliquer cette abondance d'argent. Un soir de septembre, il l'aperçut en conversation au coin d'une rue avec un type d'allure louche, qu'il croisait parfois dans le quartier. Un lien de plus s'établit dans son esprit et il sentit que la minute de vérité approchait.

À quelque temps de là, par une fin d'après-midi pluvieuse, il retournait à la maison après l'école en compagnie de Charles lorsque ce dernier lui déclara soudain qu'il avait une course à faire; Henri trouva que c'était un drôle de temps pour circuler sans parapluie et, malicieusement, lui proposa de l'accompagner. Charles eut une grimace, lui répondit sèchement que s'il avait souhaité sa présence il lui en aurait fait part et il le quitta, l'air pressé. Henri frétillait d'impatience. Il attendit une ou deux minutes, puis se mit à filer son compagnon. Il n'eut pas à le suivre longtemps. Charles avait quitté la rue Parthenais, où se trouvait l'école, pour la rue Fullum, qui lui est parallèle, et se dirigeait vers le sud, mais presque aussitôt il revint sur Parthenais et alla sonner à la porte d'un logement situé en face de la célèbre prison. Henri, tout excité par sa filature, se cacha derrière un conteneur installé devant un immeuble en rénovation et attendit, insoucieux de la petite pluie grise qui le trempait. Charles réapparut au bout de quelques minutes et passa à quelques pieds de lui, la mine soucieuse, puis disparut au coin de la rue. Qui venait-il de rencontrer? Henri quitta sa cachette, alla noter l'adresse et revint sur ses pas, incertain de ce qu'il allait faire. Sonner à la porte lui paraissait bien imprudent. Quel prétexte pourrait-il invoquer? À moins de se cacher de nouveau et d'attendre que la personne montre son nez... Mais cela risquait d'être long... Il aperçut tout à coup la devanture d'un dépanneur. On pourrait sans doute le renseigner à cet endroit. Une grande femme rousse, à qui la cinquantaine avait laissé quelques vestiges d'une beauté un peu commune, fumait derrière le comptoir, l'œil rivé sur la télévision. Il acheta une tablette de chocolat et se mit à la dévorer, car sa filature lui avait creusé l'estomac.

— Est-ce que vous savez qui demeure au 1670 ? demanda-t-il à la femme du ton le plus dégagé qu'il pût trouver.

Elle lui jeta un regard étonné, vaguement soupçonneux :

— Pourquoi ?

— Ma mère m'a demandé d'aller porter une lettre à une de ses tantes, mais je ne suis plus sûr de l'adresse.

— C'est un monsieur Thibodeau qui reste là, et il vit seul. Comment elle s'appelle, la tante de ta mère ?

Henri entendit à peine la fin de sa question. Il s'éloignait sur le trottoir en sifflotant un petit air gai.

Le tableau prenait forme peu à peu. Charles s'était acoquiné avec un zigoto atriqué comme la chienne à Jacques qui lui donnait beaucoup de fric et ce pauvre con allait le remettre à son père, qui le faisait évidemment chanter. Henri entendait déjà une rumeur de félicitations autour de lui. On allait bientôt savoir lequel des deux, de lui ou de Charles, était le plus brillant ! On saurait, en tout cas, lequel était le plus honnête. Il n'y avait plus qu'un problème à résoudre : de quel trafic Charles tirait-il ses sous ? Il s'agissait sûrement de drogue. De quoi pouvait-il s'agir d'autre ? Et cette drogue, Charles la piquait, bien sûr, à la pharmacie.

Cette idée le consterna. En dénonçant Charles, il risquait de lui causer des ennuis sérieux – et peut-être même de l'envoyer en prison ! Le succès de son enquête avait beau le remplir de fierté, il n'avait aucune attirance pour le rôle de délateur, qui l'horripilait et salirait pour toujours sa réputation. L'honnêteté, lorsqu'elle emprunte les voies de la trahison, prend un visage répugnant.

Et pourtant, Charles devait apprendre à tout prix que sa combine avait été mise à nu – ou presque. Cela le pousserait peut-être à y renoncer, et un jour il lui en serait reconnaissant. Et puis, il verrait du même coup qu'il n'y avait pas que lui de dégourdi...

Une semaine s'écoula et Henri continuait d'hésiter. Sans oser se l'avouer, il craignait la réaction de Charles, qui pouvait se montrer soupe au lait parfois. Sans compter que Fernand, encore bien fragile, n'avait pas besoin d'une pareille affaire pour ajouter à ses soucis.

Et puis, un soir, cela se fit tout seul.

C'était un samedi. Charles et Henri, contrairement à leur habitude, se trouvaient à la maison. Fernand était allé se coucher vers neuf heures, Lucie l'avait rejoint peu de temps après et Céline venait de partir chez une amie. Les deux garçons, une bière à la main, affalés sur le canapé du salon, regardaient une comédie américaine à la télé. Un calme somnolent régnait dans la maison et seul Bof, couché sur un tapis et en train de se mordiller fiévreusement les ongles, empêchait que l'inaction y fût totale. Était-ce l'effet de l'alcool ou l'ennui profond que dégageait le film depuis une demi-heure? Toujours est-il qu'Henri se tourna tout à coup vers son compagnon et, sur un ton dégagé, marqué d'une touche d'impertinence:

— Je sais tout, Charles.

L'autre lui jeta un regard interrogateur.

— Je sais tout, je te dis.

— Tu parles de quoi? demanda Charles avec impatience.

— Tu sais fort bien de quoi je parle. Je sais tout, et depuis un bon bout de temps déjà.

Et il se mit à lui raconter en détail la minutieuse surveillance qu'il avait exercée sur Charles et ce qu'elle lui avait permis d'apprendre et de déduire.

— Tu t'approvisionnes à la pharmacie, hein? ajouta-t-il en guise de coup de grâce. Je ne sais pas ce que tu refiles à ton *pusher*, mais, si j'étais toi, j'arrêterais ça tout de suite, parce que, tôt ou tard, tu vas te retrouver dans la soupe, mon vieux, et tu vas la trouver chaude en ciboire!

Charles le regardait, stupéfait, atterré, furieux. Il posa lentement sa bière sur le tapis et se mit à la fixer, comme si une solution à l'effroyable pétrin où il se trouvait allait en sortir. Puis, relevant la tête, il se passa la main sur le visage. Elle tremblait.

— Écornifleur de mes deux fesses, murmura-t-il avec une colère rentrée qui pulvérisa le petit sourire protecteur sur les lèvres de son compagnon. Jamais j'aurais cru que t'étais un pareil trognon sale... Tu me lèves le cœur... De quoi tu te mêles? Qu'est-ce que je t'ai fait? Sais-tu pourquoi j'agis comme ça? Tu ne sais rien de rien et tu t'amuses à jouer la police et ensuite à venir me faire la morale, trognon pourri! Vas-y! Dénonce-moi! Vous serez bien avancés, tous les quatre, quand on m'aura arrêté!

La honte et l'indignation se mêlaient en lui dans une sorte de convulsion intérieure qui lui amena les larmes aux yeux. D'une voix éraillée, il lui décrivit les deux rencontres tumultueuses qu'il avait eues avec son père pour tenter de sauver la quincaillerie et le marché qu'au bout de pénibles efforts il avait réussi à conclure avec lui.

— Je n'ai pas le choix. Comprends-tu ça, finfin? Penses-tu que je fais ça pour me remplir les poches? pour m'amuser? Trouve-moi-z-en donc une autre façon de ramasser deux mille dollars en six mois? Les emprunter? Les emprunter à qui? À l'oratoire Saint-Joseph? À Ginette Reno?

Et il lui assura qu'aussitôt qu'il aurait amassé l'argent (plus une certaine somme pour parer à toute éventualité), il abandonnerait à tout jamais le foutu commerce auquel il avait été forcé de s'adonner.

— Penses-tu? ricana Henri. Ton *pusher* te tient par les couilles, à présent! Il ne te lâchera pas comme ça!

La discussion continua à voix basse, les deux adolescents s'interrompant de temps à autre pour jeter un regard vers la porte et s'assurer que personne ne les écoutait. Henri alla chercher deux autres bières, puis deux autres. Bof, inquiet du ton et de la mine de Charles, s'approcha pour lui lécher la main et s'enfuit avec une taloche.

Henri, un peu ivre à présent, s'était radouci. Il commençait même à ressentir une certaine admiration pour Charles, tout en continuant d'affirmer que sa conduite était pure folie. Finalement, vers minuit, il proposa d'aller dans un restaurant, où ils seraient beaucoup plus à l'aise pour discuter ; et ce fut devant une pizza toute garnie qu'il convint avec Charles de garder l'affaire secrète, à condition que ce dernier le tienne au courant des moindres détails et qu'il s'engage à rompre avec De Bané aussitôt que la quincaillerie serait hors de danger, un objectif qu'il jugeait par ailleurs bien utopique.

44

Le 11 octobre, on fêta les dix-sept ans de Charles. La journée avait plutôt mal débuté. Le matin, en se rendant à l'école, il avait aperçu Marlène qui s'en allait à son travail. Il l'avait abordée avec l'idée de l'inviter au cinéma le lendemain, puis de passer le reste de la soirée dans sa chambre à faire l'amour, mais elle avait refusé sèchement, lui répondant qu'après trois semaines sans aucune nouvelle de lui, elle avait peine à se rappeler son nom et que, de toute façon, elle consacrait son temps à quelqu'un d'autre. Puis, tournant les talons, elle avait filé vers son épicerie.

En revenant à la maison vers la fin de l'après-midi, il trouva sur son bureau un mot griffonné de la main de Céline :

René
URGENT !

Il ne pouvait s'agir, évidemment, que de René De Bané. Charles lui avait pourtant expressément défendu de téléphoner à la maison. Fort mécontent, il l'appela d'un restaurant.

— Faut m'excuser, mon vieux, c'est un cas de force *majoritaire*. Je dois partir en voyage tout à l'heure pour deux jours – une urgence, tu comprends – et j'ai des livraisons à faire demain. Alors, ça me prend quelqu'un de cent pour cent fiable pour me remplacer – et je connais personne d'autre que toi, mon *chum*... T'as pas le temps ? Écoute, je suis prêt à t'offrir trois beaux billets de vingt pour ton *trouble*... *Hey* ! Charles ! fais-moi pas un coup de même ! Tu sais bien que mes clients peuvent pas attendre... C'est une question de réputation, mon vieux... Si je les laisse tomber une fois, ils vont perdre confiance en moi et on risque de les voir filer ailleurs, tu comprends ? Cinq petites livraisons pour soixante piastres ! Dis-moi pas que c'est pas bien payé, ça, tabaslac !

Après quelques minutes de supplications, Charles finit par accepter à contrecœur ; les deux hommes convinrent de se rencontrer une demi-heure plus tard dans le petit stationnement face au centre commercial Place Frontenac, rue Ontario.

Charles s'y rendit, irrité et plein de méfiance. Qu'était-ce que ce fameux voyage ? Est-ce que De Bané, craignant un mauvais coup, avait décidé de se mettre à l'abri, envoyant son fidèle compagnon se faire percer la peau à sa place ? Ou bien, devinant que Charles se préparait à le lâcher – car le bonhomme, malgré ses allures de deux de pique, ne manquait pas de flair –, avait-il décidé de le compromettre un peu plus, de façon à lui bloquer toute porte de sortie ?

Il fut bien près de rebrousser chemin. Mais la peur d'une complication ou même de représailles le poussa à se présenter au rendez-vous. La rencontre ne dura qu'une minute. De Bané, sans quitter son auto, lui remit tout souriant une enveloppe molletonnée :

— Le *stock*, les adresses et les soixante piastres, tout y est, mon *chum*... Je te revaudrai ça... Salut !

Il envoya la main et s'éloigna, tandis que Charles, entouré d'un nuage de fumée bleue, faisait disparaître l'enveloppe dans son sac d'école.

Le repas d'anniversaire avait été fixé à dix-neuf heures, de façon à donner le temps à Lucie, qui ne pouvait quitter la quincaillerie avant dix-huit heures, de voir aux derniers préparatifs.

La mine inquiète et renfrognée de Charles la frappa ; elle mit la dernière main aux lasagnes Alfredo (un de ses mets favoris), puis termina la décoration du gâteau, un moka avec glace au beurre qu'elle avait confectionné la veille au soir, tout en se demandant quel souci pouvait bien le ronger ; elle tâta le terrain par deux ou trois questions détournées, mais n'obtint que des grognements, puis un soupir d'impatience, et s'arrêta. On fêtait Charles, mais Charles filait un mauvais coton. Son peu d'entrain déçut tout le monde. Il donnait l'impression d'être là par politesse. De temps à autre, Henri posait sur lui un regard perçant et subtilement interrogateur.

Il ne se dérida un peu qu'au moment de la remise des cadeaux. Les affaires de la quincaillerie commençant à aller mieux, Fernand et Lucie lui avaient offert une magnifique lampe de travail en laiton. Charles la reçut avec joie, faisant mine de ne pas remarquer l'incitation un peu voyante qui l'accompagnait à mener une vie plus rangée. Céline, avec une adorable confusion, lui remit le deuxième et dernier volume des nouvelles de Maupassant, un achat qui lui avait coûté bien des sacrifices. Henri se contenta de lui serrer la main :

— Mon cadeau, je te l'ai fait l'autre fois, hein, Charles ? lui lança-t-il avec un sourire entendu.

Son frère adoptif apprécia peu l'allusion. Il y sentait davantage d'arrogance que d'amitié et aussi comme une vague menace. Ah ! que vienne le jour du dernier versement à son père, qu'il puisse enfin dormir une bonne nuit ! Ce jour-là, il quitterait peut-être la maison des Fafard, où il avait pourtant été heureux, afin de louer un petit appartement, juste pour le plaisir de vivre en paix ! Le mois d'avant, Marlène lui avait parlé de logements dans le quartier qui se louaient à moins de cent dollars par mois. En trouvant un coloc, il pouvait peut-être envisager l'affaire.

Il se garda bien de laisser deviner ses pensées et, à partir de ce moment, s'efforça de sourire.

— Un autre morceau de gâteau, mon Charles? roucoula Lucie en enserrant l'épaule de l'adolescent de son bras potelé. Il est bon, hein? Je l'ai particulièrement réussi, cette fois. Je pense que c'est à cause de l'œuf que j'ai ajouté. Et puis, je ne quittais pas mon fourneau de l'œil. Il m'a joué tellement de tours, le sacripant! Dès qu'on tourne la tête, il se met à chauffer comme un feu de forêt!

— Il est comme toi au lit! lança Fernand, qui avait un petit coup dans le corps.

Et il éclata de rire devant sa mine confuse.

Malgré son visage amaigri et sa couronne de cheveux devenue poivre et sel, il reprenait bonne mine.

Cinq adresses. Quatre à une relative proximité, la cinquième assez loin dans l'est, rue Sherbrooke, près du fameux Orange Julep, où son père l'avait emmené une fois quand il avait six ans. Pour l'une d'elles, De Bané lui avait donné comme instruction d'ouvrir la porte de l'appartement, qui serait déverrouillée, et de laisser l'enveloppe sur le tapis, où son client viendrait la prendre plus tard. De Bané réclamerait lui-même son fric.

Il avait pensé à ses livraisons une partie de la nuit, puis presque toute la journée, ce qui lui avait mérité une remarque acide de monsieur Boisclair, le prof de mathématiques, attristé de voir qu'un de ses meilleurs élèves, parti en lion au début de l'année scolaire, se laissait couler lentement dans les bas-fonds de la fainéantise. Charles avait imaginé des ripostes en cas de guet-apens (son couteau à cran d'arrêt y jouait un rôle), des réponses habiles aux questions indiscrètes, des réactions efficaces aux bizarreries des cinglés ou à l'agression d'un maniaque, et il s'était donné comme consigne d'avoir l'œil ouvert et les yeux tout le tour de la tête pour détecter le moindre indice suspect, et, le cas échéant, de filer jusqu'à un endroit public où il se fondrait parmi les gens après s'être débarrassé en douce de sa marchandise.

Bref, il avait la trouille.

À quatre heures moins quart, il quitta l'école avant la fin du cours et se rendit à la première adresse, rue Fullum, non loin de Radio-Québec. À quelques portes du restaurant L'Armoricain se dressait un immeuble de brique du début du siècle, comme il en abondait dans le quartier, d'assez belle apparence, rénové avec soin. Il sonna au rez-de-chaussée. Pour la première fois, il verrait l'autre bout de la chaîne. Il connaissait le visage des malades qu'il dépouillait de leurs remèdes. Il allait voir à présent celui des gens qu'il rendait malades.

Un jeune homme lui ouvrit. Il avait une grande bouche aux lèvres minces, la lèvre supérieure un peu avancée, un nez massif à l'arête arrondie et au bout pointu, des yeux légèrement enfoncés, un front haut et large, des cheveux châtains courts et rasés sur les côtés. L'ensemble donnait une impression de détermination et de cruauté.

— Oui?

— Je viens de la part de De Bané.

— Ah.

Il demeurait immobile, imperturbable, attendant que Charles poursuive.

Ce dernier fouilla dans son sac et lui tendit une enveloppe bleue. Il s'en empara, glissa la main dans la poche de sa chemise, sortit un petit rouleau de billets de banque entouré d'un élastique, inclina légèrement la tête et referma la porte.

À la deuxième adresse, Charles fut accueilli par un homme au début de la soixantaine, au visage poupin et très rose, avec une abondante chevelure blanche et une bouche lippue à l'expression tendre, qui le faisait ressembler à une grosse femme un peu triste. Il invita Charles à prendre un café. Ce dernier refusa poliment, lui remit la marchandise, demanda l'argent et partit.

Jusque-là, tout allait bien. Sa nervosité diminua un peu. Les bouffées de chaleur qui lui mettaient le dos et les aisselles en eau s'espacèrent. De Bané avait raison : si les choses continuaient ainsi, ce seraient soixante dollars facilement gagnés. Mais il se jurait de ne plus jamais en gagner de cette façon.

Rue Darling, il ouvrit la porte et laissa l'enveloppe dans le corridor, comme cela avait été entendu. Un petit chien jappait furieusement dans une pièce, mais personne ne se montra.

Il consulta sa montre. L'heure du souper approchait. Pour éviter les questions que son retard ne manquerait pas d'amener, mieux valait terminer ses livraisons en soirée.

— Où étais-tu allé ? lui demanda Henri à voix basse au moment du dessert.

Charles se contenta de le regarder en plissant les lèvres. L'autre comprit vaguement de quoi il s'agissait et lui adressa un petit sourire, où la complicité se mêlait à quelque chose d'inquiétant. Charles sentit de la haine monter en lui.

Il se retira dans sa chambre, potassa un peu sa chimie, puis, étendu sur son lit, contempla Hachiko, toujours à son poste sur la commode et que, deux fois, Bof avait essayé sournoisement de faire tomber, ce qui avait chaque fois provoqué son expulsion de la chambre pour une semaine. Dans la façon qu'il avait de se tenir assis, solidement appuyé sur ses deux pattes massives, le museau bien droit, l'œil attentif, le chien de bronze semblait attendre un signe de son maître pour bondir à son service. Toute son attitude proclamait fièrement sa fidélité aveugle pour le professeur japonais qui l'avait accueilli dans sa maison à l'âge de deux mois. Charles avait pris modèle sur Hachiko. Et voilà pourquoi, afin de protéger à tout prix – et en dépit de toutes les règles du bon sens – l'homme qui l'avait choisi comme son fils, il s'adonnait à des activités criminelles qui risquaient de lui causer les plus graves ennuis. Et si cela se produisait, Fernand Fafard, intraitable sur les questions d'honnêteté, entrerait alors dans une de ces éruptions volcaniques qui répandaient l'effroi autour de lui et le rejetterait sans doute à tout jamais.

Il se leva et partit faire ses deux dernières livraisons. Le quatrième client habitait rue Rachel près du parc La Fontaine. Charles marchait d'un pas vif, car la distance à parcourir était assez grande et un vent frisquet lui soufflait au visage. Un homme à longue chevelure noire portant un paquet ficelé surgit d'une ruelle et se dirigea vers lui. En le croisant, l'inconnu lui adressa un sourire un peu crispé, vaguement désagréable, qui découvrait de longues dents jaunes trop espacées. Charles se retourna, étonné. Pourquoi cet homme lui avait-il souri? Avait-il par hasard reconnu un collègue? Ou quelque chose de ridicule dans son habillement l'avait-il amusé? Il s'arrêta, inspecta ses vêtements, ne remarqua rien de particulier et poursuivit sa route, perplexe.

Dix minutes plus tard, il arrivait devant un immeuble de deux étages à façade de pierre grise, précédé d'un minuscule carré de gazon où poussait modestement un jeune pommettier déjà à demi effeuillé. Un long escalier en courbe frôlait la tête de l'arbre. Il s'y engagea et sonna à la porte d'un appartement du premier étage.

Au bout d'un moment, il s'apprêtait à consulter sa liste pour s'assurer qu'il ne s'était pas trompé d'adresse lorsque la porte s'ouvrit et qu'une jeune femme apparut, vêtue d'une robe de chambre de satin bleu, le regard somnolent. Elle représentait le type même de la beauté scandinave, devenu le cliché que l'on sait : de longs cheveux blonds, des yeux bleus, un nez droit, une grande bouche aux lèvres un peu fortes mais d'un dessin sensuel. Seul un corps légèrement grassouillet l'empêchait de correspondre parfaitement à l'icône hollywoodienne.

— Je viens de la part de René De Bané, fit Charles, intimidé.

— Je sais. Entre. Je vais chercher l'argent.

Sa voix et son visage pâle et alangui exprimaient une telle douceur qu'il en demeura saisi.

— Excuse-moi de t'avoir fait attendre, poursuivit-elle en s'éloignant dans un salon sommairement meublé, je m'étais endormie.

Elle disparut. Charles, debout près de la porte, examina la pièce. Un canapé et un fauteuil rouges, une table à café et une torchère, tous aux lignes sobres et modernes, rappelaient certaines photos de revues de décoration. Le plancher verni, dépourvu de tapis, jetait comme une note de tristesse. Charles se demanda si la douceur extraordinaire qui semblait habiter cette jolie femme ne venait pas des médicaments qu'elle consommait. Comment le savoir? Il n'était quand même pas assez bête pour le lui demander!

Elle réapparut, une enveloppe à la main, glissant vers lui d'un pas léger dans la souple ondulation de sa robe de chambre, et il remarqua ses pieds, chaussés de mignonnes pantoufles roses ornées d'une petite boucle bleue; il les imagina ravissants.

— Il me manque un peu d'argent, murmura-t-elle avec un sourire où se cachait une tendre supplication. Je paierai le reste la prochaine fois, c'est promis.

— Oh, ça va, il n'y a aucun problème, répondit Charles en rougissant, alors que De Bané lui avait pourtant donné comme consigne de ne jamais faire crédit à quiconque, quitte à retenir la marchandise.

Et il prit l'argent.

— Il y a longtemps que tu travailles pour René? demanda-t-elle en resserrant machinalement le cordon de sa robe de chambre.

— Oui, assez, et il posa la main sur le bouton de la porte, impatient de partir, car sa rougeur grandissante le mettait au supplice.

— Salut et merci, murmura-t-elle en lui souriant de nouveau.

Il descendit l'escalier en prenant de grandes bouffées d'air frais, soulagé de se retrouver seul. Il faisait donc partie, lui aussi, des ennemis de cette femme si douce et si gentille, désarmante et fragile. Bien sûr, personne ne la forçait à se procurer cette drogue, elle le faisait de son plein gré; mais il lui tendait la main pour qu'elle en prenne. Et dans quel but? Dans le seul but égoïste de se faire du fric.

Le passage d'un roman qu'il avait lu quelques mois plus tôt lui revint tout à coup; c'était une description où l'on comparait une femme à un ange. L'image l'avait fait sourire. Il l'avait trouvée exagérée, sentimentale, démodée, presque niaise. Il avait vu bien des filles et des femmes dans sa vie, et aucune, si ravissante et gentille fût-elle, ne lui avait fait songer à un ange (si une telle chose existait). Eh bien! aujourd'hui, c'était le mot qui lui venait à l'esprit. Oui, il avait l'impression d'avoir parlé à un ange, à un ange mal en point qu'il travaillait à détruire. Une envie soudaine le prit de retourner à l'appartement, de lui remettre son argent, de reprendre la marchandise et de la convaincre d'abandonner la funeste habitude qui risquait de ruiner sa vie et de la mener à la mort.

Mais il continuait d'avancer dans la rue à pas rapides, la tête basse, tandis que les feuilles mortes, les fissures du trottoir, les débris de cellophane, de plastique et de papier défilaient sous ses yeux comme pour lui rappeler que tout était voué à l'éparpille-ment et à la destruction.

Il livra une dernière commande et revint chez lui vers neuf heures. Céline enfilait un manteau dans le vestibule pour aller faire une course.

— D'où viens-tu? lui demanda-t-elle.

Il aimait ce sourire candide et affectueux qu'elle lui adressait toujours. Mais ce soir-là il lui parut crispé et ses yeux, remplis d'inquiétude. Est-ce que son visage le trahissait? Est-ce qu'Henri aurait parlé? Non, sûrement pas. Il n'avait aucun intérêt à le faire. Mais elle sentait quelque chose, c'était clair. Et, tôt ou tard, elle finirait par tout apprendre. Alors mieux valait que ce soit par lui. « Je viens de tuer un ange, Céline, répondit-il intérieurement. C'est un de mes passe-temps favoris. Et ça rapporte, si tu savais! »

— D'où je viens? fit-il, l'air dégagé, en enlevant son manteau.

Il hésita, puis:

— Je te raconterai ça un de ces jours.

Et, suivi de Bof, mis en joie par son retour et qui éternuait d'excitation, il s'enferma dans sa chambre, où l'attendaient ses livres de classe. Il essaya de s'y plonger, mais à tout moment l'Ange blond apparaissait dans sa tête. À sa façon, cet ange lui avait laissé une impression aussi vive que la Déesse noire de ses quatorze ans. Mais c'était le remords qui le torturait, cette fois, et non pas l'amour. Il fallait parler à quelqu'un, absolument. Téléphoner à Blonblon? Comment réagirait-il à cette aggravation de sa déchéance? Mais il fallait parler à quelqu'un.

Il en était là dans son flottement lorsqu'on frappa doucement à la porte.

— C'est moi, fit Céline. Est-ce que je te dérange?

— Entre, répondit-il, surpris et un peu ennuyé.

— Tu étudiais? Excuse-moi, je reviendrai plus tard.

— Non, ça va, ça va.

Elle alla s'asseoir sur le bord du lit et se mit à caresser la tête de Bof qui était venu la trouver.

— Papa et maman sont sortis au cinéma, Henri est je ne sais où. J'avais le goût de parler à quelqu'un.

« Tiens, elle aussi? » Il eut un sourire intrigué. Ces manières ne lui ressemblaient pas. Elle venait aux nouvelles. Son « un de ces jours » lui paraissait trop loin, sans doute.

— Tu as fini tes devoirs? fit-il, ne sachant trop quoi dire.

— Presque. Il ne me reste que mon français. J'en ai pour un quart d'heure. Le français, c'est une de mes matières fortes. Comme pour toi.

Elle poussa un soupir, pencha la tête et se mit à gratter Bof derrière une oreille. Le chien poussa un soupir à son tour et se pressa contre sa jambe, l'œil à demi fermé, se mourant d'aise.

— Je me sens toute drôle, ce soir. Je ne sais pas pourquoi. C'est déplaisant.

— Moi aussi, ça m'arrive parfois.

Son abandon le touchait. Et autre chose aussi, de très physique, qui repoussait l'ange au fond de sa tête et faisait naître en lui un mélange de plaisir et d'inquiétude. Pour la première fois, et de façon précise, presque impérieuse, il sentait le besoin de la serrer dans ses bras, de l'embrasser, de la caresser longuement. À tel point qu'il dut croiser la jambe.

— Quand je me sens comme ça, poursuivit Céline sans paraître remarquer son trouble, je me fais couler un bain très chaud, je m'enfonce dans l'eau jusqu'au cou et j'essaye de ne penser qu'à des choses agréables.

Il la voyait étendue dans le bain, ses fines jambes allongées, ses bras se laissant aller à une douce ondulation, le visage alangui, le regard émoussé par une rêveuse torpeur. C'était ravissant.

— Eh bien, moi, j'utilise une autre méthode, fit-il, saisi à son tour par l'envie de se confier. En fait, j'en ai deux.

Il lui parla d'abord de la chambre de Noël d'Amélie Michaud. C'était une confidence qu'il n'avait faite qu'à Blonblon, puis à Marlène, un jour de cafard. Céline l'écoutait, penchée en avant, la bouche entrouverte, captivée par cette histoire bizarre. Elle lui fit décrire minutieusement les lieux et le supplia de lui arranger une visite.

— Et l'autre méthode?

De celle-là, il n'avait jamais parlé à personne; il hésitait à le faire. Mais Céline insistait avec de petites moues si câlines qu'il finit par céder et lui ouvrit un des replis très secrets de son cœur, en prenant la précaution, toutefois, de décrire la chose comme un enfantillage auquel il ne s'était pas adonné depuis très longtemps. Il se mit ainsi à lui parler du petit chien jaune de son enfance, des efforts héroïques qu'il avait déployés à la garderie pour le sauver, de sa mort lamentable et du merisier devant lequel il reposait maintenant depuis quatorze ans. Dans ses moments de détresse (peu nombreux mais inoubliables), il était allé s'asseoir près de sa tombe et la douce présence de l'animal – c'était son imagination, bien sûr, il n'était quand même pas assez fou pour y croire vraiment – qui semblait flotter dans la cour déserte l'avait chaque fois mystérieusement réconforté, et c'était sous ce merisier qu'il avait chaque fois trouvé la solution au problème qui le troublait.

Le visage de Céline avait pris un air de gravité qu'il ne lui avait jamais vu. Il en fut flatté. Elle s'informa de l'adresse de la garderie et déclara qu'elle irait rendre visite dès le lendemain au petit chien jaune – avec la permission de Charles, bien sûr.

— Je n'ai pas de permission à te donner, répondit-il en riant, l'endroit ne m'appartient pas, après tout...

Ils causèrent encore un long moment. Céline lui parlait de ses histoires d'école, de ses lectures, de ses amies et de leurs goûts, souvent fort différents des siens, de ses projets d'avenir (elle voulait devenir infirmière ou institutrice, mais songeait aussi à la médecine); puis elle lui confia quelques-uns de ses soucis : les inquiétudes que lui causait son père, le caractère de plus en plus pointilleux de Lucie que son travail à la quincaillerie épuisait, l'état de guerre ouverte qui sévissait entre elle et son professeur de chimie. «Elle se prépare à me questionner», se dit Charles, qui fut immédiatement sur ses gardes.

Mais elle se contenta de lui demander comment il allait, avec tant de bonne foi et d'affection que sa méfiance tomba aussitôt.

— Moi? Bah... Ça pourrait aller mieux, mais, au fond, je ne m'en tire pas si mal. Sais-tu quoi? Depuis quelque temps, je rêve d'aller vivre seul en appartement. Ce n'est pas que je m'emmerde ici, bien au contraire, mais j'ai besoin de me retrouver seul, je ne sais pas pourquoi, ça me vient des tripes.

Elle avait l'air déçue, attristée.

— De quoi vivrais-tu?

— Ah ça, je ne sais pas...

Il commençait à se faire tard et elle devait retourner à ses devoirs. Elle lui souhaita bonne nuit et s'apprêtait à quitter la chambre lorsqu'il la saisit par le bras, se pencha vers elle et lui donna un baiser sur la joue.

Ils se regardèrent en riant, très rouges tous les deux, puis elle partit.

Quand il se coucha, un délicieux contentement l'habitait, comme s'il venait d'accomplir une bonne action. Mais au milieu de la nuit il se réveilla. L'Ange blond occupait de nouveau ses pensées et lui souriait avec un air de doux reproche. «Ah! que veux-tu que j'y fasse, à la fin? se disait-il, excédé, se débattant contre ses remords. Ce n'est quand même pas moi qui la force à prendre ces maudites pilules ! »

Bof, réveillé par ses soubresauts, le regardait, inquiet.

— Allons, dors, mon beau chien, fit Charles en le caressant. Tu n'as rien à te reprocher, toi.

Après une interminable discussion avec lui-même, où il se donnait alternativement tort et raison, il réussit enfin à s'endormir, épuisé. Un reflet de soleil venait de s'allumer sur Hachiko.

À quelques jours de là, il rencontra René De Bané pour régler ses comptes ; le voyage précipité du trafiquant avait dû lui être fort profitable, car il avait le teint limpide, les traits reposés, un début d'embonpoint, et il se montra aimable et enjoué. Charles lui annonça avec une certaine appréhension que la jeune femme de la rue Rachel lui devait de l'argent ; à sa grande surprise, l'autre n'en parut pas trop fâché et se contenta de pousser un soupir résigné :

— Ah, Brigitte, Brigitte, elle n'en fait jamais d'autres... Bon, j'irai la voir... Que veux-tu ? C'est une artisse, torvisse !

Charles le questionna sur sa cliente et apprit qu'elle se nommait Loiseau et pratiquait le métier de comédienne. Comme plusieurs de ses collègues, elle se débattait éperdument pour sortir de l'obscurité et, entre-temps, tirait le diable par la queue.

— Comédienne ? répéta Charles, pénétré d'admiration.

Les ailes de l'Ange blond venaient de se déployer encore plus largement dans son esprit. Brigitte Loiseau... Quel joli nom ! Il l'imaginait immensément douée, avec une sensibilité profonde et complexe, obsédée par l'idéal presque impossible qu'elle s'était fixé. Pauvre femme ! C'était sans doute le découragement devant les obstacles accumulés qui l'avait poussée à s'évader dans la drogue. Mais, à son insu, la gloire l'attendait peut-être au tournant du chemin. Ah ! s'il avait eu un peu plus de cran, il serait allé la trouver pour lui prodiguer ses encouragements et l'assurer qu'une femme belle et talentueuse comme elle devait tôt ou tard s'attirer l'adoration des foules.

Quelques semaines passèrent. De Bané s'était mis à exercer d'aimables pressions sur Charles pour qu'il lui fournisse un peu plus de marchandise, car, avec la venue de l'automne et les journées qui raccourcissaient, le besoin de réconfortants augmentait chez sa clientèle. Or, son complice, loin de chercher à le satisfaire, avait réduit ses livraisons. Quelque chose dans le comportement d'Henri Lalancette, une certaine expression fureteuse qui apparaissait parfois dans son regard, deux ou trois questions indirectes qu'il lui avait posées récemment, mine de rien, et surtout la fouille discrète des poches de son manteau que Charles l'avait surpris en train de faire la semaine d'avant et que le pharmacien avait justifiée en bredouillant, tout rouge, qu'il « se cherchait des allumettes » (lui qui ne fumait pas!) l'avaient convaincu que, malgré toute son habileté de gentil filou, les beaux jours de sa combine étaient comptés et qu'il lui faudrait bientôt fermer boutique, ce qui l'arrangeait au plus haut point, car sa situation lui inspirait un dégoût sans cesse grandissant.

Une fois, il avait senti le souffle de la catastrophe passer sur sa tête. Il venait de livrer trois douzaines de Valium (après leur avoir substitué des faux) à une vieille dame de la rue Bercy, remarquable pour la générosité de ses pourboires et sa gentillesse un peu sénile, lorsqu'elle l'avait rappelé du seuil de sa porte.

— Excuse-moi de te faire revenir, mon beau jeune homme, je voulais t'en parler tout à l'heure, mais ça m'est parti de l'idée... J'aurais un service à te demander.

— Oui, madame, fit courtoisement Charles.

— C'est que... c'est que... comment te dire, mon Dieu? Je ne voudrais surtout pas faire de peine à monsieur Lalancette, mais c'est que... je trouve depuis un bout de temps que ses pilules sont... moins bonnes qu'avant... Elles ne me font presque plus d'effet, tu comprends... J'en prenais toujours deux avant de me coucher et je filais d'habitude jusqu'au matin – sauf si j'avais eu la mauvaise idée de boire trop de jus de fruits dans la soirée –

alors que maintenant... Eh bien, maintenant, j'ai toute la misère du monde à m'endormir et la nuit passée, par exemple, c'est à peine si j'ai fermé l'œil... J'ai dû regarder l'heure trois cents fois à mon réveille-matin...

Charles l'écoutait, imperturbable mais la gorge tout à coup sèche et brûlante comme un pavé au soleil.

— Alors, serais-tu assez gentil, mon grand, pour lui demander de me donner de meilleures pilules la prochaine fois? Pas *différentes*, mais *meilleures*, comprends-tu?

L'adolescent eut un large sourire:

— Oui, madame, je lui en parle tout de suite.

Et il s'éloigna, fort inquiet. Un seul mot de la vieille dame à monsieur Lalancette, et il se retrouvait dans la soupe jusqu'au cou.

Il revint sur ses pas, sonna à la porte et expliqua à la femme étonnée qu'une erreur d'emballage venait de se produire et qu'il devait reprendre ses médicaments pour lui en rapporter d'autres. Elle lui remit l'enveloppe encore scellée en épiloguant sur les dangers terribles que pouvait entraîner parfois la distraction. Un quart d'heure plus tard, il lui rapportait une autre enveloppe, avec force excuses.

Quand il revint à la pharmacie une demi-heure plus tard, Henri Lalancette lui jeta un long regard. Charles n'osa pas le questionner. Peut-être ne s'agissait-il que d'un hasard? Mais, à partir de ce moment, il eut le sentiment de traverser un précipice sur une planche pourrie.

45

Un après-midi de novembre, il grillait une cigarette en compagnie de Blonblon, attablé au café étudiant à l'entrée principale de l'école, lorsque ce dernier lui annonça deux nouvelles:

1. Il devait se faire plomber une dent le surlendemain.

2. Après avoir traversé un long désert sentimental, il venait de retomber amoureux.

Les deux choses lui faisaient très peur, mais la deuxième encore plus que la première, car il craignait une nouvelle déception. Charles se moqua gentiment de ses angoisses et lui proposa, par plaisanterie, quelques comprimés pour se calmer.

— Garde tes farces plates pour toi, répondit l'autre en détournant la tête avec un air pincé qui fit pouffer de rire son ami.

— Eh, dis donc, Blonblon, tu deviens comme une vieille fille, ma foi! Te serais-tu mis à boire de l'eau bénite?

— J'aimerais mieux boire cent gallons de pisse tiède que de pratiquer ton petit commerce, bonhomme... Et dire qu'en plus t'as le cœur d'en rire... Tu devrais avoir honte. Ce n'est pas la première fois que je te le dis: tu vas finir par mal tourner, Charles. Je t'aurai averti.

Ce dernier, piqué, lui rétorqua qu'il n'aurait bientôt plus l'occasion de lui casser la tête avec ses sermons, car, dans quelques semaines, il allait annoncer à De Bané la fin de leur collaboration. Il ne lui restait plus que cinq cents dollars à remettre à son père.

L'autre haussa les épaules:

— Si tu penses que ton *pusher* va te laisser partir comme ça... Le mot chantage, ça te dit quelque chose? Et *job de bras*?

— Pfa! un minable comme lui... Je l'empissette! De toute façon, je quitte bientôt la pharmacie.

Mais il ne crut pas bon de donner les raisons qui l'avaient poussé à cette décision.

— C'est vrai? fit Blonblon, soudain radouci. Tu abandonnes tout? Quand vois-tu ton père?

— Bientôt. Et après: salut, le cul, je t'ai assez vu! Je l'aurai gagnée, ma paix!

— Vas-tu lui faire signer un papier?

— ... où il s'engagerait à ne plus jamais commettre de péchés? ricana Charles. Sacré Blonblon! J'ai trouvé une façon bien plus simple de l'obliger à tenir parole.

Blonblon convint qu'avec des gens comme Wilfrid Thibodeau une signature ne signifiait en effet pas grand-chose et demanda à Charles quel était ce moyen qu'il avait trouvé.

— Il y a des gens qui ne demandent pas mieux que de faire des petits travaux utiles, répondit Charles avec un sourire sardonique.

L'autre se garda bien, cette fois, d'exprimer son indignation et, avec cet air affable et conciliant qui le distinguait de tout le monde et lui avait valu un statut de conseiller de cour d'école, il conclut que l'important pour Charles était de se tirer au plus vite de cette fosse à merde où il risquait de se noyer et il offrit de l'accompagner chez son père comme l'autre fois.

— Ce ne sera pas nécessaire, vieux. Depuis que je le gave de fric, il file doux comme un petit mouton.

◆

À présent, quand Henri Lalancette regardait Charles, le mot MÉFIANCE s'allumait à son insu en lettres de feu dans son visage. Pourquoi ne l'avait-il pas mis à la porte? C'est ce que Charles se demandait avec étonnement jour après jour. Puis, la réponse lui apparut, en deux parties.

Un soir, au retour d'une livraison, il était entré dans la pharmacie par la porte arrière et avait surpris une conversation entre monsieur Lalancette et Rose-Alma. Quelques mots lui avaient suffi pour comprendre que la caissière le défendait avec acharnement, tablant sur l'impression indélébile que Charles lui avait donnée lors de son engagement à la pharmacie *et qui ne pouvait tromper*.

Le surlendemain, un samedi, Henri Lalancette le fit appeler à son bureau vers la fin de la journée.

— J'ai à te parler, mon garçon, lui annonça-t-il d'un air solennel en lui désignant une chaise en face de son bureau.

Charles pâlit et prit place sans dire un mot, sûr qu'on avait découvert sa combine et qu'il ne valait plus qu'un moineau écrasé.

— L'Ordre des pharmaciens vient d'envoyer une directive à tous ses membres, poursuivit Lalancette avec une gravité judiciaire. On nous demande, comme chaque année, de mettre en garde notre personnel au sujet des produits pharmaceutiques.

Charles, livide, jugea qu'il ne valait même plus le bout de la queue d'un moineau écrasé.

— J'avais toujours négligé de le faire dans ton cas, poursuivit le pharmacien, mais je me suis dit tout à l'heure qu'il valait mieux que je sois en règle, hein? Ainsi, je n'aurai rien à me reprocher.

Puis, sur un ton neutre, professoral, et adoptant une approche strictement théorique, il lui fit une longue description des conséquences désastreuses – pour les patients privés de leurs remèdes, pour les consommateurs de drogue ainsi que pour leurs fournisseurs clandestins – du trafic des médicaments.

Charles finit par comprendre que son patron, n'arrivant pas à calmer les soupçons qu'il entretenait à son sujet, mais ne possédant encore aucune preuve, lui lançait, sous le couvert d'une directive imaginaire, un avertissement désespéré. Son subterfuge était inspiré par l'amitié – et même par une sorte de tendresse. Charles l'écouta en silence, profondément touché, se forçant à rester impassible. Ses remords en acquirent plus de mordant, mais il ne changea pas de conduite. Il s'était fixé comme but de sauver la quincaillerie et il s'y tint. Ce n'était pas là son seul motif. Il y avait aussi le plaisir, nouveau pour lui et capiteux, de la tromperie, de la tromperie subtile et habilement menée, qu'il pratiquait maintenant avec une amoureuse minutie d'artiste.

Il devait cependant redoubler de précautions. Il ne subtilisait plus à présent que deux ou trois comprimés par ordonnance. Les affaires périclitaient. De Bané s'en plaignit.

— Veux-tu aller en prison à ma place? riposta Charles, hargneux.

— Je te comprends, *chum*, mais il me semble que tu pourrais faire un peu mieux, non?

— Je fais ce que je peux. On me surveille au radar, tabarnouche ! D'ailleurs, je vais bientôt quitter la pharmacie. Les nerfs en boule, ça s'endure un temps, mais pas tout le temps.

Cette déclaration eut une action extraordinairement émolliente sur l'humeur du trafiquant. Il supplia Charles de ne pas prendre de décision sur un coup de tête. Il promit de se montrer patient. Il ajouta que son inquiétude ne venait pas seulement de sa perte de revenus *à lui*, mais aussi de celle que subissait Charles. Il lui proposa enfin, en attendant que le temps se remette au beau, d'autres occupations, par exemple, tiens, quelques petites livraisons ici et là, qui garniraient son portefeuille et permettraient à De Bané de souffler un peu, car, depuis quelques semaines, il travaillait à un projet *très* prometteur qui siphonnait tout son temps.

— Plus jamais, répondit Charles. Une fois m'a suffi.

Et l'entretien fut clos.

De Bané revint à la charge quelques semaines plus tard et, cette fois, trouva Charles mieux disposé. C'est que Wilfrid Thibodeau, dont les besoins d'argent rivalisaient avec ses besoins d'alcool, commençait à s'impatienter des montants dérisoires que son fils lui remettait depuis quelque temps. Un jour que celui-ci, excédé, lui expliquait encore une fois que ses sources de revenus avaient commencé à se tarir et qu'il n'y pouvait rien, le menuisier se fit menaçant :

— Si tu respectes pas ta parole, je vois pas pourquoi je respecterais la mienne.

— Tu vas l'avoir, ton christ d'argent, et jusqu'à la dernière cenne ! lança Charles, furieux. Seulement, ça va prendre plus de temps, c'est tout ! Arrête de me corner dans les oreilles, ça n'ira pas plus vite !

Wilfrid Thibodeau blêmit, saisit une bouteille de bière vide qui traînait sur le comptoir de la cuisine et une secousse convulsive le traversa tandis que Charles, par une peur instinctive, s'était jeté de côté. La bouteille ne quitta pas les mains du menuisier ; il la fixa une seconde avec un étrange sourire, puis le père et le fils se regardèrent en silence.

— Surveille tes manières, tocson, murmura enfin le menuisier, la voix noire de rage. Tu te rappelles ce qui s'est passé, hein, la dernière fois que tu t'es oublié? Même si tu ne vis plus avec moi, je reste ton père quand même, O. K.?

Il reposa la bouteille, puis d'un ton froid et détaché, ayant retrouvé tout son calme:

— Arrange-toi comme tu voudras, c'est pas mon problème, mais, si dans dix jours tu reviens pas avec au moins deux cents piasses, prends plus la peine de revenir.

Charles inclina la tête et quitta l'appartement, en proie à un sentiment d'humiliation comme il n'en avait jamais ressenti de toute sa vie.

Quand De Bané le rencontra le surlendemain, une courte discussion s'engagea au terme de laquelle il fut entendu que Charles irait deux soirs par semaine livrer la marchandise aux clients à raison d'un maximum de cinq ou six clients par soir. De Bané ne lui verserait cependant plus que trente dollars par tournée et son territoire serait considérablement agrandi.

— Que veux-tu, *chum*? Les affaires vont moins bien qu'avant... Aussitôt qu'elles vont se renmieuter, tu vas en profiter comme moi...

Marchant sur sa fierté, Charles lui demanda alors une avance de deux cents dollars, car les menaces de son père le hantaient. Le trafiquant accepta avec un empressement qui fit mauvaise impression à son complice. « Il pense m'avoir accroché pour de bon, se dit-il en revenant chez lui. Eh bien, mon De Bané, tu vas bientôt te manger les cils! »

Steve Lachapelle s'ennuyait à Pointe-Saint-Charles. Et, depuis le début du printemps, son ennui ne cessait de grandir. Il n'allait plus à l'école que les jours où il en avait envie, ce qui était bien peu, et compensait sa perte de connaissances par une fréquentation assidue et très instructive des arcades et des salles de billard du quartier. Mais cela ne comblait pas le vide qui le rongeait.

La semaine précédente, Louisa, sa petite amie haïtienne, avait rompu avec lui. Cela s'était fait d'une drôle de façon. La veille, ils avaient baisé comme une colonie de lapins, et Louisa, à la demande de Steve, lui avait laissé son joli slip rose bordé de dentelle vert lime en ajoutant, avec un geste obscène et deux ou trois ricanements, qu'elle devinait bien l'usage qu'il allait en faire. Un long baiser torride avait suivi.

— La nuit va être longue sans toi, mon beau nounours, lui avait-elle soupiré dans l'oreille, et elle était partie.

En ce qui le concernait, la nuit en question avait été interminable et l'avait même obligé à utiliser le slip.

Le lendemain après-midi, il lui avait téléphoné pour prendre rendez-vous.

D'une petite voix froide et fermée, elle lui avait répondu qu'elle n'était pas libre, sans donner plus de détails.

— Alors demain?

— Demain non plus. Ni aucun autre jour.

Il avait d'abord cru à une plaisanterie et avait poussé son long cri d'Apache au clair de lune, un code pittoresque qu'il avait mis au point pour indiquer qu'on ne la lui faisait pas. Mais au bout de quelques minutes il avait dû se rendre à l'évidence: elle le jetait à la poubelle comme un sac d'oranges pourries. Alors il avait déployé fiévreusement tous les tentacules de son éloquence et avait finalement réussi à obtenir – bien minable résultat après tant d'efforts – un rendez-vous de dix minutes au restaurant.

Elle l'attendait, le visage soucieux, un peu penaude, mais avec un air de décision qui l'inquiéta plus que tout, jolie comme jamais, d'ailleurs, dans une délicieuse robe rose qu'il lui voyait pour la première fois. Elle gardait les mains croisées sur la table, fixant le bout de ses doigts comme si la cause de leur rupture s'y trouvait. Il lui prit une main et aperçut à son majeur une bague ornée d'un énorme brillant, du clinquant, bien sûr, mais première catégorie. Il n'avait jamais vu cette bague non plus. Il lui en demanda la provenance. Elle eut une réponse vague, détourna le regard, puis lui annonça tout de go qu'elle avait un nouvel ami.

La nouvelle l'abasourdit.

— Depuis quand?

— Ça ne fait pas longtemps, répondit-elle, de plus en plus mal à l'aise, et elle refusa d'en dire davantage.

Au bout de quelques minutes, n'arrivant pas à lui faire sortir trois mots, il se leva, attrapa sa casquette et, lui tapotant le bout du nez avec la visière :

— Quelle plotte tu fais, ma pauvre Louisa! Attention, bébé : tu vas te retrouver avec des maladies.

Il quitta le restaurant. Elle le suivit sur les talons. Une sorte de grosse brute à cheveux roux en brosse l'attendait dans une Cadillac. Elle alla s'asseoir à ses côtés, piteuse ; il posa son bras sur ses épaules et adressa au pauvre Steve un petit salut ironique de la tête. Alors, voyant que, dans ce duel avec l'argent, il venait de subir la défaite de la coccinelle contre le bulldozer, Steve se lança dans des contorsions obscènes, tortillant du derrière avec des grimaces de sodomisé au sommet du plaisir. L'homme éclata de rire et la Cadillac s'éloigna dans un vrombissement.

La rue qu'habitait Steve, remarquable par la quantité de bouteilles, cannettes, emballages et détritus de toutes sortes qui traînaient un peu partout, l'était encore davantage cette année-là par le nombre étonnant de sapins de Noël qui, malgré la saison avancée, agonisaient avec leurs vestiges de décorations dans la neige fondante le long des trottoirs.

Steve les considéra un moment, fit une moue qui abaissa d'un centimètre son oreille gauche et décida qu'il était mûr pour un changement d'air. Il irait rendre visite à Charles, qu'il n'avait pas vu depuis longtemps. Ce serait bon de lui parler. Mais, auparavant, il fallait se mettre quelque chose dans le ventre. Il courut à la maison.

Sa mère parlait au téléphone (dans ses bons jours, elle aurait pu fournir en conversations tout le réseau téléphonique de Montréal); il réussit à lui enlever l'appareil et s'enferma dans les toilettes. Ce fut Céline qui répondit. Charles était parti faire des courses et serait de retour pour le souper.

« Je vais lui faire une surprise », décida Steve.

Et, pendant que madame Lachapelle reprenait son entretien interrompu, il se prépara trois énormes sandwichs au beurre d'arachide et tranches de banane, en avala deux, garda le troisième pour manger dans la rue et se dirigea vers le métro.

Lorsqu'il se présenta à la maison de Charles, ce dernier finissait de souper. Son accueil aurait pu être plus chaleureux.

— Tu tombes mal, dit-il à Steve. J'ai des courses à faire.

— Pour la pharmacie?

— Non.

— Je t'accompagne, fit l'autre, enchanté. On pourra jaser en route.

Charles secoua la tête:

— Pas question, fit-il à voix basse. J'ai trop honte.

— Honte? Honte de quoi?

Charles, stupéfait par son mouvement d'abandon, chercha une réponse qui pût donner le change à Steve le futé, mais n'en trouva pas.

— Je t'en parlerai une autre fois. Je n'ai pas le goût maintenant.

— Pas de cachotteries avec moi, bonhomme! Tu refiles de la drogue? Tu loues tes fesses? Ben quoi! J'en connais qui le font! Et toi aussi!

Charles, de plus en plus embarrassé, fixait le plancher en silence. Puis il soupira en secouant la tête, comme pour se débarrasser d'une pensée torturante, et reprit:

— Non. Une autre fois.

— Bon, bon... Garde tes petits secrets dans ton petit cœur, mon chou. De toute façon, je gage qu'ils ne m'intéressent même pas.

— Il faut que j'y aille seul, Steve, sinon ça risque de causer des complications... Ah! ne fais pas cette gueule-là... J'ai un peu de temps. Si on allait prendre un Coke quelque part ? Mais je t'avertis : dans quinze minutes, je dois filer.

Et il soupira de nouveau. Les deux garçons se dirigèrent vers la rue Ontario.

— Moi non plus, ça ne va pas fort, confia Steve quand ils furent attablés. Cet après-midi, mon vieux, j'ai reçu un voyage d'étrons sur la tête.

Et il lui raconta la trahison de Louisa. Charles en fut indigné ; l'écœurement qui, depuis des jours, lui graissait les entrailles s'en trouva un peu dilué.

— Compte-toi chanceux, Steve. S'il a pu acheter ta blonde, c'est qu'elle ne valait pas grand-chose. Tu t'en débarrasses à bon compte.

— C'est ce que je me répète, mais quand même... Cette fille-là, vieux, je l'ai vissée au fond des tripes... En plus, elle était chouettement gentille, tu ne peux pas savoir, toi. Eh ! dis donc, face longue, je pense que je sais pourquoi tu soupires comme un accordéon : c'est à cause de ta comédienne, hein ? Ah, ah !

Charles n'avait pu s'empêcher de lui parler de Brigitte Loiseau, qu'il continuait de fournir en Valium.

— T'es dans les patates jusqu'au cou, zozo, rétorqua-t-il dans un demi-mensonge. Cesse de me questionner, tu ne sauras rien.

L'estomac déjà lesté d'un souper au rosbif, il but son Coke avec application, par solidarité avec son copain qui continuait, les larmes aux yeux, à fulminer contre la traîtresse Louisa. Il essaya de le consoler, l'assurant qu'un gars avec son bagout se trouverait une fille en un clin d'œil, puis, jetant un coup d'œil à sa montre, annonça qu'il devait partir.

— On ne se voit quasiment plus, grogna Steve. Et, depuis quelque temps, quand on se voit, t'as une face de fond de cercueil... Règle tes problèmes, bonhomme, tu m'inquiètes. Savais-tu que des amis comme toi, je n'en ai pas trois ?

Charles lui serra la main, geste solennel et inusité dans leur milieu, et lourd de signification :

— Appelle-moi après-demain. On ira faire une partie de billard à la salle Orléans.

Il retourna chez lui et, longeant la maison, pénétra dans la cour, presque obscure à cette heure-là. Après s'être assuré qu'aucun œil indiscret ne l'observait, il se glissa silencieusement dans la remise, attrapa son sac de livraison caché sous une vieille bâche et repartit en douce.

Il avait trois clients à voir. Il s'était gardé l'Ange blond pour la fin. La dernière fois, la comédienne l'avait invité à prendre un café. Ils avaient causé un moment. Elle ne lui avait dit que des choses très ordinaires, mais avec une familiarité si douce et si confiante qu'il s'en était senti délicieusement flatté; il l'aurait écoutée pendant des heures, subjugué par sa voix, la grâce de ses gestes, la pureté de son beau visage qui jurait si fortement avec sa funeste habitude. Elle lui avait parlé de son métier, qu'elle adorait mais songeait à quitter, rebutée par les obstacles. Il avait essayé de l'en dissuader en termes si admiratifs et ingénus qu'elle avait souri, émue, amusée, presque réconfortée. Puis elle lui avait posé des questions sur sa vie, ses goûts, ses amis, et il s'était livré à des confidences inattendues, ce genre de confidences qu'on ne peut faire qu'à des étrangers qui nous plaisent beaucoup. Le téléphone avait alors sonné. Elle s'était levée, avait prononcé quelques mots à voix basse, puis s'était retournée vers Charles et son regard vaguement embarrassé lui avait fait comprendre qu'il devait partir.

Un vent humide et tiède, chargé des odeurs mélangées de la ville et qui annonçait les premiers souffles de l'été, l'enveloppait de ses amples caresses tandis qu'il marchait d'un pas rapide, envahi tout à coup par une sorte de joie lumineuse, se disant qu'à l'arrivée des grandes chaleurs il aurait abandonné depuis long-temps son minable commerce.

Le premier client habitait rue Préfontaine près d'Hochelaga, à quelques portes de la station de métro. C'était un gros homme chauve aux traits mous et comme fondus qui s'empara fébrile-ment de l'enveloppe que Charles lui tendit et lui remit comme pourboire une grosse poignée de monnaie tiède ; c'était inhabituel, car De Bané vendait ses pilules fort cher, ce qui n'inspirait guère la générosité.

Charles se rendit ensuite tout près de là, rue Dézéry. Il sonna plusieurs fois, attendit un long moment dans le corridor en raclant ses pieds avec impatience, puis repartit en marmonnant des injures : il devrait revenir le lendemain sans savoir si on serait là pour le recevoir, car le trafiquant refusait de lui laisser les noms et numéros de téléphone de sa clientèle.

Il ne restait plus qu'à se rendre chez l'Ange blond, rue Rachel, près du parc La Fontaine. Il hâtait le pas, espérant le plaisir d'une autre conversation. Le trajet, pourtant assez long, lui prit à peine vingt-cinq minutes.

— Ah ! merde ! marmonna-t-il en voyant qu'on ne répondait pas là non plus.

Peut-être dormait-elle, comme lors de sa première visite ? Il sonna encore deux ou trois fois, puis arpenta un moment la galerie, attendant on ne sait quoi ; un gros chat tigré aux bajoues florissantes, surgi d'une ruelle, s'engagea dans l'escalier et s'arrêta à quelques marches, miaulant doucement, l'œil fixé sur Charles, n'osant approcher davantage. « C'est peut-être son chat », pensa l'adolescent. Il s'accroupit devant l'animal et se mit à l'appeler en frottant son pouce sur le bout de ses doigts, comme s'il avait de la nourriture à lui offrir. Le chat fit quelques pas précautionneux, puis, saisi d'une peur subite, rebroussa chemin et dévala les marches en poussant une plainte lamentable.

Charles se releva, surpris, le chercha en vain des yeux ; mû soudain par un pressentiment bizarre, il appuya de nouveau sur la sonnette et, n'obtenant toujours pas de réponse, tourna la poignée. La porte s'ouvrit. Il avança dans le vestibule et appela. L'appartement obscur ne lui renvoya que la résonance de sa propre voix ; il en ressentit une impression lugubre. « Curieux qu'elle soit partie sans verrouiller », se dit-il, et il fit encore quelques pas.

Alors il l'aperçut dans le salon vaguement éclairé par la lueur d'un lampadaire qui filtrait à travers les lamelles d'un store vénitien, étendue sur un canapé dans une position étrange, un bras replié sur le visage, l'autre reposant sur le tapis.

Son cœur se mit à donner des coups tellement furieux dans sa poitrine que le souffle lui manqua.

— Mademoiselle Loiseau, murmura-t-il dans un bafouillage terrifié.

Elle ne bougeait pas. Son immobilité emplissait la pièce comme un liquide épais et visqueux sur le point de faire éclater les murs. Il bondit vers elle et lui saisit la main. Celle-ci retomba, inerte.

Alors un léger râle lui parvint; d'un geste brusque, presque violent, il découvrit son visage. La bouche entrouverte, le teint blanchâtre, elle dormait d'un sommeil sinistre et, apparemment, sans retour. Il la secoua de toutes ses forces en criant; sa mâchoire tomba et le râle s'accentua. Sa figure était hideuse.

— Mon Dieu, gémit-il en se relevant, elle est en train de mourir... Et c'est à cause de moi!

Il la fixait, épouvanté, tandis que ses yeux, brûlés par une sueur soudaine, se mettaient à papilloter. Il fallait appeler une ambulance. Mais pas d'ici. C'était trop risqué. Il se rua vers la porte, dégringola l'escalier et se mit à courir dans la rue à la recherche d'une cabine téléphonique. Dans sa course, il ne cessait de répéter: « J'ai tué l'Ange blond! J'ai tué l'Ange blond! » Et des larmes se mêlaient à la sueur qui lui cuisait les yeux.

Une cabine apparut au coin d'un terrain de stationnement. L'instant d'après, il parlait à la préposée du 911.

— L'adresse? Un instant!

Dans son affolement, il venait de l'oublier. Heureusement, De Bané lui avait remis une liste. Il fouilla fiévreusement dans une poche, puis dans l'autre, tandis qu'une litanie de blasphèmes lui montait aux lèvres, entrecoupée de sanglots. Enfin, il la trouva.

— Dépêchez-vous, câlisse! Elle est en train de mourir, comprenez-vous? De mourir!... Mon nom?

Il fut sur le point de le donner, mais un restant de lucidité le retint; il raccrocha et repartit en courant, comme si des policiers s'étaient lancés à ses trousses. Il courut ainsi jusqu'à la rue

Ontario, puis s'arrêta, hors d'haleine, et l'idée lui vint de retourner jusqu'au domicile de l'Ange blond pour s'assurer que l'ambulance était bien arrivée et qu'on donnait à la jeune femme les soins nécessaires. Il risquait cependant d'attirer l'attention. Que faire alors?

Il lui fallait boire, et boire beaucoup, pour figer le tourbillon qui lui broyait l'intérieur de la tête. Il songea à la salle Orléans et reprit sa course. Nadine accepterait sûrement de lui vendre de la bière sous le comptoir. Et puis, il y avait des chances que De Bané se trouve là-bas. Avec quel plaisir il lui sauterait au visage! Ce serait son adieu à Montréal. En effet, personne ici n'avait besoin d'un tueur d'anges.

46

Il approchait une heure du matin. Céline, profitant de ce que ses parents étaient couchés, regardait la télé, assise sur le tapis tout près de l'appareil qui jouait en sourdine. On diffusait *Le bébé de Rosemary,* un film de Polanski que lui avait vanté une de ses copines. Comme le sommeil la fuyait et que son cours de maths du lendemain matin avait été annulé, l'occasion était bonne et elle en profitait.

Cette histoire d'un jeune couple amoureux tournait de plus en plus mal et commençait à la faire frissonner. Depuis quelques minutes, elle aurait souhaité la présence à ses côtés de Charles ou, à défaut de lui, d'Henri, mais ils avaient tous deux quitté la maison après le souper, et Dieu sait ce qu'ils fricotaient.

Quel désespoir elle aurait ressenti si elle s'était trouvée à la place de cette pauvre Rosemary! Porter dans son ventre durant neuf mois un être venu tout droit de l'enfer! Elle en avait des sueurs... L'envie lui vint d'allumer la lampe, car ce salon éclairé par la seule lueur de l'écran lui paraissait de plus en plus sinistre.

Soudain, la poignée de la porte d'entrée émit un léger grincement et quelqu'un pénétra dans le vestibule. Lequel des deux garçons venait d'arriver? Elle espérait évidemment que ce fût Charles et tourna la tête vers le corridor, qu'on apercevait en partie par l'entrebâillement de la porte. C'était bien lui. Dans la fraction de seconde qu'il mit à passer devant elle, la tête penchée, le pas chancelant, elle comprit que quelque chose de grave venait de se produire.

Elle bondit sur ses pieds. Au moment où elle franchissait le seuil du salon, il s'enfermait dans sa chambre.

— Charles, c'est moi, souffla-t-elle en approchant ses lèvres de la porte. Est-ce que je peux entrer?

Aucune réponse ne lui parvint.

— Qu'est-ce qui se passe, Charles? reprit-elle, de plus en plus inquiète. Ça ne va pas?

Un long soupir arriva de la chambre de ses parents et le lit émit un craquement sec, impératif, comme s'il ordonnait le silence.

Céline, effrayée, attendit un moment, puis, d'une voix presque inaudible, appela Charles de nouveau. Alors des pas s'approchèrent de l'autre côté de la porte:

— Fous-moi la paix, ordonna le jeune homme dans un chuchotement mouillé, curieusement guttural, comme s'il luttait contre les sanglots.

Céline recula de saisissement. Elle resta quelques instants devant la porte, se demandant si elle devait surmonter sa crainte et entrer quand même, puis retourna finalement au salon, éteignit la télé et alla se coucher.

Combien longue fut sa nuit! Elle sommeillait cinq ou dix minutes, puis ouvrait brusquement les yeux, l'esprit clair et vibrant comme en plein jour, et tendait l'oreille, sursautant aux plus petits bruits, se perdant en conjectures sur leur origine, et, entre-temps, pensait à Charles, ne faisait que penser à lui. Des détails, auxquels sur le coup elle n'avait pas accordé beaucoup d'attention, lui revenaient à l'esprit: ses accès de brusquerie depuis plusieurs semaines, particulièrement à l'égard d'Henri (alors qu'il avait toujours été un garçon plutôt facile à vivre), et puis ses allures cachottières et méfiantes, ses sorties continuelles le soir, que Fernand avait mises sur le compte du « couraillage » et Lucie, avec plus d'élégance, sur « son intérêt pour les filles », lui souhaitant d'en trouver enfin une qui lui plaise vraiment et de s'y attacher.

De son côté, Henri gardait le silence, l'œil narquois, ou ricanait la main devant la bouche en détournant la tête. Céline se fichait pas mal de ces supposées aventures, car, lorsqu'on court après plusieurs filles, c'est qu'aucune ne nous intéresse. Différents signes lui indiquaient, de toute façon, qu'il s'agissait d'autre chose : d'abord, sa façon de lui parler, si différente de celle d'un frère à une sœur ! Mais, surtout, cet air malheureux qui, depuis des semaines, ne le quittait presque jamais : ce n'était pas du tout celui d'un garçon qui court la galipote. Cela dit, elle n'était pas assez innocente pour croire qu'il n'avait jamais eu d'aventures... Steve Lachapelle, qui parlait souvent plus vite qu'il ne pensait, lui avait dit un jour quelques mots très clairs sur une certaine Marlène ; cette histoire l'avait rendue fort jalouse. Mais Charles n'avait jamais amené cette fille à la maison, n'en parlait jamais et, depuis quelques mois, semblait ne plus la voir très souvent. Céline avait fini par ne ressentir pour elle que de l'indifférence.

Non, il y avait autre chose, quelque chose de grave peut-être, qu'Henri connaissait sans doute. Elle avait essayé à quelques reprises de le questionner à ce sujet, mine de rien, mais n'en avait récolté que des réponses farfelues et une invitation plutôt raide à se mêler de ses affaires. De quoi pouvait-il bien s'agir ? Rien de crapuleux, bien sûr, car il était impossible qu'un garçon comme Charles trempe dans des affaires louches. Cela concernait sans doute son père. Avec cet homme, on pouvait s'attendre à tout. Il forçait peut-être son fils à faire des choses qui lui déplaisaient. Oh ! si elle avait eu le courage de parler à Charles ou si ce dernier était venu lui confier ses tourments, tout serait devenu clair alors et, à deux, ils auraient sûrement fini par trouver une solution...

À quelques reprises, elle quitta son lit et s'avança sans bruit dans le corridor pour écouter. Une fois, elle crut entendre un sanglot étouffé, mais les ronflements de son père, dont la chambre se trouvait de biais avec celle de Charles, l'empêchèrent d'en avoir le cœur net.

Et puis, tout à coup, le sommeil la vainquit. Elle tomba dans un abîme de ouate et se laissa aller, à bout de forces, pleine d'une tristesse nauséeuse. Combien de temps dormit-elle? Il faisait presque jour, en tout cas, lorsqu'elle se dressa brusquement dans son lit. Quelque chose venait de se passer, dont elle n'avait qu'un sentiment confus, et cela concernait Charles.

Comme pour confirmer son intuition, de légers craquements se firent entendre dans le corridor, suivis du cliquetis d'une serrure : quelqu'un sortait de la maison!

Elle sauta de son lit, courut au vestibule et souleva les rideaux de la porte, juste à temps pour voir Charles disparaître au coin d'une maison avec un sac à dos. Un sac à dos? Où diable s'en allait-il? Et si tôt? Sa montre indiquait cinq heures vingt. Elle se précipita vers sa chambre, enleva son pyjama et enfila son jean.

Lucie apparut dans la porte :

— Qu'est-ce qui se passe?

— Je t'en parlerai tout à l'heure, répondit-elle, la tête engagée dans un chandail. Là, je n'ai pas le temps.

— Mais où t'en vas-tu comme ça? Sais-tu quelle heure il est?

Sans même lui jeter un regard, Céline venait de filer. L'instant d'après, elle courait dans la rue, puis disparaissait, comme engloutie par la ville.

Elle courut ainsi une minute ou deux, espérant voir Charles mais ne l'apercevant nulle part. Alors, elle s'arrêta. Où avait-il bien pu aller? Il attendait peut-être un autobus, rue Ontario. À cette heure, il en passait de temps à autre.

Reprenant sa course, elle arriva au coin de la rue et la balaya du regard. À part deux employés municipaux qui s'affairaient autour d'une borne-fontaine en faisant beaucoup de bruit, on ne voyait personne. Peut-être venait-il de monter dans un taxi? Elle tournait sur elle-même, désemparée, lorsqu'une idée lui traversa l'esprit. Cela valait ce que cela valait, mais, pour l'instant, rien d'autre ne lui venait.

Elle revint en courant vers la rue Dufresne, l'enfila vers le sud jusqu'à la rue Lalonde, où elle obliqua pour s'arrêter finalement devant l'ancienne garderie de Charles, depuis longtemps convertie en atelier de menuiserie. Une affiche annonçait en façade :

GODIN & GOSSELIN
MEUBLES EN TOUS GENRES
SPÉCIALITÉ : ARMOIRES DE CUISINE

Elle s'était rendue visiter l'endroit le jour même où Charles lui avait parlé du petit chien jaune. À coup sûr, il traversait un moment de grande détresse. Peut-être était-il venu chercher du réconfort auprès de son chien ?

La barrière à cette heure était verrouillée, ce qui la força à enjamber une clôture de grillage ; elle longea l'immeuble et pénétra dans une cour où s'élevaient des piles de planches et de madriers recouvertes de larges tôles ondulées servant à les protéger des intempéries et du soleil excessif. Au fond à gauche, flanqué à présent d'un hangar de tôle, se dressait le merisier au pied duquel gisait le chien jaune. Quelqu'un l'avait émondé – ou plutôt effroyablement mutilé –, mais, malgré l'outrage subi, et bien que réduit à une forme biscornue, il participait lui aussi au printemps et poussait vaillamment ses bourgeons.

Céline laissa échapper un soupir déçu : il n'y avait personne sous l'arbre. Son intuition l'avait trompée. Puis, dans la lumière encore bleuâtre et tremblante de l'aube, elle aperçut une forme affalée au pied du tronc, de l'autre côté de l'arbre. Elle s'avança, le souffle suspendu, prête à s'enfuir au moindre signe suspect, distingua deux jambes, puis reconnut les bottes de cuir noir de Charles. Elle continua d'approcher tout doucement, le cou tendu, les yeux écarquillés, essayant de deviner ce qu'il faisait. La tête appuyée sur son sac à dos, les bras croisés, il semblait regarder dans le vague. Un morceau de gros carton, sans doute trouvé dans la cour, le protégeait de l'humidité du sol.

— Charles, murmura-t-elle.

Elle se laissa tomber à genoux près de lui et mit une main sur son épaule. Il s'était redressé et ne semblait pas surpris outre mesure par son arrivée :

— Eh ben, se contenta-t-il de dire avec un haussement d'épaules. C'est donc toi que le petit chien jaune m'a envoyée... Comment savais-tu que j'étais ici?

Elle eut un timide sourire :

— Je le savais.

Puis elle ajouta :

— Je suis venue t'aider.

— Henri t'a raconté, hein?

— Il ne m'a rien raconté du tout. Mais, juste à te voir la nuit passée, j'ai compris que ça n'allait absolument pas.

— De toute façon, il ne sait rien de... l'affaire, poursuivit Charles comme pour lui-même. Personne ne sait rien... encore...

— Qu'est-ce qui se passe, Charles? Et où t'en vas-tu comme ça?

— En Amérique du Sud.

— En Amérique du Sud?

— Ouais.

— Et comment?

— Sur le pouce.

— Mais tu n'as pas de passeport!

— Je m'arrangerai. Il y a des moyens.

Elle voulut parler, mais sa voix se brisa et ses yeux s'embuèrent.

— Es-tu devenu fou, Charles? Je...

— Oui. Fou.

Alors elle se mit à pleurer.

— Charles, écoute-moi... Je t'en prie, essaye de retrouver un peu de calme... Qu'est-ce qui s'est passé? Je suis sûre que tout peut s'arranger... Il suffit que tu...

— J'ai tué un ange, Céline.

Elle le regarda un moment, éberluée, se demandant si elle avait bien entendu.

— J'ai tué un ange, répéta-t-il avec une conviction accablée. Rien ne peut s'arranger. C'est comme ça. Il faut que je parte. Je ne peux plus vivre ici. Tu demanderas à tes parents de s'occuper de Bof. Et tu les remercieras pour tout ce qu'ils ont fait pour moi.

Un moment passa. Elle continuait de le regarder, ne sachant que dire, se demandant si, en effet, il n'était pas devenu fou.

— Quel ange, Charles ? murmura-t-elle enfin. Je ne comprends pas.

Alors, d'une voix fiévreuse et précipitée, comme quelqu'un qui n'a plus rien à perdre et a fait son deuil de l'estime d'autrui, il lui raconta sa lamentable histoire et le dénouement terrible qu'elle avait connu la veille. Pris entre les menaces de son père et les exigences du trafiquant, il avait connu des moments de malheur profond, mais la mort était venue tout dénouer, et maintenant, sali à jamais, il partait pour qu'on l'oublie, comme le héros d'un drame romantique.

Elle l'écouta calmement et avec attention, réprimant la surprise et l'effroi que faisait naître en elle son récit, et, à mesure qu'il parlait, des idées simples et pratiques apparaissaient dans son esprit, qu'elle agençait à mesure les unes avec les autres, construisant un petit plan d'action pour tenter de tirer Charles d'affaire.

Il se tut, épuisé, et se mit à fixer un léger renflement de terre en avant de lui avec un sourire pitoyable et amer.

— Je suis pourri, hein ? conclut-il enfin.

— Non, Charles. Tu n'es pas pourri. Au contraire, tu t'es montré très généreux envers papa, généreux comme personne ne l'a jamais été. Sauf que t'as pris les mauvais moyens.

Il eut un ricanement :

— Facile à dire ! Il n'y en avait pas d'autres.

Elle ne répondit rien et suivit le regard de Charles, toujours fixé sur le sol.

— Qu'est-ce que tu regardes ? demanda-t-elle au bout d'un moment.

Il ne sembla pas l'entendre, comme perdu dans une désolante contemplation; puis un frémissement le traversa; il s'éclaircit la voix et, se tournant vers Céline:

— Ce matin, je m'en allais au port essayer de trouver une combine pour crisser le camp d'ici au plus vite. Mais, en cherchant un taxi, j'ai eu envie tout à coup de venir saluer une dernière fois mon petit chien jaune, car je savais que je ne le reverrais plus jamais. Et puis j'espérais que ça me fasse un peu de bien, comme ça m'en a presque toujours fait; je me sentais tellement amoché, Céline, tellement écœuré de moi-même, que je me demandais comment je ferais pour me rendre au bout de la journée. Alors, je suis venu m'asseoir ici devant ce pauvre restant d'arbre et j'ai essayé de reprendre mon calme. Je m'étais appuyé au tronc et j'essayais de mettre un peu d'ordre dans mes idées – mais c'était difficile après la nuit que je venais de passer... et le froid commençait à me monter dans les fesses – lorsque j'ai vu... Céline, tu ne me croiras pas, mais je te dis que je l'ai *vu*, oh! à peine quelques secondes... une espèce de vapeur jaune qui est sortie de la bosse que tu vois là, devant toi: cela ressemblait à une sorte de petit nuage en forme de chien... oui, je t'en prie, crois-moi, je ne rêvais pas!... qui est venu frôler ma jambe et, pfuitt! qui s'est envolé je ne sais trop où, et, à partir de ce moment, j'ai su qu'il se produirait quelque chose; alors j'ai attendu, et voilà que t'es arrivée. C'est quand même extraordinaire, non?

« Ma foi, je pense qu'il est un peu troublé, se désola Céline. Ces fameuses pilules, il en prend peut-être lui aussi... »

Elle lui répondit qu'elle n'avait pas la moindre idée de ce qui s'était passé; l'important était qu'ils soient ensemble pour essayer de trouver une solution, car les problèmes difficiles se règlent toujours mieux à deux.

Il fit un signe d'assentiment et son visage s'éclaira un peu.

Alors Céline, encouragée, lui présenta le fruit de ses réflexions. Il fallait d'abord trouver tout de suite un endroit où il pourrait se reposer et dormir, car il ne lui paraissait vraiment pas en état de prendre quelque décision que ce soit. Et puis il fallait s'informer au plus vite de ce qui était réellement arrivé à Brigitte Loiseau. Dans son affolement, Charles agissait comme si elle était morte, mais pouvait-on en être sûr? Si elle vivait encore, tout serait changé.

Charles secoua la tête, l'air abattu :

— Si elle n'est pas morte, c'est tout comme... Tu ne l'as pas vue, toi, Céline, tu ne l'as pas vue...

— Écoute-le donc! Tu veux l'enterrer, et elle se porte peut-être mieux que toi! Laisse-moi au moins vérifier, tête dure!

Il tendit l'index vers elle, menaçant :

— Ne va jamais téléphoner à la police! Ça, je te le défends bien! Tu me coulerais!

— Dis donc, tu me prends pour une dinde, ou quoi? Je saurai m'arranger, ne crains pas.

Que Charles acceptât de discuter de stratégie augurait bien. Mais il fallait déguerpir de cet endroit. L'atelier de menuiserie allait ouvrir, on s'étonnerait de les voir là. Où aller?

Charles, tout à coup, sembla avoir franchi la mer du désespoir. Il marchait sur la terre ferme d'un pas presque assuré. De le voir reprendre peu à peu ses moyens remplit Céline d'une joie sans bornes. Son amour pour lui s'en trouva augmenté, si cela était possible. Elle sourit et lui caressa la joue. Il n'eut aucune réaction, tout à ses pensées.

— Je connais un petit hôtel, coin Mont-Royal et de Lorimier, dit-il soudain, où on acceptera probablement de me louer une chambre. Allons-y. J'entrerai seul, toi, t'as l'air trop jeune.

Elle le regarda, un peu piquée, et fut sur le point de lui demander dans quelles circonstances il avait bien pu connaître cet hôtel, mais jugea sa question inopportune.

Vingt minutes plus tard, ils arrivaient devant l'hôtel. Charles n'avait pas dit trois mots de tout le trajet, repris par son accablement. L'Ange blond était bien mort, il le savait, il le sentait. Toute la gentillesse et toute la débrouillardise de Céline n'y changeraient rien. Sa présence à ses côtés le réconfortait, bien sûr, mais n'effaçait pas son crime. Et même si Brigitte Loiseau avait survécu, il demeurait ce qu'il était : un minable petit revendeur de drogue. Cela, il ne se le pardonnait pas.

— Attends-moi devant la fruiterie, veux-tu ? dit-il à Céline. Je reviens dans deux minutes.

Elle traversa la rue et s'approcha de la vitrine. À l'intérieur, un employé à moustache noire et au fin visage brun lavait le plancher à grands mouvements de vadrouille, l'œil ensommeillé. Il leva la tête, l'aperçut et lui adressa un sourire. C'était un autre bon présage. Céline sentit en elle des flots incommensurables de bonté prêts à s'échapper de sa personne pour déferler dans toutes les directions afin de lutter contre la misère humaine. Charles serait le premier à en profiter. C'était merveilleux. Un sentiment de bonheur si intense l'envahit qu'appuyée au rebord de la vitrine elle se mit à taper du bout du pied sur le trottoir.

Charles reparut presque aussitôt et se dirigea vers elle en lui faisant un petit signe de la main pour indiquer que tout était réglé. Il avait l'air soulagé.

— Tu avais raison, ça va me faire du bien de dormir, je tiens à peine sur mes jambes et j'ai le cerveau comme du pâté chinois. Je suis à la chambre 206. Viens me trouver quand tu veux, je me suis arrangé avec le patron.

Et il l'embrassa sur la joue.

— Je vais d'abord faire ma petite enquête, bredouilla-t-elle, rouge de plaisir.

Il lui donna l'adresse de Brigitte Loiseau, en lui recommandant une extrême prudence, et elle partit, tout excitée, mais n'ayant pas la moindre idée de la façon dont elle parviendrait à ses fins.

— Je vais jouer la petite fille qui ne sait rien, décida-t-elle après un moment de réflexion.

Quelques minutes plus tard, elle sonnait à la porte de la comédienne. Peut-être quelqu'un se trouvait-il chez elle qui pourrait la renseigner ? N'obtenant pas de réponse, elle alla sonner au rez-de-chaussée. Une femme au grand nez plissé lui ouvrit, un couteau à la main, les cheveux retenus par un filet de nylon; une pénétrante odeur de sauce à spaghetti les enveloppa.

— Pauvre 'tite fille, t'aurais dû téléphoner avant de venir, dit-elle à Céline. Elle est à l'hôpital, notre Brigitte, et pas près d'en ressortir, d'après moi... On a dû la transporter en ambulance hier soir.

— En ambulance? s'écria Céline, feignant la surprise. Qu'est-ce qui lui est arrivé?

— Ah! je ne sais rien, et si je savais quelque chose, je ne le dirais pas, répondit la femme avec un air fermé qui contrastait avec ses premières paroles. Après tout, je ne te connais pas, et puis dans la vie chacun pour soi. Comme ça, pas de chicane.

Et elle tourna la tête vers l'intérieur du logement, où l'appelait sa sauce à spaghetti.

Céline, après quelques gentilles supplications, réussit tout de même à apprendre que la comédienne se trouvait à l'hôpital Notre-Dame. Cela lui suffisait, et amplement. Elle repartit, un peu soulagée. On échappait pour l'instant à la catastrophe. Restait à connaître l'état de la jeune femme. Elle courut à un restaurant, téléphona à l'hôpital et, se faisant passer pour une amie, apprit qu'on ne pouvait aller la voir pour l'instant, mais qu'elle était hors de danger et que son état s'améliorait.

— Que j'ai hâte d'annoncer cette bonne nouvelle à mon petit Charles, fredonna-t-elle à voix basse en raccrochant.

Elle fit un second appel, à sa mère, cette fois-ci, qui, morte d'inquiétude, s'était rendue quand même à la quincaillerie comme chaque matin, et l'accueillit avec une volée de reproches. Céline s'employa à la rassurer, mais dut y mettre quelque effort.

— Je suis avec Charles, maman. Il filait un mauvais coton, mais déjà ça va un peu mieux. Pour le moment, il ne veut voir personne... Mais oui, maman, nous sommes à Montréal, qu'est-ce que tu penses?... Non, il ne veut pas qu'on sache où il se trouve... Oui, je te raconterai tout, c'est promis, ou plutôt c'est lui qui le fera: pourquoi je m'en mêlerais? Ne t'inquiète pas, tu me connais, je me conduis comme une fille *très raisonnable* et je vais te rappeler dans la journée pour te donner d'autres nouvelles. Dis à papa de ne pas s'énerver, il n'y a rien à craindre, d'aucune façon. Répète-le-lui, hein? Est-ce que tu pourrais avertir l'école de notre absence, ma petite maman? Je t'embrasse, à tout à l'heure.

Elle brûlait de retrouver Charles, mais préféra attendre un peu afin de le laisser dormir, car son état lui faisait pitié. Elle se rendit compte alors qu'elle n'avait pas encore déjeuné et que son estomac se tordait de famine. Elle commanda un chocolat chaud et des rôties, qu'un petit vieux maussade au menton couvert de poils gris lui apporta en serrant les lèvres, l'esprit occupé à démêler le vrai du faux dans l'histoire compliquée que son fils lui avait racontée la veille à propos de son accident d'automobile.

Jamais elle n'avait mangé avec autant d'appétit. Il lui resta assez d'argent pour laisser un pourboire, qu'elle voulut généreux. Par la vitrine, elle voyait la rue Rachel baignée d'une lumière joyeuse et ondoyante, comme agitée par le vent tiède qui s'était mis à souffler sur la ville. Elle sortit en saluant le vieil homme, qui lui répondit à peine.

De l'hiver, il ne restait plus que quelques longues et minces croûtes grisâtres qui fondaient en filets noirs sur l'asphalte, avalés par les grilles d'égout. Elle marchait lentement vers l'hôtel, éprouvant un plaisir singulier à sentir bouger les muscles de ses cuisses et de ses mollets, puis songea tout à coup, avec un trouble étrange, que Charles, plutôt que de dormir, l'attendait peut-être, allongé sur un lit dans une chambre d'hôtel qu'ils étaient seuls à connaître. Dire qu'il croyait sa comédienne morte! Elle regretta son déjeuner et se trouva cruelle de n'être pas accourue tout de suite auprès de lui. Il comptait sur elle, plus que sur n'importe qui au monde, sans doute. Cette pensée la remplissait d'une joie sans bornes et décuplait ses forces, lui donnant la certitude qu'elle vaincrait tous les obstacles qui s'opposaient au bonheur de Charles – et une petite voix ajoutait tendrement: « ... et à mon bonheur d'être avec lui. » C'était le coup dur qu'il venait de subir qui les avait rapprochés. Elle se blâma tout à coup d'en tirer tant de joie. « Tu n'es qu'une égoïste, pensa-t-elle. Il est prêt à s'enfuir en Amérique du Sud et toi, tu nages dans les fleurs bleues. Tu devrais avoir honte. Vite ! Va le trouver, gnochonne ! Ne vois-tu pas qu'il souffre ? »

◆

Dix minutes plus tard, elle pénétrait, tout essoufflée, dans le hall de l'hôtel, une petite pièce aux murs recouverts d'un papier peint à rayures roses, décollé ici et là. Derrière un énorme comptoir au placage fendillé, un homme au visage fripé, mobile et joyeux, les cheveux ramenés sur le côté pour masquer sa calvitie, lui fit un signe de tête avec un sourire entendu et poursuivit sa conversation téléphonique.

Étonnée et presque indisposée par cet accueil, elle s'engagea dans un bel escalier de chêne massif, d'un travail somptueux, auquel il manquait des barreaux. Sa joie enivrante se craquelait de toutes parts, tombait en poussière, il n'en resta bientôt presque rien. Qu'est-ce que c'était que cet endroit ? Un hôtel de passe ? Comment Charles le connaissait-il ? Y avait-il amené des filles ? Elle pensa rebrousser chemin. Mais ses jambes la portaient en avant malgré elle. Et puis, il fallait qu'il sache ! Elle ne pouvait quand même pas le laisser s'enfuir au bout du monde sur une méprise !

Soudain, tout changea de nouveau dans son esprit. Elle se fichait complètement de cet hôtel, après tout, et que Charles y eût amené cent filles ou dix mille. Une seule chose comptait, c'était de le voir, pour le serrer dans ses bras, le rassurer, le consoler et lui dire combien il comptait dans sa vie.

L'instant d'après, elle était devant la porte de la chambre 206. À travers les battements qui résonnaient dans ses oreilles, elle entendait le silence du corridor poussiéreux aux murs bosselés, qu'une fenêtre pleine de lumière, tout au bout, réussissait à égayer un peu. Elle attendit que sa respiration se calme, arrangea ses cheveux du bout des doigts et frappa trois petits coups.

Un sommier grinça, puis il y eut un choc sourd sur le plancher et des pieds nus traversèrent la chambre; la porte s'ouvrit, et Charles apparut en jean et camisole, la joue traversée en diagonale d'un pli rougeâtre, l'œil ensommeillé et inquiet; le soleil dorait le sommet de sa chevelure embroussaillée. Jamais il ne lui avait paru si beau. Elle en perdait le fil de ses idées.

— Entre, dit-il dans un bâillement.

Il referma la porte, bâilla encore une fois et alla prendre sa chemise accrochée au dossier d'une chaise, qu'il enfila sans la boutonner. Pendant ce temps, Céline examinait les lieux. C'était une petite chambre quelconque, assez propre, aux meubles bon marché, maltraités par une longue suite de clients peu soigneux, avec des rideaux d'un vert déteint et un linoléum beige qui essayait d'imiter des carreaux de céramique.

— Et alors? fit Charles, de nouveau fébrile. As-tu des nouvelles?

Céline sourit:

— Oui. Et des bonnes. Ton Ange blond n'est pas mort, Charles. Il est à l'hôpital. Et il prend du mieux.

Elle se pressa tendrement contre lui:

— Et toi, vas-tu aller mieux toi aussi, mon Charlot? Tu faisais tellement pitié, tout à l'heure... C'est fini, à présent.

Il gardait le silence, répondant faiblement à son étreinte, la tête appuyée sur son épaule. Céline sentit soudain des larmes toutes chaudes couler dans son cou.

— Mais non, mais non, fit-elle doucement, puisque je te dis que c'est fini... La vie recommence comme avant...

L'instant d'après, ils s'embrassaient éperdument, debout au milieu de la chambre, dont le dépouillement un peu triste avait pris un caractère solennel que dissipaient à tout moment les joyeuses flambées de lumière qui jaillissaient par la fenêtre. Sans qu'elle sût exactement comment cela s'était passé, Céline se retrouva dans le lit, accablée de baisers et de caresses. Elle riait, ravie, un peu craintive.

Ils continuèrent de s'embrasser, s'interrompant de temps à autre pour échanger des regards émerveillés et se murmurer les mille petits riens qui viennent aux lèvres des amoureux dans leurs ébats. Dehors, on entendait le ronflement des automobiles et les coups de klaxon; leur rumeur assourdie semblait bienveillante, un peu goguenarde.

— Tu vas faire attention, hein, Charles? glissa-t-elle à son oreille. Je n'ai pas trop l'habitude, tu sais.

Il sourit avec tendresse, prit son menton entre le pouce et l'index, et frôla ses lèvres d'un baiser.

— Je vais faire tout ce que tu veux, seulement ce que tu veux.

De longs moments passèrent.

Le ciel avait commencé à se ternir; les arêtes et les couleurs des objets se durcissaient peu à peu dans la noirceur qui descendait.

Vers quinze heures, Charles avait quitté la chambre pour aller à un restaurant et en avait rapporté deux boîtes de carton ficelées qui contenaient chacune un *club sandwich* noyé dans une abondance de frites brûlantes. Les boîtes, entrouvertes, gisaient près du lit, nettoyées.

Pelotonnée contre Charles, Céline dormait à présent, tandis que ce dernier, évitant le moindre mouvement pour ne pas la réveiller, fixait le plafond noyé dans l'ombre. De temps à autre, il grimaçait. Le contraste entre les horreurs de la nuit passée et la félicité de celle qui commençait était si violent que cela lui faisait mal.

Ne voyant pas Charles à l'école, Henri, intrigué, était venu dîner à la maison en croyant le trouver alité ou occupé à Dieu sait quelle besogne qu'il avait bien envie de connaître. Mais Charles ne s'y trouvait pas et n'avait laissé aucun mot pour expliquer son absence. Henri ne l'avait pas vu depuis la veille au soir et se souvint qu'il avait quitté la maison après le souper en compagnie de ce chimpanzé de Lachapelle qui le relançait de temps à autre; et il avait cet air impatient et préoccupé qu'on lui voyait presque tous les jours depuis quelque temps. Est-ce que le chimpanzé trempait dans sa combine? Charles avait-il passé la nuit avec Marlène? Ou avec quelqu'un d'autre? Peut-être était-il dans le pétrin?

Il dîna d'un bol de soupe et d'un morceau de pâté, puis retourna à l'école. À treize heures, Charles ne s'était toujours pas montré. De plus en plus inquiet, Henri se demanda quoi faire. De toute évidence, il devait avertir ses parents et, de préférence, Lucie. Il attendit jusqu'à la récréation et téléphona à la quincaillerie. Ce fut sa mère qui répondit. Céline l'avait appelée au début de l'avant-midi pour lui annoncer qu'elle se trouvait avec Charles, qui n'allait pas très bien. Cette nouvelle remplit Henri d'effroi. Non content de s'enliser dans ses combines pégreuses, ce crétin entraînait sa sœur avec lui! Après avoir bredouillé quelques mots indistincts, il raccrocha, au grand étonnement de Lucie. Cet étonnement grandit encore plus quand, deux heures plus tard, elle le vit apparaître dans le magasin avec une mine de naufragé:

— Où est papa?

— Dans son bureau. Qu'est-ce qui se passe? Mais dis-moi ce qui se passe, voyons!

— Il faut que je lui parle.

Et il s'éloigna sans ajouter un mot.

L'entretien de Fernand avec son fils dura environ une demi-heure. Henri lui raconta tout ce qu'il savait sur les agissements de Charles et sur le rôle de Wilfrid Thibodeau dans cette histoire. Au nom du menuisier, un spasme contracta le visage de Fafard, qui prit la fixité farouche de certains masques africains, et ses yeux se transformèrent en charbons ardents, mais il garda le silence. Quand Henri eut terminé, il se dressa sur ses pieds, imposant comme la statue du Commandeur, ses mains puissantes crispées sur le rebord de son bureau:

— Merci pour ta franchise, mon garçon. J'aurais aimé en profiter un peu plus tôt, car ça m'aurait facilité les choses, mais je vois que ç'aurait été dur pour toi de faire mieux. La prochaine fois, j'espère que tu seras moins cachottier.

Et il lui fit signe qu'il pouvait s'en aller.

En voyant apparaître son fils, blafard mais soulagé, Lucie se précipita dans le bureau.

— Est-ce qu'on va m'apprendre à la fin ce qui se passe? lança-t-elle, irritée.

Le reste s'étrangla au fond de sa gorge. Elle fixait son mari, pétrifiée devant son expression. Un moment passa. On entendit dans la boutique la voix d'un client qui s'esclaffait.

— Allons, Fernand, parle, pour l'amour de Dieu, murmura Lucie.

— Charles fait des conneries, répondit le quincaillier d'une voix sourde. Et ça dure depuis des mois.

Et il lui rapporta brièvement les révélations de leur fils.

Lucie chancela et si son mari n'avait eu la présence d'esprit de lui présenter une chaise elle serait tombée assise sur le plancher. Pendant un instant, elle demeura inerte, les bras pendants, la tête inclinée, assommée. Puis des sanglots se mirent à secouer ses épaules, et elle pleura avec abondance, prenant soin toutefois, pour éviter d'attirer l'attention des clients, de presser contre sa bouche et son nez le paquet de kleenex que Fernand s'était empressé de lui présenter.

Elle s'essuya les yeux, se tamponna le visage et prit deux grandes respirations, son calme revenu :

— Céline se trouve avec lui, il ne fera pas d'autres bêtises. Pour l'instant, on n'a donc plus à s'inquiéter de ce côté-là.

— Oui, t'as raison, Céline est fiable, approuva Fernand Fafard avec un hochement de tête.

— Elle m'a dit qu'ils arriveraient à la maison vers la fin de la soirée.

— Alors, je vais aller m'occuper de quelqu'un d'autre.

— De qui?

— De Wilfrid, répondit son mari en enfilant son veston.

Il leva la main pour lui imposer le silence :

— Non. Plus un mot. Pour l'instant, j'ai affaire ailleurs.

Et il quitta la quincaillerie en claquant la porte si violemment qu'une ampoule électrique au-dessus de la caisse éclata en faisant une immense flammèche, chose qui ne s'était jamais vue et qui fit longtemps jaser.

47

Wilfrid Thibodeau, dans des dispositions particulièrement galantes ce jour-là, aidait Liliane à dégrafer son soutien-gorge lorsqu'on sonna à la porte. Les amants se regardèrent, surpris. Ils n'attendaient personne, ni l'un ni l'autre, et, au cours de leur vie quelque peu tumultueuse, les visites imprévues leur avaient rarement apporté le bonheur.

— Ne réponds pas, conseilla Liliane en ajustant ses bretelles.

On sonna de nouveau. Le menuisier se souvint alors qu'un de ses copains de taverne avait promis de venir lui remettre ce jour-là les cinquante dollars qu'il lui avait empruntés. La prudence conseillait de profiter sur-le-champ de son bon mouvement.

— Je vais aller voir, fit Thibodeau en enfilant son pantalon.

— Ne réponds pas, je te dis. Tout à coup que ça serait mon mari ?

Wilfrid consulta sa montre.

— À cette heure-ci, il suit ses traitements, ton mari.

Il se rendit à la porte, écarta les rideaux, jeta un coup d'œil. On ne voyait personne.

Au moment de déverrouiller, il eut l'obscur pressentiment de commettre une gaffe, mais le besoin d'argent et la curiosité l'emportèrent.

La seconde d'après, il se trouvait face à face avec Fernand Fafard qui le dévisageait avec des yeux protubérants.

— Es-tu seul? demanda ce dernier en s'avançant, un curieux sourire aux lèvres.

Et, sans attendre la réponse, il se força un chemin jusqu'au milieu de la cuisine.

— Y a quelqu'un, répondit le menuisier, livide, après un moment d'hésitation.

— Va lui dire de s'en aller. Je voudrais te parler seul à seul.

Puis, comme l'autre ne bougeait pas, il posa une main massive sur son épaule osseuse et répéta d'une voix plus forte:

— Va dire à ta visite de s'en aller.

— Et si je ne veux pas te parler, moi? fit Thibodeau en levant vers lui un visage craintif et impudent.

— Ça m'est égal. Tu vas être forcé de m'écouter. J'ai des tas de choses intéressantes à te dire.

Et, le retournant sur lui-même, il lui fit traverser la pièce au pas de course. Liliane sortit de la chambre, encore décoiffée, la lippe mauvaise, prête à mordre et à crier, mais la vue de Fernand Fafard lui inspira aussitôt une prudente modération.

— C'est qui, lui? demanda-t-elle à voix basse avec une grossiè-reté hargneuse.

— Quelqu'un. Je te reverrai plus tard. Faut se parler.

Elle attrapa son sac à main sur la table de la cuisine et, en passant près du quincaillier, darda sur lui un regard féroce, la bouche fermée, la lèvre supérieure soulevée, dans une expression de fureur si cocasse que Fafard ne put s'empêcher de sourire.

La porte claqua et, tout de suite après, l'évier de la cuisine poussa une sorte de rot, comme s'il avait pris part, lui aussi, aux libations de bière de Thibodeau et de sa compagne, et en ressen-tait de la lourdeur.

— Alors, qu'est-ce que tu me veux? demanda le menuisier en s'affalant sur une chaise, sans prendre la peine d'en offrir une à son visiteur.

— Que tu me rendes l'argent de Charles. Au complet.

Thibodeau eut un long rire silencieux, puis:

— Quel argent?

— J'ai une journée bien occupée, Wilfrid. Ne me fais pas perdre mon temps.

Et il fit un pas vers lui.

— Je sais pas de quoi tu veux parler, reprit l'autre avec un léger frémissement dans la voix.

Le quincaillier le fixa une seconde, eut une légère grimace, puis, très posément, saisit le menuisier par la taille, le souleva comme s'il se fut agi d'un tournevis ou d'une boîte de cure-dents et le transporta jusqu'à la cuisinière, sur laquelle il le déposa rudement, tandis que l'autre agitait les pattes comme un petit garçon chez le dentiste.

— Où est l'argent? tonna Fafard en broyant les épaules de Thibodeau, qui poussa un cri.

Et, utilisant ses cuisses comme un étau, il immobilisa les jambes du malheureux.

— On t'a raconté des histoires, Fernand! clama ce dernier avec un accent de sincérité pathétique. J'en ai pas, d'argent! Tout ce que j'ai, c'est mon assurance-chômage!

Fafard le fixa de nouveau droit dans les yeux, attendit un moment, puis :

— Bon. Je vois que t'as besoin d'un stimulant.

Et, allongeant la main vers le tableau de commande de la cuisinière, il tourna un bouton.

— Fais pas le fou, Fernand! Arrête! Éteins ça! Éteins ça, que je te dis! *Ayoye*, tabarnac! Tu me brûles le cul, mon hostie! T'as pas le droit! Je vais appeler la... O. K., ça va! Lâche-moi! Je vais te le donner, ton christ d'argent!

Le quincaillier desserra son étreinte et Thibodeau sauta sur le plancher en se frottant les fesses, tandis qu'une odeur de tissu brûlé se répandait dans la pièce.

Fafard, les bras croisés, observait avec un sourire goguenard son compagnon en train de vérifier fiévreusement si ses attributs virils avaient subi des dommages.

— Bon, fit-il au bout d'un moment, cesse de te tripoter, Wilfrid, t'es encore un homme. L'argent, maintenant. Où est-il?

— J'en... j'en ai dépensé une bonne partie, tu sais, répondit l'autre en posant sur lui un regard haineux et craintif.

Fafard l'empoigna de nouveau par la ceinture :

— Veux-tu que je te remette à cuire, mon Wilfrid ? Je connais une bonne recette de gosses braisées.

— Il m'en reste mille deux cents ! hurla l'autre en se débattant. C'est tout ce que j'ai ! J'vas te les donner tout de suite ! Ils sont dans ma commode.

Le quincaillier l'accompagna jusqu'à sa chambre à coucher, se fit remettre une liasse de billets de banque, les compta soigneusement et les glissa dans sa poche :

— Tu devrais avoir honte d'exploiter ton garçon comme ça.

— C'est lui qui est venu me trouver. Il est assez grand pour savoir ce qu'il fait.

— Et toi, tu dois l'être assez pour savoir que ce n'était pas la Sainte Vierge qui le fournissait.

— Je suis au courant de rien.

— Arrête, tu me lèves le cœur. On dirait une bouche d'égout qui parle... Maintenant, j'ai deux petits conseils à te donner, Wilfrid.

Il força l'autre à s'asseoir sur le lit, prit place à ses côtés et, le saisissant par les joues, qu'il étira fortement, approcha son visage du sien :

— Le premier, c'est de ne plus jamais embêter Charles. Compris ? Rentre ça bien creux dans ta caboche. Et le deuxième, c'est de ne plus jamais toucher à mon commerce. Non, non, non, non, ne me fais pas des gros yeux comme ça, je ne suis pas aussi con que j'en ai l'air... Si jamais t'as le malheur d'oublier mes conseils, je vais me mettre à tes trousses, mon petit loup, et quand je t'aurai trouvé, je me charge MOI-MÊME de te sortir toutes les tripes du corps, m'entends-tu ?

Et, pour appuyer ses paroles, il le gifla avec une telle force que l'autre se mit à saigner du nez.

48

Charles était revenu avec Céline à la maison. Lucie avait fait semblant de ne pas remarquer leurs regards langoureux. Elle s'abstint également, par discrétion, d'interroger sa fille sur son emploi du temps. À son retour à la maison, Fernand Fafard s'enferma avec le jeune homme et Lucie dans le salon. Leur entretien dura une bonne heure, ponctué de temps à autre par les grattements de Bof, couché devant la porte. Henri, excédé, finit par saisir le chien par son collier et partit en promenade avec lui.

Charles quitta la pièce l'air penaud mais rasséréné, Lucie avec des yeux rougis et Fernand Fafard en arborant la contenance altière et bienveillante de Jupiter, maître de l'Olympe; on avait peine à croire que, dix mois plus tôt, le même homme s'était ouvert les veines.

Après avoir pris conseil auprès du notaire Michaud, il convint avec Charles de donner les mille deux cents dollars au Centre de réadaptation du Portage. Charles quitta son emploi à la pharmacie et Henri Lalancette se montra assez généreux pour ne pas poser de questions. René De Bané, dont les affaires avaient beaucoup prospéré au cours des derniers mois, reçut une nuit la visite de la police et se retrouva pensionnaire de l'État et soumis à une grande sédentarité. Trois jours plus tard, un cautionnement de dix mille dollars lui permettait de circuler de nouveau dans la ville en attendant son procès, mais Montréal avait perdu beaucoup de charme à ses yeux et il se trouva atteint d'un accès de mélancolie que ni le billard ni la bière n'arrivaient à dissiper. Il fallait désormais songer à une nouvelle carrière ; la fertilité de son esprit et son énergie inépuisable allaient bientôt lui ouvrir de larges avenues.

Charles reprit avec soulagement sa vie tranquille et rangée ; on s'efforça chez les Fafard de faire comme si l'épisode du trafic de médicaments n'avait jamais eu lieu. Son histoire d'amour avec Céline l'ouvrait à des sentiments nouveaux et délicieux, et apaisait ses remords. Mais ces derniers se réveillaient parfois, et dans ces moments rien ni personne n'arrivait à l'égayer.

— Tu ne devrais pas t'en vouloir à ce point-là, lui dit un jour Blonblon pour le réconforter dans un moment de déprime. Après tout, tu agissais pour un bon motif.

— Tu parles! Quand un homme tue sa femme à coups de couteau parce qu'elle l'a trompé, il agit lui aussi pour un bon motif, mais c'est un monstre!

Blonblon sourit et lui donna de petites tapes affectueuses sur l'épaule. Malgré son amitié pour Charles, il avait peine à comprendre sa douleur, car lui aussi, après une amourette avortée, venait de se faire une petite amie et chacun sait combien les embrasements d'une nouvelle passion peuvent brouiller l'esprit.

Blonblon venait de découvrir les plaisirs du lit, ce ciment de l'union des cœurs, et l'euphorie où il baignait du matin au soir l'avait un peu éloigné des malheurs de l'humanité. Il s'efforçait d'écouter Charles, mais pensait surtout à son Isabel, l'étudiante d'origine chilienne qu'il avait abordée un jour dans un magasin à rayons, fasciné par la beauté de ses yeux, et dont le père, gynécologue et réfugié politique, faisait du taxi à Montréal en attendant que le Collège des médecins daigne lui permettre d'exercer sa profession.

Plusieurs fois, Blonblon avait voulu la présenter à Charles, car sa conquête lui gonflait l'âme de fierté, mais ce dernier reportait toujours les sorties à quatre que son ami essayait d'organiser.

— Je n'ai pas la tête à ça, aujourd'hui, répondait Charles invariablement. La semaine prochaine, peut-être.

Et il restait à la maison avec Céline ou se rendait avec elle chez un de ses amis qui leur prêtait son appartement.

— Charles, écoute-moi : c'est fini, cette histoire, lui dit un jour Céline, inquiète de le voir encore dans un de ses accès de tristesse. Pourquoi y reviens-tu toujours? Tourne la page, jette le livre, passe à autre chose, je t'en supplie... Quand je te vois comme ça, j'ai l'impression que je n'arrive pas à te rendre heureux.

— Oh non! Céline, ce n'est pas ça du tout, je t'assure, répondit-il en la serrant dans ses bras et la couvrant de baisers. Tu n'y es pour rien, tout au contraire! Si tu n'étais pas venue me trouver l'autre fois sous le merisier, où est-ce que je serais aujourd'hui? Peut-être même plus de ce monde!

— Et moi donc? Je serais dans un asile, je te jure, et folle à lier... Charles, Charles, tu es trop dur pour toi-même... Tu n'acceptes pas de te tromper. Comment vas-tu arriver à vivre?

Le visage du jeune homme s'assombrit:

— Si tu avais eu un père comme le mien, tu me comprendrais mieux.

— Mais ce n'est *plus* ton père! lança Céline, exaspérée. Il ne l'est plus depuis huit ans!

— Oui, tu as raison, soupira Charles en la prenant dans ses bras (les larmes menaçaient), mais, que veux-tu, j'ai un gros morceau à digérer, il faut que j'y mette le temps...

L'été arriva et Charles s'aperçut que le temps n'y faisait rien. Il avait terminé avec un succès honorable sa cinquième secondaire et une dissertation qu'il avait écrite sur *Les choix d'avenir du Québec* avait circulé au salon des professeurs. Céline l'adorait et son amour pour elle s'approfondissait un peu plus chaque jour, prenant une intensité qui le stupéfiait. Et pourtant l'histoire de l'Ange blond et du trafic auquel il s'était adonné continuait de le tourmenter.

Un soir, il sentit le besoin de discuter de l'affaire avec quelqu'un de bon conseil. Ne connaissant ni psychiatre ni psychologue, il décida, faute de mieux, d'aller voir Parfait Michaud.

◆

Il trouva le notaire seul chez lui devant un verre de porto, vêtu d'un jean et d'une chemise fleurie à manches courtes, en train de consulter *Le Grand Robert* pour connaître l'origine de l'expression «chevalier d'industrie», qui avait attiré son attention ce soir-là. Amélie Michaud était partie une semaine plus tôt pour un séjour d'un mois dans une auberge de santé où l'on pratiquait la thalassothérapie, les transferts d'énergie, la gymnastique respiratoire et autres formes de médecine douce qui procuraient, disait-on, un rajeunissement total de l'être, à condition d'avoir les moyens de se le payer.

Il aurait été exagéré de dire que le couple allait bien.

Parfait Michaud avait été mis au courant de la mésaventure de Charles dans ses moindres détails, mais, par discrétion, n'avait pas jugé bon d'intervenir directement, le quincaillier et sa femme ayant les choses bien en main. Cependant, il aurait aimé voir Charles, pour lequel il ressentait toujours un profond attachement, et il soupirait parfois de constater que l'amitié du jeune homme à son égard semblait s'étioler avec les années.

Aussi l'accueillit-il avec une joie qui émut Charles et lui donna le courage d'aborder le sujet délicat qu'il voulait discuter.

— Madame Michaud se porte bien? demanda-t-il en guise d'entrée en matière.

— Oh, tu la connais, Charles. Elle ne se porte bien que dans ses moments de distraction... Aussitôt qu'elle se met à penser à sa santé, les choses se gâtent. Au fond, elle vit pour être malade. La santé la tuerait.

Et il lui annonça qu'il était célibataire depuis une semaine, qu'il le serait jusqu'au 10 du mois suivant et que, somme toute, il ne s'en plaignait pas trop.

Charles eut un sourire entendu et se mit à trouver un plaisir imprévu à cette conversation « entre hommes ». Parfait Michaud, enhardi, se mit à lancer des allusions de plus en plus claires sur la nature des loisirs que lui permettait l'absence de sa femme.

— Vois-tu, Charles, conclut-il finement, le mariage est la plus noble des institutions. Son seul défaut est de ne pas convenir tout à fait à la nature humaine.

Charles, qu'une pareille remarque aurait scandalisé quelques années plus tôt, s'esclaffa, rassuré quant à lui par l'amour indestructible qui l'unissait à Céline, sans compter que le mariage heureux de Fernand et de Lucie démentait la thèse du notaire.

Ce dernier, intrigué par la visite du jeune homme et sentant qu'il fallait le mettre à l'aise, alla chercher la bouteille de porto et un deuxième verre, qu'il remplit généreusement.

Charles n'avait jamais bu de ce vin de liqueur et le trouva délicieux; le notaire lui en resservit. Deux taches roses s'allumèrent sur ses joues et son regard devint fébrile et ardent. Il trouvait son vieil ami de plus en plus drôle et sympathique, et regretta de l'avoir si longtemps négligé. Combien de bons moments il avait laissé filer! Désormais, se promit-il, il lui rendrait visite plus souvent.

— Monsieur Michaud, j'ai une question à vous poser, dit-il tout à coup.

— Appelle-moi Parfait, Charles, je te l'ai souvent demandé. De toute façon, je le suis.

Et il pouffa de rire, comme si sa plaisanterie éculée lui était venue aux lèvres pour la première fois.

— Vous êtes au courant de mon histoire, n'est-ce pas? poursuivit Charles, devenu grave.

— C'est à ce sujet que tu es venu me voir?

— Oui.

— Et alors?

Charles se troubla et jeta un regard machinal sur son verre. Le notaire allongea aussitôt le bras vers la bouteille de porto.

— Non, fit le jeune homme. J'ai assez bu.

Parfait Michaud retira quand même le bouchon et se servit:

— Certain?

— Certain.

Le notaire prit une gorgée, qu'il promena dans sa bouche avec un petit sourire, l'œil à demi fermé. Son visiteur gardait le silence.

— Et alors, Charles?

— Eh bien... c'est que je voulais savoir... En fait... Qu'est-ce que vous pensez de moi, monsieur... Parfait?

— Par rapport à cette histoire?

— C'est ça.

Parfait Michaud porta de nouveau le verre à ses lèvres, mais fut un moment avant de les plonger dans le liquide, occupé à préparer sa réponse, qui semblait le faire hésiter.

— Euh... pour être franc avec toi, mon Charles, je trouve que tu t'es conduit... euh... comme un petit con... Excuse le mot, mais il ne m'en vient pas d'autres.

Les taches roses s'avivèrent sur les pommettes de Charles, tournant presque au rouge, et ses joues se creusèrent brusquement, aspirées par un mouvement de succion.

— Cela dit, tout le monde, un jour ou l'autre, se conduit en con, poursuivit Michaud. Ça m'est arrivé à moi-même plusieurs fois et je ne pourrais pas jurer que ça ne m'arrivera plus. L'important, j'imagine, c'est de savoir tirer les leçons de ses conneries. Et je pense que c'est ce que tu as fait. N'est-ce pas?

— Je n'arrête pas d'en tirer, soupira Charles.

— Les imbéciles n'en tirent jamais, eux. Ils sont comme le poisson qui réussit à se décrocher d'un hameçon à force de se débattre mais qui mord à un autre cinq minutes plus tard. Tant pis pour lui! Et puis, chose très importante à mon avis, il faut considérer *le motif*... Ne prendrais-tu pas une goutte de porto, fit-il en s'interrompant, de quoi seulement mouiller le fond de ton verre?

Charles avança la main et la goutte promise devint une giclée.

— En effet, tout est là, mon cher, poursuivit Michaud après s'être servi à son tour (sa main, à présent, devenait un peu gourde). Comme je te l'ai dit tout à l'heure, Fernand et Lucie m'ont raconté ton histoire. Si j'avais appris que tu t'étais adonné à ta combine seulement pour le fric, j'en aurais été très désappointé, je ne te le cache pas, car alors je me serais dit : « Charles est devenu une de ces petites crapules comme chaque quartier de Montréal en produit. C'est bien dommage. Je pensais qu'il était quelqu'un de très bien. Je me suis trompé. » Mais ce n'était pas le cas, Dieu soit loué!

— Est-ce que vous croyez que Fernand et Lucie ont la même opinion que vous?

— J'en suis persuadé. D'ailleurs, ils me l'ont dit, dans leurs mots à eux. De toute façon, s'ils te prenaient pour un malfaiteur, tu l'aurais aussitôt senti et tu ne serais pas venu ce soir me poser la question.

— Pourtant, j'ai failli tuer une femme.

— Sans le vouloir, Charles, sans le vouloir! Hum... je n'aime pas l'air que tu fais... Regardons l'affaire comme elle s'est vraiment produite, mon cher ami. C'est *elle* qui a sans doute voulu se tuer. Mais elle n'a pas réussi. Et à qui doit-elle la vie? À toi, Charles. À toi. C'est une chose qu'il ne faut pas oublier. Je te prierais de la garder toujours à l'esprit.

Charles serrait le verre de porto dans ses mains, fixant le liquide qui dansait doucement, et revoyait dans sa tête la comédienne en train de lui parler, assise en face de lui, dans sa robe de chambre de soie bleue, ses longs cheveux relevés par un ruban orné d'un minuscule bouquet de fleurs séchées, et sa voix résonnait de nouveau à son oreille, pleine d'une amitié qu'elle lui avait offerte sans même le connaître.

Mais, pour la première fois depuis longtemps, au lieu de grimacer, il souriait dans sa rêverie.

— Je crois que le moment est venu pour toi, Charles, lança le notaire en se levant de son bureau, un peu pompette, de prendre une leçon de vie. Viens avec moi.

Il se rendit au fond de son bureau et s'arrêta devant un rayonnage où étaient rassemblées ses plus belles éditions d'œuvres littéraires.

— Tu es mûr, je pense, pour un traitement intensif à la *Comédie humaine*, mon vieux. Tu connais la *Comédie humaine*, bien sûr?

— De Balzac? Je n'ai encore rien lu de lui.

— Eh bien, le moment est venu, jeune homme. Cela va t'ouvrir les yeux et renforcer ton âme pour les combats de la vie, comme disaient autrefois nos directeurs de conscience. Tu viens d'en mener un. Il y en aura d'autres.

Il s'empara de cinq gros livres rouges à couverture rigide entoilée et les déposa l'un après l'autre sur le plancher aux pieds du jeune homme:

— Je viens d'acheter l'édition de la « Pléiade ». Ces livres-ci font partie de la collection « L'Intégrale », parue au Seuil. C'est une très belle édition aussi, de format peut-être un peu encombrant, mais d'une facture très agréable. Retournes-tu directement chez toi?

Charles fit signe que oui.

— Alors, emporte ces livres, je te les donne.

Le jeune homme, ébahi, protesta qu'il ne méritait pas un pareil cadeau.

— Allons, allons, ce n'est rien du tout, ne me remercie pas, mais lis-les plutôt, *tous* sans exception. Tu auras tes préférés, comme j'ai les miens; certains, par moments, t'ennuieront peut-être un peu, mais d'autres t'emporteront comme un ouragan, mon cher. Il est impossible qu'après avoir traversé la *Comédie humaine* tu ne considères pas la vie d'un regard plus assuré et perspicace.

Il s'appuya contre le rayonnage, car la fatigue de la journée, combinée au porto, lui avait quelque peu amolli les jambes.

— Voilà un des bienfaits des bons livres, poursuivit-il, le menton levé comme s'il s'adressait à un vaste auditoire, le principal étant, bien sûr, le plaisir incroyable qu'ils nous procurent. Eh oui! Charles, lis la *Comédie humaine* et cela t'évitera bien des ennuis, je t'assure! Tu apprendras à connaître les effets de la passion, de la cupidité, de l'ambition, de l'égoïsme, de la haine, lancés dans un corps à corps fiévreux avec la vertu, l'amour, l'amitié, le génie, l'intégrité, que sais-je!

Emportée par un accès de lyrisme, sa voix, un peu nasillarde, frémissait et grimpait parfois dans l'aigu:

— La littérature, mon jeune et bel ami, c'est la vie concentrée servie aux lecteurs dans leur fauteuil (pour paraphraser Musset), c'est le fruit de millions d'expériences dont ils n'auraient pas le temps de vivre la plus infime partie! Elle nous fait participer à une sorte d'éternité, Charles, elle nous rend comme Dieu: omniprésents, dans tous les lieux, dans tous les temps! La fréquenter ne rend pas nécessairement plus sage – ce serait trop beau, et puis tout dépend, n'est-ce pas, de la tête qu'on a –, mais elle nous aide parfois à être moins sot.

Et il continua à discourir ainsi pendant quelques minutes. Charles l'écoutait, un petit sourire aux lèvres, mais la ferveur du notaire le pénétrait peu à peu, car il y reconnaissait la sienne, exprimée avec une éloquence et une précision qui le dépassaient. De maniéré et un peu ridicule, son interlocuteur était devenu sublime.

— Bon, fit tout à coup ce dernier en essuyant son front avec la manche de son veston, je me suis laissé un peu emporter. Ouf! cela fatigue!... Je n'ai plus vingt ans. Occupons-nous maintenant de choses concrètes. Je vais aller te chercher deux grands sacs de plastique pour que tu puisses emporter ces livres. Mais, avant, une dernière goutte de porto!

Cette fois, Charles refusa péremptoirement. L'alcool, quand il en abusait, lui donnait la désagréable impression que le réel se désagrégeait peu à peu, et il sentait alors au fond de lui-même un remuement de forces obscures qui cherchaient à prendre le dessus. Dans ces moments-là, avec une sorte d'horreur, il pensait à son père. Du coup, cela suffisait à le rendre sobre.

Parfait Michaud dégusta un dernier verre de porto, affalé dans son fauteuil, calmé tout à coup, et presque mélancolique, puis quitta le bureau et revint avec les sacs.

— Je fonde les plus grands espoirs sur le traitement Balzac, dit-il à Charles, le bras sur son épaule, en le reconduisant à la porte. Tu es un garçon intelligent et plein de sensibilité. Balzac va faire des merveilles avec toi, j'en suis certain.

— Et moi, je ne sais toujours pas comment vous remercier, répondit Charles, qui tenait à lui manifester sa gratitude avec toute la politesse requise. Je vous le promets, demain matin je me lance dans la *Comédie*. Et je vais demander à Céline de faire comme moi.

Le notaire souriait d'aise en lui donnant de petites tapes dans le dos.

— Viens plus souvent, Charles, dit-il soudain avec une gravité émue. On ne se voit presque plus! Si tu savais combien ça me fait plaisir... N'aie pas peur : je ne me soûle pas au porto chaque fois qu'on me rend visite ! Tu me parleras de Balzac, et je serai tout oreilles, mon cher. En attendant, au lit, vieux sac à vin ! J'en ai grand besoin !

Charles descendait le perron et se dirigeait vers la rue lorsque la porte se rouvrit et la tête du notaire apparut, inquiète :

— Ah oui, j'avais oublié de te demander... Ton père... je veux dire, Wilfrid... en as-tu entendu parler depuis... l'affaire ?

— Non, répondit simplement Charles.

— C'est que...

Il s'arrêta, troublé, regrettant de toute évidence sa question, puis ajouta :

— Il a peut-être quitté la ville... Il est peut-être loin d'ici...

— Peut-être. Est-ce qu'il vous a parlé ?

— Non, non, pas du tout, il ne m'a absolument pas parlé, répondit l'autre, et il referma la porte.

Charles, intrigué, s'éloigna dans la rue, son euphorie envolée.

Charles ne revit jamais l'Ange blond et ne chercha pas à le revoir. Il aurait craint d'assister, impuissant, à sa chute dans les abîmes (des bribes d'un poème de Victor Hugo lui revenaient à ce sujet) et il s'efforça plutôt de croire que le drame de Brigitte Loiseau avait été pour elle comme un coup de fouet et qu'après avoir frôlé la mort de si près elle avait décidé de se reprendre en main. Une fois, passant par la rue Rachel, il alla jeter un coup d'œil à la porte de son appartement. Une affiche À LOUER était suspendue à la rampe de la galerie et sa vue le réconforta. La comédienne, lui apprit la voisine d'en dessous sortie pour secouer un tapis, était retournée dans sa famille à Chicoutimi afin d'y poursuivre sa convalescence. Ah ! pourvu qu'elle se tienne loin désormais des crapules à la De Bané, se dit Charles. Qu'elle amasse des forces pour se lancer de nouveau dans le métier. La gloire l'attendait, il en était sûr.

Parfois, Charles parlait de Brigitte Loiseau à Céline, mais il s'aperçut bientôt que le sujet ne figurait pas parmi ses favoris et décida de l'éviter en sa présence. Du reste, son nouvel amour repoussait peu à peu l'Ange blond dans la pénombre du passé.

Lucie, qui avait le nez fin comme un renard après trois jours de jeûne, avait deviné par mille petits signes la liaison entre Céline et Charles; comme elle ne pouvait rien faire pour l'empêcher, elle avait décidé de fermer les yeux, laissant aux principaux intéressés le soin de l'annoncer, mais souhaitant avec ferveur que les amoureux ne se retrouvent pas avec un bébé sur les bras. Elle n'en parla pas à son mari, qui n'avait rien vu encore, occupé qu'il était à remettre son commerce à flot et ravi d'ailleurs de voir que la mésaventure de Charles semblait lui avoir été salutaire et que celui-ci reprenait sa vie de bon garçon travailleur. Mais, bien vite, tout fut clair pour tout le monde. Charles et Céline étaient inséparables et ne cessaient de se dévorer des yeux. Ils avaient d'interminables conversations, faisaient des promenades, allaient au cinéma et s'absentaient de temps à autre durant de longues heures sans qu'on puisse savoir où ils étaient allés. On les surprit bientôt à se bécoter dans les coins sombres.

Fernand, comme Lucie, n'en ressentit qu'une joie mitigée, car l'aventure du jeune homme lui avait laissé des doutes sur le fond de son caractère. Mais son affection tenace pour Charles l'aida à se faire une raison.

— Céline est bonne comme du bon pain, dit-il un soir à sa femme, mais, en même temps, elle sait où elle va et on ne lui fait pas faire n'importe quoi. Elle va avoir une bonne influence sur Charles et l'empêchera de commettre d'autres bêtises. Et puis c'est un garçon délicat, qui a le cœur à la bonne place, je suis sûr qu'il va bien se conduire avec elle. Mais gardons-les tout de même à l'œil, hein?

Quelque temps après la fin des classes, Steve Lachapelle avait téléphoné un soir à Charles pour lui annoncer qu'il s'était déniché un emploi d'été dans une fromagerie d'Anjou et que deux ou trois postes restaient à combler. Charles se présenta et fut embauché. Il se retrouva avec son ami un bon matin revêtu d'un sarrau blanc, les cheveux retenus par un filet et chaussé de cuissardes en caoutchouc, en train de pelleter du cheddar dans un immense bac qui dégageait une odeur intense. Le travail était exténuant et se faisait dans un entourage hostile, car les employés de l'établissement, non syndiqués et soumis à des conditions abrutissantes, n'éprouvaient qu'un mépris envieux pour ces petits étudiants chouchoutés par la vie, venus le temps d'une saison se faire de l'argent de poche.

Charles revenait chez lui vers six heures du soir, mangeait rapidement et allait se coucher. Après une heure ou deux de sommeil, il prenait une douche et allait trouver Céline. Sinon, il fréquentait Balzac.

L'accomplissement de sa promesse à Parfait Michaud ne lui demandait aucun effort. Il s'était mis à lire la *Comédie humaine* un peu au hasard. Après la déception que lui avait inspirée *Le médecin de campagne*, dont il avait cru à un certain moment ne jamais venir à bout, il était tombé sur *Splendeurs et misères des courtisanes*, puis sur *Illusions perdues* et enfin sur *Le père Goriot* et *La cousine Bette*. Cela avait fait de lui un fervent balzacien. Les personnages de Vautrin, de Lucien de Rubempré, d'Esther et d'Eugène de Rastignac en étaient venus à faire partie de sa vie quotidienne. Il en parlait à tout moment et, dans son ardeur de prosélyte, avait acheté quelques exemplaires d'occasion de romans de Balzac et tenté de convertir Céline et Blonblon, avec peu de succès, cependant. Quant à sa tentative auprès de Steve Lachapelle, elle avait tourné au désastre.

Un soir, Charles avait tellement insisté auprès de son ami pour qu'il lise « au moins un petit peu de Balzac » avant de passer dans l'autre monde que ce dernier en le quittant avait emporté avec lui un recueil de nouvelles de l'illustre romancier, promettant de le terminer dans la semaine. Sous l'effet de l'ardent discours de

Charles, il avait attaqué dans le métro *Un épisode sous la Terreur*, plein de courage et de bonne volonté, lui qui, de toute sa vie, n'avait pas lu dix pages de quoi que ce soit, se fiant à sa mémoire, à son pif et aux notes de classe des copains et des copines. Mais, au bout de quelques pages, ce fut le livre qui s'attaqua à lui. *Un épisode sous la Terreur* se transforma mystérieusement en épisode sous la torpeur et un sommeil gluant envahit peu à peu le lecteur novice, qui posa le recueil sur ses genoux, pencha la tête et commença sa nuit avant d'être arrivé à la maison.

Un violent soubresaut le réveilla. Il promena des regards effarés dans le wagon vide, dont les plafonniers clignotaient, affolés, tandis qu'une rumeur sourde, venue de sous ses pieds, donnait l'impression que le sol se fissurait de toutes parts et allait bientôt l'avaler.

— Merde! s'écria-t-il en bondissant. Je suis rendu dans le garage!

Par les fenêtres, il apercevait une sorte d'immense caverne, vaguement éclairée ici et là par des néons bleus et blancs et, au sol, un redoutable entrelacement de rails et de câbles électriques.

Soudain, le wagon s'immobilisa et le silence se fit. La perspective de passer la nuit en un endroit aux charmes si restreints lui donna tout à coup la vigueur d'un taureau et, agrippant des deux mains les portières coulissantes, il réussit après un violent effort à les écarter et sauta hors du wagon. Il avançait prudemment dans la pénombre à la recherche d'une sortie lorsqu'un cri l'arrêta.

— *Hey!* toi! reste où tu es!

La voix venait de derrière lui. Il se retourna et vit deux ombres s'avancer au loin. Un faisceau de lumière lui balaya le corps.

— Qu'est-ce que tu fais ici? demanda la voix, menaçante.

— Je... je m'étais endormi, balbutia Steve.

— Ouais... on connaît ça, les gars qui s'endorment, fit l'autre homme en continuant d'approcher.

Celui qui l'avait interpellé en premier était un grand gaillard en salopette de mécanicien, avec une moustache à guidons et d'énormes dents luisantes qui lui faisaient vaguement la tête d'un castor. Son compagnon, plus petit mais costaud également, portait une veste sur son bras replié et tenait une boîte à lunch ; il dévisagea Steve avec un sourire féroce.

— Ils s'endorment, reprit le castor, mais tout à coup ils se réveillent et se mettent à barbouiller des saloperies sur les wagons avec des bombes aérosol.

Il s'arrêta devant lui et se mit à le tâter rudement.

— Pas de cannettes, grommela-t-il. Il a dû s'en débarrasser quand il nous a entendus.

— Puisque je vous dis que je me suis endormi, tabarnouche ! protesta Steve, de plus en plus inquiet.

— Je vais aller jeter un coup d'œil, fit l'autre en s'éloignant.

— C'est quoi, ce livre-là ? demanda le castor en extirpant le roman de la poche du jeune homme.

— C'est mon livre, jappa ce dernier.

L'employé s'empara du roman et l'approcha de ses yeux :

— *Un épisode sous la Terreur*, lut-il lentement.

La nouvelle donnait son titre au recueil.

Il posa de nouveau les yeux sur Steve avec une moue étrange. Ce titre, sans qu'il en comprenne clairement le sens, avait produit sur lui un effet déplorable.

— Ronald ! reviens ici. C'est pas la peine… Je me trompe peut-être, mais j'ai l'impression qu'on est tombés sur un drôle de moineau… dans le genre terroriste ou quelque chose comme ça…

Steve fut amené à un poste de surveillance et longuement interrogé. Du coup, il était devenu un ardent défenseur de la littérature et du droit de chaque citoyen de la fréquenter en tout temps et en tout lieu. Il se moqua des policiers qui le retenaient, les traitant d'épais et d'analphabètes (un mot qu'il employait pour la première fois de sa vie). Ses réparties piquantes ne firent rien pour arranger son affaire. On le secoua quelque peu, mais on ne trouva malgré tout aucune preuve assez solide pour l'incarcérer ; par mesure de représailles, on le fit tout de même poiroter pendant deux heures dans une pièce minuscule qui ne comportait pour tout ameublement qu'une ampoule électrique, un classeur et une chaise de bois sans coussin. À trois heures du matin, il se retrouva enfin dans la rue, son livre confisqué et avec un dollar vingt-cinq en poche, ce qui l'obligea à téléphoner à sa mère pour lui demander d'avoir de l'argent sous la main afin de payer le taxi qui le ramènerait à la maison. Madame Lachapelle paya le chauffeur, puis paya son fils d'une autre monnaie, qui a cours un peu partout.

— Ne me parle plus jamais de ton Balzac, intima Steve à Charles le lendemain, ni d'aucun autre de tes maudits auteurs!

49

Charles traversait une nouvelle période de bonheur. Il s'enivrait de Balzac, il vivait sa première véritable histoire d'amour et il avait le sentiment – malgré la tournure inattendue qu'avaient prise les choses – d'avoir payé une partie de sa dette de gratitude envers Fernand et Lucie en écartant d'eux un grand malheur. Pour combien de temps? Sans doute pour toujours, car Wilfrid Thibodeau, mort de frousse et décidé à se tenir loin des pattes du quincaillier et de la police, était allé tenter sa chance au Manitoba; c'était du moins ce qu'avait affirmé Liliane, la maîtresse du menuisier, interrogée par Lucie, à qui Fernand avait demandé de faire l'espionne, rôle que son entregent et ses manières naïves lui avaient permis de jouer facilement.

— Il y a un gros boum dans la construction là-bas, lui avait confié Liliane au terme d'une longue conversation sur la cherté de la vie et la difficulté d'élever les enfants, et les gens se font des salaires de fou. Alors, comme il est *parfait bilingue*, il s'est dit que c'était aussi bien d'en profiter. De temps à autre, il va me payer un billet d'avion pour que j'aille le voir. Moi, ça m'arrange, j'ai toujours aimé les voyages.

— J'espère qu'il va crever là-bas, ce maudit résidu de fond de bouteille, avait grommelé le quincaillier en apprenant la nouvelle. Qu'ils l'endurent un peu à leur tour. Nous, on a fait notre part.

Plus que tout le monde, Charles avait été soulagé par le départ de son père, mais il n'en avait pas éprouvé le sentiment de délivrance auquel on se serait attendu. On s'habitue vite au bonheur et, quand il dure un certain temps, on finit même par le trouver ordinaire. Ah! si nous jouissions de la santé comme nous souffrons d'être malade! Mais, chez l'homme, tout finit par s'aplatir et s'affadir et il semble que nous soyons condamnés à l'insatisfaction.

Son amour pour Céline accaparait toute son attention et déformait sa vision des choses. Il avait presque oublié les souffrances que lui avait causées son père et accueillit sa disparition avec une joie un peu distraite. Il ne pensait qu'à Céline et ne comprenait pas comment il avait pu vivre si longtemps dans la même maison qu'elle sans l'aimer éperdument.

— Comment je faisais? Comment je faisais? lui disait-il à tout moment. Est-ce que j'étais aveugle? Est-ce que j'étais fou?

— Moi, je t'ai toujours aimé, répondait-elle gravement. Je jouais encore à la poupée que je t'aimais déjà. Tu m'as plu aussitôt que je t'ai vu, avant même que je sache que c'était ça, l'amour. Mon professeur avait raison; les filles ne sont pas faites comme les garçons: on aime plus vite que vous autres.

Elle avait lu la *Duchesse de Langeais* et cette histoire d'amour et de douleur l'avait passionnée, au grand ravissement de Charles qui venait de se trouver enfin un alter ego en lecture (car le notaire Michaud était plutôt son maître). Alors, choisissant d'autres titres avec soin pour tenter de se conformer le plus possible à ses goûts, il lui présenta *Modeste Mignon*, puis *Le cousin Pons* et *Le père Goriot*; mais elle ne trouva guère de plaisir à cette dernière histoire, qui lui mit le cœur à vif.

Un soir, Marlène, abandonnée depuis longtemps, téléphona à Charles. Il lui parla d'un ton indifférent et léger, ne sentant pas sa cruauté, et, sans le savoir, humilia la pauvre fille. Même l'Ange blond aurait eu peine à présent à faire renaître la fascination qu'il avait exercée sur lui. Dès que les deux jeunes gens se retrouvaient seuls et loin des regards indiscrets, ils se déshabillaient à toute vitesse et faisaient l'amour, restant des heures enlacés dans le lit en désordre à s'émerveiller l'un de l'autre et à se murmurer de doux petits riens.

— Jamais je n'ai vu une fille aussi belle que toi, en personne ou autrement, je te jure, ne cessait-il de lui dire, tandis qu'elle riait, flattée, en haussant les épaules. Tu es belle à rendre fou! Tu pourrais être mannequin, faire du cinéma, épouser un millionnaire... Et dire que c'est moi que tu aimes!

La passion qu'on éprouve pour quelqu'un l'embellit toujours à nos propres yeux, mais, dans ce cas-ci, la passion avait eu bien peu à faire, car Céline, à la vérité, était devenue ravissante. Charles s'étonnait que Fernand et Lucie, avec leur corps épaissi et plutôt ordinaire, aient réussi à produire une telle merveille. Elle avait un visage d'une finesse asiatique, à l'expression vive et décidée, avec de superbes yeux noirs, profonds et frémissants, des membres gracieux, presque frêles, tenant encore un peu de l'enfance, des seins dodus qui semblaient de porcelaine, aux mamelons si sensibles qu'elle frissonnait de volupté à la moindre caresse, et des pieds menus d'un dessin magnifique, que Charles embrassait avec passion, mais jamais autant qu'il aurait voulu, car elle était un peu chatouilleuse. Son tempérament la disposait à l'amour, dont elle avait fait l'apprentissage sans grand effort. En plaisantant, elle reprochait à Charles de lui avoir créé d'insatiables besoins, qu'elle le condamnait à satisfaire jusqu'à la fin de ses jours, sous peine de harcèlement. Ce dernier riait, tout fier, un peu fat, comme si le mérite ne revenait qu'à lui.

Charles accepta enfin l'invitation de Blonblon à rencontrer Isabel, sûr dans son for intérieur qu'elle ne serait qu'un pâle équivalent de Céline. Et il en fut ainsi. On organisa une sortie à quatre au cinéma pour aller voir *Vivement dimanche*, de Truffaut. Puis on alla manger des spaghettis au restaurant Da Giovanni, dont les prix défiaient encore toute compétition. Avec sa peau café au lait, son nez court aux narines un peu épatées, comiquement joli, et son accent québécois huilé d'espagnol, Isabel avait beaucoup de charme, et Charles en convint, mais Céline, qui observait attentivement ses réactions, n'eut aucune raison de s'alarmer et trouva l'amie de Blonblon d'autant plus sympathique.

Steve, lui, avait rencontré Isabel longtemps auparavant, et elle lui était apparue un peu *téteuse*, qualificatif qu'il aurait eu beaucoup de difficulté à définir mais qui rangeait ceux ou celles qui l'avaient mérité parmi les gens à fréquenter avec une extrême modération. De plus, il n'éprouvait pas pour Blonblon l'amitié de Charles, le jugeant un peu *parti*, de style quasiment *curé* et, finalement, trop gentil pour être un vrai gars, sans tomber cependant – il en convenait tout à fait – dans la catégorie dégradante des *moumounes*. Il ridiculisait également son manque de cohérence – utilisant, bien sûr, des mots bien moins recherchés pour le décrire. En effet, Blonblon, de tout temps un farouche adversaire de la cigarette, travaillait cet été-là comme vendeur dans une tabagie et son amabilité pleine d'entrain avait fait augmenter un peu le chiffre d'affaires.

— C'est une question d'honneur, Charlot, expliquait Steve qui fumait allégrement son paquet et demi de cigarettes chaque jour, ce qui ne l'empêchait pas de manier sa pelle à fromage avec une belle vigueur. Est-ce qu'un AA travaillerait pour la Société des alcools. Est-ce qu'un végétarien travaillerait dans une boucherie?

— Pourquoi pas? répondait Charles, qui éprouvait une affection viscérale pour Blonblon, renforcée dernièrement par le plaisir que ce dernier avait pris à lire *César Birotteau* dans ses moments libres derrière le comptoir. On gagne sa vie comme on peut. Les gens n'ont pas toujours le choix. Toi-même, aimes-tu le fromage tant que ça?

— Tu peux être sûr que je l'aime! Je l'ai toujours aimé. Là, évidemment, il commence à me tomber un peu sur le cœur. Ils nous font tellement suer dans leur maudite usine d'arriérés mentaux. Ça finit par tuer le goût, ça!

Charles était retourné voir le notaire à quelques reprises et Parfait Michaud s'émerveillait de l'effet qu'avait produit sur lui la *Comédie humaine*. Un soir, le jeune homme lui confia qu'il lui arrivait parfois de songer à devenir écrivain.

— Hum... voilà un métier bien hasardeux, mon vieux, comme tous les métiers d'artiste... Enfin, tu pourrais faire comme tant d'autres et t'y essayer dans tes temps libres en attendant le succès, qui vient parfois on ne sait trop pour quelle raison. Je crois que notre gars s'est tiré d'affaire, annonça le notaire au quincaillier et à sa femme en allant les voir le lendemain. Je ne l'ai jamais vu si plein d'enthousiasme. Et tout ça, grâce à ce bon vieux Balzac! Quelle merveilleuse chose que la littérature, quand on y pense! Elle peut transformer une vie, croyez-moi!

— Ouais, répondit Fernand Fafard avec une moue sceptique. Mais il y a peut-être aussi le fait qu'il couche avec ma fille; ils n'ont pas l'air de trop détester ça.

— Bien sûr, bien sûr, convint le notaire en souriant, le bonheur est une recette à plusieurs ingrédients. On ne fait pas une bonne soupe avec seulement des carottes. De même qu'on ne rend pas une femme heureuse seulement en lui faisant l'amour...

— Oui, mais ça aide en sapristi, rétorqua le quincaillier, et il lança à Lucie un énorme clin d'œil, puis éclata de rire.

— Vous croyez donc, demanda celle-ci avec une sollicitude un peu inquiète, que notre Charlot s'est remis pour de bon sur les rails?

— J'en suis presque assuré. Il m'a parlé hier de ses projets d'avenir... Oh! à long terme, bien sûr!

— Et qu'est-ce que c'est? demanda-t-elle.

Parfait Michaud se leva:

— Je préfère qu'il vous en parle lui-même, le jour où il en sentira le besoin. Vous allez être étonnés... s'il ne change pas d'idée d'ici là. N'oublions pas quand même qu'il n'a que dix-sept ans, notre bonhomme !

— On ne peut pas vous accuser d'être indiscret, vous, remarqua Fafard, narquois, en le reconduisant à la porte.

— Je me trouve bien bavard pour un notaire, mais j'ai quand même une conception assez exigeante du secret professionnel.

— Que le bon Dieu vous bénisse, alors.

Et il lui serra la main avec une telle vigueur que Parfait Michaud écarquilla les yeux et faillit pousser un cri.

Charles pelletait son fromage avec acharnement, faisait l'amour avec Céline comme un déchaîné, nageait dans Balzac et, deux ou trois fois par semaine, jouait au billard avec Steve et Blonblon, qui s'était laissé convertir avec peine à l'art du tapis vert mais montrait des dispositions si remarquables que Steve laissait voir parfois un étonnement jaloux. Fernand avait formellement défendu à Céline de se joindre à eux, à cause de son âge – et elle lui en voulait beaucoup.

Afin d'éviter une rencontre avec De Bané, Charles avait décidé d'abandonner la salle Orléans et sa belle Nadine ; les garçons fréquentaient maintenant, rue de Lorimier, La Belle Partie, une salle de billard tenue par un petit homme joufflu à longs cheveux blancs et moustaches à la gauloise, Albert Gouache, né à Paris mais établi à Montréal depuis trente ans et pestant contre la ville avec une remarquable constance, comme tout bon Montréalais. Charles aimait le taquiner, s'extasiant devant ses cheveux « à la Victor Hugo » ou « à la père Noël » (selon les jours), s'étonnant de la difficulté qu'il avait à maîtriser l'accent québécois et lui demandant à chaque visite des nouvelles de ses projets d'agrandissement, que le bonhomme annonçait depuis quinze ans et qui faisaient maintenant partie du folklore local.

Malgré ses précautions, Charles rencontra deux ou trois fois dans la rue son ancien revendeur ; chaque fois, De Bané, après un regard sinistre, se transforma en courant d'air. Puis, un jour, il disparut du quartier. S'adonnait-il quelque part à des opérations plus juteuses ou philosophait-il derrière les barreaux? Personne ne le savait.

L'été, somme toute, se serait passé fort agréablement n'eût été ce travail de forçat à la fromagerie, d'où venaient bien des courbatures et envies de tout sacrer là. Mais personne ne pouvait se passer d'argent et il fallait se plier aux dures contraintes de la vie.

Charles, un soir, après une longue conversation avec Parfait Michaud pimentée de deux cappuccinos bien tassés (le notaire les faisait délicieux), revint chez lui dans un incroyable état d'énervement; l'inspiration l'assaillit. Il alla embrasser Céline dans sa chambre, s'enferma dans la sienne et se lança dans l'écriture d'une nouvelle. À quatre heures du matin, il avait écrit vingt pages et alla se coucher, convaincu d'avoir du génie.

« Aimer les livres ne signifie pas nécessairement qu'on peut en écrire, l'avait pourtant prévenu le notaire un jour. J'en suis moi-même la preuve. Dans ma jeunesse, j'ai écrit un roman, deux pièces de théâtre et un recueil de poésie... tous publiés aux Éditions Poubelle! »

— Non, se dit Charles en se tournant dans son lit, moi, je l'ai, l'affaire! J'en suis sûr! Et puis, à force de travail, je vais m'améliorer. Mon prochain achat, ça sera une machine à écrire IBM. Vous allez voir ce que vous allez voir!

Chaque matin, il était le premier à se lever, à cause de son travail. Céline déjeunait souvent avec lui, puis allait se recoucher. Ce matin-là, il lui fit lire les premières pages de sa nouvelle, intitulée *Dérapage en quatrième vitesse*. Elle les trouva sublimes.

— Non, quand même, objecta-t-il avec modestie, ce n'est qu'un premier jet. Il y a peut-être là deux ou trois choses intéressantes, mais il faut que je retravaille tout ça.

À Steve, qui s'étonnait quelques heures plus tard de ses yeux pochés et de la lenteur de ses mouvements, il finit par avouer qu'il avait passé une partie de la nuit à écrire.

— À écrire quoi?

— Une nouvelle.

— Quelle nouvelle?

Il dut lui expliquer le sens du mot. Son ami le regarda longuement, médusé, presque inquiet, puis, après avoir réfléchi un moment, se contenta de répondre:

— Tant qu'à me priver de sommeil, j'aime autant baiser, moi.

Et il se remit à sa pelle.

Après plusieurs semaines d'efforts, Steve avait finalement réussi à convaincre Blonblon et sa petite amie Isabel de fumer un joint, utilisant comme argument suprême que, s'ils ne le faisaient pas au moins une fois, le sens profond du vingtième siècle leur échapperait. Charles et Céline l'avaient appuyé de leur mieux.

La scène se déroulait un samedi soir du mois d'août dans un coin paisible du parc La Fontaine après une séance de cinéma. Il y avait d'abord eu des frissons, des quintes de toux, des grimaces écœurées, mais au bout de quelques minutes les effets de la fameuse fumée avaient commencé à se faire sentir et Blonblon était tombé dans un doux état contemplatif tandis qu'Isabel riait immodérément. Leurs compagnons, en praticiens aguerris (si vingt joints en trois ans suffisent pour le devenir), se laissaient flotter gravement dans la brume de leurs rêveries. Steve, accroupi pour cacher une violente érection, triturait fiévreusement le gravier avec un morceau de branche, traçant des dessins dont il était le seul à saisir la signification. Charles, extasié, contemplait le jaillissement végétal des arbres tout autour de lui; la parenté profonde et inexplicable qu'il sentait entre eux et lui le remplissait d'une joie sereine. Son regard se porta sur Céline, mollement adossée au banc près de lui et souriant à des choses invisibles; un mince halo rosé nimbait les contours de son corps; il la trouva furieusement belle. Elle lui prit la main. Au moindre signe de sa part, il aurait fait l'amour avec elle, là, tout de suite, sur ce banc. Mais, à bien y penser, mieux valait attendre. Il fallait, dans un recoin de sa tête, garder l'esprit froid et ne pas oublier que les cons veillaient à l'ordre établi.

Une heure plus tard, ils se retrouvaient dans un petit casse-croûte rue Sainte-Catherine devant des plats de poutine. La conversation, joyeuse et survoltée, allait dans toutes les directions à la fois. On causait en même temps d'un *nouveau modèle de condom*, de la guerre civile en Irlande, du dernier film de Scorsese et des finasseries de Robert Bourassa. Isabel pleura de rire en écoutant Charles et Steve raconter simultanément la chute en pleine face de leur contremaître dans un bac à cheddar, tandis que Blonblon et Céline se décrivaient l'un à l'autre les merveilles de l'informatique. Charles commanda son troisième café. Il voulut parler de Balzac. On l'en empêcha, prétextant qu'il était trop tard. Alors, pendant quelques minutes, il devint morose. Céline, inquiète, lui caressait le dos de la main. Puis, sa bonne humeur revint brusquement et il se leva :

— On devrait aller se promener sur le mont Royal, qu'en pensez-vous? Le soir de l'élection du Parti québécois en 1976, Fernand et monsieur Victoire y ont passé la nuit à chanter et à discuter. Jusqu'au lever du soleil! Pas pire pour des vieux, hein?

Afin de gagner du temps, car la soirée avançait, on décida de prendre le métro, puis l'autobus. La station Berri-de-Montigny se trouvait à quelques minutes de marche.

Charles venait de franchir le tourniquet lorsque son regard tomba, au milieu du joyeux va-et-vient des voyageurs du samedi soir, sur l'énorme dalle de granit noir posée au centre de la station pour commémorer l'inauguration du métro en octobre 1966 et qui servait de siège dans cette espèce de salle des pas perdus.

Alors, il eut comme une illumination. Fonçant dans la foule sous le regard étonné de ses compagnons, il se dirigea droit sur la dalle et se mit à la fixer, la mâchoire contractée, comme s'il voulait la soulever. Assises devant lui, deux jeunes filles en robe bain de soleil buvaient une orangeade. Elles levèrent les yeux vers lui, puis échangèrent un regard amusé. Il ne les voyait pas. Il était devenu l'Eugène de Rastignac du *Père Goriot*, l'ambitieux qui, à la fin du roman, défiait Paris avant de se lancer à sa conquête.

Céline s'approcha :

— Charles, qu'est-ce que tu fais ?

— Hé ! Thibodeau, as-tu une vision ? s'esclaffa Steve, se préparant à l'emmener rudement.

Il ne les entendit pas.

La dalle, point de convergence symbolique des lignes de métro qui sillonnaient la ville, était devenue tout à coup pour Charles l'âme de Montréal, son cerveau et sa volonté, le siège de ses pulsions, bonnes et mauvaises.

Il contourna les deux jeunes filles et sauta sur la dalle, transporté d'un sentiment de puissance qui obnubilait presque son esprit. Des regards joyeux ou effarés se posèrent sur lui. L'énergie de la ville l'envahissait par flots énormes, elle le gonflait, elle l'électrisait. Il sentait en lui les battements du cœur de Montréal, il goûtait son sang âcre, impétueux, enivrant.

— Montréal ! lança-t-il les bras tendus, tandis qu'un guichetier, intrigué, s'approchait, les sourcils froncés, tu vas entendre parler de moi !... Les oreilles vont te tinter !

FIN DE LA PREMIÈRE PARTIE

Longueuil, le 7 octobre 2004